# ESCLAVA DE LA LIBERTAD

ILDEFONSO
FALCONES

# ESCLAVA DE LA LIBERTAD

Grijalbo

**Esclava de la libertad**

Primera edición: septiembre, 2022

© 2022, Ildefonso Falcones de Sierra

© 2022, Penguin Random House Grupo Editorial, S. A. U.
Travessera de Gràcia, 47-49, 08021, Barcelona
© 2022, derechos de edición mundiales en lengua castellana:
Penguin Random House Grupo Editorial, S. A. de C. V.
Blvd. Miguel de Cervantes Saavedra núm. 301, 1er piso,
colonia Granada, alcaldía Miguel Hidalgo, C. P. 11520,
Ciudad de México

© 2022, Penguin Random House Grupo Editorial USA, LLC
8950 SW 74th Court, Suite 2010
Miami, FL 33156

penguinlibros.com

© Pepe Medina, por el mapa
Imagen de las guardas: Old Paper Studios / Alamy Stock Photo

Penguin Random House Grupo Editorial apoya la protección del *copyright*. El *copyright* estimula la creatividad, defiende la diversidad en el ámbito de las ideas y el conocimiento, promueve la libre expresión y favorece una cultura viva. Gracias por comprar una edición autorizada de este libro y por respetar las leyes del Derecho de Autor y *copyright*. Al hacerlo está respaldando a los autores y permitiendo que PRHGE continúe publicando libros para todos los lectores.

Queda prohibido bajo las sanciones establecidas por las leyes escanear, reproducir total parcialmente esta obra por cualquier medio o procedimiento, así como la distribución de ejemplares mediante alquiler o préstamo público sin previa autorización.

ISBN: 978-1-64473-695-1

Impreso en México – *Printed in Mexico*

22 23 24 25 26    10 9 8 7 6 5 4 3 2 1

*En memoria de mi querido hermano Rafael*

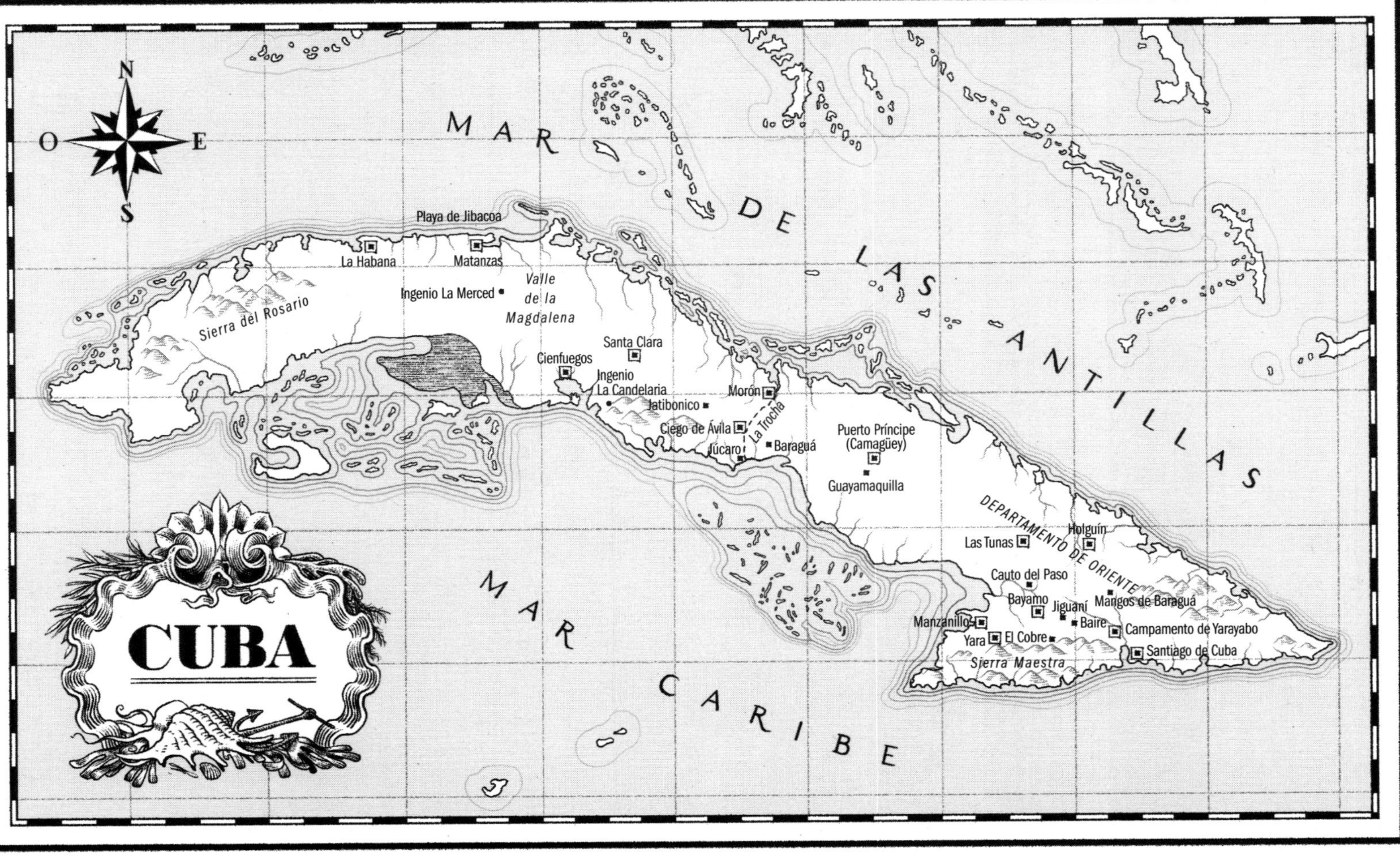
CUBA
N
S
E
O
MAR DE LAS ANTILLAS
MAR CARIBE
Playa de Jibacoa
La Habana
Matanzas
Ingenio La Merced
Valle de la Magdalena
Sierra del Rosario
Santa Clara
Cienfuegos
Ingenio La Candelaria
Jatibonico
Morón
Ciego de Ávila
La Trocha
Júcaro
Baraguá
Puerto Príncipe (Camagüey)
Guayamaquilla
DEPARTAMENTO DE ORIENTE
Holguín
Las Tunas
Cauto del Paso
Bayamo
Jiguaní
Mangos de Baraguá
Manzanillo
Baire
Campamento de Yarayabo
Yara
El Cobre
Santiago de Cuba
Sierra Maestra

# 1

*Cuba, 1856*
*Playa de Jibacoa*

Sobre la arena se apiñaba una muchedumbre compuesta por centenares de miserables. Los sollozos, los lamentos y los quejidos se estrellaban contra las órdenes de los capataces y el restallar de los látigos. Había allí setecientas jóvenes y niñas de origen africano, de piel negra y color chocolate; desnudas las más, harapientas otras, desnutridas todas, débiles, muchas enfermas. Lloraban desde el inicio de su infortunio, en África, tras ser capturadas en alguna de las numerosas guerras tribales. Lloraron a lo largo de su peregrinaje hacia la costa de Benín, unidas en largas filas por cadenas con argollas en cuellos y manos. Luego llegó una espera incierta, encarceladas en factorías junto al mar, para, al cabo de un tiempo, tras agruparlas en un contingente de hembras jóvenes entre las que se colaron unas decenas de niños, afrontar la terrible travesía hacinadas en la bodega de un barco rápido, un clíper, que en menos de tres meses acabó por desembarcarlas en la isla caribeña.

Más de un centenar de las consignadas fallecieron en el trayecto, y casi todas las supervivientes se vieron en la tesitura de tener que convivir con su agonía, sin medios para ayudarlas y sin palabras para darles esperanza, todas acostadas sobre sus propias heces. Creyeron agotar las lágrimas al dormir junto a sus cuerpos fríos mientras esperaban que el médico o algún marinero se apercibiera de su muerte, recogiera el cadáver y lo arrojara al mar para alimento de tiburones.

Sin embargo, Kaweka, de once años, se esforzaba por tapar el cuerpo de Daye, su hermana menor, en cuanto se abría la escotilla, la luz acuchillaba el ambiente pútrido de la bodega y descendía algún tripulante. Había prometido cuidar de ella. Le dio su palabra cuando las apresaron, y la consoló día tras día, reprimiendo sus propias lágrimas, su tremenda congoja cada vez que su hermana clamaba por su madre y se hundía en el dolor. La pequeña se le deshizo durante la travesía, entre los brazos; ella le habló, la acunó, le cantó al oído, con dulzura, olvidando las cadenas que las ataban, la animó con paraísos que sabía imposibles, pero la niña se apagó en unos días y dejó de contestar, de sollozar y de respirar... O quizá no. Tal vez no estuviera muerta, solo quieta, y respirase flojito, como era habitual en ella. Kaweka no lo sabía. ¿Y si solo durmiese? Los dioses eran caprichosos, eso aseguraban su madre y su abuelo. Daye podía despertar en cualquier momento. Algunas veces sucedía; eso le habían contado también su madre y su abuelo, pero ninguno de los dos estaba allí para curarla, como hacían con otros niños del poblado. Así que la cubrió con su cuerpo y trató de esconderla hasta que unas chicas mayores, más allá de la línea en la que se encontraban aherrojadas ella y su hermana, la delataron dos días después de esperar en vano el milagro.

—¡Está muerta! —gritaron los marineros mientras pugnaban con Kaweka para liberar el cadáver.

La niña no entendía el idioma, aunque sabía qué era lo que decían, y, pese a su debilidad, peleó por impedir que se la llevaran. ¿Qué sería del espíritu de su hermana si acababa devorada por uno de esos monstruos marinos de los que hablaban?

Luego, sin la presencia de la pequeña, su cuerpo profanado, el barco hincando las olas con ferocidad, todo cruel, violento, como si proclamase la desventura de aquellos cientos de jóvenes, cuando Kaweka no tenía que fingir esperanza ni entereza ante su hermana pequeña, se entregó a un llanto desesperado que la acompañó el resto de la travesía.

—¡Permaneced quietas y en silencio! ¡Silencio!

Las bozales, como se llamaba a los esclavos recién llegados de África, no entendían las órdenes que se repetían a gritos a lo largo de la playa tan pronto como pusieron un pie en ella tras ser transportadas en barcazas desde el clíper. Pero, al igual que Kaweka cuando los marineros bajaron a llevarse el cadáver de su hermana, supieron qué era lo que querían los tratantes, una veintena de hombres sudorosos, barbudos la mayoría, rudos, armados con machetes o pistolas, y se fueron amontonando en el centro del círculo que aquellos delimitaban a golpes de látigo, azuzándolas con los perros que algunos retenían con fuerza. Muchas de las niñas pretendieron dejar atrás el hedor y los efluvios infectos de las bodegas del clíper, y disfrutar respirando el aire limpio y fresco de una noche plácida y estrellada de finales de invierno, coronada por una luna que alumbraba la ignominia de forma tan esplendorosa como hiriente. Sin embargo, la nueva cadena con la que les apresaron el cuello les impidió esos escasos instantes de sosiego.

—¡Levanta! —ordenó un negrero a una chiquilla de la edad de Daye, escuálida, que se había derrumbado sobre la arena antes de que la encadenaran de nuevo.

La criatura no lo hizo. El hombre la aguijoneó con la punta de una de sus botas. Ella continuó postrada; el blanco de uno de sus ojos, que habían quedado grandes en su rostro demacrado, suplicando. El hombre la agarró del cabello, la alzó como a un muñeco, la castigó zarandeándola en el aire, la ató y, cuando iba a dejar que cayera de nuevo a la arena, Kaweka la recogió.

No era su hermana.

«¡Silencio!», exigían los negreros ante los llantos, los quejidos y un recital de toses incontrolables. Los perros conocían su oficio, gruñían sin ladrar, en una penumbra en la que no se vislumbraba otra cosa que no fueran las sombras con las que jugueteaba la luna. Los negreros procuraban actuar con sigilo. Hacía casi cuarenta años que la trata de esclavos estaba prohibida, y la Armada británica, que se había alzado como la garante de esa proscripción en un tratado suscrito con España, vigilaba mares y costas para detener a los tratantes que continuaban mercadeando con la vida humana. Pero si Gran Bretaña había abolido la esclavitud, España todavía no lo había hecho en sus provincias de ultramar. El comercio de hombres y mujeres estaba prohibido, pero no su propiedad, y los esclavos continuaban llegando de forma subrepticia a la isla de Cuba, una de las últimas posesiones coloniales de lo que fuera el vasto Imperio español, al amparo de unas autoridades corruptas y de la ambición desmedida de los productores de azúcar.

Quizá aquellas niñas a las que ahora volvían a encadenar no entendieran el lenguaje en el que hablaban sus captores, pero sí que eran conscientes de su destino. Eran yorubas, naturales de Guinea, y la esclavitud no era ajena a su forma de vida en África. Gran parte de la población trabajadora de los diversos reinos del continente era sierva. Los esclavos constituían la principal fuente de riqueza de los privilegiados, los jefes tribales los poseían a millares, y si bien el comercio con los países occidentales había disminuido sensiblemente debido a la proscripción de la trata, continuaba siendo muy fructífero con Oriente —Egipto y el resto del mundo árabe—, igual que lo había sido hasta entonces en su vertiente atlántica. Todas sabían de sacrificios humanos; todas conocían el significado de las argollas alrededor del cuello.

Restalló un látigo.

La primera de las cadenas de niñas inició la marcha. Uno de los capataces se permitió un grito: «¡Andad, negras!». La noche era tranquila, no había rastro de los británicos, y la comitiva se internaba en la isla, donde se hallaría a salvo. Las chiquillas arrastraron los pies, cabizbajas. Kaweka iba detrás de aquella niña pequeña que no era su hermana, y se preguntó si Daye también se habría derrumbado. La recordaba tan débil como a esta; la imagen oscura de una niña enfermiza y triste agarrada a su recuerdo. Las cadenas parecían haber oprimido también la memoria llevándola a olvidar la alegría y las risas, las correrías, los juegos y las labores del campo que habían compartido; unos momentos que ella misma había alejado de su mente porque rememorarlos la hería. Nadie sabía adónde las llevaban, aunque eran muchas las que se torturaban con todo tipo de especulaciones terroríficas. Referían que los viejos, los hombres, contaban en los poblados que a los negros que capturaban los llevaban allende un mar que la mayoría de ellas ni siquiera habían visto hasta que llegaron a la factoría de la costa. El barco, el hacinamiento, el hedor y la muerte primero, y ahora los látigos, los perros, los collares al cuello, los hombres malcarados, impedían evocar una simple sonrisa.

A su espalda quedó la playa y el clíper fondeado, un tipo de nave que se había hecho famoso en la trata de chinos, los culíes, y que terminó utilizándose en el contrabando transatlántico de africanos. Aquel barco, el que se había desembarazado de su carga infame en la playa de Jibacoa, navegaba bajo bandera norteamericana, como lo hacían más del noventa por ciento de las naves destinadas al tráfico humano en todo el mundo. Los norteamericanos no habían suscrito convención alguna con los británicos, por lo que estos no podían detener ni inspeccionar su flota. Bajo tales circunstancias monopolizaron un contrabando cuyo destino principal era Cuba o Estados Unidos, además de otros países como Brasil o Puerto Rico, que, si bien habían condenado la trata, continuaban aceptando la esclavitud. Lo hacían a bordo de esos barcos de velocidad extraordinaria, ágiles, maniobrables, capaces de burlar y escapar de cualquier buque. Los clíperes eran estrechos y largos, de proa afilada, y podían contar con setenta velas diferentes. Sin embargo, esa rapidez tenía un coste: su capacidad de carga era menor que la que disponían los buques negreros clásicos, una merma que algunos tratantes solventaron abarrotando las bodegas de niñas y mujeres jóvenes.

En el momento en que se perdió de vista la playa, cuando las esclavas desfilaban desnudas y descalzas por senderos que las conducían al interior de la jurisdicción de Matanzas, los negreros relajaron la tensión. Los perros ladraron. Los hombres se permitieron charlar, ya a voz en grito, de mujeres, de juegos, de alcohol... Rieron, se insultaron, se retaron y cruzaron apuestas. Lo hicieron ajenos a la desgracia de las criaturas que caminaban entre ellos, como si no existieran, salvo cuando alguna de ellas se retrasaba o se caía.

La niña pequeña ni siquiera trastabilló: las rodillas se le doblaron y se desplomó por delante de Kaweka, igual que le habría sucedido a su hermana si no hubiera fallecido en el mar. La hilera de muchachas se detuvo y uno de los negreros se dirigió hacia ellas mascullando improperios y con el machete en la mano. Kaweka lo vio acercarse, amenazador, gritó y se interpuso entre la pequeña y el hombre.

El negrero se sorprendió, resopló como si se le hubiera agotado la paciencia, y agitó el machete delante de Kaweka, instándola a apartarse. Pero ella no obedeció. Su hermana Daye se había encarnado en aquella niña inerme que respiraba a bocanadas angustiosas, porque también ellas buscaron el aire de forma frenética cuando, en su éxodo hacia la costa de Benín, un negrero parecido a aquel, con un machete en la mano, cercenó a golpes la cabeza de un cautivo que cayó por delante de ambas. Kaweka se acuclilló y protegió el cuerpo de la pequeña. Temía que aquel hombre hiciera lo mismo. Lo habían presenciado con alguna frecuencia en África. Era el método que utilizaban los negreros para desgajar expeditivamente de aquella línea macabra a quienes morían o ya no respondían al castigo; ni siquiera se molestaban en abrir el collar.

—Continúa, continúa —susurró al oído de la niña, sacudiéndola con delicadeza.

Lo mismo le dijo a su hermana cuando el tembleque amenazaba con detener sus pasos. «No lo mires», le ordenó al ver que Daye contemplaba hechizada aquella cabeza separada del tronco, mientras el resto de los cautivos las sorteaban.

El negrero trató de apartarla con la hoja del machete.

—Quita de ahí.

Kaweka se mantuvo firme. El otro se agachó y le propinó una tremenda bofetada con su mano libre. Kaweka salió despedida. La cadena impidió que rodara lejos.

—¡Puta negra!

El hombre fue a propinarle un puntapié cuando un grito lo detuvo:

—¡Ni se te ocurra! —Otro negrero se acercó, autoritario—. ¿Quieres estropearla? ¿Estás dispuesto a pagar su precio?

El del machete terminó mascullando y escupiendo sobre Kaweka.

—Levanta —la instó el recién llegado, acompañando la orden con un movimiento de su mano.

Ya en pie, el hombre les ordenó por señas, a ella y a la que las precedía, que cargaran con la pequeña.

No le cortaron el cuello. Tampoco las azotaron para que anduviesen. Las jóvenes valían mucho dinero, quizá no tanto como un esclavo fuerte y sano, pero sí lo suficiente para no dañar una mercancía cada vez más demandada por los sacarócratas* y los ricos hacendados agrícolas. Porque los criterios de todos aquellos que sustentaban su fortuna en la explotación inmisericorde de hombres y mujeres habían variado. Hasta fechas recientes, los ingenios contaban con una mano de obra compuesta casi exclusivamente por hombres sometidos a un régimen carcelario y un trabajo frenético; nadie estaba interesado ni en las mujeres ni en los hijos que pudieran alumbrar, y menos todavía en los conflictos que el deseo y la lascivia originaban entre los esclavos. Hasta entonces había resultado mucho más caro producir un criollito que comprar en el mercado un esclavo útil, pero la prohibición de la trata junto a la abolición de la esclavitud en la mayor parte de los países occidentales, sumado a la persecución británica, aumentaron significativamente los precios de los bozales robados en África. Así pues, los propietarios de los más de mil ingenios azucareros y centenares de cafetales que se contaban en la isla fueron adquiriendo mujeres que destinaban al trabajo en iguales condiciones de dureza que los hombres, y a las que además se les exigía parir nuevos esclavos, como si de una ganadería se tratara.

Niñas como Kaweka, o incluso esa cría más pequeña que no era su hermana, aun débil, valían mucho dinero.

El amanecer despertó a las jóvenes aglomeradas en el patio de tierra de un ingenio perdido en el interior de los campos de Matanzas, donde los negreros las habían escondido. Aquel espacio y los barracones construidos en madera que lo rodeaban hasta encerrarlo eran

* El término «sacarócrata» no está admitido por la RAE, pero ha sido acuñado y comúnmente utilizado para referirse a los ricos propietarios de ingenios en Cuba.

demasiado grandes, desproporcionados en una explotación cuyas instalaciones y maquinaria eran de tamaño escaso y obsoletas; sin embargo, pese a la amplitud del lugar, las esclavas se habían amontonado en una de sus esquinas: algunas estaban sentadas en la tierra, otras tumbadas, y pocas quedaban ya en pie con la llegada de la alborada, pero todas mantenían el contacto físico con sus compañeras, procurándose consuelo mutuo.

Lo cierto era que aquel ingenio de trapiche de tracción animal no era más que la tapadera de una factoría dedicada al contrabando de esclavos. «San Nicolás», podía leerse en el arco de madera que daba acceso a esa prisión.

—¡Llevadlas a beber agua!

El grito procedía del hombre que había impedido la patada a Kaweka la noche anterior, apoyado indolentemente contra la pared de uno de los edificios, con el látigo enrollado colgando del cinto. Al instante, varios niños de no más de siete u ocho años, criollos, esclavos también, corrieron hacia donde se apiñaban las jóvenes.

—Venid —las instaron agarrándolas de las manos y tirando de ellas.

Las que conformaban las primeras filas de aquel montón humano dudaron y se resistieron hasta que uno de los criollos señaló a otro que, junto al brocal de un pozo, las llamó sonriendo mientras vertía en la tierra el contenido del cubo que acababa de izar. El sonido del agua derramándose bastó para despertar en ellas la sed que no habían saciado desde la última ración que les suministraron en la bodega del clíper.

—¡En fila! —gritó el negrero en cuanto vio cómo las niñas se ponían en movimiento—. ¡Con orden!

«En fila», les señalaron los criollos, empujando a una detrás de otra.

Entendieron. Y obedecieron. Igual que hicieron después, cuando, tras beber de los cazos que les proporcionaron, las mantuvieron alineadas en el patio, aproximadamente de cincuenta en cincuenta; catorce filas de criaturas enflaquecidas, sucias y harapientas, muchas totalmente desnudas.

Kaweka obligó a beber a la niña pequeña. No sabía su nombre ni había logrado arrancarle una sola palabra. Tiraba de ella de aquí para allá y la chiquilla se dejaba, en silencio, sin llorar ni quejarse, enajenada.

—¿Qué te parecen, Florencio? —preguntó otro de los negreros que acababa de unirse al que se apoyaba en la pared.

—No están mal —contestó este, chascando la lengua—. He visto bozales en peores condiciones, y han salido adelante. En un par de semanas, tres a lo sumo, cuidadas y bien alimentadas, tendremos una mercancía excelente. A estas edades la naturaleza responde con rapidez. Que les den ropa y que las lleven al arroyo, de fila en fila, para que se laven. No quiero pensar en la mierda y los bichos que deben de llevar encima.

—¿Qué esquifación* les damos, jefe? —inquirió a Florencio un tercero.

—Con este tiempo bastará un vestido... y quizá una frazada —añadió tras pensarlo unos instantes—, no vaya a ser que el relente de la noche las constipe y nos las estropee. Ya sabéis que los negros padecen el frío y la humedad. El resto de la ropa que se la den sus nuevos amos. ¡Id! —ordenó.

Los dos hombres se encaminaron hacia las filas de esclavas que permanecían quietas en el patio, pero aún no habían dado un par de pasos cuando la voz de su jefe les hizo volverse:

—Como alguien toque a una de esas negras, ¡lo castro!

Los niños criollos y algunos negreros las acompañaron a un arroyo que corría por fuera de las instalaciones del ingenio. Kaweka empujó a la pequeña, por delante de ella en la hilera de cincuenta, cuando les llegó el turno. Se cruzaron con las que regresaban, todas desnudas y mojadas. En la orilla, las que todavía vestían algún harapo se lo quitaron. Kaweka reconoció la lascivia en los ojos de los negreros que las vigilaban mientras los criollitos reían tontamente y, al igual que otras, utilizó la arena de la ribera para frotarse y desprenderse de las costras de suciedad. Luego refregó a la pequeña y se introdujeron en la corriente. Por un

* La «esquifación» era la ropa que se entregaba al esclavo.

instante fugaz, cerró los ojos y el frescor del agua la transportó a su tierra.

Los cuerpos negros de cincuenta jóvenes aún escuálidas, muchas ya en la pubertad, los pechos apuntando, algunas con los senos ya desarrollados, terminaron brillando al sol caribeño mientras el agua destellaba sobre su piel. Los hombres dirigían su atención de una a otra sin descanso; las señalaban como si pretendieran adjudicárselas. No las tocaron, aunque uno de ellos se bajó los pantalones y se masturbó mientras otro lo jaleaba y aplaudía. Ellas conocían la naturaleza masculina y aceptaban sin escándalo las relaciones sexuales que mantenían hombres o animales, por lo que su sorpresa no fue otra que el color blanco del cuerpo del vigilante.

Las órdenes de los negreros devolvieron a las jóvenes a la realidad, y a medida que volvían al ingenio, aseadas, les entregaban una túnica basta y áspera de cañamazo y las dirigían hacia uno de los extremos del patio, donde se ubicaba el barracón en el que estaba instalada la cocina. Varios hombres sacaron una olla grande llena de funche, una pasta espesa elaborada a base de harina de maíz y plátano, así como bandejas con bacalao salado que, con gran estruendo, depositaron sobre una mesa que se hallaba dispuesta fuera, en el patio.

Los criollos entregaron cuencos abollados de hojalata a las esclavas y las instaron a acercarse a la mesa. Cuando desfilaban de nuevo hacia el centro del patio después de que les llenaran los recipientes de comida, Florencio Ribas, el jefe de los negreros, las detenía para que otro hombre, viejo, de barba rala, vestido de blanco, con lamparones en la camisa y tocado con un sombrero del mismo color, todo él de aspecto ajado, las reconociese.

«Esta sí», «esta está sana», «esta otra también», ordenaba el hombre entre el griterío de los criollos ordenando las filas y el de los negreros repartiendo la comida. «Esta no, que tiene ulcerada esa herida de la pierna». Y esa, la de la úlcera, era apartada de la fila y conducida a un barracón en el que la recibía una esclava vieja mientras el resto de sus compañeras se desparramaban a lo largo del patio iluminado por un sol insultante, en busca de un hueco en el que refugiarse y esconderse con su rancho.

—La siguiente —reclamaba el doctor Vásquez, mostrando su hastío a través de los gestos cansinos de la mano con la que llamaba a las esclavas, sin volverse a mirar hacia la larga fila de niñas que esperaban, la mayoría de ellas introduciendo con avidez los dedos en los cuencos para llevarse a la boca la pasta con bacalao.

Kaweka empujó a la niña, que mantenía su escudilla intacta, torcida en las manos, a punto de caer al suelo. El médico, y también Florencio, fruncieron el ceño cuando se detuvo frente a ellos.

—¿Nostalgia? —inquirió el negrero.

Vásquez no respondió hasta que terminó de examinar el cuerpo escuálido de la pequeña, que además presentaba la lengua manchada, el blanco de los ojos aperlado y algunas hinchazones.

—Todas sufren de melancolía —contestó al fin—. ¿Quién no? —añadió pensativo, sopesando si aquella chiquilla que permanecía delante de él, desmadejada, apesadumbrada, debía recibir un tratamiento especial.

Dudó. Era frecuente entre los bozales el mal de la nostalgia, el vicio de comer tierra, como se llamaba en Cuba, pero no todos ellos podían ser destinados a la enfermería; no disponían de instalaciones suficientes ni mucho menos de personal, limitado a la enfermera anciana y a un par de negreros a los que obligaban a ayudar. Además, eso acrecentaba los gastos debido a los cuidados especiales que requerían los enfermos de nostalgia: carne, vino, licores, azúcar... Vásquez sintió el acecho al que lo sometía el negrero jefe. Paseó la mirada por el patio. Desorden. Centenares de esclavas entre las que se desplazaban los negreros, cuyas cabezas sobresalían por encima de las jóvenes. Faltaban muchas por reconocer. Necesitaría espacio en la enfermería. Examinó de nuevo las hinchazones del cuerpo de la esclava y sentenció:

—Sana.

Florencio respiró ruidosamente justo en el momento en que el restallar de los látigos asoló el lugar. Muchas de las esclavas dejaron de comer y levantaron la mirada mostrando el primer atisbo de interés desde su llegada.

De uno de los barracones, precedidos por rancheadores, empezaron a salir hombres encadenados de manos y pies que caminaron con dificultad en dirección a la mesa de la comida, de donde despejaron de forma precipitada a las niñas que hacían cola.

Florencio Ribas acercó una mano a la pistola que colgaba del cinto al mismo tiempo que levantaba la vista al techo de los barracones: cuatro de sus esbirros se habían apostado en ellos con los rifles prestos.

Más de cincuenta hombres, algunos con el torso desnudo mostrando cicatrices que atravesaban su espalda de arriba abajo, recorrieron el espacio que se abría entre los edificios y la mesa con la mirada fija en las setecientas niñas distribuidas a lo largo del patio.

—¡No las miréis! ¡No quiero oíros chistar! —gritó uno de los negreros que vigilaban a los hombres ante la lujuria que destilaban hasta sus andares.

Al contrario de lo que había venido sucediendo con las muchachas, el latigazo con el que en esta ocasión acompañó su orden reventó en la pantorrilla de uno de ellos, haciendo correr un hilo de sangre por su pierna. Los hombres obedecieron, pero sus carceleros continuaron azotándolos y el restallido de los látigos atronó el lugar, logrando que los encadenados se encogieran para evitar el castigo.

—Empieza usted a tener demasiados cimarrones —comentó el doctor Vásquez dirigiéndose al jefe de los negreros.

—Sí —reconoció este—. Tenía pensado entregarlos ya a las autoridades, pero la llegada de las nuevas me lo ha impedido. No podía arriesgarme a quedarme sin hombres por acompañar a estos fugitivos.

El médico siquiera miró a Florencio Ribas. «¿Entregarlos a las autoridades?», sonrió con sarcasmo. El importe de la recompensa por devolver aquellos esclavos fugitivos a sus legítimos dueños era una minucia comparado con los beneficios que Ribas podía obtener si no lo hacía. El doctor sabía que los cimarrones eran vendidos al dueño de cualquier ingenio azucarero al que se le hubiera muerto un esclavo, y eran muchos los que morían. Tan pronto como fallecía alguno, el dueño lo enterraba sin anotarlo en sus libros con la connivencia del sacerdote de turno; los papeles del esclavo muerto servían para el cimarrón que compraría a Ribas o para cualquier otro de los muchos grupos de rancheadores que se dedicaban a la caza de esclavos fugitivos a lo largo de la isla. Eso cuando en verdad eran cimarrones, negros fugados, y no simples esclavos robados directamente de sus plantaciones.

Mientras no los vendía, Ribas los alquilaba; sus jefes, los que invertían en el contrabando, exigían beneficios. Ese tipo de explotación era más frecuente en las ciudades, pero también se daba en el campo, de modo que eran bastantes los ingenios que alquilaban esclavos por todo el periodo de zafra. Vásquez había tratado en esas azucareras a muchos de los esclavos que antes había conocido en San Nicolás. Algo parecido sucedería con las recién llegadas que no fueran compradas después de recuperarse físicamente. Se trataba de alimentarlas para que ganasen peso y lozanía, curar a las enfermas y heridas, y vacunarlas a todas contra la viruela, un requisito sin el que no se acostumbraba a vender ningún esclavo y que cualquier comprador controlaba sin dificultad, por inexperto que fuera, gracias a la marca indeleble que quedaba en el brazo. Una vez vacunadas, accederían al mercado con «alma en boca y huesos en costal», lo que implicaba que el negrero no respondía de los demás vicios o defectos de la mercancía recién llegada de África.

La gran mayoría de los hombres libres no eran vacunados, pero los esclavos sí. «Cuando muere un esclavo perece un capital», recordó Vásquez que sostenían los hacendados. Y allí se acumulaba una fortuna, concluyó paseando la vista por los centenares de pequeñas que se apiñaban en el patio del ingenio San Nicolás, mientras ordenaba con desidia a Kaweka y a la pequeña que circularan hacia el patio.

Había transcurrido casi una semana desde la llegada de las esclavas y Kaweka ya sabía el nombre de la niña, Awala, a la que acunó cuando a los tres días despertó de su estado de choque y lloró todas las lágrimas que la conmoción padecida, su debilidad y su tremendo dolor habían retenido. Pertenecía a la tribu de los Ashanti, que, como la de Kaweka, era de la familia Kwa. Sus historias eran similares. Una incursión repentina. Gritos. Disparos. Carreras. Y luego el cautiverio. Awala no sabía nada de su familia, como tampoco Kaweka, cuya última visión de su madre era protegiendo al menor de los hermanos, acurrucada en el suelo, envolviéndolo con su cuerpo y sus brazos, formando una crisálida a su alrededor. Luego el caos y el desconcierto y los muertos. Tras ello, la ignorancia y el dolor de la ausencia.

Las jóvenes cautivas esperaban la comida cuando irrumpieron en el patio del ingenio tres hombres a caballo, dos de ellos armados con escopetas, además de un esclavo a pie.

No era la primera visita que recibían. Varios hombres blancos habían acudido a verlas y pasearon entre ellas haciendo comentarios y pidiendo que les enseñaran a una u otra, a las que inspeccionaban con detalle. No se llevaron a ninguna; todavía no. Entre las jóvenes corrió la voz de que sus captores querían alimentarlas bien para obtener el mejor precio, y que hasta ese momento no las venderían, porque todas conocían su destino: trabajar en el campo o servir en las casas de los ricos, igual que sucedía en África. Unas lo asumían con resignación; otras hablaban de fugarse. «¿Adónde irías?». Kaweka prestaba atención a esas conversaciones. Solo eran niñas y estaban muy lejos de sus pueblos, en tierra de blancos, más allá del mar, encerradas y vigiladas por hombres violentos y malcarados, pero soñaban con escapar, con regresar a casa, aunque ninguna se atrevió a intentarlo. Tampoco ella.

En cualquier caso, resignadas o rebeldes, más conscientes de su porvenir, el llanto invadía el grupo de muchachas. Ninguna era capaz de consolar a la que tenía al lado, y por las noches, cuando el silencio caía sobre el ingenio y perdían la imagen de su compañera, de la amiga que habían hecho en su desgracia, los sueños eran terroríficos, y los gemidos, los temblores y los aullidos de desesperación se convertían en habituales.

Kaweka no era ajena al miedo y a la angustia. Había sido una niña feliz. Su abuelo era el chamán del poblado y la gente lo respetaba, igual que a su madre. Ella y sus hermanos trabajaban y ayudaban, y jugaban y reían como casi todos los muchachos del pueblo. No hacía mucho era querida; todavía, si cerraba los ojos y arañaba la memoria de sus sentidos, podía percibir las caricias de su madre y los besos de sus hermanos pequeños. Todo eso había desaparecido de repente, y de forma anónima e impersonal formaba parte de un contingente de centenares de jóvenes desesperadas que se contagiaban el pánico y magnificaban su desgracia entre llantos y lamentos.

Ese día, cuando los jinetes accedieron al patio, Kaweka comprendió que no se trataba de más visitantes que querían examinarlas. Lo dedujo porque algunos de los negreros que deambulaban por el ingenio se descubrieron la cabeza con respeto, otros se acercaron solícitos a los recién llegados y un tercero corrió a avisar a Florencio Ribas, que disfrutaba de una siesta al fresco, contando y recontando en su duermevela los dineros que ganaría.

—Patrón... —El hombre, grande, fuerte, brusco, asomaba la cabeza por la puerta del barracón en el que dormía Ribas, sin atreverse a entrar—. ¡Patrón! —gritó, viéndose obligado a elevar el tono de voz.

—¿Qué pasa! ¿Por qué me molestas? Tengo dicho...

—Lo que tiene es una visita, patrón —interrumpió el negrero sus quejas.

—¡Que espere! —Pero quien esperó fue el hombre, con la cabeza traspasando el umbral—. ¿Quién es? —terminó inquiriendo Ribas ante la presencia silenciosa de su esbirro.

—Será mejor que venga.

Ribas salió mascullando para sí, pero cuando llegó a la altura de la puerta calló de repente: don Juan José de Santadoma, marqués de Santadoma, le esperaba montado en un soberbio caballo alazán cuyo pelaje colorado brillaba al sol. El aristócrata no venía de visita; tampoco lo había hecho nunca. Calzaba botas de cuero visto con grandes espuelas, pantalones de montar y una simple camisola blanca sin adornos. Un sombrero de ala ancha le protegía del sol. Tras él se encontraban sus hombres.

Desde la distancia, Kaweka percibió el temor que destilaba Florencio Ribas mientras se acercaba al recién llegado, ante el que carraspeó.

—Buenos días, señor marqués. ¿Qué le trae por estos lares? —preguntó, ya aclarada la voz.

—Nada bueno, Ribas —contestó don Juan José con voz seca y potente.

Kaweka no entendía el significado de la conversación, ninguna de las setecientas niñas podía comprenderlo, pero observó cómo Florencio Ribas bajaba la mirada.

El marqués, una de las primeras fortunas de la isla, no le quitaba los ojos de encima. Los Santadoma poseían varios ingenios azucareros, así como minas de cobre y múltiples intereses en otros negocios. El noble imponía. Su presencia irradiaba poder y transmitía nobleza, elegancia.

—Si su señoría quiere acompañarme adentro —lo invitó el negrero alzando la mirada—, estoy seguro de que podremos arreglar cualquier problema que…

—No —lo interrumpió el marqués, que siguió mirando fijamente y en silencio a Ribas, en pie a unos pasos de su alazán.

El negrero frunció los labios y agitó una y otra vez las manos, como pidiéndole una explicación que no se atrevía a reclamar. Esperó a que el noble hablara.

—Tus hombres me han robado un esclavo. —Ribas fue a replicar, pero el marqués no se lo permitió—. Estoy harto de vuestras correrías.

Ribas había dado instrucciones muy concretas a sus hombres: no quería problemas con los Santadoma, ni con cualquier otro semejante. Él sabía que sus esbirros no perdían la oportunidad de robar algún esclavo que se hubiera alejado de su ingenio, el negrero les pagaba por ello y obtenía buenos beneficios, pero el marqués podía arruinarle con solo una orden —Ribas sospechaba que formaba parte del grupo que financiaba sus compras—, y el hecho de que hubiera acudido personalmente en lugar de mandar a su administrador o al mayoral no presagiaba nada bueno.

—No… no puede ser —pretendió excusarse.

—¡Es! —afirmó el marqués, azuzando al alazán contra el negrero.

Ribas reculó precipitadamente.

—No —insistió mientras tropezaba y casi caía a los pies del animal—. Compruébelo su señoría.

—A eso he venido. Y como encuentre a mi esclavo…

—Si así fuere —añadió Ribas, logrando ponerse a un costado del caballo—, no dude el señor marqués de que se trataría de un error.

Sin embargo, don Juan José de Santadoma ya había vuelto grupas hacia los barracones de los esclavos y Florencio Ribas se vio obligado a correr tras él sin dejar de echar miradas a sus hombres, que le respondían con falsos gestos de ignorancia.

—Si se hubiera producido ese error —repitió a gritos el negrero—, estaría dispuesto a compensarle. Tengo una partida de esclavas nuevas de la que podría elegir alguna… Mírelas —le ofreció con voz entrecortada.

El marqués observó durante unos instantes a las esclavas que se repartían por el patio y que se abrían en círculo alrededor de ellos, asustadas.

—¿Dónde están los cimarrones? —preguntó don Juan José.

Florencio Ribas hizo una seña a uno de sus hombres y este tocó la campana. Al cabo de unos instantes se abrieron las puertas de uno de los barracones y empezaron a salir los esclavos.

—En fila. Delante de mí —le ordenó el marqués a Ribas.

Mientras los negreros colocaban a los esclavos, su jefe no dejaba de farfullar excusas, el sudor corriéndole por las sienes:

—Solo podría tratarse de un error… ¿Cómo iba yo a robar un esclavo a los Santadoma? Mataré al hombre que lo haya hecho. Si así fuera… en ese caso… le compensaría.

El marqués siquiera miró al negrero y, cuando los cimarrones estuvieron dispuestos, se dirigió al esclavo que lo acompañaba.

—Compruébalo, Domingo —le ordenó.

Este no dudó un instante. Se acercó a la segunda fila y señaló a un hombre mulato. Su amo le indicó que lo separara del grupo y en ese momento sí que volvió la mirada hacia Ribas, que se había quedado a mitad de una excusa, con la boca abierta.

—Yo… —balbuceó—. ¡Ahí tiene mis esclavas! Elija la que mejor le parezca.

Sin contestarle, el marqués paseó a caballo entre las niñas mientras estas se apartaban atropellándose las unas a las otras. Centenares de criaturas de color chocolate, asustadas, escapando de él. Awala no lo hizo; permaneció quieta, fascinada por los movimientos del animal, cegada por los destellos rojos que irradiaba a su paso. Cuando el marqués se acercaba, varias de las esclavas arrollaron a Awala, que terminó en el suelo. Kaweka corrió en su ayuda y se interpuso a modo de muro para que no la pisotearan hasta quedarse sola con ella, a los pies del caballo.

Kaweka no vaciló protegiendo a Awala, y el marqués se vio obligado a detenerse para no arrollarla. Sus miradas se cruzaron. Kaweka no la desvió.

—Esta —le indicó a su esclavo, que lo seguía—. Enséñale modales.

Kaweka no entendió las palabras, pero sí percibió el rencor que destilaban. No tuvo tiempo de apartarse. Domingo adelantó a su amo, la agarró del brazo y la abofeteó dos veces.

—¡No se mira a los blancos! —gritó zarandeándola.

Kaweka siguió sin entender. El esclavo la alzó por las axilas mientras ella pataleaba.

—Ribas —gritó el marqués para hacerse oír en todo el patio—, la próxima vez serás tú el que me acompañe atado al caballo de uno de mis hombres.

Luego dio la vuelta sin esperar la respuesta del negrero, a quien ignoró y obligó a hacerse a un lado. En cuanto lo hubo dejado atrás, azuzó a su caballo, frenado por un bocado de pata larga, y el animal, inquieto, brioso, nervio puro, respondió con una grupada y una coz al aire que a punto estuvo de arrancar la cabeza de Ribas. El marqués, de espaldas, esbozó una sonrisa casi inapreciable mientras los dos hombres armados que lo acompañaban estallaban en carcajadas y lo seguían. Llevaban al esclavo rescatado trastabillando tras ellos, atado con una cuerda larga a la montura de uno de los caballos, y Domingo tiraba del brazo de Kaweka, que peleaba por zafarse gruñendo como un animal, con la cabeza vuelta mirando atrás, hacia el lugar donde Awala, rodilla en tierra, clamaba al cielo.

Kaweka intuyó que estaban llegando a su destino en el momento en que el tono de voz del marqués se suavizó.

—Mordaz, bonito, ¿qué haces aquí?

Así se dirigió a un perro que acudió al camino a recibirlos y que rondó bajo las patas del caballo.

—Grapo, guapo —le dijo a otro perro que llegó detrás—. Vigila que no te pise.

Los halagos sonaron grotescos en boca de quien no había utilizado otro tono con sus hombres que no fuera seco y autoritario.

—Corred a vigilar a los negros —los azuzó en el mismo tono cariñoso.

Además de los perros, los cánticos de los esclavos que Kaweka había oído cuando pisaban junto a los cañaverales en zafra fueron ganando en nitidez hasta que, unos metros más allá, pudo distinguir las voces. Luego, a la cantinela monótona se le añadió el restallido de látigos, las órdenes a voz en grito y el chasquido repetitivo de los machetes cortando la caña de azúcar. El camino había sido largo. El esclavo recuperado en el ingenio de Ribas había caído al suelo en varias ocasiones, incapaz de seguir el paso del caballo que tiraba de él. Entonces, mientras el desgraciado se levantaba con dificultad mostrando cada vez más rasguños en su torso desnudo, los jinetes esperaban a que Kaweka y Domingo recuperasen el terreno perdido, como si se tratara de un juego macabro. En la primera ocasión en que eso había sucedido, la niña interrogó al marqués con la mirada. Su guardián la golpeó varias veces.

—¡Baja la vista! —ordenó el esclavo mientras le pegaba. Luego la obligó a obedecer y le bajó la cabeza a la fuerza—. ¡No se mira a los blancos!

La muchacha seguía sin comprender una palabra de lo que se le decía, pero la segunda vez que el esclavo trastabilló y a ella se le escapó de nuevo la mirada hacia el noble y percibió que Domingo alzaba la mano, fue capaz de esconderla en la tierra seca del sendero antes de recibir el castigo.

Aquella sumisión al hombre blanco, a los amos, a los seres superiores, se magnificó tan pronto alcanzaron la línea de corte del cañaveral. Se trataba del mismo espacio regular que Kaweka recordaba de cuando se dirigían al ingenio del marqués: extensiones de tierra rodeadas por guardarrayas anchas, limpias y perfectamente delineadas por hileras de plátanos que se alzaban al cielo, a la vera de los linderos que las separaban. Tan pronto como el marqués apareció en la finca de su propiedad, los cánticos cesaron. También se acallaron los gritos y los látigos. Kaweka trató de asumir el escenario. Centenares de hombres y mujeres, negros o mulatos (algunos allí donde se erguían las cañas, con machetes en sus manos, otros moviéndose entre los cortadores y las carretas de dos ruedas, tiradas por yuntas de bueyes, en las que depositaban las plantas una vez cortadas), hombres blancos armados, perros, niños, ancianos... La gente detuvo sus actividades y el silencio se instaló de forma pesada en el ambiente. Kaweka y Domingo se sumaron a esa quietud que, paulatinamente, fue rompiéndose al mismo tiempo que los esclavos se arrodillaban en los lugares donde se encontraban, con la mirada clavada en el suelo.

—¡Tu bendición, amo! —exclamó uno de ellos.

«Sí». «Bendícenos». «Por favor, amo». Los ruegos se multiplicaron en boca de los esclavos. Domingo hincó su rodilla en tierra y tiró de Kaweka hasta que esta lo imitó. Con el rabillo del ojo, la niña logró ver cómo el marqués extendía su brazo derecho, la mano abierta, y lo paseaba por encima de sus cabezas.

—Yo os bendigo. —Recuperó su tono potente, autoritario—. Que Dios, nuestro Señor, os acompañe y os dé la paz.

«Gracias». «¡Bendita sea su excelencia!». «¡Larga vida para el marqués!». La gratitud surgió de decenas de gargantas, aunque Kaweka comprobó que muchos de ellos permanecían en una tensión que no podían disimular, las bocas cerradas y los dientes apretados.

—¡Bienaventurado! —gritó Domingo, sorprendiendo a la chiquilla.

Todavía sonaban las muestras de reverencia cuando el marqués las interrumpió:

—¡A trabajar!

—¡Todos! —añadió el mayoral.

—¡Se ha terminado el descanso! —gritó otro de los hombres blancos.

Los esclavos se levantaron.

—Que canten, señor Narváez —añadió el marqués dirigiéndose al mayoral—. Mientras cantan no piensan, señor Narváez... —le recordó, tal como acostumbraba a hacer el amo en sus visitas. «Termine la monserga, señor marqués», pensó el hombre justo antes de que este lo hiciera—: Y si piensan, no trabajan, señor Narváez. ¡Si piensan, no trabajan!

«¡Cantad, negros!». La orden se repitió en boca de capataces y guardias, algunos de los cuales la acompañaron con el restallido de sus látigos. El bullicio de los machetazos y el trasiego de cañas y cogollos afloró en el cañaveral al mismo tiempo que alguien entonaba un canto lúgubre. Era solo una voz. Kaweka, de pie, tembló al oírla por más que no entendiese lo que decía. El solista se lamentaba de la poca comida que les daban y de la dureza del trabajo. El marqués, ya galopando camino del ingenio, torció el gesto ante la queja. Las voces de centenares de esclavos contestando al solista, uniéndose a él en sus penas, se desvanecieron a la espalda del jinete.

Antes de que los cánticos clamaran por una nueva reivindicación, Domingo arrastró a Kaweka hasta uno de los carros.

—Antonia —llamó a una esclava que cargaba un haz de cañas hasta el carretón—, esta no sabe español. Es lucumí como tú... o por lo menos eso dice Ribas. Indícale lo que tiene que hacer.

La mujer descargó la caña en el carretón y se dirigió a Kaweka:

—¿Eres yoruba? —El sonido de su lengua natal en voz de una mujer mayor trasladó a Kaweka a su tierra. En un fogonazo doloroso le asaltó el recuerdo de Daye, cuyo cadáver habría sido pasto de los tiburones; de su madre, protegiendo al pequeño; de su familia; de los juegos y las risas... Antonia la zarandeó—. Aquí no podemos perder el tiempo —le recriminó con seriedad—. ¿Eres yoruba?

—Sí —logró contestar ella con voz débil, derrengada por la caminata.

—Una más —se lamentó—. En esta isla, a los yorubas los llaman lucumíes, recuérdalo. —Kaweka asintió—. Tienes que ir allí, donde cortan la caña, y ponerte en alguna de esas filas hasta que te toque recoger. Entonces traes la caña hasta aquí. También hay que recoger los cogollos y cargarlos en sus carros. —Antonia inició la vuelta al frente de corte, a pocos pasos de donde estaban—. Si te descuidas o te retrasas, te castigarán. Al final de la jornada, todos, menos las embarazadas, tenemos que cargar un buen haz de hierba hasta el ingenio.

La mujer terminó de hablar y sumó su voz a los cánticos que inundaban el cañaveral.

—Canta —le ordenó cuando se pusieron en una de las filas.

—No sé… —trató de excusarse Kaweka.

—¡Canta! —insistió Antonia.

La cría dudó hasta que terminó tarareando aquel ritmo monótono: uno cantaba y los demás respondían. Se fijó en que los cortadores eran hombres y mujeres indistintamente, provistos de machetes con los que golpeaban la caña en diagonal y a ras de tierra. Lo hacían de un solo machetazo, seco y certero. Kaweka se retrasó en la fila observándolos. Era todo rutinario, maquinal. Trabajaban de tres en tres.

—¡Canta! —le recordó la esclava.

Lo había olvidado.

El cortador, un hombre negro fuerte, con el torso desnudo y brillante por el sudor, levantaba la caña y luego la sostenía en horizontal para que cada uno de sus compañeros, situados a los costados, cortaran el cogollo de la parte superior y limpiasen de hojas la planta. Kaweka vio cómo dividían las largas en dos o incluso tres pedazos, y lanzaban estos a un lado y el cogollo al otro, sin mezclarlos. El proceso lo repetían todos los equipos de cortadores que se movían a lo largo del frente del cañaveral, que retrocedía a golpes de machete. Los carros se marchaban una vez llenos y eran sustituidos por otros vacíos. Para no dejar roderas y estropear el terreno de cultivo, cada uno de ellos seguía un camino diferente hasta acceder al guardarraya, donde enfilaban hacia el ingenio. Viejos impedidos y niños pequeños de entre cinco y ocho años merodeaban entre el cañaveral y los carros, recogiendo cuanto quedaba disperso.

—Muévete —la instó en español el hombre que la seguía en la fila.

Antonia ya no estaba delante de ella.

Kaweka obedeció al empujón con el que el esclavo acompañó su orden, se acercó al montón de cañas y recogió unas cuantas como había visto hacer, las cargó sobre su hombro y se volvió hacia la carreta vacía que se había arrimado a la línea de corte. Ni ella se había fijado, ni Antonia se lo había advertido. Se apartó un poco de la fila de esclavos portadores que andaban por delante y pisó la punta de una caña recién cortada que sobresalía de la tierra. Aulló de dolor al notar que le atravesaba la planta del pie derecho igual que un cuchillo afilado. Cayó a tierra y las cañas se desparramaron. Uno de los guardias se aproximó e hizo restallar el látigo muy cerca del cuerpo tendido en el suelo, mientras la cría se agarraba el pie.

—¡Levanta!

Kaweka no podía. Sangraba profusamente. El dolor se reflejaba en sus rasgos contraídos, y apretó los dientes para no romper a llorar.

Los cánticos no cesaban. Los demás esclavos desfilaban a su lado con sus cañas al hombro procurando no mirarla.

Un latigazo más.

—¿Qué sucede? —inquirió el mayoral.

—Esta… —contestó despectivamente el guardia, que señaló a Kaweka con el látigo.

—Es la nueva —la reconoció Narváez al mismo tiempo que negaba con la cabeza ante la sangre que manaba entre los dedos de la niña—. El marqués la ha elegido personalmente. ¡Carajo! A ver si se va a joder el primer día y se nos cabrea el patrón. Que la lleven a la enfermería.

Antonia la acompañó hasta el ingenio. Sostenida por la esclava e invadida por una punzada de dolor a cada paso que daba, recorrieron el camino de regreso viéndose superadas por los carros. Narváez no permitió que Kaweka montara en uno de ellos y mermara los escasos kilos que pesaba a la tonelada de caña con que los cargaban.

La muchacha no fue capaz de percatarse de la magnificencia del ingenio La Merced, propiedad del marqués de Santadoma, en el valle de la Magdalena, en Matanzas, un área geográfica tan extensa como fértil de la isla de Cuba que llegaba hasta el mar y en la que se acumulaban multitud de explotaciones azucareras. La esclava continuaba sangrando y estaba dolorida, débil y confusa. La trasladaron directamente a la enfermería, ubicada en el extremo de uno de los barracones; un local con salas separadas para hombres y mujeres, ambas llenas de enfermos e impedidos, otra sala para las operaciones y una más para separar a los infecciosos. Allí la recibió un cirujano «romancista»; hombres que acreditaban haber trabajado durante cinco años como ayudantes de un médico de verdad. Aquel se llamaba Cirilo y era blanco, de mediana edad, carecía de estudios y ni siquiera sabía leer ni escribir, pero eso poco importaba cuando de curar a los esclavos se trataba. La llevaron a la sala de operaciones donde, con Antonia como intérprete, Cirilo le limpió la herida con árnica disuelta en agua para posteriormente aplicarle un emplasto de san Andrés de la Cruz a base de resinas, trementina y aceite de laurel que servía para unir la carne sajada.

Kaweka soportó el dolor de la cura en silencio, con la mirada fija en las vigas de madera del techo y envuelta en el sonido de los quejidos y los llantos que se oían en la enfermería. «Es fuerte», reconoció el cirujano mientras manipulaba la herida. Desde que el marqués la señalara en la factoría de Ribas, la niña ni siquiera había tenido oportunidad de pensar; todo era indescifrable, nuevo, apabullante, urgente, violento... Una sucesión vertiginosa de acontecimientos. Allí, pese al dolor punzante provocado por las manos torpes y descuidadas del hombre, su mente encontró la serenidad suficiente para buscar el refugio que su ánimo infantil le exigía. «Quizá no sea siempre así», trató de animarse. Durante la travesía, igual que les había sucedido a sus compañeras, notó cómo se resquebrajaba el vínculo con sus orígenes, que se rompió definitivamente con la muerte de Daye. Cada nuevo balanceo del clíper la separaba más de los suyos. Ahora, tras la estancia en el ingenio de

Ribas, parecía haber llegado a su destino. Instintivamente, Kaweka desvió la mirada hacia Antonia, que permanecía de pie. Buscó afecto en aquella mujer mayor que decía ser de su nación. No pretendía más que una sonrisa, que la tomara de la mano con cariño o que la acariciara con ternura; se conformaba con el aliento cálido de unas palabras de ánimo susurradas al oído, pero Antonia estaba distraída toqueteando frascos y remedios. Kaweka quiso llamar su atención cuando el cirujano, quizá molesto por la fortaleza de una niña recién llegada de África, apretó fuerte sobre la herida haciendo que la cría aullara de dolor.

—No tengo camas libres en la sala de mujeres —sentenció Cirilo al terminar de vendar el pie—. Todas están ocupadas por dos y hasta tres enfermas. La zafra está siendo muy dura este año —creyó necesario añadir. Antonia se encogió de hombros—. La niña es joven y por esta lesión tampoco necesita una cama. Que se quede en el criollero unos días, así ayudará a mamá Ambrosia.

Con parquedad, Antonia le explicó a Kaweka la decisión del cirujano mientras cruzaban la enfermería y accedían a un local anexo donde se amontonaban cerca de una veintena de niños. Algunos eran recién nacidos depositados sobre paja en una tarima de madera que cubría toda la superficie techada, mientras el resto, de edades dispares pero por debajo de los cinco años, que era cuando los mandaban a trabajar, gateaban o correteaban desnudos de aquí para allá en un patio exterior vallado. Junto a ellos había un par de madres que todavía no habían superado la cuarentena desde el parto.

—¿Ayudarme? —se quejó mamá Ambrosia examinando de arriba abajo a Kaweka—. Estas bozales recién llegadas no saben hacer nada, y además está herida. ¡Más faena!

Antonia volvió a encogerse de hombros.

—¿Me das un poco de arroz? —preguntó sin embargo, señalando con el mentón hacia las alacenas en las que se almacenaba la comida especial para madres y niños.

La criollera, una mujer ya mayor que antaño debió de tener un cuerpo exuberante, como se intuía por las carnes que ahora le colgaban, sopesó durante unos segundos la petición de Antonia.

—Un cuenco a cambio de que compruebes las niguas de los

niños.—La otra asintió—. ¿De dónde es la bozal? —preguntó cuando Antonia ya se dirigía al patio.

—Lucumí —contestó esta sin volverse.

—Lo imaginaba —murmuró mamá Ambrosia, mostrando por primera vez una sonrisa a la que le faltaban algunos dientes—. A mí también me trajeron de allá —comentó ya en lengua yoruba dirigiéndose a Kaweka—, igual que a ella —añadió señalando a Antonia, que ya había agarrado a una niña y le inspeccionaba la planta de los pies en busca de aquellos insectos insoportables e irritantes que se introducían bajo la piel, donde desovaban y crecían.

Kaweka percibió que, ante su presencia, la mujer retrocedía en el tiempo. Solo fueron unos instantes en los que sus ojos brillaron; luego negó con la cabeza para ahuyentar unos recuerdos felices que no parecían tener cabida en el ingenio del marqués, y tornó a la realidad.

—Cruel —se limitó a comentar para sí—. Ven, pequeña —la instó después, cogiéndola del hombro con suavidad—. Siéntate con los niños y descansa. Luego te daré bien de comer.

Kaweka agradeció aquel contacto cálido más incluso que la galleta que le ofreció la mujer y que mordió en cuanto esta se lo indicó. Saboreó su dulzor mientras miraba a los niños y escuchaba una sinfonía de llantos que formaban parte del entorno; nadie se preocupaba por ellos.

—Todos estos criollitos —le explicó mamá Ambrosia después, señalando a los más chicos— esperan a que sus madres regresen del campo para recibir su leche. No tardarán. Los mayores, esos a los que Antonia les está limpiando los pies...

La criollera se detuvo; Kaweka tenía la mirada fija en un recién nacido, apartado de los demás, de movimientos lánguidos y que lloriqueaba sin fuerza sobre la paja. Mamá Ambrosia chascó la lengua y se acuclilló junto a ella.

—Ese es Jacinto —comentó—, el hijo de María de la Luz. Padece del tétanos. El mal de los siete días, lo llaman los españoles. Morirá. Solo estamos esperando... Hay muchos que mueren de la misma enfermedad. Si superan esos primeros siete días de vida podrán salir adelante, pero en caso contrario...

Kaweka se desentendió del discurso de mamá Ambrosia. No sabía si era debido a ese mal de los siete días del que le estaba hablando, pero ya había visto antes varios de aquellos recién nacidos. Los traían a la choza en la que vivían cuando enfermaban y su madre le permitía acunarlos después de haber utilizado plantas, hierbas y haber acudido a los dioses en busca de su curación. «Olodumare decide la vida y la muerte», le contaba su abuelo. «¿Y qué les pasará a los niños si no se salvan?», preguntó ella. «Los que mueran nos dejarán y vagarán como espíritus entre los dos mundos, y tendremos que rendirles culto como si fueran dioses, para que nos ayuden y no se enfaden».

Con el recuerdo de su tierra aún vívido en su mente, la pequeña gateó hasta donde se hallaba Jacinto. El ombligo de la criatura, a diferencia de lo que sucedía con los otros que se hallaban junto a sus madres, estaba destapado y presentaba un aspecto infecto. La niña acercó uno de sus dedos hasta la herida: tumefacta, aunque aceitada.

—Es por eso por lo que mueren, sí —oyó que decía la criollera a su espalda—. Los curamos con telas de araña y les atamos el cordón con... —la mujer no encontró la traducción al yoruba del término «pábilo»—, bueno, con la misma cuerda que se usa para las candelas. Pero hay muchos que no lo soportan, muchos —reflexionó.

Sin pedir permiso, Kaweka cogió al niño, se alzó la camisola y lo apretó vientre contra vientre igual que hacía su madre, igual que hacía ella, y canturreó al mismo tiempo que iniciaba un balanceo. Ella no había cumplido ninguno de los ritos previos que llevaban a cabo su madre o su abuelo, pero la tonada le vino a la mente con la misma intensidad que si se encontrase rodeada por los suyos, en África. La imitó e inició aquel movimiento de vaivén, adelante y atrás.

—Hace un par de días que no mama, mi niña —indicó la criollera, acuclillándose junto a ella y acariciándole el cabello—. Tiene la quijada tiesa. Ya ves que ni siquiera abre la boca. Solo tenemos que esperar...

Pero Kaweka se balanceaba y canturreaba, ajena a las palabras de la mujer, a los correteos de los demás niños y al escándalo del ingenio. No estaba allí, ahora se hallaba muy lejos: en su tierra, con su madre y su abuelo... y Daye. Mamá Ambrosia la observó con perplejidad. «Parece... No, no puede ser», se dijo, rechazando sus propios pensamientos. «Es demasiado pequeña». La dejó allí para dedicarse a sus tareas; pronto tendría que dar de comer a los niños. Se topó con Antonia, que esperaba su recompensa tras desparasitar a los criollos y limpiarles las heridas con aguarrás. Mamá Ambrosia se percató de que la esclava dudaba entre mirar o no a Kaweka, sola en un lado del entarimado, meciéndose con un ritmo inquietante, mágico... La criollera la despidió rápido con su arroz y se entregó al trabajo, con un ojo puesto en la pequeña Kaweka. Aseó a los niños, cocinó y les dio de comer y de beber. Llegaron las madres de la zafra antes que los demás esclavos y acercaron los más pequeños a sus pechos. María de la Luz interrogó a la criollera en el momento en que advirtió que el que arrullaba aquella niña con el pie vendado no era otro que su hijo.

—Déjala —le pidió mamá Ambrosia—. No hace daño a nadie. Ha sido un día muy duro para ella. Acaba de llegar, y está triste y confundida.

La noche trajo el alboroto de la faena y la contrafaena, como llamaban al turno que empezaba a medianoche. El ingenio se iluminó con hachones y fuegos. La caña tenía que ser molida inmediatamente después del corte, de lo contrario perdía propiedades y el azúcar era de menor calidad. Las campanas sonaban llamando a los esclavos a uno u otro edificio: al trapiche, a la casa de calderas o a la de purgas. Caña, leña para el fuego, bagazo, guarapo... todo se transportaba de un lado a otro. El trabajo era extenuante. Cantos obligados de los esclavos entre órdenes y el restallar de látigos. Hombres que caían al suelo, derrotados, de puro sueño y cansancio. El movimiento no cesaba en una noche densa que parecía encarcelar a aquellos hombres y mujeres abandonados por la fortuna.

Indiferentes al alboroto, en el criollero dormían madres y niños, todos en el mismo entarimado, a ras de suelo, para evitar las caídas de los pequeños. Solo mamá Ambrosia y Kaweka se mantenían despiertas; la primera, con la mirada atenta; la segunda, todavía arrullando a Jacinto, cada vez con menor empuje, lentamente, desfalleciendo. De madrugada, sin embargo, cuando mamá Ambrosia creía que la niña se desplomaría, la vio temblar. La luz titilante de las antorchas envolvió unas convulsiones que fueron en aumento. Un escalofrío incontrolable recorrió el cuerpo de la criollera. Kaweka parecía asfixiarse, hasta que echó la cabeza atrás y lanzó un gemido gutural que se confundió con el bullicio. Mamá Ambrosia se santiguó y Kaweka apretó al niño contra sí. Mamá Ambrosia se santiguó de nuevo. Kaweka alzó al niño y lo ofreció a la oscuridad. Luego se desplomó.

Al amanecer, cuando las campanas tocaron el avemaría para marcar el inicio de las labores del campo, Kaweka se levantó y mostró el niño a mamá Ambrosia. La criollera sabía que los dos estaban vivos; había acudido a comprobarlo después de que la joven se derrumbara.

—Toma, coge a tu hijo —le dijo a la madre del pequeño después de que esta, extrañada, se acercara a ellas.

La infección en el cordón umbilical parecía mantenerse, pero la criatura abría la boca; la rigidez de sus mandíbulas había desaparecido. Podía mamar, quería hacerlo, lo reclamaba. Madre y criollera se miraron atónitas. ¡Ningún niño en el estado de Jacinto había logrado sobrevivir hasta entonces!

—¿Qué...! —exclamó María de la Luz tras un instante de incredulidad.

Kaweka le sonrió con inocencia. Mamá Ambrosia negó con la cabeza y apretó los labios en gesto de resignación. La madre, negra, cercana a los veinte años, habló en español y por ello Kaweka solo pudo percibir sus sentimientos.

—¿Quién eres tú para curarlo! —le recriminó—. Jacinto iba a morir, ¿entiendes? Iba a ser libre. Nadie lo explotaría —masculló propinando a la niña un empujón en el pecho con su mano libre—. ¿Qué derecho tenías? —añadió dándole un segundo empujón.

Kaweka reculó, sus ojos abiertos buscaban una explicación a la actitud violenta de esa mujer. María de la Luz iba a descargar un tercer golpe, pero la criollera se lo impidió.

—Se habría convertido en un espíritu libre de los látigos y de los blancos —continuó la madre, desesperada, con la voz rota, mostrando a su bebé como si fuera un simple objeto—. Es preferible morir que vivir aquí un día… ¡Un solo día! ¡Mi niño merecía morir!

# 2

*Madrid, España, mayo de 2017*
*Ciento sesenta y un años después*

A falta de diez minutos para las ocho de la mañana, Lita llegó al edificio en el que se ubicaban los servicios centrales de la Banca Santadoma, en el barrio de Salamanca de Madrid, la zona más elegante, cara y lujosa de la capital.

—Buenos días, señorita Blasco —la saludó uno de los guardias.

Lita no estaba segura de que ese fuera a ser un buen día. Por más que brillara el sol, en algunas ocasiones el ambiente se ensombrecía tan pronto como María Regla Blasco, Reglita de niña, Lita para la eternidad, cruzaba el torno de acceso a las oficinas. Pese al tiempo que llevaba trabajando allí, todavía había quien la miraba con cierta extrañeza, ya fuera por aversión o quizá por simple curiosidad. A Lita le costaba discriminar si el rechazo que a veces padecía venía dado por su color de piel. Como de chocolate con leche, habían llegado a decirle a lo largo de los veintiocho años que contaba, o morenita, o caramelo, o café también con leche, o… «¡Mulata, coño!», replicaba ella como creciéndose a la hora de defender sus orígenes, orgullosa por reclamar su color.

Pero Lita dudaba ante ese segundo de más, un instante siquiera, en el que se prolongaba la mirada de alguno de sus compañeros. Quizá no fuera exactamente racismo… O sí, eso en definitiva le importaba poco. El problema estribaba en que, cuando especulaban acerca de la razón por la que la habían empleado en el banco, entonces no andaban errados. Su madre, Concepción, había servido a los Santadoma desde que pudo mantenerse en pie con una toalla limpia en las manos. También lo había hecho la madre de su madre, y la abuela de aquella, y hasta ella misma en muchas ocasiones. Recordaba algunas cenas de postín en la casa. Una criada recogía los abrigos de los señores mientras el Santadoma de turno los recibía y ella, Lita, vestida con el uniforme del colegio de monjas, se acercaba a las señoras con algún obsequio a medida que estas iban llegando: a veces era una simple flor; otras, una caja que escondía un colgante o un pañuelo. Y algunas de aquellas mujeres, tras abrir sus regalos y regañar cariñosamente a sus anfitriones por el detalle, se deshacían en elogios hacia Lita. «¡Qué niña tan mona!» era el más usual. Cuando dejó de ser una simple niña mona y pudo salir sola a la calle, se convirtió en la recadera de la casa: hay que ir a buscar esto, llevar lo otro, comprar aquello... Todo el personal de servicio de la casa echaba mano de ella.

—Siempre hemos servido a los marqueses —acostumbraba a recordarle Concepción a su hija, mientras esta asentía tratando de ocultar su desazón para no decepcionarla.

—Entonces —apuntó, sin embargo, en una de esas ocasiones una Lita ya adolescente cuando todavía compartían una habitación diminuta y sin ventanas en el piso de los nobles, cerca del banco—, alguno de nuestros antepasados debió ser su esclavo.

—No encontrarás un cubano de color por cuyas venas no corra sangre esclava —contestó la madre sin conceder mayor importancia al comentario.

La sombra de esa esclavitud se colaba en los pensamientos de Lita de cuando en cuando. Había leído al respecto, y del mismo modo que se encogía por la crueldad con que se trató a aquellos seres humanos, también idealizaba las vidas de unos antepasados que ya había hecho suyos. En ambas situaciones sentía una congoja que la empequeñecía y la inquietaba. En cualquier caso, ella era española, europea, criada en la cultura occidental, en el estado del bienestar y en la abundancia, por lo que todo eso de la esclavitud le parecía algo lejano. O al menos así trataba de excusarse a sí misma ante el incomprensible remordimiento que la asaltaba tras ahuyentar aquellas ideas de su mente, como si acabara de traicionar la historia o el recuerdo.

La condición de su madre, sin embargo, la aguijoneaba con una punzada de humillación y de vergüenza que Lita no conseguía superar. «¡Sí, hija de la criada de los marqueses!», se imaginaba sosteniendo ante alguno de aquellos impertinentes con igual descaro con que lo hacía ante las estúpidas referencias a su color de piel. Pero se le encogía el estómago al pensar en su madre en boca de esos ejecutivos bancarios capaces de asesinar por medrar en el escalafón. Llegó a encerrarse en un baño ante esas miradas torcidas que insultaban, que contradecían las falsas sonrisas de sus saludos, y golpear la puerta y soltar algunas lágrimas de rabia para, una vez recuperada la respiración serena, terminar llamándose «ingrata», y buscar la reconciliación espiritual con esa mujer a la que debía todo cuanto era, pero a la que no se atrevía a defender en público por unos prejuicios clasistas impropios de ella y que era incapaz de superar.

Porque era cierto. Hacía un par de años que su madre le había procurado aquel puesto de trabajo, después de que ella fracasara en todos los intentos que hizo para valerse por sí misma tras acabar sus estudios universitarios de economía y un máster en comercio internacional. Dominaba el inglés con soltura y se había acercado al alemán, pero todos aquellos conocimientos le sirvieron de poco para llevar pizzas en bicicleta de un lado al otro de Madrid, poner copas detrás de una barra, reponer mercaderías en un supermercado o ser explotada, con la promesa de la experiencia como único salario, en algunos despachos profesionales de poco nivel y menos humanidad. A Lita le había tocado vivir unos años difíciles por lo que al empleo juvenil se refería: el paro hacía estragos en el amor propio y la autoestima de los jóvenes que pretendían acceder o mantenerse en el mercado laboral, aunque solo obtuvieran trabajos precarios.

Llegó un momento en el que la depresión se apoderó de ella. Permanecía pasiva, no reía, no comía, y llegó a descuidar su higiene y su aspecto personal. Sus amigas avisaron a la madre, y esta se presentó en el piso que compartían en el barrio de La Latina de Madrid a recoger a una criatura deshecha y llorosa, a la que amparó de nuevo en la habitación diminuta y sin ventanas que le proporcionaban los Santadoma.

Lita se recuperó durante unos días en los que deambuló por la zona de servicio de la casa con la tranquilidad de que allí jamás accedía doña Pilar de Santadoma, por lo menos sin anunciarse previamente como si fuera de visita a una casa que no era la suya. Los que sí se habían enseñoreado del lugar eran dos yorkshires mimados e insoportables que hacían sus necesidades en unos capazos con serrín dispuestos en la cocina. «Dice doña Pilar que en la calle se ensucian y pillan de todo», le comentó su madre. Lita trató infructuosamente de trabar algún tipo de amistad con aquellos animales, pero solo obtuvo un par de dentelladas rápidas, a traición, que le arañaron las manos.

—¡Perros de los Santadoma tenían que ser! —se quejó mientras su madre la curaba con agua oxigenada.

Desde ese momento, Lita pateaba el suelo con fuerza en cuanto veía venir a los chuchos. Ellos gruñían y ladraban desde la distancia.

—La señora nos atenderá después del desayuno —le anunció Concepción una mañana—. Lo hace de buena voluntad, hija —quiso aclarar ante el inconsciente rictus de rechazo con el que esta recibió la invitación de doña Pilar.

Ningún Santadoma había actuado nunca de buena voluntad, quiso contestar ella. Lita se había opuesto una y otra vez a las insinuaciones de su madre. «No quiero trabajar para el marqués», le decía. «No me interesa, madre». «Han explotado a nuestra familia toda la vida». Lita no deseaba prolongar en ella la relación servil que su madre mantenía con los marqueses y le parecía que, aun cuando no fuera como criada, la cercanía de aquella gente siempre le pesaría en el ánimo. Por no dañarla, callaba delante de su madre la angustia que sufría las noches en las que los señores daban una fiesta y Concepción, al tanto de que nada faltase, se acostaba ya amanecido, después de limpiar y recoger los restos de la velada durante la madrugada. ¡En ocasiones ni siquiera dormía! Concepción no tenía horarios; había más servicio, pero no era interino, de modo que ella era la única que dormía en la casa. Mientras, la madre se cuidaba mucho de no recriminar a su hija el fracaso que la había llevado a la depresión y a la desesperanza, y le costaba poco desarmarla: su ternura y su ingenuidad, su humanidad, eran capaces de quebrar cualquier resistencia. Entonces Lita cedía y se engañaba diciéndose que ya tendría oportunidad de negarse más adelante.

En esta ocasión, el nuevo silencio de Lita animó a Concepción.

—Seguro que tiene buenas noticias —insistió entonces con la prisa en sus maneras—. Tenemos que ir antes de que llegue el cura.

«No...», quiso objetar la muchacha, pero en su lugar se dejó llevar.

—Señora...

Concepción añadió un carraspeo con el que interrumpió los pensamientos de la anciana, que tenía la vista perdida al otro lado de los ventanales que daban a la calle. Acababa de desayunar en una mesa camilla cubierta con mantelería de hilo, vajilla de porcelana y cubertería de plata a la que se sentaba con la espalda tiesa, el cuello estirado y el mentón alzado. Como siempre, por temprano que fuera, la mujer, viuda y con más de ochenta años, aparecía impecablemente vestida, el cabello cano bien peinado, perfumada y maquillada, aunque con delicadeza, sin excesos; preparada para recibir cualquier visita distinta de la del sacerdote que acudía todos los días a darle la comunión y que después ofrecía a la criada.

—Mi hija —la presentó sin necesidad alguna Concepción, empujándola con suavidad por la espalda para que adelantase un paso.

Igual que le hacía de niña.

Lita obedeció y se dio cuenta de que, de manera inconsciente, había entrelazado las manos por delante de sí, en actitud de recato, también igual que cuando era una niña. Las soltó y, por unos instantes, se sintió incómoda, como si estuviera vulnerando una regla.

Doña Pilar percibió aquel inocente acto de rebeldía, aunque

su atención se centró en consolar a los dos yorkshires, histéricos, que ladraban con furia ante la llegada de Lita a sus dominios, pero esta vez sin acercársele a los tobillos.

—Te advertí que tu hija no lo conseguiría, Concepción —le recordó después doña Pilar, mudando la afectación con la que se había dirigido a sus dos perros por un tono seco y contundente. La criada bajó la vista—. No estabas capacitada para afrontar la vida por ti sola, María Regla. —La mujer nunca utilizaba el apelativo cariñoso de una Lita que se planteó qué más debía estudiar para estar capacitada a juicio de la vieja—. Bueno —continuó esta—, me ha comentado tu madre que tienes necesidad de trabajar en el banco.

Doña Pilar esperó una respuesta que tardó un par de segundos en producirse, los que empleó Lita en tratar de tolerar el tono con el que la mujer había mencionado aquella necesidad.

—Sí..., señora —terminó diciendo, aunque por dentro hervía de indignación.

¿De verdad quería ese trabajo? ¿Tanto lo necesitaba? El olor penetrante de las comidas que transportaba por medio Madrid en la caja de una bicicleta prestada, un empleo miserable del que la despidieron después de que se comiera lo que repartía para otros, le recordó su situación. Aquel día tuvo hambre, nunca le había pasado; se detuvo en una esquina, miró la caja, desmontó de la bicicleta, se sentó en el suelo, apoyada contra la pared, y disfrutó de unas piezas de maki y nigiri, o eso indicaba el recibo que eran. Ni pudo dar cuenta del envío ni pagarlo. El encargado gritó, hizo aspavientos en el aire y la insultó. «¡Negra de mierda!». Sí, se respondió: necesitaba trabajar en aquello para lo que había estudiado con tanto esfuerzo. ¡Solo pretendía que le dieran una oportunidad! Agarró sus manos por detrás, con fuerza. Tuvo que hacerlo. Tensionó los músculos hasta el dolor y permitió que la ira aflorase en su espalda en lugar de reventar frente a aquella mujer.

—Tuvimos una gran decepción el día en que abandonaste esta casa, arrogante, sin siquiera despedirte, ni mucho menos agradecer todo lo que esta familia había hecho por ti, como si fuéramos unos... extraños a los que no debieras nada. —La mujer dejó que sus palabras se desvaneciesen en el ambiente antes de proseguir—: Mi padre, el marqués, a quien Dios tenga en su gloria, aseveraba que uno de los peores defectos de las personas es la soberbia, y que a los ingratos no había que concederles la oportunidad de que volvieran a insultarnos con el desprecio.

Lita creyó que los hombros iban a dislocársele por la fuerza con la que combaba sus brazos. Sí, se fue dando un portazo, a gritos con su madre, cegada por la rebeldía de la juventud, y ahora sentía ganas de escupir a aquella vieja y poner así término a la humillación. Concepción debió de intuirlo porque levantó la vista del suelo y, para sorpresa de su hija, intervino en su defensa.

—Era muy joven, señora —alegó.

La mujer hizo caso omiso del comentario.

—No lo mereces, María Regla. No deberíamos ayudarte. Sin embargo, los servicios que tu familia ha venido prestando en esta casa durante tantos años, con una lealtad y una gratitud que tú has mancillado, me llevan a contrariar la decisión que me consta que hubiera adoptado mi padre. Las mujeres pecamos de debilidad —suspiró, con lo que Lita consideró uno de los mayores ejercicios de cinismo que había presenciado—. Mañana preséntate en el banco.

Después de esa última intervención, doña Pilar mantuvo sus ojos acuosos clavados en la hija, esperando una respuesta. La madre se adelantó:

—Gracias, señora, muchas gracias.

—Gracias… —terminó sumándose Lita mientras se clavaba las uñas en las palmas de las manos.

—Espero que, igual que lo fueron tus antecesores, como lo ha sido tu padre y lo sigue siendo tu madre, como lo fue tu abuela por no remontarme más, seas digna de trabajar para los Santadoma, y lo suficientemente agradecida por el favor que te concedemos —añadió la anciana llevándose la servilleta a los labios para golpearlos ligeramente y con ello poner fin a la conversación.

Madre e hija regresaron a la minúscula habitación sin ventanas en silencio; la sonrisa de Concepción iluminaba el camino, mientras en la cabeza de Lita se arremolinaba un torbellino de pensamientos airados que la acechaban al ritmo de los ladridos de los yorkshires que había dejado a su espalda. ¿Digna? De lo único que tenía que ser digna era de su madre, pero ¿se comportaba con ella con la dignidad y el amor de una hija, o la utilizaba para conseguir aquello en lo que había fracasado? Era cómodo dejarse llevar por su iniciativa, aprovechar la oferta y esconder su animadversión hacia los Santadoma tras una supuesta obediencia que no era sino interesada, porque necesitaba ese trabajo que no podía conseguir por méritos propios. ¡Y porque lo quería! Lo quería, sí, y al admitirlo se sintió tremendamente hipócrita.

—Mamá... —quiso confesarse.

—Calla, niña —la interrumpió Concepción empujando la puerta batiente que se abría a la zona de servicio—. Tú pudiste estudiar gracias a los señores, que lo permitieron, nos proporcionaron techo, ropa y comida, me pagaron un sueldo y hasta corrieron con los gastos de tu colegio. Recuérdalo. Eres la primera de la familia que no sirve en casa de los Santadoma. ¡Lo harás en todo un banco! Aprovéchalo, trabaja duro y, como dice doña Pilar, sé agradecida. Aunque pueda no parecértelo, los Santadoma siempre nos han tratado bien, hija —sentenció.

El techo, la ropa, la comida y el sueldo los había ganado Concepción trabajando a destajo, calló Lita. Y el colegio religioso de niñas ricas, al que los Santadoma decidieron llevarla a modo de ejercicio de caridad pública, no había originado en ella más que frustraciones y complejos. Su lugar era el instituto público; allí había negras como ella, y chicos de su misma clase social que hasta se esforzaban y estudiaban más de lo que unas monjas, tan recatadas como reaccionarias, esperaban de sus alumnas privilegiadas. Llegó a pedirle a su madre que la cambiase de colegio, pero Concepción se opuso por temor a que los señores se lo tomaran como un desaire.

Lita frunció los labios ante aquellos malos recuerdos que un día la llevaron a los gritos y al portazo. Ya se había disculpado con su madre decenas de veces, aunque esta continuaba creyendo en la bondad de los Santadoma. Respiró hondo y la abrazó fuerte, muy fuerte.

—Tienes razón —le dijo al oído—. Gracias, mamá.

Dos años después, como cada día desde entonces, Lita evitó las miradas de los demás y se sentó a la mesa de la Banca Santadoma dispuesta a demostrar su valía por encima de recomendaciones y prejuicios.

# 3

*Cuba, abril de 1862*
*Ingenio La Merced*

Era la sexta zafra que Kaweka vivía en el ingenio La Merced. Estaba a punto de cumplir diecisiete años, aunque según su documentación eran veintitrés, la edad que tendría la esclava fallecida a la que reemplazó y de la que también le adjudicaron el nombre, María Regla, y hasta un color de piel más pardo. «Por suerte —bromeó mamá Ambrosia—, la chica no estaba casada ni tenía hijos, porque te los habrías quedado». A través de esa artimaña, el marqués legalizaba una esclava entrada de contrabando en la isla, y tan solo por unos pocos pesos de incremento en los estipendios de don Julián, el sacerdote que acudía al ingenio los pocos días al año señalados para oficiar misa, y que una Navidad se empeñó en bautizar por segunda vez a la esclava llamada María Regla.

—No juzgo sus manejos administrativos —alegó el cura ante Narváez, el mayoral de La Merced—, pero Dios no es ni tan ingenuo ni tan laxo como las autoridades españolas, y bien sabe Él que esta nueva María Regla no dispone de los papeles necesarios para entrar en el reino de los cielos.

Con el transcurso de los años, los grandes azucareros habían conseguido limitar la intervención de la Iglesia en sus propiedades y librarse de buena parte de sus obligaciones para con la institución, desde las misas semanales hasta la abstinencia, el ayuno o los diezmos. Los ingenios eran explotaciones mercantiles y la intromisión de los curas y las pérdidas de tiempo no podían consentirse. Aun así, la evangelización de los esclavos, la redención de su alma y su salvación cristiana como seres humanos, aunque salvajes e inferiores a los blancos, constituía uno de los fundamentos en los que los blancos excusaban la trata, y a través del cual tranquilizaban tanto sus conciencias como su imagen. Con ese objetivo los sacarócratas decidieron simular la santificación dominical, concediendo ese día de fiesta a una parte de sus esclavos después de que el mayoral, en funciones de capellán, les leyera un misterio, un par de hojas del catecismo, y les enseñara a santiguarse y a rezar las oraciones básicas. Esos festivos, parte de la dotación se destinaba durante unas horas al mantenimiento de unas instalaciones que, en época de zafra, sufrían un deterioro considerable. En realidad, la espiritualidad de los hacendados se diluía en lo que no constituía más que un paro forzoso, de índole técnica, que se realizaba principalmente para limpiar las máquinas y evitar la fermentación que estropeaba el azúcar.

En el ingenio La Merced los domingos se celebraban cada quince días, así lo había decidido el marqués: una jornada de fiesta cada dos semanas. Además, no podía coincidir con la de las explotaciones cercanas con el fin de impedir que los esclavos se reunieran y de ese modo evitar que planearan revueltas. Ese día de abril del año de 1862, tras las prédicas de Narváez, Kaweka y mamá Ambrosia se dirigieron a la taberna abierta en el camino, justo a la salida del ingenio. Allí se toparon con otros esclavos, chinos contratados que vivían en régimen de semiesclavitud, y libertos asalariados, todos dependientes del marqués de Santadoma. Entre ellos se movían hombres libres de pueblos de los alrededores, pero ningún trabajador de las plantaciones limítrofes. La taberna era en realidad un almacén: un edificio basto de una sola planta construido en madera y techado con hoja de palma en el que se podía encontrar desde ron y aguardiente hasta zapatos. Los esclavos de los ingenios no llevaban zapatos. Nunca se los daban con la esquifación, por eso algunos hombres y mujeres se vendían por conseguir un par de ellos para lucirse y destacar en las fiestas de los domingos.

Kaweka se coló con agilidad entre la gente que se apiñaba en el establecimiento. Mamá Ambrosia, por el contrario, se abrió paso a empujones, desoyendo las quejas que originaba. En realidad, la mayoría respetaba a la vieja criollera. En el interior, esclavos y trabajadores bebían, chillaban y sobre todo apostaban, a las cartas o a cualquier juego que permitiera poner encima de la mesa pesos o las monedas acuñadas por el marqués: los *tokens* con los que pagaba a los suyos para que consumiesen en su tienda y no escapasen por la noche a gastarse el dinero. Los *tokens* carecían de valor en otro lugar y eran práctica común en los grandes ingenios.

Muchos esclavos eran aficionados al juego, en el que perdían los dineros que obtenían de la explotación de sus conucos, las pequeñas piezas de tierra que el marqués les cedía para que las cultivasen o criasen en ellas puercos y gallinas. Aquellos huertos, dispuestos estratégicamente alrededor de las instalaciones azucareras, garantizaban también que sus beneficiarios no incendiasen el ingenio para no perjudicarse a sí mismos.

Kaweka y mamá Ambrosia buscaban a Gabino, un vendedor ambulante, negro libre, que recorría los caminos tirando de una mula aparejada con un gran armazón de madera que amenazaba con hundir al animal, compuesto por mil casilleros en los que se exhibía todo tipo de productos: ropa, quincallería o alimentos que anunciaba a voz en grito, ya fuera en pueblos o ingenios.

Las esclavas no localizaban al buhonero entre el gentío que se acumulaba esa mañana en la tienda, aunque sabían que estaba por allí. Gabino podía acercarse a ellas en La Merced si acudía al ingenio a vender sus mercaderías; si no era así, una u otra echaban un vistazo al camino, y si veían a su mula atada a un palo, se presentaban en la taberna por si había noticias de él. Las dos mujeres siguieron con su reconocimiento hasta que se abrió un círculo alrededor de un par de mesas largas que alguien procedió a juntar. Ahí estaba, entre un buen número de personas que empezaron a gritar y a cruzar apuestas entre sí, señalándose, aceptando el envite y retándose. Casi tocando los bordes de las mesas se colocaron una serie de galletas grandes, duras y saladas, tantas como hombres, todos negros, esclavos, que se alinearon frente a ellas. El resto de los presentes en la taberna se percataron del inicio de aquel juego, que acogieron con escándalo añadiéndose al círculo, a las apuestas y al bullicio. No era la primera vez que Kaweka y la criollera presenciaban esa competición y sonrieron al cruzar sus miradas.

Los hombres dispuestos frente a las mesas se bajaron los pantalones; algunos de ellos también se despojaron de las camisas y quedaron desnudos. El tabernero alzó un brazo y los competidores agarraron sus respectivos miembros, por la base, lo más cerca posible de los testículos. El griterío se moderó unos instantes; la expectación reinaba en el ambiente hasta que el árbitro bajó el brazo y los esclavos empezaron a golpear las galletas con su pene, utilizándolo a modo de mazo. La gente estalló en vítores de nuevo. Ganaba aquel que partía antes la galleta, aparentemente de hierro ante los embates de los contrincantes.

—Hoy es domingo —afirmó mamá Ambrosia al oído de Kaweka—. ¡Disfrutemos! —propuso tras dar un manotazo al aire.

Y se sumaron a la fiesta animando a gritos a uno u otro, pendientes de cómo se desmigaban las galletas hasta que una de ellas se quebró; la golpeaba un esclavo delgado pero dotado de un pene largo que luego hizo revolotear ante el público en señal de triunfo. Las dos aplaudieron y celebraron la victoria. Después, mientras unos se vestían, los *tokens* cambiaban de manos y otros se comían las galletas, Kaweka y mamá Ambrosia se acercaron al vendedor ambulante.

Los tres se retiraron discretamente a un rincón de la tienda, donde Gabino hurgó en su zurrón hasta extraer unos collares que ofreció a las mujeres.

—De hoy en cinco noches —les comunicó al mismo tiempo.

Ellas examinaron las baratijas.

—¿Qué necesitan? —inquirió Kaweka al tiempo que alzaba una gargantilla dorada como si se interesase por su precio.

—Armas, pólvora, carne, sal… —enumeró el hombre.

Kaweka negó ostensiblemente con la cabeza, como si rechazase el collar.

—Ya. ¿No quieren también al marqués? —ironizó en su lugar.

—Entonces ¿lo compras? —dijo Gabino elevando la voz.

La hojalata dorada, repujada con filigranas, resaltaba sobre el dorso negro de la mano de la joven, que se vio con ella al cuello.

—Es muy bonito —la incitó el chamarilero.

Era muy bonito. Nunca había tenido un collar como aquel. Una piedra, una concha ensartada en un cordel: eso era lo máximo que había lucido en las fiestas del ingenio.

—A ti te lo dejo a buen precio —insistió Gabino.

—¿Cuánto? —se atrevió a preguntar ella.

Mamá Ambrosia sonrió.

—Cuatro *tokens*.

Disponía de esos dineros. Posó de nuevo la mirada en las filigranas, en los dorados, y se imaginó adornada con él al cuello, captando la atención de algún joven, y quizá también la de una de esas amigas que se habían acostumbrado a mirarla con recelo.

—Cómpralo —la animó la criollera adivinando sus pensamientos—. Yo te ayudo si necesitas *tokens*.

Kaweka alzó todavía más el collar. Le gustaba, lo quería...

—No —decidió sin embargo, y devolvió la pieza a Gabino, que la aceptó con gesto de contrariedad.

—¡Niña! —saltó mamá Ambrosia—. Parecerás una princesa... —quiso convencerla al mismo tiempo que el buhonero.

—Tres *tokens* —ofertó este.

—No, no, no —se obcecó la muchacha—. De hoy en cinco noches —cambió repentinamente de tema—. Allí estaremos.

—Regla... —insistió la criollera cogiendo el collar de manos de Gabino.

Kaweka dio media vuelta. Desde hacía tiempo había limitado sus posesiones a su vestido, un gorro de lana, un pañuelo, el chaquetón de bayeta y una manta. Los *tokens* que ganaba tenían mejor destino que el de un abalorio para satisfacer su vanidad y que, en definitiva, de nada le serviría. Ella no hacía como la mayoría de las mujeres del ingenio, que se bañaban y se lavaban en el arroyo, se acicalaban, se vestían y se arreglaban los domingos para festejar con los hombres; unas diversiones que empezaban en el mismo río, cuando muchos de ellos acudían a verlas asearse y terminaban revolcándose y fornicando en el agua o en las represas que se formaban a su paso. Luego se iniciaban los bailes de tambores, y con ellos los esclavos regresaban a su tierra, a sus costumbres y a sus dioses. Los amos y los sacerdotes lo sabían y, sin embargo, permitían aquellas danzas.

Ambas volvieron al ingenio. La fiesta ya había comenzado en el barracón y se extendía por el patio. Los tambores retumbaban, acompañados por el sonido de las claves y las maracas. Pese al cansancio, la gente cantaba y bailaba para divertir y honrar a los dioses. Algunos entrarían en trance a lo largo de la mañana e intermediarían entre lo humano y lo divino. Uno u otro de los muchos santos bajaría a bailar en las cabezas de los esclavos. Kaweka lo había visto en numerosas ocasiones: estos convulsionaban, cambiaban la voz, advertían a la concurrencia, amenazaban y diagnosticaban enfermedades al mismo tiempo que prescribían sus remedios. El espíritu que se asentaba en cualquiera de los escogidos mantenía su propia personalidad. Si un *orisha* guerrero bajaba a una mujer, esta se levantaba las faldas hasta la cabeza como si quisiera quitárselas, pues no correspondía vestir así a un soldado; los había que provocaban la risa, o que se lanzaban a morder a los perros, o a comer cucarachas…

Y cada una de las deidades africanas que acompañaron a los negros en su cautiverio fue asociándose a otra de aquellas que les imponían los blancos. De esta forma, adorando en la misma persona a un santo cristiano y a un dios yoruba, los esclavos evitaron que amos y sacerdotes impidieran la llegada de sus *orishas* a tierras devotas de Cristo. Los esclavistas siempre trataron de convertirlos a su credo, pero los negros nunca olvidaron el suyo. La Virgen de Regla, el nombre que Kaweka había heredado, se fundía con Yemayá, diosa de las aguas. Sin embargo, lo cierto era que hacía ya años que la joven evitaba aquellas fiestas.

—Tu poder es demasiado fuerte —la convenció mamá Ambrosia tras una experiencia traumática un domingo de fiesta que, para enojo del mayoral, postró a Kaweka en cama durante algunos días.

Así era. Kaweka no tenía que buscar a los dioses en el frenesí de la música de tambores, cánticos y bailes rituales; ella era una de las elegidas a las que le «bajaba el santo» de forma espontánea, por lo que habían decidido apartarse de lugares como los barracones donde, al son de los tambores, se invocaba a los *orishas*. Muchos de ellos acudían a la llamada y flotaban entre los fieles, observándolos y juzgándolos antes de poseerlos.

Desde su llegada al ingenio, Kaweka había mostrado una relación especial con los dioses. La curación de Jacinto hacía seis años había sido la primera muestra. Luego fueron varias las situaciones en las que la niña tembló por la presencia divina, pero no fue hasta que contaba catorce años cuando un *orisha*, manifestando su habitual esencia caprichosa, decidió poseerla mientras transportaba sobre el hombro un haz de caña de azúcar recién cortada. Antes de llegar a la carreta de bueyes, arrojó la carga, se plantó delante de uno de los guardias y empezó a burlarse de él con muecas grotescas: resoplando, bufando, chascando la lengua. El hombre aguantó unos instantes, sorprendido, antes de propinarle una bofetada que la derribó. «¡Loca!», gritó, y le pegó una patada en el vientre. Luego la azotó. Desde el suelo, el santo no dejó de mofarse del guardián hasta que, transcurridos unos instantes, decidió devolver la identidad a la esclava.

Kaweka recuperó el conocimiento a tiempo para sentir un latigazo lacerante sobre las piernas. Se encogió. Los demás esclavos continuaban cortando la caña, cargándola en los carros de bueyes... y cantando.

—¡Levanta, negra! —le ordenó el guardia sin dejar de azotarla—. ¡Levanta!

La persiguió a gritos y a golpes hasta que la campana del ingenio los llamó de vuelta, cuando el sol se ponía y empezaba a colorear el cielo de rojo. Narváez ya estaba al tanto de lo sucedido por boca del conductor de uno de los carros de bueyes. Mamá Ambrosia, también. A medida que hombres y mujeres accedían al patio de los barracones, los fueron colocando en círculo. Kaweka recibió un empujón cuando pretendió seguir los pasos de los demás esclavos.

—¡Estúpida! ¿Crees que te vas a librar? —bramó uno de los guardias.

La llevaron hasta el centro, donde la esperaba el mayoral.

—Desnúdala —le ordenó a una esclava.

Kaweka dejó caer la hierba que cargaba antes de que la mujer le arrancase el vestido de cintura para abajo. La prenda, vieja, rota, cedida, no aguantó en sus caderas y se deslizó hasta el suelo. Las lágrimas corrieron por el rostro de la niña, que permanecía en pie, paralizada, temblorosa, los brazos caídos a los costados, el vello de todo su cuerpo erizado por el pánico.

Mamá Ambrosia se espantó ante la lujuria que percibió en muchas de las miradas que se recreaban en un cuerpo que huía de la inocencia: el pubis plano, salpicado de incipiente vello negro acaracolado, los pechos pequeños, ya formados, las curvas de las caderas delineadas. Durante unos instantes, el propósito del castigo que mantenía a Kaweka como centro de atención de la negrada del ingenio pareció desvanecerse de la mente de blancos y esclavos, y la muchacha se convirtió en una simple mercancía expuesta al deseo y a la fantasía voluptuosa. La criollera supo que aquel momento no solo finalizaría con el dolor de los latigazos, sino que también supondría la superación de una etapa en la vida de una cría que, como todas ellas, ingenuas, inocentes, era capaz de sonreír ante la desgracia, de jugar en el mismo lugar en el que unos minutos antes había caído rendido un negro, sus sollozos ahogados en la tierra sobre la que ellas correteaban, de arrinconar injusticias, rencores e insultos tras la inconsciencia de unos espíritus todavía alegres por naturaleza. Mamá Ambrosia había asumido el cuidado de Kaweka y procurado por ella igual que las demás madres por sus hijas.

Sin embargo, ese atardecer, el cascarón que protegía a la joven esclava acababa de explotar y era vendida en almoneda, su pudor descubierto y subastado a la incontinencia de esclavos hambrientos de placer. Así lo sintió la vieja y así lo comprendió la cría justo cuando ambas cruzaron sus miradas, húmedas, anegadas por las lágrimas.

—A tierra —volvió a ordenar Narváez, quebrando así el consuelo que mamá Ambrosia trataba de transmitir a su ahijada. Cuatro esclavos tumbaron a Kaweka sobre una puerta vieja dispuesta en el suelo y la ataron de pies y manos a las esquinas—. Quince —indicó el mayoral con indiferencia a uno de los guardias.

Eran diez latigazos por debajo del máximo diario permitido por la ley.

Kaweka no pudo contener un grito de dolor en el momento en que la tralla de finas tiras de piel de manatí entrelazadas sajó su carne. Peleó contra las ligaduras. Gritó y gimió sin pudor en los siguientes azotes, rodeada por los pies negros y descalzos de los esclavos, hasta que, cerca de la decena, antes de que el restallido profundizara en las heridas, la razón de las burlas del *orisha*, de su extravagante comportamiento en el cañaveral, apareció ante ella con nitidez: extraerla del conformismo, hacer nacer en ella un odio hacia el hombre blanco que la esclavizaba y maltrataba que se fundió con el dolor y la sangre. Las lágrimas cesaron y mamá Ambrosia, igual que muchos otros, vio cómo dejaba de pelear por combarse sobre la tabla, relajaba la espalda y la ofrecía al látigo, retándolo.

Narváez también se apercibió de ello, y se sintió desafiado, afrentado en su autoridad. Frunció el ceño y, con un gesto de apremio, ordenó al guardia que recrudeciese el escarmiento.

Al compás de la saña que empeñó el verdugo creció también la ira de Kaweka, un sentimiento que se impuso al dolor, a la pena, a la tristeza, al permanente recuerdo de su tierra y de los suyos, y, sobre todo, a la sumisión de los esclavos. La gran mayoría no peleaba. Sí, se hablaba de revueltas y de incendios, pero ella solo disponía de referencias verbales, leyendas que unos y otros iban exagerando, pero que en sus seis años de cautiverio no se habían hecho realidad. También se producían fugas y suicidios, abortos deseados y algún que otro sabotaje que afectaba a instalaciones menores. Pero la oposición al amo que la muchacha conocía se revelaba fundamentalmente en la lentitud, en la parsimonia con la que se afrontaba el trabajo; una actitud que enervaba a los centinelas, los obligaba a usar el látigo y hacía fútiles los esfuerzos por innovar unas máquinas que requerían diligencia y atención. Esa indolencia rutinaria, achacable tanto al cansancio como a la voluntad, devenía en el consuelo espiritual de unos hombres y mujeres explotados con mayor crueldad que los animales.

Por eso, la tortura que padecía tumbada y atada sobre una puerta vieja después de las burlas del *orisha*, cada uno de esos cuerazos que la sacudían y la despertaban de la abulia en la que dormitaba su raza, indicó a Kaweka el inexcusable camino que los dioses le marcaban: la lucha contra los blancos y la esclavitud. La persecución de la libertad.

Forzó el cuello y levantó la mirada hacia los esclavos que, en círculo a su alrededor, eran obligados a presenciar el castigo. Allí estaba Jacinto, al que ella había condenado a una vida de esclavo, y su madre, María de la Luz, demacrada, con otro criollo vivo en brazos.

Varias niñas de la edad de Kaweka escondían lágrimas y miradas ante la espalda reventada de su amiga. Muchos negros mantenían la tensión en sus rostros y otros hasta temblaban, quizá recordando su propio dolor. Había quien negaba con la cabeza y quien extendía los brazos como pidiendo clemencia. Sin embargo, no se oían quejas. Kaweka trató de sonreír, de animarlos a acompañarla en su lucha, pero no pudo. Su intento quedó en una mueca grotesca cuando el látigo silbó en el aire y la hirió de nuevo.

Kaweka tuvo el dudoso honor de ser la primera azotada de entre las jóvenes de edad similar. Cirilo la curó bajo la estricta supervisión de mamá Ambrosia, que exigió al mayoral que excusase a su protegida de acudir a la zafra. La criollera tenía cierta influencia sobre Narváez, quien, de acuerdo con los nuevos criterios sobre la crianza de los esclavos, percibía un incremento salarial por cada niño que nacía, vivía y se sumaba a la negrada del ingenio, logros para los que dependía del buen hacer de la mujer.

Durante unos días Kaweka convaleció en el criollero, donde solo conseguía olvidar el lacerante escozor del ungüento aplicado en su espalda, la piel levantada a tiras, cuando recibía la visita de algunas de sus amigas, que saltaban la valla del jardín y se colaban entre los niños a la hora de la comida, la cena, o incluso entre las tareas que se les encomendaban en el ingenio.

—¿Te duele mucho?

Examinaban su espalda y no evitaban las manifestaciones de terror. Conocían las secuelas de aquellos castigos, quizá hasta en familiares o seres queridos, pero comprobarlas en alguien igual que ellas, en una chica de su edad, las sobrecogía. La consolaban, aunque también la interrogaban:

—¿Por qué retaste a Narváez?

—Mi madre dice que si me castigan, debo mostrarme sumisa.

—Sí, porque entonces no se ensañan tanto.

—Tenemos que luchar —rebatió Kaweka, como si sus heridas le concedieran ascendencia sobre las demás.

Se limitó a repetir la explicación que creía que le habían proporcionado los dioses mientras permanecía tumbada sobre la puerta y era azotada con una crueldad inusitada para con una niña, pero sus amigas no la entendieron. «¿Nosotras?». «¿Contra qué podemos luchar?». «¿Cómo?». «Solo somos niñas... y esclavas y negras». «Los hombres no luchan». «Cierto, solo algunos escapan a los montes». «Nos castigarían más todavía». «Nos azotarán como a ti».

Y la muchacha no fue capaz de ofrecerles mejores argumentos. Ella misma dudaba: los dioses la poseían, los dioses ofendían a los blancos a través de su voz y de su cuerpo mientras permanecía en sus manos, inconsciente, y, sin embargo, era ella la que recibía el castigo, la que padecía el dolor, la que terminaba con la espalda cruzada por los verdugones, y todo para, tal como aducían sus amigas, ofender y airear al mayoral. ¿Qué clase de lucha era esa?

—No debes animarlas a la rebeldía —le aconsejó, ya por la noche, mamá Ambrosia, las dos tumbadas en la tarima, envueltas por la respiración pausada de los niños y sus madres, al abrigo de la vorágine que se originaba con las faenas del ingenio.

—No sé, mamá Ambrosia —reconoció la joven tras unos instantes de silencio—. Supongo que tienes razón porque yo misma no lo entiendo. Mientras me azotaban creí que los dioses me animaban a luchar, pero ahora... Ahora todo eso me parece muy lejano y no me atrevo a asegurar que fuera así, o que solo ocurrió en mi mente, como si fuera un sueño. O que lo creí por el dolor, o... no sé. Trato de recordar, pero todo está confuso; lo único que ahora me viene a la mente, una y otra vez, es el látigo, su silbido, su chasquido contra mi espalda, la punzada… ¿Qué sentido tiene pelear? Como dicen mis amigas, no conseguí nada.

La criollera se sintió superada por el discurso, por las dudas, por la angustia que destilaban las palabras de la niña, por su propia ignorancia. Alargó la mano hasta acariciar su mejilla.

—Los dioses te marcarán el camino —se limitó a contestar entonces.

Esos dioses continuaron asediando a Kaweka desde el momento en el que sufrió su primer castigo físico. *Orishas* que la montaban, y le robaban la voluntad y la palabra, desvanecimientos, indisciplinas, actitudes tan insospechadas como inadmisibles en un ingenio azucarero y que la llevaron a ser considerada por Narváez y los suyos como una persona desequilibrada, porque los blancos no entendían que tales excentricidades o locuras pudieran suceder fuera de los bailes rituales de los domingos, cuando los esclavos se emborrachaban con aguardiente, tabaco y sexo bajo el delirio de unos tambores que retumbaban sin cesar en sus cabezas y que por fuerza tenían que llevarlos al paroxismo. Pero lo que sucedía en las fiestas de negros no explicaba que una joven aparentemente sana, trabajando al sol del Caribe y envuelta en los cánticos tristes y monótonos de la negrada como todo acompañamiento, perdiera la razón de forma repentina.

Sin embargo, hasta que el mayoral llegó a esa conclusión, los intentos por someterla fueron muchos, castigos a los que, para desgracia de Kaweka, arrastró a algunas de sus amigas, como cuando defendió a Francisca, una chica algo mayor a la que uno de los vigilantes azotó en las nalgas sin motivo alguno cuando transitaban por delante de él de camino al barracón.

—¡Por qué! —gritó Kaweka encarándose con el hombre.

Francisca la agarró del brazo y tiró de ella.

—No… —murmuró.

La advertencia de la muchacha fue acallada por un nuevo latigazo, esta vez en la cabeza de Kaweka.

Tres días de cepo para las dos. Las aprisionaron por un pie, encerrando su tobillo en el hueco de los dos maderos que las mantendrían presas en el patio como ejemplo y escarmiento para el resto de los esclavos. El tiempo que estuvieron sentadas sobre la tierra, ambas con una de las piernas estirada, atrapada dentro del cepo, Francisca no quiso saber de las razones de Kaweka.

—No deberías haber dicho nada —le reprochó—. No vuelvas a meterte en mi vida.

Hasta entonces se llevaban bien, muy bien. Francisca era una de sus mejores amigas, el primer beso de un muchacho lo recibieron estando juntas, las dos escondidas entre las cañas, las dos riendo nerviosas al acercarse a los chicos con los que habían concertado la cita.

Una vez cumplida la pena, Francisca rehuyó su compañía.

Algo similar sucedió con Faustino. Kaweka estaba prendada de aquel chico. Llevaban varios meses flirteando: se sonreían tontamente y charlaban en los tiempos muertos, en los días de fiesta, e incluso cuando no debían. Buscaban quedarse solos, escapar de los demás jóvenes, y entonces ella permitía que la besara y la acariciara, tampoco más: mamá Ambrosia le había advertido seriamente de las consecuencias de superar ese límite. Pero cada vez que Kaweka pensaba en Faustino, en sus labios y en sus manos, le asaltaba la ansiedad y un agradable cosquilleo le recorría la espalda; un cúmulo de sensaciones contradictorias que acompañaban a la humedad de su entrepierna.

Una noche, ya de madrugada, Kaweka y otras jóvenes acompañaron a varios carros de bueyes, de los de dos ruedas, desde el secadero hasta la casa de calderas. Allí, igual que las demás, Kaweka cogió una canasta, la llenó de bagazo, los restos de la caña triturada y secada al sol, y la arrastró por un terraplén que moría en la explanada a la que se abrían las bocas de los hornos, situados en el subsuelo. Por encima, en la casa de calderas, estaban las grandes vasijas en las que se calentaba el guarapo, donde se evaporaba y cristalizaba el azúcar.

Era como bajar al infierno: la vida estaba arriba, pero allí solo había un calor asfixiante y unos demonios alimentando los fuegos. La joven, de forma mecánica, soñolienta, descargó el combustible sobre la pila ya existente y emprendió el ascenso del terraplén en busca de una nueva carga. No lo vio hasta su tercer viaje, junto a la boca de uno de los hornos, introduciendo el bagazo con una horca. Despertó de improviso. Faustino tenía el cuerpo brillante de sudor y su torso centelleante a la luz del fuego deslumbró a Kaweka, que, sin pensarlo, se desvió de la ruta y llevó la canasta directamente hasta el lugar en el que se encontraba el joven.

—Así no tendrás que ir a buscarla al montón —lo sorprendió dejando la carga a sus pies.

Faustino le sonrió.

—¿Vas a traerme mucha más?

Ella asintió y rio tontamente, y luego cedió al impulso de deslizar las yemas de los dedos por el pecho empapado del joven. El sudor caliente pareció quemarla. Se miraron con el deseo en los ojos y se besaron.

—¿Qué hacéis? ¡No puedes dejar de vigilar el fuego!

El chino que controlaba el tren francés se acercaba a ellos haciendo aspavientos. Los gritos llamaron la atención del centinela que estaba junto al carro de bueyes; las demás esclavas con sus canastas se apartaron del camino de ambos.

—¡El azúcar puede estropearse! —gritó el vigilante—. ¡Fuera de aquí, puta! —añadió mientras le propinaba una patada a Kaweka.

Cinco días en una celda de castigo a pan y agua; esa fue la pena a la que condenaron a Faustino por una falta grave como la de no atender debidamente el horno y el calor que recibía el guarapo.

A Kaweka, sin embargo, no la castigaron, como si el mayoral ya hubiera decidido dejarla por inútil. El desdén por parte de Narváez, así como las miradas de recelo de algunos esclavos ante su incomprensible indemnidad, la llevaron a mortificarse injustificadamente.

—¡No te vuelvas a acercar a mi hijo! —le advirtió el padre de Faustino, un esclavo que contaba con el favor de los empleados blancos—. ¡Déjalo en paz!

La siguiente vez que la poseyó un santo, de nuevo en el cañaveral, de nuevo levantando caña, Kaweka se encontró totalmente sola cuando volvió en sí. Los demás esclavos se habían alejado de ella en clara muestra de repudio.

—Se apartan de mí —sollozó.

Todavía era una niña. La criollera escuchó la queja de Kaweka con la garganta agarrotada e intentó revertir la situación intercediendo por ella. «No nos pidas eso, Ambrosia —se opuso el anciano al que dirigió su ruego—, tu ahijada es un nido de problemas». Ella discutió esa opinión y el viejo la dejó hablar antes de zanjar la cuestión: «Son muchos los negros que tienen más predisposición que otros a recibir a los santos, pero no por eso insultan al mayoral o se erigen en salvadores de nadie».

—Los dioses te han elegido para cosas más importantes —trató de consolarla mamá Ambrosia tras su conversación con el esclavo viejo.

Kaweka refunfuñó. No quería ser la elegida. Quería poder sentarse a comer en el patio con las demás sin que la diesen de lado; ahora se sentaba sola o, como mucho, confundida con las adultas. Quería poder charlar de chicos en el dormitorio de las mujeres; ahora las oía cuchichear unos catres más allá antes de estallar en risas o exclamaciones de sorpresa. Le habría gustado saber de qué hablaban, qué se contaban; su aislamiento la torturaba. Quería poder recordar su tierra con las otras bozales; temía que la imagen de sus seres queridos se desdibujara en su memoria como a veces le sucedía. Quería poder compartir el dolor por la esclavitud y llorar en grupo, y confortarse en las lágrimas de una amiga. Ahora el ingenio entero, los barracones, las instalaciones, los blancos y sus látigos caían a peso sobre su pecho y la llevaban a despertar en la noche empapada en sudor frío, buscando el aire a bocanadas.

—¡Qué me importa a mí lo que hayan elegido los dioses! —le chilló a mamá Ambrosia.

La criollera dio medio paso atrás y sacudió la cabeza como si pretendiera alejar de sí el desplante: no se debía insultar a los santos; podían enfadarse.

—Vigila a ese niño —la exhortó entonces señalando a un pequeño que gateaba por la tarima.

Porque desde hacía algún tiempo, Kaweka compaginaba las labores propias del ingenio con la ayuda a Cirilo o a mamá Ambrosia.

Narváez se lo notificó al marqués alegando que, así como en ocasiones Kaweka perdía el conocimiento en mitad de las labores propias del ingenio, y no era práctico castigarla más puesto que los demás negros no lo veían como un ejemplo y la esclava terminaría malograda, con los niños y los enfermos poseía unas habilidades de las que carecían las otras. Kaweka había aprendido a preparar remedios de plantas y hierbas como si ya conociera aquel arte, y tenía buena mano con los enfermos, los niños y las preñadas, labores siempre necesarias en el ingenio, por lo que tampoco era una inversión perdida, concluyó su exposición el mayoral. Tuvo ganas de añadir que, al fin y al cabo, el señor marqués no había pagado ni un peso por ella, pero optó por callarse.

—Ya sabía yo que nada que viniera de Florencio Ribas podía ser bueno —se quejó don Juan José de Santadoma, aceptando la decisión de su hombre de confianza.

Y lo que no supo replicar mamá Ambrosia a Kaweka acerca del designio divino, se lo mostró la realidad cuando el tiempo emborronó advertencias, miedos y certezas, y ella corrió en busca de Faustino con el deseo aguijoneando su decisión. Lo encontró, y con una sonrisa se perdonaron y se lo dijeron todo, pero alguien los vio escabullirse y avisó al padre, que se presentó en el secadero de bagazo, un erial donde se dejaban secar al sol las toneladas de restos de la caña y entre cuyos montículos los jóvenes se escondían con facilidad.

—¿Te gustan los besos? —preguntó, interrumpiendo los flirteos de la pareja.

Faustino dudó, sorprendido; ella esperó su reacción, que no llegó ni siquiera cuando el hombre la agarró, la acercó con fuerza hacia sí y empezó a besarla mordiéndole los labios.

—¡Faustino! —suplicó ella tratando de zafarse de mordiscos y abrazos.

—¡Padre...!

El negro, fuerte, propinó una bofetada a la muchacha.

—Te advertí que no te acercaras a mi hijo —le espetó. Y dirigiéndose al chico, añadió—: Aprende. Para esto es para lo único que sirve esta hembra. Ya la viste desnuda en el patio... Muchos se habrán aliviado pensando en ella. ¡Los dioses nos la regalan!

—¡Faustino! —rogó Kaweka.

Pero el joven permaneció paralizado, encogido, atemorizado, incapaz de intervenir mientras su padre la derribaba, se montaba encima de ella, le tapaba la boca con una mano y, tras subirle la camisa por encima de las caderas, hurgaba con la otra en su entrepierna, con avidez, impetuosamente. Kaweka se defendió: procuró cerrar las piernas, pero el hombre había interpuesto las suyas y se lo impedía; le golpeó, pero el hombre se mostró imperturbable ante unos puños que se estrellaban con torpeza contra sus hombros y su espalda; gritó, pero la mano del hombre en su boca convirtió sus aullidos en simples bufidos. Lo último que vio de Faustino fue cómo se daba la vuelta para no presenciar la violación, y entonces el joven se convirtió en una mancha entre lágrimas hasta que se desvaneció en mil pedazos, tan dolorosamente como se rajó el interior de su vientre al paso del miembro erecto de su padre.

«Ningún dios acudió en mi defensa», se quejaría más tarde a mamá Ambrosia mientras esta la atendía.

Kaweka clamó por la presencia divina a cada embestida de lo que se había convertido en una bestia sobre ella. Cerró los ojos, vencida, entregada, dolorida, pidiéndoles que acudieran a salvarla.

«No lo hicieron», le insistiría a la criollera.

Y así siguió hasta que los jadeos del animal se alzaron como un rugido antes de derrumbarse exhausto sobre ella.

—Ahora te toca a ti, Faustino —farfulló el hombre con la respiración entrecortada mientras se levantaba con dificultad.

Kaweka, temblorosa, sollozando, los ojos todavía cerrados, tumbada, desnuda de cintura para abajo y con las piernas abiertas a modo de ofrenda, esperó ese nuevo peso sobre su alma, pero transcurrieron los segundos sin que nada sucediese. Regresó a la realidad y se encontró sola entre montones de cañas trituradas.

Desde que la tumbaron sobre la puerta a los catorce años hasta que desechó la compra de la gargantilla dorada a los diecisiete, Kaweka tuvo tiempo y experiencias suficientes para llegar a un entendimiento con los dioses. Jacinto, ahora con seis años, encarnaba su propio espíritu: en los momentos en que lo veía cargando caña, limpiando o ayudando a servir la comida, triste y sometido, se reprochaba haberlo curado; sin embargo, en ocasiones también lo veía reír o jugar con algún otro niño, y entonces deseaba haber acertado. El pequeño transitaba del llanto sin lágrimas del trabajo forzado a las risas ingenuas en un devenir sin esperanza, igual que el ánimo de Kaweka oscilaba entre la voluntad que le imponían los dioses y la congoja por la incomprensión y el rechazo de los suyos.

La noche en que se cumplían los cinco días que les había señalado Gabino en la taberna del ingenio, los guardias y los capataces estaban pendientes de las labores de la contrafaena, de controlar el trabajo de los esclavos y de exigirles un esfuerzo que ya a aquellas alturas de la zafra, en el mes de abril, no hacía más que menguar debido al cansancio extremo. Los blancos les gritaban y los acusaban de vagos, de flojos y de perezosos, incapaces de entender que la fatiga arraigaba en la naturaleza de los esclavos y que llegaba un momento en el que ni siquiera el sueño o el descanso podían reparar tales estragos.

Hacía pocos días que Camila, una mujer que ocupaba un jergón cercano al suyo, se había dormido mientras caminaba por delante de una carreta de bueyes cargada de caña que regresaba al ingenio. El carretero, que cabeceaba aburrido, no la vio caer… o quizá sí, pero no tuvo ánimos para hacer nada al respecto. Los animales la pisotearon y una de las ruedas le reventó la cabeza. Kaweka la conocía, había hablado con ella en varias ocasiones. En el apresurado entierro que se celebró en el cementerio del ingenio, la muchacha hizo caso omiso a las cuatro palabras hipócritas de condolencia que le dedicó el mayoral, y se permitió una sonrisa: Camila ya era libre, pensó. Había muchos otros que no tenían la misma suerte. La enfermería, al cuidado de Cirilo, rebosaba de personas que habían sufrido accidentes debidos a distracciones que solo podían achacarse al agotamiento: miembros heridos o directamente amputados, quemaduras, fracturas. Muchos deseaban la muerte, y Kaweka ya había aprendido a respetar ese deseo.

Había quienes, por el contrario, elegían la vida.

Kaweka también los respetaba, lo había entendido al ver los dos estados que marcaban la vida de Jacinto, y ayudaba a unos y a otros por igual.

Como ocurría todas las noches durante los meses de zafra, el ingenio también se hallaba a pleno rendimiento aquella que les anunció Gabino. La maquinaria y las instalaciones fabriles funcionaban las veinticuatro horas del día. La caña se molía en el trapiche y se extraía su zumo. Ese guarapo se transportaba a la casa de calderas, donde se clarificaba y evaporaba en trenes al vacío manejados principalmente por operarios chinos. El jarabe que allí se producía se centrifugaba con la más moderna de las tecnologías llegadas a Cuba para que las mieles se precipitasen. Y, una vez cristalizado y seco el azúcar, se envasaba y se vendía.

Cuba era el mayor productor del mundo, y para continuar destacando en ese lucrativo negocio, los hacendados exprimían a los esclavos con jornadas de hasta dieciocho horas, día tras día, durante todos los meses en los que se desarrollaba el corte y la recogida de la caña, que variaban entre cinco y seis dependiendo de las lluvias.

Esa noche Kaweka se había mantenido despierta, tumbada en uno de los camastros cubiertos de paja que se alineaban contra las paredes de la sala grande destinada a las mujeres solteras, mientras las demás caían rendidas. Acababan de terminar su turno y amanecería en cuatro horas, momento en el que sonarían las nueve campanadas del avemaría que marcaban el inicio de las labores del campo.

La muchacha esperó unos minutos, se levantó del jergón y cruzó la sala con una precaución innecesaria: la oscuridad era casi absoluta; no había luna, y en el dormitorio solo brillaban tenuemente los destellos de las antorchas del exterior. Además, a nadie le importaba lo que hiciera, si dormía o no, si salía o no. No había vigilantes en el interior de los barracones. Tras abandonar la zona de las mujeres, se apostó delante de la puerta de la estancia en la que dormían los esclavos solteros, también agotados. Los oyó toser y moverse. Las parejas casadas tenían derecho a habitaciones propias para la familia, en la segunda planta del edificio, y los chinos disponían de un espacio independiente.

Al cabo de unos instantes apareció Mauricio, un joven algo menor que Kaweka, bozal como ella, robado de África.

—Vamos —urgió la muchacha haciéndole gestos de que la siguiera en silencio.

Abandonaron el barracón, un edificio en forma de ele que rodeaba el patio, y cuyo aspecto externo pretendía esconder la miseria que se acumulaba al otro lado de sus paredes. Estaba construido en mampostería, techado a dos aguas con tejas, provisto de un pórtico majestuoso y dos interminables líneas de ventanas sostenidas por arcos. Allí, además de los dormitorios de los esclavos y de los chinos, se ubicaban la enfermería, el criollero, la cocina, la celda de castigo y las estancias de los blancos. Alrededor de los barracones había unas casitas ocupadas por los trabajadores cualificados: el mayoral, los maestros del azúcar, los técnicos de las máquinas modernas... Las luces de la industria azucarera, a pleno rendimiento, se veían por delante del espacio abierto entre todas esas construcciones.

Con Mauricio pegado a su espalda, Kaweka inspeccionó la zona. Tampoco allí había vigilantes. Entre las sombras, deslizándose junto a la fachada, pendiente de los pasos de Mauricio, que la seguía, la muchacha se apresuró en dirección al criollero. Ella también estaba exhausta, pero la tensión la mantenía despierta. Percibía que los dioses la observaban y que sonreían al verlos correr.

Esa noche sin luna, Kaweka se detuvo un instante junto a la cerca que rodeaba el patio del criollero para escuchar el desdichado ritmo vital de una masa de hombres y mujeres sin voluntad propia, que se desplazaban con apatía por el ingenio pese a los castigos que recibían de los guardias del marqués de Santadoma. Los cánticos de los esclavos eran sordos, monótonos; sonaban como si se arrastrasen por tierra, incapaces siquiera de alzarse con vitalidad al cielo negro.

Suspiró antes de franquear la valla. Mamá Ambrosia los esperaba. La mujer miró al joven esclavo antes de entregarles unos objetos que mantenía escondidos bajo la tarima del criollero: un par de machetes nuevos, americanos, costosos, marca Collins, grandes, sólidos y ligeros, que Kaweka había robado de la enfermería mientras atendían a unos cortadores heridos.

Los machetes que utilizaban los cortadores de caña debían ser devueltos a la finalización de las labores en el campo y se almacenaban bajo llave, pero aquellos dos esclavos habían acudido a la enfermería a media jornada, y tenían que regresar en cuanto les hubiesen curado las heridas. Dos negros armados no suponían un riesgo de rebelión, por lo que nadie se preocupó de los cuchillos que portaban... hasta que desaparecieron. Los esclavos se presentaron en el cañaveral con las manos vacías, y negaron con la cabeza y se encogieron de hombros, una y otra vez, con tozudez, y la mirada clavada en la tierra, ante los insultos y gritos del mayoral. Esa noche Kaweka presenció cómo los azotaban con furia. La atormentó cada golpe. Creyó que sus propias cicatrices se desgarraban, y el siseo del látigo la aturdió tantas veces como cortó el aire. Se sintió culpable por haber robado las armas, pero era necesario, y sabía que lo repetiría por trágicas que fueran las consecuencias de su acción: un castigo que ella misma compartía. De pie en el patio, confundida entre los esclavos, Kaweka clamaba a los dioses, a los santos y a todos los muertos, y les exigía que le permitieran absorber parte del dolor que mostraban la espalda ensangrentada, los músculos agarrotados y el rostro crispado de aquellos hombres que fueron sucesivamente tumbados sobre la puerta vieja. Y Yemayá o quizá la Virgen de Regla o cualquier otro accedía a sus deseos, y Kaweka tenía que apretar los dientes para no revelar su sufrimiento, el dolor que sentía con cada azote.

Todavía no habían curado las heridas de los dos esclavos, pensó Kaweka mientras deslizaba la yema del dedo sobre el filo de uno de los machetes robados. Sí, había sido duro para ellos, pero ese era el destino que exigían los *orishas* y sus antepasados muertos: apoyar la lucha de quienes se rebelaban contra los blancos a costa incluso del sufrimiento de los suyos.

—Apresúrate, niña —la despertó mamá Ambrosia.

Un saco de azúcar. Algunos cartuchos de fusil, que quizá sirvieran o quizá no. Un hatillo de ropa. Tasajo, la carne salada la había hurtado la criollera en una de sus muchas visitas a la cocina en busca de comida para los niños. Una botella de aguardiente medio llena...

—¡Vamos! —le instó Kaweka a Mauricio en el momento en que la mujer les hubo entregado cuanto mantenía escondido.

Continuaron deslizándose pegados a las fachadas, esta vez cargados. Rodearon el barracón hasta su parte posterior, aquella que daba a los campos, y siguieron andando en busca del camino de acceso al ingenio, donde la taberna. Tres perros surgieron de la negrura. Gruñían. El ruido procedente del ingenio, de las máquinas, los cánticos y los gritos, se apagó ante el rugir de aquellas fieras. Mauricio dejó caer los bultos y ya daba media vuelta cuando Kaweka logró retenerlo por el brazo. Aunque el joven estaba advertido acerca de los perros, la sorpresa y el miedo habían vencido su disposición.

—No te harán nada —trató de tranquilizarlo Kaweka al mismo tiempo que lo zarandeaba.

Mauricio no estaba tan seguro de ello; los conocía, como todos los demás esclavos: mastines de Cuba, esa era su raza. Procedían del cruce de sabuesos con grandes dotes de olfato y los fieros alanos traídos por los españoles de su tierra. Habían sido criados especialmente en la isla para perseguir a los esclavos fugitivos y cuidar de las haciendas. Aquellos animales eran los que acompañaban a los guardias al cañaveral; los que vigilaban a los trabajadores y a los que azuzaban contra ellos. Por las noches los soltaban en La Merced.

Kaweka habló a los perros con voz firme y los gruñidos aminoraron hasta cesar. Uno de ellos se acercó a la muchacha en busca de una caricia que no llegó.

—Recoge las cosas —le exhortó a Mauricio.

El joven se agachó y obedeció, sin dejar de vigilar a los animales que los rondaban, tranquilos. Cargados de nuevo, reanudaron la marcha en dirección a la taberna, sin luz, perfilada contra la noche.

—¡Quietos ahí! —ordenó la esclava en el momento en que los perros se disponían a seguirlos.

—¿Cómo lo has hecho? —inquirió el joven, que giró la cabeza para asegurarse de que efectivamente no iban tras ellos.

—Yo no he hecho nada. Son los dioses quienes nos protegen.

—¿Siempre te obedecen los perros?

—No. Solo cuando los dioses quieren.

—¿Y si no quieren?

Kaweka no contestó.

En las cercanías de la taberna les salieron al paso varios hombres. Eran cuatro: tres negros, jóvenes, y uno mulato, de edad indefinible. Tres vestían harapos y el otro, solo un taparrabos. Uno llevaba un machete colgando de una cuerda a la cintura y dos iban armados con palos ensamblados a las hojas de hierro de los aperos de labranza.

—¿Quién es? —preguntó el cuarto, que portaba una escopeta.

Kaweka lo conocía de otras ocasiones, se hacía llamar Malaw y era el jefe. También conocía al pardo y a otro de los negros, pero al del taparrabos nunca lo había visto.

—Se llama Mauricio y se va con vosotros —contestó.

Lo hizo con orgullo. Los cimarrones simbolizaban el espíritu de lucha por la libertad, y huir a los montes conllevaba la decisión más trascendente que podía adoptar un esclavo. Hombres que se fugaban arriesgando sus vidas por librarse de las cadenas. Kaweka los admiraba. A diferencia de estos, había quienes trabajaban hasta la vejez, ahorrando cada *token* que ganaban en sus conucos, prescindiendo de la taberna y del juego, de los abalorios y las ropas de domingo para comprar su libertad o la de sus hijos, quizá solo para hacer frente al primer pago de esa emancipación, ya que el resto quedaba comprometido a plazos mediante un porcentaje de su trabajo. El concepto que Kaweka tenía de aquellos dos grupos no era el mismo. Todos odiaban a los blancos, sí, pero mientras unos se sometían a las reglas dictadas por ellos, los otros las discutían con su comportamiento; unos producían para los amos y los otros destruían su obra. Mamá Ambrosia y Kaweka ayudaban a estos últimos, hasta el punto de renunciar a lucir esos collares que Gabino trataba de venderles para así aportar una bolsa de comida a los fugados. Robaban cuanto podían, vendían pócimas y remedios, y compraban cuanto necesitaran los esclavos huidos. Luego hacían insignificantes ofrendas a los dioses ante un altar que mamá Ambrosia había instalado en el criollero, sobre una tabla en la que mantenía ordenadas una estampita de san Carlos Borromeo, el patrón de Matanzas, unas caracolas, un par de cuentas de cristal y el cabo de una vela que encendía cuando rezaban y les rogaban que acallaran a los perros y colaboraran con esas incursiones nocturnas. Pero de entre todo lo que llevaban a los cimarrones —los machetes Collins sobre los que se habían abalanzado los dos que pretendían pelear con palos toscos unidos a hojas melladas, la botella de aguardiente de la que otro ya había dado un largo trago y el resto de los enseres—, lo más importante para Kaweka y la criollera era Mauricio, el joven que había decidido emprender ese viaje peligroso. Al amanecer, cuando los esclavos formasen en el patio y se advirtiera su ausencia, el rumor circularía de boca en boca y serían muchos los que envidiarían su atrevimiento. Los habría que no, que les recordarían a los demás la dureza con la que eran tratados los cimarrones después de que los rancheadores los detuvieran y los retornaran a las fincas a las que pertenecían. Algo que tarde o temprano sucedería, auguraban con pesimismo.

—¡Cobardes! —estallaba entonces Kaweka ante tamaña resignación.

—Debes comprenderlos —trataba de excusarlos mamá Ambrosia—, no todos somos capaces de escapar a las montañas.

La criollera lo hubiera hecho, aun siendo vieja. Kaweka advertía cierta envidia con cada fuga en la que intervenían, pero la mujer permanecía atada al ingenio, comprometida con la lucha por la libertad.

—He ayudado a traer a muchos esclavos a este mundo —alegaba para fundamentar su postura—, los dioses me lo reprocharán y me castigarán por ello. Mi alma vagará como un espíritu maligno. Solo me queda tratar de enmendar mi conducta aquí, en el mismo lugar en el que nacen estos niños.

Y esa noche ambas estaban ahí, acompañadas por un joven negro al que habían convencido de que debía fugarse, de que debía perseguir la libertad aunque fuera a costa de su muerte.

—¿Y no estás muriendo aquí, poco a poco, forzado, humillado y azotado? Mira a tu alrededor —había argumentado Kaweka ante las dudas del muchacho.

Miedos que esa noche superó después de que el cimarrón de la escopeta lo examinara de arriba abajo y asintiera con satisfacción.

—Haces bien, muchacho —dijo el hombre—. Nunca seremos suficientes. Aunque también deberías venir tú —añadió dirigiéndose a Kaweka.

—¿Y quién robaría y os daría los machetes? —se opuso ella señalando una de las armas, ahora en manos del cimarrón que se había hecho con ella—. No, mi sitio está aquí.

El silencio momentáneo acentuó la mezcla de gritos y lamentos que llegaba desde el ingenio. En la noche, con el contraste del campo abierto ofreciendo esperanzas, el testimonio de la esclavitud hizo que se encogieran.

—Necesitamos más comida —dijo uno de los cimarrones, rompiendo el hechizo.

—Habíamos pensado en un cochino de los que criais en los conucos —intervino otro de ellos—. Será fácil...

—No —lo interrumpió Kaweka.

—¿Cómo que no? —saltó Malaw levantando la voz; aunque rectificó al instante: sabía que, sin la ayuda de Kaweka, ni siquiera serían capaces de acercarse a los conucos—. Solo sería un cerdo —trató de convencerla—. Ya lo hemos hecho otras veces. Tenemos algunos enfermos en el palenque. Necesitamos más carne que aquella que conseguimos en los montes.

Era cierto. Habían robado un par de cerdos en otras tantas incursiones, pero la de esa noche ya había costado suficientes penalidades para los cortadores a los que Kaweka robó los machetes como para cargar más sacrificio sobre los esclavos. La situación de la muchacha en el ingenio oscilaba entre la admiración y el recelo: había quienes la respetaban y también quienes se apartaban de ella, pero en uno u otro caso siempre estaba sola, sumida en la tristeza, y se acongojaba cuando pensaba y sentía como cualquier otra joven, necesitada de un cariño y una amistad que le eran vedados ya fuera por admiración o por temor. En esos momentos renegaba de los dioses y lloraba. No quería ser su elegida; solo pretendía poder acercarse a Faustino y notar su respiración acelerada al simple contacto, o recuperar el vínculo mágico que la unía a Francisca y que las llevaba a reír antes incluso de hablar entre ellas. Y no, esa noche no podía entregarles uno de los cerdos de los esclavos porque ya no contaba ni con Faustino ni con Francisca. Además, los rumores iban en aumento: la excusa de que mamá Ambrosia y ella compraban productos para alimentar y vestir mejor a los criollitos y a sus madres, cuando en realidad destinaban sus *tokens* a los cimarrones, se tambaleaba. Todos sabían que los machetes habían desaparecido del lugar donde Kaweka trabajaba ese día, la enfermería, aunque allí se daban cita decenas de esclavos, por lo que cualquiera podría haberse hecho con ellos para venderlos. Sería extraño que alguien relacionara la fuga de Mauricio con ese episodio, pero ella presentía que no era conveniente forzar más a los esclavos. Aquel que perdiera el cochino hablaría, se quejaría al mayoral, incluso al amo, especularía con sus amigos, señalaría culpables...

—No —continuó oponiéndose—. Si queréis carne, robad un buey, una vaca o un caballo. Proporciona mucha más cantidad que un cerdo y el daño se le hace al amo.

Uno de los cimarrones resopló.

—Es muy peligroso acercarse al potrero —convino Malaw.

Allí sí que había vigilantes, uno por lo menos, como era costumbre en las grandes explotaciones. Kaweka miró hacia el ingenio: una gran mancha brillante en la noche que se alzaba sobre un terreno plano.

—Un cochino —insistió el cimarrón pardo—. Los conucos no están vigilados. Los negros están trabajando o durmiendo, y a los blancos les importan una mierda sus huertos y sus animales.

—Si nos agarrasen... —dejó caer otro.

—Un cochino —sentenció el jefe.

Kaweka vio que hasta Mauricio asentía.

—No —repitió ella, sin embargo—. Si no queréis arriesgaros, esperadme en el camino, más allá de la taberna. No tardaré. Y si me retraso, mejor que os vayáis.

No les dio oportunidad de discutir. Llamó a los perros con un prolongado siseo, y estos no tardaron en surgir de la nada. Los cimarrones echaron mano a sus machetes y lanzas rudimentarias. Mauricio permaneció quieto.

—No os morderán —afirmó la esclava.

Luego se dirigió hacia La Merced, con los perros trotando tras ella. El potrero se hallaba en uno de los lindes de la finca, una gran extensión de terreno vallado que acogía más de trescientos bueyes además de vacas de carne, caballos y mulas. Igual que sucedía con los hombres, a aquellas alturas de la zafra los bueyes aparecían depauperados. Se los alimentaba con el cogollo de las cañas, lo cual era insuficiente, y su cuidado recaía en los esclavos, que se despreocupaban de ellos.

Un vigilante dormitaba. Desde la distancia, escondida, Kaweka observó el escenario durante un rato. Los animales pacían con una tranquilidad ajena al frenesí que se vivía en el ingenio. Cualquiera de aquellos bueyes era mejor tratado que un esclavo. Ahí estaban, descansando, algunos pastando mientras hombres y mujeres caían rendidos en las faenas del azúcar. A los bueyes no se les podía pegar, estaba prohibido, pero a los esclavos, sí; a ellos se los azuzaba y azotaba con el látigo, y se los encepaba; sin embargo, si alguien apaleaba a un buey, se le castigaba con severidad. Ese era un principio de las explotaciones azucareras. Aun así, el transporte constante y pesado de la caña desde el campo hasta el ingenio, y el de las cajas de azúcar y los toneles de mieles desde el ingenio hasta el ferrocarril, conllevaba un maltrato que los hacendados asumían y que originaba un elevado porcentaje de mortandad entre el ganado.

Kaweka suspiró, se acuclilló, cogió una piedra que frotó en su entrepierna y se la dio a oler a los perros.

—¡Buscad! —los incitó antes de lanzarla cuan lejos pudo. Los animales olfatearon el aire—. ¡Buscad!

Los perros se internaron en la noche, entre gemidos y algún ladrido esporádico. Kaweka los oyó correr y vio cómo otros dos mastines que montaban guardia con el centinela los perseguían. El hombre despertó de repente, oyó los ladridos, cargó su escopeta y, al grito de «¿qué sucede?, ¿quién va?», también se adentró en la oscuridad.

Kaweka se dirigió con resolución a la puerta de travesaños que daba acceso al redil. No le hizo falta abrirla por completo. Cogió una cuerda de las muchas que había colgadas del cercado, rodeó el cuello de uno de aquellos animales tan altos como ella y tiró. Eran obedientes. El buey la siguió dócilmente. Los perros ladraban alterados y el vigilante gritaba tratando de descubrir la razón del escándalo. Ella se escondió en las sombras y continuó andando, campo a través, hacia la taberna.

Alejados del ingenio, entre unas palmeras, los cimarrones mataron al buey y lo despedazaron a machetazos, con golpes tan fuertes como imprecisos. Lo hicieron con prisas, pendientes del entorno, a la luz de un cabo que sostenía Kaweka. Tenían que regresar al monte. Cargaron cuanta carne pudieron, abandonando mucha en el cadáver del animal, y se despidieron agradecidos de la esclava.

—Estad atentas a las instrucciones que mandemos con Gabino —le pidió el jefe de la partida.

La muchacha asintió, apretó los labios ante su partida y permaneció unos instantes con la mirada clavada en la espalda de Mauricio, que pareció notarla, pues unos pasos más allá giró la cabeza para sonreírle.

—Suerte —musitó Kaweka.

Uno más que escapaba del amo. La tensión vivida hasta entonces fue sustituida por una sensación de plenitud que la llevó a mirar al cielo, todavía oscuro. Mauricio era libre, atrás quedaban las cadenas de los blancos que lo habían sometido hasta entonces. Que un día u otro lo detuvieran era intrascendente; hoy, ahora, no tenía amo, y ella había sido la artífice de esa victoria. Un escalofrío recorrió su columna vertebral: algún dios la felicitaba.

—Acompáñalos —le rogó a la divinidad—. Protégelos.

Trató de distinguir a los cimarrones en la distancia, sus pasos eran tan rápidos como ilusionados. En su lugar sintió el roce de los perros que habían vuelto y rondaban entre sus piernas, uno de ellos con la piedra en la boca. Los espantó. Recordó la pregunta de Mauricio sobre lo que hacía si los dioses no detenían a aquellas fieras. Llorar, respondió para sus adentros. Le había sucedido en alguna ocasión. Una noche no la ayudaron y apareció un mastín. Los *orishas* debían de estar distraídos, divirtiéndose, de fiesta, bailando, o simplemente no quisieron hacerlo. «Si siempre respondieran —la hizo recapacitar más tarde mamá Ambrosia—, tú serías tan poderosa como ellos». Así que el perro atacó, y tanto Kaweka como la esclava que la acompañaba, Lucía, huyeron. El animal eligió a la otra. En su carrera, Kaweka oyó cómo llegaban más mastines, sus patas golpeaban la tierra. Creyó que la perseguían y aceleró el ritmo, pero Lucía no pudo escapar de sus fauces. Aquellos animales, robustos y de patas cortas, estaban entrenados para saltar al cuello de los esclavos, donde mantenían la presa a la espera de las órdenes de su amo: morder o soltar. En esa ocasión se reunieron en derredor de Lucía. Ella escuchó sus aullidos llamando a los vigilantes blancos. No, lo último que quería ahora era acariciar a los perros del marqués de Santadoma; eran animales fieros y crueles con los negros.

Volvió la cabeza hacia el ingenio: cánticos, luces, trabajo, barbarie. Faltaban un par de horas para el amanecer, para el toque de campanas, la formación en filas y el control de asistencia del mayoral. El cansancio la asaltó de repente al anticipar otra dura e interminable jornada de trabajo. Los esclavos no recibían desayuno. En su lugar, se les daba un vaso de aguardiente de caña con el que los blancos pretendían estimularlos y despertarlos del letargo producido por el cansancio. A esas horas de la madrugada, Kaweka anheló aquel trago que le arañaría el esófago y el estómago.

# 4

*Madrid, España*
*Octubre de 2017*

Lita desvió su atención hacia el panteón ante el que se disponía el grupo de íntimos que había acompañado al marqués y a su familia desde la iglesia de los Jerónimos, donde se acababa de celebrar el funeral de doña Pilar de Santadoma, a la que Concepción había encontrado muerta en la cama la mañana del día anterior. Se trataba de una construcción cuadrada, clásica, simétrica, poco recargada, dotada de un pórtico compuesto por columnas y un frontón en el que se había grabado el nombre y el escudo heráldico de los propietarios. La única concesión a la decoración que permitió el viejo marqués, en lugar de los majestuosos grupos escultóricos de ángeles, vírgenes y santos que adornaban las tumbas contiguas, fue un friso en el que aparecían esculpidos motivos acerca de la vida en un ingenio azucarero, copia de los del antiguo mausoleo que la familia mantenía en el cementerio de Colón de La Habana. Una cruz coronaba el conjunto, protegido a su vez por una reja que lo circundaba.

Concepción, que, a juicio de su hija, estaba demasiado afectada por la muerte de la vieja, tenía los ojos enrojecidos por el llanto y se había empeñado en sumarse al cortejo fúnebre que se desplazó hasta el cementerio de San Isidro para presenciar la inhumación.

Lo hicieron en un taxi viejo que se fue entremetiendo de forma insultante en la fila de Mercedes, Lexus, Teslas y el majestuoso

Bentley azul marino del marqués, y ahora, en un día desapacible, madre e hija permanecían unos pasos por detrás de la familia y los amigos de los Santadoma.

Lita percibió alguna que otra mirada y barajó sus motivaciones: ¿curiosidad?, ¿compasión, desprecio? Necedad, en cualquier caso, decidió. La mayoría de los presentes las conocían, si no a ella, sí a Concepción, la criada mulata de toda la vida de la familia. Lita aguantó la ceremonia mientras hacía oscilar su peso de un pie al otro. Escondía las manos. Agarraba a su madre, la palmeaba en la espalda con ternura o le acariciaba el hombro. Y Concepción sollozaba, de manera sorda, como si no quisiera molestar. Era el momento idóneo para que se liberase de aquella familia que hasta en el llanto la sometía, pensó la joven. Concepción había ido saltando de un Santadoma a otro a medida que fallecían, un discurrir que inició con el viejo marqués a su regreso de Cuba y que terminaba ahora con la hija de este, Pilar, que acababa de fallecer. Era la última que permanecía viva de la siguiente generación de los Santadoma, los que estaban por debajo del viejo marqués, el que emigró a España.

En ese nivel, rondando los ochenta años, ya solo quedaba doña Claudia, a la que Lita dedicó una mirada aviesa. Iba de luto riguroso, agarrada al brazo de su hijo Enrique, pero ella no era Santadoma, sino la viuda del primogénito, de Eusebio, el único varón nacido del marqués y prematuramente fallecido en Miami. La anciana reinaba en la familia por su condición de madre del marqués actual.

Era impensable que Concepción pasase ahora al servicio de doña Claudia, con la que existía una tensión latente cuyos fundamentos Lita nunca había logrado descifrar ni su madre le había podido explicar. Los Santadoma, muchos de ellos todavía anclados en el pasado o simplemente tratando de revivir el espíritu colonial que los había hecho ricos y nobles, la trataban como a una criada cualquiera, en la mayoría de las ocasiones invisible, mostrándose indiferentes a su presencia. Pero por alguna razón que se les escapaba, las veces en las que coincidían en alguna celebración familiar, doña Claudia se ensañaba con Concepción. Se quejaba de ella, la despreciaba y la insultaba con crueldad y descaro ante un público que aguantaba la respiración por no contrariar a una vieja cuya senilidad tampoco excusaba aquel comportamiento.

Parecía evidente que Concepción no terminaría con doña Claudia ni tampoco con alguno de los miembros de la siguiente generación: el marqués actual, sus hermanos o sus primos, ninguno de los cuales estaría dispuesto a acoger a una mulata sesentona a su servicio, una sirvienta que se había criado con muchos de ellos, que los conocía de siempre y que con toda seguridad no encajaba en la imagen que pretendían proporcionar en esa sociedad donde se movían.

Pero, en cualquier caso, decidió Lita alejando de sí todas aquellas especulaciones, daba igual que alguno la quisiera o no como criada. La cuestión era insoslayable: su madre debía jubilarse. Le correspondía ese merecido descanso cuando aún le quedaba mucho tiempo por delante para disfrutar de la vida. Había cumplido ya los sesenta y trabajaba desde los seis o siete años. Ella siempre le contaba que en aquella época, de niña, tras salir de una escuela pública en la que tampoco se preocupaban en exceso por una asistencia regular, menos aún si la alumna era una mulata, ya ayudaba a su madre en la casa, y se divertía mucho más haciendo todas aquellas tareas que sentada en la cocina ante un cuaderno de caligrafía o de sumas y restas. «¡Qué barbaridad!», pensaba ahora Lita. Era consciente de que su madre no contaba con suficientes ahorros pese a toda una vida de sacrificio, puesto que había corrido con los gastos universitarios de ella: el máster y las estancias en el extranjero habían sido sangrantes, y también las ayudas, desgraciadamente más que puntuales, con las que había acudido en auxilio de su hija cuando esta peregrinaba infructuosamente por el mundo capitalista con una mano delante y la otra detrás, con sus títulos académicos como toda referencia, tratando de que le reconocieran su valía y la contratasen. Quizá en los dos últimos años, con ella ya asentada en el banco, habría conseguido ahorrar alguna cantidad; escasa, sin duda, pero algo sería. Concepción cobraba una pensión exigua, que no llegaba a los doscientos euros mensuales, en concepto de viudedad del padre de Lita, el chófer de los Santadoma, muerto en accidente poco después del nacimiento de su hija, y, por supuesto, podría contar ahora con la pensión de jubilación que debería quedarle tras su larga trayectoria laboral. ¡Y además estaba ella! Ahora le tocaba devolver los favores que su madre le había regalado a lo largo de toda su vida.

Imaginó a su madre feliz, saliendo a pasear por las mañanas. Tal vez se aburriría un poco al principio, como les suele suceder a la gran mayoría de los jubilados... Pero tenía amigas, y al disponer de tiempo libre, podría hacer alguna más. Estaba sana y algo tenía que hacer con los años que le quedaban por delante. Había llegado la hora de que recuperase la vida; quizá pudieran disfrutar juntas de muchos momentos que, hasta entonces, a Lita le habían parecido imposibles y que sabía que le debía: ir al cine, de compras, a comer las dos a un buen restaurante.

Los lamentos y los abrazos de los dolientes distrajeron a Lita de sus pensamientos. Los operarios del cementerio habían terminado. Fue el marqués de Santadoma, don Enrique, el hijo de doña Claudia, el que se acercó a ellas cuando ya solo quedaban algunos parientes frente a la tumba. Se trataba de un hombre de cincuenta y tantos años, alto, que cargaba con elegancia una prominente barriga; tenía el pelo entreverado de canas y las facciones marcadas. Vestía un traje de seda gris oscuro, una camisa blanca algo tirante a la altura del vientre, corbata y unos relucientes zapatos negros. Se movía de forma pausada, como si el universo debiera esperarlo.

—Gracias por tu asistencia, Concepción —dijo—. A ti también, Regla. —No les tendió la mano. Superaba a ambas en más de una cabeza—. Me consta que doña Pilar os apreciaba.

Concepción balbuceó un pésame.

—Lo sentimos, don Enrique —lamentó Lita por las dos, con voz clara.

—Lo sé, lo sé...

—¿Qué debo hacer ahora, don Enrique?

La pregunta, surgida de boca de su madre, sorprendió a Lita.

—Concepción —empezó el hombre, con una sutil inclinación

de hombros y cabeza, en actitud paternal, diametralmente opuesta a la que Lita conocía del presidente de la Banca Santadoma—, sabes que seguimos contando contigo. Fuiste muy atenta, primero con mis padres y luego con mi tía... Con toda la familia, de hecho. Además, también lo fueron tus padres y tu abuela... Puedes conservar tu trabajo, no queremos que nos dejes. El abuelo siempre sostuvo que estarías con nosotros hasta...

Concepción asintió con la cabeza.

—Pero ¿a quién serviré? —inquirió al mismo tiempo.

Lita no pudo dejar de balancearse sobre los pies.

—Bueno —contestó el marqués—, de momento puedes ocuparte de la casa. No conviene dejar que las cosas se ensucien y se deterioren. Además, alguien tiene que cuidar de los perros. Doña Pilar se revolvería en la tumba si no tratásemos a esos animales con el mismo interés con que lo hacía ella.

—Ya... —empezó a asentir Concepción.

Lita reprimió una exclamación, incapaz de dar crédito a lo que acababa de oír. «¡Miserable!», le hubiera gustado insultarlo. ¿Cómo se atrevía a sugerir que su madre trabajara para dos perros! ¡Perros! No había considerado esa posibilidad en el momento de computar a los miembros de la familia. Sí, al final su madre cambiaba de señores: doña Pilar por sus dos yorkshires.

—Oiga, don Enrique... —llamó su atención con sequedad justo cuando el hombre parecía dar por terminada la conversación.

—Dime —la atendió él con un tono diferente al utilizado con su madre, irguiendo los hombros de nuevo.

Lita lo pensó dos veces. ¿Qué iba a decirle? ¿De verdad pensaba llamar «cabronazo» a su jefe?

—Nada... Nada. No tiene importancia —oyó de sí misma.

—Yo creo que sí la tiene —la contradijo él, sin embargo—, cuando menos para ti.

Lita se lanzó:

—No me parece apropiado...

—¡Lita! —la regañó su madre.

—Desde luego que no lo es —aceptó por su parte el marqués—. No tengo intención de que tu madre se quede cuidando a dos perros... insoportables, además —añadió con una sonrisa que quiso ser de complicidad—. Pero como solución transitoria me parece acertada... para todos. Regla, la tía Pilar adoraba tanto a esos dos animales que llegó a incluirlos en su testamento, y en él nos exige... Bueno, ya sabes, ¡tonterías de una anciana! El testamento a favor de unos perros carece de valor, pero sus recomendaciones nos obligan, al menos moralmente. En realidad, no se preocupó de otra cuestión que no fueran sus perros. El banco, las acciones, el piso, todas las propiedades las somete a las normas usuales, las típicas de todas las herencias. Su voluntad póstuma, la de verdad, la que supera las rutinas del notario, estaba destinada a esos perros, por lo que cumpliremos su deseo en la medida de lo posible.

—Los quería mucho, sí —apoyó sus palabras Concepción.

Lita, por su parte, había enmudecido.

—No te sientas humillada —se dirigió don Enrique a Lita—. También hay que cuidar de la casa. Sabes que no somos vendedores de propiedad inmobiliaria. Los Santadoma compramos, nunca vendemos, y menos aún si se trata de pisos en los que ha vivido la familia y que de alguna manera forman parte de nuestra historia, de nuestra memoria.

—Pero... —quiso intervenir la joven.

—Regla, tenemos fincas que solo se utilizan cuando alguien va a cazar o a pasar allí unos días de vacaciones. A veces ni eso, a veces ni las utilizamos en temporadas largas. Pero todas cuentan con personal cuya única misión es cuidar del inmueble... y de los animales que hay allí, y esos son prescindibles, animales a los que nadie ha recordado en el momento de su muerte. No veo mucha diferencia con lo que le estoy proponiendo a tu madre. Trabajará más tranquila. Ya le corresponde. Con el tiempo decidiremos qué hacer con ese piso; quizá lo quiera alguno de mis hijos, o algún sobrino, ya veremos... Igual lo dividimos en dos, o hasta tres apartamentos. Ya decidiremos. No hay prisa. Con los pisos de la familia no pretendemos obtener otra rentabilidad que no sea la espiritual. Y, mientras tanto, hay que cuidar de los perros de la tía

Pilar. No te enfades —añadió, dando por terminada la conversación más larga que había tenido con la hija de la criada de la familia.

La muerte de doña Pilar de Santadoma no solo trajo cambios para Concepción, ahora dedicada al cuidado de dos perros y una casa vacía, sino también para la Banca Santadoma, que de un día para otro se vio envuelta en un proceso vertiginoso de venta. Don Enrique había sostenido que no eran vendedores, pero esa circunstancia debía de estar limitada solo a los inmuebles, porque el banco acudió al mercado antes incluso de que se cerrase el panteón de la última descendiente directa del viejo marqués de Santadoma.

Lita vivió ambos procesos: su madre reclamó tanta atención como lo hizo el personal de una firma internacional de consultoría de reconocido prestigio, Speth & Markus, que de forma discreta apareció por el banco. Una serie de ejecutivos y empleados escogidos, Lita entre ellos, fueron aleccionados para atender a esos profesionales bajo estricto secreto y confidencialidad.

Sin embargo, las conversaciones durante los desayunos o los almuerzos, en los pasillos o en los recesos para fumar un cigarrillo en la calle, vulneraron pronto dicho compromiso. En un momento u otro todos opinaban y discutían. Lita prefería no intervenir, aunque en ocasiones la interrogaban como si, por su relación con la familia, tuviera que conocer mayores interioridades.

—Está claro que la familia quiere vender el banco.

—La Banca Santadoma es un negocio muy atractivo…

—La vieja nunca quiso vender.

—Doña Pilar controlaba una buena parte del paquete de acciones de la familia.

Esto último no era cierto. Lita lo sabía, pero no quiso aclararlo. Las hijas del viejo marqués solo habían heredado la legítima y lo hicieron en unos años en los que la banca no era ni el mayor ni el más fructífero de los negocios familiares, por lo que en el reparto de la herencia de su padre optaron por otras propiedades. Aun así, era cierto que doña Pilar tenía acciones y que nunca había querido venderlas.

—Dicen que el testamento del marqués, el abuelo de don Enrique, fue complejo. Nombró herederos a sus nietos.

—Sí, porque el hijo del marqués, Eusebio, el padre de don Enrique, murió en Miami de un ataque al corazón unos años después de escapar de la revolución de Fidel Castro. El hombre aguantó algún tiempo durante las primeras épocas del castrismo, pero terminó huyendo en el momento en que el comunismo se mostró en toda su crudeza y perdieron todas sus posesiones en la isla. Cuando falleció, su padre no quiso dejar el patrimonio en manos de sus hijas y sus yernos.

—Machista el hombre...

—Precavido, diría yo.

—Dispuso que el mayor paquete accionarial pasara a manos de sus nietos a través de una cláusula fiduciaria complicada, de esas que utilizan las familias ricas y nobles. En síntesis, su testamento indicaba que todo se conservase hasta la muerte de la última de sus hijas, y que entonces pasase a los nietos, a los descendientes de las tres estirpes, lo que acaba de suceder con el fallecimiento de doña Pilar.

—Eso explicaría que hasta ahora no se hubiera puesto a la venta. Con la muerte de doña Pilar se abre esa posibilidad.

—¿Y el resto de los accionistas?

Los Santadoma ostentaban la mayoría del capital social del banco, una institución financiera mediana, con implantación en todo el territorio español y algunos otros países, principalmente hispanos, a través de filiales o establecimientos asociados. Se trataba de una entidad solvente, dinámica y rentable. Habían logrado superar la crisis de la primera década del siglo que corría gracias a la ayuda de capital norteamericano, precisamente el que ahora se interesaba por su compra, grandes inversores cuyos intereses se habían cruzado históricamente con los de los Santadoma, con quienes habían mantenido relaciones comerciales en la Cuba anterior a la revolución: bancos, hoteles, minas, azúcar, navieras... Esos americanos, tan reaccionarios como los Santadoma, enemigos acérrimos del régimen castrista y de todo lo que pudiera ser considerado de izquierdas, ni que decir tiene comunista, ostentaban otro porcentaje de la entidad financiera adquirido en el año 2007 a través del banco americano ELECorp. El resto permanecía, en una parte, en manos de algunas familias adineradas españolas y, en otra, en las del público a través de la bolsa.

—¿Todos venderán? —preguntó alguien.

—¿Doña Claudia también? —secundó uno de ellos riendo.

—Esa vieja es capaz de montar un lío, insultar a los compradores y largarse sin firmar.

—¿Os acordáis de aquella junta?

Rieron.

—Está totalmente loca...

—Venderá. Su hijo la convencerá, aunque tenga que incapacitarla. En cuanto a los demás accionistas, don Enrique no daría este paso si no lo tuviera ya pactado con todos. Y por lo que respecta al pequeño accionista, los mecanismos de adquisición son claros.

El trabajo absorbía a Lita. Ese día, como los anteriores desde la inesperada muerte de doña Pilar, llegó temprano al banco. Se dirigió a su mesa, resguardada de las demás de la planta por una mampara a media altura, colgó la chaqueta en el perchero de la esquina del cubículo, y unos instantes después fue a sentarse en una inmensa sala de juntas, rodeada de ejecutivos y con una pila de documentos ante ella.

—¿Qué hay del crédito concedido a la constructora... Incesa? —oyó que preguntaba un auditor. Ruido de páginas. Gente abriendo uno de los expedientes preparados por las secretarias—. ¿Se mantiene su solvencia?

Incesa. El riesgo, el riesgo... Lita se sumergió durante toda la mañana en el control de la situación jurídica, contable y financiera de los clientes del banco y de las operaciones significativas. Expediente tras expediente. Preguntas. Datos. Papeles que se deslizaban por encima de la mesa de unos a otros. Decisiones complejas y respuestas rápidas. Los compradores de las acciones exigían garantías de que aquellos activos por los que iban a pagar eran reales y no se habían depreciado. A las dos del mediodía, tras cinco horas de trabajo incesante, se concedieron un descanso para comer. Entonces comprobó el teléfono móvil: tres llamadas perdidas de su madre. Suspiró y se dijo que disponía de tiempo para ir a verla. Solo eran un par de manzanas. Se excusó. Sí, por supuesto, en una hora estaría de vuelta, se comprometió.

Telefoneó a su madre nada más salir del banco.

—¡Hija...! —La contestación se vio interrumpida por los ladridos histéricos de los perrillos—. Espera... —logró decir Concepción. Lita la imaginó con el teléfono en una mano y los animales de aquí para allá ladrando—. Espera, hija, espera...

Se le encogió el estómago. Lita lo había comprobado en internet: aquellos bichos podían vivir hasta dieciséis años. ¿Cuántos tenían ahora? ¿Siete u ocho? No parecía probable que murieran antes de la edad de jubilación de su madre. Lo cierto era que ningún pariente los quería, por eso el marqués había propuesto aquella solución. Ni hijos, ni nietos ni sobrinos estaban dispuestos a adoptar a dos yorkshires antipáticos e irritantes, pero tampoco nadie se atrevía a tomar una decisión que pudiera entenderse como una ofensa a la última voluntad de la tía Pilar, a su recuerdo y al respeto público que todos debían mostrar hacia su manifiesta voluntad en vida, cuando menos hasta que no transcurriese el tiempo prudencial para no sentirse unos ingratos. Lo oportuno y apropiado hubiera sido enviar los perros a alguna de las fincas propiedad de la familia, esas que, en palabras del marqués, apenas se utilizaban, pero doña Pilar jamás lo había consentido en vida. «No son perros rústicos —alegaba cada vez que se planeaba alguna visita—. Hay mastines y perros de caza en esas heredades. Se comerán a mis pequeños». Y viajaba sin ellos. En cualquier caso, no parecía que el problema preocupara a los Santadoma, que habían encontrado a quien se hiciera cargo a cambio de un coste intrascendente, insignificante para ellos. Además, la mujer cuidaba de esa casa en la que llevaba viviendo toda la vida y no iban a despedirla... Y, en última instancia, don Enrique lo había decidido así: «¡Concepción se queda!», dijo, zanjando la cuestión, cuando doña Claudia insinuó la posibilidad de deshacerse de ella.

Lita oyó ladrar a los perros ya desde el descansillo, al otro lado de la puerta del piso de doña Pilar. Concepción no había sido capaz de atender teléfono y animales al mismo tiempo, y optó por estos. «Bichos asquerosos», masculló la joven al oírlos rascar la madera mientras su madre pugnaba por abrir.

—Hija, perdona...

Los yorkshires se abalanzaron sobre Lita, pero antes de rozarla se detuvieron repentinamente y dejaron de ladrar. Madre e hija se quedaron quietas, mirándolos con perplejidad. Los animales gimieron y se acercaron sumisos a las piernas de Lita.

—¿Cómo lo has hecho? —inquirió su madre, atónita.

Lita titubeó.

—No sé... Yo no he hecho nada.

Un hormigueo indefinible la recorrió de arriba abajo cuando uno de los perros se tumbó en el suelo y se dio la vuelta, ofreciéndole el vientre y quedando inerme a sus pies. Ella lo dejó allí y entró en la casa sintiéndose etérea, moviéndose como si flotase en el aire, con ese hormigueo por todo el cuerpo; unas sensaciones que confundió con un mareo. Estaba trabajando mucho. Demasiado estrés, pensó en el momento en que buscó apoyo en la mesa de la cocina antes de desplomarse en una silla.

# 5

*Cuba, junio de 1863*
*Ingenio La Merced*

Una nueva zafra había concluido en La Merced. Ya no se cortaba la caña. Llovía de forma intempestiva, el aire pesaba y la humedad se adhería a la piel de los esclavos. En el ingenio solo permanecían ya los que eran propiedad del marqués de Santadoma y los colonos chinos. Los esclavos arrendados y los jornaleros, blancos o negros, habían sido despedidos. Gran parte de los bueyes acababan de partir hacia tierras de pasto alejadas, y durante algunas semanas la actividad se ralentizaba, con jornadas que ya no superaban las diez horas, durante las cuales se ponía fin de forma progresiva a la producción de azúcar de esa temporada.

El marqués y el mayoral, así como los demás sacarócratas de la isla de Cuba, eran conscientes de la necesidad de dar descanso a unos hombres y mujeres depauperados tras meses de explotación cruel, que se desplazaban por el lugar como espectros, arrastrando sus heridas, su desgracia y su cansancio igual que si llevaran una inmensa bola de hierro aherrojada a los tobillos. Los látigos ya no rasgaban el aire; en su lugar se oía el constante repicar de la lluvia sobre charcos y tejados, unas precipitaciones que no hacían más que propagar la disentería entre una población esclava que acudía a la enfermería en masa.

Durante el periodo que se extendía entre las cosechas, el «tiempo muerto», lo llamaban, Kaweka trabajaba a las órdenes de Cirilo, el cirujano que no sabía leer. Lo había hecho el año anterior, y otros antes, no recordaba cuántos; lo que sí recordaba con espanto era la calamidad que acaecía al término de la zafra: las muertes en los ingenios se multiplicaban durante los dos meses siguientes, cuando el cansancio acumulado y la extenuación reventaban en hombres y mujeres, y la falta de tensión los llevaba a una apatía en la que se entregaban a la muerte.

Para evitarlo, el marqués no reparaba en proveer de los medios necesarios para sanar a unos esclavos cuyo precio en el mercado alcanzaba cotas históricas. Los negros habían cumplido, se habían vaciado en la zafra, y ahora correspondía salvar el capital, lo que implicaba comidas especiales, medicamentos, higiene y personal dedicado a ellos.

Día y noche, Kaweka se movía de una sala a otra de la enfermería, perturbada, sin descanso, al ritmo de las llamadas, las quejas y los sollozos de los pacientes: naturalezas frágiles y cuerpos famélicos tendidos en los camastros, en ocasiones ocupados por más de un enfermo.

Después de obligarle a tragar un bebedizo de mercurio disuelto en agua, aplicó un paño fresco y húmedo sobre la frente ardiente de un hombre; llevaba dos días con fiebre. No recordaba ni cómo se llamaba. Juan, tal vez... Él mismo se lo había dicho, pero lo había olvidado, y eso la apenaba. Le gustaría dirigirse a él por su nombre. Creía conocerlo del ingenio, sí, un tipo fuerte, cortador de caña, trabajador, que ahora se retorcía débil, inerme, ante las punzadas de dolor que asolaban su abdomen.

Juan, si ese era su nombre, exhaló un gemido gutural, dilatado, en respuesta a otro de esos tremendos pinchazos. Kaweka apretó el paño y cerró los ojos con el estómago encogido, toda ella contraída ante la imposibilidad de proporcionarle consuelo. Sentía que se vaciaba con cada uno de aquellos enfermos que pagaban con su dolor, con su vida incluso, el confort y la riqueza de los amos blancos. Los espasmos cesaron momentáneamente; Juan calló, respiró hondo, y Kaweka se enfrentó de nuevo a la realidad sabiendo lo que encontraría: el camastro manchado de diarrea. No tenía tiempo de limpiarlo. La llamaban desde todos los rincones. Se inclinó sobre el lecho y examinó la deposición líquida. Esbozó una sonrisa tras comprobar que no era sanguinolenta y saltó a la siguiente cama.

Más bebedizos. Remedios que Cirilo prescribía a los pacientes hasta que aparecía la sangre en la diarrea. Sabía que la encontraría en algunos catres, siempre había alguien que sangraba.

La descubrió en la cama de una mujer mayor, Laura. Kaweka avisó a Cirilo ante la sangre en su deposición. El cirujano acudió al cabo de un rato, observó y asintió.

—Ya sabes lo que tienes que hacer —le indicó.

Ella se dirigió a la alacena en la que se almacenaban los medicamentos. Entre estos había un montón de botes con agua que contenían sanguijuelas. «Están todas sanas y limpias —le comentó Cirilo la primera vez que se las enseñó, años atrás, como si fuera una suerte, un favor que les concedían los blancos—. El marqués tiene ordenado que no se compren sanguijuelas que ya hayan sido utilizadas con otros enfermos». Kaweka siempre se había preguntado cómo sabían el marqués, Cirilo o quienquiera que se ocupase de comprar aquellos bichos que, efectivamente, eran primerizas.

Se acercó a la cama de Laura con los parásitos, un cuenco con agua limpia y un paquete de azúcar.

—Verás cómo te curas —susurró, tratando de tranquilizar a la mujer, que le contestó con un gemido.

La colocó sobre un costado y cruzó una de sus piernas para que ofreciera el ano. Lavó la zona, luego mezcló azúcar, mucho, en el agua y lo untó sobre el esfínter. Abrió el bote y cogió las sanguijuelas, de una en una, hasta llegar a ocho, y las fue aplicando lo más cerca que pudo del ano. El dulzor del azúcar atraía y fijaba a los gusanos. Cuando vio que se enganchaban y chupaban, se estiró y resopló.

—Aguanta en esa posición. Esto te ayudará —le dijo.

Continuó hacia el siguiente enfermo, consciente, sin embargo, de que aquellos que expulsaban sangre eran los candidatos escogidos por los *orishas* para pagar con su cuerpo el tributo a la tierra madre.

Habían transcurrido varios años desde que su alianza con los dioses creara los recelos suficientes para que amigas y novios la rechazasen. El transcurso del tiempo alejó su juventud confusa y fue definiendo a una Kaweka más serena. Se relajaron las tensiones y los esclavos empezaron a respetarla, aunque la muchacha nunca llegó a ser considerada una mujer normal. No cabía duda de que los dioses continuaban perturbando su carácter, algo que en ocasiones, cuando acudían a ella en busca de ayuda para sanar, para abortar o para suicidarse, les resultaba favorable, pero que en otras, como cuando enloquecía y les recordaba a todos su condición esclava y miserable, les causaba más de un perjuicio. En todo caso, sus poderes eran extraños, secretos, tal vez peligrosos, quizá hasta maléficos, aunque allí, junto a los camastros, nadie se lo planteaba, nadie recelaba, nadie desconfiaba de ella. En ese espacio, la muerte estaba presente, y entre el dolor, los llantos y los lamentos se notaba pasear a los espíritus: algunos misericordiosos e indulgentes, otros crueles y vengativos, todos volubles y caprichosos. Kaweka era la portadora de los dioses. En aquel escenario trágico no necesitaban montarla: era permanentemente suya, les pertenecía. Y los esclavos lo sabían.

—¡Cúrame! ¡Ayúdame! —le imploró Laura el día después, tras llamarla a gritos y aferrarse a su mano. Las sanguijuelas, que Kaweka había retirado, ya ahítas de sangre, no le habían procurado mejoría alguna.

Kaweka dudó. Podía ayudarla, interceder por ella ante los dioses, llamarlos y rogar por su salvación, pero muchas veces se preguntaba para qué quería vivir alguien como esa mujer. La azotarían, la explotarían y le robarían a sus hijos después de forzarla a tenerlos. ¿Era esa la vida que anhelaba, por la que suplicaba? Kaweka apretó aquella frágil mano crispada sobre la suya y percibió que Laura deseaba sanar. No todos querían, algunos se abandonaban a la muerte, o la buscaban, y ella tenía a Jacinto siempre como guía en su memoria, en su experiencia y en sus emociones; ya de niña había aprendido que no era quién para influir en la voluntad del que pretendía la liberación a través de la muerte. Los hombres eran los que más se suicidaban. Tres esclavos habían acudido a

Kaweka poco antes de finalizar aquella zafra. Los tres eran lucumíes como ella, los más proclives al suicidio, y querían saber si sus espíritus regresarían a sus casas; si era cierto lo que decían, que el amo los perseguiría, que tenía otro ingenio en el más allá y que continuarían siendo sus esclavos para toda la eternidad; si su sacrificio sería aceptado por los dioses... Kaweka les habló con la voz tomada, no por los dioses sino por la emoción, por el valor disfrazado de miedo, por la bandera que enarbolaban. Esa noche escaparon de los barracones, ella aplacó a los mastines y los acompañó hasta el cañaveral.

A la mañana siguiente, esclavos y blancos se toparon con el espectáculo: cada uno de los desesperados colgaba ahorcado de una palmera de las que crecían alineadas en los guardarrayas. Tres muñecos grotescos con las cabezas humilladas, las lenguas fuera, los brazos y las piernas lacios recortados contra el infinito. Tardaron en bajarlos porque ninguno quería ocuparse de ello, nadie se atrevía a tocarlos. Los vigilantes tuvieron que esforzarse con los látigos, pero Kaweka sabía que, en los oídos de los esclavos, cada restallido se convertía en los sonidos de su tierra, en las voces de los suyos, en los susurros de sus madres... Ella misma oía a la suya.

Sin embargo, y a diferencia de aquellos lucumíes, Laura quería vivir; era su decisión. Kaweka frunció los labios en una sonrisa, se acuclilló junto a la cama, le acarició la mejilla y rogó por ella.

—Te curarás —la tranquilizó.

Los dioses decidieron. Uno de ellos, la muchacha no podría decir cuál, quiso manifestar su voluntad. Ella cerró los ojos. Lo notaba en su interior, serpenteando entre sus órganos, invadiendo su ser. En cuclillas, canturreó y se meció hacia delante y hacia atrás mientras se dejaba llevar por la fuerza inmensa de lo mágico. En el momento en que la presencia divina se transmitió a la mano de la enferma, supo la decisión que habían tomado los dioses: Laura viviría... y continuaría sufriendo en el ingenio.

Día tras día, la muchacha se debatía entre sentimientos encontrados. La mayoría de los esclavos superaban la dolencia. Sus sonrisas, a menudo incrédulas en el instante de la curación, no hacían más que presagiar la desgracia que les esperaba más allá, en el ingenio. ¿Debía entristecerse ante su dicha? No podía; ella también se alegraba cuando uno de los enfermos mejoraba, conseguía levantarse del lecho y andar con pasos inestables. Laura lo hizo pocos días después. Su esposo y unas amigas fueron a buscarla. La mujer la abrazó y lloraron juntas. Luego, Laura se marchó y la sonrisa de Kaweka tardó poco en mudar en crispación: la recuperación del enfermo implicaba una victoria para el amo, un trabajador más, un espíritu menos dispuesto a hostigar su alma, porque eso fue lo que contestó a los lucumíes que se ahorcaron en el cañaveral:

—Descuidad, no hay ingenios en el más allá. Eso se lo inventan los amos para que no nos quitemos la vida y no perder dinero. Seréis vosotros los que perseguiréis al marqués. Una vez muertos, los católicos desaparecen, dicen que van al cielo o al infierno. Nosotros, nuestros espíritus, por el contrario, permanecemos aquí, en el monte, en los bosques y en los cañaverales. Desde ahí podréis atormentar al amo y a los suyos.

El transcurso de los días liberó a Kaweka del trabajo frenético de la enfermería. Salud o muerte terminaron imponiéndose sobre los esclavos, la situación sanitaria en el ingenio se normalizó, y ella recuperó su camastro en el barracón y la rutina en sus labores. Durante el tiempo muerto, los esclavos se entretenían en las instalaciones de producción de azúcar, preparaban los cañaverales, arreglaban carros, torcían sogas, construían cercas de piedra, o se les destinaba a realizar tareas sin sentido con el único objetivo de mantenerlos ocupados, como la que Kaweka y mamá Ambrosia observaban ahora desde el criollero: un grupo de hombres había empleado toda la mañana en trasladar camastros a través del patio central de un ala a otra del barracón, y por la tarde estaban haciendo el camino de vuelta para devolverlos al barracón de origen, en un viaje inútil que afrontaban con la misma parsimonia y desgana con que los habían cargado al inicio del día.

El sol lucía, la humedad continuaba siendo pegajosa y los cánticos de los negros aquí y allá, monótonos, apagados, envolvían el ambiente. Los vigilantes haraganeaban.

—Ni siquiera a los bueyes les piden esfuerzos innecesarios —se quejó Kaweka, apostada junto a la valla que cerraba el jardín por el que se movían los criollitos, con la mirada fija en aquellos hombres que cargaban con los camastros.

—Hay que estar ocupado. Siempre —apuntó la criollera resoplando ante la hilera de esclavos.

—«Si piensan, no trabajan, señor Narváez» —masculló la muchacha. Era la máxima que el marqués repetía a su mayoral una y otra vez.

La indolencia de aquellos meses de poco trabajo tenía, sin embargo, su contrapartida en la taberna del ingenio, como ambas comprobaron el primer domingo que acudieron allí y se mezclaron entre la gente. Si el alboroto en el interior del almacén era similar al que se producía en época de zafra, la tensión y la violencia en la gente eran mayores. En el tiempo muerto había excedente de mano de obra. El sistema esclavista estaba cambiando en Cuba. El coste de los esclavos era tan alto que los hacendados habían buscado todo tipo de alternativas. A partir de mediados de siglo, los tratantes exploraron nuevos mercados en los que abastecerse. Desde España importaron catalanes, canarios, muchos canarios, y gallegos, todos bajo contratos abusivos. Fracasaron, y los colonos regresaron a la Península o se dispersaron a lo largo de la isla. Llegaron los chinos, a miles, contratados también en condiciones que los asimilaban a los esclavos. Los chinos trabajaban y eran hábiles, por lo que terminaban destinados a puestos más técnicos que los negros. Se intentó con turcos y también con indios esclavizados en el Yucatán, pero no funcionaron: pocas naturalezas aguantaban como los negros las dieciséis o dieciocho horas de trabajo severo durante la zafra.

Entonces los ingenios empezaron a contar con trabajadores asalariados, blancos incluso, que tras la zafra permanecían ociosos a la espera de la temporada de recolección del café, en septiembre. Todos ellos vagabundeaban, se emborrachaban, se peleaban y se jugaban sus dineros, los que tenían y los que no, en las tabernas de los caminos.

Kaweka los observaba y se le encogía el estómago al pensar

que aquel era el destino de los negros que alcanzaban la libertad: una vida miserable. Los amos de los esclavos tenían la obligación de atenderlos en su vejez o cuando quedaban impedidos a causa de algún accidente. En esa tesitura se los destinaba a la casa principal, en la que se juntaba una corte de inválidos, o a vigilar las tierras en bohíos apartados, o a tareas menores en ingenios y cafetales, pero no les faltaba cobijo, ropa y algo que llevarse a la boca. Allí, por el contrario, a las puertas de la taberna, mendigaban ancianos y tullidos sin amo.

—Bendita seas —le agradeció a Kaweka uno de ellos después de que esta le diera una galleta.

La voz débil del viejo contrastaba con los gritos del interior. «Acompáñame afuera», le proponían a Kaweka siempre que entraba. Ese día no fue diferente y tuvo que oponerse a los diversos requerimientos y apartar a los hombres que le manoseaban el culo a su paso. Suspiró. Un mulato grande se arrimó a su espalda para frotar el pene contra ella. Mamá Ambrosia lo ahuyentó con un movimiento cansino de su mano. Había mujeres que consentían, salían acompañadas y regresaban sonrientes al cabo de un rato.

—¿Crees que vendrá Gabino? —inquirió la criollera cuando el jamaicano ya se había alejado de ellas, mientras ambas observaban entre el gentío el desarrollo del juego del monte, donde los negros se amontonaban para apostar a la carta que saldría de un mazo viejo y tan usado que se decía que los jugadores habituales olían cuál iba a ser el siguiente naipe en aparecer.

Esperaron por si llegaba el buhonero con algún mensaje de los cimarrones, para los que seguían robando. Mientras, aplaudieron el éxito de uno de los jugadores de cartas, y este lo celebró invitando a aguardiente. Bebieron y también dieron alguna calada a cigarrillos compartidos que pasaban por sus manos. Alcohol y tabaco achisparon sus sentidos. Rieron en grupo, estúpidamente; bromearon y cantaron. Rechazaron proposiciones que, una vez se imponían la embriaguez y la excitación, se extendieron incluso a la vieja criollera, y al final decidieron separarse del gentío en busca de un rincón más tranquilo, allí donde los hombres que venían de Matanzas o de La Habana contaban historias.

—Si quieres, nos quedamos con ellos —le propuso no obstante Kaweka con un guiño de complicidad, señalando con un golpe de cabeza hacia atrás, a la mesa donde los hombres jugaban al monte y gritaban y reían.

—El viejo no satisfaría mis deseos y el joven me rompería —se quejó mamá Ambrosia.

—Quizá haya alguno de la edad adecuada...

—No, no lo hay. Hija, solo los viejos desesperados o los jóvenes inflamados pueden querer estar conmigo.

—¡No exageres! —quiso arreglarlo Kaweka.

—No insistas, antes se darían por culo entre ellos —zanjó la criollera.

La conversación se detuvo en el momento en que se acercaron a un grupo numeroso que discutía; el tabernero estaba entre ellos, pero no había ni rastro de Gabino. Un negro vestido a la manera de los blancos, aunque con ropas viejas, hablaba de Estados Unidos. Kaweka y mamá Ambrosia ya habían oído de ese país cercano en otras ocasiones. Decían que era grande y poderoso; hacía tiempo que estaban en guerra.

—El presidente Lincoln acaba de abolir la esclavitud —dijo el de la ropa de los blancos.

«Abolir», esa era la palabra mágica para Kaweka, para todos ellos.

—Tendrá que ganar la guerra primero para que la libertad sea real —apuntó otro—. Los del Sur no lo aceptan.

—Pero la ha declarado. Eso ya es un paso —terció un viejo.

Se alzaron murmullos de confirmación. Kaweka asentía: ciertamente se trataba de un paso. «Abolición», solo pronunciar la palabra ya era importante.

—No sé si se conseguirá en Estados Unidos —intervino el tabernero con voz potente, acallando al resto de los presentes—, pero en España es al revés. El Parlamento ha declarado que la esclavitud es necesaria en sus colonias. —El hombre desplazó la mirada entre los negros que lo rodeaban. Lo hizo con una mueca de desprecio y cogió un periódico que mostró para garantizar el contenido de sus siguientes palabras—: Los españoles de la Península, los que mandan, os consideran una propiedad especial que se han comprometido a respetar. En Cuba no habrá abolición —sentenció—, lo dice aquí.

Algunos hombres discutieron, aunque fueron pocos; la mayoría, sumisa, bajó la vista al suelo en uno u otro momento. Kaweka se acongojó, se le encogió el estómago y la bilis quemó su tórax hasta reventar en su boca con amargura. Debía luchar más contra los blancos, mucho más, se dijo para alejar de ella la desesperación que vio reflejada en el rostro de los demás.

Sin haber encontrado a Gabino, regresaron al ingenio cuando los tambores de fiesta ya sonaban en los barracones. Kaweka se sentó en el suelo y jugueteó con los niños que se habían quedado en el criollero mientras sus madres bailaban y se divertían. Las criaturas se abalanzaban sobre la joven, que los apartaba de sí a empujones y chillidos. Volvían y volvían, una y otra vez, a la espera del momento en el que Kaweka se dejase caer sobre la tarima de madera y todos se le arrojasen encima para terminar en una montonera de cabezas, piernas y brazos. Siempre era igual. Y ella reía tanto como lo hacían los niños... ¿o lloraba? Todos aquellos chiquillos eran Jacinto: vivir para morir en vida, igual que le sucedía al pequeño, que, ya con siete años, trabajaba en los cañaverales. Sin embargo, aquellas criaturas destilaban alegría, inocencia, más alegría, mucha alegría, una alegría infinita, ajenas a su destino.

—Hazlos reír entonces —la animó mamá Ambrosia el día en que le planteó su conflicto—. No les niegues esa felicidad. Deja que los dioses decidan su destino.

Y Kaweka se empeñaba en empujarlos y gritarles y darles mordiscos y tirarles del pelo, y reía... y lloraba.

Ese día el juego se interrumpió antes del final deseado.

—¡Atenta, niña! —le advirtió mamá Ambrosia al ver al mayoral y a uno de sus hombres dirigirse hacia ellas.

Kaweka se levantó y apartó a los niños, que se dispersaron en silencio ante la llegada de los blancos. Antes de que Narváez les dirigiera la palabra, las dos mujeres intercambiaron una mirada cargada de resignación: el mayoral y su ayudante venían acompañados de un esclavo joven, tan alto y fuerte como soberbio y pendenciero.

—¡Hechicera! —bramó Narváez todavía a un par de pasos de Kaweka—. Este es el semental que se va a divertir contigo a partir de esta noche. —El hombre sonrió con sorna sin señalar ni volverse hacia el esclavo—. El amo ha decidido cruzarlo contigo. Ya es hora de que nos proporciones algún negrito.

Las dos esclavas evitaron mirarse; ambas temían que llegase ese momento. Kaweka se había librado el año anterior mientras sus compañeras de edad eran elegidas para criar. Fue un año duro, una zafra extenuante, y tal vez su trabajo en la enfermería recomendó no preñarla para no afectar a su rendimiento. Eso opinaba mamá Ambrosia, aunque no descartaban que los blancos no quisieran arriesgarse a traer al mundo a otra bruja, otra loca como la consideraba Narváez, una suspicacia que parecía haber desaparecido.

—Se llama Santiago…

El mayoral continuaba hablando, ahora con el negro agarrado por el hombro, mostrándolo como si efectivamente fuera un semental, pero Kaweka no prestaba atención. Tanto el año pasado como el presente, habían sido varias las esclavas que acudieron a Kaweka para que les facilitara las pócimas necesarias para abortar, mientras ella luchaba contra la disentería. Bebedizos a base de papaya, o de cogollos y semillas de aguacate con raíces de palma real, o cocciones de la corteza del palo jeringa, o moringa. Kaweka obtenía las plantas, raíces y cortezas de los viejos tullidos que habitaban los caminos, a los que premiaba con una sonrisa y un rato de conversación; estos no le pedían más, no le admitían otra compensación. «Sigue», la alentaban. «Enséñalos a pelear». «No permitas el nacimiento de más esclavos». «Míranos: si sobrevivimos a los cañaverales, terminamos agonizando aquí, solos, desamparados e impedidos».

—¿Qué te pasa, negro? ¿No te gusta la bruja?

El grito de Narváez trajo de vuelta al ingenio los pensamientos de Kaweka. Conocía a aquel chico. Lo había visto pelear y discutir, apostar, alardear y perseguir a las mujeres, pero ahora, cuando el mayoral lo sacudió como a un niño y lo empujó hacia ella, reconoció el miedo en sus ojos. «¿Acaso vas a ser tú quien me haga parir un hijo al que entregar como esclavo?», lo desafió en silencio la muchacha, mirándolo a la cara.

El golpe, inesperado, le llegó de Narváez, que la fustigó en el brazo. Kaweka hizo ademán de dirigir su mirada retadora contra el mayoral, pero la bajó al suelo ante el pellizco de advertencia en la espalda que le dio mamá Ambrosia.

—¡Aquí está! —gritó el mayoral—. ¡Mírala bien! Es como todas. —Narváez levantó la camisa de Kaweka dejando a la vista su entrepierna—. ¿Ves algún demonio por ahí? —preguntó al mismo tiempo que jugueteaba con la trencilla del extremo de la fusta sobre el pelo del pubis de la muchacha, abundante, negro y rizado. Luego soltó una carcajada y deslizó la fusta a lo largo de la vulva, arriba y abajo, repetidamente.

Hechizado, Santiago mantuvo la mirada fija en la caña que ascendía y descendía entre los muslos de Kaweka mientras esta asumía la humillación reprimiendo su ira y continuaba obedeciendo a mamá Ambrosia, que mantenía su espalda pellizcada para recordarle las consecuencias de una posible rebeldía.

—Tu guerra es otra, niña —logró recordarle la criollera cuando el mayoral cesó en sus tocamientos lujuriosos.

Luego ordenó a uno de sus hombres que asignase a la pareja una habitación en la segunda planta de los barracones, donde se alojaban los matrimonios.

—¡Y aprovechad el tiempo hasta la hora de la cena!

Santiago iba detrás de ella. Oía su respiración. A Kaweka no le importaba lo que le hiciera, pero jamás traería un hijo a este mundo por orden del marqués de Santadoma, a modo de una cerda o una vaca de una explotación ganadera. En el ingenio se daban todo tipo de relaciones sexuales: forzadas o voluntarias, heterosexuales u homosexuales, conscientes o inconscientes, sádicas o masoquistas o ambas al mismo tiempo, de un hombre con varias mujeres o, generalmente, y dada su menor presencia, de una mujer con varios hombres.

Después de que la forzara el padre de Faustino, Kaweka alejó de sí cualquier tentación lasciva. Solo había sentido dolor, y un rencor hacia el padre comparable con el desprecio que nació contra el hijo que nada había hecho por ella. Mamá Ambrosia la consoló, aunque también restó importancia al altercado.

—Tenía que suceder —la instó a aceptar—. Las mujeres seremos siempre las víctimas del deseo de los más fuertes. No te hagas mala sangre —le recomendó después.

Igual que había sucedido con su posición en el ingenio, la cautela, la prudencia y la prevención que originaba en los esclavos su cercanía a los dioses la protegieron de nuevos ataques, pero de la misma forma que la confusión juvenil fue dando paso a la serenidad, su rechazo al sexo fue desvaneciéndose a medida que la mujer y el deseo crecieron en ella.

Algunos domingos, como muchas otras, elegía entre los hombres que, borrachos de alcohol, tabaco y baile, escapaban de los barracones para fornicar. Mamá Ambrosia le recomendó que ofreciese el culo, que lo hiciera por detrás, para así evitar el embarazo. «Los bebedizos para abortar fallan en ocasiones», le recordó. Era usual que las esclavas prefirieran ser sodomizadas para evitar la concepción; también bastantes hombres practicaban aquel método entre ellos, aunque por otros motivos.

Tomó un par de vasos de aguardiente y, con la consciencia nublada, se estrenó con un negro que le sacaba más de una cabeza. Desnuda, apoyada contra la rama baja de un árbol, el culo al aire, empinado, aulló de dolor cuando Aparicio la penetró. Con el padre de Faustino había sido igual de doloroso, pero rápido. Ahora, el miembro enhiesto del hombre, grande, empujaba con fuerza, pero le costaba profundizar, y cada centímetro que avanzaba era como un tizón ardiente en su interior, el desgarro lento de sus carnes.

—No, no, no —se le escapaba a la joven.

—Déjate, niña —le exigía él entre jadeos, con las manos aferradas a sus caderas, a sus hombros, a sus pechos—. Ábrete, ábrete.

Kaweka no sabía cómo abrirse. ¡No quería hacerlo! Su cuerpo no se lo permitía. Los tambores sonaban alejados, frenéticos. Las risas, los gritos, los cánticos.

—¡Déjame! —llegó a rogar.

En su lugar, Aparicio arremetió como si quisiera derribar el árbol en el que se apoyaban y Kaweka se sintió ensartada. Embates. Uno tras otro, hasta que el negro explotó al mismo tiempo que le arañaba la espalda.

—Sal, sal de ahí ya —le exigió en el momento en que Aparicio se desmoronaba sobre ella—. ¡Fuera!

Se incorporó tan pronto como se vio libre para sobresaltarse ante la presencia de un segundo esclavo. Ahí estaba, con los pantalones en tierra y el pene erecto.

—Ahora me toca a mí.

—¡No!

Recogió su ropa y, desnuda, se alejó rauda del lugar hasta detenerse en lo que consideró una distancia prudencial para vestirse. Miró por encima de su hombro: ahora era Aparicio el que estaba contra el árbol y el otro arremetía por detrás, y hasta se pegaban, se arañaban y se mordían. Durante unos instantes, Kaweka quedó hechizada ante la violencia con la que se sodomizaban.

Sin embargo, repitió en más ocasiones. Algún hombre exigió montarla como a la hembra que era, y cuando le falló el primer periodo, acudió rápido a las pócimas abortivas. Esa no fue la última vez que recurrió a ellas.

—Cada vez es menos doloroso —comentó un día con Piedad, una mulata que ya iba por su tercer hijo—. Aunque, no sé... Es como si... No sé... Los tambores... —La otra irguió los hombros—. Sí —trató de explicarse Kaweka—, imagínate los tambores un domingo de fiesta: suenan y suenan y suenan, pero nunca alcanzan el apogeo ese en el que hacen reventar a los bailarines. Ellos sí. Ellos se vacían y quedan derrengados. Yo, todo lo más dolorida e insatisfecha.

—Sé a qué te refieres, Regla. Ven —le propuso la mujer sonriendo, y la arrastró hasta el paritorio anexo a la enfermería y el criollero. Estaban solas—. Ahora escucha los tambores.

La mulata metió la mano por debajo de la camisa de Kaweka y la deslizó hasta su pubis. «No te preocupes», le pidió al notar la tensión con que esta reaccionaba. Hundió los dedos en su vulva y jugueteó sobre los labios, entre sus pliegues, buscando el clítoris, que acarició con la yema de uno de ellos. El botón del placer creció al mismo tiempo que Kaweka se humedecía y respiraba con fuerza. Reprimió los gritos, y en unos minutos alcanzó el orgasmo.

Tras la apasionante experiencia con Piedad, Kaweka se unió a las conversaciones de las mujeres que acudían al criollero a parir o a amamantar a sus hijos y que, como soltera y joven que era, la asediaban, la interrogaban y, entre risas, silbidos y chanzas, le sugerían la existencia de experiencias hedónicas y placenteras.

Mamá Ambrosia asentía y sonreía, consciente no obstante de que su pupila no gozaba de sus relaciones carnales, algo que la instaba a corregir mediante miradas elocuentes cada vez que alguna de aquellas mujeres relataba su experiencia. Por su parte, Kaweka se sorprendió descubriendo que, en aquellas charlas, las mujeres se desprendían de su piel de esclavas, arrinconaban su condición siquiera durante unos instantes, y hasta eran capaces de saborear la vida, algo similar a lo que les sucedía a los niños en el criollero y a los hombres en la taberna, con el aguardiente, los naipes y las apuestas. El sexo era una diversión, una de las pocas de las que podían disfrutar aquellos seres atados al yugo de la esclavitud; el amor que predicaba el sacerdote que una vez al año casaba a las parejas era algo totalmente ajeno a la vida esclava en un ingenio.

Lo intentó con los hombres que elegía los domingos, curiosa ante lo que pudiera existir de verdad en las fantasías que escuchaba en el criollero. Les exigió menos rudeza. «Despacio», reclamaba. «Suave». «¡No aprietes tanto!». «Despacio, despacio…». Eso había creído entender de los consejos que le dieron: «Bésalo». «Acarícialo». «Chúpalo», le recomendaron el día en que fue capaz de sincerarse con ellas.

Ahora, sin embargo, como una más de las jóvenes del ingenio, siguiendo el destino que le señalaba el marqués, los dioses ajenos a sus amoríos, Kaweka acababa de entrar en una habitación de la segunda planta de los barracones, donde descansaban los matrimonios. La habitación no tenía puerta. Una tela hecha jirones trataba de preservar la intimidad de una estancia en la que no había más que un camastro con un colchón de paja maloliente. Entró sabiendo que los dioses se desentenderían de su suerte. El vigilante los dejó pasar después de reír una impertinencia, y ella se enfrentó al ambiente de esa estancia: voces, gritos, el correteo de niños por el pasillo, llantos… Santiago seguía todavía detrás de ella, y la esclava, que no debía enemistarse con él, no se lo pensó dos veces: se inclinó sobre el camastro, se levantó la camisa por encima de la cabeza, apoyó los antebrazos en el colchón y le ofreció el culo. Oyó cómo se aceleraba la respiración del joven, que reaccionó al instante y la penetró con ímpetu.

Esa misma noche, después de cenar, Santiago la buscó de nuevo. En esta ocasión no se conformó con sodomizarla. Kaweka se opuso, pero fue inútil. Los dioses persistían en su indiferencia y, en tal situación, la muchacha no era más que un juguete en manos de aquel verraco. Pelear no sirvió más que para enardecer a la bestia y conseguir que los vecinos lo animasen y aplaudiesen desde sus habitaciones. Un par de ellos asomaron la cabeza a través de los jirones de la tela de la puerta en el momento en que Santiago la penetraba: tumbado encima de ella, atenazándole las dos manos con la suya para evitar sus golpes y arañazos.

—No es tu guerra —le repitió mamá Ambrosia al día siguiente—. Solo es un hombre. Haz como las demás veces: toma bebedizos para abortar. No malgastes tus fuerzas peleando contra lo que no puedes dominar.

—¿Por qué los dioses no me favorecen si cumplo su voluntad? —se quejó ella, sin embargo—. ¿Por qué pelear por los esclavos si después permiten que mande sobre mí un negro soberbio? Ahora tengo dos amos: uno blanco y otro negro.

—Los dioses son caprichosos, hija, y en ocasiones malvados. No intentes entenderlos. —Kaweka hizo ademán de replicar, pero la criollera se lo impidió—: Además, ¿qué hay de malo en que un hombre como Santiago te monte? Muchas lo quisieran… —añadió con un guiño pícaro. Kaweka negó con la cabeza y dio media vuelta—. Disfruta, niña —la animó la otra a su espalda—. Eres joven. Con el tiempo te arrugarás como yo, y lo único que se te acercará serán las niguas. Esfuérzate —terminó instándola—. Él tampoco tiene la culpa. Solo obedece los mandatos del amo. Quizá ni siquiera le atraigas y preferiría estar con otra, ¿has pensado en eso? No es más que un esclavo, como tú.

Se esforzó y trató de ver en Santiago al esclavo que le había sugerido la criollera, pero era difícil contener los embates y la pasión de un semental desatado. El hombre cedía, sí, y permitía que Kaweka le lamiera el torso hasta llegar a chupar su pene, le acariciara entre los muslos, presionara sus testículos o explorara su ano con los dedos, con los labios o con la lengua. La incitaba y la dirigía hasta que el deseo reventaba en él, momento en el que la olvidaba. La esclava entrevió el placer, se le escapaban los jadeos y los gemidos, su cuerpo se movía agitado, autónomo, buscando el de su compañero, pero cuanto más creía disfrutar, más desencantada quedaba después de que él estallara, aullara, se convulsionara, la apretara con una fuerza demoledora y consiguiera disipar todo el hechizo.

—¿Estás preñada?

Eso era lo único que le interesaba a Santiago. «¿Estás preñada?». «¿Todavía no!». «¿Qué sucede? ¿Acaso eres estéril?», le planteaba con una insistencia que exasperaba a Kaweka, sin duda presionado por el mayoral, ávido de resultados de la ganadería de negritos.

No. Kaweka no lo estaba. Ni ella ni otras tantas negras con las que acudía al altar de mamá Ambrosia para rogar a los dioses, y a las que proporcionaba bebedizos para abortar tan pronto como su menstruación sufría esa primera falta que les anunciaba la llegada al mundo de otro esclavo.

—¡No eres lo suficientemente hombre! —le recriminó una noche en la que el negro volvió a preguntar.

Se llamaba Modesto, no llegaría a los treinta años, era delgado y desgarbado, negro azabache, con el pelo ensortijado y una sonrisa que invitaba a compartir. Pese a las circunstancias de su presencia en La Merced, Kaweka había terminado sucumbiendo a ese encanto y se sorprendió riendo en varias ocasiones. La risa de Modesto era extraña al ingenio; al contrario que las de los esclavos de La Merced, soterradas y furtivas, la suya era franca, limpia. Llevaban algunos días cruzándose en la enfermería. El marqués de Santadoma había contratado a un nuevo y prestigioso médico de La Habana, don Agustín Rivaviejo, «una eminencia», según se decía, para tratar de esclarecer las razones por las que el número de criollos concebidos en el ingenio era la mitad del que obtenían los demás sacarócratas del occidente de la isla. El hasta entonces médico de la familia, conservador, apegado a costumbres y procedimientos ya obsoletos, sufrió la ira de don Juan José, al que en realidad no le importaban tanto los negritos nacidos en su propiedad como el hecho de quedar en ridículo frente a sus iguales.

—No te fíes de él —le advirtió mamá Ambrosia.

Kaweka murmuró una contestación. La criollera podía tener razón: las intenciones del amo eran claras, y si al final se sabía la causa de los abortos, ella sufriría las consecuencias. Sin embargo, trató de tranquilizarse diciéndose que tampoco tenían por qué responsabilizarla a ella: las negras siempre habían abortado en las plantaciones.

Kaweka se había sometido al examen del médico de La Habana con indiferencia, incluso con arrogancia. El doctor empezó preguntando y tomando notas acerca de su vida, sus labores y sus relaciones con Santiago. Ella fue contestando, pero se mantuvo pendiente de las reacciones de Modesto, que se movía por el paritorio preparando los utensilios, sus toscas sandalias confeccionadas con hoja de palma chasqueaban contra el talón a cada paso.

—¿Cuántas veces al día te monta tu hombre? —inquirió Rivaviejo.

No era su hombre, deseó aclarar Kaweka, ofendida. ¿A qué venía esa desazón?, se extrañó ella misma.

—Responde —le exigió el otro, sin embargo.

—Una, dos, tres... depende de las ganas que tenga —contestó ella mecánicamente, con la atención puesta en Modesto, que seguía trasteando por la enfermería.

El médico le preguntó si había abortado. «No». El otro hizo caso omiso. «No», reiteró ella. Rivaviejo insistió y Kaweka aguantó el interrogatorio.

—El semental que me han dado no vale —arguyó.

Cuando cesaron las preguntas, sintió que la inquietud se le agarraba al estómago mientras, tumbada en la cama del paritorio, el doctor manoseaba sus partes íntimas. Volvió la cara hacia la pared para no ver a Modesto, y los dedos de Rivaviejo hurgando en su interior se convirtieron en lo más grosero que nunca le habían introducido en el útero. Cerró los ojos. No eran los dioses. Aquella era una sensación real que jamás había experimentado: una mezcla de pudor y deseo, de anhelo y vergüenza ante la presencia de Modesto. Oyó que el médico hablaba con su ayudante y cómo le contestaba el otro, pero las palabras se entremezclaban con su respiración, fuerte y entrecortada, que las hacía incomprensibles.

Lo que sí fue capaz de percibir fue cómo el médico, una vez terminado el examen, abofeteó a Modesto cuando este pretendió alejarse.

—¿Adónde vas? ¡Eres igual que todos ellos! —le gritó—. Haz que se levante y llévala a trabajar. No sois más que unos holgazanes... ¡Todos!

Rivaviejo se fue mientras mascullaba contra la gandulería y los mil vicios de los negros, y Kaweka, imbuida en ese ánimo desconocido, decidió retar a un Modesto que volvía a sonreír, ajeno al cachete, insinuando que ella sí había abortado. Modesto era negro, y como tal debía entenderlo. Era esclavo y lo maltrataban, aunque calzara sandalias. Le habían dicho que en las ciudades muchos esclavos llevaban zapatos.

—Son muchas las que tienen el útero caído debido a los abortos —dijo el ayudante en cuanto se quedaron solos en el paritorio—. Entre eso, el trabajo y el cansancio, parece lógico que estos se produzcan, pero no en número superior al de otros ingenios. No hay razón que explique la diferencia, ¿no crees? Tú eres joven, estás sana y no tienes el útero caí...

—Entonces necesitaré unos cuantos abortos para llegar a tener el útero caído como esas esclavas —lo interrumpió ella tratando de ponerlo a prueba. Modesto no ocultó su confusión—. Tú mismo acabas de decir que no hay razón que explique esa diferencia, ¿no?

—No deberías decir eso —la reprendió Modesto—. Tu amo quiere que tengas hijos. Le perteneces...

Kaweka dudó de su sinceridad, de que expresara sus sentimientos reales.

—No pariré un esclavo —añadió—. Ni yo ni ninguna otra de las mujeres. ¡Antes mataremos a nuestros hijos que entregárselos al amo para que siga esclavizándolos!

—Calla —insistió él—. Llévatela. —Kaweka no se había percatado de que mamá Ambrosia, tras presenciar la marcha del doctor, había asomado la cabeza desde el criollero, atónita ante el discurso de su pupila.

—Eres una inconsciente —la reprendió también la criollera, una vez la hubo sacado del paritorio.

—Ese hombre está con nosotras.

—Tú puedes ahorcarte de la rama de una ceiba si lo deseas, pero no debes hablar de las demás.

—No dirá nada —insistió Kaweka—. También es esclavo...

—Es un tipo diferente de esclavo —sentenció la criollera.

Así era, porque, en realidad, Modesto tampoco era libre. Formaba parte de un numeroso grupo de negros con una situación jurídica indeterminada: los emancipados. Se trataba de aquellos esclavos que, en virtud del tratado con Gran Bretaña que prohibía la trata, habían sido intervenidos por las autoridades en el momento de desembarcar en Cuba o a bordo de las embarcaciones que los transportaban antes de que se confundiesen con los esclavos de ciudades y plantaciones.

Los emancipados eran considerados hombres libres, pero no se les concedía la libertad. Gobierno y funcionarios tardaron poco en reparar en los beneficios que podían reportarles aquellos negros sin amo, por lo que los destinaron a obras públicas, o los consignaron por precios irrisorios a particulares que a su vez los ponían a trabajar. Esposas y viudas de militares y funcionarios se hicieron con un emancipado que desempeñaba algún oficio y que además las ayudaba en el servicio doméstico. Hospitales, conventos, colegios, casas de beneficencia... Muchas fueron las instituciones que se aprovecharon de una mano de obra barata a la que, según la ley, debía concedérsele la libertad, pero cuya situación de servidumbre era prorrogada indefinidamente y que ni siquiera contaba con los derechos previstos para los esclavos. Modesto llevaba quince años al servicio de Rivaviejo.

El emancipado no la delató. Su perenne sonrisa, que se ensanchaba al cruzarse con Kaweka en la enfermería, se colaba en ella como un fogonazo, igual que si un dios menor la montase. Él continuaba a lo suyo, desgarbado, moviéndose como si fuera a romperlo todo, aunque en el último momento, asombrosamente, una mano despistada cogía al vuelo aquel frasco que todos veían hecho añicos contra el suelo. Kaweka percibía que ella también corría por la sangre del emancipado. Y eso la complacía mucho. Tanto, que la asqueó aún más soportar la cercanía de Santiago; le repugnaba su contacto, su olor, sus manos ásperas, su aliento a tabaco y aguardiente. No podía escapar de aquel cuartucho donde él la montaba exigiéndole que quedara preñada. Esa era la única relación que mantenían: la agarraba con violencia y la penetraba mientras la amenazaba y la insultaba, y ella, tumbada en el camastro, veía a los niños mirar con descaro desde la puerta, y cómo se movían, casi bailando, al ritmo con el que Santiago la jodía. Kaweka había fracasado a la hora de encontrar el placer con los negros de las fiestas de los domingos e incluso con quien ahora la forzaba; Piedad le había enseñado a procurárselo en soledad. Nada comparable con la levedad, la seductora ligereza que, al solo recuerdo de Modesto, alcanzaba aquel cuerpo atado a la tierra y sometido a la lascivia.

Centenares de hombres y mujeres entre esclavos, chinos y personal contratado, blancos, negros o mulatos, formaban alineados delante del trapiche del ingenio La Merced. Llevaban cerca de una hora allí, esperando de pie. Junto a ellos, también en línea, a modo de la caballería de una parada militar, había varios carros de bagazo, sencillos, de dos ruedas y un buey, y otros de transporte, grandes, de cuatro ruedas y una yunta de animales, llenos de caña recién cortada.

—Os quiero a todos limpios como una patena —les había advertido a gritos el mayoral esa misma mañana, eximiéndolos de la faena para que se lavaran y asearan.

Despuntaba el 14 de diciembre, una mañana que se afianzó

soleada, limpia y templada, una de aquellas jornadas que los blancos acogían con agrado como los dueños del mundo que se consideraban, satisfechos por el favor que les concedía su dios el día en que estaba prevista la ceremonia de «romper la molienda», con la que se iniciaba oficialmente la zafra de ese año de 1863. Mamá Ambrosia y Kaweka se prepararon y les sobró tiempo para acercarse a la taberna. Sabían que Gabino estaba por la zona; habían visto a la mula con su armario a cuestas bamboleando, rebosante de mercadería.

Se trataba de una buena época para vender. La gente andaba de ingenio en ingenio en busca de trabajo para complementar el de chinos y negradas. Los bueyes regresaban recuperados de las tierras de pastos. Todo eran prisas y urgencias, preparativos de última hora: los edificios, las carretas, la maquinaria, las herramientas, los machetes... La vida había regresado con fuerza al valle de la Magdalena, en Matanzas.

Las esclavas, como si de un rito se tratara, rechazaron una vez más los collares y abalorios que exhibió el buhonero y concertaron una cita con los cimarrones. No tenían mucho que entregarles. La llegada de Rivaviejo había revuelto sus rutinas. El médico iba y venía a La Habana o a otros ingenios, y tras visitar a todas las esclavas (tanto a las que habían alcanzado la maternidad como a las que, ya fuera por voluntad propia como Kaweka o por capricho de la naturaleza, no lo conseguían), había dejado en manos de Modesto la recogida de los datos que consideraba necesarios para terminar el dictamen encargado por el marqués.

—No te preocupes —la había tranquilizado el emancipado.

—No estoy preocupada —respondió ella sonriéndole y permitiendo el roce de sus manos.

Kaweka se había abierto al amor en el mismo momento en el que se sinceró con Modesto, como si el concierto de espíritus reclamase también el de sus cuerpos. «He abortado, sí —reconoció sin reserva una tarde en la que el emancipado expuso ciertas dudas—, y muchas otras mujeres también lo han hecho. Voluntariamente. Hemos conseguido evitar la llegada de más esclavos a este mundo tras acudir a los dioses para rogarles benevolencia y ayudarnos de los poderes que nos ofrece el monte». El hombre no contestó. «¡Y volveremos a hacerlo!», insistió la esclava ante su silencio, exigiéndole de forma imperiosa que tomara partido.

Él la besó.

El sexo llegó con naturalidad. Kaweka se sobrecogió ante la excitación que inflamó a Modesto, y por un instante temió que su voluptuosidad lo semejara a Santiago, pero tan pronto como se rozaron sus pieles desnudas, la joven perdió el dominio de sus manos, de su boca, de su lengua, de su respiración... Todo su organismo respondía a unos impulsos incontrolables, similares a cuando la montaban los dioses, ahora encarnados en un negro desgarbado que arremetía contra ella como si quisiera romperla. Tumbados uno encima del otro en un camastro de la enfermería, Kaweka rodeó el torso de Modesto con sus piernas y arqueó la espalda apretando su vientre, ofreciéndose, buscando fundirse con él. Los jadeos y suspiros, el crujir del lecho, las voces de fuera, el goteo de la sangre esclava, el siseo del sol que corría a esconderse de la infamia que iluminaba... todo enmudeció ante el retumbar de los tres tambores sagrados que se asentaron en los sentidos de Kaweka y marcaron el ritmo del placer. Más, más, más. La joven aumentó los espasmos hasta que los tambores alcanzaron el frenesí, compitiendo unos con otros, sin descanso entre estallidos, un bramido constante y ensordecedor que solo podía desembocar en el éxtasis o en la locura.

Kaweka lloró.

Y Modesto besó sus ojos y lamió sus lágrimas.

—Contigo huelo nuestra tierra madre —susurró él—. Me transportas a la niñez. Me devuelves la vida, la ilusión, la esperanza.

Rivaviejo no solo odiaba a los negros, a los que tachaba de libertinos, viciosos, haraganes y borrachos; además era un personaje taimado que había sabido ascender en la escala social habanera. El galeno asumió de buen grado los argumentos de su ayudante, que, como buen conocedor de sus tendencias, sublimó la depravación de aquellas mentes idiotas para alejar la posible existencia de intrigas que exigiesen alguna astucia. Sin duda que se daban abortos provocados, le expuso Rivaviejo al marqués en el momento de la entrega del informe, «como sucede en todos los ingenios», añadió. Suicidios, abortos... era algo sabido, propio de naturalezas débiles y asustadizas como las de criollos y bozales, aunque difícil de demostrar. El problema en La Merced era que nadie se preocupaba por las esclavas que echaban a los negros. No se las controlaba. No se las vigilaba. No existía el menor seguimiento sanitario para evaluar si padecían enfermedades, sobresfuerzos, malos tratos... El embarazo y, en su caso, el buen fin de la gestación se convertían así en algo anárquico, sorpresivo.

Don Juan José de Santadoma iba frunciendo el ceño a medida que escuchaba al doctor.

—Señor marqués, tiene usted un ingenio modélico para la producción de azúcar —enfatizó Rivaviejo—, pero en lo que respecta a la producción de negritos, aquí se cuida más el embarazo de yeguas y cochinas que el de una de sus esclavas.

Desde que el médico habanero sustituyó definitivamente al viejo que había trabajado siempre en el ingenio, el control sobre Kaweka y las demás mujeres se incrementó. El marqués no permitió que les rebajasen las tareas y se dulcificase su régimen, pero el mayoral las interrogaba acerca de sus problemas y necesidades, y sus hombres las vigilaban, y se las señalaban unos a otros como si transfiriesen un testigo para perseguirlas con la mirada. También les proporcionaron más comida en el reparto del rancho, y Cirilo las llamaba con frecuencia a la enfermería, donde las reconocía y examinaba para satisfacción de Modesto.

Aunque Kaweka, a la espera del inicio de la zafra y de que la mandaran a los cañaverales junto al resto de la negrada, continuaba gozando de una situación de cierta permisividad en atención a las tareas que tenía asignadas, sus movimientos más allá de la enfermería y el criollero se restringieron, unas dificultades que se vieron agravadas por los celos de Santiago, que no tardó en enterarse de los rumores sobre su relación con Modesto: algo imposible de esconder en un ámbito tan reducido como aquel.

Santiago se tornó violento. Modesto curó con delicadeza las heridas y moratones que el esclavo, en ocasiones borracho, ocasionaba a Kaweka.

—Sabe lo nuestro —le comunicó ella.

—Intentaré arreglarlo —se comprometió él.

El emancipado acudió a quejarse a Narváez con la excusa de que su misión consistía en cuidar de la salud de las futuras madres.

—¿La bruja? —bufó el mayoral. Luego soltó una carcajada y palmeó la mejilla del emancipado—. Así que la quieres solo para ti, ¿eh? Mira, negro, me da igual quién de los dos la deje preñada primero, pero jodedla todo lo que podáis porque cuando llegue la zafra ya no habrá tiempo... ni ganas.

Entonces Modesto quiso ir al encuentro de Santiago, pero mamá Ambrosia convenció a Kaweka para que lo detuviese.

—Todo este escándalo solo nos perjudicará —arguyó—. Algún día nos avisarán de parte de los cimarrones.

—¿Qué hago entonces? —se quejó Kaweka—. ¿Renuncio a Modesto?

—No tienes que renunciar a ninguno —contestó la criollera—. Hay muchos hombres que están con la misma esclava. No hay suficientes mujeres para todos. Aguanta. Ya se les pasará el enfado a los dos y aprenderán a compartirte.

—¡Ambrosia!

La criollera la miró de arriba abajo antes de proseguir con parsimonia:

—Un día u otro tu hombre se irá, hija. Tan pronto como cumpla su cometido. Y se llevará el amor con él. —Tras esa frase, mamá Ambrosia atrajo hacia sí a una muchacha incapaz de contestar, la garganta agarrotada, los labios apretados con fuerza y el mentón tembloroso. Luego la abrazó y la meció—. Las esclavas no podemos permitirnos querer a nadie, mi niña —susurró como en un canturreo—. No debemos hacerlo con los hombres de este ingenio y menos aún con los de fuera. El amor hiere más que el látigo.

Modesto se iría. Kaweka lo sabía, lo había oído en la enfermería de boca de Cirilo, que renegaba del control que este ejercía en sus dominios; con la zafra se iría, sostenía, pero, a diferencia del cirujano analfabeto, Kaweka no se atrevía, no quería verbalizar lo que le constaba que sucedería, y Modesto escondía la mirada ante la sola mención de que el tiempo para estar juntos se les agotaba.

—Sanará —auguró respecto a un enfermo—. Quizá en un mes o…

No terminó la frase. Tampoco se volvió hacia Kaweka, que, a su espalda, sostenía el instrumental que había utilizado.

La joven esclava enterró esa realidad bajo mil capas de olvido y se entregó al hombre que la hacía temblar con su simple aliento. Se quisieron, en todo momento, aprovechando la oportunidad más breve, el instante más fugaz para sonreírse. Kaweka utilizó todas las técnicas y recursos que había aprendido con los demás hombres del ingenio, caricias y besos nunca agradecidos, para procurar el mayor placer a Modesto, sorprendida por encontrar el suyo propio en los gemidos de él.

Unos suspiros que se convertían en rugidos zafios cuando Santiago exigía su tributo y castigaba con brutalidad la traición de la hembra que le había sido concedida.

Narváez también se había reído del joven garañón y lo mandó llamar después de haber hablado con Modesto.

—¿Dejarás que te gane ese enfermero, que te robe a tu negra? ¿Te los imaginas jodiendo…?

—¡Lo mataré!

Narváez detuvo al joven. Lo abofeteó y lo empujó, una, dos, tres veces, gritándole a cada paso, amenazándolo, escupiéndole insultos.

—No le harás nada —le advirtió—. Te despellejaré vivo si lo tocas. ¡Demuestra la hombría de los negros del marqués! ¡No dejes que se rían de ti, de toda la negrada de La Merced, imbécil!

Ese mismo día, Kaweka lloraba en un lugar y reía en otro, y ese mismo día también, escondía su felicidad a un hombre para no irritarlo más, y escondía su dolor y sus heridas al otro para que no lo distrajesen del éxtasis que compartían. Luego se arrodillaba ante el altar de mamá Ambrosia y clamaba ayuda, y lo hacía también en el monte, bajo la ceiba, pero los dioses no se ocupaban de sus amoríos, nunca lo habían hecho. Tomó bebedizos para abortar. Y el tiempo transcurría, se acercaba la zafra, Modesto se iría del ingenio y Santiago la dejaría descansar; quizá ni se encontrasen en un lecho en el que caerían exhaustos.

Pero ella no quería descansar por más que sus movimientos se hubieran vuelto cansinos, lentos y torpes, como consecuencia de la tensión en la que vivía, atrapada entre dos hombres. Aun así, a medida que se acercaba la partida de Modesto, anhelaba que este la poseyese con mayor pasión y fantaseaba con lamer su sudor hasta cuando tenía a Santiago encima. Kaweka estaba dispuesta a soportar cuanto fuera necesario para disfrutar de unos instantes y de un goce que sabía prohibidos para los esclavos. La fortuna, quizá esos dioses que no se manifestaban, le había permitido conocer el placer de la mano de un negro que, cuando andaba, parecía sortear las corrientes de aire. Los tambores sagrados reventaban en su interior al contacto de sus cuerpos. Y él le hablaba con voz dulce, para que de esa manera las palabras bonitas se enredasen en sus sentimientos en lugar de golpearlos como lo hacían los requerimientos de Santiago o las órdenes del mayoral. ¡Decía que la amaba! Nadie se lo había dicho nunca, ni ella había soñado jamás con que alguien lo hiciera.

La zafra se iniciaba esa jornada y Kaweka permanecía parada en la fila, balanceándose sobre los pies como muchos otros, a la espera del marqués y sus invitados el día en que se rompía la molienda. A Santiago no lograba verlo entre los centenares de personas que formaban delante del trapiche. A Modesto, sí; él la había buscado con la mirada y ya las habían cruzado en varias ocasiones. Su hombre se hallaba en la plataforma del trapiche, enfrente y por encima de esclavos y trabajadores, junto a los jefes y los administradores del ingenio: el mayoral, el maestro del azúcar y el maestro carpintero, los técnicos chinos que manejaban la maquinaria, los cocineros y los que llevaban las cuentas y los libros, los que escribían las cédulas... Todos ataviados con sus mejores galas.

Los hombres de Narváez impusieron el silencio cuando el marqués hizo su aparición en el trapiche. Zapatos de cuero, traje blanco de hilo y sombrero de paja, muy fina; en la mano, un bastón con empuñadura de plata con el que no hacía más que señalar cosas a sus acompañantes. Su hijo, el heredero, un joven de veinticuatro años ya implicado en la gestión del ingenio y en la de otros negocios, vestía de manera similar, igual que la mayoría de los invitados masculinos. Las señoras, algo más compuestas pero alejadas de la etiqueta rigurosa de bailes y recepciones, se ataviaban con trajes de seda o muselina, la mayoría estampados, de escotes generosos en las jóvenes y cargados de cintas y bordados en aquellas que no consideraban oportuno alardear de unos encantos ya decadentes.

Modesto y los demás se hicieron a un lado para que la treintena de personas que después celebrarían la fiesta y el baile en la casa principal, mientras los esclavos rompían los cañaverales a machetazos, se acomodaran en la plataforma del trapiche.

—¡Bendícenos, amo!

Muchos otros se sumaron a esa petición y el marqués alzó la mano por encima de ellos, como un dios todopoderoso. Kaweka primero apretó los dientes y luego se tranquilizó, como si no quisiera cometer esa ofensa por inapreciable que fuera. Mamá Ambrosia se lo había aconsejado; Modesto se lo suplicó: «Contente hasta que el marqués acceda».

Don Juan José de Santadoma bendecía a sus negros.

Kaweka, con la cabeza gacha y la mirada en tierra, sonrió al mismo tiempo que su amo invocaba para todos sus esclavos el favor de su dios cristiano. Se le antojaba irónico que efectivamente la favoreciese el dios de los blancos y llegara a alcanzar la libertad.

Modesto había tardado en pedírselo y, consciente del calvario padecido por Kaweka, excusó su tardanza en que necesitaba contar con la autorización y el apoyo de Rivaviejo. Hasta que no hubo obtenido el consentimiento y el compromiso del médico, no se atrevió a proponérselo.

—Tengo dinero —afirmó, sorprendiendo al silencio que los envolvía tras hacer el amor—. Hace nueve o diez años se ordenó la libertad de los emancipados —explicó— y se fijó un salario para nosotros. La libertad nunca llegó por parte del gobierno, pero Rivaviejo mantuvo el pago, quizá para que no le causara problemas, o para que estuviera satisfecho… No sé, todo lo que hace tiene siempre un objetivo… —La expresión de Kaweka con los ojos entornados, recelosa, lo obligó a abreviar—: Podría comprarte.

—¿Qué dices!

—Sí. Yo no puedo pagar por mi libertad. Mi dinero no sirve para mí; es paradójico. El Estado español no nos vende, no puede hacerlo porque no puede reconocer que no nos ha concedido la libertad y, por lo tanto, no lo permite. —Modesto hablaba atropelladamente, con vehemencia, intentando organizar el montón de ideas que le pasaban por la cabeza—. Legalmente, los emancipados somos libres; no pueden vendernos. Pero a ti sí. Puedo comprarte. Seguro que mis ahorros no alcanzan para pagar tu precio total, pero Rivaviejo te daría trabajo; por eso necesitaba que nos apoyase. Pagaríamos tu valor a plazos. Entiendes de hierbas, eres una buena enfermera…

—¿Te has vuelto loco?

Modesto la cogió de las manos y la atrajo. Ella se resistió.

—Un día u otro los españoles me concederán la libertad. ¡Entonces seríamos los dos libres!

—¿Y si el marqués no quisiera?

—Querrá. Aprecia a Rivaviejo. Si se le paga…

Un escalofrío recorrió la columna vertebral de Kaweka. Había luchado por el placer, por gozar del amor siquiera una temporada, y ahora a eso se le sumaba la posibilidad de ser libre. Se acercó a la idea de alcanzar la libertad con las mismas cautelas con las que se aproxima la mano a una llama.

—¡Que Dios, nuestro Señor, os proteja y os acoja en su seno! —proclamaba en aquel momento el marqués de Santadoma.

La esclava ensanchó esa sonrisa que dirigía a sus pies descalzos. ¡Sería libre! Y se casaría con Modesto, porque eso era lo que le había propuesto el emancipado.

—Hazlo —le recomendó mamá Ambrosia cuando comentaron la propuesta—. Acepta sin dudarlo —insistió, antes de torcer el gesto ante la expresión preocupada de su ahijada—. ¿Pasa algo? Deberías estar entusiasmada. Si es por mí...

—No... ¡bueno, sí! —rectificó al instante con un manotazo al aire—. También por ti, claro, pero aparte de eso, si soy libre y me voy y me caso, ¿qué será de todo lo que hemos luchado contra los blancos y la esclavitud...?

—¿Y acaso no podrás seguir peleando por los esclavos siendo libre y viviendo en la ciudad, donde están los que mandan? Más que aquí, hija; allí hay muchos que lo hacen, muchos más que aquí y mejor que en este ingenio perdido en los campos donde solo podemos aportar un par de míseros sacos de arroz y robar unos machetes que tienen que pagar los nuestros con tandas de azotes. Os queréis. Modesto parece un buen hombre. Sé libre, cásate y continúa luchando por los esclavos. Los dioses te eligieron para eso...

Mamá Ambrosia calló. Ella misma no estaba conforme con el discurso que acababa de pronunciar con el único fin de tranquilizar el espíritu de su niña, que podía alcanzar la libertad, porque estaba convencida de que su verdadera misión eran los negros de los ingenios, incultos, explotados, maltratados, considerados no más que simples animales. En la ciudad, más todavía en La Habana, existían cabildos de nación, donde los negros se reunían por razas, y decenas de santeros y curanderas, algunos también tocados por los dioses, que se lanzarían encima de ella en cuanto se vieran amenazados en su autoridad por una bozal joven que nunca había puesto los pies en las calles de una gran urbe. No. Kaweka no estaba preparada para afrontar aquel reto, los dioses eran volubles y tanto favorecían como perjudicaban a su capricho, pero la sonrisa de Kaweka, su ilusión, y la vitalidad que emanaba de ella lograron derribar cualquier suspicacia por parte de la criollera.

—Si así fuera —la devolvió ella a la realidad—, si en verdad me eligieron los dioses, ¿por qué no me dicen nada?

«Quizá porque no desean que te vayas», pensó la mujer.

—¿Para qué van a hacerlo si todo va bien? —arguyó en su lugar.

Kaweka caviló unos instantes en la simplicidad de la réplica de la criollera.

—¿Y tú? —planteó al cabo.

—¿Una criollera anciana? Prospera para que algún día, cuando me echen de aquí, puedas acogerme. Pero apresúrate… —bromeó, si bien con la voz tomada, rota, débil.

Kaweka aceptó, ilusionada, y Modesto recibió su aprobación con esa sonrisa maravillosa que invitaba a compartir, e hicieron el amor varias veces, escondidos en la enfermería, hasta que, una vez saciados sus deseos, el placer todavía explotando en sus sentidos, hablaron del futuro:

—Nos casaremos y viviremos en La Habana —anunció él.

—Me da igual dónde sea.

—No, no da igual. Será en La Habana. Allí es donde están los ricos, los que pagarán buenos dineros por nuestros servicios.

—Yo tengo que…

—En La Habana se puede prosperar, Regla. Nuestros hijos se educarán y ocuparán algún puesto importante. Ya los hay. Tendremos una casa, con huerto y animales. Además…

—Los dioses me han elegido —interrumpió ella su discurso entusiasta.

Él le acarició el rostro.

—Coincido con ellos…

—Lucho por la libertad de los nuestros, contra los blancos.

—Eso es lo que me gusta de ti. Tu espíritu. Tu audacia. En La Habana no te faltarán negros que defender y blancos a los que atacar.

Y Kaweka llegó a conocer La Habana y a sus gentes, y vivió allí, libre junto a su hombre, a través de las historias que Modesto le relató con pasión.

El silbido del vapor a presión al escapar de las calderas rompió el silencio tras la bendición del marqués. Kaweka olvidó aquella conversación y buscó a Modesto entre el grupo que rodeaba a los invitados. La maquinaria se puso en marcha. Unos esclavos llevaron haces de caña desde los carros hasta el trapiche. Kaweka y Modesto se miraron, y él le sonrió. Ella sintió un escalofrío mientras don Juan José cedía el puesto a uno de sus invitados, señalándole con el bastón que se adelantara a los demás.

—¡Caña! —les exigió el hombre a los negros, apremiándolos con los brazos en alto—. ¡Caña!

Los esclavos la echaron a las máquinas para obtener el guarapo, el zumo que luego se convertiría en meladura en la casa de calderas para terminar cristalizando en azúcar. El sonido de las mazas triturando la caña asoló el lugar y, al igual que en Kaweka, reventó en el recuerdo y el ánimo de quienes la acompañaban en aquellas hileras. Durante meses, día y noche, aquel estruendo por el que los blancos brindaban ahora mismo, charlando, riendo, besándose y felicitándose como si los esclavos que los miraban no existieran, perseguiría implacablemente a estos últimos, a todas horas, machacándolos igual que las mazas hacían con las plantas, exprimiéndolos para así extraer su sangre y sus lágrimas.

—Con sangre se hace azúcar —musitó Kaweka, repitiendo lo que se aseveraba una y otra vez en los ingenios de toda la isla.

Muchos morirían. Kaweka llevaba siete crueles años sufriendo las penalidades de la zafra. Modesto seguía sonriéndole. De repente, para ella no existió nada más que aquel negro delgado que parecía cimbrear en un escenario que se difuminó para destacar su figura.

La jornada siguiente a la de la rotura de la molienda, Kaweka fue apartada de la zafra cuando volvieron de los cañaverales para comer. Los guardias la destinaron al criollero, donde la esperaba mamá Ambrosia.

—El amo ha aceptado la compra —le anunció antes siquiera de que entrara.

Kaweka se sintió desfallecer.

—¿Cómo lo sabes? ¿Estás segura?

—Ha venido Modesto antes de partir a La Habana.

Esa mañana, mientras el marqués despachaba con Rivaviejo antes de que abandonara el ingenio, este le ofreció la compra de María Regla. Don Juan José hizo llamar a Narváez y le consultó.

—No es más que una esclava loca, bruja y conflictiva... Y además, estéril —argumentó el mayoral con un chasquido de la lengua—. Seguro que terminará creando problemas. Véndala, señor. Disponemos de manos suficientes.

—Cuidadla bien, pues —ordenó el noble—. Mi padre decía que cuando alguien decide vender, ya cuenta las monedas aunque todavía no las haya recibido. Ahora esa negra ya no se mide en azúcar, sino en dinero. No vaya a ser que se accidente o malbarate en tanto el doctor me paga.

Fue por esa razón por la que la liberaron del trabajo en la zafra, incluso de Santiago, y la destinaron exclusivamente al criollero con mamá Ambrosia.

El esclavo acusó las palabras del guardia que los acompañó al cuartucho en el que dormían para que recogieran sus efectos y lo dejaran libre.

—No has conseguido preñarla —se burló—. No sirves ni para montar a una negra.

El hombre rio y pateó un cazo que había en el suelo, y Kaweka vio cómo Santiago apretaba las mandíbulas y fruncía los labios. «¡Venga! —lo instó ella en silencio—, ¡rebélate!». No lo hizo. Tan pronto como el blanco fijó la vista en él, Santiago bajó la suya al suelo. Solo era un esclavo, pensó la joven entonces. Lo contempló acuclillarse para recoger el cazo; la misma fortaleza que había abusado de ella, ahora se humillaba delante de aquel que lo insultaba y que, con un puntapié juguetón, alejaba la olla del alcance de sus manos. Santiago había nacido esclavo. Por un momento Kaweka olvidó la violencia y las injurias, se agachó y cogió el recipiente que había rodado hasta sus pies. Se lo ofreció a Santiago y ambos cruzaron las miradas. Los dos eran esclavos, le transmitió ella con tristeza.

Luego, cargada con sus escasas pertenencias, se dirigió al criollero. Atrás, en el barracón, quedó un joven que entró derrotado, arrastrando los pies, en el dormitorio de los solteros de la primera planta. Santiago no se volvió para despedirse de ella. Le hubiera gustado que lo hiciera, se lamentó Kaweka.

Mamá Ambrosia la recibió con un niño pequeño en los brazos que intercambió por las cuatro prendas ajadas que ella llevaba. El pequeño, sucio, mocoso, al que Kaweka agitó por encima de su cabeza, borró la imagen de Santiago de su mente.

—¿Cuándo crees que sucederá? —le preguntó a la criollera después de que esta le contara que Modesto la había visitado esa mañana.

—El mes que viene —contestó la vieja repitiendo con cierta desgana lo que le había dicho él—, cuando tu hombre y el médico vuelvan para controlar la enfermería. Ese día traerán el dinero y te recogerán.

Una mano descarnada se posó en el brazo de la joven cuando esta suspiró. Desde que le comentara la posible compra, Kaweka vivía inmersa en la culpabilidad, incapaz de expulsar de sí el remordimiento que la invadía en la medida en que su decisión pudiera afectar a la criollera. La vieja, que lo percibía todo, trató de tranquilizar el espíritu de su niña:

—Mi destino lo señaló el dios Olofi cuando yo todavía no había renacido y regresado a la tierra, mucho antes de que tú conocieras a ese emancipado y buscaras tu libertad. Nunca tendrás nada que ver con lo que me suceda, hija. Y este niño tiene hambre... —añadió para distraerla.

Hasta que Modesto viniera en su busca, Kaweka debía ayudar en el criollero y en la enfermería. Estaban a principios de la zafra, y salvo por algún accidente, la mayoría de las camas estaban vacías: los esclavos no acusaban todavía la explotación inmisericorde a la que estaban sometidos.

—Ve a buscar hierbas para preparar remedios —la instó Cirilo—. Quiero estar preparado para cuando se me llene esto.

Kaweka llevaba ya algunos días acudiendo al monte, donde pasaba el día. Recogía hierbas y flores, rezaba a los dioses, les hacía ofrendas, se recreaba en el cielo y dormitaba después de fantasear con la vida que la esperaba. Esa mañana caminaba en dirección a la choza del viejo Teófilo, uno de los esclavos impedidos del ingenio desterrados al monte y que le proveía de hierbas.

—¿Teófilo? —llamó al acercarse a la cabaña.

Tres negros la sobresaltaron al aparecer por detrás del chamizo de paja del tullido. Ninguno de ellos era Teófilo.

—¿Qué significa esto? —gritó Kaweka.

Terminó reconociendo a Mauricio, aunque casi dos años huyendo por las sierras transformaban a una persona.

—¡Me habéis asustado! —le recriminó.

—Lo siento —se disculpó el joven.

—¿Qué hacéis aquí? Nadie nos ha avisado de vuestra llegada.

El cimarrón que acompañaba a Mauricio iba armado con un machete, aunque Kaweka centró su atención en el tercero: un viejo de barba rala y cabello canoso, vestido con harapos como los otros, pero con un sencillo collar de pequeñas cuentas azules y blancas colgado del cuello.

—Sin embargo, a nosotros sí que nos avisaron de que tú corrías por estos montes.

El viejo hablaba con voz grave. Kaweka no pudo desviar la mirada de él; la tenía atrapada. Sintió su fuerza, la de los dioses, y supo lo que pretendía antes siquiera de que el hombre continuara hablando:

—Acompáñanos. Tu destino está en la sierra, con los tuyos, con los cimarrones. Es allí donde están los que luchan como tú, los que pelean por la libertad, los que combaten a los blancos. ¡Tú los animaste a huir! —El hombre señaló a Mauricio—. Ahora hay que llevarles sus dioses y sus remedios... Yo estoy viejo y cansado. Es tu destino —sentenció, pero Kaweka ya no lo escuchaba.

La imagen de Modesto, la libertad que este le prometía, los hijos que habían soñado con tener algún día, la cara de mamá Ambrosia... Todo cuanto se había atrevido a desear durante los últimos tiempos se desmoronó ante esas palabras que la incitaban a huir, a escapar a la sierra y convertirse en cimarrona. ¡No podía abandonar a Modesto! Ya había tocado la felicidad, por las noches, de día incluso, pues no necesitaba los sueños. Vivía ya entregada a su amante, su cuerpo se había sacudido de placer, y su espíritu estaba a punto de dejar atrás el ingenio, las cadenas y el látigo para gozar de la libertad. La ilusión coloreaba cada minuto del tiempo que quedaba para que Modesto regresara con el dinero. ¡Y ahora aquel viejo pretendía que renunciase a todo para seguirlo a él a la sierra!

—No —acertó a oponerse—. Yo... —Un dolor intenso, como el de un hachazo, la recorrió de arriba abajo, impidiéndole hablar. Le temblaban las piernas, pero logró conservar la calma para afirmar con serenidad—: Me espera mi hombre...

—Te esperan tus dioses —la interrumpió el anciano.

Los mismos dioses que habían presenciado impasibles, quizá crueles...o divertidos, las adversidades padecidas por Kaweka durante los últimos meses, exigían ahora un pago que ella consideraba inmerecido.

—No. Ellos no tienen ningún derecho sobre mí. Puedo servirles en La Habana —adujo Kaweka reproduciendo las palabras de mamá Ambrosia.

—Cierto —repuso el otro—, pero primero tienes que aprender, todavía no estás preparada. Nuestra religión no puede desaparecer con los ancianos como yo.

Entonces Kaweka cayó a tierra, y pataleó con frenesí mientras se agarraba la cabeza para impedir que los *orishas* la dominaran.

—¿Intentas enfrentarte a ellos? —la interrogó el viejo igual que haría con una persona atenta a su conversación, indiferente a la disputa que sostenía Kaweka.

—¡Sí! —gritó ella—. Me acosan. No pueden pedirme este sacrificio.

Un rugido surgió de las profundidades de su garganta y una última convulsión pareció quebrarla. Luego se calmó. Jadeaba.

—Pueden pedirnos todos los sacrificios que deseen —la contradijo entonces el cimarrón. Kaweka lo miró desde el suelo y el otro le ofreció la mano—. Todos dependemos de su voluntad —añadió tirando de ella.

—Los *orishas* no pueden negarme la felicidad ni...

No acabó. Estalló en llanto.

—Ellos te eligieron. Los blancos nos han esclavizado, pero tenemos que impedir que encadenen también a nuestros dioses. Tu felicidad consiste en luchar por los esclavos. Debes venir conmigo y aprender.

—Pero Modesto... —sollozó ella.

—Si su amor es verdadero —auguró el anciano logrando que

Kaweka alzase sus ojos anegados en lágrimas—, él vendrá a ti... tarde o temprano.

Mauricio y el otro cimarrón la sostuvieron durante el camino. Kaweka ordenaba a sus piernas que se detuvieran, pero estas no la obedecían; andaban, empujadas por los dioses, y con cada paso que daban se desvanecían en su mente anhelos e ilusiones, los mil sueños en los que se había deleitado y una libertad que había llegado a saborear, dulce como el azúcar más blanco. Luego fue el semblante de Modesto el que empezó a diluirse entre sus lágrimas, como si desapareciera. ¿Qué sería de él? ¿Qué pensaría? ¿Creería acaso que ella lo abandonaba por voluntad propia?

—¿Y Modesto? —logró preguntar.

—Ya nos ocuparemos de él —contestó el viejo.

¿De qué se ocuparían? ¿De su dolor? Modesto se rompería. Aquella sonrisa franca que se apoderaba del ánimo de quienquiera que lo contemplase se le presentó ahora a Kaweka como un gesto frágil y vulnerable, y sufrió al imaginarla mudada en un rictus de congoja y desconsuelo.

—¿Y Modesto? —murmuró de nuevo sin esperar respuesta alguna, mortificada por una culpa que hería hasta sus pensamientos.

# 6

*Madrid, España*
*Diciembre de 2017*

«Quizá sea por la pérdida de su dueña; una reacción psicótica, como una especie de locura postraumática». Eso pensaba Lita cada vez que los yorkshires que cuidaba su madre dejaban de ladrar y arañar la puerta del piso de doña Pilar, se arrastraban dóciles entre sus piernas y la seguían obedientes hacia el interior. Concepción arqueaba las cejas.

—No lo entiendo. —Negaba con la cabeza, la boca fruncida.

—Ni yo —contestaba la hija, haciendo caso omiso al agradable cosquilleo que recorría su cuerpo.

«Es la sensación de victoria sobre estos bichos», se complacía. Lo cierto era que tampoco buscó explicación a la actitud de los animales. En algún momento pensó en hablar con un veterinario, o con algún psiquiatra canino, si es que existían, pero los acontecimientos se atropellaban demasiado en su vida para preocuparse por ese par de perrillos.

El banco vivía una vorágine. Las exigencias aumentaban día tras día. Las jornadas, extenuantes, se alargaban hasta horas insospechadas. La tensión era tanta que un día, en un receso vespertino, hasta aceptó compartir un canuto de marihuana en un Madrid ya oscurecido, frío, junto a varios ejecutivos que habían salido a la calle a airearse un poco. Lita fumaba maría con cierta asiduidad, con sus compañeras de piso y en fiestas y movidas, y no ponía reparos a una rayita de coca, siempre con mesura, con control, pero ese día terminó vulnerando el propósito de no mostrar esa faceta en el ámbito laboral.

Con el cigarrillo agarrado con dos dedos a modo de pinza, Lita dio una fuerte calada que invadió sus pulmones. Retuvo el humo, sin toser. Otros sí lo hicieron, descubriendo así su inexperiencia, como Gloria, la jefa de riesgos, que alardeaba de todo, sabía de todo y lo dominaba todo; según ella, era la más lista, la más guapa, la más inteligente, y acostumbraba a mirar a Lita con un deje de desprecio desde su posición superior en el organigrama del banco. Lita sonrió en cuanto la vio esconderse a la espalda de un compañero después de atragantarse. Era una buena hierba, potente. En realidad, reconoció para sí misma, había accedido a la invitación de uno de los consultores externos de Speth & Markus en un desafío insolente a la directiva pedante. Pablo fue el que le pasó el canuto; Lita no podría afirmar si había nacido de sus manos, pero sí que le gustó que se lo ofreciera. Era algo mayor que ella, rozaría la treintena, y no era guapo aunque sí atractivo; un magnífico profesional, experto, decisivo, concluyente, cualidades que combinaba con un cierto descuido personal, ropa vieja, barba rala y pelo enmarañado, al estilo de un profesor distraído. Hasta ese momento, alrededor de la mesa de la sala de juntas, durante las sesiones de trabajo, Lita había percibido cómo la jefa de riesgos entorpecía la comunicación entre ambos: intervenía, la interrumpía y le quitaba la palabra; ejercía el mando, pero se revelaba más como una perra encelada que como una alta ejecutiva. Lo del canuto se presentó como la oportunidad: Gloria no podía quedarse atrás, tenía que jugar también en ese campo si pretendía pujar por Pablo. Y había perdido. La mujer, alta, rubia, exuberante, se tuvo que rendir ante una mulata, quizá más baja que ella, pero que se supo guapa, deseable, con un cuerpo seductor. Y exótica, sí... ¿Por qué renunciar a ese atractivo añadido que el brillo del color de su piel imponía al deseo de los hombres?

—¿Acostumbras a colocarte cuando auditas compañías? —bromeó Lita ya de regreso a la oficina.

—Eso es lo que debería hacerse siempre —contestó Pablo,

aguijoneando el interés de ella. Luego rio ante su extrañeza—. Las matemáticas gobiernan los fenómenos de la naturaleza. Piensa en los números irracionales; son inconmensurables, ininteligibles. El hombre racional no está capacitado para entenderlos...

—¿Esa es la razón para colocarse?

—Sí. ¿Por qué no? Nos desprendemos del pragmatismo que nos oprime y somos capaces de acercarnos algo más a ellos. Es el mejor procedimiento contable para que cuadren los números, ¿no te parece? Los miras, los dejas bailar un rato, y ellos mismos se van acomodando. No se lo digas a nadie —le pidió reteniéndola del brazo mientras los demás continuaban camino—, pero Dios es matemático —añadió en un susurro.

Lita abandonó aquellas teorías platónicas, y una vez enfrentada de nuevo a los números, divinos o no, racionales o irracionales, comprendió que en aquella sala el único dios que había era Pablo. Era el que mandaba y el que tocaba la música con la que bailaban las cifras. Durante un par de días flirtearon con sutileza, evitando descubrirse. Pablo estaba allí para controlar y, si se terciaba, cuestionar la situación financiera de la Banca Santadoma, por lo que su relación podría haberse considerado poco oportuna. Lita ocupaba su tiempo entre el trabajo y la ilusión, hasta que el jefe de recursos humanos, a quien había recurrido para estudiar la posible jubilación de su madre, le envió un mensaje de texto: «Lo siento. Tu madre nunca ha cotizado a la seguridad social y por lo tanto no tiene derecho a jubilación. En la administración pública consta como viuda, no como trabajadora, y ya cobra una pensión por ello. Llámame si tienes alguna duda».

Claro que las tenía, ¡y muchas! La Banca Santadoma siempre se había ocupado de los asuntos de su madre. La mujer tenía allí la cuenta de ahorro en la que cobraba su salario.

—Lo siento, María Regla —se excusó varias veces el hombre frente a una airada Lita que acudió rauda en busca de explicaciones—. Cuando yo llegué a este banco la situación de tu madre ya era la que es hoy. Antes no se daba de alta a las empleadas del hogar, tenían un seguro o algo parecido, y tras la muerte de tu padre, como la viudedad ya os cubría sanidad, farmacia y todo eso, supongo que nadie se preocupó de regularizar su situación. Se le abona el salario en su cuenta. Se declaran sus impuestos, se le efectúan las retenciones legales. Todo eso se hace correctamente. Sus ahorros están invertidos y también se declaran. Si te digo la verdad, me parece… inverosímil.

Lita abandonó el despacho recriminándose no haber prestado mayor atención a los asuntos de su madre. Allí mismo, en uno de los pasillos, se desmoronó en un sillón. Se sintió mareada y respiró profundamente, una, dos veces. Sabía de esa exigua pensión de viudedad que le había quedado a Concepción después de que su esposo, chófer de los Santadoma, pereciera en un accidente de tráfico por hacer un mandado para el marqués, que tampoco parecía que fuera tan urgente como para que su padre perdiera la vida a causa de un exceso de velocidad. O eso había oído comentar Lita entre el personal de servicio de la casa. En cualquier caso, aquella pensión era una miseria y de ninguna manera tenía que haber impedido que su madre cotizase todos los años que había permanecido trabajando para los marqueses, es decir, durante toda su vida. ¿Y ahora qué futuro le esperaba? ¿Con qué ingresos contaría el día que ya no pudiera trabajar? Quizá por esa razón no la habían despedido tras la muerte de doña Pilar y le habían endosado los putos perros, porque de lo contrario se habría descubierto que nunca habían cotizado por ella. ¿Lo sabía don Enrique?

Si lo sabía o no, esa tarde sí que fue consciente puesto que se presentó en la sala de juntas en la que empleados del banco y consultores externos trabajaban enterrados entre centenares de expedientes. Lo hizo acompañado de dos hombres algo más jóvenes que él, bien trajeados, y que rondarían la cincuentena, uno blanco y otro negro.

—Señores —interrumpió la actividad en la estancia—, les agradezco el esfuerzo que están realizando. —El marqués hablaba en inglés. Unos se levantaron y otros no ante el gesto de la mano de su presidente, que esperó hasta que se hizo el silencio y la atención se centró en él—. Quiero presentarles a los señores Meyerfeld y Stewart, directivos del ELECorp Bank de Estados Unidos. Como ya saben, adquirieron parte del capital de este banco hace algunos años, cuando la crisis, y ahora están interesados en hacerse con su totalidad como cabeza de puente para su expansión europea.

Tras aquellas palabras, don Enrique de Santadoma y los americanos fueron rodeando la larga mesa de juntas entre saludos y sonrisas.

—María Regla Blasco —anunció el marqués cuando llegaron hasta ella—. Una gran profesional —continuó mientras Lita estrechaba la mano de los americanos, empequeñecida entre esos tres hombres, altos y corpulentos—. Nos sentimos orgullosos de contar con la señorita Blasco entre nuestros colaboradores.

Lita reparó en que Stewart —cabello negro, atractivo y elegante, dientes blancos de brillo nacarado— mantenía apretada su mano un instante más de lo necesario. Eran las dos únicas personas de color en la sala. El marqués también pareció apreciar la circunstancia.

—Su familia tiene orígenes cubanos —explicó el noble—, igual que los Santadoma.

La joven reprimió la mueca de ironía que merecía la comparación, y en su lugar se centró en las palabras de Stewart. Charlaron durante un minuto escaso sobre Cuba y su futuro incierto... No. Lita no conocía la isla. Una pena... Luego los tres hombres se dirigieron al siguiente empleado.

El marqués de Santadoma aprovechó el nuevo intercambio de saludos para volverse hacia Lita. La cogió del hombro con delicadeza, se inclinó hacia ella y bajó la voz.

—Un lamentable error lo de la cotización de tu madre, pero sabes que a Concepción nunca le faltará de nada junto a los Santadoma. Tranquilízala. No debéis preocuparos.

Y con lo que Lita interpretó como un cariñoso apretón en el hombro, el marqués puso fin a sus exiguas explicaciones.

«¿Y si no quiere continuar al servicio de los Santadoma?», quiso chillar ella a la espalda de su jefe, que volvía a deshacerse en elogios hacia otro empleado. Su madre tenía derecho a independizarse de los Santadoma y vivir con mayor o menor comodidad del fruto de su trabajo. ¡Su futuro no debía depender de la generosidad del marqués!

Se dejó caer en la silla y suspiró. Levantó la mirada y se encontró con la de Pablo, al otro lado de la mesa. Ella esbozó una sonrisa. Él apretó los labios, animándola. Lita sonrió abiertamente, notando que se entendían. Aquella confesión silenciosa desmoronó todas las cautelas mantenidas hasta entonces.

—¿Cenamos? —la abordó él, de camino hacia el metro.

Habían salido tarde del banco, pasadas las diez de la noche.

—No tengo hambre.

—¿Una copa entonces?

—¿Un canuto como el del otro día? —propuso Lita.

—Me gustaría, pero no tengo más. Me los pasan en la universidad...

—¿Todavía estudias? —se burló ella. Él asintió, como si le hubieran pillado en falso. O sea que era profesor, concluyó Lita—. Yo tengo —afirmó sin darle tiempo a explicarse.

Optaron por un taxi en lugar del metro. Lita se bajó y entró en el bar musical que había en los bajos del edificio donde vivía con sus amigas. Tardó poco en regresar y se dirigieron a casa de él: un apartamento pequeño en la calle Ibiza, cerca del parque del Retiro, tan desordenado como acogedor, amueblado con piezas escogidas, algunas totalmente incompatibles a juicio de Lita, pero diferentes a las vulgares y rutinarias que vendían las grandes multinacionales del sector. Música, gin-tonic, patatas fritas, snacks, palitos y un bol de pistachos. La maría encima de la mesa. Charlaron del banco, del trabajo, del marqués, de Cuba. «¿Qué te ha pasado esta tarde?». «No tiene importancia». ¿Sabía Pablo que su madre era la criada de los Santadoma? Algo le habían comentado, reconoció cuando ella decidió plantearlo.

—¿Gloria?

Él lo confirmó con una mueca.

—¡Hija de puta! —soltó Lita.

—Lo es —coincidió él—, pero no por ese motivo. Tu madre merece todo mi respeto y tú también, por supuesto. Gloria es una resentida, sería igual de cabrona aunque fueras hija del marqués.

Lita tembló y le costó liar el cigarrillo. Lo consiguió y fumaron. Aumentaron el volumen de la música y Dua Lipa irrumpió con fuerza en el salón. La relajación tras el trabajo intenso, el nerviosismo, la tensión, el alcohol y la marihuana hicieron efecto en el ánimo de ambos. Terminaron el cigarrillo con ella encogida en posición fetal sobre el sillón, la cabeza en el regazo de Pablo, susurrando palabras ininteligibles. Él la acariciaba. Ella cerró los ojos para que nada la distrajera de las sensaciones que le producían aquellos dedos mágicos que recorrían su cuerpo: suaves corrientes en los muslos, chispazos cuando pasaban por la entrepierna, por encima de la ropa, igual que en los pechos, que rodeaban y rodeaban hasta culminar en los pezones. Maravillosos escalofríos que provocaban el temblor de los hombros, como si quisieran darles salida. Lita advirtió cómo despertaban sus sentidos, cómo se exacerbaban sus percepciones, capaces de recrearse en el aire que él exhalaba y que le rozaba la nuca, en los latidos de sus corazones desbocados, en las palabras que no decía pero que ella escuchaba.

Aturdida por la droga, su cuerpo se le presentó como un compendio de números que la llevó en volandas a la cama y la desnudó besándola hasta en los puntos más recónditos. Luego se desvistió permitiendo que ella lo mirase, que lo acariciase. La montó. Lita lo esperaba, húmedos hasta sus deseos. Sintió su fuerza, inmensa, dentro de ella. No escuchaba sus palabras. Había cerrado los ojos para disfrutar, para entregarse sin reserva al placer.

Y sonó el primer tambor. Y un segundo. La música había quedado atrás, en el salón, silenciada. Un instante de duda asaltó a Lita, pero se desvaneció ante un embate que quiso quebrarla y que le arrancó un grito. Peleó por fundirse con su amante mientras oía el sonido de más tambores. Todo era real. Las percusiones se acomodaron al ritmo del hombre que la penetraba, y ascendieron vertiginosamente hasta que todo estalló en su interior. Le faltó el aire, la consciencia, le falló el tacto, y el orgasmo la transportó a un paraíso al que solo la lujuria permitía acceder. Acompañada por el estruendo de los tambores, transitó por ese infinito sensual hasta que el goce rozó el lindero del dolor. Entonces regresó a la cama. Al silencio. Al sudor de sus cuerpos. A la música que llegaba amortiguada desde el salón.

—He oído tambores —confesó en la conversación que mantuvieron, él encima, todavía penetrándola.

—Lo siento —se excusó Pablo, y se dejó caer a peso sobre ella, simulando la derrota.

—¡No! —acertó a gritar Lita, oprimida, entre jadeos y risas entrecortadas—. Ha sido… —Tuvo que coger aire—. ¡Ha sido magnífico!

—No puede ser magnífico si solo has oído tambores. Tú te mereces una orquesta entera: pianos, violines, oboes…

Lita trató de reír. No pudo. Le costaba respirar.

—Quita —le urgió entonces presionando con las manos sobre su pecho.

Pero él no cedió.

—Flautas y violonchelos. ¿Te imaginas un chelo aquí con nosotros?

—¡Aparta! —insistió ella—. No me dejas respirar.

Pablo se apoyó en los codos y relajó la presión para que ella sonriera.

—Pitágoras relacionó los números con la música…

Lita suspiró.

—¿Cuál era el número que más le gustaba a Pitágoras?

Pablo pensó un instante.

—Quizá el cinco —respondió—, el del pentagrama, el de la proporción áurea, es la suma del primer número femenino, el dos, con el primero masculino, el tres…

—Vale, vale —lo interrumpió—. Pues tú te has quedado en el uno. No sé lo que pensaría Pitágoras, pero para mí es escaso.

—¿Qué quieres decir?

—Que te quedan cuatro polvos que echarme para cumplir con las expectativas de tu genio de las matemáticas.

Pablo sonrió y la besó, con dulzura. Una vez, muchas.

—Vamos allá —musitó, y descendió hasta sus pezones, que lamió y mordisqueó con delicadeza y cuidado exquisito—. ¿Qué tal si buscamos un saxofón? —susurró después de que los pezones de Lita se endurecieran y crecieran.

—¿Qué dices?

Él ya reptaba hacia su entrepierna.

—Dicen que los instrumentos de viento se tocan con la lengua, a golpes.

—¡Cuatro! —le advirtió ella mientras se relajaba encima de la cama, abría las piernas lo más que pudo y suspiraba al recibir el primer lengüetazo en su clítoris—. Con saxofón, flauta o una pandereta... Me es indiferente lo que utilices, pero quiero cuatro más.

Como había venido sucediendo casi a diario durante las últimas semanas, Gloria la olió. Físicamente, de una forma animal, salvaje. Lita era consciente de que aquella perra encelada era capaz de oler su sexo, su satisfacción, y no hacía nada por impedirlo, menos aún ese día; al contrario, se movió por la sala con ligereza, colmada, emanando unos efluvios que golpeaban en la cara a la jefa de riesgos y probablemente a muchas otras... y otros.

Lita vestía uno de sus mejores conjuntos: un traje chaqueta color beis muy claro, sobre una blusa blanca cuyos fruncidos en cuello y mangas sobresalían, medias de una tonalidad más oscura y zapatos rojos de tacón bajo. Su piel mulata resaltaba, y en los últimos días, acariciada y deseada, viva como no lo había estado nunca, brillaba y hasta ardía. No todos los ejecutivos que llevaban tiempo trabajando en la auditoría externa estaban citados a esa reunión con los miembros del consejo y los americanos. Gloria, sí; Pablo, también. Y cuando entraron el marqués y los demás, se podían contar cerca de cuarenta personas en la sala. Los importantes se sentarían alrededor de la mesa de madera noble, larga y pulida; el resto, como Lita, un metro por detrás, en segunda fila, junto a las paredes.

La gente se saludaba e intercambiaba impresiones antes de tomar asiento, y Lita observaba aquellos prolegómenos con más fascinación que interés. Ella no intervendría. Pablo, sí; debía exponer las conclusiones provisionales de la auditoría, favorables a la operación de compra. La joven no quería hacerse ilusiones con su situación en el banco, pese a hallarse entre accionistas, empresarios, directivos y personas con poder e influencia; sospechaba que su presencia se debía a la cuota de color que don Enrique había impuesto en atención a Stewart, que, en caso contrario, habría sido el único negro allí presente. Así se lo había comentado a Pablo, en su casa, la noche anterior.

Él resopló antes de deslizar la yema del dedo por su columna vertebral.

—¿Por qué no cambias de trabajo?

—¿Crees que no lo intento? Es muy difícil para una persona con mi experiencia…

—Eres muy buena en lo tuyo.

—Gracias…

A Lita le hubiera gustado añadir un «cariño», o un «mi amor», o un «ojalá todos los hombres fueran como tú», pero no se atrevió y lo dejó ahí, en un «gracias» quizá algo huraño, cuyo roce suavizó con el contacto de sus manos. Las caricias estaban admitidas, como si no fueran tan comprometedoras como una declaración verbal, porque las caricias nacían de la sensualidad, del instinto, en contra de unas palabras que se enraizaban en la mente, la voluntad y el raciocinio. Lita lo acarició otra vez, y lo haría mil veces más, en silencio si era menester; lo repetiría hasta que las yemas de sus dedos se agrietaran, porque aquel hombre había cumplido su palabra y aportado a su vida toda una orquesta, y la música que enardecía sus emociones o aplacaba sus sentimientos era equilibrada, melódica, sin más sobresaltos que los cambios de ritmo que la llevaban de forma natural al éxtasis o al sosiego.

Aun en muy poco tiempo, Pablo había llevado armonía a su vida, y ella creía quererlo, con toda el alma, pero no pensaba decírselo por miedo a romper el hechizo de esa orquesta en la que de repente se veía envuelta. Atrás quedaban otras relaciones, esporádicas o más o menos estables, incluso alguna más larga, con hombres apocados, tímidos, rápidos, insatisfactorios, o con otros soberbios, altaneros. «Una máquina de placer», se había descrito a sí mismo el último de ellos sin la menor modestia. Sí, reconoció Lita, una máquina que no paraba, que no descansaba, que rompía y machacaba hasta el deseo y la voluntad más férrea. «No puedo con tu energía

—contestó desde casa de Pablo al último wasap en el que el otro la invitaba a una nueva noche de furia—. La máquina ha vencido. ¡Felicidades! Ha estado bien».

—¿No crees lo que digo? —la trajo a la realidad Pablo ante ese «gracias» tan exiguo—. En verdad eres...

—Sí, sí. El problema está en que no puedo plantear mi salida al mercado de forma pública —continuó—. Los Santadoma son vengativos; lo he presenciado con algunos compañeros a los que han obstaculizado sus pretensiones de prosperar en otras empresas. Son posesivos hasta con las personas. Si se enteraran de que busco otro trabajo, de que pretendo irme...

—Cuando esto termine te puedo ayudar. Tengo contactos.

—No puedo permitirme perder mi empleo —insistió ella, ajena a la propuesta de Pablo, con el estómago encogido ante la reacción de su madre.

Porque ese era el momento menos idóneo, se dijo al día siguiente, ya sentada en la gran sala de juntas del banco. Su madre sin pensión y ella sin trabajo sería una tesitura tremendamente complicada. Todavía no había tomado decisión alguna. ¿Qué podía hacer? ¿Denunciar a la familia del marqués? Además, Concepción ayudaba poco... o demasiado, según se viera. «¿Qué haría yo jubilada? —inquirió cuando Lita la tanteó de nuevo—. ¿Dónde viviría? ¿Contigo? ¡Ningún hombre se te acercaría!». «¿Cómo que qué harías tú jubilada, mamá? —evitó replicar Lita—. ¡Pues vivir! ¡Descansar! Levantarte por las mañanas y prepararte un café con el arte y el cariño que le pones, pero solo para ti, para tomártelo viendo amanecer ese nuevo día que mereces».

El marqués se levantó, tomó la palabra y arrancó a Lita de sus pensamientos. A pesar de ello, tampoco lo escuchó y, en su lugar, se fijó en la composición de la mesa: a la derecha de don Enrique se hallaban los americanos, a los que en ese mismo momento agradecía su presencia. A su izquierda, en orden de edad, estaban los miembros del consejo de administración del banco, encabezados por la madre del presidente de la Banca Santadoma, doña Claudia, con sus ochenta años, hierática y erguida como doña Pilar, pero con el rostro más empolvado y el maquillaje más extremo que el que solía usar su cuñada recién fallecida. Lita centró su atención en la anciana: parecía tranquila. Cualquiera en esa sala pensaría que habría sido mejor no llevarla al acto, pero la señora se movía en aquel lindero sutil que separaba la plena capacidad mental de la senilidad, y cuando exigía algo era preferible otorgárselo, porque como cubana blanca de las de antes, rica, despótica y antojadiza, estaba acostumbrada a que la complaciesen, un deseo que la vejez parecía permitirle exigir sin contemplación alguna.

Una vez más, Lita se supo atada a aquella familia; al pensarlo, se removió en la silla y buscó refugio en Pablo. Se había esforzado y vestía un traje algo más serio y, sobre todo, una corbata que encajaba en su cuello en lugar de aquellas otras que colgaban como lazos ajados; en cualquier caso, emanaba seguridad. Él se sintió observado, pero no quiso dejar de atender al discurso en inglés del presidente del banco, cuya voz, firme y autoritaria, llenaba la estancia. Lita lo imitó y volvió la mirada hacia el marqués justo en el momento en que doña Claudia alzaba el brazo, tironeaba del traje de su hijo a la altura del codo e interrumpía su alocución.

Don Enrique de Santadoma se inclinó con preocupación sobre su madre, que señaló hacia donde se encontraba Lita. La joven tembló al percibir su gesto. El marqués y su madre intercambiaron cuchicheos. La expectación aumentaba, los americanos y el resto del consejo asomaban la cabeza hacia el centro, atónitos. Doña Claudia gesticulaba cada vez más y elevaba el tono de voz. El marqués pugnaba por tranquilizarla.

—Pero ¿qué hace aquí la hija de la criada! —exclamó por fin la anciana.

La frase pudo oírse con una nitidez descarnada. Las miradas se dividieron; iban y venían. Lita sintió que la asaltaba el mareo. El marqués negaba con la cabeza, como si tratase con una niña caprichosa. Hablaron entre ellos: uno intentaba bajar la voz, la otra se mostraba indiferente. «Concepción». «Desde siempre». «¿Qué diría tu padre o tu abuelo?». Las expresiones se colaban entre los presentes hasta que doña Claudia hizo ademán de levantarse de la mesa.

—¡Es morenita! —profirió la anciana como si ella misma quisiera convencerse de su razón.

—¡Mulata, coño!

Le surgió de forma intempestiva, igual que podría haberlo dicho en un bar o en un parque. De repente se encontró en pie, enfrentada a doña Claudia.

—¿Quién se ha creído que es esta niñata...! —saltó la anciana—. ¿Levantarme la voz a mí! ¡Mulata, sí! ¡Parda! Hija de nuestros criados. Nieta de nuestra criada. —El marqués intentaba calmar a su madre, que no permitía ni que la tocara—. No estoy dispuesta a firmar nada que dependa de esta maleducada. —Las miradas de asombro se convirtieron en movimientos incómodos y murmullos ante la amenaza lanzada por doña Claudia de echar por tierra la operación—. Les das todo, educación, casa, trabajo —continuaba la otra gritando, señalando a Lita—, y así te corresponden. ¡Ingrata! Deberíais seguir todos en el ingenio, cortando caña y...

El marqués casi se abalanzó sobre su madre para que no continuara por el derrotero que sugerían tales palabras. La obligó a sentarse y trató de tranquilizarla. Lita sintió sobre ella la mirada de los presentes, que estaban a la espera de su reacción. Temblaba.

—Esclavizarnos de nuevo, sí —afirmó abriendo las manos, como si quisiera hacer ostentación de su raza—. Eso es lo que le gustaría...

—No sigas, Regla —le aconsejó la secretaria particular del marqués, que se había apresurado a rodear la mesa hasta ella en cuanto se inició el altercado.

—Pero ¿has oído lo que ha dicho esa mujer?

—Todos lo hemos oído —reconoció. La secretaria la agarraba del brazo y tironeaba de ella para acompañarla hasta la puerta—. No se lo tengas en cuenta, está senil —añadió en un tono casi imperceptible.

—Sí —gritó Lita entonces, haciendo caso omiso al consejo—. Soy mulata, y seguro que descendiente de esos esclavos de la finca del marqués que cortaban la caña. ¡Y esto que se está vendiendo en esta mesa no es otra cosa que el producto de su sangre, de sus vidas! Probablemente la de algún antepasado mío que murió bajo el látigo de los Santadoma. —La secretaria había dejado de hacer presión. Lita se concedió un segundo antes de continuar—: Y sí, mi madre ha sido criada de los marqueses desde que nació. —Buscó con la mirada a Gloria—. ¡Y poca gente hay en esta sala que esté a su altura humana y moral!

Algunos se habían levantado ya. El marqués alternaba su atención entre las dos mujeres.

—Déjalo, Regla —le aconsejó otro empleado del banco.

—Sal de aquí —la exhortó un tercero—. No lo estropees más.

Lita se dejó arrastrar por la secretaria del marqués, al que miró mientras recorría la distancia hasta la salida. No había arrepentimiento en la mirada de la joven; como mucho, contrariedad. La de doña Claudia, sin embargo, aun nacida de unos ojos viejos y vidriosos, continuaba siendo hiriente, amenazadora, cargada de ira.

# 7

*Cuba, primavera de 1864*
*Sierra del Rosario*

El rumor del agua corriendo cauce abajo, el gorjeo de los pájaros o los chasquidos de la vegetación al paso de los animales huidizos acompañaban a Kaweka mientras, sentada en una roca grande, miraba al infinito que se abría a sus pies y que enrojecía a medida que el sol se ocultaba. Era el mismo color de sangre que veía desde el ingenio cuando los esclavos regresaban del cañaveral: se cernía sobre ellos purificador, heraldo del silencio de la noche y de su estallido fulgurante en un cielo inmenso, limpio, libre. El bosque tupido, en lo alto de la sierra del Rosario, a varias jornadas de La Merced, escondía a la joven.

Kaweka inspiraba con fuerza, alimentando de libertad al hijo que llevaba en el vientre. Habían transcurrido tres meses desde que se plegara a los deseos del viejo Eluma y huyera del ingenio, volviendo la vista atrás constantemente, hacia Modesto, hacia mamá Ambrosia. Los había abandonado a ambos sin explicación alguna, sin despedirse siquiera.

—Iba a comprar mi libertad —se lamentó frente a Eluma.

—¡No hay ningún negro, ni blanco, ni siquiera el marqués, que pueda comprar aquello que pertenece a los dioses!

—¡Podremos querernos! —rebatió ella—. ¿Eso también lo impiden los dioses?

—Los dioses no han impedido que quedases embarazada —la sorprendió el babalao. Kaweka no lo había hecho público: estaba solo de tres meses y la camisa amplia que vestía lo disimulaba casi del todo—. Sí. Lo sé. Y tú estás aquí para aprender todas estas cosas, para conocer el interior de las personas, su alma.

—Me dijiste que Modesto vendría a la sierra, que me seguiría...

—Si te amara, nada se lo impediría.

—Me ama —sostuvo ella, pero no pudo evitar que la duda se instalara en su espíritu.

—Entonces lo hará —insistió Eluma.

«¿Y si se ha ofendido?», evitó plantearle ella al babalao. Al fin y al cabo, era un hombre que le había propuesto una nueva vida, que se había entregado a ella. Podía sentirse despechado después de que lo hubiera abandonado sin explicación alguna. Quizá ya no la amase...

El sacerdote intuyó las dudas de Kaweka.

—No te impacientes —dijo tratando de excusar un retraso que sabía permanente—. Gabino recorrerá muchos lugares antes de volver a La Merced; es su negocio.

El chamarilero mercadeaba en las tabernas, los ingenios, los cafetales y los potreros establecidos en el valle y en la falda de la sierra a la espera de que los cimarrones se acercaran a él para comerciar: cera y miel silvestres, frutos y enseres y productos que robaban de las explotaciones cercanas y que trocaban a precios muy bajos por sal, armas, cazos o herramientas. Los esclavos huidos a las montañas no podían vender sus productos más que a personas de confianza que se aprovechaban de su necesidad, y el buhonero era uno de esos con los que cambiaban lo poco que tenían por menos todavía, aunque necesario para la vida en el palenque.

Tan pronto como Gabino apareció por los alrededores, el babalao acudió a él y mandó recado a La Merced. Eso le confesó después a una Kaweka que escuchó sus palabras esperanzada; lo que no le contó el babalao fue que el mensaje que ordenó transmitir a Ambrosia en La Merced fue el de que, cuando viera a Modesto, le dijera que se olvidara de Kaweka, que la muchacha había encontrado una libertad que él jamás le podría proporcionar, que no estaba capacitado para competir con los dioses.

Porque Kaweka era la elegida de esos dioses y no había hombre que debiera interponerse en su camino ni en su aprendizaje.

Gabino torció el gesto al escuchar el mensaje de Eluma.

—Es la decisión de los dioses, Gabino —explicó el viejo—. No contraríes su voluntad porque se molestarán contigo —lo amenazó.

El chamarilero respetaba al anciano babalao. Eluma era estimado por toda la comunidad. Gabino lo había visto curar a los enfermos, hablar con los dioses y erigirse como un sacerdote auténtico, no como otros charlatanes con los que se topaba en los caminos. Asintió, se santiguó como si el simple hecho de haber dudado constituyera un insulto a los *orishas* y juró cumplir y guardar secreto.

Y desde entonces, peleando por alejar de sí cualquier recelo, Kaweka vivía entre la ilusión del reencuentro con Modesto y una maternidad incipiente que continuaba escondiendo mientras fuera posible. Quería, deseaba que fuera hijo de Modesto, pero no podía asegurarlo. Lo que sí sabía era que ese niño nacería en libertad, una ventura que solo se veía ensombrecida porque Ambrosia, su madre, a la que también había abandonado, no llegaría a conocerlo. Eluma trataba de tranquilizarla cuando lloraba aquella culpa.

—Ambrosia estará contenta con tu decisión —razonó el sacerdote—. Toda su vida luchó por la libertad de los esclavos. Tú la ayudaste. El saber que tú, a quien acogió y educó, continuarás con la memoria de nuestros dioses y nuestras creencias en lugar de arrinconarte en La Habana como una liberta más, le permitirá presentarse ante los *orishas* con una ofrenda que pocos negros son capaces de portar consigo. Eso le garantizará su benevolencia y el renacer a una nueva vida colmada de bienes y felicidad.

Kaweka sopesaba aquellas palabras día tras día mientras Eluma la instruía en la religión de los yorubas. Pocas jornadas después de llegar a la sierra, tras los ritos que cumplieron con los escasos recursos de que disponían, los dieciséis negros que conformaban el palenque se reunieron alrededor de una ceiba de gran altura y tronco inmenso, donde el babalao asentó oficialmente a Kaweka en la religión de Ocha.

Se alzaron los cánticos y resonaron lo que aquella gente, en su miseria, pretendía que sustituyera a los tambores sagrados: troncos huecos, palos... Fue suficiente, sin embargo, para que Kaweka se meciese en una danza desconocida que ejecutó con pasión.

Los cimarrones gritaron y la animaron. Algunos se turnaron para acompañarla en un baile frenético. A todos los dejó atrás, hasta que Yemayá, la diosa del mar, madre de muchas divinidades, representante de la fecundidad y del amor maternal, encarnada en la Virgen de Regla de los blancos, la montó y la joven entró en un trance profundo y prolongado, espectacular y misterioso.

A través de Kaweka, la diosa rio a carcajadas, bailó simulando el movimiento de unas olas que alcanzaron la tempestad, se abanicó y se convulsionó hasta que decidió salir de la joven. Fue tal el éxtasis, el hechizo, el embrujo que envolvió ceiba y cimarrones, tanta la multitud de espíritus que se manifestaron en el monte entero, que todos comprendieron la razón que había llevado a Eluma a acudir a La Merced en busca de una mujer a la que, a partir de entonces, admiraron, respetaron e incluso temieron.

Desde su iniciación, el babalao reveló a Kaweka los secretos de las hierbas y plantas del monte, un lugar sagrado que le enseñó a respetar al modo en que los cristianos lo hacían con sus templos.

—Esta es nuestra iglesia —afirmó—; aquí viven dioses y espíritus, buenos o malos, beneficiosos o perversos.

—Pero ¿por qué continuamos adorando a los dioses cristianos? —preguntó ella aprovechando el momento para pedir esa aclaración—. Si aquí residen los nuestros, ¿no sería mejor regresar a nuestras raíces, lejos de la influencia de los blancos?

—Porque los negros cubanos ya han asumido esa mezcla de religiones y no lo entenderían. Y tampoco menosprecies el poder de esos santos, porque lo tienen.

Kaweka aprendió a entrar en el monte después de saludarlo y proporcionarle una ofrenda, siquiera un grano de maíz, una hebra de tabaco o la sangre de algún animal, a falta de dinero y mayores bienes.

Allí Eluma le habló de los dioses: desde Olodumare, el supremo, el origen de todo, hasta el último *orisha* del panteón yoruba. Por las noches, recogidos en el palenque, Kaweka escuchaba los *patakis*, sus historias y anécdotas. El babalao le enseñó las ofrendas y los sacrificios que debían realizar los fieles, pero por encima de todo la acompañó en el camino para convertirse en curandera.

—Tienes manos sanadoras —afirmó el anciano—, una virtud que los dioses solo conceden a los elegidos. Yo no puedo enseñarte cómo usar tu poder, la magia está en ti. Hay que conseguir que los *orishas* acudan en socorro de sus seguidores cuando estos enferman, ya sea a causa de algún maleficio o como castigo divino. Tu misión consiste en aplacar y convencer a los dioses. Algunas veces lo conseguirás, otras...

Kaweka recordó a los que la detenían y se agarraban a ella en la enfermería del ingenio. Entonces no hacía más que esperar la decisión divina en actitud pasiva; ahora, tras escuchar las palabras de Eluma, comprendía que se trataba de intervenir, de excitar su voluntad, de lograr incluso que cambiaran de parecer.

Aquella noche, Kaweka ayudaba a preparar la cena a las otras dos mujeres que componían el grupo de esclavos fugados: funche a base de harina de plátano, azúcar y carne salada de jutía. Habían establecido el palenque muy cerca de la cumbre de un risco boscoso de la sierra del Rosario, alrededor de una de las varias cuevas que se abrían a un claro y a cuya entrada ardía un fuego mortecino para no llamar la atención de los rancheadores. El lugar era de acceso difícil. No había ningún sendero y los cimarrones evitaban abrirlo con su transitar, aunque, como medida de precaución, habían sembrado los alrededores de trampas consistentes en estacas afiladas escondidas en zanjas y agujeros, dispuestas para atravesar los pies y las piernas de quienes cayeran en ellas.

Los cimarrones se acomodaban al entorno, incluso cultivaban pequeñas parcelas de tierra que les proporcionaban grano, pero pese a las precauciones, aquellos hombres sabían que un día u otro tendrían que escapar. Hasta Mauricio, uno de los más jóvenes, había estado ya en dos palenques. Cuando los rancheadores los descubrían, unos pocos presentaban batalla y los distraían mientras los demás se daban a la fuga. Luego se reencontraban, o no, localizaban a otro grupo de fugados o vagaban solitarios por montes y pantanos.

Cenaban sentados en rocas, sillas y taburetes desvencijados, o en el suelo, cerca del fuego.

—Tu hombre no vendrá. —La noticia se la comunicó de forma intempestiva Felipe, aquel que había asumido la jefatura de la partida, un negro correoso, suspicaz y parco en palabras. Acababa de regresar de una incursión al valle del Mariel, donde algunos ingenios empezaban en tierras abruptas y llegaban hasta el mar.

Kaweka irguió la cabeza. Eluma dejó de masticar durante un par de segundos, pero, al contrario que su pupila, se concentró en el funche de su cuenco de loza; sabía lo que diría Felipe o cualquier otro de los cimarrones, él mismo le había dado instrucciones a Gabino cuando este se quejó del asedio al que lo sometían los cimarrones acerca de la llegada de Modesto. Todos querían saber de los propósitos del emancipado después de que, supuestamente, Ambrosia le hubiera dado el recado de que Kaweka lo esperaba en el palenque. Lo cierto es que el mensaje que la criollera le trasladó en la enfermería del ingenio fue muy diferente: «Kaweka ha sido llamada por los dioses. Olvídala. Jamás la encontrarás —añadió cuando vio que el emancipado tenía la intención de salir corriendo en su búsqueda—, y si lo consiguieses, ella caería en desgracia y los espíritus que hoy la protegen la herirían sin compasión. ¿Deseas dañarla?, ¿quieres que padezca? Esa niña, mi hija, pertenece a todos los negros, no solo a ti». Con todo, Modesto insistió, hasta que la criollera le espetó: «¿Crees que le habrá sido fácil a ella? Desde que llegó a esta isla, siendo todavía una niña, no ha hecho más que luchar por los negros, ¿y tú te crees con algún derecho sobre ella? No sé qué harán los dioses, pero, como se te ocurra molestarla, yo, Ambrosia, lanzaré sobre ti a cuantos hombres y mujeres me deben la vida».

Ahora era Felipe el que le decía que Modesto no vendría a por ella.

—Mientes —le acusó Kaweka.

Desconfiaba de Felipe. El capitán de los cimarrones la respetaba tanto como los demás, pero eran muchas las ocasiones en las que Kaweka había tenido que sostenerle la mirada para que borrara la lascivia de la suya. Los otros hombres no se atrevían a pretenderla como mujer, pese a que vivían inmersos en una situación candente: una comunidad compuesta por trece hombres y tres mujeres, cuya convivencia ocasionaba que el deseo y los impulsos se convirtieran en incontrolables y que provocaba todo tipo de tensiones. Algunos tenían acceso carnal a las otras dos mujeres, lo que provocaba constantes reyertas. El resto buscaba satisfacción en sus visitas a ingenios y tabacales, y unos pocos se la procuraban entre sí.

—Gabino nos ha traído noticias de tu madre, de Ambrosia —afirmó Felipe. Kaweka dio un respingo antes de buscar la confirmación de Mauricio, que lo había acompañado en su correría. Los labios fruncidos del antiguo esclavo de La Merced y un leve asentimiento de cabeza refrendaron las palabras de su capitán—. La criollera dice que tu emancipado ha preferido continuar en la ciudad, junto al doctor, sirviendo a los blancos —continuó, utilizando un tono perverso e hiriente—. Es un cobarde.

—Quizá no haya podido venir —aventuró la joven.

—No, seguro que no —afirmó rotundo el capitán—. Parece que le importas muy poco. ¿Quieres que le mandemos otro recado diciéndole que estás preñada? —trató de humillarla.

Kaweka no se sorprendió. Hacía tiempo que se le notaba el embarazo. Los hombres no hablaban de ello, ni siquiera Eluma, que rehuía el tema. Sí que lo había hecho con las mujeres, aunque no había revelado la identidad del padre, porque eso no era de la incumbencia de nadie.

—¿Quién te ha dicho que es el padre? —replicó Kaweka—. Vivía con otro hombre en el ingenio.

Felipe se encogió de hombros antes de contestar, y el babalao aprovechó ese momento de silencio.

—¿Disfrutas con el dolor de los demás? —le recriminó.

Sin embargo, el otro no calló. Ahora hablaba de la mujer, no de la intermediaria de los dioses. Se refería a la hembra que lo rechazaba con soberbia y ponía en entredicho su autoridad sobre los demás. Desde el día de su llegada, Kaweka no había ocultado sus anhelos por el reencuentro con Modesto. Y si era así, si ella deseaba un hombre, ese no podía ser otro que él, el capitán de los cimarrones.

—¿Dolor? —se preguntó al mismo tiempo que daba un manotazo al aire como si espantase un insecto—. Ambrosia sostiene que el emancipado no ha querido escapar, que no se ha atrevido.

Kaweka interrogó con la mirada a Eluma y este le contestó en igual forma, con los hombros encogidos y las palmas de las manos medio extendidas, como si no estuviera en ellas el poder de conseguir que Modesto la siguiera.

Entonces Kaweka se sintió menospreciada, allí, frente a Felipe, que se recreaba en su desencanto.

—Tu hombre no ha tenido las agallas suficientes para ir tras de ti —prosiguió, regodeándose en su humillación—. Se ha adaptado a la vida de los blancos y ahí se encuentra confortable, reconocido en su trabajo, valorado como persona y con la expectativa de la libertad, algo inalcanzable para los demás. ¿Para qué molestarse en venir a la sierra para vivir en la suciedad y escondido, siempre pendiente de los rancheadores? ¡Cobarde!

La Habana, La Habana, La Habana. Kaweka no pudo más que pensar en las mil veces que aquella ciudad había llenado la boca de Modesto. La Habana, su cielo, su tierra prometida, allí donde vivían los ricos y donde ellos dos prosperarían y comprarían una casa y educarían a sus hijos. «¡Ingenua!», se dijo. Si su destino era el de luchar contra los blancos, el de Modesto era conquistar La Habana. ¿Cómo podía haber imaginado que renunciaría a ello por una mujer que lo había abandonado sin explicación alguna?

El vínculo que la unía a las risas, al placer, a la ilusión, se rompió como pudiera hacerlo una cuerda vieja, seca y desgastada ante un estirón fuerte y repentino. Las lágrimas asomaron a sus ojos y no hizo nada por detener su recorrido por las mejillas. Miró al babalao: era un buen hombre, pero su propósito consistía en preservar el designio divino, lo que tal vez lo imposibilitaba para entenderla como mujer o como madre. Kaweka dejó su cuenco, se levantó y se internó en la espesura que rodeaba el palenque.

—Si a tantos hombres te entregabas allí en el ingenio —llegó a oír a su espalda de boca de Felipe—, y todos esclavos, miedosos, sometidos, ¿a qué viene esta castidad ahora con nosotros, los tuyos, los que hemos retado a los blancos? —Kaweka ya no estaba a la vista, pero se detuvo entre los árboles, acusando los reproches del capitán—. ¡Tú eras la luchadora por la libertad! ¡Tú trajiste aquí a Mauricio y animaste a muchos otros a huir del ingenio! —El cabecilla gritaba, encolerizado, en la creencia de que la joven se había alejado de ellos—. ¡Y ahora nos tratas como apestados! ¿Qué te aconsejan los dioses!

Tenía razón, pensó Kaweka. La decepción que la embargaba por la decisión de Modesto sucumbió ante la explosión de imágenes que se agolparon en su mente, recuerdos de una vida entregada al objetivo que había iluminado sus días desde que desembarcó en esa maldita isla. Había ayudado al suicidio, provocado abortos, colaborado en fugas y hasta deseado la muerte de los enfermos. El recuerdo de las espaldas sangrantes de los dos negros a los que robó los machetes la hizo desfallecer y tuvo que buscar apoyo en el tronco de un árbol. Había arrinconado todos aquellos esfuerzos por el sueño ingenuo y caprichoso de un futuro junto a un emancipado que no la amaba lo suficiente para dejarlo todo y seguirla, aunque eso era algo que tampoco podía reprocharle. Era ella quien había huido a la sierra, y ahora se encontraba inmersa en otra realidad: la encarnada por unos hombres que abandonaban el refugio de las montañas para ir a negociar el trueque de cera por armas con las que defender su libertad, o por alimentos para la subsistencia de la comunidad. Una vida tan sencilla como peligrosa.

Debía olvidar a Modesto. Ella era Kaweka, la elegida por los dioses, la llamada a pelear por la libertad de los esclavos. Abandonó la protección de los árboles y se plantó en el centro del palenque. Muchos dejaron de comer y otros de hablar, casi todos la miraron sorprendidos.

—Tienes razón —le reconoció al capitán—, pero no serás tú

quien goce de mí. Aquí no tengo amo ni capataz que me imponga un hombre.

—¡Quieto! —ordenó el babalao ante la réplica inmediata de Felipe, que llevó la mano a su machete e hizo ademán de levantarse. Cabecilla y sacerdote se retaron con la mirada—. Ella es libre, como todos los demás; por eso han huido. ¿Quieres que los dioses perjudiquen a este palenque? —terminó amenazándolo.

El murmullo con el que los cimarrones acogieron aquella advertencia fue suficiente para que Felipe depusiera su actitud.

El babalao la descubrió en el monte recogiendo hierbas para abortar.

—Yemayá es la defensora de la maternidad —expuso el anciano después de que Kaweka mostrara el desconsuelo que sentía por su embarazo—. La diosa no vería con buenos ojos que no lo parieras, se enfadaría. Esto no es el ingenio, aquí el niño no nacerá en cautividad.

—No lo deseo —se quejó ella.

Kaweka no quería a ese niño. Quizá lo hubiera engendrado Santiago, un negro violento que se comportaba igual que los otros en el trato con las mujeres. No era peor que el resto, pensó Kaweka, y se dio cuenta de que no le guardaba un rencor especial. Santiago era como un recuerdo fugaz, igual que Faustino y su padre, Aparicio y el negro que esperaba poder montarla, y tantos otros que formaban parte de una vida que deseaba olvidar y cuya presencia arrinconaba allí donde dejaban de herirla. No obstante, de vez en cuando aparecían, la aguijoneaban como pudiera hacerlo un insecto molesto, antes de desvanecerse en el aire puro de la sierra, en el correr del agua y en los sonidos limpios. Todos aquellos fantasmas necesitaban del restallar del látigo para revivir en su espíritu.

En cambio, la posibilidad de que la hubiera embarazado Modesto le provocaba otro tipo de sentimientos. Kaweka no lo asociaba al ingenio, al dolor, la humillación y la desesperanza. Modesto había irrumpido en su vida convirtiendo en bella la miseria, pero ahora pensar en él la hundía en la decepción. Los esclavos no se podían permitir las emociones, Kaweka lo sabía y había cometido ese error. ¿Cuántas veces se lo había advertido mamá Ambrosia? Incluso en su estado de servidumbre animal, la satisfacción más básica como pudiera ser el comer se hallaba al albur del capricho del amo o la crueldad del mayoral. Modesto le había ofrecido un destello de esperanza. Había escuchado tambores cuando la montaba, había creído amar y ser amada.

Eluma la amenazó con abandonarla si mataba a la criatura. Kaweka vaciló, y aquellas cumbres boscosas y rebosantes de vida, lejos del chasquido del látigo opresor, la llevaron a un tremendo conflicto. En ocasiones gozaba al notar cómo se movía el feto en su interior, una sensación de plenitud la invadía; en otras, tan pronto como aquella nueva vida le recordaba al emancipado o a Santiago, odiaba la carga que ambos representaban.

Sumida en esa contradicción llegó el momento del parto, en septiembre, la mañana del tercer día consecutivo de unas lluvias torrenciales que parecían querer desnudar los riscos y arrastrar montaña abajo hasta los árboles más recios.

Kaweka no sabía si quería parir aquel hijo.

Se refugió con las otras dos mujeres del palenque en el interior de una de las cuevas, donde le habían preparado una silla vieja despojada de su asiento, y debajo, una vasija grande forrada con una manta para que cayera el bebé una vez alumbrado. Eluma le ciñó el vientre con una tela azul, uno de los colores de Yemayá, a modo de faja, y dispuso al lado de la silla una estampita de san Ramón Nonato que había pedido prestada a las negras de un tabacal, junto a la que encendieron una vela rogativa. También llamaron e invocaron la ayuda de la diosa, y proporcionaron a Kaweka infusiones de palo y de aguinaldo recogido en Navidad. Rezaron mientras se alargaban los trabajos de parto, entre dolores que parecían quebrar la resistencia de una joven que permanecía indiferente. De cuando en cuando, alguno de los cimarrones se asomaba para comprobar que continuaba sentada en la silla, sudando copiosamente en un ambiente húmedo, la expresión crispada y la mandíbula prieta para soportar las intensas contracciones.

La miraban un rato, algunos preguntaban, otros ofrecían una ayuda inútil, los más negaban con la cabeza antes de regresar a alguna de las otras cuevas.

Felipe no se interesó por el estado de Kaweka, pero sí que intervino, porque negó una nueva vela tras horas implorando la ayuda del patrón cristiano de las parturientas.

—No podemos quedarnos sin velas a causa de un parto que los dioses no favorecen —sentenció.

Transcurrió el día y Kaweka, tan agotada como aterrorizada ante la llegada de una nueva contracción, advirtió cómo el vigor de los rezos a su alrededor disminuía hasta convertirse en una letanía monótona y apagada. El interior de la cueva se llenó del fragor de un diluvio que arreciaba, presagiando desgracias. Eluma trató de animarla con la llegada de un amanecer que solo se adivinaba entre las nubes grises y la cortina de agua que impedía la entrada de luz. Kaweka, con la cabeza caída sobre el pecho, no fue capaz de responder.

—¡Lucha! —le exigió el babalao—. Morirás y te convertirás en un espíritu errante y desesperado. —Kaweka logró alzar la cabeza y mostró al anciano unos ojos vidriosos. Él la agarró de los hombros y la sacudió—. ¡Responde! ¡Llama a tu diosa! ¡Dile que quieres a este niño y te ayudará!

Kaweka hizo un gesto cansado con la mano y Eluma acercó el oído a sus labios.

—Me traerá la desgracia —balbuceó.

—Deja que los dioses decidan el destino de la criatura. No discutas con ellos. ¡Convócala! Hazlo por ti, por mí, por todos los esclavos negros... ¡Por mamá Ambrosia!

Los ojos congestionados de la joven parecieron aclararse al oír el nombre de la criollera, de su madre.

—Ella no te lo permitiría —añadió el babalao aprovechando la reacción de la joven.

La mención de mamá Ambrosia la hizo evocar el criollero, la imagen de los niños abalanzándose sobre ella. «Deja que los dioses decidan su destino», la había instado el día que compadeció su alegría.

Kaweka suspiró.

—Yemayá —pronunció entonces encomendándose a la diosa.

Fue niña, la llamaron Yesa, y en cuanto la tuvo en sus brazos, Kaweka penetró en su alma y no le cupo duda alguna de que era hija de Modesto, una certeza que, sin embargo, sí que dudó en adjudicar a Yemayá o al sentimiento que estalló dentro de ella: el de un universo nuevo, el de un vínculo infinito que la embargó, que la llevó a un llanto catártico entremezclado con una risa liberadora al simple roce con la pequeña, a cuya frente todavía sucia acercó sus labios para besarla.

Kaweka la amamantaba, y cuando dejaba el palenque para internarse en el monte a aprender de hierbas o para acompañar a Eluma a tratar a algún enfermo, el cuidado de su hija recaía en las otras dos mujeres y hasta en algún cimarrón al que complacía el contacto con la criatura. Los rancheadores no los descubrían, y la joven se dedicó a aprender la regla de Ocha junto al babalao, al mismo tiempo que trabajaban curando a los esclavos de los ingenios, cafetales y potreros cercanos. Mientras, la pequeña Yesa crecía, convirtiéndose en el centro de atención de los miembros de la comunidad; tanto era así, que la madre, ávida por disfrutar de ella a su regreso, en ocasiones tenía que permitir que fueran otros quienes gozaran de su presencia y la cuidasen, hasta que el palenque se rendía a la noche, momento en el que la recuperaba y la acurrucaba contra ella en el lecho para compartir su respiración y colarse en sus sueños. Solo Felipe y sus acérrimos seguidores miraban a la niña con desprecio, se quejaban del escándalo de sus llantos, exigían su silencio y su reclusión en una cueva, o bien ordenaban algún trabajo inaplazable precisamente a quien estaba a cargo de ella en ausencia de la madre.

La llegada de Yesa liberó a Kaweka. La diosa, satisfecha, no solo había accedido a su nacimiento, sino que también insufló en la joven un espíritu renovado. Modesto continuaba en su recuerdo, aunque la imagen del emancipado parecía difuminarse igual que le había sucedido con la de su madre o la de Daye, la hermana pequeña que fue entregada al mar. Sin embargo, de cuando en cuando, las vivencias compartidas con el emancipado revivían como un fogonazo, y ella se encogía angustiada, dolorida, y buscaba refugio en su hija o en esos dioses que la habían elegido.

Trajeron un cimarrón de otro palenque de la sierra para que Eluma lo tratara. Tenía úlceras en el pecho y en el brazo derecho. Hacía un par de meses que se había caído, había rodado montaña abajo y los árboles y las rocas le causaron arañazos y múltiples heridas. Algunas curaron, pero otras se infectaron, y ahora, pese a los cuidados, se presentaban abiertas, enrojecidas y purulentas. El babalao prescribió un emplasto de yerbabuena macerada en ron que Kaweka se ocupó de aplicar a las llagas.

—Ayudadme —les pidió a los dos negros que acompañaban al herido. Estaban en una de las cuevas, el hombre acostado sobre un lecho de hojas secas—. Agarradlo con fuerza... Sí, así —confirmó cuando los otros le inmovilizaron los pies y las manos, igual que si fueran a azotarlo.

El hombre gritó y se sacudió con violencia ante la quemazón del remedio. Kaweka continuó untando las llagas. Repitió la cura en cuatro ocasiones a lo largo de dos días. Rezaron, imploraron a los santos y se hicieron ofrendas, pero las llagas empeoraron. Eluma cambió el tratamiento y lo intentó con un polvo elaborado tras machacar las cortezas y las hojas del guaguasí. Tampoco funcionó: la infección avanzó, la fiebre subió y los lamentos y las convulsiones del enfermo convocaron a los cimarrones, que, acongojados, se plantaron en la entrada de la cueva. Yesa estaba en brazos de una de las mujeres y Felipe cruzaba alguna que otra mirada de reojo con los suyos; le costaba esconder su satisfacción ante el fracaso de Kaweka.

Los sollozos del enfermo, los cánticos apagados de algunos de los negros y los rezos de Eluma invadían la cueva para entremezclarse y reverberar en las paredes. Kaweka, sentada en el suelo, con los ojos cerrados llamando a la diosa, se sintió golpeada por los sonidos. De repente cantó y, sin levantarse, extendió los brazos y agitó hombros y pechos en un baile infernal. Mudó la voz: la diosa hablaba por ella... Le había bajado el santo. Continuó cantando y bailando con los brazos por encima del enfermo mientras los demás se acercaban y se arremolinaban a su alrededor.

El baile se alargó unos minutos durante los cuales Kaweka pareció vaciarse; su estado, sudoroso, exhausto, contrastaba con la violencia de unos movimientos en los que cesó repentinamente. El silencio y la expectación asolaron el lugar, incluso el enfermo calló. Transcurrieron unos instantes en los que nadie se movió, hasta que ella se puso a cuatro patas y, como si de un perro se tratara, empezó a lamer las llagas purulentas del hombre.

Muchos de los cimarrones dieron entonces un paso atrás, otros desviaron la mirada y hubo quien tuvo que reprimir las arcadas.

Kaweka continuó con su ritual hasta que hubo lamido todas las úlceras, momento en el que se sentó de nuevo. La diosa salió de su cuerpo y, recuperada la consciencia, la joven paseó la mirada por los concurrentes hasta detenerla un instante en Felipe, en quien la clavó con furia antes de caer desmadejada al suelo.

El cimarrón sanó. Kaweka se afianzó en su posición de curandera y, tras el aprendizaje con Eluma, se convirtió en iyalocha, sacerdotisa de la regla de Ocha, la religión de los lucumíes o yorubas que había enraizado con la cristiana. Así se empezaron a dirigir a ella en el palenque, y así la conocieron también en los demás refugios de negros huidos que se escondían a lo largo de la sierra de Guaniguanico. Curó a algunos cimarrones más. No siempre lo conseguía, pero lo que corría de boca en boca eran sus éxitos y el contacto mágico y profundo que sostenía con los *orishas*.

La necesidad de creer en lo divino, en la ayuda que los dioses que no pertenecían a los blancos podían prestar a la comunidad esclava, magnificó los poderes de Kaweka en las mentes de hombres y mujeres sencillos e incultos. La religión propia, la africana, la de los negros, constituía uno de los pocos mecanismos de afirmación individual, de resistencia ante una vida que perdía sentido bajo el poder omnímodo de amos egoístas que solo veían en los esclavos una inversión igual a la hecha en un caballo o en una máquina. Kaweka representaba ese espíritu, encarnaba esa lucha, mantenía vivo el nexo que unía a los negros con sus raíces y sus creencias. El respeto del que había gozado hasta entonces se convirtió en devoción.

La requirieron los negros libres que vivían en los caminos, trabajando como asalariados, y también lo hicieron desde los ingenios pequeños, los tabacales y algún que otro cafetal que todavía resistía en la zona. Se trataba de explotaciones agrícolas modestas que poco tenían que ver con plantaciones como La Merced u otras similares. Las había en las que se llegaban a establecer pactos de no agresión entre los dueños y los cimarrones. Los blancos consentían su presencia y hasta les entregaban mercaderías, a modo de tributo, si los otros no les robaban. Allí no había muchos médicos, ni siquiera cirujanos romancistas como Cirilo, y los enfermeros que atendían a los negros, esclavos o libres, carecían de preparación y conocimientos.

—Huye a las sierras —animó Kaweka a un joven que la observaba ensimismado después de su trance con una enferma.

Los habían llamado de un cafetal casi artesanal, escondido en lo más abrupto de las montañas, en las pendientes del valle que se elevaba por encima de una corriente de agua, y que contaba con una docena de esclavos negros, una de las cuales sufría de exceso de bilis: el blanco de sus ojos había cedido paso a un amarillo que nada bueno presagiaba.

—Es vieja —tranquilizó el babalao a Kaweka ante unos esfuerzos que resultaron inútiles.

«Escapa». «Necesitamos mujeres». «¡Rebélate!». Kaweka no se conformaba con su función de iyalocha y curandera. «¿De qué les sirven los dioses o que les libremos de la enfermedad si continúan encadenados? —arguyó un día ante Eluma—. ¿Para que trabajen más y mejor para sus amos? No seré yo quien lo consienta».

Retomó la lucha por la libertad de los negros, e incitaba a conseguirla allá donde fuese. «Es la voluntad de los dioses», les decía a los esclavos.

En ocasiones lo consiguió; sin embargo, fueron varios los que mostraron sus reparos más allá de la incertidumbre y el miedo. El trato directo había proporcionado a Kaweka la oportunidad de confraternizar con los negros. Eran reticentes a escapar a un palenque dominado por Felipe y los suyos. Bebían, le revelaron, trataban con desprecio a las mujeres y se mostraban soberbios, como si fueran superiores por haber huido; además, en bastantes ocasiones jugaban y apostaban y perdían en las mesas de las tabernas parte de los pocos dineros que obtenían de sus tributos y trueques.

—Aprovechando el trabajo y el esfuerzo de los demás cimarrones —añadió Kaweka al denunciarlos a Eluma.

El viejo suspiró.

—Tampoco podemos asegurarlo —objetó.

—Yo puedo hacerlo —afirmó ella.

—No te busques más problemas con Felipe —le aconsejó Eluma—. Olvida estos temas. Solo perjudicarán la convivencia, y la seguridad del palenque depende de nuestra unión.

—Nosotros entregamos al palenque todo lo que nos regalan los enfermos —se quejó ella.

No obstante, Kaweka pareció hacerle caso, aunque no pudo impedir que la tensión con el cabecilla fuera en aumento.

—¡No traigas más! —le recriminó este abalanzándose sobre ella el día en que apareció acompañada de un niño mulato—. ¡Aquí no cabe más gente! No tenemos comida... y atraeremos a los rancheadores.

—La montaña no es tuya —replicó Kaweka, que aguantó firme, sin retroceder un paso—. Si tienes miedo, puedes huir a algún otro lugar. Habrá quien te siga —añadió mirando con cólera a los esbirros que lo escoltaban.

—Estás quebrantando los acuerdos que tenemos con los cultivadores. Este niño —gritó Felipe señalando al mulato— pertenece a Jaime Ruiz...

Uno y otra se fueron interrumpiendo en presencia de los demás cimarrones, expectantes ante un conflicto que todo el mundo preveía desde hacía tiempo.

—¡Ningún negro pertenece a un blanco! Los dioses nos hicieron...

—Jaime nos entrega azúcar y plátanos para que no lo molestemos. Con eso comemos...

—¡Con eso apuestas! ¡Con eso compras a las mujeres! ¡Con eso…!

Felipe no le permitió terminar porque le propinó un empujón con las dos manos sobre el pecho. Kaweka cayó al suelo.

—¡Mientes! —se defendió el cabecilla, irguiéndose amenazador sobre la joven.

Eluma acudió en su ayuda.

—¡No peleéis!

Otros cimarrones también quisieron mediar.

—¡Ladrón! —lo acusaba mientras tanto Kaweka desde el suelo.

Los esbirros de Felipe se interpusieron en el camino de los demás. Uno de ellos desenvainó el machete, y muchos recularon. Eluma agarró el brazo del que blandía el arma.

—¡Son tus hermanos! —le recriminó.

Kaweka intentó levantarse. El capitán quiso tumbarla de nuevo en el suelo empujándola con el pie. Ella se revolvió, agarró su pierna y le mordió con fuerza la pantorrilla. El otro la golpeó en la cabeza, repetidamente. Mauricio saltó sobre la pareja. Varios cimarrones lo imitaron, enfrentándose a los secuaces de Felipe. Eluma todavía inmovilizaba al del machete, otros hicieron lo mismo con el cabecilla, y el resto consiguió que Kaweka soltara la presa sobre la pierna y se la llevó a rastras pateando e insultando al jefe de la partida.

Al fin quedaron dos grupos separados por unos pasos. La mayoría de los cimarrones trataban de imponer la paz. Antes de que se hubieran calmado los ánimos y todavía agarrado por sus incondicionales, que le impedían acercarse a Kaweka, Felipe se dirigió a la curandera:

—¿Quieres ser tú la jefa del palenque? —la retó. Ella, ya en pie, al lado de Mauricio y otro hombre, jadeaba—. Los dioses te han elegido para curar, sí, y para hablar con ellos, también, pero ¿lo hacen para que dirijas a los tuyos cuando ni siquiera tienes tiempo de atender a tu hija? —Felipe señaló con el mentón a la pequeña Yesa, que gateaba desnuda entre los pies de los cimarrones—. ¿Por qué ibas a cuidar de los demás si no cuidas de los tuyos?

—No metas a la niña en esto —le recriminó Kaweka pese a

comprobar algunos asentimientos ante los argumentos del cabecilla—. Tampoco tiene nada que ver con los dioses —masculló como respuesta a su acusación—. Los dioses no se preocupan por quién tiene que dirigir este palenque, y yo no deseo sustituirte, pero nuestro jefe tiene que ser honrado. ¡No puede robar el dinero para apostarlo!

—¿Robar! —la interrumpió Felipe, tirando de los suyos más todavía para abalanzarse sobre ella de nuevo. Se calmó al verse obstaculizado, se zafó con aspavientos de los brazos que lo retenían y se dirigió a los demás—: ¿Quién de los aquí presentes no ha desviado unas monedas de las que obtiene en los ingenios amigos para jugar o tomar un aguardiente o un ron en las tabernas? —El capitán paseó la mirada entre los cimarrones, alentándolos con las manos a que respondieran, y, para escándalo de Kaweka, el grupo se mantuvo en silencio—. ¿Quién no ha regalado algo de grano, de miel o un par de plátanos a una mujer para que se deje montar?

El silencio volvió a reinar pese a que Felipe seguía incitándolos a contestar, cada vez con mayor exaltación. Cuando bajaban a los valles o a las planicies, los hombres tenían por costumbre distraerse en las tabernas, o buscar el placer con las mujeres de los potreros y las plantaciones, que siempre esperaban algún regalo, y el cimarrón que no lo había hecho lo intentaba, y si no, lo deseaba, y si no, lo consentía de los demás.

Kaweka interrogó a Mauricio con la mirada, y este frunció los labios, enarcó las cejas y se encogió de hombros a modo de respuesta. Ella negó con la cabeza y buscó a Eluma, preguntándose si el anciano lo sabía. Él le había aconsejado que no removiera aquello. A unos pasos de distancia, el babalao le contestó de forma similar a como lo había hecho Mauricio. Felipe lo vio y se dibujó en su cara una sonrisa cínica. Los demás empezaron a retirarse, algunos cabizbajos, como si sintieran haber decepcionado a Kaweka. Una de las mujeres se agachó, alzó a Yesa y se la entregó a su madre, que la estrechó con fuerza contra su pecho. Parte de lo que había dicho Felipe era cierto: atender a los enfermos y a los dioses la obligaba a estar fuera días enteros. Kaweka besó a su hija en la frente y se acusó de estar renunciando a verla crecer, libre. Había perdido la oportunidad de ver sus primeros pasos, y un día, a su regreso al palenque, se encontró a la niña ya correteando desnuda por las montañas. Kaweka se dedicaba a curar a los negros y a convencerlos de que escaparan, pero cuanto más se volcaba en ello, más perdía el contacto con la realidad de esa gente por la que tanto creía pelear, porque tan pronto como alcanzaban la tan deseada libertad se comportaban igual que lo hacían los demás, entregándose al juego, el alcohol y el sexo.

Chascó la lengua.

—Tú ganas —reconoció dirigiéndose al capitán—. Sigue cuidando de este palenque.

—Solo podré hacerlo si dejas de alentar la fuga de los negros propiedad de aquellos que nos ayudan —replicó Felipe—. Los esclavos son escasos y muy caros; si los cultivadores pierden alguno más, vendrán a por nosotros.

—Estate preparado entonces. Debo continuar...

—No —la interrumpió él—. Escucha bien, Kaweka: llevo varios años burlando a los rancheadores. Los conozco. Son hombres crueles. Antes de que un cimarrón se les escape, lo matan sin la menor compasión. Yo volveré a esquivarlos, seguro, pero si sigues así, llegará el día en que volverás al palenque y encontrarás cautivos o muertos a muchos de los que has traído, y a tu hija entre ellos. Nadie huye por las montañas, corriendo delante de mastines enfurecidos, con una niña a cuestas —la amenazó señalando a la pequeña—. Todos esos que tanto la quieren ahora la abandonarán sin dudarlo. Piénsalo.

Kaweka meditó acerca de las advertencias de Felipe y, pese a la aversión que sentía por él, concluyó que tenía razón. El número de cimarrones en el palenque se había incrementado en diez fugados desde que ella empezara a hablar de libertad entre las negradas a las que acudía como curandera. La comida escaseaba. Los nuevos miembros no sabían cazar ni pescar. Por otro lado, ahora también debía procurar por su seguridad y la de Yesa. Generalmente se presentaba en los ingenios acompañada de Eluma y de uno o más cimarrones prestos a trocar alguna mercancía o, sencillamente, a robarla. Los viajes eran largos, incómodos y, sobre todo, peligrosos para afrontarlos con la carga de una niña pequeña, por lo que Kaweka se veía obligada a dejarla en el palenque.

En esta ocasión regresaban de visitar un modesto ingenio azucarero cercano al río San Claudio, a algo menos de dos jornadas de distancia. La explotación no alcanzaba los veinte esclavos, que se complementaban con algunos negros libres contratados. No había chinos ni trabajadores blancos, y tanto la maquinaria como las instalaciones se habían quedado anticuadas. Caminaban en silencio entre la espesura, adaptándose al paso cansino del babalao. «No puedo aprovecharme de las mujeres por ser un sacerdote —trató de excusarse Eluma el día en que se atrevieron a tratar aquel asunto pendiente—, por eso algún regalo... siempre es bien recibido». Kaweka no llegó a contestar. «Soy un hombre», insistió él.

Las relaciones se habían deteriorado. Kaweka seguía guardándole el respeto que merecía como superior —las mujeres no pasaban de iyalochas, un grado por debajo del de Eluma en la jerarquía de la regla de Ocha—, pero ya no existía entre los dos la fluidez que los había caracterizado hasta entonces.

—No me juzgues —le pidió él una vez más, cuando ya se acercaban al palenque.

—No lo hago —contestó Kaweka, después de prestar atención a los sonidos rutinarios de los cimarrones y tranquilizarse.

Durante varios meses Kaweka no volvió a animar a ningún esclavo a escapar. «Es una buena decisión», la felicitó el babalao, pero ella no lo sentía así. La exasperaba asumir la esclavitud, permanecer pasiva ante tamaña injusticia. Sin embargo, cada vez que se separaba de su niña sufría por si la encontraría a su vuelta, y el temor por si los rancheadores arrasaban el lugar en su ausencia la angustiaba día y noche.

Kaweka accedió sonriente al claro que se abría ante las cuevas; los fugados haraganeaban, o iban de aquí para allá con sus tareas, pero al instante percibió que algo no marchaba bien. No la miraban directamente a los ojos, y aquellos que lo hacían, retiraban la vista con rapidez. Finalizaba la mañana, era un día soleado, plácido.

Buscó a su niña. Debería estar jugando por ahí... pero no la encontró. Se dijo que quizá hubiera ido al bosque. Una de las mujeres del palenque apareció en la entrada de una cueva; esta sí que fijó sus ojos en ella. El estómago se le encogió repentinamente y apresuró el paso.

—¿Qué ocurre? —inquirió.

—Yesa... —empezó la otra, indicando con una de sus manos el interior de la gruta.

La niña tenía fiebre. Eluma tomó la iniciativa ante la respiración entrecortada y las manos temblorosas de Kaweka al examinarla.

—Reza —la exhortó el babalao.

Dudaron entre problemas de dentición y lombrices, o quizá ambos al mismo tiempo. Kaweka sollozó, ya que sabía que aquellas eran dos de las principales causas de muerte de los criollos. Yesa contaba ya dos años y hacía meses que no mamaba. Tenía diarrea y el vientre empezaba a hinchársele. No se separaron de la enferma y se turnaron para preparar sus remedios. Realizaron todo tipo de ofrendas: desde frutas hasta una gallina, utilizaron cocos para alejar la enfermedad, y la pequeña no mejoraba por más que la diosa montara con regularidad a Kaweka.

—Pero no se dirige a la niña —le confesaba Eluma después de que abandonase el cuerpo y la mente de la madre y esta recuperara el juicio.

—No noto nada, no me dice nada —se lamentaba ella a su vez—. ¡No me contesta!

Yesa empeoró. La hinchazón del vientre aumentó y se endureció como una roca, las diarreas empezaron a ser sanguinolentas. La criatura pasaba la mayor parte del día en estado de inconsciencia, con tremendos episodios de delirio que, en boca de una pequeña, hacían temblar las paredes de la gruta. Los cimarrones entraban, lloraban, rezaban ante el altar improvisado en el interior y se santiguaban mientras Eluma y Kaweka se movían con lentitud o simplemente permanecían quietos, cabizbajos.

—Agoniza —anunció un amanecer el sacerdote.

—Sé por qué están enfadados los dioses —replicó ella. El babalao intuía cuáles iban a ser sus siguientes palabras porque él mismo había barajado aquella posibilidad, pero la había desechado por miedo, por egoísmo, quizá porque sabía que era cierta—. He abandonado mi camino —dijo Kaweka, confirmando sus sospechas.

—No —quiso discutirle el sacerdote pese a todo—. Cumples con los cimarrones y con los negros de las…

—Los dioses no me eligieron para permanecer escondida en las sierras y curar a cuatro esclavos a fin de que sigan trabajando para enriquecer a unos blancos solo porque estos nos regalan cuatro plátanos… ni tampoco para sanar a esos mismos amos o a sus familiares. Yemayá está enfadada, y también los demás *orishas*. Lo sé, y tienen razón. Esta es su respuesta —añadió señalando a Yesa.

Eluma miró a la pequeña; un hilo de vida que se manifestaba en un silbido agónico, débil y entrecortado que se detenía esporádicamente para desesperación de su madre, que enloquecía hasta que la niña volvía a aspirar un sorbo de aire, que era cuanto la mantenía atada al mundo.

Yesa iba a morir, Eluma lo sabía, y por eso calló cuando Kaweka se acuclilló y besó a la niña en la frente.

—Cuida de ella —rogó después al anciano.

Eluma se quitó el collar de cuentas blancas y azules, el mismo que había hechizado a Kaweka en las afueras del ingenio La Merced, y lo colgó de su cuello. La joven sintió que aquellas diminutas piezas de madera pintada ardían sobre su pecho, como si quisieran fundirse con su carne. Respiró hondo, y la quemazón aumentó de forma insoportable. Miró a su hija de nuevo, esta vez con un destello de esperanza en los ojos. Volvió a inhalar con fuerza, buscando robar el dolor de su niña. Yemayá la satisfizo y trasladó a su cuerpo el tormento que la pequeña había padecido durante los últimos días. Kaweka sonrió a medida que sus músculos, sus órganos y sus vísceras la torturaban como si quisieran estallar en su interior. Yesa se movió y su madre percibió que lo hacía con un atisbo de agilidad casi inapreciable que llevaba días sin mostrar. Entonces supo que había acertado en su decisión.

—Vivirá —anunció a Eluma.

Ahora eran ella y Yemayá. Yesa quedaba fuera, inocente, libre de la venganza de los dioses. Kaweka quiso seguir hablando, pero la voz se le quebró. Se volvió hacia la salida de la cueva, donde permanecían amontonados los cimarrones, circunspectos, conscientes del final de una etapa, y cruzó entre ellos, los labios prietos, antes de encaminarse montaña abajo con las manos vacías. Hacía años que la capturaron y la extrañaron de su tierra y de su familia. Por el camino quedó su hermana pequeña; luego ella misma abandonó a mamá Ambrosia y a Modesto, un hombre que la hizo soñar con la felicidad, y ahora dejaba atrás a su hija. Se detuvo al comprender la trascendencia de lo que estaba haciendo, pero ni siquiera llegó a volver el rostro hacia el palenque. El dolor que había robado a Yesa, el que le había quitado, todavía atenazaba su cuerpo y sus propios movimientos recordándole que en cualquier momento podía volver a saltar a la pequeña. Miró a los árboles, donde descansaban los dioses, los insultó y lloró. Y continuó haciéndolo mientras descendía la montaña, nombrando a su hija, preguntándose si volvería a verla, pidiéndole perdón, esperando que la comprendiese y que, si un día llegaban a reencontrarse, no la odiase.

Llegó al pie de la sierra y dudó hacia dónde dirigirse. Entonces recordó las palabras de mamá Ambrosia: «¿Y acaso no podrás seguir peleando por los esclavos siendo libre y viviendo en la ciudad, donde están los que mandan? Más que aquí, hija; allí hay muchos que lo hacen, muchos más que aquí y mejor que en este ingenio perdido en los campos donde solo podemos aportar un par de míseros sacos de arroz y robar unos machetes que tienen que pagar los nuestros con tandas de azotes».

No lo haría como liberta, sino como prófuga, pero en cuanto hubo tomado la decisión supo que La Habana la esperaba.

# 8

*La Habana, Cuba*
*Febrero de 2018*

Vivo con dos amigas».

Lita contempló el aeropuerto José Martí de La Habana mientras el avión realizaba las maniobras de acercamiento para aterrizar. Elena, en el asiento vecino, el que daba al pasillo, se asomaba por encima de ella para mirar por la ventanilla en una posición forzada, medio cuerpo fuera del cómodo sillón de primera en el que habían viajado. Sara permanecía sentada en uno de los del centro, canturreando con los cascos en las orejas, ajena a todo.

Ninguna había volado nunca en primera clase. Sus viajes, escasos, contados, los hacían en compañías aéreas de bajo coste en las que peleaban por espacio para el equipaje y las rodillas. En este bebieron mil copas, comieron, extendieron los asientos hasta convertirlos en camas, charlaron, rieron, cotillearon sobre el resto del pasaje que disfrutaba de aquellos privilegios, envidiando su riqueza o la posición social que les permitía tales dispendios y, por unas horas, soñaron con ser como ellos y fingieron pertenecer a ese mundo.

—Se me ha hecho corto —bromeó Sara en el momento de abandonar el avión.

En el aeropuerto las esperaba un chófer discreto que las llevó en silencio hasta la capital de la isla, en una furgoneta con asientos de cuero negro, cristales tintados y aire acondicionado. El hotel:

cinco estrellas, de lujo. Tres *junior suites*. Todo sonrisas, cortesía y atenciones.

—¡Joooder! —exclamó Elena después de abrir la puerta de su habitación y saludar con dos dedos formando una «V» a Sara, que siempre andaba grabándolo todo con el teléfono móvil.

Lo mismo pensó Lita cuando se aposentó en la suya. Dos piezas, dormitorio y salón, situadas en un piso alto con vistas maravillosas de la ciudad. Abrió el minibar y cogió una cerveza y un bote de frutos secos. «Full credit», les había recordado el recepcionista. «Lo tienen todo pagado, señoritas», explicó ante la expresión de duda de Elena.

Lita se sentó en la terraza de la suite y creyó distinguir el olor del mar, que se extendía brillante más allá de la ciudad. Se le hacía extraño estar allí con Sara y Elena en lugar de con su madre o con Pablo. La imagen de este se delineó contra el mar. La había telefoneado después de la desastrosa reunión en el banco con doña Claudia, el marqués y los demás, pero ella no le atendió sino hasta la tercera, la cuarta, quizá la séptima llamada, tras un buen rato de llanto en el que intentó ahuyentar una y otra vez las miradas que la habían seguido hasta la puerta de la sala de juntas y que mantenía adheridas a su espalda: ojos pertinaces, ofensivos, que se reían de ella. Después de volver a llorar, se convenció de que él no tenía culpa alguna y descolgó el teléfono. Pablo trató de consolarla, pero no lo consiguió.

—¿Cómo quieres que olvide una humillación así? —se quejó Lita.

Se mantuvieron en silencio unos instantes. «Te quiero», anheló Lita que le dijera. Habían sido unas noches maravillosas, deliciosas… ¡Algunas incluso salvajes al ritmo de instrumentos que ni siquiera sabía que existían! Quizá no fuera suficiente; no, no lo era, probablemente, pero le habría gustado que se lo confesara porque así le habría dado pie a decirle que ella también creía que Pablo era la persona con la que estaba dispuesta a equivocarse; por los demás hombres que se habían asomado a sus sentimientos nunca había valido la pena correr ese riesgo. Él terminó convenciéndola de que se encontrasen. Comieron en un restaurante de moda, de esos que dan poco pero que se supone suficiente, que son carísimos pero cuyo precio compensa pagar aunque sea por platos cuyo nombre uno jamás sería capaz de repetir, y en los que todos los comensales se miran y observan. Eso es lo que pretendía Lita: sentirse acechada para evitar el llanto. Y lo cierto es que lo consiguió. Pablo se esforzó por consolarla. La quiso, aun sin llegar a decírselo. Ella se reprochó después no haberse lanzado a confesarlo también, pero él se lo demostró con sus palabras, su actitud, y un halo que los envolvió en una burbuja, aislándolos así de la frivolidad del lugar. Lita terminó sonriendo, se cogieron las manos por encima de la mesa y se dejaron llevar por la ligereza antes de que sonara su teléfono, un wasap: Stewart proponía que se vieran esa misma tarde.

—Estaba bastante afectado por lo sucedido —le confesó Pablo, animándola a aceptar.

Lita y el americano se reunieron tras la comida en el bar del hotel en el que se alojaba este en Madrid. Los dos solos alrededor de una mesa baja, pequeña, redonda. Stewart se disculpó y le mostró su solidaridad: lo sucedido en la reunión había sido inaceptable. Sí, por supuesto que podía denunciarlos, acudir a los tribunales, y seguro que ganaría. Discriminación. Racismo. Era evidente. Lo que se había dicho en esa reunión rebasaba cualquier límite, y él sería el primero que la apoyaría si decidía tomar ese camino, pero le rogó que se lo replanteara; contaban con sus servicios cuando la operación con la Banca Santadoma se cerrase.

—Un cargo ejecutivo, en el consejo —le ofreció entonces el americano.

—¿La cuota por ser morenita? —se le escapó a Lita.

Se arrepintió inmediatamente de su impertinencia, aunque Stewart no pareció sentirse molesto.

—¡Mulata, coño! —la sorprendió gritando.

Los dos rieron.

—Lo siento —se excusó ella—, estoy bastante tensa.

—Te entiendo. Yo siento todo lo que se dijo de tu madre y de...

—¡Bah! —lo interrumpió Lita con un manotazo al aire—. Esa vieja arpía no tiene categoría humana suficiente para hablar de ella. ¡Mi madre es maravillosa!

—Mientras que la del marqués es un arquetipo de mujer que quedó relegado a otros tiempos y lugares —arguyó él como si pensara en algunos otros casos—. ¡Bueno! —regresó a la realidad—, ¿te interesaría continuar con nosotros, con el banco americano?

—Aunque dejemos lo de la cuota a un lado, la cuestión sigue ahí: ¿por qué yo?

—Speth & Markus, nuestros consultores, también han efectuado una valoración del personal de la Banca Santadoma —explicó el ejecutivo con calma—. Saber quién está capacitado y en quién podemos confiar nos interesa tanto como la solvencia de los créditos. Tú tienes una de las valoraciones más altas. —«Pablo», pensó Lita. Quizá él no se lo confesara, pero ella acababa de afianzarse en su amor—. Por otra parte, tu discurso nos impactó… a mí y a Meyerfeld, por supuesto —aclaró—. No queremos conjeturar que lo que se vendía en aquella mesa fuera el producto de la sangre de los esclavos. Piensa que no hace muchos años acudimos en ayuda de la Banca Santadoma y compramos un buen paquete de acciones. Yo participé en aquella operación y ninguno de nuestros asesores nos advirtió de que la entidad pudiera haberse levantado sobre la esclavitud. No lo hubiéramos adquirido, por mejores relaciones que pudieran existir entre nuestros accionistas y los Santadoma; hoy en día, todo esto, el racismo, la esclavitud, el colonialismo, son temas tremendamente candentes en nuestro país, por eso nos ha sorprendido tu discurso y, por poco que llegara a acercarse a ese escenario que has comentado, entendemos que tú deberías tener la puerta abierta, por ti, por tu madre, por tu abuela, por toda esa gente que fue tan injustamente despreciada en la reunión. Me gustan las personas capaces de sostener sus principios donde sea y a costa de lo que sea, y tú has arriesgado tu trabajo por defender a tu madre.

Lita sintió un latigazo de orgullo tras las palabras del americano y accedió a su propuesta; evitó decirle que tampoco tenía muchas otras opciones, y no deseaba volver a las calles y a las pizzas, aunque quizá ahora, tras más de dos años de experiencia laboral, las cosas podrían ser distintas. Aun así, le atraía la apuesta que le ofrecía ese hombre, por lo que trajo a colación a los Santadoma y mostró su desconfianza. Ya no serían los dueños del banco, la tranquilizó Stewart. Charlaron de todo un poco, también de Concepción. Lita dudó, pero terminó contándole los problemas con la jubilación y, por lo tanto, con la familia del marqués. Hablaron de su vida; el americano la escuchó con paciencia e interés. Don Enrique debería arreglarlo, por supuesto. Lita se sintió apoyada y respiró hondo al mismo tiempo que tomaba una decisión. ¡Claro que sí! Volvería al banco, ahora mismo, lo que restaba de la tarde si era necesario. Allí sentada, con una ridícula taza de café con leche en la mano cuando debería estar brindando con un botellín de cerveza o una copa de cava, comprendió que aquella reunión había significado un espaldarazo a su carrera: había reivindicado su raza. «¡Mulata, coño!», sonrió al recordar la imitación del americano. Lita, como tantos otros, padecía el racismo, el patente y el soterrado, el escandaloso y el insignificante, el microrracismo, como lo llamaban ahora, pero hacía tiempo que había llegado a sentirse orgullosa de su color de piel, de ese origen que en ocasiones la llevaba a pensar en aquellos esclavos con los que sin duda se toparía si trepaba por su árbol genealógico.

En cualquier caso, tras el discurso de Stewart, ella comprendió que con respecto a su madre se había producido un punto de inflexión en su vida. Hasta entonces había vivido su origen familiar, con independencia del color, de forma acomplejada: lo sufrió con crueldad en el colegio, y evitó y silenció cualquier referencia en el banco: «La recomendada por ser la hija de la criada», cuchicheaban, como si eso fuera una sentencia inapelable. Ahora se había revelado, y no en una reunión en el *office* tomando café con algún compañero, sino en el sanctasanctórum del banco y delante del marqués, de doña Claudia y de todos los suyos. Allí, en lugar de soslayar el tema, se había levantado y defendido públicamente a su madre. Después lloró; fue una catarsis necesaria, imprescindible para limpiar cualquier resto de los complejos y manías que todavía pudieran anidar en su interior, el paso previo a este renacer.

—Mañana me reincorporaré al banco —aseguró a Stewart.

—No —repuso este, sorprendiéndola—. Santadoma no tiene

más remedio que admitir el error de su madre, pero tú lo conoces mejor que yo y sabes lo soberbio que es ese hombre. No. No quiero que te encuentres con él en este momento, y menos con su madre; la señora no hace más que venir a importunar. Se considera imprescindible y no tiene otra cosa mejor que hacer. Tardaremos una o dos semanas en cerrar las negociaciones. A partir de ahí, cuando hayan firmado, me dará igual que te pelees con el marqués, con su madre o con toda la familia, pero sería una temeridad permitir que ahora volvieras a cruzarte con ellos.

—Y entonces ¿qué hago? ¿Me quedo en mi casa? —inquirió ella.

—¿Qué te parecerían unas vacaciones? —le propuso el americano—. Pagadas, por supuesto.

—Se podría entender como una renuncia, como la aceptación de una indemnización —se opuso Lita tras sopesarlo unos instantes y plantearse por primera vez la posibilidad de que todo aquello fuera una trampa para que no entorpeciese la compra de la Banca Santadoma.

Stewart también lo meditó, y asintió.

—Tienes razón. Firmaremos lo que te parezca oportuno.

—El marqués tendría que concederme ese periodo de vacaciones.

—Concedértelas... y pagarlas, Regla. No sé si arrepentido, lo dudaría incluso, pero Santadoma está preocupado por el error de su madre y el suyo propio permitiéndolo. Los tiempos no están para argumentos racistas y menos si aquellos a los que pretendes vender tu banco son americanos. —Se señaló a sí como ejemplo—. Lo hará. Y te aseguro que también las pagará; tengo carta blanca en todo esto. Él mismo me lo ha pedido. Es demasiado arrogante para poner en entredicho la actuación de su madre, pero lo suficientemente inteligente para saber que esto hay que arreglarlo como sea. Puedo hacer lo que quiera. Santadoma no lo discutirá. En principio cubriríamos los gastos desde nuestra entidad en Estados Unidos, ya que somos más generosos —añadió con un gesto pícaro—, pero le repercutiremos ese costo, y él lo cubrirá, no te quepa duda.

Lita pensó. Se encogió de hombros y abrió las palmas de las manos. ¿Por qué no? Que pagase aquel cabrón. ¡Qué mayor satisfacción que tomarse unas vacaciones a la salud del marqués y de la bruja de su madre!

—De acuerdo entonces —consintió.

—No te arrepentirás. Te lo garantizo. Me dijiste que no conocías Cuba —sugirió Stewart con un cambio en el tono de voz—. Allí, pese a las políticas encontradas, tenemos buenos contactos.

—Es un viaje muy caro… —pensó ella en voz alta—. ¿Me está usted comprando?

—Sí, por supuesto —la sorprendió el americano—. Ya te he dicho que firmaremos lo que sea menester para que no pierdas tus derechos. Comprende que no debo arriesgarme a que estés por aquí, en Madrid, enfadada, hablando con unos u otros que no harán más que calentarte para que te vengues de una anciana loca. Regla, yo no puedo volver a Miami e informar a mi consejo de que toda la operación se ha complicado o se ha ido al traste porque una vieja arrogante y racista ha insultado a una trabajadora mulata del banco y a su madre, y tú lo has denunciado, y los sindicatos han metido baza, y los periódicos han publicado la noticia, y resulta que las acciones que compramos hace unos años son de un banco fundado con dinero esclavista; probablemente algunos socios están al caso, los más allegados a los Santadoma, pero lo negarían. En fin, problemas y más problemas. Todo esto tiene que llevarse con discreción y profesionalidad. ¡Estamos adquiriendo un banco! ¡Claro que te compro! Quiero que te distraigas, que te diviertas, y a tu vuelta ya arreglaremos lo que haya que arreglar. Confía en mí. Te garantizo que disfrutarás. Podría acompañarte tu pareja…

Stewart dejó flotar en el aire la propuesta. Lita sopesó primero la sinceridad de sus palabras y aceptó sus argumentos; parecían lógicos. Luego pensó en Pablo y lo descartó como acompañante. No era el momento: aquella operación lo absorbía, se lo veía entregado a ella, desarrollándose profesionalmente, además de que tal vez él no quisiera que se conociese su grado de relación. Al fin y al cabo, podía decirse que era su supervisor, la persona que controlaba el trabajo que ella había hecho hasta ese momento. Y, en último caso, Lita necesitaba distanciarse, alejarse de la influencia de los Santadoma, y con Pablo al lado y su implicación en la venta le parecía difícil.

—No, no. No hay ninguna pareja.

Stewart esbozó una sonrisa paternalista que Lita no valoró en su medida, pendiente tan solo de la idea que acababa de ocurrírsele:

—Aunque tal vez a mi madre le gustaría acompañarme…

Pero Concepción se negó en rotundo.

—¿Qué pasará con los perros? —preguntó.

—El marqués se ocupará —le aseguró Lita.

—No digas tonterías, niña. Tengo sesenta años y nunca he salido de Madrid más que para acompañar en coche a los señores de vacaciones a la costa o a alguna finca. ¿Y ahora quieres que me suba a un avión? No pienso montarme en un chisme de esos.

—Mamá…

—Que no, hija.

—Por favor. Lo pasaríamos bien. Tú y yo. Nunca hemos tenido oportunidad de disfrutar y hacer cosas juntas. Conocerías el lugar en el que naciste y donde nacieron tus padres.

Aquel argumento pareció hacer pensar a Concepción; fue un instante de duda que, sin embargo, terminó desvaneciéndose:

—No insistas. Ve tú. Diviértete. Conmigo no lo pasarías tan bien. Eres joven, sal a bailar y a conocer… Bueno, con cuidado, ya sabes la fama de los cubanos. —Ambas rieron—. Yo disfruto más si pienso que no soy un estorbo para ti.

—Mamá…

—No.

Lita tuvo que reconocérselo más tarde a Stewart.

—Mi madre no se atreve, pero vivo con dos amigas —insinuó.

Una semana de vacaciones. La secretaria de Stewart, desde Miami, se había ocupado de todo con el mismo esmero con el que pudiera haber organizado la estancia de algún gran inversor del banco al que complacer. Disponían de la furgoneta y de Pedro, el chófer, permanentemente. Pidieron en el hotel que les recomendasen sitios donde comer y divertirse. «Que sean asequibles», le advirtió Lita al recepcionista, que enarcó las cejas.

—Señoritas —comentó bajando la voz a modo de confidencia—, todo lo que reservemos desde aquí se cargará en la cuenta, en la misma tarjeta, como si fuese un paquete turístico. No deberían preocuparse del coste —les aconsejó con un guiño.

Esa noche cenaron en un restaurante en Varadero. Hacía una noche plácida, y, sentadas en la terraza con vistas al mar, disfrutaron de la música en vivo y de la comida: langosta, ceviche y pescado fresco.

—Me da reparo —confesó Elena, señalando los platos y el lugar.

—¿Después de lo que le han hecho a Lita! —saltó Sara—. Por lo menos que lo paguen.

—El puto marqués no existe —comentó ella—. Ya os he dicho que no quiero pensar en esa familia hasta que vuelva a Madrid. ¡No existen! Disfrutemos, chicas —las animó después alzando su copa de vino.

Hacía varios años que vivían juntas en un piso de la calle de la Cava Baja, en el barrio de La Latina, una zona castiza, laberíntica, enraizada en la historia de la capital, con edificios antiguos restaurados y fachadas limpias; un barrio multiétnico, siempre animado, con una oferta cultural, gastronómica y de ocio que lo había convertido en una de las principales atracciones de la noche madrileña. Tras el brindis con aquel vino mediocre, Lita miró a sus compañeras y sonrieron entre sí. Eran dos buenas amigas. Elena era abogada. No tenía trabajo fijo: colaboraba en oenegés y asociaciones de la zona a cambio de un inmenso agradecimiento y muy poco dinero. Sara trabajaba como animadora social, aunque sus mayores ingresos los obtenía de la renta que les cobraba a las otras como propietaria del inmueble que ocupaban y que había heredado de sus padres; era una casera dúctil y comprensiva. Solo en sueños podrían haber imaginado un viaje así.

Por un instante, Lita fantaseó con estar allí, en ese restaurante, con Pablo a su lado. Él llegó a recriminarle su elección después de contarle la charla con Stewart. «¿Por qué no me has invitado a mí!

¡Es broma! —se retractó inmediatamente ante el balbuceo con que replicó ella—. Tengo mucho trabajo. Lo sabes. No sería buen momento... ni buen acompañante. Aunque toma nota de todo para que podamos repetirlo tú y yo».

En cuanto a su madre... «¿Quieres que haga algo, que lleve algo a alguien?», le preguntó Lita un par de días antes de tomar el vuelo. Pocas veces hablaban de la familia que había quedado atrás. Concepción había nacido en La Habana y no contaba ni un año cuando emigró a España con su madre y el viejo marqués, poco antes del éxito de la revolución castrista. Carecía de recuerdos propios y de lo más que disponía era de las escasas referencias que le dieron de niña, unos datos que además habían ido difuminándose en su memoria. Sí, existían familiares, claro, pero nunca había mantenido contacto con ellos. «Allí son comunistas y aquí, franquistas», razonaba siempre el distanciamiento. «No hubo ninguna carta», afirmó. «Pero tú no te preocupes, hija, limítate a disfrutar del viaje», concluyó para tranquilizarla. Y Lita así lo hizo; prescindió de cualquier posible relación familiar de esas que habían quedado muy muy atrás.

Pedro las condujo de un local a otro y bebieron. Cantaron con la gente, chillaron y rieron... Rompieron la noche. Al principio, el chófer las paseó por los establecimientos que destacaban en las guías turísticas hasta que lo convencieron para que las introdujese en el ambiente real de la isla.

—No sé si debería —trató de zafarse el hombre—, si sucediese algo...

—Somos mayores de edad —lo interrumpió una de ellas.

El planteamiento de que podían ir con él o aventurarse a hacerlo solas terminó despejando las dudas del chófer. Las alejó de la ciudad vieja y se internaron en suburbios y municipios colindantes. Hileras de edificaciones bajas, precarias, de uno o dos pisos, que parecían reclamar los colores llamativos que algún día adornaron sus paredes y carpinterías. Música en la calle, a las puertas de alguna taberna humilde. Gente alegre. Desde que había llegado a aquel país, Lita sintió algo más allá de la relajación. Creyó que la tierra, los olores y el ambiente la absorbían, y comulgó con el entorno, sintiéndose extrañamente integrada en él. Había estado en grandes ciudades como Londres o Berlín, urbes donde existía una gran diversidad de razas, pero en La Habana sus sonrisas eran correspondidas de manera natural y afectuosa.

Regresaron al hotel al poco de amanecer.

La segunda noche cenaron en la ciudad y Pedro las llevó a Regla, donde él vivía, al otro extremo de la bahía. Un municipio que se alimentaba del puerto y de la industria, cuyas instalaciones, en ocasiones inmensas, se entremezclaban con las casas bajas. El municipio de Regla atraía algunos turistas desde La Habana, pero su población era eminentemente obrera.

—Sí —confirmó el hombre después de que las jóvenes se sorprendieran por la coincidencia del nombre con el de Lita—. Ahí está el santuario de la Virgen de Regla. Deberían conocerlo.

—¿Hay copas y baile en esa iglesia? —se le escapó a Sara.

Las tres percibieron la contrariedad que la burla originó en Pedro.

—Perdón —se disculpó Lita.

—No se preocupen —contestó él, recuperando no obstante el desapego profesional que las jóvenes habían logrado socavar.

La furgoneta recorrió unos centenares de metros en silencio.

—Discúlpenos —añadió Sara un rato después, inclinándose desde atrás hacia el asiento del conductor.

—Por favor.

—No queríamos faltarte.

Las tres asediaron a ruegos al chófer hasta que lograron arrancarle una sonrisa.

—No se preocupen —repitió Pedro, recobrando su tono amable y sincero—, aunque no se equivoca del todo, señorita Sara, lo cierto es que sí que hay fiesta en esa iglesia, pero sin copas ni bailes tipo disco. Lo que hay en esa iglesia son bailes rituales afrocubanos en honor a la diosa Yemayá…

—¿Una diosa? —lo interrumpió Sara.

—¿No es sacrílego en una iglesia católica? —inquirió Elena.

—No. Aquí en Cuba, no —aclaró Lita—. Aquí existe la santería, una religión que mezcla lo blanco y lo negro.

—Sí —la apoyó Pedro—, la Virgen de Regla católica es también la diosa Yemayá africana...

—¿Cómo?

—Pues eso. Aquí lo tenemos todo junto —repuso el hombre riendo—. Y Yemayá baila. Deberían ustedes presenciar esas danzas. Les gustarían. No son como la salsa de ayer. Son contundentes, seductoras, eróticas...

Irían, prometieron, atraídas por lo que parecía ser una experiencia única.

Por la mañana, Lita y Elena embarcaron en un ferry viejo, la «lanchita de Regla», la llamaban; una barcaza pequeña, de un piso, plana y destartalada, sin asientos y con barras en lo alto para agarrarse, como en un autobús, que en unos minutos cruzaba la bahía desde La Habana hasta Regla. Habían trasnochado otra vez, les dolía la cabeza y padecían de una fuerte resaca, pero, aunque tuvieran pocas ganas, tenían que volver a Regla, no solo por el compromiso adquirido con Pedro y que después trascendió y celebraron sus familiares y amigos, sino porque Sara no había regresado al hotel: había caído rendida a los encantos de un mulato atractivo, encantador y simpático que la había embelesado. Desapareció en la noche tras despedirse y convenir con ellas que se reunirían al día siguiente en los alrededores del santuario de la Virgen de la Regla.

Habían exigido a Pedro que descansase en su casa tras dos noches acompañándolas, e insistieron todavía más en ello al enterarse de la existencia de la pintoresca lanchita que se usaba como transporte, y que las desembarcó en una dársena cuyo desvencijado estado de conservación contrastaba con el de la iglesia —pequeña, de una sola nave, impoluta—, que se erigía a un centenar de metros, en el inicio de la lengua de tierra que se introducía en la bahía, invadida casi en su totalidad por tinglados e instalaciones portuarias. Aquel era uno de los escasos puntos de interés turístico de un municipio como Regla que, si por la noche les había parecido fascinante, a la luz del sol se les presentó degradado. La iglesia, como un oasis, daba a una zona ajardinada en la que, entre vendedores ambulantes y santeros prestos a realizar «trabajos» y hechizos, paseaba la gente que traía y llevaba la lanchita.

Sin embargo, no todo eran turistas, como comprobaron Lita y Elena en el momento en que se acercaban al pórtico de la iglesia: sencillo, neoclásico, sin adornos ni estatuaria, provisto tan solo por dos columnas que soportaban un frontón triangular por encima del cual se elevaba el campanario. Había muchos cubanos, entre los que tardaron en reconocer a un grupo de mujeres con algunas de las cuales habían disfrutado de la música la noche anterior. Todas combinaban el blanco impoluto y el azul marino en sus vestidos; unas en los cinturones, otras en los pañuelos con los que se cubrían la cabeza, en las camisas, en las rayas, dibujos y orlas de sus faldas... Lita percibió los destellos del sol caribeño en aquellas ropas. La efusividad, los saludos, los abrazos y las risas la atosigaron. Desde que se había acercado a la iglesia sentía que flotaba, como si sus pies solo rozasen el suelo. Alguien tiraba de ella, y reconoció a Pedro entre la gente, con un sombrero blanco. Luego a Sara, que había acudido a la cita y se lanzaba a sus brazos exultante diciéndole algo al oído que no llegó a entender. Lita no conseguía fijar la mirada ni la atención.

—Entremos en la ermita —oyó que proponían.

La llevaron adentro.

—Tienes mala cara —le dijo alguien de aquel grupo pasándole una botella de plástico—. Toma. Te sentará bien.

Bebió una tisana de hierbas que no reconoció y que ciertamente la refrescó, pero que poco hizo contra la sensación de mareo que se había apoderado de ella.

Se trataba de una iglesia sencilla que las recibió en silencio: enlucida en blanco, con el techo artesonado, dos hileras de bancos a los lados que conformaban un pasillo central. En el altar, al fondo de la nave, había una Virgen negra, pequeña, envuelta en un manto azul bordado y rodeada de flores del mismo color. Lita se apoyó en un banco y se sentó. Rostros, personas y entorno se le mostraban difusos. La asaltó la angustia, porque no controlaba del todo sus sentidos ni sus reacciones. Alguien cuchicheaba a su oído;

un siseo ininteligible. Trató de moverse, pero la torpeza con que lo hizo la obligó a detenerse y tomar aire. Negó con la cabeza. Era como una borrachera tremenda, solo que no había bebido ni fumado, aunque sus efectos eran evidentes. «¡Me encuentro bien!», se dijo. No se trataba de un mareo hiriente. Siguió respirando, pausadamente, y la Virgen negra fue tomando forma y ganando espacio hasta aparecer diáfana y luminosa ante ella.

Lita se relajó. Ya nadie la molestaba. Los rezos y canturreos no importunaron el vínculo que la joven estableció con aquella imagen que la mantenía embrujada. Una anciana se acercó a ella y le cubrió la cabeza con una tela azul, a modo de turbante, cuyos bordes se deslizaron y le cayeron por los hombros. Lita, fascinada, la siguió fuera del templo hasta un patio exterior que se abría en uno de sus laterales. Allí, una joven mulata vestida con camisa blanca y una falda azul de mucho vuelo, la cabeza cubierta con un pañuelo del mismo color, empezó a danzar al ritmo del son de unos tambores, unas maracas y varias claves. A medida que la bailarina giraba sobre sí, agarrando las puntas de la falda para proporcionarle mayor amplitud, esta empezó a ondear en azul como si se tratase de las olas del mar. La música, el retumbar, los cánticos, el movimiento a veces armónico, otras tormentoso, ayudaron a que la gente se amontonase en círculo y cayera hechizada por el espectáculo.

Los tambores retumbaron en su interior, y Lita supo que aquella Virgen negra, la de Regla, la Yemayá africana a la que celebraban, la llamaba, la absorbía, y la magia que la había embebido en la iglesia reventó en ella en un estallido tan violento como placentero. La joven de la falda azul detuvo su danza y se apartó, músicos y cantantes callaron unos segundos hasta que percibieron el trance en el que se encontraba la muchacha, ya convertida en el centro de la fiesta, y a partir de entonces reemprendieron con mayor vigor sus interpretaciones ante los gritos y aplausos de los presentes.

Lita bailó arrastrada por una fuerza incontrolable, alternando, igual que la joven que la había precedido, el ritmo frenético y el melodioso. Sentía el mar cerca y las olas serpenteaban en su espíritu, pero, a diferencia de la otra bailarina, Lita cantaba... Y lo hacía con una voz que no era la suya; se acercaba a algún hombre y lo acechaba, con sensualidad, para rechazarlo cuando este hacía ademán de seguirla. Jugueteaba con ellos, con los jóvenes, hombres o mujeres, e invitó a un anciano casi impedido a acompañarla en su danza hasta que el viejo, casi inmóvil, se vio envuelto en un halo que lo sacudió y zarandeó. Pero también regañó a la gente, señalándola, gritando: «Negra adúltera, lávate y vuelve con tu esposo». O les advirtió: «Cuídate, padecerás pronto una dolencia en la pierna». O los aduló: «Lindo...».

Esa noche, tumbada en la cama del hotel, todavía algo aturdida, no daba crédito a las imágenes que sus amigas habían grabado con los teléfonos y que ya circulaban en la red colgadas por otros espectadores. Miraba los videos, atónita; los detenía y los cerraba. Les devolvía los teléfonos y lloraba porque no entendía nada. «Déjame verlo otra vez», les instaba con ansiedad tan solo unos segundos después. La tela azul que tapaba su cabeza y cuyos extremos revoloteaban en el aire dificultaba su identificación, pero ella se reconocía, sin duda. Se contempló señalando y regañando a un hombre que asumía su corrección con humildad y sumisión, pero no alcanzaba a oír qué le decía porque el sonido no era lo bastante bueno. Y bailaba, bailaba destilando sensualidad, como nunca lo había hecho.

Sara y Elena habían decidido no contarle a su amiga las explicaciones de Pedro y los suyos. La había montado una diosa, aseguraban; Yemayá la había poseído. Las jóvenes solo esperaban que el calmante prescrito por el médico del hotel hiciera efecto en ella, que amaneciese un nuevo día y que con él, quizá, llegase también el olvido.

# 9

*La Habana, Cuba*
*1866*

La encerraron en el depósito de cimarrones del Cerro, un barrio de La Habana en el que se mezclaban palacios y construcciones humildes, después de que se dejara detener en el camino de acceso a la ciudad por un blanco que conducía una carreta y que resultó ser un mercader de cuero. Se había alejado de la sierra del Rosario viajando por la noche al amparo de la luna durante tres jornadas, con el objetivo de llegar lo más cerca posible de la capital. Era consciente de que, si la descubrían y la entregaban a las autoridades, la mantendrían durante diez días encepada en la plaza mayor del pueblo más cercano, expuesta al público para dar oportunidad a que la reclamase su amo, o cualquiera que fingiera serlo. No quería que pudieran reconocerla después de haber recorrido tantos ingenios, potreros y cafetales de la zona, que la relacionaran con el palenque y perjudicar a Yesa y a los demás cimarrones.

Sabía que su hija sanaba, lo sentía así, y eso la animó a continuar andando en la noche. Su lugar estaba junto a los esclavos, acompañándolos en su infortunio, sufriendo con ellos y como ellos, peleando por la libertad. Kaweka siempre había sido consciente de su destino, pero en algún momento torció su trayecto, se recreó en su propia libertad y disfrutó del bosque, del agua, de las alturas y del hogar en que convirtió el palenque. Malinterpretó el poder que atesoraba en su interior, las enseñanzas recibidas y la capacidad de sanar, y la limitó a aquellas tierras montuosas, ínfima parte de una isla regada con la sangre de los negros, en contra del deseo de los dioses africanos que deseaban reivindicarse en toda ella y que tuvieron que recordárselo haciendo caer enferma a su niña. Pero había entendido la lección a tiempo, reconoció mientras caminaba con fuerzas renovadas hasta alcanzar las afueras de La Habana, donde se escondió al margen del sendero a la espera del amanecer.

Esa noche fue la peor del viaje por más que en las otras hubiera llorado a Yesa. En esta vio La Habana como la puta que había seducido a Modesto, la que lo atenazó y le impidió acudir a ella. Esa idea fue asentándose en su inteligencia. No excusaba al emancipado, en modo alguno. Kaweka lo esperaba, pero se hallaba más cómoda pensando que alguien había vencido el amor que le profesaba Modesto, que todas sus ilusiones no fueron en vano, que sencillamente había perdido la batalla contra algo más poderoso, otra mujer protegida por un dios más importante que el suyo. Lo paradójico era que ahora estuviera allí, a sus puertas, dispuesta a hacer lo que podría haber hecho de la mano del emancipado si no hubiera huido con Eluma. Aunque bien cierto era que ahora se trataba de otra Kaweka, más experta, con un bagaje de conocimientos que jamás hubiera imaginado.

Aun así, Kaweka dormitó intranquila. Corría a someterse de nuevo a la esclavitud, a humillarse ante los blancos, a entregar su cuerpo a la ambición desmedida de seres despreciables que la consideraban inferior a los animales; sin embargo, lo que turbaba su sueño era la proximidad de una ciudad que la había derrotado, aunque quizá La Habana no hubiera llegado a decepcionar a Modesto tanto como probablemente lo había hecho ella al huir sin explicación alguna. Acurrucada entre las raíces torcidas de un árbol inmenso, despertó sobresaltada, ahora con la sonrisa de Modesto iluminando la noche, incitando a reír a los espíritus vagabundos, con la imagen del negro meneando sutilmente brazos, piernas y caderas para esquivar la brisa nocturna.

Se levantó mareada, pateando los recuerdos, y regresó al camino. De cuantos transitaron por él, eligió al mercader de cuero porque en el pescante viajaba un niño rubio que no cesaba de hablar y gesticular, como si explicase una historia fantástica. La vivacidad de la criatura le infundió confianza y salió a su paso aturdida, sin mayor necesidad de fingir. El hombre detuvo el carro por no atropellarla, y Kaweka buscó apoyo en las mulas. Como había presumido, el primero en plantarse junto a ella fue el mocoso.

—¿Estás enferma?

Kaweka le contestó con una mueca de tristeza. El resto llegó solo. El mercader la interrogó. Ella no le contestó. Le pidió su documentación. Ella negó con la cabeza y mostró sus manos desnudas. Iba descalza, se tapaba el cabello con un pañuelo y vestía una falda y una camisa raídas. No llevaba más. Había deshecho el collar de cuentas y escondido las pequeñas piezas de madera en las costuras de sus prendas. Ningún esclavo negro podía desplazarse sin documentación y sin permiso de su amo; cualquier ciudadano podía detenerlo. El blanco le ordenó que subiera al carro y continuó su viaje en dirección al depósito del Cerro, extramuros, a tres kilómetros escasos del centro de la ciudad, donde le reconocerían el derecho a un premio económico por entregar a la fugitiva.

El depósito se asemejaba a los barracones de los ingenios, grande, aunque de una sola planta y construido en madera. Allí terminaban los cimarrones capturados cuando su amo no los recuperaba en los primeros días. Allí acababan los emancipados que no habían sido adjudicados a ciudadanos o instituciones. Y allí también iban a parar los esclavos que simplemente habían sido detenidos sin documentación; los negros la perdían o se les estropeaba, los papeles se deterioraban durante el trabajo y el día a día. Algunos esclavos volvían a manos de sus dueños, a otros los daban por muertos y eran vendidos o alquilados con papeles nuevos. El depósito de cimarrones era un gran negocio para funcionarios y concesionarios, y esa fue la baza que jugó Kaweka. Habían sido muchas las conversaciones mantenidas en el palenque sobre El Cerro, lo que sucedía allí dentro y sus procedimientos, y la joven no quería volver a La Merced y encontrarse de nuevo con el marqués, Narváez, Santiago… y probablemente Modesto en alguna de las visitas médicas; solo volvería por mamá Ambrosia, pero estaba convencida de que la vieja criollera se sentiría orgullosa de sus decisiones.

—¿Cómo te llamas? —le preguntó un escribano, ella en pie ante su escritorio.

—María —contestó.

—María ¿qué más?

—María nada más —insistió ella.

—¿Tienes nombre africano? —inquirió el escribano.

—No.

—¿Dónde naciste?

—Aquí.

—¿Dónde?

—No lo sé.

Su amo era un buhonero que recorría los caminos, mintió. Se llamaba José y tampoco sabía su apellido; además, había muerto cuando se dirigían a Guanajay. Lo mataron unos ladrones, que se quedaron con todo. Ella escapó mientras peleaban por repartirse el botín, porque pensó que la matarían también. «No. Eran blancos», afirmó corrigiendo al funcionario cuando este imputó el delito a negros. «¿Su amo tenía más familia? ¿Dónde vivían?». Kaweka eludió aquellas y otras preguntas más encogiéndose de hombros. El hombre terminó consignando su descripción física.

—Nadie la reclamará —comunicó después al administrador—, probablemente no sea más que una puta a la que explotaba su dueño —apuntó con aversión.

—¿Dice la verdad? —se interesó su superior.

En esta ocasión fue el escribano el que se encogió de hombros.

Esa misma noche, uno de los celadores ofreció a Kaweka a un esclavo negro que capitaneaba una cuadrilla de trabajo destinada a las obras en el puerto de La Habana. No solía haber mujeres en el depósito de cimarrones. La proporción de esclavas que eran detenidas no llegaba al diez por ciento de la cantidad de hombres, y además eran rápidamente vendidas o arrendadas para el servicio doméstico, algo que no sucedía con los varones; de ellos, una buena parte era destinada a las obras del ferrocarril, lejos de allí, mientras que otra lo era al mantenimiento de la ciudad, por lo que diariamente regresaban al depósito.

—No me interesa —la desestimó Porfirio al verla desnuda en la nave de las mujeres, entonces vacía—. No es más que un saco de huesos —continuó mientras la señalaba con la mano abierta—. En el puerto las hay mucho mejores, y más baratas de lo que tendría que pagarte a ti. Sería como montar a una vieja.

Mientras el otro hablaba, Kaweka se observó: se le marcaban las costillas, y sus pechos, antes abundantes, ahora colgaban consumidos. Su vientre aparecía hinchado. Malcomía en el palenque y la enfermedad de Yesa parecía haberse cebado en ella también. Además, casi no había probado bocado durante el viaje; se saciaba con el agua de los torrentes. Sus piernas no eran más que dos palos que sostenían un cuerpo marchito, y hacía mucho tiempo que no veía su rostro reflejado en un espejo o cristal.

—¡Vístete! —le ordenó con rabia el celador, que veía esfumarse unos dineros que ya daba por ganados y de los que siempre disponían aquellos esclavos.

El celador ya había salido de la nave y Porfirio le daba la espalda cuando Kaweka lo detuvo.

—Disfrutarás conmigo —le aseguró—. No te arrepentirás —prometió, convencida de que debía contar con el favor de aquel negro que se hacía respetar por un blanco.

El hombre recibió la oferta con el escepticismo en sus palabras y en su actitud.

—¿Qué es lo que pretendes hacer, negra inútil? —Kaweka no lo sabía—. ¡Estás más reseca que una correa cuarteada!

Después profirió una carcajada.

Los insultos pesaron en la esclava. No podía acercarse a él como lo hacían las mujeres bellas, ya que se supo carente de todo atractivo. La rechazaría, le pegaría y, en lugar de su protección, solo conseguiría su desprecio. Pero, por otro lado, no todas las relaciones que había presenciado en el ingenio, incluso en el palenque, se fundamentaban en la belleza o la exuberancia...

El negro hizo ademán de marcharse.

Kaweka le escupió.

—¿Qué haces, bruja?

Ella también se sorprendió en su día: la primera vez fue con Aparicio, el primer negro que la había sodomizado, rajándola sin piedad, y que luego permitió que aquel que esperaba su turno con ella lo sodomizase a su vez. La maltrataron con saña. Tuvo más ocasiones de presenciar cómo el dolor y la violencia encendían la pasión de hombres y mujeres en los cañaverales.

Entonces lo abofeteó. Porfirio hizo ademán de devolverle el golpe, pero ella se arrodilló, tiró de sus pantalones abajo y le agarró el miembro, que reaccionó inflamándose.

—Te lo cortaré de una dentellada.

Y le mordió el pene. Con fuerza.

El negro se dobló, soltó un gruñido y, tras un instante de duda, aulló entre el quejido y el deleite. Y a partir de ese momento la dejó hacer. Ella clavó las uñas en su ano mientras seguía mordiendo. Le pegó. Lo hizo sangrar. Porfirio gozó del dolor. Kaweka encontró un palo y lo sodomizó mientras con la mano libre arañaba las cicatrices antiguas que surcaban su espalda. La joven consiguió que el hombre alcanzara el orgasmo en varias ocasiones, sin necesidad siquiera de penetrarla.

Al amanecer del día siguiente, Kaweka salió del depósito junto a los grupos de esclavos que se dirigían a la ciudad. Los funcionarios habían decidido alquilarla a una taberna ubicada cerca del matadero que era propiedad de un catalán, un colectivo que acaparaba muchos de los comercios habaneros. Descendieron evitando la calzada del Cerro, a cuyos márgenes se levantaban quintas majestuosas pertenecientes a los nobles habaneros y, antes de llegar a la ciudad, uno de los guardias tiró de ella y la separó del grupo. Se detuvieron a las puertas de un edificio de madera cubierto con hojas de palma, y que, alineado a una calle de tierra, se mezclaba entre casas bajas de fachadas deterioradas, muladares y simples barracas. El interior, amplio, con algunas mesas y sacos sobre los que se sentaban un par de parroquianos madrugadores, golpeaba al recién llegado con un aire cargado y nauseabundo, consecuencia del hedor que emanaba de las grasas utilizadas para cocinar, de la suciedad de la parroquia que allí se reunía y de la descomposición de las carnes, los chorizos, el tasajo puesto a secar y demás viandas que colgaban de las vigas de madera del techo.

El guardia entregó a Kaweka a Joan, el catalán, que era de estatura similar a la de la esclava: bajo, aunque rechoncho y adusto. Mientras aquellos dos hablaban, una mujer que mostraba un rictus de amargura que auguraba peor carácter la empujó a la parte de atrás del establecimiento, donde se hallaba la cocina, mientras se presentaba a gritos como la esposa del dueño. Allí trabajaba Osvaldo, un esclavo mulato, junto a su mujer y sus dos hijos de corta edad. Aquel era el personal al que Kaweka debía ayudar.

Elisa, la esposa del catalán, le indicó lo que tenía que hacer: limpiar. Limpiar el suelo, limpiar las mesas cuando los clientes ya hubieran terminado, limpiar las cucharas, los platos, los cuencos y los vasos de hojalata con arena en el patio trasero, limpiar los cacharros que le entregase Osvaldo y todo aquello que cualquiera le ordenara. Limpiar, limpiar y limpiar.

—No toques la comida —le advirtió la mujer—. No hables con los clientes. ¡Y ni se te ocurra servir! Como se te caiga un vaso o un plato y malbarates el aguardiente o la comida, terminarás en el foso, ¿lo has entendido?

Kaweka asintió, aunque tuvo que ser el cocinero quien le diera explicaciones después de que la catalana desapareciera:

—Aquí, en la ciudad, los amos no azotan ni dan bocabajo, tampoco disponen de cepos o grilletes. Cuando quieren atormentar a alguno de nosotros lo llevan al foso, junto a lo que eran las murallas; comunican el castigo que han decidido, pagan, y allí se lo propinan los funcionarios, aunque también hay personas que se anuncian en los periódicos para que las contraten para pegarnos. Esos, los de los periódicos, son más caros, pero acuden a las casas y así los amos no tienen que desplazarse hasta el foso.

Aquella fue la primera de las muchas variaciones que viviría Kaweka en la ciudad.

La taberna tardó poco en abarrotarse, pues su cercanía al matadero atraía a mucha gente. Negros y blancos, esclavos y libres se fueron amontonando para emborracharse, buscar sexo, apostar y pelear. Hasta ahí era igual a lo que sucedía en la taberna situada a las afueras del ingenio del marqués o en las que se desparramaban por la sierra del Rosario y sus alrededores. La diferencia era la mezcolanza entre negros y mulatos, algo que impactó a Kaweka.

Visualmente, lo que más la impresionó fueron los colores. La joven jamás había visto tal gama cromática en un mismo lugar. Los esclavos del campo arrastraban, como ella ahora, prendas sucias y descoloridas, invariablemente de tonos ocres. En la ciudad, sin embargo, se veían camisas rojas y amarillas, pantalones a rayas blancas y azules, faldas estampadas, pañuelos azules; zapatos, sí, algunos calzaban zapatos... Y también fumaban y bebían.

—¡Muévete! —la regañó Elisa, propinándole un pescozón que algunos celebraron con risas y burlas—. Como te vuelva a ver distraída, no comerás.

Con el paso de los días conoció a matrimonios de esclavos, pero también supo de casos en los que solo uno de los cónyuges lo era. Kaweka no entendía cómo podían convivir siendo uno libre y el otro esclavo, aunque se dijo que no debía de ser muy diferente a como pretendía hacerlo ella con Modesto. Había padres libres que tenían hijos esclavos, o al revés: hijos libres de padres que aún eran esclavos. Habló con hombres que estaban casados con sus esclavas, y llegó a conmocionarse al saber que existían negros que poseían esclavos, a veces miembros de su propia familia o clan. ¡Incluso le hablaron de casos de hermanos en los que uno era el dueño del otro! La uniformidad y casi estricta identidad que se daba en las negradas de los ingenios se desdibujaba en la ciudad. Trató con esclavos que eran maltratados, pero también con otros que disfrutaban de bastante autonomía. Algunos llegaban a considerarse libres; trabajaban y habitaban casas propias con licencia de su amo e iban y venían a voluntad. Los negros urbanos, concluyó Kaweka, convivían con la esclavitud, parecían haberse adaptado a las circunstancias y creaban familias diferentes, más extensas, no solo con amigos y con los parientes más directos, sino a través de los cabildos de nación, donde los sacerdotes se convertían en guías espirituales que sustituían la dependencia efectiva de los amos.

Kaweka había oído hablar de la existencia de aquellas sociedades: centros de reunión de negros en los que se bailaba y se rezaba, como sucedía los domingos de fiesta en el ingenio, pero el catalán todavía no le permitía acudir a ninguno de ellos.

Incluso en aquella tabernucha, durmiendo en el suelo, en un rincón del patio —el cocinero vivía hacinado con los suyos bajo un techo de hojalata en otra esquina—, trabajando día y noche, siempre asediada por una Elisa que, con el tiempo, llegó a rebajar la severidad ante su buena disposición, Kaweka se sentía animada. Cierto es que se topó con esclavos que no estaban dispuestos a pelear contra el conformismo en el que se habían instalado, pese a las bravatas que surgían de unos espíritus ebrios en el momento en que ella les insinuaba el asunto. Todos querían ser libres, por supuesto, pero su camino distaba mucho del que Kaweka y los suyos habían tomado en el ingenio: suicidios, abortos, fugas... En la ciudad no se contemplaba la posibilidad de quitarse la vida, de alcanzar la libertad a través de la muerte. Allí, los esclavos resignados aspiraban a comprar su libertad trabajando, con lo que conseguían que los explotaran aún más que cuando holgazaneaban atendiendo a sus amos. Los había que confiaban en la benevolencia de sus señores en sus testamentos o en la eficacia de los pleitos a los que acostumbraban a acudir, y también quienes ponían su futuro en manos de la fortuna. Kaweka comprobó que muchos de ellos jugaban apasionadamente a la lotería ilegal, una actividad que se desarrollaba en tabernas y pulperías, soñando con enriquecerse y «coartarse». Incluso los dirigentes de los cabildos de nación recaudaban dinero de los negros asociados, libres o no, para apostarlos en la lotería, y si la suerte les sonreía, dedicar las ganancias a comprar la libertad de algunos de sus miembros.

Pero frente a todos aquellos esclavos que no se atrevían a cruzar el lindero que debía devolverles su condición de libres, conoció a otros muchos que sí lo hacían. Quienes escapaban en La Habana no se dirigían a las sierras o a los cenagales, sino que se perdían en los suburbios, se confundían en la multitud y buscaban la ayuda de otros cimarrones urbanos o de libertos, gente que se arriesgaba a penas muy severas por esconder en sus casas a esclavos fugados, o por ayudarlos a conseguir licencias falsas con las que moverse por la ciudad. Y no solo huían jóvenes fuertes; también lo hacían familias enteras, madres que arrastraban a sus hijos pequeños.

Osvaldo le presentó a una de ellas una noche en que, con la oscuridad cubriéndolo todo, una sucesión de ruidos, como amortiguados, insólitos, llamó la atención de Kaweka. La mujer que apareció en el patio, una mulata, se llamaba Licinia. Durante el día vendía fruta por las calles y por la noche mendigaba comida para dos niños, cuya piel era mucho más clara que la de ella, que se parapetaban detrás de sus faldas.

Mientras Osvaldo hablaba en susurros con la madre y le entregaba un par de pesos, Kaweka ofreció a los hijos el funche que le había sobrado ese día. El catalán solo les proporcionaba dos comidas escasas: una al mediodía y otra por la noche. No les daba desayuno, ni siquiera el vaso de aguardiente que solían repartir en el ingenio. Kaweka sonrió mordiéndose el labio inferior mientras aquellas criaturas devoraban los restos de su cuenco. La cara de Yesa iluminaba la escena; Yemayá se la mostraba, le portaba su aliento y, a veces, hasta su alegría y sus risas. Kaweka la echaba de menos a todas horas, la veía en cada una de las niñas que correteaban por las calles de aquel suburbio, y su mente viajaba allí donde estuviera, tranquila por los mensajes que le mandaba la diosa pero con la nostalgia agarrada a sus entrañas por más que supiera de su buena salud. Estaba allí, en La Habana, por ella, por su hija, por su futuro, para que nunca fuera esclava, se decía en las ocasiones en las que la asediaban la tristeza y la melancolía.

—Un día u otro la detendrán.

Las palabras de Osvaldo, que señalaba con el mentón hacia la espalda de Licinia, consiguieron que los pensamientos de Kaweka regresaran a la taberna.

—Da igual —susurró ella sorprendiendo a su compañero—. Estoy segura de que volverá a fugarse. Lo más importante es que en sus hijos ha germinado la semilla de la libertad y ya nada los detendrá. Mirémoslos bien, porque ahí está la perdición de los blancos: en los jóvenes que no se rendirán con la misma facilidad con la que lo hicieron sus padres.

—A veces no nos cabe otra alternativa —quiso excusarse el cocinero tras el discurso de Kaweka, a la que, sin embargo, empezó a contemplar con un principio de respeto.

Kaweka dejó transcurrir unos segundos. Los dos miraban hacia la oscuridad que se había tragado a los prófugos.

—No te lo reproches —dijo ella al cabo—. Hoy has ayudado a una cimarrona y a sus hijos. Eso es lo que cuenta. Quizá tu lugar sea este. Quizá el destino que los dioses han elegido para ti y tu familia sea el de estar aquí para alimentar y consolar a los que pelean. —Osvaldo fue a decir algo, pero se le quedó agarrado a la garganta—. No es una guerra de unos cuantos esclavos que se esconden en las montañas o en las calles de las ciudades —continuó—. Es la guerra de todos nosotros, los negros. Y solo conseguiremos ganarla ayudándonos los unos a los otros, desde los sitios que nos han sido adjudicados.

Esa noche, encogida en su rincón, Kaweka echó de menos a Yesa, añoró esos ratos en el palenque cuando pugnaba por retrasar el sueño para abrazarla y disfrutar del calor de su cuerpo y del ritmo acompasado de su respiración. Ahora tampoco dormía y rememoró su llegada a la ciudad; se dijo que, tan pronto como circuló por sus calles, entre unas gentes que le parecieron pintorescas, y con un alboroto, un colorido y unos aromas extraños que sacudían con fuerza sus sentidos, había comprendido que aquel entorno era desconocido para ella, quizá hasta hostil, y decidió no significarse como curandera o sacerdotisa hasta haber logrado dominarlo.

Y lo que veía tras esas semanas en La Habana la complacía. Exceptuando a los conformistas, se respiraba la libertad, se hablaba de ella sin temor, sin reparo alguno, se anhelaba y, algo más importante aún, existía una solidaridad entre los esclavos y la comunidad de color libre que ella nunca había experimentado antes. Los negros de la capital se ayudaban, se animaban, y Kaweka no recordaba haber palpado un espíritu similar en el ingenio o en el palenque. En el caos de la gran ciudad, el objetivo a priori utópico de conseguir la libertad se volvía tangible ante aquella energía compartida.

Al amanecer, Osvaldo la sorprendió con un desayuno: leche fresca que sus dos hijos acababan de ordeñar de uno de los muchos rebaños que diariamente recorrían las casas, un vaso de aguardiente y carne estofada de la que tenían reservada para el catalán y su esposa, no de la que preparaba para los clientes escondiendo los vicios de los productos que el tabernero compraba a bajo precio en el matadero: pulmones, tripa, hígados y todo tipo de vísceras, que Osvaldo lavaba con limón o naranja agria para disimular los malos olores, hervía en agua y luego desmenuzaba. Toda esa masa de carne la freía después en manteca con harina, una cabeza de ajos, tomate, cebolla picada y ají, dulce o picante según el sabor que quisiese darle. Y los negros, y hasta muchos blancos, acudían a la taberna del catalán a comer uno de los mejores «aporreados» o «ropa vieja» de la ciudad.

—Gracias —le dijo Kaweka, acomodándose en el patio a dar rápida cuenta del banquete antes de que apareciese cualquiera de los catalanes. Osvaldo la observó comer, indeciso, volviéndose hacia la cocina, fijando la mirada en su esposa antes de hacerlo de nuevo en Kaweka a instancias de la mujer—. ¿Quieres algo? —lo interrogó la joven ante la duda que manifestaba.

—Lo de anoche…

—No te preocupes. No pasa nada —lo interrumpió ella.

—Nuestros hijos… —intervino ahora la esposa—. Si los amos descubrieran que ayudamos a los fugitivos, ellos podrían sufrir las consecuencias.

Con la boca llena de estofado, Kaweka paseó la mirada de uno al otro. Sopesó su respuesta unos instantes.

—Podéis estar tranquilos. Yo también soy una cimarrona —confesó al fin—. Escapé del ingenio del marqués de Santadoma. Mi verdadero nombre es…

—¡Calla! —exclamó Osvaldo—. No tienes por qué contarnos nada.

Kaweka calló, pero no le hubiera importado sincerarse con ellos. Consideraba que había llegado la hora de mostrarse como era: sacerdotisa, curandera… ¡La elegida de los dioses! Después de enterarse de que incluso el parco cocinero ayudaba a una fugada, había dedicado la noche a repasar toda la información obtenida durante su estancia en la taberna, un lugar donde se hablaba y discutía en voz alta. Los esclavos estaban airados. En Estados Unidos habían ganado la guerra los del Norte y la esclavitud se abolió definitivamente en todo el país, aunque, como consecuencia de ello, los hacendados, nobles, ricos y privilegiados cubanos que alguna vez habían barajado la posibilidad de independizarse de España y unirse a los americanos, ahora, tras esa victoria, habían descartado por completo la idea.

En Cuba, por su parte, las autoridades, atemorizadas ante el auge de las rebeliones y exigencias de los esclavos y de quienes los apoyaban, con las revueltas cruentas de Haití como referencia, procuraron cortar de raíz los movimientos que propugnaban la abolición de la esclavitud, hasta el punto de inventar conspiraciones, como la que llamaron «de la Escalera», para así poder detener a miles de personas, principalmente criollos, castigar a cientos de esclavos a los que acusaron infundadamente de promover un motín, y ejecutar a casi otro centenar, entre ellos a los escasos intelectuales negros o mulatos que destacaban y se habían alzado como representantes de los de su raza.

Desde Madrid se continuó apoyando la esclavitud en Cuba y, al mismo tiempo que en Estados Unidos se imponía la libertad, en la isla se reiteraba oficialmente el uso del látigo para excitar el trabajo de los esclavos.

Kaweka y los suyos se movían en la dirección contraria a la que lo hacía la historia, por eso debía seguir asumiendo esa responsabilidad que ya vislumbró mamá Ambrosia en el ingenio, cuando, recién llegada de África, había salvado la vida de un niño destinado a ser esclavo. La diosa había hecho enfermar a Yesa para castigarla por haberse apartado de su objetivo y luego la había perdonado, pero ¿cuánto más la consentiría?

Kaweka terminó de abrirse de nuevo a unos dioses que parecían haber respetado sus cautelas desde que llegara a La Habana hacía algunas semanas. Se sintió poderosa al percibir cómo Yemayá revoloteaba con su carácter alegre alrededor de ella, dispuesta a montarla. La diosa le ofreció un enfermo que apareció renqueando desde el matadero y ella entendió que era el momento de mostrar sus poderes. Un buey le había corneado la pierna abriéndole una herida bastante profunda en el muslo.

—Vendrá más gente a su taberna —le auguró Osvaldo al catalán cuando este trató de impedir la cura.

Joan reflexionó mientras su esposa permanecía detrás de él con los labios apretados.

—De acuerdo, pero no quiero ver a ningún cliente desatendido... —cedió por fin.

La mujer de Osvaldo fue a buscar las hierbas necesarias para el remedio. Kaweka curó al hombre y cerró la herida. Esa misma tarde acudieron dos enfermos más del barrio, a los que la joven también trató. La afluencia no disminuyó en los siguientes días. El catalán los dirigía al patio y empezó a cobrarles. La taberna cada día se llenaba más, Osvaldo no daba abasto cocinando ropa vieja y Elisa tenía que encargar más aguardiente. La noticia corría de boca en boca y a los enfermos y heridos se añadieron un par de santeros y curanderos interesados por aquella desconocida que irrumpía en su territorio. Kaweka, segura de sí misma, del favor de los dioses y de los conocimientos transmitidos por Eluma, y superado ya el estado de deterioro físico en el que había llegado del palenque, bien alimentada en la taberna, recuperadas las carnes y hasta la sonrisa, despreció sus consejos. «Yo utilizaría un cocimiento de yagruma», propuso uno para tratar una hemorragia en el costado de una mujer. Kaweka ni lo miró, permaneció impasible ante sus críticas y continuó con su labor, hablando con los esclavos mientras los curaba, preguntándoles, preocupándose por ellos y sus familias e incitándolos a huir.

Transcurrieron las semanas hasta que un día se presentó una santera decrépita y arrugada que pretendió descalificarla ante los familiares de una niña que sufría constantes retortijones, y cuya enfermedad Kaweka había logrado traspasar a un perro que venía con ella y que ahora gemía y se revolcaba en la tierra.

—¡Es una farsante! —manifestó en voz alta Gladys, que así se llamaba la vieja—. La niña se habría curado sola. ¡Ha envenenado al perro! ¡Yo lo he visto!

La gente se fue acumulando en el patio ante los gritos de la santera, conocida en la zona. Kaweka se irguió frente a ella, retándola.

—¡Bruja! —le espetó la vieja.

Kaweka tembló hasta convulsionar. Su cuerpo pareció inflamarse. Abrió la boca y, sin verbalizar nada en absoluto, como si lanzase una vaharada de fuego, un bramido surgió de su interior. La santera intentó dar un paso atrás, pero no lo consiguió: estaba atrapada en aquel rugido que, sin decaer en su furor, fue sin embargo transformándose en palabras:

—¿Te burlas de mí! ¡Soy Yemayá, dueña del mar, esposa de Ogún y madre de dioses! —El suelo y las frágiles paredes de la taberna vibraron. Los presentes, atónitos y asustados, se acercaron los unos a los otros—. Una vieja mentirosa no puede dudar de mi poder y burlarse de aquellas a las que elijo. Pagarás tu osadía, farsante. —En ese momento el perro se arrastró hasta los pies de la santera—. Ese animal merece mi benevolencia más que tú. Por tus insultos, por tu desvergüenza, quédate con el mal de la niña. ¡Yo lo dispongo!

El elaborado y costoso collar de cuentas de colores compuesto de innumerables filas en dibujos que lucía la santera sobre su pecho reventó como si hubieran estirado de él por lados opuestos. Las mil bolitas todavía danzaban en el aire cuando Kaweka se desvaneció y cayó al suelo desmadejada, después de que Yemayá, encolerizada, la abandonara de forma violenta. El perro huyó del patio corriendo, y la santera se dobló por sí misma, atenazada por la primera punzada de dolor.

Kaweka no concedió mayor importancia a la santera. Siguió trabajando y, junto a Osvaldo, ayudó a un par de mujeres que habían decidido convertirse en cimarronas urbanas, hasta que un día al amanecer la llamaron a la puerta de la taberna, al paso de los grupos de cimarrones sin dueño destinados a las obras públicas de la ciudad. Kaweka salió y se encontró con Porfirio, que charlaba animadamente con uno de los guardias.

—Hola —lo saludó ella. El guardia se apartó—. ¿Qué pasa?

—Quiero pedirte un favor —le dijo él. Kaweka ladeó la cabeza—. El próximo domingo deberías acompañarme al cabildo de nación de los lucumíes. Me lo ha pedido uno de sus babalaos. Parece que has dejado malparada a una santera amiga suya.

—Ah —asintió Kaweka, y al instante pensó en Gladys—. Si viniese a verme ella, quizá…

—Me lo han pedido —insistió Porfirio.

—No, si no me disgustaría ir a uno de esos cabildos, pero el cabrón del catalán no me da fiesta los domingos.

Porfirio se movía bien en los tinglados del puerto. Mercadeaba, amenazaba, contrataba la partida para otros trabajos particulares que no eran los que les correspondían como esclavos del Estado, y conseguía sus buenos dineros. Las obras del puerto se retrasaban, pero él tenía la habilidad de mantener satisfecha a su gente, a los funcionarios y, por supuesto, a los guardias.

—¿Has oído, Manuel? —sorprendió Porfirio a Kaweka dirigiéndose al guardia, alejado unos pasos de ellos dos.

—Los esclavos tienen derecho a fiesta los domingos —afirmó este.

—Pues ya está —la tranquilizó el negro—. El próximo domingo te presentaré en el cabildo, bailaremos y luego me clavarás las uñas donde tú ya sabes.

—Me tendrás —prometió Kaweka mirando la hilera de esclavos que desfilaba delante de ella. Algunos sostuvieron su mirada, pero la mayoría evitó hacerlo, como si el hecho de que hubiera mantenido esa conversación amistosa con Porfirio le hubiera concedido algún tipo de privilegio.

Lo cierto, pensó Kaweka, era que el capitán de la cuadrilla de trabajadores también mandaba sobre guardias y celadores. En ocasiones aparecía por la taberna del catalán como si fuera un negro libre. «Algo les dará a cambio», concluyó.

La asistencia de Kaweka al cabildo de la nación lucumí, ubicado en el barrio de Jesús del Monte que lindaba con el del Cerro, despertó una tremenda expectación ese domingo de finales de verano. A su reciente fama de curandera se sumó la de iyalocha. Varios babalaos, de entre los más prestigiosos de La Habana, habían tratado de curar a Gladys, que empeoraba entre dolores cada vez más agudos, pero les había resultado imposible deshacer el castigo de Yemayá.

El domingo por la mañana, uno de los guardias del depósito de cimarrones fue a buscar a Kaweka a la taberna. Porfirio había gestionado con ellos el permiso para que la joven pudiera acudir a la fiesta de tambores, y el catalán tuvo que plegarse a su requerimiento.

—Todos los esclavos tienen derecho a disfrutar del domingo —arguyó el celador ante las quejas de Joan.

—¿Y si se escapa?

—¿Y eso a ti qué te importa? La esclava no es tuya. Aunque tampoco te preocupes —añadió en tono condescendiente—. La volveríamos a encontrar, y si no a ella, a otra como ella.

Kaweka y el guardia ascendieron en silencio el tramo que quedaba hasta llegar al depósito, dejando al catalán a la puerta de su taberna, intranquilo, absorto en los cálculos de las pérdidas que sufriría su negocio si le cambiaban a esa negra por otra esclava.

—¿Estará Porfirio allí? —inquirió Kaweka al celador al comprender hacia dónde se dirigían.

—Porfirio y todos los cimarrones —contestó el guardia—, hasta los que trabajan en el ferrocarril.

Kaweka se detuvo, extrañada ante la respuesta. El otro se volvió y dudó en ofrecerle explicaciones, aunque probablemente el interés que Porfirio mostraba hacia la esclava lo convenció:

—Primero hay la exhibición de la existencia general de negros del depósito. No tardaremos. Después ya podrás ir a bailar y a follar con los tuyos.

Kaweka no quiso preguntar a qué se refería el guardia con eso de la exhibición, aunque no tardó en entenderlo. En la explanada que se abría ante el depósito formaban en varias filas los cerca de dos centenares de esclavos censados en el establecimiento, y gente de todo tipo, hombres y mujeres bien vestidos, ellas protegiéndose del sol caribeño con sombrillas, así como negros y mulatos libertos, que paseaban tratando de reconocer en ellos a alguno que fuera de su propiedad.

—Tu buhonero muerto no va a reclamarte —quiso tranquilizarla el guardia al notar que Kaweka aminoraba la marcha, reacia a acercarse—. Ve con las mujeres —dijo, empujándola hacia un extremo donde se hallaba cerca de una docena de esclavas que deberían estar, como ella, alquiladas a comercios y casas de La Habana.

Kaweka presentía la desgracia, pero no logró decidir la causa de su aprensión. ¿Acaso temía encontrarse al marqués o a Narváez? No, decidió; eso lo sabría. Los diablos como ellos anunciaban su presencia y ella había aprendido a distinguirlos, igual que a los espíritus malignos que se colaban entre las ramas de una ceiba en el monte, cuando el vello se erizaba y la congoja aumentaba. Miró en derredor. Una mujer examinaba a un negro con atención mientras su marido negaba con paciencia, tratando de convencerla de que no era suyo. ¿Y si Modesto aparecía por allí? ¿Podía ser la intuición de la presencia del emancipado lo que la inquietara? Había pensado muchas veces en él; lo reconocía en muchos de los esclavos urbanos que se desenvolvían con la soltura que la había encandilado. En La Habana había muchos Modestos y ella golpeaba el aire con una de sus manos, los alejaba y se volcaba en sus cometidos. Tenía mucho que hacer. Sin embargo, ahora le flaqueaban las piernas y no sabía por qué. Descubrió a Porfirio algo más allá, en una fila por detrás. Permanecía altanero; nadie se acercaba a él. El esclavo se sintió observado, se volvió hacia ella y le sonrió. El sol empezaba a caer con fuerza. Un par de negros llamaron entonces la atención de Kaweka. Tardó un instante en reconocerlos vestidos como libertos: eran dos de los babalaos que habían acudido en ayuda de Gladys, la santera enferma, y que oficiaban en el cabildo de la nación lucumí de Jesús del Monte. Se dijo que quizá fueran ellos los causantes de esa turbación. Recordó los consejos de mamá Ambrosia: era mejor no competir con los sacerdotes, no impugnar su preeminencia; dos actitudes que había despreciado desde que decidió mostrar sus poderes.

Los babalaos la reconocieron y se dirigieron hacia ella. «¿Por qué iban a aceptar en el cabildo a una mujer que nunca podría llegar a su condición, y que pese a ello pondría en duda su autoridad?», se preguntó entonces Kaweka. Percibió ese temor en los ojos de los sacerdotes en cuanto los tuvo a solo un par de pasos de distancia.

—¡Esa negra!

El grito resonó en la explanada. Kaweka se encogió como si fueran a pegarle. Los babalaos se volvieron y la gente que había más cerca la miró con curiosidad. Porfirio abandonó la fila y un par de guardias se acercaron.

Era el doctor Rivaviejo. Iba en compañía de una señora vestida con un lujo exagerado y señalaba a Kaweka.

—¡Esa negra...! —repitió con las facciones contraídas—. ¡Esa negra es propiedad del señor marqués de Santadoma!

Decían que fueron los veinticinco latigazos más crueles que se habían propinado en La Merced. El marqués y su primogénito, el señorito Ernesto, presenciaron cómo el látigo de cuero de manatí desollaba la espalda ya marcada de Kaweka, llevándola casi a la muerte. Después la enceparon, la dejaron con el tobillo derecho apresado entre los maderos, permanentemente sentada en el suelo, a pan y agua. Los esclavos rodeaban la zona donde se encontraba, siempre vigilada, aunque casi ninguno podía dejar de mirarla de reojo con respeto. Nadie pudo acercarse a ella, ni siquiera mamá Ambrosia, a la que los centinelas le impidieron hacerlo por la fuerza, alejándola a latigazos.

—¡Te quiero! —le gritaba la criollera en cada ocasión en que se acercaba.

Pero su ahijada, semiinconsciente, parecía no oírla.

El prestigio de Kaweka, sin embargo, había llegado al ingenio de boca de los hombres que habían acompañado a Narváez a buscarla al depósito de cimarrones del Cerro. Allí conocieron la historia de Gladys y las de muchos otros negros a los que había curado, y las magnificaron a su regreso: la esclava gozaba del favor de los dioses. Era la elegida.

—¿Dónde están esos dioses vuestros que la protegen? —gritaba, sin embargo, Narváez o cualquiera de sus esbirros al observar cómo parecían idolatrarla.

«En su silencio», les hubiera gustado responder a muchos de ellos. «En su fuerza». «En su poder», habrían contestado otros. «En su obstinación y en su espíritu de lucha», podrían haber añadido. Llegó un momento en el que el mayoral fue consciente de que tener allí expuesta a la esclava era contraproducente. El ejemplo que se pretendía dar con aquel castigo se estaba volviendo contra ellos, y así se lo comentó al marqués:

—Generalmente se quejan, lloran, suplican, y los demás esclavos cogen miedo al cepo. Esta bruja se mantiene firme, señor. Solo bebe, casi no come. No pide ayuda, y desafía con la mirada a los centinelas.

—¿Más bocabajo? —inquirió don Juan José, consciente, sin embargo, de cuál sería la respuesta de volver a tumbar a la esclava para azotarla—. ¿Se doblegaría?

—Podríamos matarla.

—Y la convertiríamos en una mártir —apuntó el hijo, presente en la biblioteca de la casa principal del ingenio, donde se hallaban reunidos con unas copas de ron añejo y puros en las manos.

—Y tampoco nos convendría que muriese por un exceso de golpes —añadió el mayoral—. Ahora es una negra conocida. Lo del depósito... y la diosa y la santera aquella... Siempre hay quien envidia a los hombres de valía y de fortuna como ustedes. Una denuncia anónima y quizá se nos presentaría aquí, a molestar, algún síndico de esos que defienden a los esclavos.

—¿Un síndico? —El marqués rio—. ¡A los Santadoma no los arredra ni el capitán general de la isla!

—Narváez —intervino de nuevo el primogénito, joven, aunque tan soberbio como su padre—, si a la esclava no le duele el castigo ni en su cuerpo ni en su espíritu, ¿podría dolerle en el de alguna otra persona?

El mayoral entornó los ojos y se mantuvo pensativo unos instantes antes de asentir levemente, la maldad torciendo su rostro.

Esa misma tarde, los hombres de Narváez aparecieron con mamá Ambrosia a rastras hasta el patio de los barracones.

—Esta mujer ha confesado haber ayudado a la esclava Regla a fugarse del ingenio —mintió uno de los capataces como si necesitara una excusa para encepar a la vieja.

Kaweka cerró los ojos, con más fuerza a medida que el látigo de manatí laceraba la espalda de la criollera en un silencio solo quebrado por el respirar de esclavos y centinelas, el silbar del flagelo rasgando el aire y los quejidos ahogados de una anciana que apenas era capaz de gritar. Luego la arrastraron hasta un segundo cepo donde le apresaron el tobillo hinchado, dejándolo atrapado entre los dos maderos que a su vez aseguraron con un candado. Kaweka abrió los ojos a tiempo de ver cómo, a diferencia de ella, mamá Ambrosia caía de espaldas tras buscar apoyo en unos brazos y codos que parecieron quebrarse como ramas secas. El gemido que surgió de su boca se atragantó en la de su ahijada. Y allí quedó, el pie en alto, tendida en el suelo, sollozando.

Kaweka había preguntado por mamá Ambrosia nada más llegar a La Merced, pero no había tenido posibilidad de hablar con ella. «Narváez la tiene constantemente vigilada», se arriesgó a musitar la esclava que le llevó agua a la celda de castigo, a la espera del bocabajo y del cepo.

—Madre —la llamó Kaweka antes incluso de que los guardias se hubieran alejado.

Mamá Ambrosia no contestó. Kaweka lo intentó en más ocasiones, sin éxito. Trató de aproximarse y se tumbó sobre la tierra, con el brazo extendido para llegar a acariciar su rostro, cuyos ojos, nublados, la miraban sin verla. La mano de Kaweka se quedó a un par de palmos.

—Acércate —le rogó en susurros.

La criollera se entregó a la muerte. Ni hablaba ni comía. No bebía. Sangraba por una espalda que no le habían curado. Vomitaba cuanto le introducían en la boca.

—Sé que me oyes —le decía Kaweka—. Sé que estás ahí y que me entiendes. Contéstame, te lo suplico.

Estaba convencida de que mamá Ambrosia simulaba aquel estado de locura e inconsciencia para liberarla a ella de cualquier responsabilidad, como si quisiera que la diera ya por muerta. Por eso ella se mantenía firme, sin llorar, sin sucumbir ante el dolor y la angustia: si mamá Ambrosia resistía, ella no sería menos, y le explicaba cosas, de su huida, del palenque, de Yesa, y la llamaba, y canturreaba y le decía que la quería, y llegó hasta rozarle las yemas de unos dedos viejos y arrugados... Pero no obtuvo la más mínima reacción de la anciana.

Los cantos de los negros entristecieron todavía más el ingenio. La mayoría de los esclavos y trabajadores escondían la mirada ante aquellas dos mujeres. Transcurridos un par de días, lo hicieron hasta los centinelas. Solo Narváez y el hijo del marqués se detenían unos instantes, diariamente, cuando transitaban por el patio.

—¿Qué mal ha hecho ella? Es falso que me ayudara a escapar —les recriminó Kaweka en una ocasión—. ¿Qué queréis que haga? —ofreció después—. ¡Decídselo a su señoría! Soltadla y haré lo que deseéis.

—No. ¿Qué va a hacer por nosotros esa desgraciada? Que sufran —se opuso el marqués durante la comida—. No me importa esa bruja, aunque se crea beneficiada por todo el panteón de sus dioses paganos. Un simple beato que ni siquiera ha llegado a los altares de nuestra santa Iglesia Católica, Apostólica y Romana podría arrasar con todos ellos, si es que existe alguno. No, que todos los negros las vean padecer. Que ese cepo sea un ejemplo real del dolor que les puedo provocar si escapan, como hizo ella, o si simplemente me provocan. ¡Aprende, hijo! ¡Deben temernos!

—¡Yo os maldigo! —gritó Kaweka en la siguiente visita de los dos hombres, cuando se quedaron parados observándolas con displicencia—. Que Eshú convierta vuestra sangre en agua pútrida y vuestros órganos en heces...

—¡Calla! —le ordenó Narváez.

—¡Que los espíritus malignos de aquellos a los que habéis castigado os acechen día y noche!

El mayoral indicó a uno de sus guardias que la hiciera callar a golpes. El hombre dudó y Kaweka rugió ante el miedo. Era ella, ningún dios la poseía.

—¡Vuestra alma vagará en pena por la eternidad, y se arrastrará miserablemente entre todas aquellas que habéis esclavizado!

El fustazo en el rostro le llegó del hijo del marqués.

—¡Cállate, perra! —le ordenó adelantándose al hombre de Narváez, que permanecía paralizado a unos pasos.

El cuerpo de Kaweka giró sobre la pierna que tenía atada al cepo. Se revolvió y escupió sangre en dirección al de Santadoma. El otro no hizo ademán de apartarse.

—¡Moriréis ahogados por los escupitajos de vuestros esclavos negros!

El señorito Ernesto soltó una carcajada ante la amenaza.

—Las brujerías son para los negros estúpidos —le replicó a Kaweka—. A vosotros solo os sirve esto —añadió alzando la fusta, una vara dura y flexible de yaya que utilizaba con los caballos.

Y para demostrarlo, golpeó a la vieja criollera, una, dos, varias veces, aumentando su saña con cada golpe, estallando en la histeria, chillando frases incomprensibles, atropelladamente, volcando en ella el odio y el desprecio que hervían en su interior como consecuencia de la herencia de generaciones de esclavistas.

Por primera vez desde que la habían encepado junto a ella, Kaweka creyó ver una sonrisa en los labios de la anciana antes de que cayera inconsciente. «Eres la elegida de los dioses», la voz de la criollera resonó de forma cautivadora en la cabeza de Kaweka, embargando su ánimo, hechizándola, liberándola y llevándola de la mano al monte, hasta Yesa, hasta la ceiba sagrada, muy lejos de los azotes que el joven Santadoma, ciego de ira, continuaba descargando sobre un cuerpo ya inerte.

Durante la zafra, Kaweka acudía a los cañaverales en un grupo diferente a la negrada y a los demás trabajadores contratados en el ingenio. Ella, al igual que quienes la acompañaban, andaba trabajosamente, arrastrando la cadena que unía sus pies y que debía impedirles huir de nuevo. Los vigilaban con mayor celo, los azotaban sin razón, vivían y dormían apartados de los demás, y comían los restos ya florecidos del funche y el tasajo que les proporcionaban a los otros.

Ambrosia no superó la paliza que le propinara el hijo del marqués. Cuando la sangre que manaba de su nariz se extendió en un charco por la tierra, el mayoral se atrevió a agarrar al noble y poner fin al castigo. Kaweka continuó atrapada en el cepo mientras esa misma noche enterraban a su madre en el cementerio de los negros de La Merced, un simple campo vallado en uno de los linderos en el que se alzaban algunas cruces de madera clavadas en la tierra. La de los cementerios había sido otra guerra ganada por los sacarócratas a la Iglesia, en el conflicto que los enfrentaba entre la evangelización de los negros y su mayor rendimiento laboral. Cuando moría un esclavo en el ingenio, había que llevarlo a la parroquia más cercana, lo que suponía la pérdida de un día de trabajo de quienes transportaban el cuerpo, además del pago del canon a la iglesia y al párroco. Un diez por ciento de muertes en una negrada de quinientos hombres conllevaba cincuenta muertes, por cuatro negros que cargaban las andas hasta sagrado, sumaban doscientas jornadas completas de trabajo: mucho azúcar perdido por enterrar esclavos. Y si la fallecida era una mujer, arguyeron muchos azucareros, ¿cómo garantizar que se respetase su cadáver? Igual que había sucedido con las demás obligaciones para con la Iglesia, los sacarócratas construyeron sus propios cementerios, con lo que maximizaban el trabajo de sus esclavos, ahorraban gastos e impuestos de entierro y, por encima de todo, controlaban a sus propios muertos, defraudando administrativamente al suplantarlos por esclavos robados o ilegales. Mamá Ambrosia fue enterrada en aquel camposanto, sin ataúd, sin mortaja, directamente en la tierra y pretendidamente en secreto dadas las violentas circunstancias en las que había fallecido. No consiguieron su propósito perverso. Hombres, y sobre todo mujeres y jóvenes, recordaron a una mujer buena. Kaweka sintió cómo las oraciones de todos ellos acompañaban al espíritu ya libre de la criollera e inundaban el ingenio, y los cañaverales, y los montes... y hasta el cielo de los cristianos.

Pero la vida seguía y la caña llegaba a La Merced desde los campos. El trapiche y la casa de calderas funcionaban a pleno rendimiento día y noche, como los negros que trabajaban y cantaban para olvidarse de pensar, a los que se sumó Kaweka, a la mañana siguiente, después de que el herrero martilleara sobre las argollas hasta aprisionar con ellas sus tobillos.

Kaweka se movía por el ingenio y los campos de forma cansina, mecánica, lenta, sin tan siquiera torcer el gesto cuando el látigo caía sobre su espalda. Había tratado de ayudar a mamá Ambrosia, pero los dioses no se acercaron al cepo. Tras el dolor por su muerte se sintió vacía, abandonada. No encontraba sentido al camino recorrido desde que aceptó huir a la sierra junto a Eluma. Primero se le había mostrado el amor, un sentimiento desconocido para ella, y que arruinó al escapar a la sierra. ¿Qué había de verdad en todo lo que el emancipado le propuso con su compra? En el palenque le dijeron que Modesto había demostrado ser de los negros serviles que colaboraban con el sistema esclavista, y ella dudaba ante tales aseveraciones, porque, en el fondo, no quería creerlas. Era ella quien había huido... y lo cierto era que no se arrepentía: había hecho bien en seguir al babalao. Luego La Habana, esa ciudad colorida y viva, le había robado a su hombre. Tras la primera decepción, la que la dejó sola en el palenque, continuó luchando por la libertad de los esclavos, y abandonó a su hija, y se arriesgó en La Habana para que la capturaran y la retornaran a La Merced, a recoger caña, encadenada, y sin que los dioses quisieran favorecerla con un simple susurro.

No tenía acceso a los demás esclavos. Cargada todo el día con las cadenas, era objeto de permanente vigilancia por parte del mayoral y los suyos. ¿De qué servía todo el calvario padecido si ahora no podía luchar por la libertad de los esclavos? Por eso la habían abandonado los dioses, porque ya no les servía, no les era útil. A esa preocupación se unió el temor por Yesa. Rezaba por su hija y rezaba para que se cumpliera el maleficio que había lanzado sobre el hijo del marqués, el asesino de mamá Ambrosia. Suplicaba a los dioses que la satisficieran con aquellas dos peticiones.

—Luego podéis matarme —les decía—. Buscad a otra que me sustituya, que luche mejor que yo, pero cuidad de mi niña y castigad al amo.

Kaweka se sentía cansada, débil, y en ocasiones hasta enferma; ni siquiera el retumbar de los tambores que le llegaba los domingos le levantaba el ánimo. El marqués estaba consiguiendo lo que pretendía: su fin, su agonía pública, su humillación ante los demás esclavos.

No habían transcurrido muchos días desde que Kaweka se

abandonó a la fatalidad y el desprecio de los *orishas* cuando apareció Modesto. La esclava lo vio junto a Cirilo, el cirujano romancista del ingenio, a las puertas de la enfermería, mientras ella esperaba en el patio de los barracones, en la cola de la cena. El emancipado vestía de blanco, con prendas sencillas: pantalones y camisa, sandalias, ahora ya de cuero, señal de su prosperidad, y un sombrero de paja. Charlaba distraídamente con el otro, moviendo las manos, deslumbrando con su sonrisa, hasta que los gritos de los guardias y el arrastrar y entrechocar de las cadenas de los pies del grupo de castigo llamaron su atención.

Modesto recorrió entonces la fila de esclavos con mirada indiferente. Llegó a Kaweka y pasó de largo ante ella, pero unos instantes después se detuvo y volvió sobre sus pasos, negando con la cabeza, boquiabierto y con la mirada perpleja, tratando de reconocer en aquella negra sucia, triste, escuálida y herida a la mujer a la que había propuesto matrimonio.

Kaweka sintió un confuso estallido de emociones en su interior. En lo más profundo de sí, allí donde uno arrincona los deseos inconfesables, había escondido la esperanza de que el día en que se reencontrase con Modesto renaciera ese atisbo de felicidad capaz de iluminar toda una vida de esclavitud. Que todo hubiera sido una sucesión de errores, que Gabino hubiera mentido acerca de las respuestas del emancipado...

Modesto hizo ademán de acercarse, pero Cirilo lo detuvo agarrándolo del brazo. Conocía bien a Kaweka.

—Si no quieres tener problemas con su señoría, no te acerques a Regla. —El médico lo dijo en voz suficientemente alta para que Kaweka lo oyese—. El marqués ha prohibido que nadie hable con ella. Bastante lío hubo ya cuando se fugó a la sierra —añadió.

Modesto se zafó de la mano de Cirilo y se encaminó hacia Kaweka, que vio acercarse a ella a un hombre que vestía como los blancos. Bajó la mirada y la fijó en las bonitas sandalias de cuero, y se sintió sucia, que lo estaba, encadenada, encogida por el dolor, su cuerpo convertido en una costra...

Uno de los centinelas se interpuso en el camino del emancipado.

—No puedes hablar con ella.

—Es solo un momento —alegó él.

Y esa tímida ilusión que se enraizaba en unos sentimientos que la razón negaba soplaba ahora hacia Kaweka cuando no era más que un despojo humano, una mujer vencida, un animal sucio y desvalido, y, sobre todo, un espíritu vacío. ¿Por qué se ensañaba con ella el destino? ¿Qué podía pensar él de tal desecho? Ni siquiera contaba con el apoyo de la diosa. Las promesas y el palenque parecían quedar muy lejos; mamá Ambrosia estaba muerta y ella se hallaba en una fila de esclavos encadenados.

Levantó la mirada cuando Modesto llegó a su altura. «¿Por qué no viniste conmigo? ¿Por qué no me seguiste al palenque?», le preguntó en silencio. Todo habría sido distinto. Sí, fue ella quien lo abandonó, quien huyó sin decirle nada, pero Yemayá la había obligado. «¿Qué queda del amor que me confesaste… si era cierto?».

—Regla…

El centinela se abalanzó sobre Modesto.

—El marqués no permite que nadie hable con ella. Tu amo y tú estáis aquí para curar a don Ernesto, no para originar problemas. Vuelve con Rivaviejo a la casa.

Kaweka irguió la cabeza al oír de la enfermedad del hijo del marqués. Olvidó cualquier recelo hacia Modesto y se volvió para interrogarlo con la mirada.

—Sí —logró contestar este, tratando de librarse del guardia—, don Ernesto padece una enfermedad…

—Morirá —auguró Kaweka con lo que fue la primera sonrisa que afloró a sus labios en mucho tiempo; una sonrisa cruel y perversa que originó un escalofrío en Modesto, antes de que lo separaran de ella con violencia y lo empujaran hasta la enfermería.

Kaweka lo vio trastabillar y casi caer en un par de ocasiones. Habían cruzado dos palabras que parecían flotar en el patio. Modesto había retado a los guardias para acercarse a ella. ¿Qué quería decirle? Miró sus pies sucios, sus tobillos heridos por los grilletes, las costras de sangre, y recordó las burdas sandalias de hojas de palma de Modesto que calzaba cuando lo conoció. Había prosperado; era imposible que sintiera por ella algo que no fuera compasión.

Aquella sensación la acompañó todo el día, hasta que por la noche, en el suelo de una estancia separada de los dormitorios del resto de los esclavos, donde hacían vida los penados, Kaweka se centró en los comentarios que ya corrían por el ingenio:

—El hijo del marqués está enfermo.

—¿Cuál de ellos?

—El mayor.

—¡Hijo de puta!

—Pensaban que no era nada, unas fiebres, pero al parecer no remiten...

—Dicen que lleva varios días.

—¡Así se muera!

—El marqués ha mandado traer a varios médicos.

Las especulaciones y los deseos de una enfermedad trágica se sucedieron en la oscuridad hasta que el centinela les ordenó callar; sin embargo, no consiguió aplacar el furor que había despertado en el espíritu de Kaweka y que, entremezclado con el impacto de la presencia de Modesto, clamaba al recuerdo de mamá Ambrosia y a la muerte absurda y cruel que le había provocado el hijo del marqués.

—Yemayá, ¿has vuelto? —preguntó en un susurro.

A la mañana siguiente, las nueve campanadas del toque del avemaría con el que despertaban a los esclavos para iniciar las labores en el campo mudaron en un repique constante, insistente, una hora antes de la usual, por lo que aquellos que habían trabajado la contrafaena casi no tuvieron oportunidad de tumbarse en sus catres.

—Se habrá muerto —especuló una mujer.

—No tendremos esa suerte —repuso otro.

No la tuvieron, pero sí se les dio la oportunidad de rezar por su curación. Frente a las cocinas, allí donde se colocaban las mesas para repartir la comida, se instaló un altar, como en Navidad o en las pocas ocasiones en las que el marqués permitía que las celebraciones religiosas restasen tiempo al trabajo. Los centenares de esclavos fueron obligados a formar en filas y a participar de la liturgia. Con la negrada, los empleados del ingenio se alinearon, circunspectos, junto a los blancos. Modesto no se encontraba entre ellos. Estaría trabajando en la casa principal, pensó Kaweka. Tampoco había nadie de la familia. Los negros elevaron sus plegarias y comulgaron de mano de don Julián, el sacerdote del ingenio. Recitaron de nuevo las oraciones por la mejoría del hijo del marqués, mientras, en su fuero interno, muchos rezaban en verdad por su muerte y por una agonía dolorosa. Luego les dieron su ración de aguardiente y los mandaron al cañaveral.

Durante los días siguientes, las ventanas, los jardines y los caminos de acceso a la gran casa principal, situada en lo alto de una pequeña loma que dominaba el ingenio, permanecieron en todo momento iluminados. Los cánticos de los esclavos mientras trabajaban versaban ahora sobre la recuperación del señorito Ernesto.

—¡Que se os oiga desde la casa! —les exigían los centinelas haciendo restallar sus látigos.

Y uno de ellos alzaba la voz rogando por su recuperación, hasta que los demás, en coro, le contestaban suplicando a los santos.

—¡Que don Ernesto se consuele con vuestros ruegos! ¡Tiene que oíros!

La casa estaba lejos, así que el griterío aumentó. Kaweka cantaba con ellos.

—¡Matadlo! —rogaba entre el alboroto.

Hubo más misas. Más oraciones. Múltiples idas y venidas a la vivienda de los amos. Un desfile de carruajes y caballos que entraban y salían. La tensión se palpaba en los rostros permanentemente contraídos del mayoral, de los cocineros, de los guardias... Ninguno quería imaginar la reacción del marqués en el caso de que su heredero no superara la enfermedad, y esos miedos se trasladaban a los esclavos con gritos y azotes.

Un día, después de una de esas misas, Narváez agarró a Kaweka del brazo y la arrastró lejos de los demás.

—¡Tú maldijiste al señorito! —la acusó.

No se atrevía a comentárselo al marqués. Don Ernesto había vuelto a burlarse de aquella posibilidad mientras se encaminaban a comunicarle la muerte de mamá Ambrosia, y prohibió expresamente al mayoral que, en presencia de su padre, hiciera referencia alguna a la maldición. «La vieja ha muerto como ejemplo para los demás. ¿No fue eso lo que pidió mi padre? No tenía utilidad alguna y solo daba problemas —mascculló—. No lo mezclemos con cuestiones de brujería. ¡Son estupideces! Los católicos no podemos dar pábulo a creencias salvajes. Por eso son esclavos nuestros: por su ignorancia, por su irreverencia y su necedad, porque son inferiores a nosotros». Pero la salud de don Ernesto empeoraba y los malos augurios de la esclava corroían al mayoral, que no paraba de preguntarse si debía sincerarse con el marqués. Ignoraba si había algo de cierto en todas aquellas creencias. Narváez no era capaz de negar la existencia de cierta magia en todo lo que rodeaba a las prácticas esotéricas de los negros, y también en cuanto a las de los chinos del ingenio, aunque estos eran mucho más reservados y ocultaban sus métodos y procesos. Los blancos sabían del mundo fantástico de los negros, pero la mayoría de ellos, como el amo, lo vivían desde la distancia. Narváez no, él llevaba toda la vida trabajando con negradas. Su padre ya lo había hecho, y también su abuelo.

Dejando de lado las orgías de los domingos y los momentos de enajenación que alcanzaban los esclavos en esas fiestas, lo cierto era que a lo largo de los años había presenciado situaciones a las que no encontraba una explicación racional. La magia era extraña, ajena a las creencias cristianas, pero en los temas relacionados con la curación, ya fuera en el campo, ya en los ingenios o incluso en las ciudades, eran muchos los blancos que confiaban o cuando menos compaginaban el conocimiento de los médicos tradicionales con los tratamientos de los negros. Narváez, los suyos, sus hombres, las familias de todos ellos habían acudido a santeros y curanderas en busca de ayuda.

—Don Ernesto... ¿padece tu maldición? —se decidió a preguntarle a Kaweka—. ¡Contesta! —le exigió, zarandeándola ante su silencio.

El collar de cuentas azules y blancas que la esclava escondía bajo la camisa estuvo a punto de escapar por su escote. Solo se veía un cordón fino y gastado alrededor de su cuello; las escasas cuentas se acumulaban a la altura de sus senos. Lo había rehecho tras enterarse de la enfermedad del hijo del marqués y se alegró al comprobar que solo había perdido un par de cuentas blancas, que confiaba reemplazar. El calor del collar sobre su pecho le señaló la respuesta.

—Ambrosia reclama el alma de tu señor; es ella quien lo persigue. Yo lo haré con la tuya. Y os hundiremos en las ciénagas putrefactas y apestosas de esta isla. Jamás, a lo largo de la eternidad, volveréis a respirar una bocanada de aire limpio y fresco.

Se trataba de un palacete rectangular de dos plantas construido en mampostería, al estilo renacentista italiano, con extensas terrazas escalonadas y ajardinadas. Los interiores eran lujosos, hechos a base de mármoles y maderas nobles, con grandes ventanales que, en otras circunstancias, daban paso a raudales a la luz caribeña. Ahora todo estaba en penumbra, como el cuartucho anexo a las cocinas donde Narváez ordenó encerrar a Kaweka.

En la casa solo se esperaba la muerte del primogénito. A los pies de la cama, en su dormitorio, se habían instalado varios candelabros que iluminaban la estancia. La voz del padre Julián sonaba con fuerza por encima de la de un sacerdote joven y las de un par de monaguillos, mientras, situados a un lado del lecho, todos rezaban preparando el traspaso. Frente a ellos, contestando a sus letanías, santiguándose, pasando las cuentas de los rosarios, y deshechas en lágrimas, estaban las mujeres de la casa: doña Presentación, la madre de Ernesto; la hermana menor de este; dos tías viejas, y algunas amigas de la familia. Todas ya vestidas de luto, en un ambiente opresor, oscuro, viciado por la mezcla del hedor que despedía el enfermo con el de la cera aromática de las velas y otras hierbas que se quemaban.

En una esquina de la estancia, como si ya hubieran hecho dejación de sus funciones, se encontraban el doctor Rivaviejo y otros médicos llegados de La Habana y de Matanzas. Permanecían en silencio, resignados a lo inevitable.

El marqués de Santadoma y sus otros dos hijos varones entraban y salían de la estancia, demacrados aunque pulcramente vestidos, tratando de guardar las formas incluso en esa tesitura. Fuera, en el pasillo y en el descansillo de la magnífica escalera que descendía a la planta principal, en los salones, en la biblioteca y en las cocinas, se congregaban amigos y vecinos que cuchicheaban a la espera del fatal desenlace, mientras los esclavos domésticos se deslizaban sin hacer ruido ofreciendo bebidas y algunas negras lloraban desconsoladas.

El mayoral se coló entre la gente que se amontonaba en el pasillo, llegó hasta la habitación y llamó la atención del marqués.

—No estoy para trivialidades, Narváez —le advirtió Santadoma cuando lo tuvo a su lado.

—Podría no serlo, señoría —contestó este atreviéndose a enfrentar la mirada con la del dueño de La Merced.

Los gritos de don Julián tronaron en todo el palacete.

—¡Es una herejía! ¡Ernesto morirá en pecado!

—Ernesto no puede pecar, carece de voluntad, padre —replicó el marqués volviendo a señalar la puerta, invitando al sacerdote a que saliera.

—Por favor, Juan José —terció su esposa.

—¿Te conformas con ver morir a tu hijo?

Esposa y religioso contestaron al mismo tiempo:

—Nuestro Señor así lo ha dispuesto.

—Es la voluntad de Dios.

—¡Pero no es la voluntad del marqués de Santadoma! —gritó este.

—¡Blasfemia! —le increpó don Julián.

Doña Presentación se santiguó antes de llevarse las manos al rostro.

La gente que había en el interior del dormitorio estaba trastornada. Kaweka permanecía quieta en la puerta, junto a Modesto, al que Rivaviejo había mandado llamar tan pronto como el marqués anunció que la esclava, sacerdotisa de la regla de Ocha, liberaría a su heredero del maleficio que lo atenazaba y lo llevaba a la muerte. Los del pasillo pugnaban por asomarse y los del piso de abajo habían subido o preguntaban desde la escalera. Las mujeres de la habitación habían empalidecido, horrorizadas por la disputa, mientras los médicos se interrogaban entre sí.

—Sí, padre —contestó entonces don Juan José—, blasfemo. Asumo mi pecado… ¡Asumo todos los que cometa a partir de ahora! Rece usted para que no muera antes de arrepentirme de ellos.

—Pero son ritos de negros… ¡Dioses paganos! —insistió el religioso.

—¡Dioses a los que ustedes permiten que todos los negros se encomienden! ¡Dioses que, con su conocimiento y consentimiento, se equiparan con nuestros santos!

—No… —trató de interrumpirlo el sacerdote.

—¡Cállese! —le ordenó el marqués—. ¡Los adoran en sus iglesias! ¡En la suya misma! ¿Acaso lo niega! —Don Julián vaciló, y el noble aprovechó ese momento de titubeo para echarlo de la estancia—: ¡Fuera! ¡No intervenga más!

—En cualquier caso —apuntó uno de los médicos, que quizá tomó la responsabilidad por tratarse del de edad más avanzada—, la medicina de los negros no es lo suficientemente avanzada para…

El marqués impuso silencio con un manotazo al aire.

—¿Quieren ustedes volver a probar? —le retó—. ¿Qué sugieren? ¿Hacerle más sangrías? ¿Darle más medicamentos? ¿Torturarlo más aún? Ayer lo sentenciaron a muerte, dijeron que la ciencia ya nada podía hacer por él.

—Pero Dios sí —repuso don Julián, que se mostraba reacio a salir del dormitorio.

—Es posible, padre —concedió, para su sorpresa, don Juan José—, pero no creo que a Nuestro Señor le importe que ustedes estén o no presentes junto a Él para obrar ese milagro. Así pues, déjenmelo ustedes aquí, y bajen a la capilla y recen, recen lo que no está escrito —añadió volviendo a señalar la puerta—. Le pagaré, don Julián. Le pagaré mil veces más de lo usual por cada oración que dedique a mi hijo. Le construiré una iglesia nueva, con un sagrario de oro. Y vosotras —exigió dirigiéndose a su esposa y las demás mujeres—, ¡acompañadlo, hincad la rodilla en tierra y rezad por Ernesto!

Terminó su discurso haciendo un gesto a Narváez, que agarró del brazo al religioso para acompañarlo hasta la puerta, aunque este se zafó violentamente y se irguió, tratando de recuperar su dignidad insultada.

—Te equivocas —aprovechó para recriminarle su esposa al pasar a su lado—. Tu hijo merece morir en el consuelo de Dios.

—No lo entiendes, mujer. ¡Mi hijo no merece morir! —El marqués escupió las palabras a escasos centímetros de su rostro—. Estáis todas atontadas por las doctrinas de estos… de estas cucarachas negras —añadió señalando al sacerdote antes de volver a clavar la mirada en doña Presentación—. ¿De qué han servido tus oraciones y tus misas diarias? ¿Tu circunspección, tu recato y tus obras pías? ¿Dónde está ahora tu Jesucristo! No hay Dios en el universo que tenga derecho a quitarme a mi hijo, y si para evitarlo tengo que renunciar a Él y creer o someterme a otros dioses, ya sean negros o chinos, no te quepa duda de que lo haré. ¡Incluso al mismo demonio si hace falta! ¡Y ahora salid! —ordenó—. ¡Ustedes también! —les gritó a los médicos, que se apresuraron a obedecer detrás de las mujeres y de sus otros dos hijos menores.

Mientras unos salían, Narváez empujó dentro a Kaweka. Don Julián y la marquesa se santiguaron al cruzarse con ella. Tres de los hombres del mayoral entraron también, junto a algunos de los esclavos domésticos: varias mujeres con la cabeza cubierta con pañuelos, un anciano de pelo cano y tres niños. Modesto aprovechó el momento para colarse con el grupo.

—Vamos a rezar a vuestros dioses —anunció don Juan José. En el dormitorio solo quedaban ya los esclavos negros, el enfermo, el marqués y sus hombres—. Tú —se dirigió entonces a Kaweka—, ¿es cierto que lanzaste una maldición contra mi hijo? Narváez dice…

—Sí —admitió Kaweka para sorpresa del noble, convencido de que la esclava lo negaría en su presencia—. Y contra él también —añadió señalando a Narváez.

Amo y esclava se retaron. Don Juan José de Santadoma reconoció entonces en aquel cuerpo maltratado un espíritu difícil de quebrantar y decidió que no tenía sentido ahondar en sus razones o sus motivos.

—¿Puedes curarlo?

—Eso dependerá de los dioses.

—¿Acaso son más poderosos que el Dios cristiano?

La esclava se encogió de hombros antes de replicar:

—¿Ha podido curarlo Él?

—Si consigues que mi hijo viva, te concederé la libertad, a ti y a tu familia... y a otros diez esclavos que designes a tu arbitrio, y te haré lo suficientemente rica para que ninguno tengáis el menor problema. También quedarán libres todos los demás negros que están aquí, así como sus familias.

Kaweka se dirigió a la cabecera del lecho entre la expectación de los otros esclavos. El joven soberbio y engreído que poco tiempo antes había golpeado hasta la muerte a mamá Ambrosia yacía allí, cetrino, esquelético, con la respiración sibilante, los ojos hundidos en las cuencas y los labios agrietados. Las almas de los espíritus malignos que rondaban aquella cama acariciaron la piel de Kaweka.

Desvió la mirada hacia los esclavos que se amontonaban en el dormitorio y descubrió a Modesto, momento en el que esbozó una sonrisa tan cruel y perversa como la que le había dirigido en el patio, antes de que el guardia lo empujara, cuando presagió la muerte del hijo del marqués. El emancipado entendió el mensaje que encerraba aquella sonrisa: Ernesto de Santadoma iba a morir. Kaweka lo vio dudar, moverse inquieto sobre los pies, y se preguntó si pretendía que salvase al noble y, quizá, ganar así la libertad prometida por el marqués. La suya y la de otros diez esclavos con sus familias. Se trataba de muchos hombres y mujeres a cambio de la vida de un miserable que la perdería poco más tarde, probablemente borracho, ensoberbecido, en algún estúpido lance de honor o amoroso, tal vez por dinero... Quizá la diosa pudiera aplazar esa muerte durante un tiempo para beneficiar a los suyos.

El marqués intuyó su vacilación y volvió a tomar la palabra:

—Pero si no lo consigues, morirás. Y ellos también —añadió señalándolos.

Y como si quisiera demostrar la verdad de su amenaza, hizo una seña a Narváez, que extrajo un puñal de su cinto y, sin solución de continuidad, degolló a una de las mujeres. La esclava se desplomó sobre una preciosa alfombra que recogió el torrente de sangre que manaba de su cuello. Los demás gritaron y trataron de huir. Narváez y los suyos empuñaron sus armas y los golpearon hasta que consiguieron dominarlos y reducirlos. Desde fuera aporreaban la puerta, preguntando a qué se debían los gritos.

—No te extrañe —le advirtió el marqués ante el odio que rezumó Kaweka tras comprobar que poco podía hacerse por evitar que aquella mujer se desangrase, la misma conclusión a la que todos debieron de llegar puesto que nadie acudió en su ayuda—. Has sido tú quien ha traído la muerte a este lugar —continuó el noble, que enfatizaba sus acusaciones hablando con una lentitud exagerada—. Has sido tú quien la ha convocado. Solo tú eres la responsable de lo que suceda.

«No», evitó discutir la esclava. Lo que iba a suceder en aquella habitación era el resultado de años de violencia y de injusticias, de opresión y de esclavitud. Centró su atención en el joven agonizante y, de repente, apoyó la mano sobre su pecho. El marqués, los suyos y los esclavos estiraron el cuello para ver bien lo que hacía, pero Kaweka se limitó a arrancar dos pequeños botones redondos de nácar blanco de la camisa de dormir del enfermo. Ajena a todo, se quitó el collar de cuentas, deshizo el nudo de la cuerda, extrajo las maderas de colores incompletas y las reordenó con parsimonia, colocando alternativamente una blanca y una azul hasta contar siete de cada color. Luego lo elevó en el aire, notó su poder, su quemazón, y lo colocó sobre el pecho del enfermo.

El hijo del marqués emitió un quejido, fuerte, una muestra de vida que llevó al padre a los pies de la cama.

Kaweka buscaba a la diosa.

—Cantad —pidió a los esclavos.

Ninguno fue capaz de hacerlo.

—¡Cantad! —exigió a gritos el marqués.

Un simple rumor monótono surgió de aquellas gargantas asustadas. Kaweka no quería dar al marqués la oportunidad de volver a intervenir para dar órdenes a los negros: aquella era su ceremonia... Pero necesitaba más, mucho más. Los espíritus revoloteaban inquietos, los percibía confusos, y la diosa parecía lejana. Ella misma cogió la imagen de una Virgen del tamaño de su mano, tallada en madera, que había fracasado en su tarea de proteger al enfermo desde su mesita de noche. Con ella en la mano, empezó a golpear sobre el cabecero de madera de la cama, a modo de clave, rítmicamente. Una de las esclavas la acompañó con palmas. El anciano también encontró algo que entrechocar: dos cajitas de madera labrada.

El ritmo aumentó. Los cantos no eran los mismos que aquellos que entonaban los esclavos en los cañaverales, sumisos y, repetitivos, en castellano; estos eran los que se recitaban en las fiestas de tambores, frenéticos, en lengua lucumí, invocando a los dioses, rogando su presencia, el primero de ellos dirigido a Elegguá. La habitación retumbaba. Alguien continuaba aporreando la puerta desde el pasillo. Kaweka, escuálida, sucia, con el cabello enmarañado y vestida con una camisa rota, con los tobillos ulcerados y sangrantes de los grilletes que le habían quitado para presentarla en la casa principal, pareció crecer, llenarse. El marqués, sudoroso, se aferró al travesaño de los pies del lecho al ver que su hijo temblaba.

Kaweka cantaba y repicaba con las maderas, sentía a la diosa dentro de sí, pero, como si no quisiera ser ella quien decidiera, esta permitió la consciencia de la negra, concediéndole el poder sobre la vida o la muerte de aquel hombre. Uno de los niños esclavos, uno de esos que cada noche dormirían encogidos en el vano de la puerta de la señora que tuvieran asignada, bailó, chilló y se contorsionó hasta límites insospechados, poseído ya por algún dios. Kaweka sonrió: estaban con ellos. Los demás negros arreciaron en sus cantos, palmas y golpes. Narváez y los suyos no sabían dónde mirar. Modesto permanecía inmóvil en una esquina de la habitación.

La diosa golpeó con fuerza el interior de Kaweka. Le hizo daño en el pecho, en el vientre, en la cabeza. Yemayá le preguntaba y ella solo tenía una respuesta: muerte. Los golpes le recordaban las consecuencias de su decisión para con los negros de aquella habitación, y cada vez que Yemayá insistía con violencia inusitada en su pregunta, Kaweka le respondía con el mismo vigor. La fuerza de la disputa penetró en el espíritu del hijo del marqués, que, a las puertas del infierno, fue consciente de que era una esclava negra, miserable, la que estaba decidiendo su destino eterno, y se incorporó en la cama, los ojos abiertos clavados en su padre, los brazos extendidos suplicando ayuda.

El marqués gritó y se llevó las manos al rostro. Uno de los hombres de Narváez cayó al suelo de rodillas, donde se santiguó varias veces y rezó. Los esclavos no atenuaban su frenesí. La puerta retumbaba ya sobre sus goznes. Kaweka sonrió a la diosa, que aceptó su decisión y fluyó vigorosa en su interior, ocupando de forma explosiva cada rincón de su ser. Entonces la esclava escupió al rostro de Ernesto de Santadoma, y este empezó a convulsionarse.

En ese momento la puerta de la habitación reventó y un tropel de personas, encabezado por el sacerdote y doña Presentación, se precipitó al interior del dormitorio, a tiempo de presenciar las últimas sacudidas del enfermo antes de morir. Madre y religioso se abalanzaron sobre el joven. Tarde. Don Julián trazó en el aire el signo de la cruz. Tarde. Doña Presentación se inclinó sobre su hijo para besarlo, llamarlo y menearle la cabeza con la vana intención de revivirlo. En su perturbación, advirtió el collar de cuentas que todavía descansaba sobre el pecho del cadáver y, con él en la mano, se lanzó contra Kaweka, a la que, entre lágrimas, insultó, arañó y golpeó. La esclava se hallaba todavía en trance y ni siquiera trató de esquivar los golpes de la mujer. Los demás se empeñaban en detener el escándalo que continuaba en la estancia, pero les costaba dominar al niño poseído.

—¿Estás satisfecho! —aulló doña Presentación, desviando su arrebato de ira hacia su marido, que se hallaba, encogido y pálido, arrodillado a los pies de la cama—. Mi hijo ha muerto en pecado, lejos de Dios. Lejos de su madre. Sin el consuelo…

El marqués no prestó atención a su esposa, que continuó a gritos con sus recriminaciones.

—Mátala —le ordenó a Narváez con voz agónica—. Matadlos a todos.

—¿Más muertes? —rechazó don Julián señalando a la negra que yacía en un charco de sangre.

Por un momento el sacerdote se arrepintió de su réplica, ya que sabía que el marqués no era un hombre que aceptase reprobaciones. Este pareció reaccionar a las palabras del cura y se irguió. Noble y religioso cruzaron sus miradas. Ernesto, al que él mismo había bautizado, acababa de fallecer asistido por una hechicera, y eso bullía en el interior de don Julián. No podía permitir que aquel hombre continuara sosteniendo su soberbia blasfema.

—¿Pretende convertir la muerte de su hijo en una carnicería? —preguntó—. ¿Así es como su señoría desea que se le recuerde? Con esa sangre transitará hacia la eternidad. ¿Quiere hacerlo responsable de estas muertes a los ojos de Dios? ¿Abandonamos la imagen de la sonrisa de Ernesto? —El marqués bajó la mirada y don Julián se supo ganador del lance. Solo entonces suavizó el tono—. Jesucristo no quiere más dolor. El pecado no se combate con la violencia sino con la verdad, y la Verdad es Él. La enfermedad de su hijo nubló la razón de su señoría. Lo hemos visto todos. Es humano; nadie se lo recriminará, y menos Nuestro Señor, que conoció el dolor de la crucifixión de su propio hijo. Arrepiéntase, don Juan José. Dios es misericordioso con quienes siguen su camino, aunque en ocasiones se desvíen. Arrepintámonos todos y recemos por el alma de Ernesto… Eso es lo que Él espera que hagamos.

Los esclavos que se hallaban en la estancia se deslizaron raudos hasta la puerta obedeciendo a un gesto del sacerdote. Kaweka, sin embargo, permaneció quieta en la cabecera de la cama, aturdida, todavía hechizada. Narváez se dirigió a ella. Doña Presentación volvió a golpearla e insultarla mientras el otro la empujaba hacia la puerta. Amo y mayoral cruzaron una mirada que sentenciaba la vida de la esclava.

Ya era de noche. En el ingenio volvían a escucharse los cantos lúgubres de los esclavos durante su trabajo. Narváez arrastró a una Kaweka todavía en trance hasta el cementerio de los negros de La Merced. Entraron en el camposanto y el mayoral la obligó a detenerse, cayendo de rodillas. Luego apuntó a su cabeza con la pistola que llevaba.

—¿Cree que así se librará de la maldición?

La voz, clara, estentórea, se alzó por encima del rumor que llegaba desde las instalaciones fabriles del ingenio. Narváez, sin dejar de apuntar a Kaweka, se volvió para toparse con Modesto, que los había seguido tras percatarse de la mirada que habían cruzado el marqués y su fiel mayoral.

—¿Qué haces tú aquí? ¿También quieres morir?

—No. Solo quiero ayudarlo a usted.

—¡Aléjate! —le exigió Narváez, apuntando la pistola hacia él.

Modesto obedeció y retrocedió un par de pasos.

El mayoral se dispuso a enfrentarse de nuevo a Kaweka, pero la voz del emancipado lo interrumpió otra vez:

—¿Pretende usted matar a una diosa negra? ¿No ve que la muchacha está todavía poseída? —El titubeo que Modesto percibió en la actitud de Narváez le dio pie a proseguir—: Usted también está maldito, eso ha dicho la esclava. Ya ha visto la tremenda muerte del señorito Ernesto. Matándola a ella solo conseguirá enfadar todavía más a los dioses. Usted...

—¡Cállate!

Modesto sabía que no debía hacerlo.

—Escuche, los nobles no creen en el poder de los dioses negros, se burlan de ellos, pero usted lo ha vivido por su contacto con los esclavos. Conoce el bien... y el mal que pueden llegar a ocasionar. —Narváez acababa de presenciar un suceso más de los que le inquietaban en el mundo de la magia de los negros, y no albergaba la menor duda del poder que tenía aquella esclava—. Si la mata —advirtió Modesto interrumpiendo sus pensamientos—, nadie podrá levantar su maldición.

—Hay babalaos que sí lo hacen.

—¿Cuando aquel que ha recibido la maldición ha asesinado a

una sacerdotisa con la diosa en su interior? —El emancipado soltó una risa sarcástica—. Olvídese. Usted y los suyos sufrirán mucho más que cualquier otro —presagió.

La luna iluminaba el cementerio. Entre cruces y montículos cubiertos de piedras, Kaweka permanecía quieta, ausente, y el mayoral, con la pistola ya rendida, sopesaba las palabras, indeciso, con el miedo atenazando sus músculos.

Modesto fue consciente de la situación y de que tenía que ofrecer una salida al hombre.

—Nadie lo sabrá jamás —le aseguró—. Cavaré una tumba para que todos piensen que ha cumplido usted con su misión. Me llevaré lejos a Regla. Cambiará de nombre…

—Primero, que retire la maldición…

—¿Para que, acto seguido, la mate?

Narváez cambió otra vez de postura y se irguió sobre Modesto.

—¿Qué garantía tendría de que me liberará de la maldición si la dejo vivir?

—La de los dioses —mintió Modesto—. La de ella. La mía. Usted me conoce porque vengo al ingenio con frecuencia. Puede localizarme fácilmente en La Habana y dar orden de que me maten si empieza a notar cualquier síntoma de la maldición.

—Que me lo jure la bruja —exigió el mayoral encarándose a Kaweka—. Que levante la maldición, que haga lo que tenga que…

Sin que se lo autorizara, Modesto se acercó en el mismo momento en el que Kaweka empezó a respirar de forma agitada. El jadeo se convirtió en un gruñido sordo, bestial, que fue acompañado por un retumbar sobre la tierra. Modesto y Narváez buscaron en la noche el origen del sonido hasta que en un instante se vieron rodeados por varios mastines que rugían igual que la esclava, con las fauces abiertas y los caninos blancos brillando en la oscuridad.

—De acuerdo —accedió el mayoral de forma precipitada.

# 10

*La Habana, Cuba*
*Febrero de 2018*

Me drogaron.

—¡Seguro! —convino Sara.

—Me dieron algo de beber —insistió Lita.

—Hablaban de santería y magia y todas esas cosas —deslizó Elena.

Desayunaban tranquilamente en la terraza del hotel, con el mar como escenario. Lita había dormido todo el día después de que le hicieran efecto los sedantes, y se había levantado animada, con un apetito que saciaba sin moderación. Sus dos amigas habían concluido que no podían esconderle las causas a las que Pedro y los suyos achacaban aquel comportamiento anómalo en la iglesia de la Virgen de Regla y, para alegría de ambas, la contestación de Lita disipó cualquier temor.

—¿Brujería? —se mofó—. ¡Aquí están todos colocados o borrachos!

La diversión regresaba. Pedro las esperaba junto al coche. No mencionó el suceso, y si tenía intención de hacerlo, las miradas y algún que otro gesto por parte de Elena o de Sara fueron lo suficientemente expresivas para que se mantuviera en silencio durante el trayecto hasta la playa. Ellas tomaron el sol, se bañaron y comieron pescado en un chiringuito, que tuvieron que pagar de su bolsillo pues aquel mulato nada sabía de acuerdos con el hotel. Si bien el entorno era maravilloso, el chiringuito no podía competir con cualquiera de los que se alzaban en las playas españolas, pero bebieron lo bastante para dormir una siesta a media tarde y así descansar ante otra noche de juerga.

—Pero a ver si hoy también ligamos las demás —se quejó Elena dirigiéndose a Sara en tono de burla, mientras, en el ascensor, concretaban la hora en que se verían para salir a cenar.

—Yo os puedo presentar al chico…

—¿Has grabado algo? —preguntó Elena.

—¿Nos cedes al chico? —se extrañó Lita.

—Si lo he grabado, es privado —contestó Sara, y luego, mirando a Lita, apostilló—: Pues sí, lo cedo, he tenido más que suficiente. Me planto —añadió con un simpático gesto de las manos—. Además, hemos venido aquí a divertirnos, no a echar polvos. Para eso no hace falta salir de Madrid.

—Pero si se tercia… —apuntó Elena.

—Tiene razón Sara —dijo la otra.

—Ya. Como ella ya va contenta…

—Vale —reconoció la aludida—, pero me equivoqué. Chicas, tenemos que disfrutar de todo esto. *Full credit!* —Aquella expresión con la que las recibió el conserje del hotel el primer día se había convertido en un lema para las tres amigas—. ¡Es como un sueño! No podemos perder el tiempo ligando. Insisto: eso ya lo haremos en Madrid.

Y, entre risas, se encaminaron hacia sus respectivas habitaciones.

Esa noche quisieron resarcirse de la anterior, malgastada con un bocadillo y una cerveza en la habitación mientras controlaban el sueño de Lita, y eligieron un restaurante que se vendía como de los mejores de La Habana. Un edificio colonial de pisos, en el casco viejo, rehabilitado, con la fachada de mampostería en tonos ocres y las barandillas de hierro forjado de los balcones recuperadas. Cocina a la vista y un interior moderno, iluminado. Los dos niveles daban a la calle y lucían amplios ventanales, el personal era simpático y atento. Se atrevieron con la comida cubana: frijoles negros, ajiaco y ropa vieja. Y vino, mucho vino para pasar y digerir tanta carne y verduras guisadas. Charlaban y reían en el momento en que un mulato de cierta edad, bien vestido —guayabera beis y pantalón blanco, de igual color que los zapatos, de rejilla, y sombrero de jipijapa que giraba con lentitud entre las manos—, se acercó a su mesa.

—¿Les importaría que me sentase? —Tenía una sonrisa seductora, como la de mucha de aquella gente, pensó Lita mientras buscaba a Pedro con la mirada, que acostumbraba a vigilar quién las pretendía. El chófer la saludó con la cabeza desde una esquina, como si aprobase el acercamiento—. Pedro es un buen amigo —explicó el recién llegado.

—En ese caso… —aceptó Elena, ofreciéndole la silla que se mantenía vacía en la mesa de cuatro.

Raúl, que así fue como se presentó el hombre, rechazó el dulce de chocolate que en aquel momento estaban compartiendo las chicas, pero aceptó un vaso de ron que un camarero le sirvió sin que él lo hubiera pedido.

—Conocen sus gustos aquí —bromeó Lita.

—Sí. —Raúl las hechizó con una nueva sonrisa—. Es raro que tres mujeres lindas como ustedes solo disfruten de la compañía de un viejo como yo. Y eso porque me he acercado —añadió entre las risas de ellas—. La juventud de este país está… distraída.

Las continuó piropeando y las aduló. Se interesó por ellas. Les señaló alguna curiosidad del local y, acto seguido, las envolvió en una charla animada y agradable que derivó en la ciudad, sus fiestas, sus gentes y sus virtudes y carencias. Ellas intervinieron, preguntaron y se sorprendieron ante algunas historias… Hasta que llegó un momento en el que la conversación cesó.

Raúl había seguido con el ron: Havana Club, añejo, siete años; ellas habían decidido mezclarlo en mojitos. Las copas les sirvieron de excusa para sortear el silencio. La noche habanera se colaba ya en el establecimiento en forma de voces y ruidos que llegaban desde el exterior, junto con la música callejera y una calidez embriagadora. De repente, Elena se inclinó un poco sobre la mesa y abrió las manos mostrando las palmas, como si estuviera pidiéndole explicaciones a ese hombre que se había unido al grupo por iniciativa propia.

—¿Quieres que te las lea? —preguntó él cogiéndole una. Raúl había terminado por tutearlas.

—¿Está ligando con nosotras? —inquirió Lita directamente.

—Por un instante se me ha pasado por la cabeza —sonrió el otro—, pero no me atrevo. No sabría qué hacer con tanta juventud y belleza.

—¿Entonces?

—¿No será de los que quieren vendernos algo o llevarnos a algún sitio? —preguntó Sara, medio en serio.

—A lo mejor pretende raptarnos... —apuntó Elena en tono travieso.

—Vayamos por partes —contestó él—. Es verdad que os quiero vender algo. La Habana, su fiesta, su gente, y si queréis, os recomendaré un par de sitios que, por lo que me ha dicho Pedro, os gustarán, locales donde podréis disfrutar... Yo ya estoy viejo para acompañaros. Y también quiero raptaros, sí, aunque solo a una de vosotras. A ti —añadió dirigiéndose a Lita.

—No es la más guapa —bromeó Sara.

—¿No las prefieren blanquitas como nosotras? —preguntó Elena—. Aquí les sobran mulatas...

—Pero nos faltan sacerdotisas —afirmó el hombre con una seriedad hasta ese momento inédita.

—¡No! —replicó Lita alargando la vocal—. No. Ni hablar...

—Espera —la interrumpió Raúl, en un intento por explicarse—, no te sientas obligada a nada...

—¡Faltaría más! —protestó ella.

—Mira —prosiguió el hombre en tono sereno intentando apaciguarla—, lo que sucedió ayer en la ermita hacía mucho tiempo que no se veía: una bajada del santo con esa fuerza, con ese poder... ¡Con esa presencia!

—Estaba drogada —acudió Elena en defensa de su amiga.

—Sí —admitió Raúl—, por Yemayá. No hay droga más potente.

—Oiga... —quiso hablar Lita.

—No te enfades —terció Pedro, que se había acercado a la mesa—. No queremos... —dudó cómo continuar—. En realidad, no queremos nada. Pero lo cierto es que ayer la diosa se manifestó como solo los ancianos recuerdan. Y te aseguro que no estabas drogada.

—Me dieron un agua con hierbas…

—¿Para qué te iba a drogar nadie? —intervino Raúl—. Sois buenas personas. Tres españolas jóvenes y guapas y simpáticas que han venido a disfrutar de nuestro país y de nuestra gente. Nos gusta. Nos gustáis. Todos queremos pasarlo bien. En cuanto a lo de ayer… Veréis, son muchos los turistas que van a Regla a pasar el rato: algunos solo se divierten, otros se interesan más por el tema o creen directamente en la santería. Pero la mayoría solo se acerca a esos ritos con una curiosidad que desaparecerá tan pronto embarquen en el avión de vuelta a su casa. Allí alardearán de haber vivido misas negras con gallos decapitados. Hablarán de vudú. Eso es lo único que pretendían Pedro y los suyos con la invitación a la iglesia de Regla: que lo pasarais bien, que conocierais nuestras costumbres. No nos molesta el escepticismo porque no pretendemos convertir a nadie. ¿Quién iba a drogarte? ¿Y con qué finalidad?

—Pero nos sorprendiste —terció Pedro tras unos instantes de silencio a lo largo de los cuales ellas analizaron los argumentos de Raúl—. Es lo único que hay: nos impresionaste. Y nadie de los que lo presenciaron en vivo, ni de los babalaos que lo han visto en internet, él entre ellos —añadió señalando a Raúl—, dudan de que Yemayá te eligió y te montó…

—Eso es imposible —sentenció Lita.

—Mira —intervino el babalao—, para nosotros lo que te ha sucedido es una bendición. Significa que posees unos poderes, unas virtudes que no están al alcance de muchas personas. Como te ha dicho Pedro, no queremos nada. —En esta ocasión el hombre se permitió extender la mano por encima de la mesa hasta ponerla sobre la de Lita, que aceptó aquel contacto tierno—. No queremos que te asustes, ni que te preocupes, ni que hagas nada, ni que seas nuestra reina o la diosa de las diosas, ya nos apañamos sin ti, pero entiende que debamos decírtelo. Para mí es un orgullo tenerte delante. —Raúl apretó la mano de la muchacha—. Lo que sucedió en la iglesia no tiene por qué repetirse, pero coincidirás conmigo en que, si así fuera, es mejor que sepas la verdadera razón.

—¿Que no crea que está loca o drogada? —ironizó Elena.

—Nadie considera loco al papa de Roma, ni a los imanes musulmanes… a los sensatos —concretó Raúl—, ni a los rabinos ni a los lamas. Esta es nuestra religión, enraizada en el África negra, más antigua incluso que las religiones monoteístas. No discutamos por ello. Para nosotros, en lo que le sucedió ayer a vuestra amiga no hay nada de locura, solo la presencia de una diosa, igual que sucede cada domingo cuando, en la comunión, los cristianos creen que están delante del cuerpo de Jesucristo. Y si lo creen, lo comen. Nosotros también vamos a las iglesias a comulgar.

Los cinco se mantuvieron en silencio durante unos instantes.

—¡Camarero! —llamó de repente Lita—. Otro ron, y tres mojitos más. ¿Tú? —interpeló a Pedro.

El chófer negó.

—Solo quería conocerte —confesó Raúl mientras esperaban—. Por cierto, ¿tienes familia en Cuba? ¿Sabes si alguno de ellos…?

—¿Está tan loco como yo? —acabó la frase Lita.

Sonrieron. No, no sabía apenas nada de esa familia cubana; creía que debían existir parientes suyos allí, pero ni siquiera su madre se acordaba. Bebieron y brindaron, y después Raúl se despidió. Les dio su nombre completo, que ellas anotaron en los móviles, su dirección y un número de teléfono al que llamar si querían algo de él.

—Ha sido un gran placer conocerte, Lita. A vosotras también, por supuesto. Estoy convencido de que volveremos a vernos.

El hombre dudó. Ellas lo ayudaron y terminaron dándose abrazos y besos de despedida. Esa noche, por indicación de Raúl, que conocía al encargado, terminaron bailando música electrónica en un local abarrotado, igual que podrían haberlo hecho en cualquier discoteca de Madrid.

Pensaba que le sería imposible, pero no le costó levantarse a las siete de la mañana después de haber dormido solo dos horas y media. Procuró no hacer mucho ruido en el baño, aunque dudaba que Sara, que era quien dormía en la suite de al lado, se despertase. Bajó, desayunó con tranquilidad, y abandonó el hotel en dirección al muelle donde atracaba la lanchita de Regla. A aquellas horas solo un par de turistas despistados destacaban entre los somnolientos trabajadores cubanos que se disponían a cruzar la bahía.

Tenía que saberlo. Lo había decidido esa misma noche, a golpe de sintetizador, mientras los agudos le rompían los tímpanos y las luces la cegaban, aplastada por el gentío que bailaba con los brazos alzados, golpeando al aire viciado, espeso, reclamando mayor impacto, más fuerza, más conmoción sensitiva, como si uno no se hubiera convertido ya en el títere de una música agresiva. Entre destellos puntuales, Lita había observado las instantáneas de los rostros de quienes la rodeaban: crispados, extraviados, frenéticos.

Se trataba de otra religión, pensó mientras la barca se deslizaba por las aguas calmas de la bahía. En esas orgías festivas, la gente buscaba abandonar su cuerpo, dejar atrás sus inhibiciones, exaltar sus emociones, y bebía y fumaba, o se drogaba, y se sumergía en una música estridente y violenta que alteraba su consciencia. Agarrada a una de las barras del techo, con la vista en el muelle de Regla al que se aproximaban con parsimonia, sonrió para sí, aunque algunos de los hombres que la rodeaban parecieron percibirlo. Cuba era un mundo donde la sonrisa dominaba el espacio. No quiso apartarse del hilo de los argumentos que la habían convencido para afrontar ese reto. Probablemente fuera difícil afrontar el hecho de que una diosa, un ser extraño a ella, se apoderase de su cuerpo y su voluntad, y compararlo con los efectos de la música, por dura que esta fuera y aunque también terminase dominando los espíritus hambrientos de la juventud; pero no era menos cierto que noche tras noche, en una especie de romería con tintes pseudorreligiosos, miles de personas confiaban su estabilidad emocional a «DJ» a los que no conocían, quizá perturbados, quizá iluminados, que experimentaban con ellos estimulando sus respuestas primitivas en entornos irreales creados exclusivamente para exacerbar sus sensaciones.

Raúl le había hablado de otras religiones, aunque había olvidado mencionar la que en esa época profesaba una juventud que acudía extasiada a lo que para ellos era lo más parecido a una iglesia: un local de vigas y paredes de hormigón que algún día albergó la ilusión de ser una industria. Dentro, el guía espiritual, el sacerdote: el DJ que lanza su discurso y abre las puertas del infierno a centenares de jóvenes sometidos, entregados a su mensaje de salvación. Los ritos: luces, gritos, bailes, sexo, alcohol, droga... Y por fin la comunión: el éxtasis colectivo, la pérdida de la consciencia y de la individualidad.

Lita llegó a la conclusión de que algún día podría arrepentirse si no comprobaba si la respuesta de su cuerpo en la iglesia de Regla, y aquel baile desenfrenado tremendamente seductor, y su voz y su comportamiento extraños, se debían a alguna droga o a que, como sostenían Raúl, Pedro y los suyos, la había poseído una diosa africana. ¡«Montado», lo llamaban ellos! De repente le parecía todo absurdo, hasta que volvió a desembarcar de la lanchita y, nada más mirar a la iglesia, la asaltó la misma sensación de levedad: flotaba, el cuerpo no pesaba sobre sus piernas. Caminó, entró en el templo y tomó asiento. La temperatura era algo más fresca que en el exterior y la luz quedaba amortiguada. Una anciana rezaba un par de bancos por delante. Lita clavó los ojos en la imagen negra con manto azul. Se suponía que no solo era la Virgen de Regla, sino que también era Yemayá, la diosa de los mares, y se mostró ante ella. Sus espíritus se unieron y un goce inmenso se instaló en Lita. No había lugar al miedo o al recelo. Creyó haber nacido solo para ese momento. Su vida no tenía otro sentido que el de estar allí, en íntima comunión con aquella Virgen pequeña, sus sentidos al ritmo de la agitación de los mares que dominaba la diosa. Escuchó el romper de las olas en la tempestad, se vio envuelta en la tormenta hasta dominarla, y sintió el viento y las salpicaduras sobre su piel, que, sin embargo, permanecía seca.

Regresó mucho antes de que Sara y Elena se hubieran levantado. Se sentó en la terraza y desayunó de nuevo. Acababa de vivir una experiencia mágica, tranquila, sosegada, placentera. No habría sabido cómo explicarlo, ni siquiera estaba segura de poder hacerlo, pero lo cierto era que aquella Virgencita se había colado en su interior, había tocado con sus manos y visto por sus ojos.

—Me gustaría encontrar a mi familia cubana —confesó a sus amigas cuando estas se unieron a ella. Pero les ocultó su viaje a Regla durante esa mañana.

—Es lógico —contestó una de ellas sin darle mayor importancia.

Perdieron la mañana callejeando por la ciudad vieja. Entraron en el mercado de la artesanía y toquetearon un sinfín de productos. Compraron unas camisetas y un cuadro de los típicos autos cubanos, un Chevrolet inmenso de color amarillo canario, decadente, que decidieron adornaría la cocina del piso de Madrid. Lita sopesó mil regalos, y al final se decidió por comprarle a su madre un abanico decorado con motivos florales que, le aseguró el vendedor, estaba pintado a mano. Elegir otro regalo para Pablo fue algo más complicado. Habían hablado un par de veces por teléfono y ella se había puesto nerviosa, como una adolescente. «¡Tonta!», se insultó después. No tocaron el tema de los Santadoma ni el del banco, algo en lo que Lita trataba de no pensar, por más que la humillación sufrida a manos de la madre del marqués viniera a corroerla de cuando en cuando. Al final encontró el obsequio que le pareció ideal: un antiguo libro escolar de geometría, con Pitágoras como referencia, y con mil anotaciones de los muchos estudiantes que lo habían utilizado durante generaciones sucesivas. El ejemplar había sido publicado después de la revolución, y se vendía en un tenderete de la plaza de Armas por un precio irrisorio.

—Lo importante es que le guste —trató de tranquilizarla Sara.

—Quizá debiera añadir otro sobre instrumentos de orquesta —comentó para sí, originando una mueca de asombro en su amiga—. Le gusta… la música —aclaró.

—No lo sabía —se desentendió la otra con la atención puesta ya en otros objetos.

Al mediodía, Lita telefoneó a España. Aguantó el tono de espera con la imagen de su madre abanicándose en un día de calor. Le gustaría el regalo, seguro. Por fin oyó que descolgaban el teléfono, pero nadie habló.

—¿Mamá? —Los ladridos de los perros golpearon aquel recuerdo feliz y le trajeron el de su madre peleando con ellos—. ¿Mamá? —Nada. Esfuerzos. Roces. Ladridos—. ¡Putos bichos! —masculló imaginando a su madre agobiada.

—Diga…

—¿Mamá?

—¡Hija!

El escándalo se amortiguó, la pareja de yorkshires histéricos ya debía de estar encerrada en otra habitación, pese a lo cual tampoco le fue fácil a Lita obtener la información que deseaba. «¿Parientes?», se extrañó su madre. Ella quería saber cómo estaba, deseaba que le contase cosas: qué hacía, cómo veía el país, cómo eran el hotel y la gente… ¿Se divertía? ¿Comía? ¿Suficiente? ¿Seguro? Lita contestaba con paciencia, sin dejar de preguntar por esa familia de la que ya le había dicho que poco recordaba.

—Ya te dije en Madrid… —trató de justificarse Concepción.

—Ya, ya. Que no había cartas, que unos eran franquistas y otros comunistas, pero algo te contaría tu madre —insistió—. Algún detalle, ¡algo!

—Sí… supongo, hija. Claro que debió de hacerlo, pero de eso hace muchos años y yo tampoco prestaba mucha atención. No teníamos ningún contacto con los que habían quedado en Cuba, que yo supiera… En aquella época, ni el teléfono ni el correo eran lo mismo que ahora, cariño —dijo para justificarse—. Bueno… —dudó, sin embargo—, cuando escuchaba música siempre alardeaba de que su hermano tocaba muy bien las maracas.

Trabajaba en otras cosas, aventuró Concepción, esforzándose por recordar algún detalle más, pero ganaba un dinero extra con las maracas, en fiestas, con orquestas y bandas de música, en conciertos. Eso sí que le había venido a la mente ante la imagen de su madre bailoteando en la cocina al son de unas maracas imaginarias que agitaba con las manos, imitando el sonido de las chinas al chocar en su interior.

—Chis, chis, chis —repitió ella misma—. Tocaba las maracas. ¡Eso seguro! —afirmó satisfecha y contenta, como si se hubiera trasladado a aquella época de su niñez, junto a su madre, y estuviera bailando con ella al son de la radio de la cocina.

—Y ahí se acabaron sus recuerdos —afirmó Lita a su vez, mientras comía con sus dos amigas en un restaurante cerca del puerto.

—¿Y sabemos su nombre?

—Antonio, del nombre se ha acordado, y el apellido, el de mi abuela: Gómez —especificó.

—Antonio, y Gómez, ni nombre ni apellido son excesivamente singulares. Los habrá a miles.

—¡Eh! —terció Sara—. Cuidado con lo que decís, que yo me llamo Gómez de segundo.

—Igual somos parientes —bromeó Lita.

—¿Vivía en La Habana?

Lita dudó.

—Lo he dado por supuesto.

—¿Y tu familia por parte de padre? —cambió de tema Elena—. También podríamos tirar por ahí.

—No —dijo la otra tras aspirar hondo—. Todo eso fue algo raro. En fin... yo creo que fue un desliz de mi abuela. Mi madre nunca me lo ha reconocido así de claro, pero... no cabe otra interpretación y por eso tampoco he insistido nunca. Parece ser que el marqués, el viejo, obligó al hombre a reconocer la paternidad de mi madre y luego lo amenazó con que lo mataría si volvía a verlo. Debía de ser un vividor, blanquito como vosotras, sin oficio ni beneficio, que se aprovechó de la criada negra e ingenua. Hermoso...

—¿Cómo?

—Que se llamaba Hermoso. José Hermoso. El marqués se comprometió a cuidar de mi abuela y de mi madre, y el otro desapareció.

—Entonces eso es todo lo que tenemos —resumió Sara—: un maraquero llamado Antonio Gómez que, si vive, tendrá...

—Pues entre ochenta y noventa años.

—Aquí son longevos —apuntó Elena.

—Aunque igual habita en la otra punta de la isla...

—¡Pedro! —alzó la mano Sara para llamar la atención del chófer.

—Es imposible que pueda ayudarnos —auguró Lita imaginando las intenciones de su amiga.

—No nos cuesta nada intentarlo.

Cuba canta y baila. La isla hasta se mueve en el mapa, y sus gentes escapan del dibujo al ritmo del son y del mambo, de la rumba, del bolero y del guaguancó. Los mayores todavía recordaban con orgullo a muchos de sus músicos y compositores: Piñeiro, Matamoros, Sánchez, Barroso, Garay, Simón, Grenet, Lecuona, Moré, Rodríguez. Y las canciones: «El manisero», «Guantanamera», «Mama Inés», «Aquellos ojos verdes». Todos ellos contribuyeron a La Habana de los casinos y del juego, de Sinatra y de Lucky Luciano, la ciudad de oro y de noches mágicas. Unos tocaban y cantaban en grandes bandas y orquestas; otros, en conjuntos pequeños. Pero la pasión por la música llevaba a esas gentes a recordar a aquellas otras figuras quizá no tan fulgurantes pero que, salidas del pueblo, de los vecindarios, también habían contribuido a enraizar el ritmo en el espíritu cubano. Pedro preguntó, lo mismo hizo Raúl, y entre los dos empezaron a hacer correr la voz sobre un maraquero llamado Antonio Gómez. Entretanto, las tres amigas continuaban divirtiéndose en La Habana y en los lugares a los que el chófer las acercaba, y no volvieron a hablar de vírgenes africanas ni de santería, por más que cualquiera de ellas tuviera ganas de hacerlo. Querían pasarlo bien y la semana de vacaciones se acababa.

Lo encontraron antes.

—No se llamaba Gómez… —empezó a decir Pedro.

—Sí —le rectificó Lita—. Ese era su apellido.

—Es posible, señorita, pero quiero decir que se hacía llamar «El Jardinero». Por lo visto, ese era su oficio. Los que lo oyeron aseguran que era un maestro con las maracas. Tocaba en fiestas y en orquestas.

—¿Vive todavía?

El chófer volvió la cabeza para mirarla desde el asiento delantero de la furgoneta.

—Sí, claro.

—¿Y sabemos cuál es su casa?

—Estamos de camino. —Las chicas acogieron la respuesta en

silencio, algo que preocupó a Pedro—. ¿No quieren? ¿Prefieren que dé la vuelta?

Por supuesto que querían, y unos minutos después el vehículo se detuvo delante de un edificio de tres plantas, antiguo y ruinoso.

—¿Es aquí? —inquirió Sara, observando con aprensión la fachada y los balcones agrietados, sin el menor rastro del revoco que un día los embelleció.

—Eso creo —contestó Pedro.

El chófer descendió de la furgoneta y consultó con unos ancianos que estaban sentados en la calle.

—Sí —constató después, mientras abría la puerta corredera del vehículo—. Antonio Gómez —continuó explicando al tiempo que las tres jóvenes bajaban—. Era maraquero, y muy bueno; solo puede ser él. Vive en el segundo piso. ¿Quieren que las acompañe?

—No, gracias —se opuso Lita—. No nos pasará nada.

—Estoy seguro de que no tienen de qué preocuparse. Todos aquí son buena gente. Y es de día, y hace sol, y Cuba es maravillosa —aseguró animándolas con las manos a respirar aquel ambiente.

Las tres superaron un pasillo deteriorado y húmedo, ascendieron una escalera agrietada, con los peldaños rotos, y llegaron al rellano de la segunda planta, donde se detuvieron frente al pasillo de distribución al que se abrían cuatro departamentos que resguardaban su intimidad mediante unas cortinillas de tela a modo de puerta. Se miraron. Lita respiró hondo y separó un poco la cortinilla.

—¿Antonio Gómez? —preguntó en voz alta.

Un hombre que veía la televisión de espaldas a ellas, sentado en un sillón floreado, giró el dedo índice en el aire, indicándoles así que pasaran al siguiente departamento.

—Gracias.

Los sonidos de los televisores se mezclaban con las conversaciones y los olores, con la humedad y la miseria.

—¡Vamos! —las animó Elena ante la aversión que se reflejaba en la actitud de las otras dos—. ¿Antonio Gómez? —preguntó ella misma descorriendo la cortinilla del siguiente alojamiento a la vez que golpeaba la pared con los nudillos.

—¡Pasen ustedes! —se escuchó desde dentro.

También había una televisión. Y un sofá colocado frente al aparato, y una mulata de unos cuarenta años, gorda, que trasteaba en lo que algún día había sido una habitación grande, señorial, de techo alto, en el que todavía se conservaba el resto de alguna moldura, y que ahora aparecía dividida y subdividida a base de paneles de cartón o madera que conformaban estancias más pequeñas.

Lita y sus amigas dieron un par de pasos en lo que semejaba el entramado de casetas de un mercadillo, pero sin abalorios a la venta.

—¿Qué desean del abuelo? —preguntó la mujer señalando el sofá frente al televisor.

Sara y Elena se volvieron hacia Lita.

—Creo que es el hermano de mi abuela —dijo ella.

La mulata la repasó de arriba abajo. Sara ya grababa con el móvil, con indolencia.

—¿La famosa Margarita? —Lita asintió—. ¿La que se fue a España con el marqués? —Lita volvió a asentir—. El abuelo habla bastante de ella. —La mujer se dirigió al televisor, lo apagó, dispuso un par de sillas, una de ellas de apariencia inestable, y un taburete, y las invitó a sentarse. Ella se apoyó en el alféizar de una ventana con el cristal rajado—. ¡Abuelo! —dijo levantando la voz—. ¡Tiene visita!

Las jóvenes se encontraron frente a un hombre mayor que iba sin afeitar, con chanclas, pantalón de deporte y una camiseta blanca de tirantes.

—¿Así que eres la nieta de Margarita? —las sorprendió señalando a Lita—. Vosotras sería difícil que lo fuerais —bromeó dirigiéndose a Sara y a Elena.

Tardaron un instante de más en entenderlo. Esperaban encontrarse con un anciano senil y les costó un poco reaccionar. Luego se sumaron a su sonrisa.

—Le fallan un poco las piernas —aclaró entonces la mujer—, pero para un hombre de noventa años su cabeza está perfectamente, quizá demasiado para aguantarlo todo el día ahí sentado.

—¿No sale a la calle?

En ese momento, una muchacha salió de uno de los varios cubículos en que se dividía la estancia. Llevaba un bebé y mostraba lamparones de leche en el vestido, allí donde apuntaban los pezones.

—Ana, mi hija —la presentó la mujer mientras cogía al bebé—. Ella es la nieta de Margarita.

—¿La famosa Margarita? —preguntó la chica.

—Me llamo Lita —se presentó ella.

«Sara», «Y yo Elena», añadieron las otras dos ante su interrogatorio visual.

—Entonces yo soy de ti... ¿prima? No... —rectificó. Pensó un rato tratando de encontrar la rama familiar común hasta que desistió—. ¿Les sobra algún dólar?

—¡Ana! —la reprendió la madre.

—Me voy —espetó la muchacha por toda excusa.

Las tres jóvenes siguieron a Ana con la mirada, luego la corrieron alrededor de la estancia.

—No es lo que nos prometió Fidel —ironizó el abuelo, interrumpiendo la inspección—. Así es como vivimos, ¡y podemos dar gracias de que la casa se tenga en pie! Muchas caen. Aquí somos tres familias de tres generaciones... Cuatro ya —rectificó señalando al bebé con el mentón—. Si hubieseis venido al atardecer, no habríais podido sentaros. Aun así, continuamos creyendo en la revolución.

Y, para recalcarlo, alzó el puño con desidia.

—Mi abuela emigró antes, ¿no? —preguntó Lita para centrar la conversación, pese a que ya sabía la respuesta.

—Sí, efectivamente. El marqués fue inteligente, vendió parte de sus propiedades y escapó a tiempo.

Lita siguió preguntando y el anciano no tuvo el menor reparo en responder.

—¿Que cómo era Margarita? Cándida. Dulce. Una mulata preciosa, como tú —añadió aprovechando la ocasión para piropearla—. El marqués siempre la trató bien.

«Claro que conocía al marqués», contestó a una nueva pregunta de la joven, extrañada por la familiaridad con que lo nombraba. Él también trabajaba para los Santadoma. «Era su jardinero», aclaró. Todos los de su familia trabajaron para los Santadoma hasta que el viejo se fue a España, y su hijo escapó a Miami después de que Fidel hiciera la revolución y les nacionalizaran cuanto les quedaba en la isla.

—Algunas de estas casas serían suyas, ¡seguro! Eran muy ricos. Yo podría haber ido con él, con el hijo, a Miami —explicó con nostalgia, un discurso que debía de haber repetido en demasiadas ocasiones, porque la mujer del bebé chascó la lengua y negó con la cabeza. Lita y sus amigas, sin embargo, continuaron con la atención centrada en el anciano—. Pero a mí me detuvieron y me consideraron contrario al régimen. El marquesito no hizo nada por mí...

—Siguen siendo así —lamentó Lita en voz alta.

—Imagino. Nobles, ricos y soberbios, pero a mí me perjudicó el hecho de trabajar para ellos... Y también el de tocar las maracas en las orquestas de los hoteles de lujo. Porque yo tocaba muy bien las maracas, ¿sabéis? Bueno, pues lo de los casinos y los hoteles no iba con el espíritu de la revolución. Eso siempre me señaló, y al cabo de unos años terminé en una granja de rehabilitación recolectando caña.

—¿Hay algún santero en la familia?

Lita sorprendió incluso a la mujer que se ocupaba del bebé.

—No —contestó el abuelo—. ¿Verdad que no? —le preguntó a su nieta, que se encogió de hombros—. No más que en cualquier otra familia cubana. Nos movemos entre el ateísmo comunista y la fe en los *orishas* y los santos. Se rumorea que hasta el Comandante acudía a los santeros, pero nadie en la familia tuvo especial relación, que yo sepa.

—Y... no se moleste —advirtió Lita, lo que consiguió la inmediata atención de la nieta, y también de Sara y Elena, que intercambiaron una mirada de curiosidad—, es algo de lo que aquí quizá no se habla... Pero en Madrid... ¿Alguien de la familia fue esclavo de los Santadoma? —se decidió a preguntar.

El viejo rio.

—Sí, claro —contestó con naturalidad—. Mi misma abuela; Alfonsa se llamaba. Yo ya la conocí libre, pero había sido esclava de los marqueses y, tras la abolición, continuó trabajando como criada para ellos. Hubo muchos esclavos que, cuando ganaron la libertad, se murieron de hambre.

Se hizo el silencio unos instantes hasta que Lita insistió:

—¿Y ella no era santera?

—No, no. —Antonio golpeó el aire como con nostalgia—. En aquella casa había que ser católico piadoso, sin brujerías ni nada por el estilo. En caso de que el marqués, o la marquesa, que era peor, se enterase de cabildos, bailes, santos y todo eso, montaban en cólera y no comíamos en días. Y mi abuela era muy devota. ¿Por qué tanto interés en esto de la santería?

—No sé... Por lo mismo que lo de los esclavos. Curiosidad, desconocimiento —respondió en tono vago.

—Pues yo también la tengo. Háblame de ti y de tu madre. Concepción, ¿verdad?

—Sí...

—Ella fue la causa de que el marquesito no me ayudara cuando me detuvieron.

—¿Perdón? —se extrañó Lita.

—Sí, claro. —Lita esperó una explicación que el anciano parecía dar por conocida—. Doña Claudia, su esposa... —Antonio creyó que esa referencia debía ser suficiente y la dejó en el aire hasta que la expresión de Lita lo obligó a continuar—. Doña Claudia no quiso saber nada con nuestra familia ni con ninguno de nosotros desde que se enteró de lo de su novio.

—¿Lo de su novio? ¿Qué quiere decir? ¿Y qué tiene que ver mi madre...?

—Niña, tu madre es hija del marquesito.

Lita estuvo a punto de caerse de la silla, pero una mano oportuna de Elena lo impidió. Sara grababa excitada, como pudiera hacerlo una corresponsal de guerra ante el repentino estallido de una bomba.

—Por eso el viejo marqués se llevó a Margarita y a Concepción a España —continuó Antonio—, porque doña Claudia y su familia se lo exigieron bajo la amenaza de romper el compromiso de boda. Era algo normal en la Cuba de aquella época: un señorito joven se acostaba con la criada y luego venía lo que venía. Pero doña Claudia no lo aceptó. Odiaba a tu abuela porque era muy linda y muy dulce... La muy ruin tenía motivos para sentir celos, y por supuesto odiaba a tu madre, por lo que tan pronto como el marqués anunció su partida a España, ella vio la oportunidad de librarse de la querida y de la niña, y así no tenerlas danzando por Cuba, por la casa, y distrayendo a su hombre.

—¿Está usted seguro? —balbuceó Lita.

—Por supuesto. ¿Cómo no voy a estarlo! Margarita era mi hermana —afirmó ofendido—. Me lo contaba todo, hablábamos de ello, aunque no era necesario. Lo sabía La Habana entera, y el marquesito no lo escondía: le gustaba tu abuela y la trataba bien. Si quieres, podría... Aunque serán todos muy viejos —repuso negando con la cabeza—. No sé si viven aún.

—Entonces, ¿ese tal José Hermoso, el que se supone que era mi abuelo? —inquirió la joven.

—Un cuento. Un empleado del marqués que aceptó constar como el padre. Así era como se solucionaban estas cosas en aquellos tiempos.

# 11

*La Habana, Cuba*
*1868*

Kaweka volvía a estar en La Habana, refugiada con Rogelia, una comadrona negra que vivía en una casa baja situada por detrás de la calzada del Monte, antes de cruzar el puente de Chávez, tras el cual la vía se dividía en distintos ramales en dirección al Cerro, el Horcón o Jesús del Monte.

Allí la había llevado Modesto, montada en una mula, después de cavar una tumba que quedó vacía y que tapó con piedras. «Algún día la llenaré con alguien —murmuró para sí—, no será difícil en este lugar». Kaweka nunca había montado en un animal, pero no se quejó y trató de atarse a él entrelazando los dedos de ambas manos en sus crines escasas. Continuaba extraviada. La experiencia en el dormitorio del hijo del marqués la había vaciado de vida. El alma del maldito se había agarrado a ella de forma cobarde, atemorizada ante su destino, y logró arrancarle un pedazo de su espíritu para llevárselo al más allá. Kaweka supo que, viva o muerta, el fallecimiento de Ernesto de Santadoma rompía cualquier vínculo que todavía pudiera mantener con el ingenio, por lo que la violencia y las heridas padecidas desde su regreso a La Merced afloraron en tropel, con la intención de dañarla, exigiendo su tributo, como si hasta entonces hubieran estado ocultas, latentes, a la espera de encontrar el momento propicio para asediarla.

La esclava no era más que un saco de huesos, tenía el cabello ralo y sucio, y un sinfín de heridas y cicatrices que la desfiguraban; sus tobillos, en carne viva, ulcerados tras meses de grilletes, daban paso a unas piernas delgadas que colgaban inertes a los lados del animal. Fue aquel aspecto el que les permitió continuar hasta la ciudad después de que los detuvieran dos veces por el camino. Modesto tenía papeles que le permitían desplazarse con libertad para atender a los pacientes que le indicaba Rivaviejo.

—¿Y la negra? —se interesaron en ambas ocasiones.

—Está prácticamente muerta —sentenció él señalando a Kaweka de arriba abajo, como si fuera evidente—. Mi amo, el doctor, quiere hacer un último intento por salvarla.

No viviría. Esa fue la opinión de Rogelia después de que Modesto acomodara a Kaweka en un lecho de paja, en una habitación pequeña que la comadrona utilizaba como consulta, provista de un ventanuco y una caja de las que se usaban para transportar azúcar puesta del revés a modo de mesa. La mujer, que era bastante suspicaz, se sorprendió ante el cuidado y la dulzura con que el emancipado trataba a la recién llegada.

—¿Quién es esta? —preguntó sin ocultar el rechazo en su tono.

Modesto percibió su malestar. Lo había sopesado: la sabía celosa, pero no consideró oportuno confiar a Kaweka a alguno de los otros esclavos o libertos que le debían favores. Por su condición de comadrona, Rogelia tenía cierta soltura con los cuidados sanitarios, y eso la habilitaba para atender a Kaweka en su ausencia.

—Una persona importante para mí —contestó con mayor sequedad de la que había utilizado ella. No quería plantearlo como un favor, sino como una exigencia, por lo que consideró imprescindible imponer su voluntad.

Modesto mantenía relaciones esporádicas con Rogelia, algo que había despertado en la mujer unos sentimientos que no eran recíprocos y que no parecía que pudieran llegar a serlo por más que ella insistiera. Sin embargo, al margen de eso, la comadrona le debía al emancipado, y al prestigioso doctor para el que trabajaba, bastantes pacientes y recomendaciones que le habían permitido alcanzar cierta holgura económica, como se desprendía de aquella casa que, aunque humilde, superaba con mucho las aspiraciones de los libertos que luchaban por ganarse la vida en la ciudad. No, Rogelia había conocido la esclavitud, la sumisión, la pérdida de su esposo y dos hijos por unas fiebres, y ahora, bien alimentada, como acreditaban unas carnes abundantes, disfrutaba de cierta estabilidad en su vida. No se arriesgaría a perder el favor de Modesto.

Por todo ello, Rogelia se abstuvo de pedir más explicaciones y se centró en ayudar a su hombre a lavar y asear un cuerpo tremendamente sucio y castigado; juntos curaron las múltiples heridas que presentaba, sobre todo las de los tobillos, y sustituyeron los andrajos que vestía por ropa vieja pero limpia. Luego, Rogelia, devorada por los celos, contempló cómo aquel hombre con el que soñaba daba de beber y de comer a la enferma pacientemente con papilla de fruta, y permanecía a su lado lo poco que restaba de la tarde y una noche que ella hubiera deseado que pasara en su cama, en la habitación contigua, como en otras ocasiones. Sin embargo, Modesto se mantuvo despierto, pendiente del estado de Kaweka, de su respiración, de sus movimientos, y de la fiebre que la aquejaba.

Al amanecer, fue Kaweka la que despertó a Modesto de su duermevela.

—No te levantes —trató de impedirle.

—¿Dónde estoy? —preguntó ella paseando una mirada febril por la estancia—. Tengo que irme —añadió después.

El enfermero no tuvo que esforzarse en demasía, porque tal y como la esclava se incorporó en la cama, se quedó quieta y cerró los ojos, mareada, incapaz de moverse.

Modesto le tocó la frente. Ardía.

—Tienes mucha fiebre.

—Debo irme —insistió ella con voz apagada.

Kaweka hizo un esfuerzo con el que solo consiguió que un par de arcadas llevasen la bilis a su boca.

—No puedes ir a ningún sitio —dijo él tratando de convencerla—. No lograrás dar dos pasos. Te derrumbarás en la calle y te detendrán otra vez. ¿Qué es tan importante como para que quieras salir de aquí?

Kaweka, con los ojos todavía cerrados, inspiró. La fiebre y el movimiento habían llevado el corazón a sus sienes y a sus oídos. Por un instante comparó aquel palpitar intenso con el retumbar de los tambores que la había ensordecido cuando por primera vez en su vida alcanzó el placer con el hombre que le mostró la inmensidad del amor.

—Voy en busca de mi hija —se oyó decir.

El silencio asoló la estancia.

—¿Tienes una hija? —se extrañó él al cabo—. ¿Dónde está? ¿Quién es el...? —No finalizó esa última pregunta, que sustituyó rápidamente por una nueva advertencia—: No estás en condiciones de moverte. Supongo que esa hija está en el palenque en el que viviste de cimarrona, ¿cierto? —especuló. Kaweka asintió—. Jamás alcanzarías la sierra. ¿No te das cuenta?

—Debo ir a...

—No.

Ni siquiera saldría de la ciudad, razonó el emancipado. Los esclavos fugados se movían con naturalidad, confundidos con la gente y el alboroto, prestos a huir si alguien los identificaba y volver a empezar unas calles más allá. Kaweka no lograría ni lo uno ni lo otro. La detendrían nada más poner el pie en la calle. Y si la mandasen otra vez al ingenio del marqués... No volvería a ver a esa hija, la previno. Estaba enferma. No podía moverse. Sus tobillos lacerados, todavía sangrantes, eran un reclamo; en realidad, toda ella lo era.

Kaweka se derrumbó en el lecho.

—¿Cómo se llama tu hija? ¿Dónde está el palenque? —inquirió el emancipado.

Rogelia tensó todos los músculos de su cuerpo al escuchar las preguntas, presintiendo lo que vendría a continuación. Aquella voz, el tono... Muchas veces se había acunado con esa melodía en sus oídos; sabía que había otras mujeres, pero jamás imaginó presenciar cómo una de ellas le robaba su intimidad, sus seductoras vivencias personales. Escondida al otro lado del vano de una puerta que no existía, escuchó la voz tenue y apagada de Kaweka, quien, entre toses y ahogos, habló de Yesa y del palenque de la sierra del

Rosario, de Eluma y de Felipe, de los demás cimarrones y de cómo llegar hasta el lugar. ¿Que cuándo había alumbrado a la niña? ¿Que quién era el padre? Todo eso carecía ahora de importancia, dio a entender la joven con un gesto de dolor, cerrando los ojos y negando con la cabeza.

—Ya sabes cómo son los palenques —alegó, sin embargo, ante el silencio del otro, imaginando, como así sucedía, que Modesto se estaría preguntando si él había engendrado a la niña—. Muchos hombres y pocas mujeres; demasiados padres posibles —sentenció, escudándose en la promiscuidad forzada que se vivía en esos lugares—. Quedé embarazada al poco de mi llegada.

Ahí acabó una conversación que había agotado a Kaweka, y en la que ella evitó decirle que, a pesar de todo, había albergado la esperanza de que él la siguiera hasta el palenque; Modesto, por su parte, decidió no confesarle que la criollera, aquella que ella tenía por madre, la que no hacía mucho había fallecido bajo los golpes del señorito Ernesto, le había prohibido ir tras ella. No estaba seguro de que Kaweka creyera en sus palabras. ¿Por qué iba mamá Ambrosia a negarle la felicidad?, se preguntaría ella. Así pues, desechó por completo la idea de revelarle tal circunstancia, pensando que Kaweka no estaba en condiciones de soportar esa clase de sobresaltos. Momentos habría para hablar, para preguntarle por qué lo había abandonado cuando él había puesto el mundo a sus pies: la libertad, algo a lo que ni siquiera él podía optar; la felicidad, el amor... Modesto había caído en la desesperación cuando se enteró de su fuga. Barajó mil posibilidades, muchas de ellas intentando excusarla porque la quería, pero algunas otras desde el rencor de quien se siente despechado. Mamá Ambrosia, sin embargo, le abrió los ojos el día en que le prohibió ir tras ella: «Kaweka ha sido llamada por los dioses», le dijo. «Esa niña, mi hija, pertenece a todos los negros, no solo a ti», sentenció al final. Y Modesto entendió que algo mucho más importante se interponía en su amor. Ahora, con ella acostada y malherida, optó por el silencio.

Rogelia, por su parte, se clavó las uñas en las palmas de las manos al mismo tiempo que su hombre arrullaba a la enferma, hablándole en susurros, acariciándola con la voz, musitándole que lo primero de todo era curarse porque la enfermedad podía cebarse en ella, en una naturaleza tan débil y castigada como la suya. Y entonces, para tranquilizarla del todo, Modesto dijo algo que sonó como una sentencia esperada:

—Ya iré yo en su busca y te la traeré.

Rogelia negó con la cabeza. Kaweka quiso agradecer a Modesto su disposición, pero después de la conversación estaba cansada, muy cansada, y los escalofríos se convirtieron en temblores.

—Te está subiendo mucho la fiebre —le pareció oír al emancipado—. Rogelia, tráeme...

Kaweka no llegó a oír el final de la frase puesto que se desvaneció, aunque con la sonrisa de Yesa acompañándola en su desmayo.

Le advirtió de lo que sucedería: «Si la detienen a ella, nos detendrán a los dos». Modesto le pidió que la atendiera y la cuidara, y trató de esconder parte de la historia obviando contestar a aquellas preguntas de la comadrona que pudieran comprometerlo.

—Lo único que necesitas saber es que la ayudé a escapar del ingenio. Ya conoces la pena por ello. Castigos, trabajos forzados... Si a esta mujer le sucede algo o la detienen... Si el marqués llegara a descubrirla, me destrozarán, y tú también pagarás las consecuencias por haberla acogido.

Con la mano en alto, acalló la queja de la comadrona ante aquella amenaza; creía tener suficiente influencia sobre ella. La presencia de Kaweka, su contacto, el haberla ayudado a escapar, el sentirse necesario para ocultarla y defenderla, para restituirle a esa hija perdida y tan deseada, habían enajenado a Modesto hasta el punto de impedirle percibir los evidentes sentimientos de Rogelia. La envidia, los celos, los temores... la ira que rezumaba la comadrona quedó velada ante el ingenuo protagonismo heroico asumido por Modesto.

Con todo, la mujer insistió:

—No deberías exponerte en la sierra. Rivaviejo no te servirá de excusa si te detienen buscando a cimarrones.

Él sabía que Rogelia tenía razón. Además, tras la fracasada compra de Kaweka, el marqués había hecho responsable al médico, y este, a su vez, había volcado toda su ira sobre él. El castigo sería duro, pero se trataba de Regla, una mujer que parecía diluirse en su sangre y burbujear en ella cada vez que la miraba. Lo había abandonado sin explicación alguna. La volvió a encontrar y presenció cómo causaba la muerte del hijo del marqués, y, aun así, pese a que sabía que ese era el objetivo de la curandera en aquella habitación de locos, consciente de que Regla originaría la muerte del señorito Ernesto, que nada estaba dispuesta a hacer por salvarlo, tembló al verla poseída por la diosa. Escalofríos de placer recorrieron su cuerpo al escucharla, sin que el hecho de que estuviera matando a un hombre pudiera impedirlos. ¿Cómo no iba a exponerse por ella? Lo haría aunque Rivaviejo lo persiguiese con un fusil.

—Calla, mujer —replicó a Rogelia, que asumió la orden con humildad.

No deseaba perjudicar a Modesto. No entendía su interés por esa esclava, y mucho menos el placer que podía alcanzar con ella. No parecía atractiva con aquel cuerpo maltratado; ella había podido constatarlo durante las curas. Rogelia sabía de la pasión en la que el emancipado caía cuando se acostaban. No lo imaginaba montando con frenesí a esa naturaleza quebradiza y marchita.

Luego, cuando Modesto ya había partido hacia la sierra tras engañar a Rivaviejo diciéndole que uno de los ingenios de Quiebra Hacha, cerca del mar, había solicitado su asistencia a un enfermo, prometiéndole unos buenos dineros, Rogelia rechazó la idea de denunciar a la esclava fugada. Solo conseguiría que él sufriera las consecuencias... y ella también, con toda seguridad. Esa noche, con la respiración entrecortada de Kaweka en la habitación contigua, barajó matarla. «Murió», se limitaría a comunicar al emancipado. Era una posibilidad que fue tomando forma. La esclava fugada estaba enferma, herida. Modesto podría sospechar y quizá lo haría, pero siempre le quedaría la duda; nunca podría demostrar que Rogelia la había asesinado. Después lo convencería y se reconciliarían. Matarla se convirtió pues en la solución más sencilla para todos sus problemas.

Se levantó. La vela que portaba alumbró el lecho donde Kaweka dormía encogida. La dejó sobre la caja de azúcar y se inclinó sobre la enferma, que continuaba intranquila, con la fiebre todavía alta. Luego le echó las manos al cuello, pensando que la muerte llegaría enseguida. Apretó, pero los músculos respondieron con dureza. La mujer agitó la cabeza y, sorprendida, como si no fuera posible, oprimió con más fuerza, pero el resultado volvió a ser el mismo: por alguna razón, sus dedos no conseguían hincarse en la carne. Kaweka continuaba con los ojos cerrados y una respiración entrecortada que fue convirtiéndose en estentórea.

—¿Qué…!

Su exclamación quedó interrumpida por un súbito rugido que surgió de los labios entrecerrados de la esclava. Rogelia soltó el cuello y observó aquel cuerpo que yacía herido, enfermo. Kaweka continuaba aletargada, inconsciente, pero su respiración se convirtió en una sucesión de extraños rugidos. La comadrona, aterrada, se apresuró a coger la vela y corrió a su dormitorio.

Por la mañana, la mujer le llevó de desayunar: agua, un pedazo de plátano y otro de mango. Tras el intento frustrado de la noche anterior, todo le parecía extraño, como si no fuera su casa: la habitación, la caja vuelta de azúcar, la cama, la joven que yacía en ella. Esta seguía con fiebre, y Rogelia la refrescó y la obligó a comer. Por un momento pensó que Kaweka ignoraba lo sucedido esa noche, pero la mirada vidriosa de la esclava profundizó en su interior y la comadrona la sintió corretear por sus entrañas como si fuera un parásito. Se atemorizó. Así que la cuidó a lo largo de ese día y del siguiente y del otro, sin cruzar con ella más que las palabras estrictamente necesarias.

Una mañana en que Kaweka despertó algo restablecida, Rogelia extendió la mano y la instó a levantarse.

—Vamos —le dijo—, no quiero seguir cuidándote. Debes irte de aquí. Es mi casa, y no te quiero en ella. Además, cuando te detengan, tú serás la responsable de delatar a Modesto. No seré yo quien decida el destino que le corresponda.

—No pretendo quitártelo —repuso Kaweka, que, sin embargo, obedeció y se levantó.

Entonces se preguntó si esas palabras que acababa de pronunciar la mujer eran del todo ciertas. Pese a que no podía reprochárselo, el hecho de que Modesto no la hubiera seguido a la sierra seguía contrariándola... Pero ahora le había salvado la vida, la había protegido e iba en busca de su hija, y quizá volviese con Yesa. Y entonces ¿qué haría ella? ¿Lo dejaría de nuevo? Kaweka no se vio capaz de resolver aquel entramado de sentimientos cruzados y contradictorios. Los momentos vividos con Modesto, incluso los anhelos frustrados y las fantasías arruinadas, la instaban a dejarse llevar otra vez por los sueños; por otra parte, no deseaba sufrir más desengaños. Los dioses mandaban sobre ella y Kaweka aceptaba su designio. ¡Había prescindido incluso de su hija para cumplir con su lucha! Y ahora Modesto había ido a buscarla... Kaweka se relajó en el lecho y expulsó de su mente emociones y sentimientos: Yemayá decidiría.

—No se trata de lo que tú pretendas —interrumpió sus pensamientos Rogelia reanudando la conversación—. La cuestión es siempre lo que desean ellos, no lo que queremos nosotras. Y si un hombre desea algo es porque lo ve, si se lo quitas de delante termina olvidándolo, como los burros.

Tras ese parco cruce de palabras, la comadrona ofreció ayuda a Kaweka, que la aceptó con el dolor en sus movimientos, y anduvieron despacio hasta la puerta que daba a la calle.

—¿Cómo sabré que Modesto ha regresado con mi hija? —inquirió la esclava mientras se enfrentaba al sol que alumbraba el bullicio de la ciudad tras aquellos días de encierro.

Se había dejado llevar fuera de la casa. Probablemente no estuviera preparada para abandonar el lecho y salir a un entorno hostil; seguía sufriendo las consecuencias del maltrato en el ingenio, pero sabía que aquella mujer era capaz de hacerle daño. Si lo había intentado una vez, podía repetirlo, y quizá en esa ocasión los dioses hubieran salido de fiesta y no estuvieran allí para impedirlo.

—Pienso decirle que te has escapado —oyó que afirmaba la comadrona.

—No lo creerá —replicó ella.

—Le diré que cuando volví de trabajar, tú ya no estabas. Tendrá que creerlo —afirmó encogiéndose de hombros—. Mira a tu alrededor, no lograrás cruzar la calle —auguró después—. ¿Qué puede importarte esa niña si ya estarás de vuelta en La Merced? Sería mejor que no regresase. —Kaweka rugió, como había sucedido aquella noche—. De acuerdo —cedió la comadrona—, el día en que Modesto traiga a tu hija, taparé con una tela roja la ventana del cuarto en el que has estado. —Como si eso fuera suficiente, Rogelia se apartó de ella a pocos metros de alcanzar la travesía de la calzada del Monte—. No quiero volver a verte —le advirtió con aprensión—. Has traído los espíritus a mi casa y ahora tendré que limpiarla. Hay algo perverso en ti.

Kaweka contestó con una mueca cansina antes de darse la vuelta y toparse con el bullicio de la ciudad. Se hallaba en una de las vías principales, entremetida en una multitud de personas que iban y venían, a pie, tirando de carretas o carretones, en mulas o a caballo, en carruajes... Había animales y vendedores ambulantes de todo: tabaco, fruta, dulces, verduras, aves y huevos, miel..., que pugnaban por captar la atención de la gente pregonando a viva voz la bondad de sus productos. La calle mostraba tiendas y talleres que se sucedían a lo largo de los portales. Los gritos, el movimiento, el ambiente agitado y la excitación del entorno acrecentaron la debilidad que todavía la afectaba, recordándole su incapacidad para enfrentarse a una realidad que parecía engullirla. Buscó refugio junto a una fachada, donde los transeúntes no tenían que esquivarla; pero si eso apaciguó su angustia, también consiguió exponerla a la curiosidad de los demás: una negra apoyada en una pared que no hacía nada ni vendía nada ni hablaba con nadie. Algunos empezaron a observarla. Kaweka bajó la mirada al paso de una mujer blanca, una panadera con un cesto en la cabeza que la observó con desdén. Se obligó a rectificar aquel hábito sumiso y la alzó a tiempo para comprobar que la otra se fijaba en sus pies. Como le había advertido Modesto, las heridas todavía no cicatrizadas que circundaban sus tobillos, la marca indeleble de los grilletes que durante tanto tiempo habían trabado sus pasos, despertaban el interés y pregonaban su condición.

—Negra... —empezó a decir la panadera.

Kaweka trató de dejarla atrás y se deslizó junto a la pared. Las prisas la marearon.

—¡Eh! ¡Tú! ¡Oye! —quiso detenerla la mujer con torpeza, sus movimientos limitados por la cesta que mantenía en la cabeza.

Los gritos, sin embargo, atrajeron la atención de otras personas. La mayoría hizo caso omiso, pero algunas mostraron curiosidad y se acercaron. Con la pared a su espalda, Kaweka se vio rodeada.

—Una fugada —oyó que decían.

—¡Que alguien llame a los guardias!

—Deténganla.

Se le echaron encima y la agarraron de la mano. Kaweka se rindió a la evidencia: la habían detenido otra vez.

—¡Te dije que no salieras! —oyó sin embargo.

No entendía. La gente se apelotonaba a su alrededor, y entonces lo vio: un negro, joven, de poco más de quince años, que tiraba de ella con fuerza y resolución. Kaweka trastabilló y luchó por no caerse.

—Es una esclava huida —afirmó alguien de los presentes.

—No lo es.

La réplica surgió de otros dos jóvenes negros que aparecieron tan de repente como el primero y que se interpusieron entre Kaweka y el resto de la gente.

—No se ha fugado de ningún sitio —dijo uno.

—Hemos comprado su libertad.

Ambos empujaron a Kaweka.

—¡Los documentos! —exigió un hombre.

—Ahora mismo, señor —contestó uno de los muchachos cuando ya la habían alejado unos metros de los demás.

La protegieron entre los tres. La agarraron y la llevaron en volandas, lejos de allí, dejando atrás los comentarios de los habaneros blancos, que tampoco estaban dispuestos a perseguir ni a molestarse por una esclava.

Osvaldo la escondió en el patio trasero de la taberna, entre las mantas, bajo el techo de hojalata donde dormía con su familia. «Procura no moverte», le rogó. Kaweka pidió a los chavales que la llevaran allí cuando detuvieron su carrera, más allá del puente de Chávez.

—A la taberna del catalán —les indicó.

—Casi todas las tabernas de esta ciudad son de catalanes —se quejó uno.

—Está cerca del matadero de reses.

—¡Ah, ya sé a cuál te refieres! Pues está aquí mismo...

Era evidente que se trataba de una esclava fugada, le comentaron de camino, por eso la habían ayudado.

—Y para joder a los blancos —añadió el más joven de los tres.

Kaweka se esforzó por acompañarlos en sus risas. Uno de ellos era libre; los otros dos, no. Sus contestaciones y su actitud hicieron que la esclava sintiera el mismo espíritu que ya había palpado en su anterior estancia en la ciudad. Allí compartían el objetivo de la libertad y muchos eran capaces de ayudarse para alcanzarlo. Se trataba de esa juventud a la que Kaweka había hecho referencia la noche que descubrió que Osvaldo ayudaba a la cimarrona urbana, Licinia, y a sus dos pequeños. Pese a lo dolorida y mareada que estaba tras la carrera, una sensación de esperanza la invadió. Respiró con fuerza el aire algo más frío de principios de octubre. Debía seguir trabajando, y lo haría disfrutando de la compañía de Yesa... Quizá también de la de Modesto. La primera vez tuvo que dejarla ante la enfermedad con que la diosa la había castigado; ahora no sería necesario: conocía su camino y no se desviaría de él. Y ese camino podía hacerlo junto a su hija, viéndola crecer, durmiendo junto a ella, acariciándola; algo que, en La Merced, había temido que nunca más podría disfrutar. En cuanto a Modesto... ¡Qué sencillo resultaba dejarse llevar por las circunstancias!

—¿Por qué lloras? —le preguntó uno de los muchachos.

Kaweka frunció los labios.

—Por vosotros —terminó diciendo.

En la parte de atrás de la taberna se despidió de ellos, mostrándoles las manos vacías. No tenía con qué recompensarlos. Su sorpresa vino cuando uno de los muchachos se acercó y depositó un botón blanco en la palma de una de ellas.

—De la panadera —le dijo guiñándole un ojo.

Kaweka lo apretó con fuerza mientras los contemplaba marchar, alegres y despreocupados. Las lágrimas volvieron a correr por sus mejillas. «Últimamente lloras demasiado, negra —se recriminó—, pareces una vieja». Luego miró el botón. Ya solo le faltaban seis blancos y otros siete azules, y podría recomponer el collar de cuentas de Yemayá que había quedado sobre el cadáver del hijo del marqués y que su madre había atenazado mientras la golpeaba.

Esa noche, cuando el catalán cerró el negocio y Osvaldo consideró que no corrían peligro, Kaweka, más relajada tras haber pasado todo el día dormitando bajo las mantas, también disfrutó de un cuenco rebosante de ropa vieja. La comida, rutinaria en el ingenio, día tras día, año tras año, no tenía más valor para ella que superar una necesidad, pero aquella la degustó con placer, recreándose; había echado en falta el sabor del ajo y de la cebolla, de la naranja agria y del picante que rodeaba el paladar fuerte de las vísceras con las que el cocinero preparaba el plato, algo que le recordaba una temporada que había vivido con ilusión hasta que Rivaviejo la truncó reconociéndola en el depósito de cimarrones.

—El pueblo se ha alzado en armas —le anunció de repente Osvaldo cuando ella tragó el último bocado, como si hubiera temido sorprenderla con la noticia mientras comía—. En el oriente de la isla.

Kaweka volvió la cabeza lentamente hacia él. Hacía tiempo que no se oían noticias de revueltas.

—¿Los esclavos? —inquirió.

—Amos y esclavos juntos…

—¿Juntos? —se sorprendió Kaweka—. ¿Cómo pueden ir en el mismo bando amos y esclavos, blancos y negros?

—Porque todos quieren la independencia de España. Dicen que los dueños de los ingenios han liberado a sus esclavos, que acuden con ellos al ejército revolucionario.

—¿Y qué nos importa a nosotros esa guerra?

—Nos importa porque para conseguir separarse de España nos necesitan como soldados, y para eso nos liberan. Además, han de contar con la ayuda de otros países, y solo la tendrán si renuncian a la esclavitud.

—¿Liberan a todos los esclavos?

—No lo sabemos. Hace solo un par de días o tres que ha sucedido, y las noticias, aunque confusas, han corrido rápido. Un tal Céspedes se ha convertido en general y ha encabezado la revuelta. Aquí, en La Habana o en Matanzas, en todo lo que es el occidente de la isla, no ha pasado nada. Ni los hacendados ni los militares se han sumado a la revolución; pero allí, al parecer, sí. Se ha incrementado la vigilancia, pero ya hay algunos esclavos que huyen al Departamento de Oriente. —Los dos se mantuvieron unos instantes en silencio—. ¿Qué piensas hacer? —preguntó Osvaldo al cabo.

—Ir con ellos a pelear —afirmó una Kaweka con los ojos brillantes—, pero primero tengo que esperar a que traigan a mi hija. No puede tardar —añadió mientras trataba de calcular los días que habían transcurrido desde la partida de Modesto, aunque en realidad no podía estar segura. El emancipado le había confirmado que por aquella zona también trabajaba Rivaviejo, aunque le advirtió que tendría que preparar el viaje con cuidado para que el médico no desconfiara.

Una guerra en la que los amos liberaban a sus esclavos para que peleasen junto a ellos, se felicitaba Kaweka. Otra oportunidad que le proporcionaban los dioses para que luchara por los suyos y, en esta ocasión, quizá acompañada por su hija… Y quizá también por Modesto, si lograba convencerlo de que olvidara La Habana, esa ciudad que lo tenía secuestrado. Imaginó el rostro de desencanto de Rogelia si Modesto al final optaba por seguirla. «No pretendo quitártelo», le había dicho. Era mentira: Kaweka soñaba con rehacer su vida sin renunciar a la lucha ni al amor, pero transcurrían los días y la otra no cubría la ventana con la tela roja. Osvaldo mandaba a sus hijos a comprobarlo. Mientras tanto, un día se presentó con una enferma en el patio de la taberna. El cocinero se excusó con una mueca de desesperación. Kaweka le rogó una discreción que no fue posible: al poco acudieron más negros enfermos. Y Rogelia seguía sin colgar la tela. El catalán terminó enterándose y Osvaldo le suplicó. «Un par de días y la denunciaré», concedió Joan, aunque tampoco cumplió su amenaza puesto que empezó a cobrar a cuantos acudían en busca de la curandera.

Una noche, al paso del grupo de trabajadores por delante de la taberna del catalán, de regreso del puerto al depósito de cimarrones, Porfirio, el negro que ejercía de jefe de la cuadrilla y que había gozado del dolor y el placer que le proporcionó Kaweka en su primera noche allí, agarró del brazo a otro de los esclavos y se separaron del grupo.

—Que no se te escape —le advirtió el vigilante señalando al que iba con él.

—No te preocupes, jefe. Volveremos a casa —prometió bromeando.

Luego entraron en el establecimiento, él pidió un ron y, seguido del otro esclavo, cruzó hasta el patio.

—Me han dicho que habías vuelto —saludó a Kaweka.

—Por poco tiempo —replicó ella—. En cuanto tenga a mi hija...

Kaweka desvió la mirada por detrás de Porfirio, intentando ver al negro que se escondía tras él.

—Sí —se le adelantó el jefe del grupo de trabajo—, es de tu palenque.

—¿Te acuerdas de mí? Soy Jesús —se presentó el hombre avanzando un par de pasos.

Pese a su estado y a los harapos que vestía, Kaweka lo reconoció como uno de los esbirros de Felipe. Un escalofrío recorrió su cuerpo.

—Cuéntale —ordenó Porfirio.

El hombre frunció los labios y negó con la cabeza antes de empezar su discurso. Unos meses después de que Kaweka se fuera, los rancheadores habían encontrado y arrasado el palenque de la sierra del Rosario. Algunos cimarrones lograron burlar a los perros y escapar, pocos, creía, aunque tampoco lo sabía con certeza. Muchos fueron abatidos y algunos, como él, capturados. Hasta ese momento Kaweka creía que la diosa seguía tranquilizándola respecto a su hija, pero habían sido tantos los sucesos de los últimos tiempos que bien podía haber malinterpretado sus señales. La angustia cerró su estómago y esperó a que Jesús continuara, pero no lo hizo.

—¿Y mi hija? —preguntó ella con la voz tomada.

—No lo sé. —El esclavo resopló antes de continuar—: No estaba con el grupo que trajeron al depósito de cimarrones de aquí. Comentamos acerca de la suerte de unos y otros, pero nadie sabía nada de tu hija. Pudo escapar de la mano de alguien. O incluso ser detenida más tarde y entregada o vendida por la zona. Una niña sin papeles... Los perros siempre siguen buscando.

Jesús no añadió la última posibilidad, aquella que barajaban tanto Osvaldo y su esposa como Porfirio: que la niña hubiera muerto, que la hubieran dejado atrás en la huida, que uno de aquellos mastines fieros y locos la hubiera devorado.

No fue violento como la mayoría de las veces en que la diosa la montaba o se comunicaba con ella; esta vez se deslizó en el interior de Kaweka de forma primorosa, desenredando con mimo los nudos que se le habían formado y la atenazaban ante la incógnita de la fortuna de su pequeña.

—Está viva —afirmó con decisión.

Los otros cuatro asumieron sus palabras.

—¿Has oído lo del levantamiento de Oriente? —preguntó Porfirio para cambiar de tema—. Esta noche nos fugamos para unirnos a los rebeldes —anunció después de que Kaweka asintiera. Transcurrieron unos segundos—. ¿Vienes con nosotros? —la invitó al fin.

—¿Por qué me lo ofreces?

Porfirio no pudo reprimir por completo una sonrisa lasciva.

—Se necesitarán curanderas como tú —apuntó, sin embargo.

Kaweka desechó valorar la posibilidad. No discutiría que los rancheadores hubieran atacado el palenque, porque Jesús no tenía ningún motivo para mentirle. Estaba con Porfirio, y ella confiaba en ese hombre. Pero quizá la niña se hubiera salvado y estuviera en algún otro palenque, o en alguno de los centenares de ingenios, tabacales, cafetales y potreros que había en la zona. Debía ir en su busca.

—No lo conseguirías —le dijo Porfirio imaginando lo que rondaba por su mente.

—Pero debo intentarlo —insistió ella.

—Bien sabes, Kaweka —terció Osvaldo—, que los esclavos pueden huir y esconderse en las sierras o en las ciénagas, y hasta ahí los persiguen y los capturan los rancheadores. Pero fuera de las grandes ciudades nadie consigue ir de un lugar a otro y moverse día tras día sin acabar detenido. No puedes ir de aquí para allá buscando a esa niña.

El cocinero tenía razón.

—¿Y Eluma? —preguntó entonces a Jesús, como si quisiera apartar de sí el dilema que se le presentaba.

El esbirro negó con la cabeza.

—Fue de los primeros en caer.

Kaweka recordó al viejo babalao e inhaló con fuerza, como si quisiera tragar parte del alma que estaría vagando. Él protegería a Yesa. El recuerdo del babalao serenó su ánimo: realmente no tenía sentido lanzarse a los caminos en busca de la niña, y menos ahora, cuando se incrementaría la vigilancia si una parte de la isla entraba en guerra. Si Yesa no había muerto, como ella creía, como le decían los dioses, podían hasta haberla vendido para que aprendiese a servir en una casa... Podía estar en cualquier pueblo y ella no tenía por dónde empezar a buscar.

—Incluso podría estar en Oriente, donde la revuelta —quiso animarla Porfirio, seguro de que continuaba dándole vueltas al destino de la niña—. Si esos dioses en los que crees quieren que os reunáis, así lo dispondrán.

—Pero yo debo luchar por encontrarla...

Dejó la frase en el aire. «Luchar», había mencionado. No podía equivocarse otra vez. Su guerra era la que libraban los negros al este de la isla. No sabía dónde estaba Yesa. ¿Y si los dioses la habían mandado a Oriente?

—¿Qué decides? —la apremió Porfirio.

—¿Qué...? —Kaweka estaba perdida en especulaciones.

—¿Te unes a nosotros o no?

No le escuchó. Modesto habría estado en aquella zona, se lo había prometido, y quizá supiera algo más. Lo más probable era que Jesús no se hubiese preocupado por Yesa; nadie lo habría hecho en mitad del asalto de los rancheadores con sus perros, cada cual habría procurado por su salvación. Poco podía saber pues el cimarrón de la suerte de los demás. Pero Modesto la buscaría, a ella, a una niña de ese palenque. ¿Y si tenía noticias de Yesa o incluso la había encontrado? ¿Y si decidía marcharse con Porfirio y el emancipado regresaba con la pequeña?

—¡Kaweka!

—¿Qué?

—¿Que si te unes?

—¿Cuándo os vais?

—A medianoche.

Kaweka asintió, pensativa.

—Pero si a esa hora no estoy frente al depósito de cimarrones, no me esperéis —decidió.

Al anochecer, Kaweka pidió a Osvaldo que la acompañase a casa de Rogelia. Caminaron al amparo de las sombras. No había más iluminación que aquella que algunos vecinos encendían en sus portales, por lo que no les costó deslizarse al amparo de las sombras hasta ver la casita de la transversal de la calzada del Monte, en la que continuaba sin exhibirse tela roja alguna.

—Ya te lo habían dicho los niños —expuso el cocinero, incómodo por encontrarse fuera de la taberna a aquellas horas y sin permiso.

Todo estaba tranquilo.

—¡Vámonos! —la instó Osvaldo.

Kaweka suspiró, sin saber si tenía algún sentido seguir esperando.

Iba a dar media vuelta cuando unas risas quebraron el silencio del callejón.

—No —adelantó su protesta el cocinero.

—¿Y si esa zorra me engaña?

Osvaldo no supo qué contestar y observó agazapado cómo ella se acercaba a la puerta de la casa. Del interior de la vivienda surgía el reflejo débil de una lámpara. Kaweka se apostó junto a la ventana. Osvaldo quedaba atrás, mirando inquieto de un lado a otro. A la luz se sumó el rumor de palabras. Kaweka pudo ver lo que acontecía dentro a través de una rendija abierta en la contraventana: Modesto, sentado a una mesa, bebía ron mientras la comadrona limpiaba en un barreño sus útiles profesionales, como si acabaran de llegar de un parto.

Kaweka abrió la puerta a pesar de las quejas de Osvaldo. Modesto se sorprendió al verla, Rogelia volvió su atención del barreño para regresar a su labor con un impertinente chasquido de la lengua.

—¿Qué haces aquí? —preguntó el emancipado con voz pastosa.

Kaweka miró la botella de ron, casi acabada.

—¿Cómo que qué hago? Esperar a que me digas algo sobre mi hija.

—Rogelia me dijo... me dijo que te habías marchado.

—Eso me dijo ella a mí —terció la comadrona sin volverse siquiera—. Que se iba.

—¿Tú crees que me hubiera marchado sin saber nada de mi hija? —le recriminó Kaweka al hombre levantando la voz.

Modesto apuró el vaso de un solo trago y se le escapó un eructo antes de contestar.

—No lo sé. No sería la primera vez que desapareces sin dar razón alguna, incluso después de haber recibido una buena oferta —la atacó sin piedad, sirviéndose otro vaso de ron.

Kaweka se quedó paralizada. Quiso discutir. Balbuceó, pero no estaba allí para eso.

—¿Sabes algo de mi hija? —terminó preguntando.

—No. Nadie sabe nada. Los rancheadores atacaron el palenque… —explicó Modesto, que ignoraba que Kaweka ya estaba enterada de ello gracias a Jesús.

—¿Llegaste hasta allí? —insistió ella.

—No. No me fue posible. Tú sabes que hay bastantes palenques y cimarrones solitarios por la zona… —Modesto se calló un instante, como si tuviera la boca seca—. Llegué hasta la sierra del Rosario, pero no conseguí que alguien me acompañara al lugar, si es que alguno conocía en verdad su emplazamiento. En cualquier caso, todos coincidieron: los rancheadores destrozaron tu palenque, y nadie sabía nada de una niña pequeña. Estuve preguntando…

—Si tantos palenques hay en esa sierra, ¿cómo sabes que fue el mío el que atacaron?

—Porque de ti sí que se acordaban muchos a los que pregunté: la curandera.

—¿Y no buscaste cimarrones que te pudieran contar algo más? Allí, en la misma sierra, hay cafetales e ingenios pequeños. Quizá la niña estuviera en alguno de ellos.

—Busqué incluso a algunos rancheadores, pero al final fueron ellos los que terminaron interrogándome a mí en lugar de responder a mis preguntas. Tuve que esconderme de ellos.

—¿Esconderte?

—¡Eh! ¡Ya está bien! —Rogelia se irguió cuan grande era, enfrentándose a Kaweka—. Déjalo en paz. ¿Por qué no va su padre a buscar a su hija? Lo lógico sería que se la hubiera llevado él. ¿Estaba allí? ¡Búscalo tú! A él y a la niña, si es que no está muerta.

—¡Basta! —intervino Modesto golpeando sobre la mesa.

«¿Serviría de algo ahora desvelar la paternidad de Modesto?», se preguntó Kaweka ante las palabras de la comadrona. Y concluyó que, con toda probabilidad, Rogelia se reiría de ella, aduciendo que era una burda excusa oportunista. Modesto estaba borracho, quizá no tanto como para no entender, pero aquel ron debía de ser de Rogelia, y también era su casa, y su mesa, y su vaso… Kaweka se sintió desplazada, totalmente fuera de lugar, una persona que en modo alguno era bienvenida. Y se ratificó en la decisión que había tomado años atrás de no revelarle a Modesto su embarazo cuando Gabino le trasladó el recado.

—Este hombre —continuó Rogelia, señalando a Modesto y aprovechando el momento de duda de Kaweka— ya ha hecho bastante por ti, desde ofrecerte la libertad a su costa —algo que le había confesado Modesto cuando la otra lo engañó diciéndole que Kaweka se había ido de la casa— hasta salvarte la vida en el ingenio. ¡Déjalo en paz! Arriésgate tú para encontrar a tu hija cimarrona. Sé tú quien recorra las sierras preguntando y exponiéndote a que te denuncie o te detenga cualquier blanco por un par de pesos. ¡Cobarde!

Kaweka se abalanzó sobre la comadrona al escuchar el insulto.

—¿Quién te has creído que eres?

Modesto se interpuso entre ambas. Osvaldo, que había entrado en la casa para no continuar expuesto a alguna patrulla nocturna, también acudió a poner paz.

—¡Déjalo tranquilo! —insistió Rogelia a gritos—. ¿Qué más quieres de él?

Kaweka interrogó a Modesto con la mirada, y este le contestó encogiéndose de hombros, como si diese la razón a la comadrona.

—No te preocupes —le dijo Kaweka—, no tendrás más noticias mías. Vámonos —le pidió a Osvaldo—. Gracias por todo lo que has hecho por mí —le dijo, no obstante, desde la puerta.

—¡Espera, Regla! —exclamó el emancipado cuando los otros dos ya habían cruzado el umbral.

—Acompáñame al depósito de cimarrones —le pidió Kaweka a Osvaldo mientras desaparecían en la oscuridad de las calles de La Habana.

Kaweka no volvió la mirada para ver cómo Modesto hacía ademán de seguirla, ni cómo Rogelia se lo impedía, su cuerpo a modo de barrera infranqueable, más para un hombre borracho, de movimientos torpes.

Esperaron a que llegara la medianoche escondidos en la explanada frente al edificio, allí donde la descubrió Rivaviejo en la exposición general de esclavos. Kaweka repasó los acontecimientos de ese día: las noticias de la guerra, la liberación de los esclavos, la propuesta de Porfirio, las noticias que le había proporcionado Jesús acerca del palenque. Su despedida de Modesto... ¿Podía saber él que se iba al Departamento de Oriente a unirse al ejército rebelde? No le había dicho nada. Advirtió a Osvaldo de que no lo hiciera si por casualidad el emancipado acudía a la taberna del catalán, aunque tampoco sabía que vivía allí. Quizá se lo había dicho ella cuando estaba febril..., dudó. Insistió sobre ello al cocinero. En el lecho, durante los días que la cuidaba Rogelia, se había puesto en manos de los dioses en cuanto a sus relaciones con Modesto, y ahora lo encontraba borracho, en la casa de esa mujer.

Kaweka sintió un escalofrío. De nuevo lo abandonaba sin decirle nada y Modesto se lo había echado en cara, por más que su recriminación estuviera envuelta en los efluvios del ron: no era la primera vez que desaparecía. Pero en esta ocasión era diferente, tembló Kaweka con rabia al pensarlo. Él había dado más credibilidad a las mentiras de aquella gorda celosa que a sus sentimientos. ¿Cómo iba a marcharse ella sin saber de su niña? Y en lugar de planteárselo, lo había encontrado entregado al alcohol, indiferente a su suerte.

Yemayá había decidido, se convenció una vez más. Le susurraba que su niña estaba viva, pero al mismo tiempo le transmitía una sensación de congoja que se le agarraba al estómago. No la iba a recuperar. Lo sabía. Podía correr a la sierra del Rosario y hacer lo que acababa de recriminar a Modesto que no había hecho, y preguntar, y buscar, y recorrer cafetales y potreros, pero no la encontraría. Su destino era la guerra, la lucha por la abolición de la esclavitud. Yemayá protegería a su niña. En cuanto a Modesto... tal vez se hubiera portado bien con ella, sí, pero al final tampoco había conseguido encontrar a Yesa, y tras la discusión que acababan de mantener, su destino quedaba atrás, con su botella de ron y su amante.

Kaweka respiró hondo en la noche. Mamá Ambrosia, a la que adoraba, había muerto por ella. El amor por el emancipado, que había rebrotado en ella de forma sutil, estaba ahora ahogado en una botella de ron. Jacinto, el pequeño al que curó, vivía esclavizado, y a los dos esclavos a los que robó los machetes los machacaron.

Había practicado abortos y ayudado a suicidarse a sus hermanos. Los cuerpos de los negros colgando de las palmeras parecieron iluminar la noche. ¿Qué importancia podía tener olvidar a un negro que cuando andaba parecía esquivar el aire? Su guerra, su único objetivo, era la libertad de los suyos. Entonces Yemayá le devolvería a su hija.

Kaweka interrumpió sus pensamientos cuando la puerta del depósito se abrió. Porfirio salió acompañado de Jesús y de otro esclavo al que ella no reconoció.

—¿Y los guardias? —le preguntó a Osvaldo.

—Los habrá sobornado, como siempre —respondió el cocinero.

Tan cierta era aquella afirmación que fue uno de los centinelas el que se despidió de los esclavos que se fugaban y los observó poner rumbo a La Habana.

—¿No íbamos a Oriente? —se extrañó Kaweka tras unirse a ellos.

—A Bayamo, sí —cuchicheó Porfirio—. Una de las grandes ciudades de Cuba. Los rebeldes se la han tomado a los españoles y han establecido en ella la capital de la nueva república. El problema es que está a casi ochocientos kilómetros de aquí. Serían semanas de marcha. No llegaríamos. Nos detendrían por el camino.

—¿Entonces?

La única solución era un barco. Un bergantín viejo que traficaba de cabotaje y en cuya bodega cargada de mercancías los escondieron esa misma noche. Ninguno de los tripulantes de la embarcación mostró interés en el trasiego de negros, y a la mañana siguiente, tras finalizar las operaciones de estiba, el bajel partió hacia el puerto de Santiago de Cuba. Tardaron diez días en arribar después de recalar en Nuevitas y Baracoa, unas jornadas que Kaweka vivió en permanente contradicción. Solo había hecho una travesía marítima: la que la llevó a Cuba en el clíper después de que la esclavizaran en África. En el bergantín comían y bebían agua, y tenían cierta libertad de movimiento, aunque limitada a la bodega; pero lo más importante era que allí no estaban obligados a compartir el hedor de la muerte de las compañeras de viaje que fallecieron como animales durante el trayecto hasta Cuba.

Durante el día, Kaweka obligaba a Jesús a contarle cosas de Yesa; quería saber cómo había vivido la niña después de que ella abandonara el palenque para satisfacer a la diosa. Volvió a escuchar las risas de su hija al ritmo de las historias del cimarrón, y casi creyó olerla y acariciarla. Sin embargo, por las noches, cuando acostumbraba a acompasar su respiración a la de ella como si quisiera fundirse en una sola naturaleza, el balanceo, el crujir de las maderas, el golpeteo de las olas, el penetrante olor a salitre, la falta de aire y la oscuridad expulsaban de su memoria a Yesa y la sustituían por otra niña, Daye, y, para su tormento, lo hacían con el mismo realismo con el que revivía a su hija.

La muerte. El par de días que esperó a que su hermana despertase la atenazaron con una fuerza que entonces, por inocencia, por ingenuidad, llegó a ignorar. El frío del cadáver, ahora reconocible, se instalaba junto a ella en las noches de navegación y la hacía tiritar al recuerdo de su madre y su familia, de su tierra, de su felicidad. Lloró con frecuencia de nostalgia, de dolor; lloró por su niña, por su hermana y por toda una vida de esclavitud.

Entre aquellas experiencias anímicamente extenuantes, Porfirio, el único que mantenía cierta comunicación con el capitán de la nave, un simpatizante de la revuelta, les comentó que las cosas parecían ir bien para los sublevados. Se habían producido unos primeros escarceos con resultado adverso, pero el esclavo confirmó que los insurgentes habían logrado tomar la ciudad de Bayamo, donde se habían hecho fuertes mientras las autoridades españolas desdeñaban el movimiento rebelde y el ejército no era capaz de responder con eficacia.

Sin embargo, y tras un primer momento de euforia compartido por los cuatro fugados ante tan buenas noticias, Kaweka se vio decepcionada por la declaración efectuada por la Junta Revolucionaria encabezada por el capitán general de los rebeldes, Céspedes, reunida en una finca de su propiedad, La Demajagua, en lo tocante a los esclavos. La Junta, inicialmente compuesta por treinta y siete propietarios rurales, declaraba la independencia de Cuba, efectivamente, pero no abolía la esclavitud.

—Dicen que desean la emancipación gradual de los esclavos

—insistió Porfirio ante las reticencias de Kaweka, repitiendo una vez más las palabras que había memorizado del capitán.

—Pero también has dicho que indemnizarían a los propietarios —se quejó Jesús.

El cuarto fugado, un joven llamado Pedro José, miraba a unos y a otros; Kaweka no había oído de él más que unas pocas palabras aisladas durante los días que llevaban de travesía.

—Solo dicen que desean nuestra libertad —recalcó ella—. El Estado nos compra, paga por nosotros. No se abole la esclavitud. Volvemos a ser simple mercancía para esos terratenientes.

—Cierto —tuvo que reconocer Porfirio—, puede ser, pero hay muchos propietarios que están emancipando voluntariamente a sus esclavos y luchan juntos en el ejército rebelde. ¡Van todos unidos a la guerra! Como un solo pueblo: blancos y negros, sin distinciones entre amos y esclavos. Llegará la abolición, no os quepa duda.

Kaweka intentó fantasear con ello: los mismos negros que no estaban autorizados a mirar al rostro de los blancos peleando codo a codo con ellos, pero así eran las guerras. Algo recordaba de las peleas entre tribus en África, como aquella en la que las esclavizaron; pero aquí, en Cuba, era diferente: los blancos tenían escopetas y revólveres, como los vigilantes del ingenio, y caballos, y le habían hablado de cañones, armas enormes. Eso respondió Porfirio a la pregunta de Kaweka una noche en la que el negro se le acercó en busca de placer. Ella aplacó su deseo, algo que él no consiguió hacer con su curiosidad. No sabía más que lo que había oído y visto en estampas y hasta en un cuadro: caballos al galope, le explicó, sables y ejércitos, muchos soldados, unos enfrente de otros peleando y matándose. Kaweka trató de hacerse una idea y esa imagen se sumó a las demás que la acompañaban durante el resto del viaje, y la animaba cuando aquel bergantín viejo le recordaba sus orígenes y la alejaba cada vez más de su hija. Debían luchar por la libertad, se decía entonces, por mamá Ambrosia y por ella misma, por los millones de negros robados de África, por Yesa y, por encima de todo, porque el día en que se reencontrasen madre e hija lo hicieran siendo ambas libres.

Pero si el viaje puso a prueba su espíritu obligándola a transitar entre la tristeza y la esperanza, físicamente le aportó unas jornadas que le permitieron cierta mejoría en el estado de deterioro con el que había salido de La Merced. Descansó y comió bien, por lo que desembarcó en el puerto de Santiago de Cuba algo más restablecida. Lo hicieron de forma subrepticia y cuando era noche cerrada, aunque solo tres: Porfirio, Jesús y Kaweka. Pedro José fue detenido por un par de marineros que lo acallaron y lo devolvieron a las bodegas. Ni siquiera en el momento en que se abalanzaron sobre él se oyó queja alguna por parte de aquel muchacho tímido.

—¿Qué hacen? —protestó Kaweka.

—No preguntes. Vámonos antes de que también cambien de opinión con nosotros.

—Pero...

Porfirio tiró de Kaweka. Jesús iba por delante de ellos, y ya estaba en cubierta.

—Ya volveremos a por él.

—¡No! —gritó ella—. No podemos ir a luchar por la libertad de los esclavos dejando atrás a uno de los nuestros. No podemos...

Porfirio la agarró de los hombros y la zarandeó hasta hacerla callar. Varios marineros los miraban expectantes.

—El capitán ha aumentado el precio del viaje —le dijo al oído— y he tenido que venderle a Pedro José.

—¡Cabrón! ¿Estás loco?

—¿Quieres cambiarte por él?

—¡Sí! —afirmó.

Kaweka luchó por zafarse de aquellas manos fuertes. Los marineros se acercaban.

—Nos detendrán a todos —trató de calmarla Porfirio, aunque la fuerza con la que la retenía poco tenía de tranquilizadora—. Mañana nos venderán en el mercado de Santiago y, con el dinero que obtengan por nosotros, joderán con putas del puerto y se emborracharán riéndose de tres esclavos ingenuos que confiaron en ellos. Les importamos muy poco, Kaweka. Solo somos negros, incultos, ineptos, inferiores.

Y, acto seguido, cargó con ella al hombro como si fuera un fardo y se lanzó pasarela abajo para desembarcar. Jesús ya los esperaba allí. Escaparon cruzando muelles y almacenes, en silencio. Rodearon parte de la bahía de Santiago para llegar a la vista de las estribaciones de Sierra Maestra, cuyos picos se recortaban contra la luna en la noche.

—Por ahí se llega al pueblo de El Cobre, a las minas y al santuario de la Virgen de la Caridad del Cobre —le había indicado el capitán a Porfirio—. Tenéis que seguir ese camino. Llevad cuidado. La ciudad de Santiago no se ha sumado a la rebelión, continúa leal a España y hay patrullas por todas partes. No os descubráis hasta haberos internado en la espesura, donde seguro que encontraréis suficientes rebeldes para que os ayuden a llegar hasta Bayamo.

Tardaron otros cinco días en recorrer la distancia que separaba las ciudades de Santiago y Bayamo. Kaweka siguió enojada durante parte de ese tiempo por lo sucedido con Pedro José. Dudaba de la explicación que le dio Porfirio, que el capitán había elevado el precio, puesto que nunca había llegado a entender qué hacía aquel esclavo apocado en compañía de dos cimarrones de fuerza y carácter, como no fuera servir de pago por un precio pactado ya antes de partir de La Habana.

Con todo, la necesidad de sobrevivir en aquel entorno y la ilusión por sumarse a la revuelta la llevó a relegar al olvido lo sucedido con el joven. Los tres habían sido cimarrones; los tres sabían manejarse en el bosque por más que aquel fuera mucho más tupido que el que se daba en la parte occidental de la isla. Porfirio y Jesús llevaban machetes que habían robado del depósito de cimarrones; Kaweka se abría camino a golpes por la selva con otro, el que correspondía a Pedro José, cuyas pertenencias le habían entregado: el machete, un petate, algo de ropa, aunque fuera de hombre, y la comida en salazón que transportaban. Le temblaron las manos al tantear el contenido del saco: nunca había tenido posesiones más allá de la esquifación del ingenio y el collar de cuentas que había perdido en la habitación del hijo del marqués. Ahora disponía del botón blanco que le habían regalado los jóvenes que la salvaron en la calle y todo lo que había pertenecido al joven negro entregado como pago de su travesía.

—El capitán no lo tratará mal —quiso tranquilizarla Porfirio al percibir su compunción—, y pronto le devolveremos la libertad.

Anduvieron entre una vegetación exuberante y bajo una lluvia pertinaz que dificultaba su avance en dirección noroeste, justo hacia donde les habían indicado, acogiéndose a la protección que les procuraba la cordillera, pero intentando rodearla. Como les predijo el marino, encontraron hombres y mujeres que, igual que ellos, acudían a sumarse a las tropas rebeldes. El «¡Viva Cuba libre!» los unió y terminaron entrando en Bayamo al atardecer del último día del mes de octubre del año de 1868, aproximadamente dos semanas después de que las tropas de Carlos Manuel de Céspedes, capitán general de la república, hicieran capitular a la guarnición española de la ciudad: cerca de un centenar de soldados de infantería y veinticinco de caballería que, para escarnio del orgullo patrio, ni siquiera llegaron a presentar batalla.

La ciudad era una de las más importantes de la isla; estaba habitada por cerca de siete mil almas, de las que solo un tercio eran personas blancas. Contaba con nueve iglesias y dos conventos; la casa consistorial y una cárcel; un teatro y una filarmónica; dos hospitales y dos cuarteles, todo ello a orillas del río Bayamo. A medida que el grupo en el que viajaba Kaweka se acercaba a la población, ella fue contemplando el frenético trabajo que realizaban los negros en las vías de acceso: acarreaban grandes piedras, talaban árboles, los cortaban y afilaban sus extremos, y construían empalizadas y estacadas hundidas con las puntas de los árboles a modo de cuchillos, como hacían en los palenques, con la intención de impedir o cuando menos entorpecer el paso de las tropas españolas.

Kaweka no escuchó látigos, pero sí las órdenes a gritos de los mayorales y los capataces blancos. Con los pies hundidos en el barrizal en que la lluvia había convertido los caminos, se detuvo un instante para observar la escena y se acongojó: igual que siempre, porque Kaweka percibió en las órdenes y los gritos de los capataces en el camino que llevaba a Bayamo la misma actitud de supremacía que destilaban los mayorales en los ingenios. Negó con la cabeza y dirigió la mirada a Porfirio, que captó su sentido. El cimarrón hizo un gesto de ignorancia y señaló hacia delante, hacia la ciudad, como si allí fueran a aclararles lo que sucedía.

El grupo era ahora mucho más numeroso tras recoger gente en las sierras; además de Kaweka, había otras dos mujeres: una vieja y otra joven, que ya se conocían y que continuaron andando con los demás. Desde que coincidió con ellas en la sierra, la mayor le recordó a mamá Ambrosia, y en la otra se vio reflejada ella misma. Incluidas en un hatajo de hombres que porfiaban por avanzar en una selva frondosa, las tres se habían ayudado mutuamente. En las noches y durante los descansos, hicieron vida apartada y tuvieron oportunidad de charlar: Cecilia y Sabina habían nacido esclavas en un cafetal ubicado en el interior de la sierra y del que se habían fugado. La finca estaba ubicada junto a un río, y, por cómo la describieron, era similar a muchas de las explotaciones pequeñas que había conocido Kaweka en su vida de cimarrona. Cecilia contaba con la experiencia de años de sometimiento y con una visión calmada y paciente de la vida. En Sabina ardía un espíritu imprudente y atolondrado de lucha y libertad, enardecido ahora que se encontraba lejos de amos y mayorales. Las dos se complementaban, había concluido Kaweka, como si no fueran capaces de superar aquella aventura en solitario.

A la entrada de la ciudad, un soldado blanco armado detuvo a Porfirio y a los suyos y, después de interrogarlos, los dirigió al centro de reclutamiento, en el cuartel de infantería.

—Aunque a esta hora ya no os atenderán —añadió levantando la mirada al cielo, ya oscuro—. Quizá tampoco mañana, no lo sé. Hoy es víspera de Todos los Santos y pasado mañana, el día de los Muertos. Son festivos, aunque tal y como están las cosas… —Hizo ademán de finalizar la conversación en ese punto, pero Kaweka y Porfirio lo interrogaron con la mirada, algo que pareció molestarlo. Dudó en si atender a aquella partida de esclavos negros harapientos y, tras escupir, sentenció como toda aclaración—: Los soldados no tenemos fiestas.

Como tampoco tenían adónde ir, decidieron acercarse al cuartel de infantería. Se acomodarían en los alrededores y darían cuenta de las pocas provisiones que les quedaban a la espera de que amaneciera.

—Seguro que nos atenderán —aseguraba Porfirio mientras andaban—, necesitan soldados.

De repente el cimarrón calló, gritó y dio un salto hacia atrás, sorprendido, arrollando a cuantos lo seguían. Kaweka, a su lado, respondió igual, y gritó aterrorizada.

Tres figuras envueltas en una capa negra, con los rostros ocultos por máscaras —dos de ellas blancas, la tercera con una calavera dibujada—, y con unos armazones también tapados con trapos negros sobre la cabeza, de los que salía la luz de una linterna por una abertura, habían aparecido desde un portal para plantarse brusca e inesperadamente ante ellos. Aullaban simulando ser muertos vivientes, moviendo los brazos arriba y abajo y colocando los dedos como si fueran garras.

El incidente duró unos segundos, los suficientes para asustar a los negros y dejarlos a todos con el corazón desbocado, mientras las figuras tétricas, mudados los aullidos en carcajadas, se alejaban por la calle en busca de otros parroquianos a los que espantar.

—Antes lo hacían solo con los niños pequeños —les explicó un negro tras llegar a las puertas del cuartel y aposentarse junto a sus muros, refiriéndose a aquellas figuras oscuras que de cuando en cuando pasaban cerca del edificio, la cabeza iluminando la noche, las risas y los chillidos rompiendo su silencio, asombrándolos a todos—, pero este año aprovechan la ignorancia de la mayoría de vosotros y se están divirtiendo.

El hombre, como si quisiera excusar el comportamiento de los jóvenes de Bayamo, probablemente vecinos suyos, los invitó a unas tortas de maíz seco salcochado especiales de aquellas fiestas: unas saladas, condimentadas con manteca, sal, ajo y cebolla; otras dulces, con azúcar y anís. «Maíz de finados», las llamó.

A la mañana siguiente, pese a ser festivo, los atendieron, y tras hacerlos entrar en el cuartel y dirigirlos a una sala, un mulato criollo con uniforme blanco, sentado detrás de una mesa, anotó la filiación de los hombres y les dio destino dirigiéndose a ellos con autoridad y soberbia.

—¿Y ellas? —preguntó Porfirio, interesándose por las tres mujeres.

Su pregunta captó de nuevo la atención del militar, que parecía haber terminado su trabajo. El mulato las observó de arriba abajo, sin perder la arrogancia, como si no hubiera reparado en su presencia. Las mujeres no formaban parte del ejército.

—¿Saben hacer algo? —inquirió de todas formas.

—Ella es una buena curandera —contestó Porfirio señalando a Kaweka—, las otras...

—¿Vosotras qué sabéis hacer? —lo interrumpió el criollo dirigiéndose a Cecilia y a Sabina.

Las mujeres negaron con la cabeza.

—Tú —se dirigió el escribiente a Kaweka—, preséntate en el hospital de San Roque. Allí encontrarás al farmacéutico de la ciudad, el señor Mateo. Él se está ocupando de organizar la sanidad del ejército y ya decidirá. Vosotras dos buscad al resto de las mujeres negras y quedaos con ellas y con los niños.

Abandonaron el cuartel y preguntaron al centinela de la puerta por el hospital de San Roque y también por la iglesia de San Francisco, adonde debían dirigirse los hombres puesto que era allí, a espaldas del templo, en un descampado entre la ciudad y el río, donde se acuartelaban las tropas de los esclavos.

—¿Y adónde deben dirigirse las mujeres que no tienen señalado quehacer? —preguntó uno de los del grupo.

El soldado fue a contestar, pero Kaweka lo interrumpió; no estaba dispuesta a separarse de sus amigas.

—No hace falta —intervino tirando de Cecilia y Sabina para separarlas del grupo de hombres—. Que vengan conmigo al hospital —les dijo después a los demás, ya lejos de la puerta—. A los negros os tienen controlados con esos papeles, pero de las mujeres parece que nadie se ocupa, les importamos poco. Que vengan conmigo al hospital —repitió.

—Si no saben nada de enfermos… —arguyó uno de los hombres.

—Pero yo sí —zanjó ella la discusión.

La noche anterior, mientras se dirigían al cuartel, antes de toparse con los muertos vivientes, habían transitado por unas calles embarradas y atestadas de caballerías, ciudadanos y soldados, blancos, negros y chinos, y, para inquietud de Kaweka, un sinfín de mujeres negras con sus niños que deambulaban, en apariencia sin nada que hacer, excluidas de la vorágine y ajenas a la guerra. Entonces imaginó el destino de todas ellas en un entorno bélico como el que se vivía en los caminos, y no quiso que aquellas con las que había trabado amistad a su paso por Sierra Maestra quedaran al capricho de soldados recién liberados y enardecidos.

Kaweka había estado en La Habana, aunque nunca con la libertad suficiente para moverse despreocupadamente, y por esa razón Bayamo siguió impresionándola. En cambio, las otras dos no conocían más que las profundidades de Sierra Maestra y, como mucho, alguna aldea miserable compuesta por cuatro chozas. Sabina, joven, pasmada, atónita ante la primera ciudad que pisaba, ni oyó ni se percató de la decisión de Kaweka; Cecilia, vieja y experta, sí.

—Gracias —le dijo.

Se separaron a la salida del cuartel: unos fueron hacia un extremo, allí donde el río Bayamo, y las otras en dirección contraria. Tuvieron que volver a preguntar por el hospital superadas algunas manzanas de viviendas, cuando se perdieron en el centro de la ciudad maravilladas a la vista de casas señoriales imponentes y otras no tanto, pero, en cualquier caso, todas construcciones firmes, de piedra o mampostería, con techos de teja, enrejados elaborados y ornamentación en balcones y fachadas. Bayamo tenía una historia rica y prolija. Había sido fundada por los españoles sobre un enclave indio en el año 1513, y se constituyó como segunda ciudad en importancia de la isla, después de Baracoa. El terreno fértil, en una zona por lo demás montuosa, permitía la existencia de cerca de treinta ingenios en sus alrededores, amén de una industria de tejares muy consolidada.

Kaweka pidió información acerca del hospital a un oficial blanco, con uniforme también blanco, sable en un costado y adornos dorados y de colores en la guerrera. Era joven, excesivamente joven, y volvió la cara ante su pregunta. Cecilia hizo un inapreciable gesto de contrariedad. Sabina, por su parte, se acercó demasiado y escrutó con desvergüenza el rostro del militar.

—¿Qué miras, negra? —le espetó él—. ¿No te han enseñado a respetar a los blancos?

Alzó la mano para abofetearla. Cecilia retrocedió y Sabina se encogió y protegió su cabeza con los antebrazos, pero el golpe no llegó. La joven se atrevió a mirar hacia arriba y se encontró con la mano del oficial detenida en el aire por la de Kaweka, que la agarraba de la muñeca. El militar bufó de ira, pero esta aguantó el desafío.

—¿Así es como quieren que peleemos? —ironizó.

El joven se zafó con un estirón violento y, recuperando el orgullo mancillado, les dio la espalda y continuó su camino con porte altivo.

—Por lo menos no nos ha castigado —comentó Cecilia.

—Le hubiera gustado —malició Kaweka—, pero era demasiado joven, poco mayor que un niño. No se ha atrevido. ¿Esos son los que van a dirigir a los soldados?

—Aun así, no deberías ser tan descarada —le recriminó la vieja a Sabina.

¿En verdad debería continuar humillándose ante los blancos?, se planteó Kaweka. Blancos y libertos decían que luchaban juntos y que deseaban la abolición de la esclavitud, y eso debería conllevar el respeto mutuo. ¿Acaso siempre serían inferiores? Iba a hacer esa observación cuando oyó las instrucciones que proporcionaba un civil, mulato este, a la petición de Cecilia acerca del hospital.

—Allí —dijo señalando una iglesia que hacía esquina—, esa es la iglesia de la Virgen de Regla y la calle que atraviesa es la de San Roque. En ella encontrarás el hospital.

Se encaminaron en esa dirección.

—¿Crees que nos admitirán en el hospital, Kaweka? —inquirió la vieja.

Kaweka contestó con un murmullo que podía significar cualquier cosa, su atención estaba puesta en la iglesia indicada por el mulato. Se sintió atraída por el lugar, como si aquel edificio quisiera absorberla. Se mareó, aunque no sintió malestar; fue simplemente como si parte de su conciencia hubiera escapado de ella para colarse en el templo. Supo que ahí estaba Yemayá, la Virgen de Regla para los cristianos, el nombre que le habían adjudicado de la esclava muerta en La Merced. Llegó a vivir años bajo esa identidad falsa. Luego Modesto la volvió a matar y aquella Regla que no era ella estaba enterrada en una tumba vacía en La Merced. ¿Seguía llamándose así?

—Regla.

Ese fue el nombre que proporcionó a requerimiento de la enfermera del hospital. Por alguna razón, quizá porque aquella mujer blanca era mayor y pausada, de cabello cano bien peinado que contrastaba con la dejadez de las gentes de la calle, o porque vestía una bata limpia en el entorno del hospital de una ciudad en guerra, o sencillamente porque llevaba colgando un crucifijo del cuello, decidió no utilizar el nombre yoruba.

—Pues ahí tienes tu iglesia, la de Nuestra Señora de Regla —señaló la mujer.

¿Podría entrar? Kaweka no se atrevió a preguntarlo por no parecer ignorante.

—Lo sé, señora.

Se hallaban en el vestíbulo de un edificio de dos plantas construido en piedra, sencillo, modesto, con un amplio patio interior y capacidad para catorce camas en dos salas separadas: una para hombres y otra para mujeres.

—¿Qué aplicarías sobre una herida? —la examinó la señora Gertrudis, que así dijo llamarse, después de que Kaweka revelase que las mandaban del cuartel, incluyendo con descaro a Cecilia y a Sabina.

—Conozco poco las medicinas de los blancos —quiso excusarse ante una sanitaria que poco tenía que ver con las enfermeras y los cirujanos romancistas que atendían en los ingenios.

—Mejor —la sorprendió esta—. Dudo que dispongamos de recursos suficientes para atender a este gentío en el momento en que los españoles presenten batalla. Tendremos que conformarnos con lo que nos proporcione la naturaleza.

—Cera y miel —contestó Kaweka, y buscó el asentimiento de Cecilia, convencida de que la vieja también sabía de remedios.

—Tela de araña —añadió esta última.

—¿Y para detener las hemorragias?

—Cocimiento de yamagua.

Gertrudis continuó preguntando, y Kaweka suplió las dudas de Cecilia y la ignorancia de Sabina. Luego las llevó a la farmacia y les hizo reconocer algunas hierbas. Superaron la prueba.

—¿Y ella? —se interesó la enfermera señalando a Sabina.

—Viene con nosotras —dijo Kaweka, intentando zanjar así la cuestión.

Blanca y negra se miraron y, tras unos instantes, la primera asintió, cediendo ante la postura de Kaweka. Le interesaba aquella curandera.

—Cuando no esté con vosotras puede ayudar en la cocina y en la lavandería —propuso.

Luego les mostró el hospital: las salas de enfermos, en las que no encontraron negros bozales como ellos. Blancos y mulatos libres, ese era el tipo de pacientes que lo llenaban.

Gertrudis imaginó sus pensamientos.

—Este es el hospital civil de la ciudad —justificó—. Desde aquí organizamos la asistencia de todo el ejército. Ya hay preparados hospitales de sangre en las afueras de la ciudad. ¿No creeréis que nosotras solas vamos a cuidar de miles de soldados en un hospital con catorce camas?

Visitaron la cocina, y las tres notaron que sus bocas salivaban con solo entrar. Tenían hambre y aquel lugar parecía bien surtido.

Una negra, Tomasa, atendía un par de cacerolas grandes cuyo contenido bullía sobre fuegos de carbón.

—Ropa, cama y comida —les ofreció Gertrudis, aprovechando que las otras saboreaban ya el cocido que allí se preparaba.

Comieron sentadas en el suelo del patio: caldo de gallina con garbanzos, algo de tocino y cebolla, y mientras Cecilia y Sabina se abandonaban a una siesta, Kaweka salió a la calle y recorrió los pocos metros que la separaban de la iglesia de Regla.

A medida que se acercaba volvió a sentir la atracción que la había embargado al transitar delante de la fachada esa misma mañana. Un mareo placentero que la llevaba a flotar sobre la calle, ingrávida. Se sintió llena y al mismo tiempo etérea. Cruzó la puerta de madera de la entrada con decisión, atendiendo a la llamada del lugar, y se encontró con un interior en penumbra. Respiró profundamente los olores abandonados por los fieles, y reconoció dolores y alegrías, dudas y certezas. Luego recorrió el pasillo central con la mirada clavada en una imagen pequeña que destacaba en el retablo tras el altar, alumbrada por unas velas.

Nunca antes había estado en una iglesia.

—¿Eres devota de Nuestra Señora?

La voz la detuvo a los pies del altar. Kaweka se volvió hacia un sacerdote que le había salido al paso.

—Sí... —titubeó—. Me llamo Regla.

—Sé bienvenida. ¿Quieres rezar conmigo?

Kaweka no contestó. Sus ojos seguían fijos en aquella imagen con manto azul. Yemayá y la Virgen de Regla llenaban su interior en armonía.

—¿Te sucede algo? —inquirió el religioso tras permitirle unos instantes de recogimiento que se vieron turbados por una respiración cada vez más estentórea.

Kaweka regresó a la realidad tras rozar el trance. Miró de nuevo a la Virgen y, sin volverse hacia el cura, la señaló con un dedo tembloroso.

—¡Es negra! —exclamó.

Kaweka había visto estampas y hasta alguna imagen en el ingenio, pero siempre de personajes blancos.

El sacerdote rio.

—Sí. Es una Virgen venida de África, como vosotros. La hizo tallar san Agustín y pasó a España, a Cádiz, y de allí a Cuba, primero a La Habana, a Regla, y después a otras iglesias como esta.

—Pero… ¿hay vírgenes en África?

—¡Por supuesto! Dios reina en el mundo entero. La Virgen de Regla es la patrona de los marineros, los salva de las tempestades…

Kaweka dejó de escuchar en el momento en que se vio envuelta en la tormenta. Yemayá la llevaba de la mano y las dos se enfrentaban a una mar embravecida, se sumergían en las profundidades para resurgir, empapadas, a la calma. Y se mantuvo en pie, toda ella convertida en agua.

# 12

*Madrid, España*
*Febrero de 2018*

Hacía frío en Madrid, pero Concepción no paraba de abanicarse. «¡Mamá!», la regañaba Lita, nerviosa. Y ella se detenía... para empezar de nuevo unos instantes después, de forma mecánica, inconscientemente, impelida por el simple hecho de sostener el abanico en la mano. Entonces Lita la miraba con ternura y volvía a plantearse si debía decírselo. Tras la extraordinaria noticia de la paternidad de Concepción, las tres amigas no habían dejado de hablar de ello en los restaurantes, en el hotel, en los aeropuertos y en el avión. Se convirtió en un tema de conversación recurrente, pero no alcanzaron ninguna conclusión.

Debería decírselo a su madre, se repetía Lita, aunque al instante cambiaba de opinión pensando que quizá no era el momento oportuno. ¿Y si no era cierto? ¿Y si no eran más que habladurías de unos humildes negros? «Lo más probable es que esa sea la realidad», se decían unas a otras. Entonces alguna de ellas miraba por enésima vez su teléfono móvil y comprobaba el video grabado por Sara que las llevaba por las escaleras húmedas del edificio donde vivía el pariente de Lita: evocaban el pasillo con las cortinas a modo de puertas, la habitación dividida con cartones y los personajes pintorescos que residían allí, la conversación con el viejo y, por fin, el asombro en el rostro de su amiga tras escuchar que su madre era hermanastra de don Enrique de Santadoma, marqués de Santadoma, presidente de la Banca Santadoma.

Concepción se abanicaba de nuevo y sonreía a su hija. Los perrillos permanecían quietos y callados en una esquina de la cocina.

Lita, incrédula, había insistido con tozudez hasta provocar el enfado del maraquero. También había quedado grabada esa última contestación, seca, cortante: «Seré viejo y pobre, niña, pero no me trates ni de mentiroso ni de tonto».

Habló a su madre de la visita sin decidirse a compartir con ella las revelaciones de su tío Antonio. Concepción, que no escondía un cierto resquemor por el hecho de que su padre hubiera desaparecido tras el embarazo de Margarita, siempre había hablado del tal José Hermoso sin el más mínimo atisbo de duda acerca de su paternidad. Lita no sabía cómo decírselo. ¡No se atrevía a hacerlo!

—¿No recuerdas más cosas de tu madre? —la interrogó en su lugar—. Es una lástima. Antonio me habló de ella.

—Claro que me acuerdo de muchas cosas de mi madre, ¿cómo no iba a hacerlo, hija!

Y sonrió al contarle de su carácter alegre, de cuando salían a pasear por Madrid y se reunían con amigas en los parques —«Íbamos mucho al Retiro»—, de cómo bailaba, de lo guapa que era —«¡Ya has visto su foto!»— y de cómo...

—Pero... ¿no te dejó nada? —la interrumpió ella—. ¿No tienes recuerdos suyos?

La medalla de la Virgen que colgaba de su cuello. Eso ya lo sabía Lita. Sí, dejó más cosas: una radio vieja, que había tirado hacía tiempo, cuando compró la nueva, antes de que la señora le regalase el televisor de su habitación, y una biblia, la que tenía en su mesita de noche, aunque le costaba leer, explicó Concepción en tono quejumbroso. Y algunas pulseritas, y un collar. Lita ya los había visto, hasta se los había puesto en ocasiones.

—Pero teníamos muy pocas cosas, hija.

—¿Y efectos personales? —Lita trataba de evitar mostrarse excesivamente interesada.

—¿Como qué?

—¿Ropa...? ¿Cartas?

—¿Cartas? —se extrañó Concepción—. Tu abuela no sabía leer. No, no creo que existieran, ya te lo dije. Franco no permitía las relaciones con Cuba... Y si las había, yo no lo sé. En cuanto a la ropa... sí, claro que tenía ropa, hija, qué tontería, no mucha, pero...

—¿La tiraste?

—Pues supongo que sí... —Concepción calló repentinamente—. ¡Espera! —Lita se echó adelante en la silla—. Teníamos una maleta. La recuerdo. De lona dura. La vi en nuestra habitación después de que mamá muriese, sobre su cama..., sin sábanas ni almohada, con el colchón a la vista —comentó con aquella imagen de tránsito clavada en su recuerdo.

—¿Y qué fue de ella? —preguntó Lita, reprimiendo la excitación por no importunar su tristeza.

—Pues no lo sé.

—¿La tiraste?

—¡No! —la sorprendió de nuevo Concepción—. ¿Por qué iba a tirarla? En esta casa no se ha tirado nunca nada. El marqués jamás permitió que algo que hubiera tenido relación con él pudiera terminar en manos desconocidas, ¡y mucho menos en la basura! Yo misma he llevado al sótano cosas de criadas que se habían marchado. No me acordaba de la maleta de mamá —se lamentó con voz trémula, como si hubiera relegado al olvido parte de su vida—. Terminaría en el sótano, seguro, allí iba a parar todo lo que no servía; la bajaría alguna otra criada, en aquellos momentos yo no estaba en condiciones de decidir nada.

—Necesito... Me gustaría verla —dijo Lita, intentando que la emoción no se apreciara en su voz.

—A mí también —se sumó Concepción.

Discutieron acerca de si esperar a que anocheciera para bajar al trastero, cuando Zenón, el conserje del inmueble, ya hubiera terminado su jornada y no delatara a Concepción, cumpliendo su labor de espía, que seguro que lo era, de los Santadoma.

—No hacemos nada malo —razonó la mujer—. ¿Qué me importa lo que ese les diga a los señores?

—Estoy convencida de que Zenón sí cree que lo hacemos

—apostó Lita recordando la malicia y la desconfianza innatas en el conserje—. Y también de que en el momento en que hable con los... señores —recalcó con intención—, inventará lo que sea para ponernos en un compromiso.

Lita convenció a su madre y salió a pasear por el barrio para hacer tiempo, si bien evitó acercarse al banco. Tenía pendiente una reunión con Stewart, quien la había sorprendido con un wasap al poco de llegar a Madrid, igual que hubiera hecho un novio impaciente ante el regreso de su pareja. También tenía una llamada perdida de la secretaria personal de don Enrique, la misma que la había acompañado cogida del brazo fuera de la sala de juntas el día en que doña Claudia la humilló, y que al final optó por dejarle un mensaje de voz, educado y cariñoso, en el que le comunicaba que el presidente de la Banca Santadoma deseaba hablar con ella. Dos compromisos que aplazaba hasta el día siguiente.

Con quien sí se había reunido era con Pablo, nada más llegar a Madrid. Las esperaba en el aeropuerto. Sara y Elena no lo conocían. Lita temió que se lanzaran a por él, a interrogarlo, pero sus amigas se comportaron, limitándose a ofrecerle una copa en el piso de La Latina. No, no querían tomar nada, se excusaron ellos dos, y se marcharon con destino al apartamento de Pablo.

—Dicen que los cubanos son muy fogosos —la aguijoneó él de camino en el taxi.

—Cierto —se burló Lita, y le besó en los labios—. Tendrás que esforzarte mucho.

Pablo rozó su entrepierna con los dedos, atento a la mirada del taxista por el retrovisor. Fue un contacto por encima del pantalón, tenue, suave, superficial, pero Lita tembló como si hubiera sufrido una descarga eléctrica. No esperaron a llegar al interior del piso de la calle Ibiza: se besaron en el ascensor, oliéndose, saboreándose, y golpearon con la maleta el marco de la puerta de entrada.

Él le quitó la chaqueta en la entrada, el jersey en el pasillo y se empeñó con la blusa en el salón.

—Tengo... —Lita trató de zafarse—. Llevo muchas horas de viaje...

—¡Qué más da!

—Tengo que ir al baño.

Él logró quitarle la blusa por la cabeza y la abrazó.

—Puede esperar —susurró.

—Estoy sudada..., sucia. —Él se arrodilló, le desabrochó los pantalones y los bajó lo suficiente para besar su entrepierna por encima de las bragas, las manos apretando sus nalgas—. Pablo —rogó ella arrastrando las letras—. Estoy...

Él continuó besándola hasta que las quejas de Lita mudaron en gemidos y agarró su cabeza con las dos manos. Entonces él le bajó las bragas e introdujo la lengua en busca de su vulva.

—¡Dios! —exclamó Lita dejándose llevar hasta el sillón, a pasitos cortos, con los pantalones a la altura de los tobillos, él de rodillas, para caer desplomada con las piernas abiertas.

La lengua de Pablo en su clítoris y los dedos acariciando su culo la condujeron a un orgasmo que recibió presionando con fuerza los muslos contra la cabeza de él, como si pretendiera romperla en pedazos, al mismo tiempo que, con las manos, la apretaba contra su vagina, jadeando, suspirando, loca de placer.

Luego, cuando pudo hablar y moverse, ella misma lo levantó tirando de su cabello, lo desnudó y lo llevó al dormitorio.

—Los hombres de allí son mucho más fogosos —lo retó, montándose a horcajadas sobre él.

—¡Ja! —Pablo no le permitió esa postura, se abrazó a ella y la obligó a girarse hasta quedar debajo. Entonces la embistió—. ¿Así? —preguntó.

—Mucho más —contestó ella, y alzó las dos piernas al aire, ofreciéndose entera.

Él empujó con violencia.

—¡Más! —gritó Lita.

Pablo rugió, compitiendo con la imagen idealizada de esos negros ardientes.

—¡Sí! —lo animó ella—. ¡Más fuerte!

Fue algo salvaje. Después de que Pablo eyaculase, ambos quedaron tendidos, sudorosos: él exhausto, ella rota.

—Debes de tener algún pariente negro —le dijo Lita, y rio entrecortadamente.

—¿Tanta experiencia tienes con ellos?

—No, tonto —le tranquilizó—. Solo sé lo que se cuenta por ahí. Te he sido fiel.

—¿Seguro? ¿No me escondes nada del viaje con esas dos amigas locas y desenfrenadas con las que has ido?

Sí que le escondió cosas, muchas. Pablo se interesó por el viaje, ya que él nunca había estado en Cuba. ¿El malecón? ¿La música? Acariciaba su vientre mientras escuchaba sus explicaciones. ¿En verdad era tan dramática la situación como se comentaba? La gente, ¿qué decía? ¿Estaba contenta, desesperada? Lita contestaba y le explicaba sus experiencias, apasionada y eufórica, y cuánto había disfrutado, pero se calló la visita al tío Antonio y la posibilidad de que su madre fuera hermanastra de Enrique de Santadoma. «¡Nos han tratado como a reinas!», exclamó en su lugar. Tampoco le contó nada de la abducción que había padecido en la ermita de la Virgen de Regla, ni de las afirmaciones de Raúl, el babalao, como decían allí, en aquel restaurante. No tenía la menor intención de contarle nada de eso. Era feliz, tremendamente feliz. Estaban saciados, pero Pablo continuaba acariciándola, ahora los pechos, con delicadeza, como si no quisiera apartarse de ella, sin otro objetivo que tocarla, sin otra pretensión que mantenerse unidos, y mientras lo hacía, fantaseaba con repetir el viaje con ella, solos los dos, y Lita le decía que sí y le prometía hacerlo y enseñarle todo aquello… ¡No quería distraer aquel encanto diciéndole que era una bruja! Sentía que quería a aquel hombre, y no existía diosa africana ni Virgen cubana, blanca o negra, que pudiera llevarla a romper el verdadero hechizo que vivía en ese momento.

Lita no le dijo nada a Pablo y tampoco quería plantearse cuándo y cómo lo haría, ni siquiera si llegaría a hacerlo. Tampoco tenía mucho que contarle, se repetía mientras paseaba a la espera de que anocheciera. Su experiencia mística quedaba lejos, con todo un océano de por medio. Sí, había regresado a escondidas a la ermita y había vuelto a sentir algo raro, pero los recuerdos que ataban a la realidad todas aquellas experiencias esotéricas se diluían con la distancia, el paso del tiempo y el regreso a la normalidad y a las rutinas de Madrid. Cuba, la ermita, la diosa y aquel baile frenético se concretaban ahora en el póster del Chevrolet amarillo que descansaba junto a una de las paredes de la cocina a la espera de que alguien lo colgara, y del libro de Pitágoras que Pabló recibió, agradeció y hojeó como si se tratara de un incunable.

En cuanto a su madre… Lita suspiró mientras se preguntaba qué contendría aquella maleta de lona. Hasta que no lo supiera tampoco quería hacerse demasiadas ilusiones. Los escaparates de las numerosas tiendas de artículos de lujo de la zona, que en otras ocasiones le llamaban la atención, siquiera por los precios desorbitados que, a modo de insulto a la gente normal, anunciaban en cartelitos diminutos, esta vez pasaron desapercibidos. ¿Habría algo en el interior de la maleta que pudiera probar la paternidad de Concepción? Las consecuencias que se derivarían de ello también habían sido objeto de controversia. Elena, abogada, recuperó vía internet algunos conceptos jurídicos que tenía oxidados desde que su trabajo se centraba en el asociacionismo vecinal, y se los expuso a las otras dos:

—Desde la entrada en vigor de la Constitución, hace un montón de años, no existe diferencia entre hijos legítimos e ilegítimos como antes. Ya no hay ilegítimos ni bastardos. Todos tienen idénticos derechos. No sé si tu madre podría tenerlo a la herencia de su padre, puesto que este falleció mucho tiempo antes de que se promulgase esa ley… Bueno…, la verdad es que no sé qué pasaría. Ignoro si eso tiene algún efecto retroactivo que le permitiera reclamar una herencia que se repartió hace muchos años, cuando falleció el tal Eusebio. Diría que no, pero habría que mirarlo con calma.

—No nos preocupemos por eso —repuso Lita con idea de impedir esa deriva en la conversación—. Si ni siquiera se puede asegurar, y menos demostrar, que mi madre sea hija de un Santadoma, no vamos a especular con dinero y herencias.

—¿Y las pruebas de paternidad, las de ADN? —inquirió Sara—. Esas son fiables.

—Pues no lo sé —contestó Elena—. ¿Con qué muestras se harían? ¿Con las del abuelo? Porque al padre habría que ir a buscarlo a Miami, donde murió. ¿Lo enterraron allí? —Lita se encogió de hombros—. Bueno, en cualquier caso, sería muy complicado, pero antes de que se autorice una prueba de ADN hay que demostrar indicios de paternidad. Ningún juez concede esa prueba por la simple palabra del supuesto hijo, tiene que aportar un principio de prueba consistente. Si no, todo el mundo iría pidiendo pruebas de paternidad por ahí.

—¡Cuánto sabes! —bromeó Sara.

—No creas. Lo cierto es que esa lección me la perdí en la universidad. Todo lo que sé es por las revistas del corazón y los programas de la tele.

Lita creyó escuchar de nuevo las risas que siguieron a esa confesión. Lo que no quiso contar a sus amigas era que lo que se había abierto hacía poco era precisamente la herencia del viejo marqués, el que había emigrado desde Cuba, no la del hijo que falleció en Miami antes que su padre.

Porque, una vez fallecido Eusebio, su único hijo varón, el marqués de Santadoma, ya establecido en España, se encontró con que todas sus sucesoras eran mujeres —Claudia, la viuda de Eusebio, y sus propias dos hijas— y no estaba dispuesto a que su fortuna pudiera llegar a ser controlada por unos yernos en los que no confiaba. Existían ya varones entre sus nietos, y seguro que nacerían más. Se trataba simplemente de saltarse una generación, a la que no obstante se premió generosamente, y dejar la herencia en suspenso para que la heredasen todos esos nietos, varones o hembras, una vez fallecieran las dos hijas vivas del marqués. La ley lo permitía y el hombre así lo decidió, por lo que con la muerte de doña Pilar, la última de ellas, se abrió la sucesión del viejo marqués de Santadoma.

En ese momento, los nietos, legítimos o no tras la promulgación de la Constitución española, que eran los herederos designados por el noble, accedían a la herencia, nietos entre los que debería incluirse a Concepción en caso de que efectivamente hubiera sido concebida por Eusebio de Santadoma.

Caía la noche. Lita comprobó la hora y supuso que el conserje ya habría abandonado el edificio, por lo que se encaminó de vuelta a casa de su madre. El viejo marqués de Santadoma, continuó pensando mientras andaba, nunca llegó a imaginar que una bastarda como Concepción pudiera acceder a su herencia en igualdad de condiciones que sus legítimos nietos, porque, eso sí que lo había comprobado Lita en la web del banco: el fundador, el que había emigrado de Cuba, había muerto poco después de que fuera promulgada la Constitución española sin tener conciencia, o quizá tiempo, de variar aquel testamento antiguo y enrevesado que había otorgado.

Lita no dudaba de que, de ser cierta la paternidad, el aristócrata la conocía, razón por la que había traído consigo a España a una criada con su hija recién nacida, exclusivamente para liberar a su primogénito de esa rémora. Eso era lo que le había contado el tío Antonio en La Habana y eso explicaba también, sin duda, la hostilidad demostrada por doña Claudia hacia su madre e incluso hacia ella, como se había revelado en la junta, puesto que aquella actitud no era más que el resultado del rencor hacia la hija bastarda de su esposo tan querido y llorado.

El sótano se parecía a un zoco en el que se amontonaban muebles, ropa, libros, maletas, colchones, juguetes, espejos, cuadros y todo tipo de enseres de los muchos Santadoma que habían vivido en aquel edificio —antes de migrar a las urbanizaciones de lujo que rodeaban la capital— y que, conforme al espíritu del marqués, habían ido relegando en el momento en que no los necesitaban. Lita recordaba haber oído hablar de ese sitio durante su adolescencia, cuando vivía en la casa, pero no se le había ocurrido pensar que aquel bazar seguiría existiendo. Cualquier otro propietario inmobiliario del barrio de Salamanca hubiera reconvertido ese lugar en locales comerciales o lo hubiera utilizado para ampliar el aparcamiento, espacios ambos tan demandados como apreciados en la zona, pero los Santadoma, dueños de todo el edificio, mantenían el sótano para su uso personal con la función de trastero de lujo, mientras amontonaban sus coches en el patio de carruajes ubicado en el centro de la construcción.

Concepción había encendido las luces antes de que Lita pudiera impedir que lo hiciera.

—Me asustas, hija —le recriminó—. ¿Acaso estamos haciendo algo malo? Porque si es así, hablo con…

—No, mamá. El caso es que soy excesivamente cauta. No te preocupes. —Si Lita esperaba un lugar en penumbra, apenas iluminado por una bombilla solitaria colgando de un cable del techo, se equivocaba. El sótano contaba con un par de líneas de fluorescentes que lo dotaban de luz suficiente y que permitían moverse con soltura entre tanto trasto; pero, pese a la iluminación, la cantidad de cosas acumuladas era enorme—. ¿Cómo encontramos aquí una maleta? —preguntó, desesperada.

—Todo lo que pertenece a la cocina y al servicio está en aquella esquina —respondió su madre como si fuera lo más normal del mundo—. No van a poner las cosas de las criadas al lado de las de los marqueses y su familia. ¿Ves? —señaló a su derecha mientras se desplazaban a través de un pasillo delimitado por muebles y objetos—, todo esto es del viejo marqués.

Lita se fijó en un gran escritorio macizo de madera labrada que, pese a la capa de polvo que lo cubría, lanzaba destellos de caoba. Junto a él había varios arcones, y el cabecero y el pie de una cama y sus travesaños; el mobiliario de la vida de un hombre.

Trató de recordar algunos de esos enseres. Ella había convivido con muchos de ellos: juguetes, muebles, lámparas…

—¿Te acuerdas de esto?

Su madre fue quien la transportó al pasado: una máquina manual para cortar fiambres en la que casi se deja un par de dedos cuando era niña.

—Sí —reconoció toqueteando la manivela.

—Aquí detrás están las cosas del servicio —señaló Concepción mientras dejaba atrás la cortadora y otros aparatos y se introducía en un hueco.

Lita la oyó apartar paquetes y maletas.

—¿Quieres que te ayude?

—No la reconocerías… —Concepción dejó la frase en el aire, como si su atención se hubiera centrado en algo—. ¡Esta! ¡Esta es!

Y reapareció con una maleta.

Lita notó que le temblaban los dedos al manipular los pasadores para abrirla, algo que hicieron allí mismo, sobre una alacena tapada por una sábana. Tosió con el polvo y se tapó boca y nariz para respirar. Lo que hubiera ahí dentro podría cambiar sus vidas de una forma radical.

Lo primero que vio fue ropa, prendas que olían a cerrado y a viejas. Las apartó con una premura que tuvo que moderar ante los suspiros de su madre. Lo que ella revolvía con descuido, Concepción lo acariciaba, lo cogía con cariño, lo alzaba y lo olía incluso. Pero Lita necesitaba… ¿qué? ¿Qué buscaba? Papeles, sí, cartas, documentos… Aparecieron el par de estampitas que había previsto que poseía su abuela y la imagen de un santo, a los que no prestó atención. No había más, y comprendió que allí dentro no encontraría las explicaciones que buscaba. Iba a darse por vencida cuando vio una carpetilla de plástico que se confundía con el forro de la maleta y que crujió de seca y vieja en el momento en que la tuvo en sus manos. La abrió despacio, preocupada por si el contenido se había adherido a las cubiertas. Así era. Despegó con cuidado los papeles, dejándose alguna letra fundida en la parte transparente del interior, pero consiguió sacarlos: un certificado de matrimonio expedido en Cuba entre Margarita Gómez y José Hermoso. Otro certificado, este de nacimiento, también cubano, de Concepción Hermoso, más algunas estampitas y un par de recibos que el tiempo había convertido en ilegibles. La cédula de identidad de Margarita y algunos otros documentos oficiales, españoles y cubanos. Tres fotos de color sepia de personajes irreconocibles: un hombre en una de ellas, una pareja y lo que parecía una fiesta en las otras dos. No había fechas ni referencias al dorso. Nada que acreditase esa paternidad que el maraquero le había asegurado en La Habana.

Revisó de nuevo los papeles, no había ninguna carta entre ellos.

—Este vestido le encantaba a mi madre —comentó Concepción.

Lita hizo ver que miraba y asintió. Su abuela era analfabeta. Su madre había aprendido en la escuela a leer y escribir, los rudimentos de las sumas y las restas, y por supuesto el catecismo y las oraciones necesarias para acreditar la cristiandad tan favorecida por el régimen franquista de la época, poco más antes de dedicarse por completo, a los dieciséis años y ya con los estudios primarios, al servicio doméstico de los marqueses. Concepción podría haber leído y escrito la correspondencia de su madre y, en último caso, había quien leía y escribía cartas para los demás.

—Se lo ponía los jueves, cuando salía por la tarde —continuó Concepción, instalada en la nostalgia.

Lita murmuró un asentimiento.

—La recuerdo como si fuera ayer —suspiró la madre.

«¿Y si se lo digo ahora mismo? —pensó Lita—. "Eres hija del señorito Eusebio"». ¿Recordaría algo entonces? Imposible, se dijo. Y le daría un disgusto, o cuando menos una impresión impactante. No, sería un verdadero disgusto, concluyó. «Hija, qué tonterías dices —se opondría airada—. Yo, una criada mulata, ¿hija del señorito Eusebio?». Y soltaría una de esas risas con las que solucionaba todo, y no habría forma de convencerla, porque realmente ahí estaba todo su pasado, en esa maleta. Salvo que apareciera en alguna de esas fotos descoloridas, su abuela no había conservado nada de aquel aristócrata que supuestamente la había seducido... o quizá forzado, porque ¿qué importancia podría tener en aquella época lo que le hiciera un joven noble a su criada de color? Forzado, seguro, se dijo, y más conociendo el carácter de los Santadoma. La sola posibilidad de que su abuela hubiera coqueteado y se hubiera entregado de manera voluntaria, pasionalmente incluso, al padre de don Enrique le revolvió el estómago. En último caso, y suponiendo que ella hubiera poseído alguna prueba de aquella relación, no era menos cierto que cuando se produjo la muerte de Margarita, los Santadoma tuvieron acceso al contenido de la maleta, por lo que, obviamente, cualquier documento comprometedor habría sido destruido.

—¡Pues ya la hemos encontrado, hija! —exclamó Concepción con alegría, más de la que sentiría si hubiera encontrado un tesoro—. ¿La llevamos arriba?

Stewart le ofreció unirse al grupo de trabajo que representaba al banco americano en la operación de compra; lo haría por cuenta de los Santadoma, pero en su organización.

—Como si fuera una sucursal. Trabajarás en nuestras oficinas, lejos de los Santadoma, con el mismo contrato que has tenido hasta el momento. ¿Te parece bien? —Lita asintió—. ¿Has disfrutado en Cuba? —preguntó el americano como si ya hubiera dado por supuesto que sí.

—¡Muchísimo! Pero han sido demasiado generosos.

—No —dijo él, restándole importancia—. Los españoles siempre tenéis el «pero» en la boca. Te auguro un gran futuro con nosotros; entonces conocerás lo que es la verdadera generosidad.

Lita trabajaría con los americanos y después regresaría a la Banca Santadoma, cuando el marqués, que acabó por aceptar aquella entente, careciera de influencia. No perdería el trabajo, y Stewart le prometía un futuro que ya no dependía de su condición de hija de la criada. Todo lo referente a la relación familiar de su madre con los Santadoma se había frustrado después de no haber encontrado nada que pudiera demostrar esa relación en la maleta, que luego habían subido al piso, donde las esperaban los yorkshires, en silencio, obedientes.

—Sigo sin entender qué les haces a estos animales —volvió a sorprenderse Concepción mientras los saludaba con mimos y Lita depositaba la maleta encima de su cama.

La abrió. El contenido inocuo con el que se habían topado la alejaba de la posibilidad de acreditar la paternidad de su madre, y no se le ocurría qué camino seguir a partir de ahí, de qué hilo tirar. Solo disponía de la grabación en video de las palabras de un maraquero anciano, desdentado, vestido con chanclas, pantalón de deporte y una camiseta blanca de tirantes, que hablaba desde un sofá desvencijado; una imagen poco solvente dondequiera que se presentara.

Podría habérselo preguntado directamente al marqués en el momento en que, tras su conversación con Stewart, le devolvió la llamada que tenía pendiente. «Querido tío...», podía haber iniciado la conversación, porque de ser cierto que su madre era hija del señorito Eusebio de Santadoma, don Enrique no era otra cosa que su tío carnal. Ella, que a lo largo de su vida solo había tenido un pariente, su madre, recontaba ahora la extensa familia que podía llegar a rodearla: tíos, primos...

Pero no lo hizo, no se lo preguntó; aun así, el marqués percibió en la voz de Lita la ironía derivada de lo absurdo que resultaba esa perspectiva.

—Se te oye contenta, Regla —dijo él tras los saludos de rigor, confundiendo su tono de voz.

—Es por escucharlo a usted, don Enrique —replicó sin pensar.

El silencio que se produjo en la línea le concedió, sin embargo, tiempo suficiente para hacerlo. Y dudó. Un sudor frío la invadió en cuestión de un segundo.

—No era consciente de originar tales reacciones en ti.

El marqués no iba a dejarse vencer, siquiera dialécticamente, por una empleada. Lita se repuso y, con voz firme, reconoció haber aceptado la oferta de Stewart, consciente, no obstante, de que su empleador continuaba siendo la Banca Santadoma.

—Quiero recordarte que tu puesto está aquí, con nosotros, Regla —insistió, sin embargo, el marqués.

—No parece oportuno, don Enrique —alegó ella—. Comprenderá usted que es una situación... —Barajó varias posibilidades: incómoda, difícil, incluso humillante...—, ¡inaceptable! —terminó exclamando al mismo tiempo que se erguía en la silla, con el móvil en la mano, como retándolo desde la distancia.

Lo cierto era que Stewart le había adelantado que el marqués le propondría reintegrarse en el banco aun presumiendo que ella lo rechazaría; ya lo habían hablado entre ellos. «Entonces ¿por qué lo hará?», preguntó Lita, incrédula. «Cosas de vuestros aristócratas —respondió el otro con una sonrisa—. Se llama vanidad».

Lita era consciente de que la maleta no les había proporcionado prueba alguna, y seguía igual de convencida de ello el día en que, tras hablar con sus dos jefes, se presentó de improviso a comer en casa de su madre, compungida, con la absurda sensación de haberle fallado en algo que ni siquiera había llegado a confesarle.

Sentada a la mesa de la cocina, con los perros dócilmente tumbados a sus pies, la observó arreglárselas para preparar la comida. Verduras, no había otra cosa. Luego, tras la comida frugal y antes del postre, naranja cortada, Concepción introdujo la mano en el bolsillo de su delantal y sacó una estampita que colocó sobre la mesa, delante de ella.

—La Virgen de Regla —dijo—. Una de las estampas de tu abuela. Ya sé que no crees mucho en estas cosas, pero me gustaría que la tuvieras. Es la que te da nombre.

Lita tardó en bajar la mirada a la mesa, atenta, expectante, a la espera de comprobar si le sucedería lo mismo que en Cuba o aquello quedaría en una especie de experiencia misteriosa debido al calor, a la distancia, al alcohol y a aquellos bailes frenéticos; o quizá a algún magnetismo tectónico… ¿Acaso no estaban cerca del famoso triángulo de las Bermudas? Apretó las manos por debajo de la mesa y se relajó al comprobar que no la asaltaba ninguna sensación oculta. Deseaba dejar atrás ese episodio que no entendía. Entonces la miró y se encontró con la foto de la imagen de la Virgen negra vestida de azul que había contemplado en la ermita de Regla, al pie de la bahía de La Habana, y una corriente de aire extrañamente templado la acarició. Chascó la lengua en señal de decepción. Su madre la miró, pero su presencia se diluyó tan pronto como Lita sintió que flotaba sobre la tierra, igual que le había sucedido al otro lado del mundo. Se sintió llena y etérea al mismo tiempo, y la angustia se transformó en una placentera aceptación. Respiró hondo. Presentía lo que venía: una ola inmensa se abalanzó sobre ella. Jadeó. Los perros aullaron. Yemayá le hablaba de alguien, de una mujer, pero ella no la entendía. La diosa estalló en su cabeza. Los perros se volvieron locos y corrieron de un lado al otro entre aullidos.

# 13

*Bayamo, Cuba*
*Diciembre de 1868*

La revolución, encabezada por un grupo de idealistas que no superaba los ciento cincuenta soñadores que partieron del ingenio La Demajagua a conquistar la isla, se vio reforzada en poco tiempo por miles de personas, principalmente negros, esclavos y chinos, que conformaron un gran ejército, aunque escaso de armamento y recursos, y con nula formación militar. A los sublevados del departamento oriental, de orografía montuosa, vegetación boscosa y ríos caudalosos como el Cauto o el Bayamo, pronto se unieron las gentes de las provincias del departamento central: Camagüey, Santa Clara y Puerto Príncipe.

Mientras que en el departamento occidental, rico, llano y fértil, con La Habana y Matanzas como ciudades más representativas, la rebelión no llegaba a prosperar fuera de conciliábulos políticos que pronto se aplacaron con dureza inusitada, situación que degeneró en una subversión soterrada, en el resto de la isla las ideas independentistas y abolicionistas se extendieron por pueblos y ciudades, y sus habitantes enarbolaron esas banderas aprovechando la respuesta tardía y, en general, condescendiente de las autoridades españolas, que pese a todo conservaban el control de las grandes capitales apoyados por una población, mucha de ella de origen francés exiliada de Haití, que temía baños de sangre como los producidos en la isla vecina tras la revuelta de los esclavos.

Kaweka pronto demostró su utilidad como curandera. Las catorce camas del hospital civil de Bayamo continuaron atendidas por Gertrudis, al mando de algunas piadosas mujeres blancas de la ciudad que acudían a la institución con el objetivo de tranquilizar sus conciencias y colaborar con la revolución, aunque fueran acompañadas de sus esclavas, que se ocupaban de las tareas más ingratas.

Regla, como era conocida Kaweka, fue destinada a los campamentos de las afueras en los que se hacinaban negros todavía esclavos o recién liberados, junto a muchos chinos, si bien estos solo eran atendidos por los médicos de su nación, de los que se decía poseían conocimientos y remedios mágicos que mantenían en secreto. Kaweka cruzaba la ciudad acompañada por Cecilia y por una Sabina a la que inicialmente asignaron a las cocinas del hospital y a quien ella reclamó sin contemplaciones.

—La señora Gertrudis me ha encargado que cure a los negros y necesito a la muchacha —replicó ante la oposición de la cocinera, nada dispuesta a perder a su inesperada pinche.

La mujer se quejó a la enfermera, pero esta pasó por alto la insolencia e indisciplina de Kaweka tras recibir el informe que ese mismo día le hizo llegar el médico destinado a los negros, en el que le comunicaba que Kaweka se había hecho cargo con éxito de una de las enfermerías: una construcción abierta a los cuatro vientos, techada a base de hojas de palma y sostenida por troncos, ubicada en el interior de un terreno extenso donde, a excepción de aquellos pocos que habían conseguido una lona bajo la que resguardarse a modo de tienda de campaña, la mayoría de los negros dormían al raso, privados de cualquier tipo de protección o comodidad.

Además de los que se accidentaban en las tareas de construcción de trincheras y empalizadas, hacía días que llegaban heridos desde los campos de batalla de los alrededores de Bayamo: Jiguaní, Baire, Holguín, Las Tunas, El Cobre..., donde el ejército libertador se batía con mayor o menor fortuna.

—Seguimos siendo esclavos —le comentó a Kaweka un hombre al que una bala le había atravesado el muslo.

—¡Pero ahora nos tratan peor! —se quejó otro a gritos, tumbado en un jergón de hojarasca un poco más allá.

Desde su posición privilegiada, Kaweka no tardó en percibir la insatisfacción de sus hermanos de raza. Cierto que algunos habían sido libertados, pero, pese a ello, continuaban a las órdenes de sus antiguos mayorales, que habían pasado a ocupar cargos de suboficiales en sus mismas compañías. También había negradas enteras que se hallaban en el ejército en calidad de esclavas, aportadas a la causa revolucionaria por unos amos que ahora se pavoneaban vestidos de oficiales por las calles de Bayamo.

Los negros trabajaban cortando árboles en las vías que accedían a la ciudad para defender la que se había proclamado como capital de la nueva república, y los que no estaban destinados a aquellas tareas realizaban servicios complementarios: asistían a los oficiales blancos o mulatos, alguno de los cuales contaba hasta con cinco de ellos, o conducían carretas; eran cocineros, limpiadores, agricultores, forrajeros... El ejército libertador estaba dirigido por jefes, oficiales y suboficiales blancos o mulatos libres, a los que se les atribuía una cultura superior a la de los negros esclavos, que en su casi totalidad eran analfabetos y trabajadores de la caña, el tabaco, la ganadería o el servicio doméstico.

Con todo, la discriminación más importante se producía en el momento de la batalla: los negros, armados con simples machetes, garrotes y lanzas de madera de jiquí, alguno quizá con una escopeta vieja con la que acaso podía disparar una bala, eran lanzados por delante de la caballería del ejército mambí, como se denominó a los sublevados, un término peyorativo de origen africano que significaba «bandido» o «criminal».

Sin embargo, esos hombres maltratados por sus superiores luchaban por una causa propia diferente de la independencia política que pretendían blancos y criollos. El grito de «¡Viva Cuba libre!», el lema con el que atacaban a sus enemigos, tenía un significado muy superior para ellos porque implicaba su libertad, y solo con sus machetes se enfrentaban a las tropas españolas por mejor armadas que estas pudieran estar.

—Ha sido en Baire, en un lugar conocido como Tienda del Pino... —oyó Kaweka contar a un hombre.

Ella permanecía apoyada en uno de los troncos que sostenían

el techo de la enfermería, y el que hablaba estaba sentado entre un numeroso grupo de soldados que descansaban en el exterior. La tarde se extinguía y el lugar aparecía abarrotado por miles de negros en una especie de gran bazar. Kaweka nunca había visto reunida a tanta gente, los varios centenares de esclavos que constituían la negrada de La Merced se quedaban muy atrás, y por eso observaba con cierta aprensión, con un respeto visceral, aquella concentración humana que bullía agitada dentro de los límites que tenían marcados.

—Han cargado con machetes —intervino otro soldado que se hallaba en pie.

A partir de entonces se atropellaron los unos a los otros en sus relatos. Según entendió Kaweka, la vanguardia enemiga se había visto sorprendida por una avalancha de rebeldes, armados solo con machetes. Muchos españoles cayeron y el resto se vio obligado a retirarse a Baire, de donde logró huir de madrugada, al amparo de una niebla espesa.

—¡Ellos nos enseñaron a usarlos! —gritó uno de los hombres alzando su machete al cielo.

Kaweka vio relumbrar un sinfín de hojas que, entre vítores y vivas a «Cuba libre», se agitaron sobre las cabezas de los negros. Quizá alguno de esos machetes fuera uno de los que ella misma había robado en La Merced y entregado a los cimarrones para que defendieran su libertad. Y aunque no lo fueran, los representaban, se dijo con la garganta agarrotada. Antes, en los ingenios, los esclavos eran despojados de las armas tan pronto regresaban del cañaveral; ahora los conservaban, y Kaweka contemplaba cómo los afilaban con paciencia, e incluso mimo, y cómo les sacaban brillo. Esos hombres que antes se sometían a los blancos y se arrodillaban ante el amo para recibir su bendición, clamaban ahora por la sangre de sus opresores. Olvidó las quejas que oía de algunos en la enfermería, probablemente ciertas, y se imbuyó del espíritu de rebeldía que por fin veía aflorar en los suyos.

—¡Viva Cuba libre!

Kaweka alzó el puño al cielo y gritó tan alto como lo hacían los hombres blandiendo sus machetes. El grito de guerra, aquel que había nacido en el pequeño pueblo de Yara tras el inicio de la revolución, unió a los negros en un bramido que los españoles debieron de escuchar hasta en Santiago de Cuba, a jornadas de distancia.

Sin embargo, cuando la pasión se enfriaba y las sombras de la noche dibujaban recuerdos, Kaweka lloraba.

—¿Piensas en tu hija? —aventuró Cecilia, acostada a su lado.

—Sí —le confesó—. ¿Qué estará haciendo?

La anciana conocía la existencia de Yesa, y los muchos percances que habían acompañado la vida de la pequeña. Kaweka le había hablado de ella mil veces, siempre asegurándole que estaba viva, que Yemayá se lo decía, pero también había buscado el consuelo de la mujer ante la desesperación por la distancia, por la ignorancia. Incluso le habló de Modesto cuando la otra insistió en que dudaba mucho que nunca hubiera habido un hombre especial en su vida.

—Pero ahora todos son especiales. —Kaweka se rebeló contra sus propios recuerdos—. Debo luchar por todos ellos.

—Sí —reconoció Cecilia—, y venceremos. Y entonces tú misma liberarás a tu hija. La diosa te ha pedido que luches; satisfácela, mantenla contenta y ella no te fallará. Lo sabes.

De Modesto no dijo nada.

Kaweka nunca había estado más en comunión con Yemayá; la diosa parecía feliz en el ambiente de revuelta. Allí, en Bayamo, rodeada por miles de negros, no tenía nada que ocultar. Si poco había tardado en que la reconocieran como curandera, menos aún se demoró en mostrar públicamente su relación con Yemayá, entregándose con pasión a los bailes con tambores que siempre se celebraban los domingos, cuando las campanas de las iglesias de Bayamo llamaban a misa mayor.

Los domingos se convirtieron en los días en que aquel ejército que continuaba maltratando a los negros dejaba de parecerse a las explotaciones de las que los habían extraído. En el mismo campo, a cielo abierto, los tambores retumbaban hasta que el suelo temblaba y el polvo se levantaba de la tierra reseca. Hombres y mujeres cantaban y bailaban hasta enronquecer y caer en trance. Desaparecían la disciplina y la castidad que los oficiales blancos y mulatos pretendían imponer durante las jornadas de instrucción, a menudo infructuosamente, y el desenfreno se apoderaba del campamento. Si en los ingenios, con los hombres sometidos a esclavitud y la producción como única razón de su existencia, la celebración de aquellas reuniones en las que se mezclaban sexo, fiesta y hechicería había sido consentida hasta por la Iglesia, no cabía esperar menor permisividad ahora que los esclavos se habían convertido en la médula del ejército rebelde.

Kaweka abandonó cualquier precaución de las impuestas por mamá Ambrosia ante las fiestas de los domingos en La Merced, e incluso se desprendió de su condición de iyalocha, renunciando al papel de elegida de los dioses que había vivido de la mano de Eluma en el palenque. Necesitaba sentirse mujer, una negra sencilla como las que se internaban en el campamento en busca de sus hombres tan pronto como los mandos se olvidaban de la tropa y acudían a las iglesias y los casinos de la ciudad.

Yemayá se lo agradecía. La montaba con alegría, igual que hacían otros santos con hombres y mujeres en las muchas fiestas de tambores que competían en el recinto, como si los negros hubieran trasladado a las afueras de Bayamo los cabildos de nación a los que acudían en las ciudades. El aguardiente y el ron de caña, botín de las incursiones por ingenios y poblados, corría entre la gente. Kaweka bebió un cuenco después de agotarse tras un baile largo y delirante. Brindó con Cecilia y Sabina, que estaban tan sudorosas como ella. Muchos otros seguían cantando y bailando al ritmo frenético de unos tambores que no descansaban. Varios hombres las rodearon: los ojos chispeantes, alcohol en el aliento, la lujuria brotando por todos sus poros. Las manosearon. Ellas pugnaron por zafarse, aunque sin mucho empeño.

Yemayá continuaba burbujeando en el interior de Kaweka y lo hizo con más fuerza al roce de los cuerpos. La diosa se mostraba receptiva a la voluptuosidad del momento, al ambiente almizclado que se respiraba en el campamento.

—¿Qué vas a hacer con una anciana seca como yo? —se quejó Cecilia a un negro que la asediaba, más viejo aún que ella.

Kaweka sonrió ante la escena, pero al instante se volvió hacia Sabina, a quien pretendían varios hombres a los que el deseo empezaba a cegar. Dio un par de manotazos al aire para librarse de los que la molestaban a ella y acudió en ayuda de la muchacha. Pese a su juventud, Kaweka supuso que ya había tenido relaciones carnales en Sierra Maestra y, de no ser así, no cabía duda de que esa tarde se iniciaría. Eso parecía incuestionable. Los hombres ya se retaban y se amenazaban entre ellos por poseerla. Kaweka presintió que no tardaría en estallar la pelea. Entre los esclavos, los hombres ya eran superiores en número a las mujeres en ingenios, cafetales y potreros, y no todas los habían seguido al ejército, por lo que la desproporción entre sexos se había incrementado: había miles de soldados fuera de sí, dominados por la excitación, para un número reducido de mujeres.

Destrozarían a la muchacha.

—¡Ya tiene esposo! —chilló Kaweka, apartando a empujones a los negros que la rodeaban—. ¡Su hombre os matará si la tocáis!

—Que la comparta —propuso uno de ellos.

—¿Y tú? —inquirió otro agarrando a Kaweka por la cintura.

—También lo tiene —aseguró Cecilia, presta a defender a las suyas.

Un negro alto soltó una carcajada.

—¿Quién quiere a esta vieja? —bromeó.

Eran seis o siete. Uno más iba y venía, y las empezaron a separar a empujones del lugar en el que seguían tronando los tambores y los gritos. Mientras un par de hombres la arrastraban, Kaweka se volvió hacia el espectáculo del que ella misma había formado parte hacía unos instantes: nadie las oiría, y si lo hacían, tampoco acudirían en su ayuda. ¿Por qué iban a hacerlo si estaban todos enloquecidos? Trató de encontrar a Porfirio con la mirada. Ese domingo no lo había visto; probablemente estaría de expedición con alguna partida. Tampoco encontró a Jesús. Llegaron cerca del río, donde los cánticos iban paulatinamente sustituyéndose por los jadeos, las risas y los gemidos de placer de otras parejas o grupos que se apartaban hasta allí. Las tumbaron sin contemplaciones entre las cañas que crecían en la orilla.

Kaweka tuvo poco tiempo para comprender su error: a aquellos animales en celo poco les importaba la juventud de Sabina, la senectud de Cecilia o su propia delgadez. Solo querían entregarse al sexo, montarlas, explotar dentro de ellas, y volver a hacerlo con alguna de las otras dos o con la misma, por delante, por detrás, o con otro hombre. Estaban fuera de sí, borrachos de alcohol, ebrios de frenesí y de ansias de libertad. Entre los juncos, tuvo oportunidad de cruzar una mirada con Sabina, que yacía ya bajo el cuerpo de uno de los hombres, que la embestía mientras otro se masturbaba, de forma compulsiva, de pie, cerca de la pareja. Kaweka quiso transmitirle a la joven un mensaje de ánimo, transferirle una parte del deseo lúbrico de la diosa que percibía en su interior, pero se encontró con que los ojos húmedos y crispados de la muchacha miraban más allá de cualquier punto.

—¡Disfruta! —le gritó cuando un mulato pequeño pugnaba por tomarla a ella, reptando por encima de su vientre como si tuviera miedo de que escapara.

—¡Rómpeme! —se escuchó entonces gritar a Cecilia, tumbada algo más allá—. ¿Eso es todo lo que eres capaz de hacer! —Al instante aumentaron los jadeos—. ¡Más! —se burló la vieja.

Kaweka rio. Los demás presentes se extrañaron al oírla, y se quedaron más atónitos aún cuando la mujer rugió en el momento en que el mulato logró penetrarla. El hombre se paralizó.

—¡Continúa! —le exigió Kaweka agarrándolo del cabello y tirando hasta arrancarle unos mechones—. Estás follando a una diosa. Demuéstrale lo hombre que eres. —Ella misma lo empujó arriba y abajo, y se acopló a él de forma obscena—. ¡Sabina —chilló en dirección a la joven—, las diosas están con nosotras, contigo, en tu interior, comparten tu cuerpo! ¡Dales el placer que quieren! ¡Siéntelas!

Supo que la muchacha había recibido la visita de la divinidad porque esta fluyó sobre todos ellos a modo de un inapreciable torbellino que las envolvía en deseo y poder. Y las tres gritaron y rieron, y gritaron más todavía. La voz de Cecilia sonó firme, hasta joven, y los jadeos de Sabina se elevaron por encima del río como los más sensuales que había emitido mujer alguna. Y las tres reclamaron una satisfacción que los mortales no podían proporcionar. Uno de ellos huyó, y los demás se fueron retirando, en silencio, anonadados, a medida que iban perdiendo las fuerzas y su vigor flaqueaba.

Al final se quedaron solas, aturdidas por todo lo que había sucedido. Los tambores seguían retumbando bajo sus pies. Les costó levantar a Cecilia, a la que encontraron desmadejada entre las hierbas; la ayudaron a ponerse de pie y la sostuvieron el tiempo necesario para que la mujer se recuperase un poco y comprendiera que todavía estaba viva.

—Nunca... —La vieja tomó aire—. Nunca había sentido nada igual. Lástima que me llegue a estas alturas de la vida.

Sabina coincidió con una sonrisa. Pero buscar la satisfacción de las diosas y saciar sus espíritus comportaba un coste que fueron apreciando a medida que transcurrían los segundos: ropas destrozadas, marcas de mordiscos y arañazos en todo el cuerpo. El dolor las asaltó mientras caminaban en dirección al hospital de Bayamo; Kaweka no quería permanecer en la enfermería donde podrían venir a buscarlas otros hombres, que ya las habían mirado con curiosidad mientras cruzaban el campamento. Los comentarios sobre ellas ya debían de correr de boca en boca.

—¿Tu diosa no puede quitarnos estos dolores? —preguntó Cecilia, que cojeaba de forma ostensible—; a fin de cuentas, ha sido por ella que...

—A las diosas les importan muy poco nuestros sufrimientos —la interrumpió Kaweka—. Hoy han disfrutado, están contentas y relajadas, y ahora no es momento para molestarlas y que se enfaden. Ya se lo recordaremos en otra ocasión.

Se curaron como pudieron y, sin cenar, se acurrucaron en uno de los almacenes que les había mostrado Gertrudis el día que llegaron. Cecilia cayó rápido en un sopor ruidoso, tumbada en el mismo suelo. Sabina y Kaweka, junto a ella, pero sentadas y apoyadas contra la pared, se perdieron unos instantes en aquella respiración dificultosa, hasta que la joven se dejó caer y acomodó la cabeza en el regazo de la otra, que le acarició con ternura el cabello y el costado, canturreando, pretendiendo alejar su recuerdo de la violencia vivida esa misma tarde. Luego, cuando la joven se durmió, las lágrimas corrieron por las mejillas de Kaweka: allí, con ella, recibiendo su cariño, debería estar Yesa.

Pasada la Navidad de ese año de 1868, las noticias de la reacción de los cubanos fieles a España empezaron a llegar con intensidad a la ciudad: el conde de Valmaseda, comandante general de las tropas españolas, se dirigía a Bayamo para reconquistar la capital al frente de un ejército bien pertrechado, cualidad de la que carecían los rebeldes, que sin embargo confiaban en el mayor número de efectivos y en el espíritu patriótico que, según se había demostrado, era capaz de equilibrar esa carencia.

Ante el avance de los españoles, Céspedes volvió a hacer un llamamiento a los negros, y el 27 de diciembre dictaba un decreto en el que reiteraba la libertad de aquellos esclavos cuyos propietarios presentaran al ejército. A partir de ese momento, todos esos libertos eran obligatoriamente adscritos al servicio de la patria, y a los propietarios que se habían desprendido de ellos se les reservaba una futura indemnización. Por otra parte, sin embargo, se mantenía la posibilidad de que los amos aportasen sus esclavos al ejército sin concederles la libertad, disponiéndose en otro apartado, de forma incomprensible, aunque probablemente derivada de un sentimiento compartido de casta y abolengo hasta con el enemigo, el respeto a la propiedad de los esclavos de los cubanos fieles a los españoles.

Kaweka no entendía de leyes, pero sí entreveía que era posible alcanzar la abolición al lado de aquellos insurgentes, algo que nunca creyó viable bajo la soberanía de personas como el marqués de Santadoma y sus amigos hacendados de la Cuba occidental.

—¿Qué os importa tener que pelear como soldados? La libertad hay que ganarla —discutía en la enfermería ante las quejas de algunos negros.

Sin embargo, el goteo de deserciones era constante; muchos libertos preferían entregarse a las autoridades españolas que continuar sometidos a la disciplina militar de los revolucionarios, y huían a Santiago de Cuba o a cualquier otro lugar que aún estuviera bajo el dominio de las tropas conservadoras.

—Prefieren seguir siendo esclavos —los excusaban los soldados ante la vehemente argumentación de Kaweka.

—¿Y volver a trabajar en los ingenios? —escupía ella entonces—. Mejor morir.

Fue con ese ánimo, el de que era mejor morir que vivir en esclavitud, con el que los negros que formaban parte de las tropas insurgentes acudieron al encuentro con Valmaseda, al que los estrategas rebeldes tenían previsto inmovilizar en la orilla del caudaloso río Cauto, en un lugar conocido como Cauto del Paso, por donde transitaba el camino real, a cerca de treinta kilómetros de Bayamo.

Kaweka marchaba con ellos, y también Cecilia y Sabina, las tres cargadas con vendas, pócimas, medicamentos y los instrumentos y útiles necesarios para cumplir con su cometido, una tarea en la que las ayudaban varios chiquillos a los que habían reclutado mientras desfilaban junto a los soldados.

—Con nosotras comeréis —les dijeron, convenciéndolos así con facilidad.

No eran las únicas enfermeras en unas tropas que partieron de Bayamo y a las que se fueron sumando los hombres del general Donato Mármol, al que Céspedes había encomendado salir al encuentro del enemigo, y que en conjunto llegaron a conformar un ejército de cerca de siete mil hombres, de los que, sin embargo, solo un millar aproximadamente disponía de armas de fuego.

Kaweka se sumó a los cánticos de esclavos y libertos: estos, armados con machetes, lanzas, horcas o simples palos, pero animados ante la desproporción de fuerzas que les habían comunicado los observadores, ya que duplicaban en número a los españoles, que contaban con tres mil hombres y tres piezas de artillería. Además, gozaban de la protección natural del río Cauto, que Valmaseda y sus hombres tendrían que vadear bajo su fuego si querían liberar Bayamo. Aquel se planteaba como un combate trascendental para los intereses de la revolución patriótica cubana: el primer enfrentamiento a campo abierto entre los dos ejércitos.

Vencerían, se animaban los hombres unos a otros. Se les presentaba la oportunidad de luchar por la libertad y no iban a desaprovecharla. Kaweka henchía el pecho y llenaba los pulmones con el aire que exhalaban a su alrededor aquellos miles de valientes. Hacía doce años que la habían desembarcado de un clíper en la playa de Jibacoa, y pese a los actos de rebeldía en contra de la esclavitud que había protagonizado en todo ese tiempo, jamás llegó a imaginar que algún día se encontraría caminando y cantando entre un ejército de negros que clamaban contra aquella lacra humana. ¡Los esclavos se alzaban!

Trató de hacerse una idea sobre cómo sería la batalla. Desde que Porfirio le explicase con simpleza el contenido de algunas pinturas bélicas, Kaweka había tenido oportunidad de escuchar de boca de los hombres del campamento infinidad de historias acerca de los enfrentamientos: las escopetas, los cañones, los caballos..., ¡la carga al machete! Se le erizó el vello al fantasear con todos aquellos soldados lanzándose a pecho descubierto contra los españoles.

Así fue como, tras unirse a las tropas del general Mármol, los rebeldes llegaron a la zona de conflicto, aquella en la que se proponían detener el avance de Valmaseda, en los confines del río Cauto, una corriente plagada de meandros y afluentes complicada de vadear salvo por los lugares previamente establecidos y que resultaban fáciles de defender. Las tropas rebeldes maniobraron de acuerdo con los informes que les llegaban de sus espías acerca de los movimientos del ejército español. Dos generales se enfrentaban en el campo de batalla. Por un lado, Blas Diego de Villate, conde de Valmaseda, de cuarenta y cuatro años, con estudios militares a los que había dedicado su vida y con experiencia en los levantamientos en España y en las guerras de Marruecos. Frente a él, Donato Mármol, de veinticinco años, hijo de una familia adinerada con tierras en Bayamo, que antes de hacerse cargo de la administración del potrero llamado Santa Teresa tras la muerte de su padre, viajó por Francia y España. Comulgaba con las ideas revolucionarias y fue uno de los hacendados que se unió a Céspedes en el levantamiento contra la tiranía española. Su amigo lo nombró general.

Valmaseda engañó a Mármol y, tras una maniobra de distracción, cruzó el río Salado, afluente del Cauto. Repentinamente, los ejércitos se encontraron frente a frente, en un llano entre bosques, sin cauce alguno que protegiera a los negros desarmados que conformaban la vanguardia de las tropas cubanas.

Los españoles eran menos, eso decían, pensó Kaweka, pero en el momento en que los vio, formados con cierto orden, vestidos con sus uniformes blancos con rayas azules, armados con escopetas y cañones, le parecieron mucho más imponentes que el hatajo de desharrapados que caminaban con ella despreocupadamente.

—¡Viva Cuba libre!

El grito resonó a lo largo de las filas rebeldes.

—¡A por los patones!

Los machetes, las lanzas y las horcas se alzaron al cielo… ¡junto a centenares de manos negras vacías!

Kaweka tembló.

Los oficiales blancos y mulatos, que ocupaban posiciones por detrás de las filas, a resguardo de los disparos, ordenaron a los antiguos esclavos negros, y a los que seguían siéndolo, que cargaran contra los españoles.

Las salvas de fusilería enemiga tronaron en el campo. Kaweka vio dudar a muchos de los negros. Algunos reculaban, otros escapaban sin disimulo mientras los oficiales trataban de detenerlos, pero la mayoría, embebida por el odio de años de servidumbre y humillación, se lanzó contra los fusiles y los cañones de los españoles, machete en mano, como si aquel instrumento con el que habían trabajado los cañaverales pudiera convertirse en un amuleto que protegiese sus vidas.

Sabina se abrazó a Kaweka. Cecilia bajó la cabeza, negándose a presenciar la masacre que anunciaron las primeras balas. No habían sido capaces de retener a los niños que las acompañaban. Y entonces llegaron los cañonazos. Los negros caían a decenas. La ira, la pasión, los gritos, el estrépito; el caos les impedía apreciar la situación. Atacaban en grupo como una manada inconsciente, instintiva, enloquecida, y los españoles se limitaban a disparar sin tan siquiera tener que molestarse en apuntar.

Kaweka notó correr las lágrimas por sus mejillas. «¡Ingenua!», se insultó, preguntándose cómo había podido soñar con una victoria de los suyos. Buscó a la diosa, pero esta no estaba. La llamó. «¡Yemayá, protégelos!», le rogó. No acudió.

—¡Zorra! —la insultó entonces, con los puños apretados, hincándose las uñas en las palmas.

Mientras, los negros empezaron a comprender el engaño, y aquellos que tuvieron que saltar por encima de sus compañeros muertos o heridos para seguir avanzando detuvieron su carrera.

—¡Adelante! —se oyó gritar a los oficiales, bien parapetados.

—¡Continuad!

—¡Atacad!

—¡Volved! —gritó, sin embargo, Kaweka.

Muchos le hicieron caso y regresaron.

Los españoles continuaron disparando durante la retirada hasta que los rezagados pusieron suficiente tierra de por medio para que las balas no los alcanzasen. El campo quedó sembrado de cadáveres y heridos y, sin solución de continuidad, Valmaseda ordenó a su ejército, que no había sufrido más que algunas bajas, que se reagrupase para dirigirse al río Cauto.

El general Donato Mármol dispuso idénticas instrucciones a los rebeldes. Para impedir la recuperación de Bayamo era imprescindible detener a Valmaseda en su paso por el Cauto y, mientras los dos ejércitos emprendían de nuevo sus marchas, Kaweka y sus dos compañeras, al igual que otros sanitarios y muchas mujeres que habían acompañado al ejército, se encogieron y se estremecieron ante los lamentos, los llantos y los angustiosos aullidos que fueron sustituyendo a las órdenes, las consignas y los disparos, y que vinieron a asolar el campo de batalla creando un nuevo universo, el del dolor y la tragedia, en el que Kaweka se sumergió con un dubitativo paso adelante.

Los cadáveres yacían abandonados en el mismo campo: algunos llorados por sus mujeres; la mayoría, solos y olvidados. Kaweka y los suyos pelearon por atender a los heridos de bala o por la metralla de los cañones que se había fundido en sus carnes. Algunos negros viejos, de los que ni siquiera portaban armas, se quedaron con ellas, así como los demás sanitarios y unos carros de bueyes que Mármol dispuso para el traslado de los heridos hasta Bayamo.

—Ve tú en el primer viaje —ordenó a Kaweka un cabo mulato. Ella hizo ademán de quejarse—. Serás necesaria allí a medida que vayan llegando los heridos. En la enfermería serás más útil —insistió.

Obedeció, y anduvo al lado de la carreta de bueyes como cuando regresaban de los cañaverales al ingenio, aunque, en esta ocasión, en lugar de caña transportaban valientes... «O locos que se han prestado a arriesgar sus vidas», pensó Kaweka, negando con la cabeza. Los que estaban en condiciones se arrastraban detrás del carro, ayudándose entre ellos, como hacía Sabina con Manuel, uno de los niños que llevaba el material sanitario, al que habían encontrado con una pierna rota, quizá alguna costilla, y varios golpes recibidos tras caer y ser pisoteado durante la avalancha.

El conde de Valmaseda y Donato Mármol continuaban jugando al gato y al ratón, alrededor del río Cauto, por lo que carros y heridos gozaron de paso franco hasta Bayamo, donde Kaweka trabajó a destajo con los hombres. Acudió Gertrudis desde el hospital y con ella muchas de las mujeres blancas que la ayudaban, pero eran tantos los heridos que pronto faltaron las manos expertas y los recursos.

Tras algunas escaramuzas, el general español volvió a engañar al cubano cuando simuló un ataque y terminó cruzando el río bajo un mermado fuego enemigo. Los rebeldes se replegaron en Bayamo bajo la presión del avance de las tropas de Valmaseda y de otras tres columnas enemigas que, a su vez, habían salido de Holguín, Santiago de Cuba y Manzanillo. Ante la superioridad de las fuerzas enemigas, cuatro días después del combate del Salado, Céspedes y su estado mayor consideraron imposible defender la que había sido la primera capital de la república cubana independiente, y ordenaron desalojarla.

En las afueras de la ciudad, donde el campamento de los negros, Kaweka tuvo conocimiento de la decisión estratégica a través de los hombres que abandonaban el lugar: algunos ordenadamente, junto a sus oficiales; otros atemorizados, a la desesperada.

—¿Y los heridos? —preguntó a Gertrudis.

Muchos, los que podían andar, se sumaban al éxodo, y alguno conseguía encaramarse a los carros cargados de pertrechos con la indulgencia de algún suboficial mulato y del boyero, pero aun así quedaban más de dos centenares que habían desbordado la capacidad de la enfermería de Kaweka y se extendían por sus inmediaciones tirados sobre mantas o directamente en la tierra.

—Habrá que dejarlos aquí —contestó la mujer mientras recogía sus pertenencias.

Ese día ya no la había acompañado su ejército de damas blancas solidarias.

—Pero... los españoles... —balbuceó Kaweka.

—El conde de Valmaseda ha prometido clemencia a los que se rindan —sentenció Gertrudis.

—¡Volverán a ser esclavos! —advirtió Kaweka cuando la enfermera ya iniciaba la marcha hacia la ciudad.

La otra volvió la cabeza, la examinó de arriba abajo con displicencia y se marchó sin la menor turbación, como acostumbraban a hacer los amos blancos. Cecilia y Sabina, y algunas de la escasa docena de mujeres negras que se habían quedado a ayudar con los heridos en lugar de buscar la protección del ejército de Mármol, interrogaron al unísono a Kaweka concediéndole una autoridad a la que no aspiraba.

—¡Nos quedamos! —proclamó asumiéndola.

Muchas sonrieron. Cecilia, la más cercana a ella, continuó mirándola, exigiéndole algo más.

—Ya decidiremos qué hacer cuando los patones estén cerca. Toda la gente de Bayamo ha estado al lado de los sublevados, han traicionado a los españoles y se quedan. Supongo que también confían en el perdón —trató de tranquilizarla.

Kaweka no acertó en sus suposiciones. Si el ejército se hallaba en retirada, los habitantes de Bayamo decidieron seguirlo y lo anunciaron en la noche: una llamarada imponente se alzó en el cielo oscuro por encima de la silueta de los edificios de la ciudad.

Kaweka y las demás contemplaron atónitas el panorama. Yemayá, bailando al ritmo de aquella lengua de fuego, eligió ese momento para acercársele, y notó arder sus entrañas tan pronto como la diosa la montó. El fuego en el interior de su cuerpo le secó boca y garganta y le impidió siquiera sumarse a las exclamaciones de las demás cuando otras llamaradas se sumaron a la primera. Y hubo más a lo largo de la noche, todas voraces, rugientes, atacando el cielo. Las llamas lamieron la enfermería cuando se incendió la iglesia de San Francisco con la que lindaba el campamento de los negros. ¡La ciudad entera ardía! Casas, palacios, iglesias, cuarteles, hospitales... Los bayameses no iban a permitir que Valmaseda y sus tropas aprovechasen un solo edificio de una ciudad que preferían inmolar.

La diosa se lo dijo, y Cecilia también:

—El general español no tendrá misericordia tras este incendio.

Al amanecer, Bayamo continuaba ardiendo por completo y sus más de seis mil habitantes escapaban de ella, cargados con sus enseres.

—Los españoles atenderán a los heridos —afirmó una de las mujeres. Todas se hallaban reunidas alrededor de Kaweka.

—De nada sirve que estemos aquí. Nos esclavizarán otra vez, nos castigarán y eso no servirá para que los hombres se recuperen —añadió otra—. Si quieren atenderlos, lo harán, con nosotras o sin nosotras. Si, por el contrario, quieren dejarlos morir, lo harán igual, por más que nos opongamos.

—Debemos huir —sentenció una tercera.

—No conseguiremos nada quedándonos —la apoyó otra.

Abandonar a todos aquellos hombres que se habían lanzado contra los fusiles enemigos por la libertad, por ellas mismas y por sus hijos originó un silencio solo roto por el rugir de los incendios.

—¡Hacedlo! —se oyó desde uno de los camastros.

—¡Huid! —les llegó desde otro.

En un instante, el dilema que atenazaba a Kaweka y a las demás corrió de boca en boca entre los hombres que aún permanecían conscientes.

—¡Viva Cuba libre! —alcanzó a gritar uno de ellos.

—¡Sed libres!

—Los demás os necesitan.

—¡Pelead por nosotros!

Cada una de aquellas exhortaciones, la mayoría débiles y apagadas, avivaron el fuego interior de Kaweka y encendieron un espíritu de lucha que había decaído tras la masacre del río Salado. La diosa seguía con ella, a modo de espectadora, y la notaba estremecerse ante el sufrimiento de cada una de esas decenas de voces heridas que se alzaban. Un aguijón por cada suspiro. Los oficiales rebeldes blancos, en su particular guerra para independizarse de España, habían lanzado a todos esos hombres a una muerte segura; se habían burlado de sus vidas enfrentando lanzas de madera contra cañones, habían jugado con ellos sin compasión, como en los ingenios y cafetales, y sin embargo ahí estaban, animándolas a ser libres, a continuar persiguiendo esa quimera que, ya fuera enterrada por el miedo o exacerbada por la locura, albergaba dentro de sí todo esclavo.

Kaweka volvió a verse interpelada por el resto de las mujeres y Yemayá estalló dentro de ella. Tenían razón: no servía de nada quedarse allí. Probablemente los españoles ni siquiera les permitirían seguir cuidando de los suyos, las esclavizarían y las mandarían de vuelta a los ingenios o a servir como criadas. No cabía otra posibilidad: debían seguir peleando; aun así, le costaba tomar esa decisión.

—Piensa en Yesa —le susurró Cecilia ante su duda.

—Nos vamos —ordenó entonces con firmeza.

—Llevaos nuestros machetes —les aconsejó uno de los heridos—, de poco nos servirán a nosotros.

Los bayameses continuaban huyendo, dejando tras de sí una ciudad en cenizas. Kaweka, Sabina y Cecilia, Manuel, cojeando con una pierna entablillada, varios chiquillos y la docena de mujeres que habían permanecido junto a los heridos se sumaron a las filas de fugitivos. Todas iban ligeras de equipaje: el machete y algún hatillo, como el de Kaweka, donde aún guardaba el botón blanco que le habían regalado los jóvenes en La Habana y algunas cuentas de colores conseguidas desde su desembarco en Santiago de Cuba, todavía insuficientes para construir un nuevo collar para Yemayá.

—Toma, carga con este saco, negra.

Instintivamente, Kaweka se volvió hacia atrás, de donde provenía la voz. Un hombre blanco exigía a Clotilde, una de las suyas, que transportase un saco grande lleno de objetos. La mujer negra dudaba, pero bajó la mirada ante la autoridad del blanco.

El machete estuvo a punto de hundirse en el pecho del hombre. Kaweka se sorprendió a sí misma plantada delante de él, con el brazo extendido y la punta del arma pinchando su carne con firmeza.

—¿Qué haces? —empezó a quejarse el agredido.

—Llévalo tú —masculló Kaweka, apretando algo más el cuchillo.

—¿Cómo te atreves!

Kaweka aguantó la mirada del blanco con la misma firmeza con la que sostenía el machete: su cuerpo en tensión, el cuello erguido, toda ella envarada, tratando de oponer su escasa estatura a la del otro.

Algunos bayameses se detuvieron a su alrededor mostrando incredulidad y sorpresa ante la escena. Kaweka presintió que aquel sentimiento no tardaría en mudar en furia. Los blancos eran muchos y ellas, poco más de una docena de mujeres negras, un puñado de esclavas frente a unas gentes que no habían dispuesto de tiempo suficiente para asumir esa libertad que Céspedes les había concedido para utilizarlos como carne de cañón, contando con que en algún momento hubieran tenido la intención de hacerlo. Percibió también el miedo en Clotilde y en las demás. Las machacarían, las esclavizarían.

—¡Me atrevo porque somos libres! —gritó, y en esta ocasión hundió la punta del machete, que notó chocar con las costillas.

El hombre reculó, trastabilló y cayó al suelo; el saco que pretendía que Clotilde llevara por él quedó abierto y los objetos, desparramados. Kaweka no perdió un segundo en mirarlos. ¡No podían continuar actuando como esclavas! Algunos ciudadanos acudieron en ayuda del blanco profiriendo insultos y exclamaciones. Kaweka fue a enfrentarse a estos también cuando otro machete cortó el aire en un semicírculo horizontal, obligando a los agresores a dar un salto hacia atrás.

Kaweka y Sabina se sonrieron.

—No esperábamos tener que pelear también contra los rebeldes —se oyó decir a Cecilia por detrás.

Un tipo malcarado extrajo un revólver. Kaweka amenazó al hombre caído, esta vez en el cuello. Sabina se adelantó golpeando el aire con el machete hacia los cada vez más numerosos bayameses que se detenían.

—No os hemos hecho nada —aseguró Kaweka al que empuñaba el arma—. Dejadnos marchar.

—Muchos de los nuestros han muerto defendiéndoos —añadió Cecilia.

El malcarado del revólver no lo bajaba.

—Los españoles se están acercando desde varios frentes. Valmaseda no tardará en plantarse ante las puertas de la ciudad —anunció un joven que tiraba de una mula cargada y que adelantó al grupo sin detenerse.

La mayoría de los que se arremolinaban en el lugar reanudaron rápidamente la marcha.

—Déjalas —aconsejó uno de estos al de la pistola, que dudó.

Kaweka exhalaba un suspiro de tranquilidad ante la partida de la gente en el momento en que resonó un disparo. Cecilia se desplomó detrás de ella; la mujer aún no había tocado el suelo cuando el machete dejó de apuntar al hombre caído y salió volando hacia el que acababa de disparar. Kaweka acertó en el vientre, que rajó de arriba abajo antes de hundir de nuevo el machete en el abdomen, buscando sus entrañas con ira.

Nadie pareció verlo; nadie quiso verlo. Todos huían de Valmaseda.

Ensangrentada, Kaweka se dejó caer al lado de Sabina que, arrodillada en el suelo, sostenía la cabeza de Cecilia en sus manos, llorando y acercando la oreja a su boca para lograr oír las palabras de la anciana.

La gente de Bayamo daba un rodeo para esquivar la escena: un hombre que todavía agonizaba con el vientre reventado, dos negras llorando con otra vieja tendida en sus brazos, un grupo de esclavas desconcertadas y una última persona por el suelo, a gatas, recogiendo frenéticamente candelabros y cubiertos de plata que introducía en un saco.

—¡Huid! —conminó entonces Kaweka a las mujeres que la acompañaban—. ¡Huid! —chilló ante sus dudas.

Allí quedaron las dos amigas, atendiendo a Cecilia de un balazo en el pecho, mientras los bayameses y el resto del ejército rebelde se alejaban de la ciudad en llamas.

# 14

*Madrid, España*
*Marzo de 2018*

Lita contempló la ciudad tras la cristalera de la ventana de la planta treinta y nueve que el banco de Stewart había alquilado en uno de los rascacielos que hacía pocos años se habían levantado al final del paseo de la Castellana de Madrid. La vista espléndida de la que debería haber gozado desde esa posición privilegiada se convertía, sin embargo, en la de un manto de polución que cubría la ciudad; una visión sucia, agresiva incluso.

Con aquella sensación desagradable, se volvió hacia el interior de la planta, un espacio moderno, amplio, diáfano, luminoso y hasta solitario, puesto que los escasos empleados que ocupaban aquellas oficinas estaban allí exclusivamente como personal de apoyo de quienes trabajaban en la sede de la Banca Santadoma, pero Stewart y los suyos querían un lugar propio donde poder celebrar sus reuniones, lejos de la influencia del marqués y su personal.

Respiró hondo, satisfecha. Algún día desaparecería la contaminación; las autoridades estaban empeñadas en ello y la sociedad lo reclamaba. Pero mientras eso se producía, se dejó llevar por la euforia: trabajaba de nuevo, aunque lejos de don Enrique, de su familia y de sus acólitos. Stewart le había aumentado el sueldo, tampoco en exceso —«Ya llegará», le prometió—, pero le asignó un despacho acristalado, colgado sobre Madrid, para ella sola, provisto de muebles funcionales pero de calidad, como correspondía a una alta ejecutiva. Lita contaba también con una secretaria particular, Inés se llamaba, una chica atenta y competente.

Todo eso se lo había contado a su madre, exultante, agarrándola de la mano, apretándosela, pretendiendo que ella misma se diera cuenta de que su hija se había liberado de los Santadoma, que estaba triunfando al margen de aquella familia; no quería menospreciar la ayuda recibida de ella cuando habló con doña Pilar, pero necesitaba que su madre entendiera que los Santadoma no eran imprescindibles en su vida. Concepción lo había entendido con el solo aliento de su hija.

—Estoy orgullosa de ti —le dijo, permitiendo que ella le apretara todavía más la mano—, muy orgullosa.

Lita se sentía igual, como cuando ordenaba a su secretaria por el interfono que llamara a Pablo.

Él era su interlocutor directo con la compañía auditora. Desde que Lita se había incorporado a las oficinas de los americanos, ambos colaboraban más que nunca en el examen definitivo de toda la documentación financiera y jurídica que debía sustentar el inminente cierre de la operación de compra de las acciones de la familia Santadoma, y Lita no perdía la oportunidad de utilizar a Inés para que lo telefoneara, sintiéndose poderosa sabiendo que cuando su secretaria le pasara la llamada, Pablo ya estaría esperando al otro lado de la línea, puesto que él no disponía de asistente personal.

En una ocasión, solo para fastidiarlo, hasta lo hizo esperar casi medio minuto a propósito.

—Esto te costará dormir en el sillón esta noche —la reprendió él cuando por fin atendió la llamada.

Últimamente casi hacía más vida en el apartamento de Pablo que en el piso con sus amigas.

—Será más incómodo para ti —replicó Lita al vuelo. Pablo suspiró, tardó en retractarse, como si estuviera pensando en un castigo alternativo, momento que aprovechó ella para ensañarse en su burla—: Es por estas cosas por las que algunas tenemos secretaria y otros no, por la espontaneidad y la capacidad de improvisación...

—¡No cenarás! ¡Te encerraré en el baño! Y dormirás sola en el sillón. Ya me suplicarás que te deje entrar en el dormitorio.

De su progreso en toda aquella estructura bancaria que se estaba fraguando, incluida Inés, también bromeaba con sus compañeras de piso:

—Pues yo nunca he tenido una amiga con secretaria para ella sola...

—¿Por qué no la traes por casa a ver si nos ayuda?

Y reían, aunque después se miraban en silencio.

—Lo estás consiguiendo —la felicitó en una ocasión Elena.

Lita asintió mientras un escalofrío le recorría el cuerpo. Sí, prosperaba en su trabajo y en la consideración que le prestaban, y su relación con Pablo era cada vez más satisfactoria. Se querían. Se lo habían dicho, aunque no lo hicieron en un restaurante de lujo, en un paseo de la mano por las calles de Madrid o rendidos en la cama tras un orgasmo. Superaron esa barrera tan invisible como en ocasiones insalvable en un momento fútil: al cruzarse en el pasillo que llevaba al baño. Uno se apartó hacia la derecha; ella lo hizo hacia el mismo lado, su izquierda. Y casi chocaron. Él salía del baño recién duchado, con la toalla enrollada a la cintura; ella, soñolienta, con el camisón arrugado y su cabello rizado desordenado, se dirigía a asearse. Intentaron cederse el paso de nuevo, pero volvieron a toparse.

—Te quiero —confesó entonces Pablo, ambos detenidos cara a cara.

—Nunca lo que yo a ti —respondió ella, colándose apresuradamente entre el costado de él y la pared para encerrarse en el baño, apoyar la frente contra la puerta y llorar en silencio.

Cerraron la compraventa de las acciones de la Banca Santadoma que eran propiedad de la familia, aunque dicha operación quedó condicionada a la venta del resto del capital de la entidad. Lita no estuvo presente en el acto de la firma, en el que destacó doña

Claudia en el papel de marquesa favorita en la corte del rey Sol, «¡Como mínimo!», le relató Pablo esa noche.

Tras el cierre de esa primera parte de la operación, Stewart regresó a Miami.

—Vuelo esta misma noche —le comentó—. No puedo estar trabajando exclusivamente para este proyecto y tengo ganas de ver a mi familia.

Lita sintió, no obstante, como si la abandonase su valedor.

—¿Volverá?

—Por supuesto. Todavía queda mucho por comprar. —Sonrió—. Tienes acceso a toda la documentación del proceso de compra de los Santadoma, tanto en papel como digitalmente —le indicó señalando primero unos archivos y luego el ordenador sobre la mesa—, ahora toca negociar con los demás propietarios y ejecutar la oferta pública de adquisición de acciones en la bolsa. Deberás colaborar con la gente del banco y los consultores de Speth & Markus, Pablo y su equipo, pero por encima de todo ten en cuenta que el marqués ya ha vendido, aunque sea privadamente, por lo que ahora trabajas para nosotros.

Sin embargo, si por un lado las cosas le iban bien, por otro se sentía cada día más angustiada. Había vuelto a enfrentarse con la estampita de la Virgen que le diera su madre. En un par de ocasiones no sucedió nada y se aferró al equívoco, a lo imposible —«¡No eres más que una tonta!», se dijo entonces—, pero en otras aquel cartoncito arrugado la hacía temblar, brillaba, absorbía el aire de la habitación y desmenuzaba las paredes. Consultó en internet y se asustó por el exceso de información, esotérica, discrepante, a veces incomprensible. ¿Podía tener algo que ver con ella todo aquel mundo de brujería, en ocasiones barata? ¿Debía buscar ayuda? Algo tendría que hacer. Por de pronto, sepultó la estampa entre las páginas de un largo y tedioso tratado de economía internacional que aún conservaba de sus estudios de máster y sonrió: ni siquiera la Virgen sería capaz de escapar de la compleja y a menudo ininteligible telaraña teórico-filosófica que se desarrollaba a lo largo de aquel volumen inmenso y aburrido. Y toda esa inquietud que le originaba la estampa de una simple Virgen negra poco la ayudaba en el verdadero problema que la acuciaba: el de su madre, que seguía al cuidado de una casa vacía y de dos perros caprichosos, sin pensión de jubilación, por más promesas que le hubieran hecho unos y otros. Porque la cuestión de la filiación de su madre había quedado algo relegada tras el hallazgo de la maleta, la inexistencia de prueba alguna en su interior y la sensación de encontrarse en un callejón sin salida.

Se agobió más todavía con la labor que se le vino encima, sola en aquel nuevo despacho y con el montón de papeles que Stewart le había señalado antes de volar hacia Estados Unidos.

Cogió uno de los expedientes, el más llamativo, por viejo, que contenía escrituras y documentos antiguos. Pertenecían al viejo marqués, al abuelo. Ahí aparecía la copia de su testamento, que Lita se sabía de memoria; la compraventa de acciones del banco, informes, anotaciones. Ahí estaba parte de la vida del marqués, relatada en papel, como correspondía a la época. Lita ojeó una nota escrita a mano, original, prestando más atención a la caligrafía, pulcra, exquisita, y al texto dispuesto en líneas rectas y precisas, que al contenido, aunque terminó haciéndolo: se trataba de una comunicación de su hijo Eusebio desde Miami, poco antes de morir. Había visto algunos escritos más como aquel...

Se levantó de repente, con brusquedad. La silla giratoria salió despedida y se deslizó a su espalda hasta chocar con la cristalera. A unos pocos metros, Inés intentó disimular su sorpresa.

—¿Se va? —inquirió la secretaria cuando ya corría por delante de ella con el bolso y la chaqueta en la mano.

—Sí.

—¿Desea que le pase llamadas al móvil?

La secretaria no distinguió el sentido del murmullo con el que contestó su nueva jefa.

—¿Volverá antes de cerrar...?

Pero Lita ya estaba fuera del despacho.

Cogió un taxi. No acostumbraba a hacerlo: eran caros y en ocasiones, cuando algunos conductores no dejaban de observarla a través del retrovisor, se sentía incómoda. Dio la dirección de la casa de su madre. El chófer era correcto y no la molestó, aunque no por eso era menos caro, y Lita olvidó las causas que la habían llevado a abandonar tan súbitamente el despacho para lamentar cómo aumentaba el precio mientras trataban de sortear el denso tráfico vespertino del paseo de la Castellana. Solo tenían que recorrer aquella arteria de la ciudad hasta llegar al barrio de Salamanca, seis kilómetros, diez minutos en circunstancias normales, pero esa tarde no hacían más que parar y arrancar, parar y arrancar.

—¡Me he dejado un dineral! —exclamó ante su madre, quejándose del precio que le había costado la carrera.

—¿Y por qué no has venido en metro?

Lita titubeó. Concepción apoyó la pregunta con una mirada inquisitiva.

—No sé… Estaba cansada… Sí, tienes razón. Debería haber venido en metro.

—Claro.

Los perrillos las siguieron hasta la cocina, la única zona de la casa que estaba iluminada; el resto permanecía en penumbra, con los muebles a modo de fantasmas, cubiertos con sábanas. Lita se sirvió una copa del vino tinto, reserva, excelente, que según su madre nadie reclamaba y que descorchó para ella. Mintió a sus preguntas:

—Tenía ganas de verte.

En cuanto el rostro de Concepción se iluminó con una sonrisa, Lita se sintió tremendamente culpable. ¿Acaso no podía ser cierto?

—Tenía muchas ganas de verte —repitió acercándose a ella y besándola en la mejilla.

Fue un beso cálido y tierno que llenó a Lita. No quería engañar a su madre. La vida la convertía en eso, en una hipócrita incapaz de mostrar los verdaderos sentimientos, aunque existiesen. En el mundo en el que se movía, las respuestas tenían que ser rápidas, lógicas, aplastantes. No podía llevar esos mismos comportamientos hasta su casa, con su madre. Volvió a besarla.

—¡Hija! —Concepción se liberó como si fuera una molestia.

Cenaron. Antes de subir, Lita había comprado algo de fiambre y queso en la charcutería a la que históricamente acudían los Santadoma, ubicada en aquel barrio exclusivo; un nuevo desembolso extraordinario que evitó mencionar delante de su madre, aunque esta bien sabía que esa tienda cobraba el jamón al precio del pan de oro. Sin embargo, el vino lo merecía, evitar las verduras también, y la idea que rondaba por su cabeza y que asimismo ocultó, más todavía.

Comieron, charlaron, y cuando ya hubo anochecido, tras bajar a pasear a los perros y quedarse heladas las dos, Lita se despidió de su madre y descendió de nuevo la escalera, palpando en el interior del bolso las llaves del sótano en el que los Santadoma almacenaban sus vidas, y que con la excusa de ir al baño había cogido del armarito donde siempre estaban colgadas. En el edificio reinaba la tranquilidad y Zenón hacía horas que debía de estar en su casa. De todos modos, esperó un par de minutos escuchando el silencio hasta que se convenció de que no había impedimento alguno para acceder al trastero; aun así, le tembló la mano al introducir la llave en la cerradura y tuvo que respirar hondo antes de girarla.

La luz volvió a arañar destellos a la caoba, aún polvorienta, del escritorio del viejo marqués que le había señalado su madre. Lita se enfrentó a aquel mueble imponente, grande, pesado, labrado con la destreza de un excelente maestro ebanista, el símbolo perfecto de un banquero aristócrata, sobre el que se habría negociado la fortuna o la miseria de un sinfín de clientes. Imaginó a un hombre engreído, parecido a don Enrique, manejando las ilusiones de la gente con la misma soberbia y desprecio que había mostrado con ella su nuera, doña Claudia, en la reunión del banco. Sin duda, alrededor de esa mesa se habría decidido también la suerte de algún esclavo.

Lita tiró del cajón central. Estaba cerrado. Quizá aquel esclavo, o esclava, fuera esa antepasada suya de la que le habló el tío Antonio en La Habana. Tiró con fuerza, pero el cajón resistió. Tironeó con rabia. Resistió. ¡Negreros cabrones! Ella llevaba la sangre de aquella esclava: «Alfonsa», la había llamado el tío Antonio. ¡Su estigma!

En la superficie de esa mesa podía haberse firmado la compra de esa mujer y contado los dineros pagados por ella.

—Hijos de puta —masculló.

La cólera se mezcló con un dolor sordo que tensó sus músculos y la hizo sollozar. Probó de nuevo, con las dos manos agarradas al tirador. Llegó a gritar y la cerradura chascó. Se quedó quieta y observó el sótano: el estruendo flotaba en el aire, sin querer desvanecerse. Pero no apareció nadie, así que abrió el cajón. En su interior se guardaban artículos de escritorio, los que deberían haber estado encima de la mesa: abrecartas, cubiletes, una escribanía de plata, plumas y tintero, una lupa, lápices... No les concedió importancia y revolvió entre ellos hasta que encontró una llave que le permitió abrir los demás cajones, dos por lado. Estaban llenos de expedientes, papeles, pero también encontró aquello que había ido a buscar: varios fajos de cartas atados con cordeles. No necesitó desanudar ningún lazo para comprobar el remitente de uno de los sobres: «Eusebio Santadoma», escrito en relieve una línea por encima de una complicada dirección de Miami.

A diferencia de ahora, donde todo se archiva en la nube o en discos duros, la vida de aquellas gentes quedaba plasmada en papel, en cartas, en informes, en simples recibos. Y allí estaba gran parte de ello. Lita buscó algo con lo que transportarlo. Había varias maletas en el trastero. Las sopesó sin abrirlas hasta que encontró una bolsa de viaje de cuero que le pareció vacía. Era preciosa. «Vintage», bromeó para sí al apretar las pestañas laterales del broche que mantenía cerradas las varillas doradas de la parte superior. Luego introdujo cuanta documentación había en el interior de los cajones hasta que estos quedaron vacíos y la bolsa llena. Cerró los cajones con la llave, y cuando se disponía a hacer lo mismo con el central se fijó en un estuche pequeño y alargado, de hojalata basta, que antes no le había llamado la atención pero ahora sí destacaba; aquella caja gastada no estaba en consonancia con el resto del contenido y ella ya tenía lo que había ido a buscar. Creía llevar mucho tiempo en el trastero, y una vez estaban los papeles en su poder, la angustia reapareció instándola a escapar de allí: podía presentarse alguien, algún vecino que sospechase de la luz... Podían tomarla por una ladrona. Quiso cerrar el cajón, pero no lo consiguió. Quizá se hubiese atascado... Probó de nuevo y terminó sacudiéndolo de un lado a otro. Era paradójico: antes no había logrado abrirlo, ahora no conseguía cerrarlo. Suspiró, tratando de calmarse. Entonces alargó la mano hasta la caja, la extrajo y la colocó sobre la mesa.

En su interior halló lo que parecía un collar, si bien Lita dudó al alzarlo hasta sus ojos: un cordel ajado en el que se ensartaban unas pequeñas piezas de madera ordenadas por colores, una blanca y otra azul, hasta contar siete de cada, aunque era evidente que dos de las blancas habían sido sustituidas por botones de nácar.

El collar la hechizó. No podía separar la vista de él. Lo balanceó frente a sí. Se trataba de una baratija, simple quincalla, pero la tenía maravillada. Lo depositó sobre la palma de su mano con un cuidado inusual. Las cuentas le abrasaron la piel. Se sorprendió al aguantar con serenidad. Quemaba, pero no dolía. Olvidó los papeles, las cartas y la bolsa. Los miedos desaparecieron y Lita se colgó el collar del cuello con solemnidad. Un hombre que moría entre convulsiones con aquel collar sobre el pecho; una mujer negra que reía, que lloraba... que sangraba. Las imágenes, turbias, confusas, la marearon.

Algo la obligó a liberar a la estampa de entre las páginas del libro de economía. Una Virgen negra y un collar de cuentas. Recordaba haber leído al respecto en internet y lo buscó de nuevo. Ahí estaba, la Virgen de Regla y Yemayá. Su collar. Siete cuentas blancas y siete azules. Había otras posibilidades, pero la más común era aquella.

Resopló, negó con la cabeza y se tapó el rostro con las manos. Era real... o se estaba volviendo loca. O ambas cosas. Los santos cristianos y los dioses paganos la poseían, y no debía de existir ningún médico para eso. Rechazó la idea de buscar a un psiquiatra, aunque no pudo evitar volver a consultarlo en internet. Tecleó «santería, posesión, psiquiatría, enfermedad». Ojeó una de las primeras entradas y dudó sobre si continuar o no, pero terminó clicando la siguiente. Entre decenas de anuncios de santos y santeras que se ofrecían para todo tipo de trabajos, maleficios y hechicerías, encontró algunos estudios a los que concedió cierta seriedad y que hablaban de efectos similares a los que ella padecía, si es que podía llamarlos así. Según esos informes, nadie había muerto ni había cometido ninguna locura destacable, más bien lo comparaban con una especie de borrachera: también entonces una perdía el control de sí misma. Extendió los brazos ante sí y se fijó en sus dedos, tensos, firmes. «No tiemblan —se dijo—. Es algo que viene y va y que habrá que controlar. Pero ahora tocan las cartas del marqués». Así pues, cogió la estampa y la caja con el collar y las escondió en el cajón de su mesita de noche, que cerró casi con violencia.

Sara y Elena veían la televisión en el salón. Las dos habían contemplado con curiosidad cómo Lita se dirigía hacia su dormitorio cargada con la bolsa repleta de papeles después de que les proporcionara una excusa tonta para no compartir con ellas cerveza y chismorreos. Algo similar le había sucedido con Pablo. Al encender el móvil tras abandonar el sótano, se encontró con que tenía tres llamadas perdidas. Una cuarta sonó mientras andaba por la calle con la bolsa, sintiéndose perseguida por las miradas de decenas de vigilantes imaginarios. Estaba robando documentación de los Santadoma, aunque ellos también habían robado la vida de Alfonsa, esa pariente lejana pero, al fin y al cabo, familia suya, se dijo a modo de excusa. Aquel pensamiento la tranquilizó y el supuesto recelo de la gente con la que se cruzaba desapareció de súbito. No contestó a la llamada de Pablo ni escuchó el mensaje que este le dejó en el buzón de voz. Luego llegaron los wasaps, que sí leyó.

«No me encuentro bien, cariño —terminó escribiendo en el móvil cuando él se mostró preocupado ante su silencio. Tampoco tenía derecho a inquietarlo—. Me voy a casa a dormir. Te quiero».

Se tumbó en la cama y deshizo el nudo de uno de los mazos de cartas. La extraordinaria calidad del papel, de un gramaje excepcional, todavía permitía manejarlas sin miedo a que se quebraran o se deshicieran entre los dedos después de tantos años.

Abrió la primera. Una corona en relieve en el margen superior izquierdo postulaba la estirpe del remitente, que la databa en Miami casi sesenta años antes, en el mes de noviembre de 1961, y que la encabezaba con un «Querido padre».

—No puedo dormir. —La contestación de Pablo, ronca y confundida, atestiguaba que él sí que lo hacía, por lo menos hasta ese momento. Pasaban de las dos de la madrugada. Lita había dejado a un lado la enésima carta de Eusebio Santadoma a su padre y telefoneó a Pablo. No le permitió pronunciar otras palabras distintas a esa contestación turbada—: Si tú me abrazaras... —añadió melosa.

—Imagínate un rectángulo de proporciones áureas...

—Cariño...

—Tranquiliza. Ayuda a conciliar el sueño.

—No quiero dormir —declaró ella—. Quiero besarte hasta que pierda la cuenta.

Pablo tardó unos segundos en reaccionar.

—Voy a buscarte —se ofreció de repente.

Lita dio un puñetazo al aire, los labios apretados para reprimir un grito.

—Voy yo —se opuso—. Llegaré antes. Iré directamente en pijama.

Dos noches después, Lita se sentó entre sus dos amigas en el sofá del salón del piso compartido, le arrebató el mando a distancia a Elena y apagó la televisión. Las dos la dejaron hacer en silencio, una actitud que mantuvieron mientras extendía varias cartas encima de la mesa, con cuidado de que no se mancharan con las gotas de agua que habían sudado las botellas de cerveza.

—¡Ya era hora! Creíamos que no nos lo contarías nunca —la sorprendió Sara cuando terminó de colocarlas y recuperó su posición erguida en el sofá.

—¿Qué sabéis vosotras? —la interrogó Lita.

—En realidad, nada, pero te conocemos bien, y sabemos que te traías algo importante entre manos —respondió su amiga.

—Nos moríamos de ganas de fisgonear en tu habitación, pero nos hemos reprimido —apuntó Elena.

Lita cerró los ojos antes de replicar y respiró hondo. Lo cierto era que necesitaba hablar con ellas, necesitaba exponer sus dudas ante alguien para comprobar si tenían algo de sentido.

—Estas son las cartas que remitía el hijo del marqués, del viejo —aclaró—, del que se vino a España, a su padre. Pues, en resumidas cuentas, creo que del contenido de varias de ellas podría deducirse que mi madre es hija de…

—¿Cómo las has conseguido? —la interrumpió Elena.

—Eso no tiene importancia ahora.

—Podría tenerla, podría tenerla —susurró la abogada.

—¿Me dejas continuar? —Su amiga asintió con reticencia. Lita cogió la primera de las cartas que había dispuesto sobre la mesa y leyó—: «Me complacen sus noticias acerca de la salud de Margarita y la niña. Cuide de ellas».

Luego les mostró los varios folios de los que se componía la carta como si se tratase de un trofeo.

—¿Y de ahí concluyes que es el padre de la niña?

—Hay más.

—¡Pero no dice nada definitivo!

—A ver, chicas —trató de serenar Lita la conversación—, en ninguna de esas cartas que hay en mi habitación el tal Eusebio…

—Tu abuelo.

Lita se vio obligada a asentir.

—Un hijo de puta —añadió sin embargo—. Bueno, en ninguna de esas cartas este tío llega a reconocer expresamente que es el padre de mi madre. No pregunta «¿Cómo está mi hija?», no, no lo hace. Pero es absurdo que el hijo de un marqués se preocupe por una criada y su hija en una carta a su padre, ¿no os parece? Aquí —volvió a exhibir la carta—, este cabrón habla de Fidel, de la revolución cubana, de intereses económicos y de la situación de las empresas y las fincas que todavía poseían en Cuba. Revela confidencias y comenta temas importantes con su padre… ¿Y de repente se complace por las noticias acerca de la salud de una criada y su hija? ¡Se complace! ¿Un Santadoma!

—Muy normal no es —decidió Elena.

—Cuando menos parece sospechoso —la apoyó Sara—, pero seamos sinceras: tanto nosotras como tú queremos… Bueno, nos interesa que ese tío sea tu abuelo, ¿no? Quizá no seamos objetivas.

La afirmación de su amiga llevó a Lita a plantearse una vez más si realmente deseaba que esa situación fuera real. Sus contradicciones debieron de flotar en el aire, porque Sara las adivinó:

—Es mucho dinero. Sería una venganza maravillosa.

—¿Venganza? —preguntó Lita.

—¿Que tu madre fuera hermanastra del marqués? ¡Una venganza divina!

—¿Divina? —repitió Lita hablando para ella.

¿Y si estaba todo relacionado?, especuló al instante: Yemayá, la Virgen de Regla, su madre, los Santadoma…

—¿Qué más hay en esas cartas? —se interesó Elena, arrancándola de sus cavilaciones.

Les contó el resultado de su lectura. Acostumbraban a ser frases similares a la primera que había citado. Disponía de más de una veintena de misivas en las que se hablaba de Margarita y, junto a ella, siempre de la madre de Lita, a la que don Eusebio llegaba a llamar por su nombre: Concepción. Se interesaba por su estado, por su salud, comentaba que se había preocupado seriamente cuando la niña padeció varicela y, según se desprendía de las cartas, había llegado incluso a llamar por teléfono a Madrid específicamente por esa razón.

—¡El hijo del marqués llamando de Miami a Madrid para interesarse por la varicela de la hija de una criada! —insistió Lita.

—¡Ni hablar! No se lo cree nadie —convino Elena.

—La lástima es que no tengamos las cartas del marqués a su hijo —se lamentó Sara, y Lita estuvo de acuerdo.

Coincidieron en que las actitudes del uno y el otro no eran normales, y que era evidente que las contestaciones de Eusebio se referían a comentarios y noticias que le proporcionaba su padre sobre Margarita y Concepción.

—Pueden ser una prueba más de la paternidad de mi madre —acabó señalándole Lita a Elena—. Quizá fueran suficiente para ese juicio del que hablamos.

—Sí —convino su amiga—, quizá lo fueran… si no las hubieras

robado. —El silencio se instaló en el salón—. Porque las has robado, ¿verdad? —terminó rompiéndolo la letrada.

—Indudablemente. ¿Tú crees que me las hubieran dado?

—En ese caso, yo diría que es una prueba ilícita. Ningún juez la admitirá.

# 15

*Cuba*
*Agosto de 1872*
*Departamento de Oriente*

Sabéis lo que os espera con los españoles?

El grupo de negros que desertaba del regimiento se detuvo al despuntar el alba, cuando la luz todavía mortecina no conseguía vencer a una llovizna persistente que auguraba un nuevo aguacero de verano. Kaweka apareció de detrás de un árbol. La acompañaba Sabina, siempre la acompañaba Sabina. Sabían de aquella fuga por un joven al que le habían asaltado las dudas y que había acudido a la curandera en busca de consejo. «Cuando estaba en el ingenio —le había comentado Kaweka a la muchacha mientras aguardaban al paso de esa docena de hombres—, trabajaba para que los nuestros escapasen; ahora intento que no lo hagan. Es raro».

—Sabemos lo que nos espera si nos quedamos aquí —replicó el que parecía el cabecilla de la partida.

—Os esclavizarán otra vez.

Los hombres respetaban a Kaweka, y por ello se detuvieron y escucharon su advertencia, nerviosos, la vista adelante y atrás, bailando de las dos mujeres al campamento continuamente.

—Como esclavos, al menos comíamos —contestó de nuevo el cabecilla—; aquí no lo hacemos: tenemos que alimentarnos de cocos y raíces de yuca. Es todo lo que hay.

Kaweka evitó darle la razón, pero era cierto: la comida escaseaba, el ganado había sido sacrificado hacía tiempo y los negros vivían a base de raíces y de las pocas frutas que quedaban después de que miles de personas esquilmaran los recursos naturales.

—Cuando éramos esclavos —continuó el hombre—, nos cuidaban porque les interesaba nuestro trabajo. Ahora no les importan nuestras vidas.

—¡Pero sois libres!

—¿De qué nos sirve la libertad si nos matan como a perros? —preguntó otro.

—Déjanos pasar, Kaweka —rogó un tercero.

Le pedían permiso. Se preguntó qué harían si se negaba a dárselo, y quiso comprobarlo.

—No —les dijo—. Luchamos por nuestra libertad, la de todos, la de nuestros hijos, y si hay que morir...

—Los españoles ya hablan de libertad.

—No lo hacen. Es un engaño. —Trataba de convencerlos, pero la ansiedad había hecho mella en los hombres; un par de ellos se habían separado y se alejaban mientras el resto estaba ahora más pendiente de los movimientos que se producían en el campamento que de Kaweka. Aquella era una discusión que ya habían mantenido decenas de veces antes de desertar—. Los españoles...

—Eres una buena persona y los dioses te protegen, Kaweka —la interrumpió el cabecilla al mismo tiempo que reemprendía la marcha y pasaba a su lado—. A nosotros, no.

Los dioses son volubles, en ocasiones te favorecen y en otras te maltratan, quiso argüir Kaweka, pero en su lugar frunció los labios y se apartó.

—Suerte —les deseó a su pesar—, pelearemos también por vosotros.

El grupo desfiló cabizbajo por delante de ellas mientras la lluvia arreciaba. Kaweka y Sabina los contemplaron marchar, casi todos vestidos con harapos, alguno totalmente desnudo, sin armas. Habían transcurrido más de tres años desde que se iniciara el levantamiento contra los españoles y las deserciones en las filas republicanas eran constantes. La guerra se había enquistado y el conde de Valmaseda había aprovechado para ofrecer el perdón a cuantos traicionaran a los revolucionarios. Tras la derrota y la masacre de Bayamo, los jefes rebeldes se replantearon la estrategia y variaron sus tácticas: hostigar a los ejércitos españoles sin presentar batalla en campo abierto, utilizando la guerra de guerrillas, e impedir que el enemigo se beneficiase de recurso alguno mediante el procedimiento de tierra quemada. No había pues ingenio, potrero o cafetal que no ardiese tras el paso de las fuerzas revolucionarias.

También la política respecto a los esclavos había entrado en conflicto. La abolición de la esclavitud en la República de Cuba en Armas era un hecho desde 1870, después de que, un año antes, Céspedes promulgara la Constitución de Guáimaro. En ese mismo año, España reaccionó promulgando una ley de vientres libres en la que establecía la libertad de los hijos nacidos de esclavas a partir de esa fecha, si bien los mantenía sometidos a un patronato hasta los veintidós años, y declaraba la libertad de los esclavos mayores de sesenta.

—Han concedido la libertad a los niños y a los viejos. Libertan precisamente a los que no son capaces de trabajar, a los que no son rentables en los ingenios —oyó Kaweka que se sostenía con tanta sorna como cólera en las reuniones del campamento—, así ni siquiera tienen que darles de comer.

—¡Se burlan de nosotros!

—¡Nos humillan!

Después los negros estallaban en insultos y juraban venganza contra todos los españoles, una satisfacción que llevaban al campo de batalla y que degeneró en baños de sangre que no hacían más que incrementar el odio mutuo, convirtiéndolo en una pasión ciega, enfermiza e incontrolable que se intrincaba en el ánimo de los contendientes.

Era lo que preveía Kaweka que sucedería ese mismo día lluvioso cuando, junto a Sabina y con los desertores ya lejos, se reunió con el resto de la compañía mambisa a las órdenes del capitán Arango: dos centenares de soldados de infantería, la mayoría negros, algunos chinos, y cincuenta de caballería, blancos y mulatos libres. Kaweka y Sabina los acompañaban como sanitarias a las órdenes del teniente médico, Juan Pérez, que, como muchos facultativos recién licenciados, se había sumado con entusiasmo a las filas rebeldes. Se hallaban en las cercanías de Manzanillo, población costera desde la que se proveía de víveres al ejército español.

Los rebeldes tenían conocimiento por sus espías de la arribada de un barco con alimentos para los españoles. Kaweka y los suyos llevaban dos días de marcha despiadada bajo los aguaceros para llegar a tiempo de interceptar el convoy de provisiones. Lo consiguieron más allá del pueblo en el que se había proferido el «Grito de Yara», la llamada a la revolución, y los exploradores regresaron para informar de que se hallaba retenido con los carros y los bueyes hundidos en el barro.

En el oriente de la isla, la casi totalidad de las vías de comunicación se limitaban a simples senderos o trochas abiertas entre la vegetación y el bosque, que en temporada de lluvias se convertían en lodazales intransitables. Una colonia como Cuba, que había sido pionera en la construcción de líneas de ferrocarril —necesarias para transportar el azúcar que tanta riqueza procuraba a los hacendados—, carecía de calzadas en condiciones. Los convoyes se atascaban con tal intensidad y el viaje se hacía tan dilatado, que en ocasiones los víveres no llegaban a destino puesto que eran consumidos por los propios soldados que los transportaban.

Ese podía ser el caso de aquella columna atrapada en una trocha que discurría por el bosque. Kaweka y Sabina, escondidas junto al teniente Pérez en un alto entre la vegetación, prestas a atender a los heridos, contemplaron los esfuerzos de las tropas españolas por proseguir la marcha, azuzando y fustigando con violencia a unas yuntas de bueyes que hundían sus patas en el fango para arrastrar unas carretas cargadas cuyas ruedas, de más de dos metros de diámetro, diseñadas para superar el barro, giraban con una lentitud exasperante, avanzando milímetro a milímetro. Kaweka no llegó a hacerse una idea de las fuerzas enemigas: parecían superiores, pero gran parte de la tropa se hallaba enterrada en el barro, igual que carros y animales, ajena al peligro, a los revolucionarios que acechaban entre la vegetación exuberante. Los suyos se encontraban por debajo, emboscados, pero aun así Kaweka respiraba la tensión y la ansiedad que habían venido a sustituir al aire y que ni siquiera la tormenta lograba aplacar. Sabina se arrimó a ella, los negros estaban preparados y ambas sabían lo que sucedería.

—¡Viva Cuba libre!

No había muchas escopetas entre los rebeldes y quienes disponían de ellas apenas contaban con dos o tres cartuchos. Con todo, de entre la espesura llegó la descarga y cayeron los primeros hombres. Los españoles tardaron en reaccionar y dispararon hacia el bosque, conscientes de lo ineficaz que resultaba tirotear a los árboles. Se produjo una segunda descarga furtiva de los rebeldes y, tras esta, un instante de espera, mágico, que Kaweka vivió con un escalofrío que la hizo temblar: ahora llegaban. Los españoles también lo sabían, y Kaweka pudo ver el pánico en los rostros de muchos de ellos, blancos, jóvenes, inexpertos, reclutados con premura en España para luchar en aquella guerra. Gritó. También Sabina. Enardecidas, sumaron sus voces a los aullidos de los dos centenares de negros que surgieron de los extremos más insospechados y se abalanzaron contra los enemigos con el machete en alto.

Kaweka se recreó en el clamor, en el empuje de los hombres, en su pasión, en su locura. Pasó el brazo por encima de los hombros de Sabina y la apretó contra sí, transmitiéndole el orgullo que la sacudía ante la furia de quienes unos años antes no eran más que esclavos humillados, seres despojados de la hombría que ahora reclamaban.

La mayoría de los españoles huyeron con dificultad, peleando más con el barro y el agua que con sus adversarios, también atrapados en el cieno. Cayeron algunos negros y otros tantos blancos. Kaweka, emocionada, carraspeaba pugnando por impedir un llanto que mudó en amplia sonrisa al ver cómo desde las filas enemigas se ordenaba la retirada y dejaban abandonados carros, bueyes y víveres. Entonces corrió a atender a los heridos, mientras parte de la tropa desuncía a los bueyes, cargaba los víveres sobre ellos, a la grupa de los caballos o simplemente a sus espaldas y se internaba de nuevo en el bosque tirando de los animales.

Varios negros recorrían el lugar rematando a los heridos, ajenos a sus súplicas, a sus llantos. No hacían prisioneros; tampoco los hacían los españoles. Los mataban, se apoderaban de sus armas y efectos personales y luego los abrían en canal con los machetes, como a los animales, y desparramaban sus entrañas. Kaweka los veía reír y gritar trastornados, bailar envueltos en una sangre que se diluía con la lluvia, y los felicitaba y animaba desde su puesto junto a los caídos. Yemayá reía y cantaba en su interior en aquellas victorias. Esos hombres destripados luchaban contra los esclavos, representaban siglos de latigazos, perversiones y humillaciones que ahora pagaban exhibiendo sus vísceras de forma obscena. Los blancos los castigaban con dureza y crueldad en los ingenios como medida ejemplarizante ante la negrada; aquellos soldados jóvenes eviscerados originaban el pánico entre las filas españolas. Sabina, excitada, aulló y hasta olvidó sus tareas para unirse a la danza macabra. Kaweka la observó: clamaba venganza y amenazaba al cielo de los blancos.

Kaweka siguió fijándose en Sabina mientras regresaban al campamento principal, en las cercanías de Yarayabo, cargados con los víveres, acompañando y atendiendo a los heridos. Ella había sustituido a Cecilia en la relación que unía a las dos mujeres después de que la anciana expirase en brazos de la joven a la salida de Bayamo. Su amistad se afianzó, y Sabina afrontó la vida con independencia, como ocurrió con la mayoría de los negros que evolucionaron de la esclavitud a la libertad, aunque esta quedase coartada por las necesidades y obligaciones de la guerra.

—A fin de cuentas, la guerra es necesaria para libertar al resto de los esclavos de la isla —alegaba Kaweka—. Debemos vencer y rescatar a nuestros hermanos de los grandes ingenios de la región occidental, de ciudades como La Habana y Matanzas. Allí vive el mayor número de esclavos; allí se les sigue forzando cruel y miserablemente. ¡Estamos obligados a pelear!

Y salvo los que se rendían ante las privaciones y penurias de aquella inclemente vida y desertaban, los demás asumían con orgullo que su sacrificio era necesario para conseguir sus propios objetivos, íntimamente ligados a los de la independencia de la España colonial que movía a blancos y mulatos libres. Sin embargo, la evolución de aquel proceso de asunción de un nuevo estado en personas incultas, muchas de las cuales ni siquiera habían aprendido a hablar, extrañados hasta entonces en explotaciones perdidas en el interior de las montañas y que utilizaban jergas ininteligibles hasta para sus compañeros, personas que habían asumido un alto grado de insensibilidad ante el infortunio, la injusticia y la desgracia, hizo que aquellos soldados lanzados a la muerte por sus mandos despertaran a la libertad desorientados y desconcertados, sin saber bien cómo manejarse en ese nuevo estado. El robo, la violencia, el alcoholismo y la promiscuidad se instalaron en los campamentos del ejército rebelde y fomentaron la creación de partidas de bandoleros que recorrían la tierra sembrando el pánico.

La muchacha que andaba bajo la lluvia por delante de Kaweka, tirando de una mula sobre la que se sostenía precariamente un hombre herido de bala, no había sido ajena a ese complejo proceso de conversión, que afrontó con la pasión de una joven a la que se le abría el mundo. La revolución anidó en su espíritu e incluso la hizo evolucionar físicamente, porque si Kaweka continuaba siendo de estatura escasa y de complexión delgada y fibrosa en exceso, Sabina parecía haber crecido y moldeado un cuerpo que ahora se mostraba tremendamente seductor para unos hombres que no encontraban mujeres con las que satisfacer su lascivia. Pocas de ellas seguían al ejército: permanecían refugiadas en asentamientos en las montañas, a modo de cimarronas, ocultas a los españoles. Desde la recuperación de Bayamo, el general Valmaseda había dispuesto que todo hombre que se encontrara fuera de la finca en la que trabajaba sería pasado por las armas; en cuanto a las mujeres, serían concentradas en los pueblos de Jiguaní o la misma Bayamo. Desaparecieron pues, y las pocas que quedaron sufrían el acoso constante de los soldados. Pese a esa escasez, Kaweka consiguió que la respetasen. Curandera y elegida por los dioses, como demostraba a todos con sus curas y sus trances en unos bailes que ya no estaban restringidos a los domingos, se entregaba al sexo a su voluntad, un privilegio que tuvo que reclamar para Sabina antes de que la destrozara la soldadesca.

Yemayá seguía en comunión con Kaweka. Le hablaba de Yesa y la tranquilizaba fluyendo con armonía dentro de ella en algunas de las muchas ocasiones en las que pensaba en su hija; entonces la mujer se debatía entre la seguridad que le proporcionaba la *orisha* y la nostalgia y la tristeza que la embargaban por no poder tenerla entre sus brazos, unos sentimientos que trataba de esconder delante de los hombres. Kaweka buscaba a la diosa en los bailes y en el retumbar de los tambores, en los cantos de los negros y en el frenesí de quienes se contorsionaban a su alrededor, aunque, como le sucedía desde su etapa de esclava en La Merced, Yemayá la montaba caprichosamente. Eso notó que sucedía de camino a Yarayabo.

No era el momento oportuno de que Yemayá la poseyese. La columna tenía prisa, cruzaban territorio enemigo.

—¡Sabina! —exclamó llamando la atención de la joven, que comprendió lo que sucedía en cuanto se volvió hacia ella.

La muchacha entregó el ronzal de la mula a un soldado y se detuvo hasta que Kaweka la alcanzó. Entonces la agarró con fuerza.

—No me dejes atrás. No permitas que grite —le rogó la curandera.

El capitán Arango había ordenado silencio absoluto. El fragor incesante de la lluvia los socorría y confundía los sonidos propios de la columna en marcha. Kaweka trató de oponerse a la diosa, de expulsarla, porque a veces lo conseguía. Hablaba con ella, la perseguía por su interior, la insultaba, apretaba los puños y el estómago, se abrazaba con fuerza y escupía sin cesar. Ahora Sabina la mantenía en pie, agarrada, acompañando su andar vacilante. Kaweka tembló. Apretó las mandíbulas para impedir que la diosa tomara su voz. Yemayá no se enfadó, aunque estalló dentro de ella. Fue un instante, un fogonazo. Luego la abandonó.

—Dile al teniente Pérez que tengo que hablar con el capitán —le pidió a Sabina zafándose de sus brazos, súbitamente repuesta.

—¿Por qué? —inquirió el médico después de trasladar su petición a través de un soldado que regresó con esa pregunta.

No había dudado en cumplir el deseo de Kaweka, pese a que

fuera la solicitud de una simple negra. Pérez la había visto curar a un hombre desahuciado canturreando, invocando a sus dioses africanos y deslizando las manos por encima de la herida; luego se había interesado por aquella mujer que siempre se hallaba cerca de Sabina y de la tropa.

—Se aproxima a nosotros un batallón enemigo. Son muchos y bien armados —contestó Kaweka—. Debemos detenernos hasta que hayan pasado.

El agua que corría por el rostro del oficial no escondió su preocupación.

—Hay exploradores que nos preceden —apuntó, sin embargo—. No han informado de ningún peligro.

—Vienen hacia nosotros —insistió ella.

—¿Estás segura?

Kaweka no contestó. Para entonces eran ya varios los negros que los rodeaban. A partir de su posición, la columna se había detenido.

—¡Continuad la marcha! —ordenó un sargento a caballo que se topó con el grupo.

Los soldados no se movieron. Murmuraban, gesticulaban, y Pérez comprendió la dificultad que entrañaba la situación: los negros obedecerían a Kaweka; habían escuchado su advertencia. Él era médico, pero también, a fin de cuentas, un oficial superior.

—Espere aquí, sargento.

Él mismo corrió a la vanguardia para hablar con Arango.

—Los negros creen a esa mujer, mi capitán —adujo el teniente, al mismo tiempo que insinuaba la posibilidad de una insubordinación—, para ellos es como una…

—No me interesan las brujerías —lo interrumpió el otro con un manotazo al aire, pese a que después, bajo la mirada atenta y expectante de sus oficiales, reflexionó sobre sus propias palabras.

Ordenó que la columna se detuviera y que hombres y animales se escondiesen en la espesura de la selva. «¡Silencio!», se insistió a la tropa. Los exploradores recibieron nuevas instrucciones y regresaron con noticias. Era cierto: una compañía española que podía triplicar sus efectivos, bien montada y mejor armada, se acercaba a ellos. «¡Silencio!», se ordenó de nuevo. Los rebeldes del capitán Arango esperaron bajo la lluvia hasta que el enemigo se alejó.

La compañía de Kaweka se unió al IV Batallón al mando del coronel Maceo tras su llegada al campamento de Yarayabo. La compañía se encuadraba en el primer cuerpo del Ejército de Oriente entonces dirigido por el general García, que controlaba las operaciones en la zona de la región de Guantánamo, cuya capital era una villa sin excesiva importancia, habitada por españoles y numerosos franceses huidos de la revolución de esclavos de la vecina Haití, pero que dominaba una gran bahía natural que se había convertido en un puerto de importancia estratégica para los intereses mambises, unos intereses que estaban fracasando tras la pérdida de Bayamo, la derrota en Las Villas y con Camagüey en serias dificultades. En aquella zona, la república cubana y el empuje revolucionario se sostenían por el general García y las nuevas tácticas de guerra de guerrillas.

Los víveres fueron recibidos con algarabía, aunque no tanta como la que se le dispensó a Kaweka, cuya premonición, como se sostuvo entre la tropa, había impedido una masacre. La noticia se propagó con rapidez y fueron muchos los soldados que acudieron a felicitarla. Los alrededores de la enfermería, aún enfangados a consecuencia de la lluvia persistente, se convirtieron en el escenario de una fiesta improvisada. Aguardiente, tabaco, cánticos, tambores y unos bailes entorpecidos por el barro atrajeron a tantos negros que los oficiales blancos y mulatos no se atrevieron a impedir aquella celebración.

Kaweka se convirtió en el centro de atención, como una diosa. La dejaron bailar sola, dentro de uno de los muchos corros que se formaron, jaleada, coreada por decenas, quizá centenares de voces. Su constitución extremadamente delgada, liviana, parecía permitirle levitar sobre el cieno, siempre descalza. Kaweka perseguía el éxtasis; necesitaba desprenderse de la sangre y los lamentos de los heridos, pero su camisa y su falda de cañamazo, una tela basta, empapada, le pesaban sobremanera y se adherían a su piel impidiéndole moverse con la libertad que necesitaba para dejar atrás el dolor y el sufrimiento que traía la guerra. Sin dejar de bailar, se desnudó. El agua corrió libre por su cuerpo, por su espalda marcada al látigo, como la de muchos de los que presenciaban el espectáculo. Fueron esos los primeros en callar, y a su silencio se fue sumando el de los demás, el de los tambores, el de los cánticos de los otros corros. Al final solo quedó Kaweka moviéndose hasta el paroxismo. Desnuda, salvo por el collar de cuentas de Yemayá. Enflaquecida. Desdibujada por sus cicatrices que, como cintas brillantes que culebreaban entre la lluvia, hechizaban a los otrora esclavos.

Terminó desmoronándose en el barro. Sabina corrió a taparla y a abrazarla. Los negros fueron retirándose respetuosamente, desviando la mirada de las dos mujeres. Kaweka los vio dispersarse e, igual que acababa de suceder con sus llamativas cicatrices, un simple movimiento eclipsó a las decenas de hombres que se alejaban. Kaweka irguió la cabeza, todavía aturdida por el baile. Era como un soplo de aire: unas piernas, un cuerpo deslizándose de forma desgarbada pero con esa armonía mágica que la sedujo en La Merced.

Buscó con la mirada y creyó distinguir su espalda, aunque esta desapareció enseguida, oculta entre las de centenares de negros. Sin embargo, ella sabía a quién pertenecía. Sabía que Modesto estaba allí.

Al día siguiente, Kaweka pidió a varios soldados que buscasen a un negro que creía haber visto, porque en verdad no se atrevía a asegurarlo, y que se llamaba Modesto. Sin embargo, no tuvo tiempo de recibir noticias ya que un sargento mulato la citó en el cuartel general, instalado en la casa destartalada que antaño había sido la mansión del potrero abandonado en el que acampaba el ejército.

No era usual que los mandos convocasen a un soldado negro, y menos a una mujer. En los años que Kaweka llevaba guerreando, lo más que había hablado era con el teniente Pérez, un buen médico al que, sin embargo, le había costado reconocer su valía como curandera.

—Te querrán felicitar por lo de los españoles —aventuró Sabina, entusiasmada.

—A lo mejor te ascienden a cabo —añadió con una sonrisa el enfermo al que estaba curando.

—Sí, te van a dar una medalla —ironizó el sargento que había ido en su busca—. ¡Apresúrate! —la exhortó.

Kaweka ni siquiera lo miró y continuó inclinada sobre el camastro en el que yacía su paciente. El mulato hizo ademán de insistir en la urgencia, pero se lo pensó dos veces y se mantuvo a la espera, sin ocultar su contrariedad moviéndose intranquilo.

Era como cruzar de un mundo a otro: del de los negros, soldados forzados, asistentes y responsables de todos los trabajos duros del campamento, al de los blancos y los negros y mulatos libres autorizados a vivir y dormir junto a los primeros, de vida más placentera dentro de las incomodidades de la guerra. Kaweka y Sabina dejaron atrás los harapos grises y los machetes y se encontraron rodeadas de uniformes blancos, sables y pistolas al cinto, sombreros de paja, galones y adornos. Aunque algo parecía estar cambiando. Kaweka había oído hablar del coronel de su propio batallón: Antonio Maceo, un mulato que no contaba ni treinta años y que había ingresado en el ejército revolucionario como soldado raso para luego, merced a su valentía, entrega e inteligencia, ascender poco a poco hasta el rango que ostentaba ahora. Maceo, el Titán de Bronce, como lo apodaban, se alzaba como un ejemplo para mulatos y negros, el espejo en el que verse reflejados.

Pero no lo vio. Ni a él ni al general García ni a ningún otro oficial superior que no fuera el capitán Arango, quien la recibió sentado detrás de una mesa en un cuartucho pequeño, sin ventilación, tan húmedo que el sudor le corría por las sienes. La lluvia les había concedido una tregua, no así el barro, que se acumulaba pegado a los pies siempre descalzos de una Kaweka que permanecía frente a él. Sabina, a la que nadie había prestado la menor atención, como si fuera un simple apéndice de la otra, se había parado un paso por detrás, a la máxima distancia que permitía aquella estancia.

—Regla... —comentó el oficial con desgana mirando un papel. Kaweka no creía que los blancos la felicitasen por nada, como había continuado insistiendo Sabina durante su paseo hasta el cuartel, pero había llegado a manejar la posibilidad de que la llamaran para que curase a alguno de ellos. Sin embargo, ahora veía con claridad que algo malo se avecinaba—. «María Regla Fernández» —leyó de corrido el capitán.

Kaweka titubeó hasta recordar que ese era el apellido que había proporcionado en el hospital civil de Bayamo para impedir que Gertrudis, como era costumbre con los esclavos emancipados, le adjudicase el de su antiguo amo, el del marqués de Santadoma. Permaneció en silencio.

—A partir de hoy —continuó el capitán—, quedas destinada al campamento en el que se refugian las mujeres y los niños en Sierra Maestra, mientras nosotros combatimos y ganamos esta guerra de liberación. —Lo dijo con rencor, arrastrando las palabras—. Necesitan una enfermera —añadió después.

Kaweka tardó unos instantes en entender que la estaban desterrando.

—Pero...

No le salieron más palabras. Temblaba a causa de la ira. Luego trató de discutir, pero no sabía cómo hacerlo, nunca había discutido nada con un blanco. Intentó quejarse y no lo consiguió. Balbució palabras ininteligibles.

Era consciente de que con aquella orden la apartaban de la lucha, de los suyos, de todo aquello por lo que se había entregado, para enviarla con las mujeres. Sostuvo la mirada del blanco cuando este la alzó hacia ella con disgusto, quizá convencido de que aquella mujer ya debería estar fuera del despacho.

—¿Qué miras, negra! ¡Sargento! —ladró Arango—. Lléveselas y organice su traslado a la sierra —ordenó antes incluso de que el otro asomase por la puerta.

Kaweka fue a abalanzarse sobre la mesa del oficial, pero en ese momento el sargento tiró de ambas y las arrastró fuera del despacho primero, fuera del caserón después, y continuó empujándolas hasta el lugar donde se encontraban las caballerías, al raso, atadas a cuerdas largas a modo de baranda.

—Esposadlas —ordenó a los palafreneros.

—¿Y nuestras cosas? —se atrevió a preguntar Sabina.

—¿Qué cosas? —gruñó el hombre con una risotada—. Vosotras no tenéis nada. Y si lo tenéis, seguro que es robado.

Ni siquiera les permitían volver a la enfermería con los negros, pensó Kaweka. ¿Cuántas veces se lo había advertido mamá Ambrosia? El recuerdo de la criollera confundió sus sentimientos, llenándola de nostalgia y de cariño en un momento en que toda ella bullía de rabia, pero los consejos que le había proporcionado de niña cobraban fuerza ahora. Cuanto más manifestara sus poderes, más la odiarían aquellos que vieran peligrar su autoridad, le había recordado con frecuencia. Y eso era lo que sucedía, lo acababa de percibir en el capitán: no había sido capaz de salvar a su compañía de la segura debacle que hubiera supuesto un enfrentamiento con los españoles; en su lugar, lo había conseguido una bruja negra, y los hombres lo sabían. Kaweka había socavado la valía militar del oficial rebelde, cuya voz vaciló a la hora de informar a sus superiores del incidente. «No ha sido más que una casualidad —bramó un coronel interrumpiendo el discurso titubeante de su subordinado después de que este asegurase que Kaweka era una especie de sacerdotisa para los negros—, pero el ejército de la República de Cuba Libre no puede depender de las visiones de una negra loca... Aunque fueran ciertas. ¡Incluso si son ciertas! —vociferó—. Mañana puede inventar cualquier otra amenaza... y los hombres podrían creerla por encima de las previsiones de sus mandos. Señores, estamos tratando con una partida de analfabetos y de crédulos que no dudarían en rebelarse contra nosotros. Bastante tenemos con luchar contra el enemigo como para preocuparnos por una hechicera negra, haya acertado o no, sea o no una sacerdotisa o como la llamen ellos. ¡Mándela lejos de aquí! No puede continuar influyendo en la moral y la obediencia de la tropa. ¡Deshágase de ella!».

Y eso hacía el sargento, que ordenó que atasen a las mujeres a la cuerda, igual que a los animales.

—A la chica no hace falta que la atéis —se quejó Kaweka señalando a Sabina—. El capitán no ha dicho nada de ella.

—No tengo intención de comprobarlo. Arango no parece estar de buen humor. —El suboficial esbozó una sonrisa estúpida—. ¿Acaso no la has traído tú? Pues entonces la negra sigue tu suerte —decidió, indicando a los hombres que continuaran maniatando a la muchacha, que, sin oponerse en lo más mínimo, mantenía los brazos extendidos, los dedos entrelazados y las muñecas juntas—. No tendréis que esperar mucho —anunció el sargento antes de marcharse—, hoy mismo partirá un convoy hacia la sierra. ¡Vigiladlas!

Los palafreneros eran negros como ellas. Esclavos liberados que habían sustituido el cuidado de las vacas de un potrero propiedad de un blanco por el de los caballos de otros blancos. Kaweka no tuvo ni que exigirlo. La conocían, la respetaban, la querían. Nadie daría explicaciones, como aquellos esclavos de La Merced a quienes robó sus machetes. Uno por otro, ninguno de ellos habría visto nada. Solo tuvo que mirarlos para que las desataran. Negarían incluso que hubieran estado allí. Era fácil: «No». «No sé». «Yo no estaba». «No, no, no...». Eso lo sabían hacer bien aquellos que habían vivido la constante de los interrogatorios de amos y mayorales. Eso ocurriría, seguro, pensó Kaweka mientras se dirigía a la enfermería, mojándose bajo una lluvia que había empezado a caer de nuevo. Quizá hasta el sargento se desentendiese. No tendría agallas para comunicárselo al capitán. Las dos mujeres se movían por el campamento con normalidad. Por supuesto que habían partido con el convoy, sostendría el sargento ante cualquiera, eso le habían comunicado sus hombres, juraría ante quien fuera, y agarraría a algún negro del pescuezo y lo agitaría para que corroborase sus palabras. Y el negro lo haría. Llegaron a la enfermería y se dirigieron a la tienda donde se alineaban las camas de los heridos; allí dormían ellas, allí tenían sus cosas.

—No querían ascenderme —bromeó Kaweka a modo de saludo con el soldado que había apuntado esa posibilidad y que, incorporado en el lecho, la interrogó con la mirada.

—Una pena, ¿no? —contestó este.

—Pues yo lo hubiera hecho —dijo alguien a la espalda de Kaweka.

Su voz. Durante la noche había pensado en él, alejando cualquier atisbo de emoción: Modesto no cabía en sus planes. Dejó de lado los muchos porqués que se le planteaban cada vez que pensaba en sus relaciones, las preguntas sobre quién era el culpable de su separación y de sus discusiones. Todo aquello carecía de importancia. Ahora solo existía la guerra, el ansia de libertad. Eso era lo único en lo que pensaba Kaweka. Sin embargo, sentía curiosidad, por lo que se volvió hacia el emancipado.

—¿Qué haces aquí? —le preguntó con aparente frialdad.

—He venido a luchar... como todos —añadió señalando con la mano a los demás que se movían por allí.

—¿Ahora? —inquirió ella con la ironía dibujada en su rostro—. ¿Después de casi cuatro años desde que empezó la guerra? ¿Y por qué en Guantánamo? Se pelea en todo Oriente.

—Oí que estabas aquí y he venido tras de ti.

—Hace muchos años que esperé que vinieras tras de mí —le recriminó ella—. Al palenque —aclaró ante el rictus de sorpresa de Modesto.

—Sí, y estaba dispuesto a hacerlo pese a que me habías abandonado. Regla, mamá Ambrosia me prohibió ir en tu busca, me dijo que pertenecías a los dioses.

Entonces fue Kaweka quien se sorprendió.

—¡Qué barbaridades dices! —le recriminó aunque la imagen de Eluma apareció de repente ante ella. Quizá el babalao hubiera tenido algo que ver con aquello.

—Pues eso —insistió el emancipado—. Me dijo que te olvidara, que pertenecías a todos. —Volvió a señalar a los demás negros con la mano—. Que...

Kaweka lo atravesó con la mirada buscando la verdad, y creyó capaz a la criollera de haber adoptado esa postura. ¿Por qué iba a mentirle ahora Modesto?

—¿Por qué no me dijiste nada en La Habana? —quiso averiguar ella—. Pudiste...

—Porque estabas enferma. No quise disgustarte culpando a Ambrosia de mi decisión. Y la siguiente vez que nos vimos...

«Estabas borracho», terminó la frase Kaweka en silencio. Modesto asintió, consciente de lo que pensaba ella en ese instante. Era posible que hubiera cometido un error creyendo a Rogelia, pero Kaweka no podía juzgarlo exclusivamente por ese episodio. Llegó a amarla y estuvo dispuesto a comprar su libertad, pero ella desapareció golpeando sus emociones, quebrando todas sus ilusiones. Lo de Ambrosia era cierto, debía creerlo. Luego le salvó la vida en La Merced y acudió en busca de su hija. ¿Acaso no le había dado pruebas suficientes de su amor? Modesto la examinó igual que había hecho ella unos instantes antes y se dijo que tal vez estuviera delante de una mujer diferente a la que conoció. Kaweka siempre había luchado, sí, pero ahora la guerra la había endurecido... Quizá hasta el punto de ser incapaz de amar.

Ella percibió la duda en el emancipado y decidió aprovecharla para zanjar ahí la conversación.

—Vámonos —ordenó a Sabina; su única pretensión era alejar todos aquellos pensamientos y regresar a la realidad, a la guerra, a la injusticia de la que acababa de ser objeto por parte de los oficiales blancos.

Agarró su petate, liviano, a excepción del machete que se adivinaba en su interior por el mango que sobresalía. Continuaba siendo el que le había regalado Porfirio después de vender a Pedro José al capitán del bergantín. Seguía sin saber nada del negro masoquista, aunque sus perversiones se habían diluido en el recuerdo de Kaweka tras las escabrosas relaciones mantenidas desde entonces. Tampoco tenía noticias de Jesús, probablemente ambos estuvieran con otras unidades rebeldes... si aún estaban con vida. Se apresuró. Debía abandonar aquel ejército que la repudiaba: si se topaba con el sargento, las consecuencias podían ser terribles. Respiró hondo, tratando de reponerse, cargó la bolsa al hombro e hizo ademán de salir de la tienda.

—¡Suerte! —le deseó el herido.

Kaweka se dio cuenta entonces de que la mayoría de los pacientes conscientes y que podían moverse estaban pendientes de ella; sonreían, asentían con la cabeza y le deseaban fortuna. Hasta el teniente Pérez, sabedor de la decisión de los mandos, permanecía en pie en uno de los extremos de aquel precario hospital de sangre, desde donde le dedicó un ligero movimiento de cabeza con los labios apretados, en tributo silencioso a su labor. En ese momento, envuelta en el cariño, se sintió parte de una sociedad en tránsito compuesta por multitud de hombres y mujeres que pretendían dejar atrás la historia que los blancos habían creado para ellos y construir la suya propia. La sangre, la que ella había olido, la que la había empapado, la que había detenido o la que había fluido irremediablemente llevándose la vida de sus pacientes, sobre todo esa, no era sino el pilar en el que debía sustentarse su nuevo mundo.

—Viva Cuba libre —logró despedirse Kaweka con voz ronca, confundida ante la inmensa gratitud que percibía en el espíritu de todos aquellos luchadores.

Abandonó el hospital con la garganta agarrotada, el mentón tembloroso y las lágrimas pugnando por aflorar. Sabina la seguía, y también Modesto. Los gritos arreciaron en el interior de la tienda, un escándalo que llamó la atención de los negros que estaban fuera. Los equipajes de las mujeres no dejaban lugar a dudas.

Muchos se le acercaron; Kaweka caminaba maquinalmente, con la mirada puesta en la lejanía.

—¿Adónde vas? —inquirió alguien.

¿Adónde iba? ¿Qué iban a hacer dos negras solas y un emancipado sin recursos en un territorio que no conocían y en medio de una guerra? Si los encontraban los españoles, los esclavizarían; si daban con ellos los rebeldes, los considerarían desertores, también a ellas, a pesar de ser mujeres. Quizá la única solución fuera buscar refugio en un palenque. Pero Kaweka estaba llamada a luchar, a perseguir la libertad; eso le pedía la diosa, eso anhelaba ella. No podía traicionar a todos los muertos que quedaban atrás. No, no se escondería de nuevo en las montañas. Una descarga de entusiasmo recorrió su cuerpo y la hinchó de pasión.

—¿Adónde vas? —volvieron a preguntarle.

Yemayá caracoleó en su interior, animándola, empujándola.

—¡A la guerra! —declaró, afirmando su caminar.

Unos se detuvieron y hasta se separaron, el miedo se leía en sus rostros. Otros siguieron sus pasos, cargados con unas armas y enseres que nunca abandonaban. La libertad no podía depender del capricho o el pundonor de unos oficiales blancos o mulatos que continuaban considerándose mejores que ellos, pensó Kaweka al mismo tiempo que miraba a su espalda. La seguían cerca de una treintena de hombres, los más comprometidos con la causa, los más atrevidos y valientes, o tal vez los más locos. Chascó la lengua ante esa posibilidad. Luego miró más allá, donde decenas de hombres los contemplaban marchar: algunos compungidos, otros sonrientes, muchos despidiéndolos con su machete alzado al cielo. Todavía había quien corría para unirse a ellos. Su mirada se cruzó entonces con la de Modesto, que andaba con su característico oscilar, tan torpe como atractivo. Ninguno de los dos supo cómo poner fin a una situación que duró un solo instante, el suficiente, sin embargo, para que ambos reconocieran las muchas explicaciones que se debían.

# 16

*Madrid, España*
*Abril de 2018*

Recuerdas que te comenté que fuimos a visitar a tu tío Antonio, el hermano de la abuela Margarita?

—Sí, claro.

La contestación le llegó con su madre de espaldas, cocinando, y ella observándola, sentada a la mesa, como tantas otras veces a lo largo de su vida. Una estampa rutinaria y entrañable que ahora turbaría. Como ya le había sucedido antes de hallar las cartas, volvía a encontrarse en un punto muerto. No sabía qué hacer, no se atrevía a tomar una decisión, el asunto la superaba, y mientras tanto las negociaciones de la venta del banco proseguían a buen ritmo: una operación en la que ya se habían incluido acciones que podían pertenecer a su madre, porque si ella era nieta del viejo marqués, se convertía en propietaria de la Banca Santadoma tanto como cualquiera de los demás. El testamento era claro: los herederos eran los nietos, y Concepción era una de ellos.

—Pero todo esto de las acciones y del banco es algo que debería decidir tu madre, ¿no crees? —había replicado Sara cuando se confió a sus dos amigas.

Lita se encogió de hombros y mostró las palmas de las manos en señal de duda.

—Ya la conocéis. Es muy sencilla, humilde... Es buena —añadió con resignación tras una pausa en la que respiró con fuerza—. No dará crédito. Se negará a asumirlo y se cerrará en banda...

—Pero algún día tendrás que decírselo. No puedes hacer nada sin que lo sepa tu madre. La heredera sería ella, no tú.

¿Y qué tenía Lita para afianzar su teoría? El video de un cubano viejo y sin afeitar, con chanclas, pantalón de deporte y una camiseta blanca de tirantes, y una correspondencia entre los Santadoma que tampoco aseguraba nada. El personaje del video no era serio, ofrecía una imagen poco creíble, y las cartas las había robado, por lo que no podía usarlas. No tenía nada, salvo la convicción de que lo que decía el hermano de su abuela era cierto.

—¿La convicción o el deseo? —polemizó Sara cuando les hizo partícipes de sus conclusiones.

Lita no había querido planteárselo, y ahí estaba, en la cocina del piso de los marqueses, con la copa de vino atenazada en su mano como si pretendiera quebrar el pie.

—¿Por qué lo preguntas? —dijo Concepción, volviendo ligeramente la cabeza hacia ella.

Lita respiró hondo. ¿Estaba segura de lo que iba a hacer? No, no lo estaba.

—Porque tu tío Antonio sostiene que eres hija de Eusebio de Santadoma, el hijo del viejo marqués —afirmó, sin embargo—, el que se fue a Miami.

Lo soltó de corrido. Su madre dejó de remover durante un instante lo que fuera que estuviera cocinando.

—No digas tonterías —refutó al cabo.

Concepción no se volvió hacia su hija y se centró de nuevo en la comida, como si se hubiera tratado de una broma. Lita se levantó, fue hasta ella y la abrazó por los hombros.

—Mamá, no es ninguna tontería. —La separó de la cocina y apagó el fuego. «Verduras otra vez», maldijo. La llevó hasta la mesa, la sentó y encendió el móvil—. Mira este video.

La reunión se celebraba en la misma sala de juntas de la que Lita había sido expulsada tras los insultos de doña Claudia. Inspiró en busca de un aire que se había ido agotando a medida que cruzaba las oficinas de la Banca Santadoma, saludando, sonriendo a un montón de personas. La mayoría le respondía con un afecto sincero; algunos, sin embargo, la observaban detrás de una máscara de bondad que no lograba disimular su hipocresía.

—¿Te vas a quedar ahí parada? Parece que te guste estar fuera de este sitio.

Gloria era, sin duda, una de estas últimas. La jefa de riesgos que había competido con ella por Pablo la adelantó y abrió las puertas de la sala con decisión. No llegó a empujarla, aunque se arrimó a ella lo suficiente para rematar el sarcasmo con un roce tan sutil como rabioso.

Lita aceptó el desafío y la siguió. Tuvo que interponer el antebrazo para evitar que la ejecutiva le cerrase las puertas en las narices, y accedió al lugar que había trastocado su vida más reciente. «Morenita». «Hija de nuestra criada...». Los insultos de la vieja todavía flotaban en el ambiente, y si no era así, Lita percibió que lo hacían en el recuerdo de la mayoría de los presentes. Contaba con el apoyo de muchos de ellos, Pablo se lo había reconocido. También había recibido wasaps de solidaridad tras el suceso, incluso de parte de compañeros que ni siquiera habían estado en la junta, pero ella no pudo dejar de escuchar de nuevo aquellas referencias humillantes.

Se firmaba la venta de otro importante paquete de acciones del banco, el que se hallaba en manos de la familia Ruz Pariente: todos ellos ricos, amigos de los Santadoma, socios en otros negocios, compañeros de vacaciones en yates, fiestas y noches glamurosas que alimentaban las páginas de la prensa rosa. La mayoría de los presentes estaban de pie, compartiendo un desayuno espléndido dispuesto en un bufé atendido por dos camareras. Entre los que se sentaban a la mesa se encontraba Pablo, absorto junto al abogado de los vendedores en la revisión definitiva de los contratos. En las dos últimas noches se había excusado con Lita por la sobrecarga de trabajo, pero a ella no le importó. Lejos de la distracción que le proporcionaba su empleo, vivía obsesionada con la actitud de su madre, que negaba una y otra vez, con tozudez, la simple posibilidad de que fuera nieta del viejo marqués. No quiso que le leyera las cartas de Eusebio a su padre; tampoco preguntó por su origen, y ni siquiera llegó a ver el video de Antonio en su totalidad: lo apartó de sí como lo haría con un demonio. No se trataba de que Lita consiguiera convencerla, es que Concepción se negaba en redondo a asomarse a un precipicio infranqueable: un cambio de estatus social que no tenía cabida en los principios de la estricta separación de clases en los que la habían criado. «¿Cómo voy a ser yo hija de don Eusebio?», repetía con obstinación.

De haber visto a Pablo durante esos últimos días, este hubiera percibido su inquietud, y ella se sentía frágil, vulnerable ante una situación que no sabía manejar. Tal vez hubiera caído en la tentación de buscar su apoyo, y eso era algo que no podía permitirse: no debía revelarle nada a quien perseguía el buen fin de una operación financiera importantísima que ella podía poner en peligro con su reivindicación. Creía haber conseguido afianzar una relación que le parecía única, plena, maravillosa, sublime, y no quería colocar a Pablo en la tesitura de escoger entre ella o su carrera, un problema añadido que no había sopesado lo suficiente cuando decidió hablar con su madre.

—Pensé que no tenía por qué afectar a nuestra relación —reconoció a sus amigas al comentar el tema—. Es cosa de mi madre, pero cuando lo veo tan implicado, tan pendiente del detalle más nimio que pudiera afectar a la operación... ¡El otro día le oí hablar con los del catering explicándoles lo que le gusta al americano! ¡El profesional más importante de la consultora preocupado por los huevos fritos o lo que coño fuera!

—Sí —coincidió Elena—. ¡Lo de tu madre sería una bomba! Podría interferir en las negociaciones. ¿Y cómo piensas resolverlo? —inquirió tras un buen trago de cerveza.

No lo sabía, concluyó de nuevo ahora al toparse con el marqués y dos de los Ruz Pariente, todos ataviados con americanas de cuadros, informales, como si alardearan de que aquella venta millonaria no era más que un divertimento que finalizaría en un selecto club de golf tan pronto como cerraran tan engorroso trámite. Los tres charlaban con sus respectivas tazas de café en la mano. Meyerfeld, el compañero de Stewart, quien sí parecía conceder importancia al negocio por el traje oscuro que vestía, permanecía algo apartado de los otros tres, ajeno a su conversación. Lita entendió la razón cuando llegó a su altura: hablaban en español.

Meyerfeld, alto y grande, la recibió con un leve movimiento de cabeza. Pese a que habían mantenido un par de reuniones para estudiar el contrato que hoy se proponían firmar, ni Lita ni ninguno de los demás asesores habían logrado entablar con aquel hombre una relación que fuera más allá de lo estrictamente profesional; las sonrisas, las bromas, las charlas banales y, ni que decir tiene, los contactos físicos o las miradas que no fueran directas a los ojos estaban proscritos en las maneras del americano.

Lita lo saludó con seriedad. Luego terció el marqués, que no escondió cierta animadversión por su presencia allí, y los Ruz Pariente, quienes parecían haberla estado esperando para que tradujera sus comentarios y observaciones a Meyerfeld.

—Hablas muy bien el inglés —la felicitó uno de los Ruz Pariente tras una de sus intervenciones.

Lita no respondió. Salvo ellos, que por lo visto no lo necesitaban, todos los allí presentes dominaban el inglés, como no podía ser de otra manera en un entorno empresarial. A aquel hombre acicalado que trataba de ocultar su edad a través de un pelo cano engominado, casi pétreo, zapatos relucientes y americana de cuadros, nunca se le hubiera ocurrido hacerle esa apreciación a Gloria, que miraba al grupo de reojo, ni a ningún otro de los ejecutivos que se movían por la sala. Sin embargo, el personaje esperaba su respuesta con actitud paternal. «La mulatita ha sabido aprovechar las oportunidades que le ha concedido la generosa sociedad occidental». Lita estaba convencida de que era exactamente eso lo que pensaba aquel hombre, y hasta creyó percibir el orgullo que emanaba de él como pilar inamovible que se consideraba de esa comunidad. Era la clase de comentario habitual, casi maquinal, inconsciente, al que debían enfrentarse los inmigrantes o cualquiera que mostrase algún signo de diversidad, por más que hubiera nacido en España como ella, hubiera ido a un colegio de monjas en la zona más exclusiva de la ciudad y ostentara un título universitario y un máster. Lita tuvo la tentación de contestarle echando mano de la ironía —«¿No sabías que el inglés (o lo que viniera al caso) lo inventamos los negros?»— o de la acritud —un «Vete a tomar por el culo» directo—. Sin embargo, en esta ocasión se contuvo, pensando que ya había revolucionado bastante aquella estancia, y le mostró al hombre un esbozo de sonrisa con el que el otro sintió reconocida su magnanimidad histórica.

La superioridad de raza se mantuvo una vez todos hubieron tomado asiento y empezaron a tratar de los contratos. Manuel Ruz Pariente, el que había halagado sus conocimientos, situado enfrente de Lita, al otro lado de la mesa, parecía más pendiente de ella que de los términos de unos pactos que Pablo y su abogado exponían, uno en inglés y el otro en español. Estaba todo previamente acordado; se trataba por lo tanto de un mero acto formal, y aquel hombre asentía de forma mecánica a las observaciones de su letrado, mientras la miraba sin esconder su asombro ante la intervención de una mulata joven que sabía inglés o incluso un interés sensual por la sonrisa de la que ahora ella se arrepentía.

La actitud de Manuel Ruz Pariente consiguió distraer a Lita. La presión a la que la sometía la atenazó a modo de ráfagas de aire denso que ralentizaban sus reacciones, incluida su respiración. Tuvo que esforzarse por hacerlo, como le había sucedido antes de entrar, cuando se cruzó con Gloria. Esta también la observaba, pero si antes, en la puerta, la había sorprendido, ahora fue al contrario, y Lita se irguió y torció la cara en gesto de desprecio que la otra contestó con idéntica perversidad. En cualquier caso, la negativa de su madre a escuchar siquiera los argumentos acerca de su filiación, el posible conflicto con Pablo, la tensión con Gloria y el escrutinio desvergonzado al que parecía someterla aquel viejo lascivo hicieron que las voces de Pablo y el abogado de los Ruz Pariente se confundieran en un murmullo y ella entrase en aquel mundo nuevo al que la transportaba una pequeña Virgen negra. Tembló, temiendo que Meyerfeld o el marqués se hubieran percatado de algo. Se agarró las manos por encima del regazo, bajo la mesa, al mismo tiempo que el propio espacio se cernía sobre ella, aplastándola.

Se sintió confusa, ofuscada, mareada, e iba a rendirse a un entorno que le pareció hostil y a una situación irresoluble cuando las lágrimas que se habían acumulado en sus ojos, en lugar de hundirla, se refractaron en mil colores, en infinidad de astillas brillantes que aguijonearon su cabeza despertándola a un poder infinito. Era mulata. Hija de mulata. Descendiente de esclavos negros. ¡Negros! Flotó como le había ocurrido cuando se acercaba a la ermita de Regla, en la bahía de La Habana.

Y se irguió en la silla con tal autoridad que las miradas se posaron en ella: la de Ruz, la del marqués, la de Gloria, e incluso la de Pablo, que tartamudeó un par de palabras, y así continuaron hasta que firmaron los contratos, se felicitaron todos, terminó la reunión y el café mudó en champán.

Sin embargo, las sonrisas y los brindis le parecieron a Lita un insulto a la sangre de los esclavos sobre la que se había levantado el patrimonio del que acababan de disponer. Las acusaciones que había vertido ante doña Claudia por la explotación de los esclavos estallaron en ella como si fuese aquel mismo día: «¡Y esto que se está vendiendo en esta mesa no es otra cosa que el producto de su sangre, de sus vidas!». Pensó en Alfonsa, de quien nada había sabido hasta hacía poco. Cuántas como ella habían entregado sus vidas para que ahora aquella sarta de privilegiados se lucrara con millones de euros. Sintió cerca a todos aquellos negros sometidos. Habían comparecido y sus rostros afligidos se confundían con los de los blancos, a los que gritaban y mordían, como fantasmas que reclamaran venganza. Una reparación que en cambio se estrellaba contra la realidad: la eterna historia de los suyos. Ella era mulata, hija de mulata… No podía traicionar a los muertos. No se escondería. Una descarga de entusiasmo recorrió su cuerpo y la hinchó de pasión.

Se acercó a don Enrique de Santadoma, que estaba rodeado de los Ruz Pariente y de varios empleados. Meyerfeld, como antes, se hallaba un paso atrás, aunque en esta ocasión acompañado por Pablo.

—¡Regla! —la recibió el marqués, olvidando el incidente con su madre, quizá achispado por el champán.

Lita lo miró directamente a los ojos y vaciló por un instante, pero Yemayá caracoleó en su interior, animándola, empujándola.

—Quiero comunicarle que mi madre va a reclamar la parte que le corresponde de la herencia de su abuelo, el marqués de Santadoma.

El corrillo quedó en súbito silencio. Hasta el americano llegó a captar la trascendencia de la amenaza de Lita. Pablo lo dejó y se entremetió en el grupo.

—¿Qué estupideces dices! —replicó don Enrique tras reponerse de la sorpresa.

—Mi madre es su hermanastra —aseguró Lita con voz firme—. Es hija de don Eusebio, su padre, y por lo tanto nieta del marqués. Así pues, tiene derecho...

—¿De dónde sacas semejante majadería! —Santadoma se acercó a Lita, alzándose sobre ella cuan grande era—. ¡Estás loca!

Lita se mantuvo impasible y sonrió. Por primera vez en ese día se sentía feliz. El orgullo por su raza, por su historia, se interpuso entre ella y el marqués a modo de escudo.

—Tiene derecho a los mismos bienes que usted. Pregúntele a su madre —lo retó entonces—, a doña Claudia. Ella se lo contará.

—¡No tengo que preguntar nada a nadie! ¡Estúpida! ¡Desagradecida!

Lita hizo ademán de darse la vuelta. El marqués la agarró del brazo y se lo impidió.

—No me toque...

Al mismo tiempo que Lita se revolvía, Pablo se abalanzó sobre el hombre para que la soltara.

—¡Déjela! —se encaró.

—A mi madre lo único que tengo que hacer es darle la razón, niñata —gritó don Enrique haciendo caso omiso a la presencia de Pablo y sin dejar de zarandearla—. Solo servís para lavar y fregar. ¡Sois escoria! Se os ha dado todo, y vuestra respuesta...

Pablo le torció el brazo hasta que lo obligó a soltar a Lita, pero el marqués, enardecido, la ira incendiando su rostro, continuó ajeno a la intervención del auditor y soltó una carcajada que retumbó en la sala de juntas.

—¡Y vuestra respuesta es pretender ser de nuestra familia!

—¡No se equivoque, señor marqués! —intervino Lita a gritos—. Mi madre es su hermana. Y no lo pretendo: ¡lo afirmo!

El de Santadoma manoteó en el aire en muestra de incredulidad. Lita sintió aquellas manos muy cerca de su rostro, tanto que solo la intervención de Pablo impidió que el noble la abofeteara.

—¿Qué coño haces tú! —gritó don Enrique empujando a Pablo con violencia, como si se hubiera dado cuenta de su presencia por primera vez.

Lita saltó en defensa de su novio, quien trató de detenerla. El marqués continuaba ciego, golpeando al aire. Varios de los presentes, los Ruz Pariente y el americano incluidos, mediaron para separarlos, intentando apaciguar los ánimos. Pablo y Lita se vieron empujados fuera de la sala de juntas mientras don Enrique era acompañado al otro extremo.

—¿Qué es lo que has dicho de tu madre? —alcanzó a preguntar Pablo en el momento en que logró recuperar la respiración, los ojos abiertos, pretendiendo abarcarla entera.

Sus amigas se quedaron perplejas.

—¿Estás segura de lo que has hecho?

—No.

Yemayá ya no caracoleaba en su interior, y con su ausencia se sentía abandonada a las consecuencias de un error que ahora se le hacía inmenso, tremendamente opresivo, como un pesado manto oscuro que la cubría.

La despidieron al día siguiente. Uno de los abogados del marqués se presentó ante ella en las oficinas de los americanos, porque, tal y como había quedado con Stewart, su relación laboral seguía siendo con la Banca Santadoma. «Aunque estos también la habrían despedido», le aclaró el letrado señalando hacia atrás, hacia las oficinas casi vacías. «En este caso, los americanos están completamente de acuerdo con don Enrique». Meyerfeld no estaba, y el resto del escaso personal escondió la mirada mientras se producía la escena. Inés, por su parte, esbozó un amago de sonrisa afectuosa que no pasó de ser una mueca triste. Lita, no obstante, se la agradeció. Stewart no contestaba a sus emails, ni a sus mensajes ni a sus llamadas, y aquella paternal sonrisa se fue desdibujando en su memoria.

Pablo tampoco le respondió hasta bien entrada la mañana. La citó en una cafetería, lejos de la Banca Santadoma.

—Puedo acercarme más —propuso Lita para facilitar el encuentro—. No es necesario que quedemos en la misma manzana, pero...

—Ya no participo en las negociaciones de la venta de la Banca Santadoma...

Lita cerró los ojos y alzó la cabeza al techo. Transcurrieron unos segundos.

—Ahora estoy en la central de Speth & Markus —prosiguió Pablo.

Se encontraron en la cafetería, un establecimiento con carteles grandes en la puerta que anunciaban desayunos y comidas baratas, rodeados de funcionarios y oficinistas que charlaban, reían y gritaban en sus ratos de descanso, sentados a una mesa de sobre de formica. Sus manos quedaban muy lejos y Lita no se atrevió a extender la suya.

—A mí me han despedido —reiteró ella lo que ya le había escrito en mil mensajes y le había dicho por teléfono, como si eso pudiera conseguir que mudase el semblante abatido.

—A mí, más o menos...

—¿Qué quieres decir?

—Pues que de momento estoy recluido en un despacho sin luz natural comprobando los tíquets de compra de una panadería.

—Pero tú no hiciste más que defenderme de un loco violento.

—Un loco que es dueño de un banco que paga unos honorarios exorbitantes por los trabajos que le prestamos. Y aún falta labor por hacer, muchas horas que facturar.

—Pero vosotros trabajáis para los americanos.

—Da igual, Lita. Nadie quiere un empleado problemático capaz de pelearse con el cliente; en esto de los negocios, el quijotismo no va más allá de las ilusiones. Y sin malas caras. Sé que Meyerfeld ya ha llamado a la compañía. Solo soy un economista, un simple auditor. Si das una patada en el suelo, salen diez como yo.

Lita se atrevió a coger la mano de Pablo; la notó inerte, fría.

—¿La universidad? —se interesó ella, pensando en las pilas de libros, documentos y papeles amontonados en un despacho pequeño de su apartamento, una habitación más importante incluso que el dormitorio, porque era en ella donde desarrollaba su tesis doctoral. Pablo se la había mostrado con devoción, como si fuera una estancia sagrada.

—Mi jefe es el catedrático. Dependerá de su clemencia. De momento, ni me ha dirigido la palabra. ¿Cómo se te ocurrió! —inquirió de repente, retirando la mano, alzando algo la voz.

«Porque una diosa africana me abdujo, controló mis emociones y me obligó a amenazar al marqués». Confesar esa verdad sería el final de su relación. Pablo no era guapo, concluyó una vez más Lita mientras él la interrogaba con la mirada a la espera de sus explicaciones. Era atractivo, mucho, pero existía una gran diferencia entre la belleza y el encanto. La primera se defendía sola, lo bello era siempre bello, hasta en situaciones como aquella, cuando todo parecía venirse abajo. El atractivo, sin embargo, debía defenderse cada día, en cada momento; la seducción había que ejercerla, y la congoja que mostraba el rostro de Pablo lo desnudó de aquellas virtudes. Entre gritos y risas, el ruido de la máquina de café y de la de azar y el entrechocar de platos y vasos, Lita se encontraba enfrente de un hombre vencido, arruinado, y aun así lo amaba, quizá más todavía, y le dolían hasta los dedos de aquella mano que él acababa de rechazar por haberle originado tales perjuicios. Pero Pablo continuaba esperando una respuesta; quizá la necesitaba.

—Uno coma seis, uno, ocho, cero...

—¡Lita!

Ella hizo caso omiso y continuó enumerando las cifras de Phi, el número de Dios, la razón áurea:

—Tres, tres, nueve, ocho, ocho...

Pablo negó con la cabeza.

—Siete…

—Las conozco, Lita —le recriminó él.

Ella volvió a coger su mano. Creyó percibir que respondía a su tacto.

—No —se opuso entonces apretándola, tratando de transmitirle cariño—. Es un número infinito. No puedes saber todas las cifras. Sabrás muchas más que yo, pero nunca podrás conocerlas todas.

—¿Qué pretendes decirme?

Los dos lo sabían ya.

—Tú crees en lo irracional. ¡Vives en lo irracional! Me has hablado mil veces de la proporción divina como si formara parte de tu propio ser, como si cimentara tus creencias: lo indefinible, lo inconmensurable… Pero ahora pretendes que te razone un sentimiento: que mi madre es hija de Eusebio de Santadoma y que tengo que sacar a la luz esa verdad.

Pablo dejó caer la cabeza y pensó hasta que volvió a enfrentarse a ella, con una actitud diferente, sin embargo.

—Podrías haber elegido otro momento para soltárselo al marqués.

—¿Sin que estuvieras tú? ¿Para que me pegase?

Él rio.

—Pero ¿quién te asegura que tu madre es en verdad una Santadoma? Estás hablando de algo que sucedió hace…

—Más de sesenta años.

—Y aparte de ese sentimiento tuyo tan irracional como Phi, ¿tienes alguna prueba racional que lo acredite?

Le habían dicho que no le contara nada a nadie. La misma tarde en que la despidieron, Elena la urgió a buscar asistencia letrada y la acompañó a la asociación vecinal en la que colaboraban varios abogados laboralistas. El objetivo era reclamar contra el despido del banco, pero los dos amigos de Elena, jóvenes, activos, agresivos, habían ido cruzando miradas que no escondían un evidente interés a medida que escuchaban el relato de Lita. «Discriminación, racismo, violencia incluso», sentenció uno de ellos al final. «El despido lo ganamos seguro», concluyó el otro.

—¿Aunque haya dicho que su madre es hermanastra del presidente? —intervino Elena.

—Tampoco es un insulto —contestó el primero.

—Ni ninguna falta sancionable —añadió su compañero—. Para estos capitalistas de mierda debería ser un honor el tener una hermanastra mulata.

Lita suspiró y entrecerró un instante los párpados. ¿Qué tendría que ver que su madre fuera o no mulata para que el marqués pudiera sentirse o no orgulloso? Los había que pretendían demostrar tanto su tolerancia y su progresismo que terminaban cayendo en los mismos estereotipos utilizados por los otros. En cualquier caso, se encomendó a ellos; los percibió luchadores, animosos y apasionados como le había advertido Elena.

Pero Pablo no entraba en el círculo de «nadies» contra el que le habían advertido los abogados. Le mostró el video y le habló de las cartas. ¿Que cómo era que las tenía? Uno de los abogados le había hecho la misma pregunta mientras Lita se sentía escrutada por sus amigas, especialmente por Elena, que parecía recordarle su advertencia y recriminarle que las hubiera robado.

—Eso es correspondencia privada. Si tu madre y tú disponíais de esas cartas —insistió el abogado—, ¿por qué esperar tantos años y no haberlo intentado antes?

—Porque acabamos de dar con ellas —soltó Lita sonriendo hacia sus amigas. La propia pregunta le había proporcionado la respuesta. Cierto, tenían que haberlas encontrado ahora y solo existía una manera—: Estaban entre la documentación que me entregaron los americanos para que estudiase la operación de venta —aseveró—. Había muchos documentos privados entre el marqués y su hijo —aseguró, y era cierto—. Tengo hasta un mail del americano en el que me dice que pone a mi disposición todos esos papeles y cartas privadas. Y en ese mail se hace mención a la correspondencia cruzada entre padre e hijo. —Eso también era verdad y podría probarlo donde se lo requiriesen—. Fueron ellos mismos quienes me entregaron las cartas —concluyó.

—No recuerdo haberlas visto —comentó Pablo.

—¿Para qué iban a dártelas a ti? Lo tuyo son los números, no las letras.

—Pero se trata de correspondencia privada. ¿Puedes usarlas?

Los abogados también habían tratado esa cuestión y concluido que, como ambos interesados en el contenido de esas cartas, el marqués y su hijo Eusebio, ya estaban muertos, no se estaba atentando contra la privacidad de nadie.

—Pero los Santadoma pueden aducir que esas cartas pertenecían a la familia —dudó Pablo.

—Que digan lo que quieran. Lo importante es mi madre, no los Santadoma, y, en último caso, que decida el juez. No se atenta a la privacidad ni a la intimidad porque ya no la hay, y tampoco he robado nada. Me lo entregaron.

La situación de la madre de Lita distrajo la conversación hasta que Pablo consultó su reloj.

—¿Tienes que volver?

—Sí. Tengo que hacer que cuadre la harina que ha comprado ese panadero con las barras de pan que dice haber vendido. Una tarea apasionante…

—Lo siento —se disculpó ella por primera vez—, lo siento mucho.

Él asintió pensativo.

—Si alguien me hubiera pronosticado que arriesgaría mi trabajo por defender a una mujer…

Terminó la frase con un resoplido.

—¿Y eso es bueno o malo? —inquirió Lita.

—Irracional, querida, irracional.

No hablaron de ellos dos; ninguno se atrevió. Su relación estaba y no estaba sobre esa mesa de la cafetería; su amor se escondía detrás de una realidad, preocupante, absorbente, como si se hubieran puesto de acuerdo en evitar una situación que podía degenerar y originar consecuencias que en ese momento eran incapaces de valorar adecuadamente. Firmaron una tregua y se despidieron con un beso que Lita no habría sabido definir: ¿rápido, tierno, rutinario? Esa noche era mejor que no se vieran, adujo él; tenía mucho que asimilar y ya pensaba en las mil llamadas a amigos y compañeros que debía devolver ahora que el incidente había corrido como la pólvora. Casi se escabulló hacia su oficina mientras Lita buscaba calor en un sol de primavera que desafiaba los fluorescentes del bar y los brillos de las mesas de formica que herían la vista.

Buscó el paseo de la Castellana y se encaminó hacia la casa de su madre. Tenía por delante una caminata, pero pensó que no le vendría mal. La decisión limpió su mente y la devolvió a la cafetería y a Pablo; quizá sí que hubiera sido preferible otro momento para reclamar la filiación de su madre en lugar de montar ese escándalo en público. Él se había reído ante su contestación de que entonces el marqués le habría pegado: había sido toda una concesión a su propia necedad, porque lo cierto era que su arrebato había originado un grave perjuicio a su novio.

—¿Estás contenta? —preguntó en voz alta a esa diosa que parecía poseerla en los momentos más inoportunos.

Yemayá no le contestó y Lita continuó su marcha entre coches y gente, cruzó calles y se detuvo ante semáforos con un sentimiento de culpa que no lograba expulsar de su interior.

—Buenos días, Lita.

Zenón la saludó como de costumbre y ella regresó a la realidad. Había barajado la posibilidad de que el marqués hubiera dado orden de que le impidieran la entrada al edificio. Ella le devolvió el saludo. Si su encuentro con Pablo había sido incierto, ambiguo o provisional, el que se disponía a afrontar se le antojaba hasta doloroso.

El poco arrojo que le quedaba se diluyó ante la imagen de su madre cuando esta le abrió la puerta. Sonreía. No sabía nada, aunque los perros sí, supuso Lita, al ver que no la acompañaban, que no ladraban. Le asaltó la inquietud, hasta cierta decepción, por el hecho de que el marqués no hubiera tomado represalia alguna contra su madre. Era como si no concediera importancia a la amenaza de Lita y todo siguiera igual. Consideró la posibilidad de que fuera demasiado pronto para que hubiera adoptado alguna decisión, pero la desechó. Lita conocía al marqués, se trataba de una persona expeditiva.

—¿No vas a entrar, hija? —se extrañó Concepción.

No debería hacerlo. No quería hacerlo. No se atrevía. En ese instante se arrepintió de no haber sopesado las consecuencias que su soberbia podía acarrear a la gente a la que quería. Pablo se encontraba condenado al ostracismo por su causa. Ahora, frente a su madre, Lita tampoco flotaba, tal como le había sucedido con sus amigas y su novio, enfrentada a una realidad cruel y desenmascarada sin dioses que la manipularan. No se sentía apasionada ni notaba quemazón o aguijonazo alguno en su cabeza. Se trataba de dos simples mujeres, vulgares, a las que separaba el vano de una puerta.

—¡Lita! —apremió la madre.

Y ella entró.

—Mamá —empezó todavía en el pasillo—, he cometido... —¿Un error? ¿Una locura? Quiso dulcificarlo—. Creo que me he precipitado... con el marqués.

Concepción escuchó su explicación hasta el final y luego ambas se quedaron en silencio. Lita tenía poco que añadir una vez narrado su estúpido arranque de arrogancia. Faltaba algo más, pensó, y se apresuró a decirlo. También la habían despedido, ya no tenía trabajo. Concepción la agarró de las manos, sobre la mesa de siempre, y negó con la cabeza.

—Todo se me viene abajo, mamá.

Las lágrimas que Yemayá había impedido que brotaran en la sala de juntas del banco se deslizaban ahora por sus mejillas con libertad.

—No te preocupes, cariño —trató de tranquilizarla Concepción.

¡Estaba sin trabajo! ¡Quizá sin novio! En ese momento Lita asumió la realidad en su verdadera dimensión, sin pasiones. Se quedaría sin dinero... Las siguientes palabras de su madre la obligaron a levantar el rostro:

—Niña, don Enrique lo entenderá; es buena persona. Seguro que nos perdonará. —La hija se irguió en la silla, tiesa como un palo—. Ya iré a hablar yo con él —propuso.

Se desprendió de las manos de su madre y se enjugó las lágrimas. Concepción lo decía con sinceridad, convencida de la benevolencia de su señor. Lita suspiró ruidosamente y negó con la cabeza. Le sublevaba la obediencia, el sometimiento con el que su madre afrontaba la relación con los Santadoma.

—Seguro, mamá —ironizó—. Me dará unos cuantos latigazos y me pondrá a trabajar de nuevo cortando caña en el ingenio. Eso es precisamente lo que propuso doña Claudia.

Le salió del alma.

—¡Hija! —Concepción parecía confusa tras escuchar aquellas palabras, no entendía la referencia, pero Lita no se arrepintió—. ¿Eso te dijo?

—Mamá, eres...

¿Qué? ¿Qué pretendía decirle? ¿«Eres una criada fiel, hija bastarda de los que esclavizaron a tus antepasados»? Miró a su madre, sentada frente a ella, con su bata y su delantal a rayitas azul celeste, el rostro contraído, los labios apretados, tratando de contener las lágrimas. Sabía hacerlo: había aprendido a dominar su dolor delante de sus señores, pero nada le impedía llorar estando a solas con su hija.

En cuanto vio caer la primera lágrima por la mejilla de su madre, Lita lamentó sus palabras.

—Lo siento.

Concepción carraspeó antes de hablar:

—Cariño, todo esto de que mi padre era don Eusebio... no... no puede ser cierto.

—¿Por qué no puede serlo, mamá?

—¿Cómo voy a ser pariente del marqués?

—¿Por qué no, mamá? ¿Acaso somos diferentes?

—Sí. Yo soy diferente. Soy mulata, y criada, lo he sido desde niña, mi madre lo fue y mi abuela también.

—Y tu bisabuela fue una esclava.

—Pues por eso, Regla, eso es lo que te estoy diciendo.

—Peleaste para que yo fuera diferente a ellas. Me diste educación...

Concepción entornó los ojos ante el discurso de su hija. Durante la infancia y juventud de Lita había creído vivir a través de ella, de sus ilusiones, de su sonrisa y de sus éxitos universitarios, y aquellas vivencias la distraían de una rutina servil. Más tarde, Lita se independizó y Concepción se encontró sola con doña Pilar, y sus perros, y la familia que la visitaba, y su sobrino, el señor marqués, y el sacerdote que cada día acudía a dar la comunión a la señora y después a ella. Y los años volvieron a devorar su ánimo. Ahora ya se sentía mayor.

—Fueron los señores los que consiguieron que te admitieran en el colegio —interrumpió entonces a Lita, que no quiso discutir una decisión que, amén de haberle resultado dolorosa, siempre parecía perseguirla exigiéndole una especie de gratitud eterna que no sentía—; estabas becada y el resto lo pagaban ellos. Me dieron un sueldo y cama y comida; había quien trabajaba solo por esto último y cuatro pesetas de propina. —Lita había tratado de convencerla apelando a una rebeldía y un amor propio quizá larvados, pero su madre reaccionó recitando unas palabras ya gastadas—. Cuando estuviste enferma, te atendió el médico de los niños, el doctor... ¿cómo se llamaba? —Esperó a que su hija interviniese, pero Lita la observaba inexpresiva—. Remas —apuntó ante su silencio—, el doctor Remas, sí, ¿te acuerdas de él? Te daba caramelos y pegatinas. Nunca nos cobró el doctor Remas, ni los demás médicos de la familia, ni tampoco cuando te operaron de apendicitis en la clínica de los señores. Los Santadoma siempre nos ayudaron, hija. Y tú escapaste de ser criada. No, no puedo enfrentarme al señor.

—¿Ni aunque fueras su hermana? —repuso Lita. Concepción negó con la cabeza, pacientemente, y ella insistió—: Mamá, es posible que no nos diesen nada que no nos correspondiera. Sí, yo escapé de servir, pero tú nunca deberías haberlo hecho. Piénsalo.

—Hija...

—Mamá, te presionarán. —Se lo habían advertido los abogados laboralistas amigos de Elena—. Te pedirán que firmes documentos o que hagas declaraciones. No firmes nada ni digas nada, aunque te aseguren que es para otra cosa.

—Lita...

—No, mamá, no. ¡Somos mulatas descendientes de esclavos!

Toda la vida nos han menospreciado, y no solo los Santadoma. Ese doctor Remas que dices me daba caramelos y pegatinas, sí, pero también me llamaba «la pardita», ¿te acuerdas? La niña pardita por aquí, la niña pardita por allá. Parda, el mismo insulto que usó la puta de doña Claudia cuando me echó de la sala de juntas.

La expresión de sorpresa de Concepción obligó a detenerse a Lita. No había llegado a contárselo. Sabía que le dolería y había querido evitarle ese padecimiento gratuito, pero ahora, y tras la primera referencia que había pasado por alto, su madre reclamaba una explicación.

—Sí —continuó Lita, doblándose en la silla para acercarse a ella—. Doña Claudia me humilló en público cuando se encontró conmigo el día de la firma con los americanos. Y nos insultó. Gritó que deberíamos volver a ser esclavas, y que éramos unas pardas y unas mulatas. Lo dijo en voz alta, en la mesa, delante de todos. Y añadió que se negaba a firmar mientras yo estuviera allí. —Concepción respiraba con fuerza—. Me echaron, mamá, tuve que arrastrarme fuera de la sala mientras todos me señalaban y cuchicheaban. Nunca me he sentido más avergonzada y miserable. Y ayer, el marqués, ese que dices que nos perdonaría, me insultó en público. Me llamó estúpida y desagradecida, me agarró y me zarandeó, e intentó pegarme.

»Ese hombre es un orgulloso y un déspota, aunque no solo con nosotras; lo es con todo el mundo. Pero doña Claudia, su madre, siempre te ha odiado, a ti personalmente; alguna vez lo habíamos hablado, recuérdalo. —Lita le dio unos segundos, los mismos que aprovechó ella para recordar su consabida respuesta: "Tonterías, hija". En esa ocasión no la oyó—. Mamá, doña Claudia te tiene una inquina especial, y ahora ya sabes por qué. Lo decía el hermano de la abuela en el video que no has querido ver entero. Ella lo sabía, sabía que don Eusebio tuvo una relación con la abuela Margarita, y obligó a su suegro a traeros aquí a España para separaros de su futuro esposo. Con lo que no contaba era con que su marido muriese en Miami y ella tuviera que buscar refugio en España y encontrarse contigo de nuevo. ¿Quieres ver ahora el video? ¡Lo dice muy claro!

Concepción la acalló volviendo a coger unas manos que hasta ese momento habían estado revoloteando en el aire, gesticulando sin cesar, y las apretó.

—¿Te insultaron en público? —preguntó con voz trémula.

—Sí, mamá.

—¿El marqués te puso una mano encima?

Lita titubeó.

—Sí.

Quiso añadir que ya era hora de que peleasen, pero calló. Percibía que en el interior de su madre bullía algo parecido a la rebeldía a la que antes había apelado sin éxito.

—¿Se burlaron de ti? ¿Te humillaron?

La hija asintió, la madre negó.

—De niña te pasaba algo parecido —explicó con la voz tomada—, en el colegio. —Lita recordaba aquellos episodios, que en ocasiones aún la perseguían en sueños—. Algunos días volvías llorando desconsolada, los niños son muy crueles. «La negrita de los Santadoma», decían, «la hija de la criada». Tú olvidabas pronto las ofensas y te ilusionabas, como les pasa a las niñas pequeñas. Y yo rezaba, pero un día u otro se repetía. No todas las niñas eran malas, pero siempre que se juntan... mandan las perversas. —Concepción inhaló con fuerza—. Yo también lloraba —confesó—. Mucho. Hija, no lloraba cuando los señores me insultaban o me vejaban... ¡De joven hasta me cayó más de una colleja! Aguanté siempre, pero tu tristeza me rompía por dentro. Pensaba que con la edad, la universidad, el trabajo, y en los tiempos que corren, todo habría cambiado ya. Madrid está lleno de inmigrantes, de gente de color, como nosotras... —Lita escuchaba pasmada: su madre pocas veces engarzaba tantas palabras—. Sí, siempre hay quien nos mira, se aparta o suelta alguna grosería —dijo entonces, encogiéndose de hombros, restándole importancia—, pero nunca creí que siguieran despreciándote delante de la gente, como en el colegio cuando eras niña. Regla, esas noches de angustia prometí que te protegería siempre, que jamás te fallaría. Lo juré mil veces, me ayudaba a dormir: «Lo juro, lo juro, lo juro», me repetía en susurros. Eso es lo poco que nos queda a los pobres:

nuestra palabra. Y si para eso tengo que ser la hija de un Santadoma, pues lo seré.

Habló varias veces con Pablo, aunque lo notó tremendamente triste. Él le juró amor, pero también le habló de decepción, de depresión incluso. Su trabajo en la universidad pendía de un hilo. «¿Quién daría mis clases?», arguyó para explicar que no lo despidieran. Reconoció haber hablado con compañeros que se habían llamado amigos pero que ahora lo rehuían, o que directamente no atendían sus llamadas, o le hablaban con parquedad, manteniendo las distancias. Solo unos pocos, aquellos íntimos, los de siempre, se pusieron de su lado.

Lita se ofreció a consolarlo, a ayudarlo en lo que fuera necesario, pero él le rogó tiempo.

—Necesito centrarme, tranquilizarme, cariño, ver qué voy a hacer.

—Pero...

—Pero no logro quitarme de la cabeza el reto que le lanzaste a Santadoma.

—¿Puedo llamarte? —preguntó ella tras lograr aclarar la garganta.

—Sí, cuando quieras.

Se despidieron con un beso. Lita había buscado la privacidad de su dormitorio, aunque no descartaba que alguna de sus compañeras, o ambas, estuvieran escuchando detrás de la puerta. Tiró el móvil a la cama e intentó acallar el llanto. Abrió el cajón de la mesita de noche para distraerse: ahí estaban la estampa y la caja con el collar. Miró a la Virgen. Nunca había pedido nada a ningún dios. Cogió el collar. Ni se sintió flotar, ni mareada, ni eufórica. Eran simples objetos. «¡Mierda!», soltó.

Los abogados laboralistas reclamaron contra su despido.

—Pagarán —le aseguraron a Lita—, no pueden sostener su postura.

Sin embargo, nadie se manifestaba acerca de la paternidad de Concepción y eso la exacerbaba. Su madre continuaba trabajando en el cuidado de los dos yorkshires, y Zenón la saludaba como siempre cuando iba a verla, ahora con mayor frecuencia.

—Y nadie hará nada mientras no reclames oficialmente —le contestó uno de los laboralistas después de que ella mostrara su extrañeza—. De momento, todo ha quedado en una disputa verbal. ¿Quieres que lo hagamos?

No sabía si quería hacerlo. Su madre la apoyaba, cierto, había reiterado su compromiso, pero eludía el tema como si su función fuera la de entregarse ciegamente a ella. Y ese apoyo incondicional tampoco aportaba nada nuevo a sus pretensiones; seguía contando únicamente con el video de un viejo en camiseta y unas cartas de las que solo se podían desprender conjeturas. ¡Necesitaba más pruebas!

Quiso hablarlo con Pablo, pero no se atrevió, pensando que todo aquello no le importaría. En su lugar, sonó el teléfono, que la despertó de la apatía y que cogió con mano algo temblorosa. Era un número desconocido, quizá el de Stewart. Ojalá lo fuera; le dolía haber perdido el contacto con el americano.

—¿Diga?

—¿Regla Blasco?

No era él.

—¿Quién lo pregunta?

—Me llamo Víctor Prado. Soy periodista, redactor del diario digital *Documento Cero*. ¿Es usted la señorita Blasco?

Lita dudó. ¿Qué podía querer de ella un periodista?

—Sí —afirmó, sin embargo.

—Escuche, la llamo porque su madre me ha proporcionado su teléfono.

—¿Mi madre?

—Sí. No se preocupe, no le sucede nada. He llamado a su madre para que me confirme si es cierto que dice ser descendiente de los Santadoma.

La línea quedó en silencio. Lita trataba de asimilar la noticia.

—Ella me ha dicho que hablara con usted —lo rompió el periodista.

Lita continuaba callada.

—Me gustaría que nos encontrásemos.

—¿Cómo lo sabe? —inquirió ella.

—Entonces lo ratifica...

—No, no, quiero decir que cómo se ha enterado.

—Señorita Blasco, sé que usted ha exigido a los Santadoma que reconozcan la filiación extramatrimonial de su madre. Mis fuentes son totalmente fiables. Le ofrezco la oportunidad de explicar o matizar la información de la que dispongo. En caso contrario, publicaré lo que sé, haciendo constar que ni su madre ni usted han querido comentar la noticia, pero le aconsejaría que aprovechase la oportunidad.

Por lo menos algo se movía; aquello la despertó, y aceptó.

Antes de la cita con Víctor Prado, preparó la entrevista con los dos abogados laboralistas que le negociaban el despido. Se reunieron en su casa; con Sara y Elena presentes porque ninguna de ellas estaba dispuesta a permanecer al margen. Todos juntos especularon acerca de la fuente del periodista, que podía ser cualquiera de las muchas personas que asistieron a aquella reunión.

—Te pedirá las pruebas de la paternidad —le advirtió Marcelo.

—Son endebles —apuntó José, el otro letrado.

—Vale. Haz referencia a ellas, pero no se las enseñes. Habla en términos generales. Dile que dispones de documentación y declaraciones.

—No me creerá —repuso Lita—. Insistirá en que se las enseñe.

—Él quiere la exclusiva, la noticia, y esta lo es, y más en el punto en el que se encuentran las negociaciones de venta del banco; puede prescindir de verlas mientras tú asegures que las tienes. Tú insiste en que tus abogados no te lo permiten. Di que son pruebas que formarán parte de un juicio y que no piensas enseñárselas a nadie antes de tiempo.

Lita asintió, pensativa:

—¿Realmente plantearemos un juicio en el tema de mi madre con las pruebas de que disponemos? —preguntó.

—Tendremos que decidirlo. No nos precipitemos. Mi experiencia —añadió Marcelo— es que cuando se plantea un asunto así, máxime si este encuentra eco en la prensa, de repente empiezan a aparecer cosas que nadie imaginaba. Uno que sabía aquello, otro que ha visto lo que ha visto… En fin, tengamos paciencia. De momento reclamemos el despido; la paternidad ya llegará.

Continuaron preparando la entrevista, aunque Lita volvió a dispersarse pensando en Pablo. Tenía que decírselo; no podía verse sorprendido por un artículo periodístico.

Estaba convencido de que sucedería. Esa fue la contestación que le dio. Era evidente que alguien filtraría esa información, cualquiera de los que lo presenciaron, o los amigos o familiares de los que estaban allí, o incluso los amigos de los amigos. Las habladurías se multiplicarían hasta llegar a algún periodista interesado en ese chismorreo, por más que los Santadoma y los americanos ya hubieran puesto a trabajar a sus departamentos de prensa para evitar el escándalo.

El de la madre de Lita, arguyó Pablo, no se trataba del supuesto de la mujer que reclama la filiación de un famoso después de una noche de juerga o de una relación más o menos furtiva. Era el de una mulata nacida en Cuba antes del triunfo de la revolución castrista que, al igual que varias generaciones anteriores, había trabajado toda su vida como criada de los marqueses de Santadoma, personajes conocidos en España, sobre todo el propio marqués, que había sido objeto de multitud de reportajes desde el día en que se divorció de su mujer para casarse con una famosa modelo italiana a la que le doblaba la edad. A través de las revistas habían mostrado al mundo sus casas espléndidamente decoradas, sus vacaciones en la nieve o en el mar, sus fiestas y recepciones… En fin, esa vida feliz aposentada en el lujo y escrutada y envidiada por el común de la gente.

Tras una primera entrevista con Lita, Víctor Prado conoció y entrevistó a Concepción de mano de su hija. La mujer aceptó una petición que consideró lógica cuando se trataba de escribir un artículo que versaba sobre ella.

«¡Una criada de color cuyo único trabajo consiste en cuidar de dos yorkshires!». Aquel fue uno de los varios titulares con los que el periodista acompañó el texto y la fotografía que consiguió robar de Concepción paseando a los perros.

A Lita se le nubló la vista al contemplar la imagen de su madre vestida con un sencillo jersey de punto por encima de la perenne bata rayada de trabajo, atenta a los perros mientras estos hacían sus necesidades en la calle. Se la percibía ingenua, inocente, como a una niña grande. El corazón le latió con fuerza al comprender que aquel hombre había forzado la intimidad de su madre con ánimo de humillarla, de presentarla al público como una persona desamparada.

—No lo hagas —le recomendaron sus amigas cuando, tras estallar en insultos, cogió el teléfono dispuesta a increpar personalmente a Prado, a exigirle que retirara aquel artículo ofensivo.

Podía ser doloroso, argumentaron ellas, pero el artículo era bastante bueno; muy bueno, de hecho. Según el periodista, tenía que haber una razón muy especial para que los Santadoma, más allá de las extravagancias propias de los adinerados y de los escándalos que rodeaban a la familia, sostuvieran a una persona cuidando de dos perros. Así era como lo planteaba Prado, sin sutileza alguna. ¿Cuál era la razón para que un banquero pragmático y sensato permitiera a una criada vivir con la única compañía de dos yorkshires en un piso del barrio de Salamanca, pagándole la comida, sus necesidades y un sueldo mensual, si no era por una obligación moral muy superior a la gratitud hacia todo servidor fiel?

¿Acaso el marqués de Santadoma trataría con igual generosidad a los empleados de su banco que sin duda resultarían afectados por la operación de compra que se estaba fraguando en esos días? Aquel planteamiento podía sustentar la veracidad de las pretensiones de Concepción, porque desde el departamento de prensa del banco no se había emitido comunicado alguno, y ni el marqués, ni mucho menos doña Claudia, a la que Lita atribuía cabal conocimiento de los hechos y de la paternidad de su madre, habían querido efectuar declaración alguna.

Ciertamente, la foto de Concepción afianzaba la impresión que se obtenía de la lectura del artículo, máxime cuando se la comparaba con otra, algo más pequeña, ubicada en una esquina, de uno de los miembros de la familia Santadoma a galope tendido sobre un caballo, jugando a polo en la cancha de uno de los clubes hípicos más exclusivos de Madrid.

Prado especulaba y retorcía las afirmaciones de Lita como la de que los Santadoma hubieran pagado su educación y hasta su asistencia médica, algo que no pudo hacer con las escasas frases que había arrancado a Concepción después de que su hija le advirtiese que fuera parca en palabras. «¿Qué voy a decir yo, Regla!», se había quejado la mujer, y entre lo poco que efectivamente dijo, sostuvo la filiación reclamada, algo que hasta entonces había preocupado a Lita: que su madre se riera de la posibilidad de ser hija de un Santadoma en presencia del periodista.

Fotos, indicios, el testimonio de Lita y las garantías de credibilidad que este ofrecía, junto a las exageraciones y conjeturas de Prado, la esclavitud, el servicio doméstico, el lujo… todo ello conformaba y daba vida a un artículo sensacionalista y espectacular, emotivo, sórdido y en algún enunciado hasta violento; un producto que el gran público anhelaba consumir.

«La descendiente de una esclava negra, nieta de uno de los banqueros más importantes de España, reclama la filiación y la parte de la herencia que le corresponde».

# 17

*Trocha de Júcaro, Cuba*
*Octubre de 1874*

Eran treinta y dos soldados. Tras un ataque triunfal a un destacamento español, Kaweka y Modesto habían decidido que ese número era el idóneo para el grupo por su agilidad, eficacia y operatividad, y también a efectos de organización. En un momento en el que admitieron demasiados hombres, se vieron obligados a sofocar una cruenta pelea intestina entre distintas facciones.

—No quiero ni uno más —comentó ella con Modesto—. Treinta y dos —repitió la cantidad que le dijo el emancipado después de contar a aquellos que permanecían en pie una vez finalizada la pelea—. Ocúpate de que siempre sean los mismos.

No había elegido aquella cifra por ninguna cuestión especial; era la que era, porque Kaweka no sabía contar. Tampoco escribir, como ninguno de los treinta y dos. De aquello se ocupaba Modesto: de contar, de escribir, de leer las cartas que les llegaban de los mandos del ejército rebelde y de contestarlas. Controlaba las provisiones y las armas, ayudaba a Kaweka y a Sabina en el cuidado de los heridos y los enfermos, y atendía a dos borriquillos que transportaban sus escasos recursos.

El emancipado no había tardado mucho en convertirse en el lugarteniente de Kaweka, al poco de su llegada, dos años atrás. En los primeros días la joven se mantuvo alejada de él, constantemente rodeada por guerreros negros que la interrogaban acerca de unos planes que ignoraba por completo, y él respetó su distancia, hasta que un día se vio abordado por Kaweka.

—¿Por qué te lo iba a prohibir mamá Ambrosia? —le preguntó tras encontrarlo algo alejado de los demás. En su fuero interno, estaba segura de que todo había sido responsabilidad de Eluma.

En esta ocasión Kaweka no pudo escapar a la sonrisa que se dibujó en el rostro del negro, aquella que la había hechizado en La Merced.

—La criollera era una mujer inteligente y sabía a lo que estabas llamada —contestó señalando a los hombres que descansaban—: a dirigir a los negros para que lucharan por su libertad. Y acertó. Todos estos son esclavos que podrían estar recorriendo las tierras para robar a los blancos, clamando venganza, y sin embargo te siguen y te obedecen. Ambrosia tenía razón: no podías ser mía, les perteneces a todos ellos. No puedes ser de nadie, Kaweka. Lucha por aquello para lo que has nacido y venido a esta tierra.

—¿Y por qué has tardado tanto en unirte a la guerra? No querías arriesgarte, convertirte en soldado —le recriminó ella—. Esperabas obtener tu libertad de un modo fácil, a través del médico.

—Puede ser... Sí, supongo que es así —admitió él—, pero te recuerdo que conseguí que el marqués te vendiera. Y me comprometí a pagar con mi dinero; te ofrecí todo lo que tenía. Si no hubieras huido a la sierra, habrías sido tú la que hubiera alcanzado la libertad, mientras que yo, por el contrario, habría continuado sometido a Rivaviejo.

—Los dioses me llamaron —se excusó ella recordando a Eluma.

—A mí no. A mí no me llamó ningún dios —replicó Modesto.

Ambos se mantuvieron un instante en silencio, examinándose con la mirada.

—Y ahora, ¿te han llamado? —inquirió ella al cabo.

—No. A mí los dioses me abandonaron. Rivaviejo quiso venderme. La nueva ley española, esa que declara libres los vientres y también a los mayores de sesenta años... —Kaweka asintió—. Esa ley también permite el traspaso de los emancipados, y Rivaviejo pretendió ganar dinero conmigo.

—¿No te apreciaba tanto?

—Es blanco.

—Los dioses no te abandonaron —sentenció Kaweka—. Ahora te han traído hasta aquí para que pelees por los tuyos.

—No. Ningún dios me ha guiado hasta ti. Has sido solo tú.

—Has tardado bastante…

—Ya sabes que a los negros de ciudad nos cuesta movernos.

Kaweka luchó por no devolverle la sonrisa con la que le premió el emancipado. Dio media vuelta con los sentimientos encontrados. Definitivamente lo creyó, por lo que la decepción que había nacido al compás de la sospecha de que no había querido seguirla se desmoronó haciéndola sentirse tremendamente culpable. Y tenía razón: había estado dispuesto a comprarla y luego le había salvado la vida… Y por lo visto fue Ambrosia quien le dijo que no la siguiera, que pertenecía a todos los negros, y él no había intentado retenerla en La Habana, ni retomar una relación feliz que se rompió por la voluntad de los dioses y la colaboración de su propia madre. Decía que la había seguido hasta allí, y eso hacía pensar que aún la quería, a pesar de que habían pasado muchos años. ¿Y ella? ¡No tenía tiempo para pensar en amoríos!, decidió, aunque la complacía la presencia de Modesto, se reconoció solo unos pasos más allá.

Y así, una noche en que Kaweka presenció otro de los discursos de Modesto a los hombres, poco después de que abandonaran el ejército, se dio cuenta del respeto que todos ellos mostraban hacia el emancipado, quien, con su talante y sus razonamientos, logró resolver una disputa interna entre los hombres que de otra forma hubiera terminado a machetazos.

—Parece que tú también estás llamado a dirigirlos —admitió Kaweka cuando todo se calmó.

Él se limitó a sonreírle. Durante esos pocos meses en ningún momento había intentado tocarla, y la confianza entre ambos se había ido afianzando.

Un rayo iluminó fugazmente sus dos figuras antes de que él pudiese contestar. El trueno que le siguió fue como la reprimenda de la diosa, que les recriminaba sus disimulos y simulaciones. Estaban en época de lluvias, y tras el trueno, el cielo estalló en agua. Kaweka besó a Modesto y se entregó a él. Hicieron el amor bajo la lluvia. Los tambores que la mujer esperaba escuchar quedaron acallados por el escandaloso repiqueteo de las gotas que caían sobre ellos, sobre la tierra y los árboles. El agua, Yemayá misma, acudió entonces para entremezclarse en su unión y participar del encuentro deslizándose entre sus dos cuerpos desnudos, corriendo por su piel, limpiando sus recelos y arrastrando sus culpas. El agua, la diosa, jugueteó entre ellos hasta despertar al placer el punto más recóndito de sus cuerpos. Se introdujo en sus bocas, entre sus besos, y emborronó su visión hasta aislarlos del mundo. Excitó los pezones de ella y acompañó los embates de él. Inflamó un goce que terminó estallando con la misma fuerza con la que la naturaleza inundaba el universo.

Kaweka dirigía a unos hombres rudos a los que costaba mantener unidos y disciplinados salvo en las acciones de guerra. Unos iban y otros venían. Ella los elegía; también los echaba si se volvían excesivamente problemáticos, aunque antes de decidir buscaba el consejo de Modesto, ya convertido en su compañero. En cualquier caso, la mayoría de aquellos esclavos difíciles de gobernar, a los que la libertad había golpeado con un sinfín de emociones y sentimientos desconocidos, y en los que la violencia y la rebeldía habían anidado como reacción extrema, consideraban un honor luchar al lado de Kaweka: guerreaban sin descanso contra los españoles, perseguían a unas fuerzas siempre superiores, las atacaban y se retiraban y se escondían para volver a asediarlas algo más allá, una y otra vez, hasta lograr vencerlas o, cuando menos, perjudicarlas. Porque habían aprendido que la mejor táctica de guerrillas no era matar, sino herir: el soldado muerto quedaba atrás; el herido necesitaba de compañeros que lo ayudasen, y eso convertía la marcha del enemigo en una fila de impedidos demasiado mermados para responder con eficacia al asedio constante o al ataque definitivo.

En esta ocasión no se trataba de causar heridos, sino de matar.

Los hombres de Kaweka permanecían todos en silencio, escondidos en las ciénagas cercanas a Júcaro. Sus ropas sucias y ajadas se confundían con la vegetación y el barro, al contrario de lo que sucedía con los españoles a los que espiaban, que se movían por la trocha con sus uniformes de rayadillo: pantalones y guayaberas de algodón e hilo blanco cruzados por finas rayas azules, alpargatas en los pies y sombreros de ala ancha elaborados con hojas de palma. Unos muñecos de colores que resaltaban en la zona desbrozada, como dianas en movimiento. Kaweka paseó la mirada por los suyos, con orgullo, con satisfacción, pues era en esos momentos de expectación cuando los percibía unidos, una fuerza imparable.

La trocha era una línea defensiva de sesenta y dos kilómetros construida al comenzar la guerra, que partía en dos la isla de Cuba, desde Júcaro hasta Morón, a lo largo de la cual los españoles, tras desmontar el terreno en una franja de varios centenares de metros de ancho, habían construido treinta y tres campamentos militares y fortines protegidos a su vez por estacadas y otras trampas, y por un contingente de cerca de cinco mil soldados. Por delante de la trocha habían establecido otra línea de campamentos móviles de caballería que patrullaban para vigilar que el enemigo no se acercase.

Para el ejército rebelde, aquella serie de trincheras pretendían impedir que la revolución republicana y la guerra por la independencia de España cruzase desde el departamento oriental hasta el occidental; para Kaweka y los suyos, esos fortines se convertían en la barrera para la libertad de los esclavos de toda la isla.

—Desde que empezó la guerra —había contado Modesto una noche en el vivac instalado en un claro de uno de los muchos parajes selváticos por los que se movían—, se están obteniendo las mejores zafras de la historia de Cuba.

Modesto lo contaba todo. Modesto leía en alto para que lo escuchasen. Modesto daba las noticias, aconsejaba a los hombres y hasta conseguía una complicidad a la que su capitana, Kaweka, no podía acceder. Modesto se convertía en el centro de atención durante las noches, porque había estudiado con Rivaviejo, porque había leído y aprendido a escribir.

—Los amos se estarán haciendo de oro —lamentó alguien del grupo.

—Sí —corroboró el emancipado—. Las últimas seis cosechas han sido las que más toneladas de caña y millones de dólares han reportado a los hacendados a lo largo de la historia de este país.

Kaweka y muchos de los que componían aquella partida de guerrilleros se sumieron en la tristeza; sabían lo que esa explosión de riqueza conllevaba para los esclavos negros de los grandes ingenios de Occidente: jornadas interminables, cansancio, gritos, órdenes, maltratos, enfermedades, castigos, cánticos; cansancio hasta la extenuación, cansancio hasta que ideas y sentimientos se desvanecían convirtiendo a hombres y mujeres en máquinas débiles e imperfectas.

Uno de ellos gritó al cielo. Fue un alarido desgarrador. Kaweka se arrimó a Modesto y apoyó la cabeza en su hombro, él la abrazó con fuerza.

Ahora, con la mirada clavada en los centinelas que vigilaban la trocha desde el fortín, Kaweka tembló al recuerdo de aquellos días de penurias, y compadeció a los muchos hermanos de sangre que todavía vivían sometidos más allá de esas defensas. ¡Luchaba por ellos! Dejó que su imaginación vagara en busca de Yesa, esa hija que, según la diosa, aún estaba viva. No le había dicho a Modesto que era suya y había decidido no hacerlo. Si se lo confesaba, temía no poder retenerlo a su lado. ¿Podría impedir que corriera a la sierra del Rosario en busca de su hija? Kaweka confiaba en Yemayá, pero ignoraba si él pensaría igual. Su hija, y la de Modesto, estaba bien, le decía la diosa. Ella, Yemayá, le había vuelto a llevar a Modesto. Ella, Yemayá, le indicaría el día que tuviera que confesarle su paternidad. De momento, Kaweka sabía que también luchaba por su hija, aunque el tiempo iba borrando los recuerdos, y sobre todo el rastro de aquellos que habían vivido en el palenque de la sierra del Rosario y podrían revelarle algún dato. Kaweka preguntaba tan pronto como tenía oportunidad. Le llegaron noticias, que resultaron ser falsas, producto de la imaginación o de la mala fe, pero eso no la hizo cejar en su empeño por saber de la niña.

Dormían algo alejados de los demás, con sus perros, tres mastines imponentes que Kaweka, con la ayuda de Yemayá, había robado a unos españoles que contemplaron atónitos cómo aquellos animales, siempre fieles, desobedecían sus órdenes y escapaban hasta perderse en la espesura. Luego los había hecho suyos, a modo de guardia personal, de ellos y de Sabina, cuyo ardor la había llevado a los brazos de un tal Gonzalo. Modesto la prevenía a menudo sobre aquello, pero Kaweka consentía la relación por el cariño hacia esa joven que había recogido en Sierra Maestra. «Además —alegaba en su defensa—, ¿acaso no estamos juntos tú y yo?». Así pues, los mismos mastines que habían sido entrenados para perseguir esclavos velaban un sueño que, en ocasiones, se veía turbado por una pasión desbordada.

Ahora los perros permanecían tumbados entre los hombres mientras estos vigilaban la trocha. Todos aquellos muchachos españoles, levados en la Península y traídos hasta Cuba para pelear en una guerra que les era ajena, defendían la esclavitud que enriquecía a nobles, patricios y próceres. En la metrópoli no había esclavos; allí habían abolido aquella lacra hacía muchos años, y sin embargo, ellos venían a Cuba a luchar por su mantenimiento. ¿Con qué derecho?, pensó Kaweka, y escupió hacia la trocha. Uno de los mastines levantó su enorme cabeza y olisqueó el aire, caluroso, húmedo, que anunciaba nuevas lluvias. No, no le afectaba lo que les sucediera a todos aquellos jóvenes blancos, ni tampoco la conmovían los sufrimientos que padecieran.

Porque era precisamente sufrimiento lo que veía ahora.

«Esperaremos», había ordenado a sus hombres hacía algunos días, ya en las cercanías de la trocha, moviéndose con sigilo por las ciénagas, en territorio enemigo, entre la línea defensiva de la caballería y las estacadas que defendían los fortines, más allá de Hoyo Caimán y Tío Pedro.

El «vómito negro». La fiebre amarilla. Los soldados de aquellos campamentos cercanos a Júcaro sufrían las inclemencias de las ciénagas que se extendían frente a ellos. Modesto aseguraba que desde el inicio de la guerra, en 1868, cerca de un tercio de los soldados españoles habían muerto víctimas del vómito negro, muchos sin llegar siquiera a entrar en combate.

Oscurecía. Los hombres escucharon el zumbar de miles de mosquitos que se elevaban de las aguas estancadas. En alguna ocasión podía verse alguna nube tupida de insectos que ensombrecía todavía más el entorno. La mayoría de los médicos sostenían que las fiebres se contagiaban por las miasmas de zonas pantanosas como aquella, pero había algunos expertos que empezaban a mantener que la enfermedad se transmitía a través de los mosquitos. Modesto se lo había explicado también: con Rivaviejo había conocido a un prestigioso médico cubano que trabajaba sobre esa posibilidad, y él le daba crédito. En cualquier caso, fueran los mosquitos o las miasmas, buena parte de aquellos españolitos vestidos de rayadillo ya sufrían las consecuencias de la enfermedad: el vómito negro, que llevaría a la muerte a muchos de ellos, pero que no solía afectar a los esclavos negros.

—Los españoles trajeron a América enfermedades como la viruela, que acabó con la población indígena —sostuvo Modesto—. Qué menos que ahora sus descendientes mueran a causa de las nuestras.

Calor tórrido, bochorno, lluvias constantes, humedad que se introducía en los huesos; sudor, sudor y sudor. Las gotas perlaban los rostros de los soldados españoles, y los mosquitos los olían y envolvían el bohío y el fortín en zumbidos que les impedían dormir. Kaweka y los suyos llevaban apostados el tiempo suficiente para saber que la situación era crítica en aquella zona de la trocha. Los que no sufrían el vómito negro se hallaban tremendamente debilitados por el paludismo, otra enfermedad que afectaba al ochenta por ciento de la tropa blanca.

Kaweka tembló al percibir la tensión de los hombres reunidos en la ciénaga. Yemayá estaba con ella; la poseía, la montaba con fuerza. Sabina, a su lado, lo sabía, y temblaba también. Modesto, por detrás, permanecía expectante, atento a todo. Y con él, los treinta y dos. Delante de ellos se contaban cerca de doscientos hombres: siete u ocho en el fortín, de guardia, los que cabían en aquel espacio reducido, y el resto en el bohío, protegidos por una empalizada endeble de palma. Los esclavos y los libertos que atendían a los españoles dormían en el suelo, a sus pies. Todo se lo había contado un liberto al que habían raptado mientras transportaba los víveres en un carro que había quedado encallado en el barro del camino entre un fortín y otro. También les dijo que, como sucedía en época de lluvias, el barracón estaba parcialmente inundado, que en algunos sitios el agua llegaba por encima de los tobillos. El barro impedía los movimientos y los soldados se refugiaban en las hamacas, enfermos o cuando menos débiles, y por las noches, pese al calor imperante, se tapaban con mantas y se envolvían en ellas por completo, a modo de crisálidas, para evitar a los mosquitos.

Kaweka había escuchado las explicaciones del hombre, un negro que había sido esclavo en una zapatería de Matanzas, y tuvo que aplacar el entusiasmo de los suyos.

—Estarán débiles y enfermos, pero tienen buenas armas, y en cuanto se dé la voz de alarma, acudirán en su defensa los de los demás campamentos. Efectuaremos una acción rápida, como siempre. Que nadie se entretenga.

Esperaron a que cayera la noche y a que solo el zumbido de los mosquitos rompiera el silencio de las ciénagas. En ese momento Kaweka comprobó que los observadores que se habían adelantado se hallaban en sus puestos y dio orden de avanzar.

—Viva Cuba libre.

Fue solo un siseo, igual al de los pies descalzos sobre el herbazal y el agua que lo inundaba. A la luz de la luna y de un cielo estrellado que pugnaba por traspasar la humedad que impregnaba el aire, se dirigieron hacia el bohío, en silencio, armados con escopetas que, tras el primer disparo, sustituirían por los machetes, como el que ya empuñaba Kaweka. Sortearon empalizadas y se ayudaron a cruzar un foso; los perros descubrieron los «pozos de lobo»: hoyos tapados con ramas y con estacas en punta en su interior para ensartar a los que cayeran en ellos. Mientras rodeaba uno, frente al que un mastín se había detenido, hierático, con la cabeza gacha, olisqueando y señalando, Kaweka no pudo dejar de comparar aquellas trampas y protecciones con las que los negros recién libertados habían construido para la defensa de Bayamo, o las que ella misma había puesto en el palenque.

Los rebeldes habían perdido la primera capital de la República de Cuba Libre; ahora les tocaba a los españoles, sonrió. Avanzaron obedeciendo a los adelantados que controlaban el fortín, cuyos soldados charlaban y jugaban a cartas en el interior mientras, de cuando en cuando, alguno de ellos cumplía su misión y examinaba con apatía la oscuridad para regresar raudo a la partida. En cuanto se asomaba aquel soldado negligente, fumando o bebiendo, el adelantado hacía una seña que el resto de la compañía comprendía, y se tendían en el suelo para confundirse con el barro y la hierba alta.

Dejaron atrás el fortín, donde Kaweka apostó algunos hombres, y se acercaron al bohío.

El silencio fue rompiéndose paulatinamente. Primero fue el estertor de uno de los centinelas al ser degollado. El ruido del segundo que cayó despertó de la desidia a los que vigilaban desde el fortín. No había más centinelas en una empalizada que Kaweka y los suyos superaron con facilidad para situarse frente al barracón, una construcción rectangular de madera, cubierta con palma, abierta a los cuatro vientos, en la que algunas lámparas iluminaban una trama de más de un centenar de hamacas que colgaban de los pilares que aguantaban la estructura. A su lado había otro edificio cerrado, el de los oficiales. Como les había anunciado el rehén, la mayoría de las hamacas estaban a la vista y aparecían ocupadas por un bulto envuelto en una manta. Los negros que servían a los españoles, en el suelo, a sus pies, se mantuvieron quietos.

—¿Quién vive? —se oyó, sin embargo, desde el fortín—. ¡Santo y seña! —reclamaron.

Kaweka no gritó todavía. El interior del bohío se hallaba en calma y ella se regocijó en la visión: más de un centenar de blancos defensores del esclavismo, inermes, indefensos. Uno de los soldados de guardia, en el fortín, nervioso, disparó contra la noche. Varios tiros respondieron en su dirección.

Entonces sí chilló:

—¡Viva Cuba libre!

Asaltaron el bohío. La mayoría de los españoles no tuvieron tiempo de reaccionar. Los hombres de Kaweka dispararon sus armas indiscriminadamente contra las hamacas. Los españoles giraban sobre sí intentando desprenderse de las mantas y caían al suelo. Algunos buscaban sus armas mientras otros corrían a esconderse. Tras los disparos, los negros se abalanzaron sobre ellos, aullando, con los machetes en alto. Sabina iba de las primeras, enloquecida, y Kaweka la vio golpear un bulto enredado en la manta que dejó de moverse al tercer o cuarto machetazo.

Mientras tanto, ella, con tres hombres, se apostó en la puerta de la construcción destinada a los oficiales, consciente de que en unos instantes aparecerían los mandos.

El primero, a pecho descubierto, con los pantalones a medio abrochar, cayó por el disparo a bocajarro con que lo recibió uno de los guerrilleros. El siguiente no tuvo tiempo de reaccionar y también recibió un balazo, aunque pudo volver a refugiarse en el interior del bohío y cerrar la puerta.

—¡Cuidado! —les advirtió entonces Modesto.

Kaweka y los otros se volvieron para enfrentarse a algunos soldados españoles que acudían en defensa de sus jefes. Ella atacó, con el machete en alto, empuñado con las dos manos, y sus hombres la siguieron. Los españoles dispararon. Acertaron en la pierna de uno de los guerrilleros mientras Kaweka y los suyos volteaban los machetes rasgando el aire y la carne de los más cercanos.

Los tres mastines también saltaron al cuello de los españoles aumentando el pánico y el desconcierto.

—¡Cantad! —gritó entonces Kaweka—. ¡Cantad, perros hijos de puta! —chilló enardecida, acometiendo con su machete, el chasquido de las hojas de acero sajando la carne confundido en su cabeza con el del corte de la caña.

En unos segundos Kaweka recibió la ayuda de sus hombres. Ella continuaba peleando, ciega, cuando Modesto la zarandeó tras agarrarla de un brazo.

—¡Vámonos! —le instó—. Ordena la retirada. —Los oficiales volvían a asomarse por la puerta de su barracón—. ¡Hazlo!

—¡Fuera! —reaccionó Kaweka—. ¡Fuera, fuera, fuera! —reiteró—. ¡Vámonos!

Muchos la obedecieron, pero… ¡faltaban hombres!

—¡Venga! —insistió Modesto.

No estaban. Kaweka buscó a Sabina y no la vio. Los españoles empezaban a reaccionar al ataque sorpresivo, buscaban sus armas y se agrupaban. En el interior del bohío, entre las hamacas, todavía se luchaba. La guerra de guerrillas consistía en atacar y retirarse, todo a la misma velocidad, pero los hombres que la rodeaban parecían dudar: se mantenían atentos a unas órdenes que los demás no cumplían, en una posición defensiva, esperando la respuesta de los españoles.

—¡Retirada! —chilló Kaweka.

¿Qué hacían el resto de sus hombres?, se preguntó ella, aunque la respuesta no tardó en aparecérsele con claridad. ¡Robaban! Algunos aparecieron cargados con petates y objetos. Entonces se replegaron en desorden, corriendo hacia la oscuridad, todos huyendo de los gritos del bohío y la previsible descarga de las escopetas a su espalda, que llegó cuando se confundían con la noche. Todavía estaban a tiro, por lo que se arrojaron a tierra y continuaron a gatas o reptando sobre el agua empantanada, los ilesos ayudando a los heridos. Sabían que los españoles no los perseguirían, que no se arriesgarían a que aquella incursión fuera una trampa y tener que enfrentarse a un enemigo superior sin la protección de la trocha, aunque eran conscientes de que con la llegada del día les echarían encima a la caballería que patrullaba la llamada trocha camagüeyana.

Se refugiaron en la espesura de los extensos manglares que se interponían entre la tierra y el mar a lo largo de la costa sur de la isla, allí donde el peligro venía de los insectos y los cocodrilos. Estos últimos suponían un buen alimento si conseguían cazarlos, siempre mejor que las pieles de vacas y bueyes cortadas en pedazos y cocidas con alguna verdura, si la había, hasta que se reblandecían lo suficiente para poder masticarlas, como en más de una ocasión se habían visto obligados a hacer por culpa del hambre. A lo largo de la historia de la esclavitud en Cuba, muchos cimarrones habían establecido sus palenques en los frondosos, exuberantes e intrincados manglares de hasta más de quince metros de altura que rodeaban la mayor parte de la costa cubana, por lo que era un entorno conocido, siquiera por las historias que adornaban los susurros con los que los esclavos compartían sus anhelos de libertad en los ingenios.

Volvía a llover, torrencialmente, cuando Kaweka ordenó detenerse. La estación de lluvias estaba pronta a terminar y parecía que el cielo quisiera vaciarse antes. Había ido preguntando a Modesto mientras se internaban en los manglares, pero este le contestaba que no sabía, que no podía contarlos en la noche, e insistía en la urgencia por escapar. Kaweka creía haber visto caer a algunos de los suyos en esos segundos de indecisión.

Se lo confirmó Modesto al día siguiente: tres hombres habían quedado atrás, muertos o heridos.

—Todo por robar… —estalló Kaweka—. ¡Convócalos ahora mismo! —ordenó airada.

—Sé comprensiva, Regla. —Kaweka le había pedido que no usara ese nombre, pero Modesto continuaba haciéndolo, quizá pensando que ello lo diferenciaba de los demás: él la había conocido antes de la guerra, la había ayudado, Kaweka incluso le debía la vida—. Las demás partidas que corren por las sierras se cobran un botín en las victorias, buscan alimentos y hasta mujeres para sus hombres. Incluso el ejército lo hace. La libertad de los demás esclavos de la isla es un objetivo admirable, pero ellos pueden no compartirlo con la misma intensidad que tú. Tienes que premiarlos o te abandonarán; hasta los españoles les prometen más si se pasan a sus filas. Esta vida es insoportable incluso para quien ha sido esclavo.

Modesto señaló la precaria guarida construida con palmas bajo la que se amparaban, el suelo anegado, todo un lodazal, la lluvia incesante que encrespaba ríos y lagunas.

—Son libres —objetó Kaweka—, nadie los azota, ni los obliga…

—Añoran el calor de sus catres, el funche que les daban cada día, el ron y el aguardiente, los bailes y los domingos de fiesta…

—¿Y el látigo?

—¡Las mujeres!

—¡Eran esclavos!

—Eso queda lejos, Regla. Los hombres tendemos a recordar lo bueno y olvidar las penurias.

—No se puede olvidar la esclavitud —afirmó con rotundidad, desechando el solo pensamiento.

—Todo se olvida, Regla —insistió Modesto—. Tienes que proporcionar dinero y distracción a tus hombres, y la única manera es robando al enemigo. Si no se lo permites, si insistes en que no lo hagan, podrían llegar a enfrentarse a ti.

Pese a las advertencias de Modesto, Kaweka congregó a los hombres en un claro, donde se situaron en círculo a su alrededor, todos empapados. Kaweka se empeñó en ello con tanto ahínco como el que utilizó Modesto para argumentar que no lo hiciera. Ella no estaba dispuesta a permitir que nadie de los suyos pusiera en duda su liderazgo.

—Hemos perdido a tres de los nuestros por desobedecer las órdenes.

Ellos, como había augurado el emancipado, tampoco estaban dispuestos a continuar prescindiendo del botín. Parecían esperar esa reunión y la respuesta fue tajante:

—Tú ya no das las órdenes.

La oposición vino de Gonzalo, flanqueado por Sabina, que sostenía un rifle nuevo en sus manos, un Remington de los que utilizaban los españoles y que con toda seguridad lo había obtenido del ataque a la trocha.

—Eso tendrías que haberlo dicho antes de que murieran. Quizá no habrían estado de acuerdo contigo. Os los recuerdo: Juan...

—Los conocíamos —la interrumpió de nuevo Gonzalo—. Mucho más que tú. Y los tres sabían lo que íbamos a hacer.

Se trataba de un hombre grande, fuerte, de barba tupida. A su lado, Sabina se alzaba como una diosa entre todos ellos: bella, altiva. Vestía una casaca blanca de igual procedencia que el rifle.

—Eran compañeros nuestros —añadió otro de los hombres.

—Todos sabemos que podemos morir —se oyó de entre el grupo.

—Nuestro objetivo... —intentó retomar Kaweka su discurso.

—Nuestro objetivo es enriquecernos antes de que los españoles ganen la guerra y vuelvan a esclavizarnos, o directamente ejecutarnos como están haciendo con aquellos a los que apresan.

En esta ocasión, la mayor parte de los miembros de la compañía asintieron, algunos con murmullos, otros expresándose a gritos.

—¿De qué nos sirve la libertad si no podemos disfrutarla? —oyó que preguntaba otro.

Se produjeron nuevos gritos y aspavientos.

—¡Solo seremos libres cuando lo sean todos los nuestros! —repitió una vez más Kaweka.

—Déjalo —le aconsejó Modesto al oído—. No es el momento para esto.

—Ya no nos mandas, Kaweka —sentenció Gonzalo.

—¿Porque lo dices tú? —se enfrentó Kaweka a él zafándose del emancipado.

—Porque lo decimos todos.

Kaweka recorrió el círculo de hombres con la mirada. No quiso detenerse en Sabina, aunque le bastó un segundo para entender que se acababa de quebrar el vínculo que las unía. Modesto se lo había advertido, y ahora perdía a otra hija pero, igual que había sucedido con la primera, con Yesa, no estaba dispuesta a permitir que esa ruptura la distrajese de su cometido. Cada vez eran más los negros que sumaban sus vidas a aquella larga guerra por la libertad, y ella ya no podía tan siquiera plantearse traicionar a todos esos espíritus que clamaban en las noches por la victoria; esas almas errantes formaban parte de su propia naturaleza. Sin embargo, le dolió. La mirada desafiante de Sabina apoyando a su hombre la rasgó por dentro, como si arrancasen a la fuerza de su interior, con una violencia inusitada, vivencias, recuerdos y sentimientos, el amor con el que había creído sustituir aquel que no podía disfrutar con Yesa. Trató de mantenerse firme, de no mostrar su pesar ante la mirada de los hombres. Pocos la escondieron; la gran mayoría sostuvo con su actitud las palabras de Gonzalo.

Kaweka respiró hondo y buscó apoyo en la diosa. Sabía que no estaba, que la había dejado sola, lo presentía desde que habían puesto un pie en aquella ciénaga y se habían internado en los dominios de Yemayá: el agua. La supo alegre y contenta, como era ella, y escapó, huyó de los problemas de los negros para jugar caprichosa y disfrutar de sus reinos.

—Tendrás que ganártelo —retó a Gonzalo, al mismo tiempo que extraía el machete del cinto del que colgaba.

El guerrillero dio un paso al frente.

—Regla… —Modesto se interpuso entre ellos—. No lo hagas —le rogó.

—He luchado mucho por esto. —La voz de Kaweka resonó por encima de la tormenta—. Nunca os he engañado. Aceptasteis venir conmigo para pelear por los nuestros, no para convertirnos en bandoleros, como muchos otros.

—Estamos cansados de tu lucha —se oyó de entre el grupo.

—Vámonos, Regla —le insistió Modesto—. Busquemos otros soldados…

—¿Crees que alguien me seguiría si me rindo? ¡Aparta! —le ordenó ella.

—¡No puedes enfrentarte a ese hombre! —le suplicó él.

—Y no lo haré.

A un imperceptible gesto de su machete, los tres mastines aparecieron de ningún sitio y saltaron a un tiempo sobre el rebelde. Los compañeros de Gonzalo tardaron unos instantes en reaccionar, lo suficiente para que los animales hicieran presa. Superada la sorpresa, la emprendieron a machetazos con ellos, pero los mastines no aflojaban. Todos sabían que no lo harían, que morirían antes que renunciar a su captura. Kaweka vio cómo Sabina apuntaba con su rifle, incapaz de disparar por no herir a su amante en lugar de a unos demonios que se ensañaban con él. Las dos mujeres cruzaron sus miradas y se reconocieron como enemigas.

—¡Ya! —ordenó entonces Kaweka. Dos de los perros se retiraron, cojeando, arrastrándose, heridos de muerte; el tercero abrió sus fauces, pero fue incapaz de moverse—. Mira a ver qué puedes hacer por él —indicó a Modesto, ambos con la mirada puesta en Gonzalo, que se retorcía en el suelo, sangrando: parte de su rostro había sido arrancado de cuajo—. Luego partiremos en busca del ejército cubano, como propusiste.

Ordenó sacrificar a los mastines.

—Podemos salvar a un perro —le comunicó uno de los hombres al cabo de un rato.

Kaweka negó con la cabeza.

—Deberían haberme desobedecido. Han atacado a un negro —sentenció.

Kaweka y Modesto abandonaron la ciénaga por delante de veintiún hombres que renovaron su fidelidad a quien los había dirigido hasta entonces. En el pantano quedaban Sabina, un Gonzalo cuya vida pendía de la fortuna, y algunos díscolos que no quisieron abandonarlo.

Kaweka había intentado recomponer su relación con Sabina. Mandó llamarla en la noche. Modesto ocultó su suspicacia y obedeció. Sabina no acudió y se opuso a la reconciliación. Kaweka insistió, pero la otra porfió en su terquedad. Por la mañana, con la partida, al desfilar por delante de los enemistados, Kaweka frunció los labios al pasar frente a ella. Podía extenderlos en una sonrisa, pero terminó apretándolos cuando la muchacha desvió la mirada.

Le costó olvidar mientras Modesto dirigía la columna hacia Camagüey para reunirse con las fuerzas que el general Máximo Gómez congregaba en sus alrededores.

—El dominicano —aseguró a Kaweka refiriéndose a Gómez— está preparando el cruce de la trocha y la invasión del Departamento de Occidente.

—No quiero volver a formar parte de un ejército y estar a las órdenes de oficiales blancos y mulatos resabiados —le advirtió ella con un tono de voz más seco de lo que hubiera deseado.

—Eso no sucederá —la tranquilizó el emancipado con una sonrisa en los labios que ella no supo interpretar—. Te tienen en consideración, Kaweka; lo sé, me lo han comunicado, te lo he dicho en numerosas ocasiones. Te respetarán.

El Departamento de Occidente, al que tanto el gobierno de la república como el general Gómez querían trasladar el conflicto, permanecía bastante tranquilo. Los ricos seguían disfrutando de la prosperidad de las cosechas, aislados por la trocha, y defendidos por el ejército regular y el cuerpo de ciudadanos voluntarios. Por el contrario, el Departamento de Oriente se hallaba devastado tras años de guerra. En esa zona de la isla donde se mantenían las hostilidades, los revolucionarios controlaban campos y montes, pero las grandes ciudades permanecían, fortificadas y fieles, en manos de los españoles.

Los rebeldes continuaban recibiendo ayuda del exterior en forma de armas, víveres, dinero y algunas tropas voluntarias que les proporcionaba la Junta Cubana de Nueva York, formada por exiliados ricos que defendían la independencia de la isla, aunque no habían conseguido que la administración estadounidense se implicase en la guerra. Los americanos ambicionaban Cuba, pero no estaban en absoluto dispuestos a participar en el conflicto. Antes de librar su propia guerra de Secesión, habían propuesto a España la compra de la isla, al modo en que les habían adquirido Florida a principios de siglo o como acababan de adquirir Alaska a los rusos, pero España se negó a desprenderse de su colonia más rentable.

Ahora, tras años de contienda, con una situación aparentemente estancada, los americanos renegaban de las ambiciones cubanas. Los refugiados que sostenían la guerra desde Nueva York, cansados, dejaban de allegar recursos financieros y, lo peor, los propios rebeldes no se mantenían unidos. Los políticos desconfiaban de los mandos del ejército, cada vez más en manos de negros, mulatos o advenedizos ajenos a la clase social, las maneras y el idealismo que inspiraron a los hacendados de Oriente a encabezar la rebelión. Los militares, a su vez, no obedecían las órdenes del gobierno republicano y, llevados por la vanidad y ensoberbecidos por sus condecoraciones y galones dorados, perseguían sus propios intereses.

Noviembre acababa con la temporada de lluvias y, al cabo de unos días de marcha, todos agradecieron salir a campo abierto, caminar bajo el sol y pisar tierra seca. Se encontraron con los soldados del segundo cuerpo del ejército rebelde al mando del general Máximo Gómez; los hombres de Kaweka aguantaron impacientes las instrucciones que les proporcionó Modesto y, antes incluso de que terminase, se apresuraron a unirse a ellos. Llegaban necesitados de relaciones, charlas, mentiras, alcohol, apuestas, mujeres, si las encontraban, y hasta de peleas. Kaweka y Modesto, por su parte, siguieron a un asistente que los llevó a presencia de un comandante negro como un tizón, probablemente un bozal traído de África, igual que ellos.

—Te felicito por el ataque a la trocha —celebró el oficial a modo de saludo tras presentarse como el comandante Lino. No había más instalaciones que unas tiendas de campaña en un llano en el que pastaban los caballos del segundo cuerpo del ejército: unos setecientos, le informó el militar mientras deambulaban por el lugar—. Fue una acción brillante —añadió.

El hombre encomió la guerrilla emprendida por Kaweka desde que se había fugado del campamento de Yarayabo, una conducta que tanto a ella como a sus hombres les había sido perdonada en el momento en que se distinguieron del simple bandolerismo que asolaba la zona y culminaron un par de ataques contra tropas españolas en Sierra Maestra. Kaweka escuchaba. Estaban allí por iniciativa de Modesto, aunque a la vista de la estampida festiva de sus guerrilleros, no cabía más que darle la razón. En cualquier caso, se sentía cómoda con aquel comandante que efectivamente la trataba con respeto.

—Necesitarás algo de ropa...

Fue más el revoloteo de la mano de Lino frente a ella, evitando examinar sus andrajos, que sus palabras. Kaweka se observó en él: no vestía impecable, pero su uniforme blanco de oficial mambí aparecía en condiciones aceptables. Solo los mandos del ejército rebelde acostumbraban a ir vestidos de blanco. Por debajo de ellos, la tropa compuesta por negros y mulatos que ya gozaban de la libertad antes del inicio de la guerra lograba mantener cierta uniformidad, pero los esclavos alistados a la fuerza en el ejército libertador vestían como buenamente podían, de forma generalmente harapienta, hasta el punto de que una gran parte de ellos utilizaban simples taparrabos, o sencillamente iban desnudos. Kaweka y Modesto no habían podido evitar cruzar una sonrisa cuando al acercarse al campamento del general se habían topado con uno de los centinelas que montaban guardia en el sendero. Aquel negro vestía exclusivamente una levita blanca de rayadillo robada a los españoles, que mantenía abierta por la parte delantera exhibiendo tórax, vientre, pene, testículos y piernas. Un rifle, una canana y una sola espuela atada a uno de sus pies, descalzos, completaban su atuendo.

Los hombres de Kaweka lo jalearon; el otro, serio, ordenó que circularan. Miseria y desparpajo, dos atributos que definían a los nuevos hombres de aquella Cuba libre.

Kaweka volvió a sonreír a su recuerdo. El comandante malinterpretó tal reacción y se apresuró a aclarar:

—Como te has presentado al mando de un grupo de hombres, te corresponde el empleo de cabo o sargento del ejército libertador. Es la ley. El general ha decidido otorgarte el de sargento, y debes dar la imagen que corresponde. En cuanto supe que veníais... —Kaweka se volvió e interrogó a Modesto, que asintió confirmando que había adelantado un correo—, ordené que te encontraran ropa, aunque no sé si... —Lino se detuvo para examinar de arriba abajo a Kaweka y luego resopló—. Te hacía más grande.

—¿Para qué quiero ropa? —preguntó ella.

Pero se la puso. Una guerrera y unos pantalones que debían de haber servido a un hombre pequeño, pese a lo que le iban grandes, tanto como creyó que le venían los galones plateados que en forma de ángulo estaban cosidos a sus mangas, por encima de los codos.

Modesto sonrió al verla salir de la estancia en la que se había vestido.

—¡A la orden, mi sargento! —bromeó cuadrándose.

—También hay ropa para ti —anunció ella tras rechazar la chanza.

El emancipado se opuso. Vestía igual que los esclavos, peor incluso, puesto que rechazaba cualquiera de los adornos que gustaban exhibir sus soldados: un collar, alguna pulsera... No llevaba armas; en su lugar, portaba un saco con sus cartas, papeles y útiles para escribir. Él no peleaba, y uno de sus recursos ante el peligro había sido el de vestir aquellos andrajos que lo mantenían confundido con el entorno, vulgar, invisible.

Por el contrario, Kaweka destacó con su uniforme de sargento y sus galones plateados cuando acompañó al general Máximo Gómez en su proyecto de cruzar la trocha para invadir la zona de Las Villas y llevar la guerra al occidente de la isla. El militar dividió sus fuerzas: emprendió la invasión al mando de un ejército de quinientos soldados de caballería y setecientos de infantería, y dejó otras tantas tropas apostadas para la defensa de la región de Camagüey.

Kaweka y sus guerrilleros acompañaron al ejército con el compromiso del comandante Lino de que, una vez en Las Villas, gozarían de independencia para atacar y destruir ingenios como objetivos prioritarios, ya que estos financiaban al gobierno español con sus impuestos.

—Hay que respetar la vida y los bienes de los cubanos afectos a la república. Son muchos en Las Villas —ordenó el comandante en la última reunión con Kaweka antes de encaminarse hacia la trocha—. Regla... —Lino calló unos instantes para conceder mayor gravedad a sus siguientes palabras—: Muchos de los nuestros persiguen exclusivamente la independencia de España. Tú los ves: la tropa está compuesta en su mayoría por hombres libres, sean negros o mulatos, o blancos, campesinos y artesanos que, como los primeros, se han unido a la causa.

Esa, además de las desavenencias que Kaweka hubiera podido tener con los oficiales blancos, fue una de las razones por las que formó su propia partida de guerrilleros, todos negros o mulatos, todos esclavos libertados gracias a la revolución. Porque en el ejército regular los esclavos continuaban siendo maltratados por sus propios compañeros de filas, por aquellos blancos, campesinos miserables con una vaca y un pedazo de tierra que no daba para alimentar a su familia, pero que se creían superiores, igual que sucedía con los negros y los mulatos que habían alcanzado la libertad con anterioridad al grito de Yara y que, si cabía, pretendían diferenciarse todavía más de los de su raza que los propios blancos.

Después de unos pocos años de guerra, el ideal del abolicionismo y la necesidad de promulgarlo por estrictos motivos prácticos y políticos por encima de fundamentados principios morales no podía lograr que aquel que antes había exigido al negro que no lo mirase a los ojos, ahora se lo permitiera en concordia y amistad.

El racismo continuaba existiendo en el propio ejército libertador, y la discriminación era una constante hacia los negros esclavos, incultos, incapaces, sucios, maleducados, promiscuos y descreídos; seres inferiores.

—El abolicionismo —continuó hablando el comandante Lino, corroborando los sentimientos de Kaweka— ha sido una estrategia secundaria, una manera de ganar soldados, sí, pero también de comulgar con las grandes potencias, especialmente Inglaterra, Francia y Estados Unidos, que exigen el final de la esclavitud. Con la bandera del abolicionismo, la República de Cuba Libre obtiene reconocimiento internacional y, con ello, financiación para la guerra. ¿Me entiendes? —insistió el comandante en ese punto de su discurso.

Lino fue incapaz de desentrañar la mirada de Kaweka, una negra bajita, como lo eran las bozales robadas de África, delgada, fibrosa, ataviada con un uniforme de sargento que la hacía parecer ridícula. No dejaba de ser la esclava de un ingenio, pensó él en aquel momento.

—Lo entiendo —afirmó ella, no obstante, aunque no tanto por la disertación del oficial, sino porque Modesto se lo había explicado en varias ocasiones—. Los negros les importamos muy poco.

—Algo así —se vio obligado a reconocer el comandante—. Tú y yo, sin embargo, sabemos lo que queremos, lo que nos mueve a luchar en esta guerra: nuestra gente. —Kaweka sintió un escalofrío en la espalda—. El general atacará las ciudades y los grandes ingenios bien defendidos; tus hombres y tú tendréis que centraros en los más pequeños, en los difíciles de acceder o en aquellos que quedan lejos del itinerario de nuestras fuerzas. Los políticos y los oficiales quieren destruir la riqueza de España. ¡Nosotros queremos liberar de la esclavitud a los nuestros!

El escalofrío se repitió, más intenso.

—Regla —insistió el comandante poniendo una mano sobre su hombro y llegando casi a zarandearla—, algunos no querrán ser libres. Han oído demasiadas mentiras sobre los rebeldes. Nos temen. Los españoles los han convencido de la tragedia que les supondría caer en nuestras manos. No permitas que se unan a los españoles. Deja que lo hagan a ti o tráelos a nuestras filas, aunque no quieran. ¿Me has entendido? Aunque no quieran.

El ejército cruzó la trocha al amanecer de un día de enero sin más bajas que seis soldados, dos caballos y una mula. Kaweka y los suyos, conocedores de las acciones frente a los fortines, colaboraron en introducir los fajinas en los fosos: rollos inmensos de caña que se metían en las zanjas hasta rellenarlas y así permitir el paso de infantes y caballería por encima. Los españoles no opusieron excesiva resistencia. Luego, en cuanto se hallaron en zona enemiga, Kaweka se despidió del comandante Lino.

El general Gómez se dirigió hacia el pueblo de Jíbaro, que asoló, algo que, sin embargo, no consiguió con el ingenio Mapos, el mayor de la zona, con una dotación de más de trescientos veinticinco esclavos y noventa chinos, que fue defendido por un centenar de hombres tan bien armados que hasta disponían de dos cañones.

Kaweka, guiada por un práctico que le habían proporcionado, uno de los muchos vecinos de Las Villas que se sumaban a la causa y al ejército rebelde, se encaminó hacia el ingenio La Candelaria, de cien hectáreas de cañaveral, y que contaba con una negrada compuesta por entre cuarenta y cincuenta esclavos.

Kaweka ordenó a sus hombres que esperaran escondidos en un palmeral y ella misma se acercó para reconocer el ingenio tras negarse a que la acompañara Modesto.

Llevaban un mes en zafra. Oyó los gritos de los guardias, los chasquidos de los machetes sobre la caña y los cánticos de los esclavos. Hacía años que no se acercaba a una explotación como aquella. Había matado a muchos enemigos y visto morir a muchos amigos. La sangre y el dolor se habían convertido en compañeros inseparables, pero aquel sol brillante continuaba iluminando con desvergüenza la injusticia, y el aire, denso, dulzón, la envolvió hasta marearla. ¿Y si Yesa estuviera allí? Se le encogió el estómago y tuvo que reprimir una arcada. Durante sus correrías por las sierras y tierras orientales creía rememorar esas escenas, fortalecerse en ellas, vengarse por ellas. Pero no. Aquellos recuerdos nada tenían que ver con esa anciana que ahora, encorvada, harapienta, famélica, arrastraba los pies bajo el peso de un haz de caña.

Kaweka, acuclillada, observó el lento caminar de la esclava hasta que llegó al carro de bueyes y depositó su mercancía. Por un momento creyó que la vieja miraba hacia ella y le sonreía. Las lágrimas no le permitieron verla regresar, tambaleante, hasta la línea de corte.

# 18

*Madrid, España*
*Mayo de 2018*

El artículo publicado por Víctor Prado en *Documento Cero* se convirtió en tendencia en la red. Las visitas al periódico digital se multiplicaron exponencialmente y la noticia llegó a situarse en la lista de los diez *trending topics* de Twitter.

—¿Los Santadoma te pagaban los estudios?

Lita percibió un cambio sutil en la actitud de Pablo, como si ahora, tras aquel artículo sensacionalista, diera más crédito a sus pretensiones acerca de la filiación de su madre.

—Mientras estuve con las monjas, sí. Aunque era poco dinero porque consiguieron que me becaran por pobre. En la universidad sucedió algo parecido, pero fue mi madre quien abonó lo que no cubría la beca, en lugar de los marqueses. —Se mantuvieron unos instantes en silencio—. No soy capaz de gestionar todo esto —se lamentó ella después de revelar el interés que había despertado el asunto a raíz del artículo de Prado.

—Tranquila —la calmó él al mismo tiempo que le servía un vino—. Hoy en día las noticias duran dos días. El interés decae, salvo…

—¿Qué?

—Salvo que esa posible reclamación judicial afectase a la compra del banco y eso se reflejase en la bolsa y en los periódicos especializados.

—¡Claro que afectará! —exclamó ella.

Él contestó con una mueca. Lita se había presentado en su casa sin avisar, cuando la luz del atardecer primaveral luchaba por no extinguirse. Hacía algunos días que no se veían y no soportaba más las tristes conversaciones telefónicas. Pablo continuaba con las cuentas de su panadero. «Ahora también me han encomendado una peluquería», le confesó en una de esas llamadas. Lita no se atrevió a preguntar si el establecimiento era de hombres o mujeres, ni mucho menos a bromear sobre el tema, y la conversación finalizó con un beso triste, casi obligado, y un «te quiero» rutinario, besos y promesas similares a las que logró arrancarle cuando esa noche casi lo obligó a acostarse con ella.

—Ya no me quieres —se quejó después de que él alcanzara un orgasmo abiertamente insatisfactorio, rápido, tenue, casi silencioso.

Pablo tardó en responder, unos segundos que encogieron el corazón de Lita.

—¿Te has planteado si tú me quieres a mí?

—Estoy aquí.

—¿Para qué?

—Pues... —Barajó entre las mil respuestas—. ¡Porque te quiero! —estalló—. ¡Porque te adoro!

—¿Al Pablo de ahora? —la sorprendió él.

Sí, estaba deprimido; la sonrisa había desaparecido de sus labios y el encanto lo había abandonado. Se hallaban en la cama. Lita trató de abrazarlo y apoyar el rostro sobre su pecho, pero él se apartó.

—Tengo que trabajar la tesis —se excusó él levantándose de la cama—. Si me apresuro, quizá pueda presentarla antes de que me echen de la universidad.

Cuando ya se iba, Lita se coló en el estudio de Pablo y lo besó en la coronilla sin permitirle que se volviese y dejase de escribir en el ordenador. La mesa estaba revuelta de papeles. Lita cogió un rotulador y en uno de ellos, sobre lo escrito, dibujó un pentágono, cinco lados, dos más tres, el primer número femenino y el primero masculino tal y como le había explicado Pablo. Cinco, el número del amor y del matrimonio.

—Quiero al Pablo de antes, al de ahora y al que venga —susurró a su oído—. Te querré hasta que me muera, pase lo que pase.

Regresó al piso, Sara y Elena dormían, y antes de meterse en la cama abrió el cajón de su mesita de noche y acarició aquel collar de cuentas encontrado en el escritorio del marqués. ¿Por qué un aristócrata adinerado guardaba una baratija como esa? Se trataba de simple bisutería. Lita intentaba adivinar la historia del collar, la importancia que tenía para que un banquero ilustre lo atesorara entre sus pertenencias, pero más allá de planteamientos esotéricos que escapaban a su juicio, no alcanzaba a imaginar la razón. Dos botones de nácar... En cualquier caso, cuando no la quemaban, deslizar las cuentas entre sus dedos la tranquilizaba, la sedaba. No era creyente; nunca había comulgado con la sumisión y humildad con que las monjas pretendían que aceptara el destino que Dios había decidido para una mulatita como ella. Luego, la adolescencia la llevó a rebelarse todavía más en contra de la devoción hipócrita de los Santadoma, a la que por ende arrastraban a su madre, pero ahí estaba por las noches, sentada en la cama, pasando las cuentas del collar como si de un rosario se tratara, buscando la iluminación, un encuentro mágico que, paradójicamente, cuando se producía, ella rechazaba y negaba con mil argumentos.

Por la mañana, en el tardío desayuno que ahora podía permitirse en compañía de sus amigas, descubrió que la noticia de *Documento Cero* estaba siendo reproducida por algunos medios digitales. Ese mismo día apareció en un informativo de carácter local, y algunos días después, la marquesa, la exmodelo italiana que había visto decaer su glamour, contestó a las preguntas de una reportera de forma totalmente inadecuada, cuando no grosera. La réplica se emitió en una radio generalista nacional y en el programa de actualidad de una gran cadena.

El marqués, sin embargo, aconsejado por sus asesores en comunicación, se mantenía en silencio. Ninguna declaración salía de la Banca Santadoma ni de los americanos. Todos debían de confiar en que el interés decayese, estrategia que frustró una de las sobrinas del banquero. Se trataba de una treintañera rebelde y bohemia, artista incomprendida, unos días antisistema y otros liberal, los más indiferente, enfrentada a una familia que la había desterrado de cualquier evento íntimo al que su asistencia no fuese estrictamente necesaria. No obstante, el hecho de haberse criado en la alta sociedad y de conocerla bien le había procurado un puesto de tertuliana en un par de emisoras de radio que dedicaban algunas franjas horarias al chismorreo y al escarnio de aquellos personajes que alcanzaban la fama sin otro mérito que el de haber compartido la cama con algún personaje.

A todos aquellos advenedizos desclasados era a los que Ariadna García Santadoma, noble y rica por naturaleza, altiva como la que más, criticaba con verbo fácil, ironía y una tremenda hostilidad que creaba polémica y divertía, o por lo menos captaba la atención de los oyentes. Su tío el marqués, también sus padres, le habían rogado y advertido que omitiese cualquier referencia a Concepción, a los esclavos y a todo lo que tuviera que ver con Cuba y el ingenio. Ella se lo prometió, por supuesto, pero ningún pariente suyo tuvo en cuenta que aquella mujer se ensoberbecía escuchándose, que se sentía orgullosa y alardeaba de que nadie influía en sus críticas y opiniones, y, lo que era más importante, que antes de entrar en el estudio de radio esnifaba una o dos rayitas de coca, para ponerse cachonda, decía ya con ojos chispeantes y una sonrisa inmensa en los labios.

«¿Acaso alguien llega a imaginar cuántas de las grandes fortunas en España se han forjado sobre la esclavitud?». Así contestó a la primera pregunta que le hicieron al respecto sus contertulios, conscientes de que Ariadna necesitaba poco para saltar. «¡Podríamos dedicar programas enteros a ello!». «¿Y?», mostró extrañeza cuando los demás trataron de recriminárselo. «En Cuba hubo muchos esclavos, y la isla era española. Y muchas familias aristocráticas que hoy pasean su nobleza por las calles de Madrid o de otras ciudades o pueblos se enriquecieron con la esclavitud; hasta la Iglesia y miembros de la familia real tuvieron ingenios azucareros donde se explotaba a los esclavos».

—¿Y la criada? —inquirió uno de los contertulios—, ¿es bastarda de vuestra familia?

—¿Concepción? —se preguntó Ariadna encogiendo los hombros—. Pues podría serlo, ¿por qué no? Así eran las cosas. España siempre ha sido un país de machos tan fogosos como fanfarrones que se agotan al primer envite, dejando algunos bastardos tras ellos.

—¿Conoces a la criada?

—¿A Concepción? Claro. Siempre ha estado con la familia. Vino a España con su madre y mi bisabuelo. Su familia lleva décadas con nosotros.

—Entonces ¿desciende de esclavos vuestros?

Ella lo pensó durante unos segundos.

—Seguro —accedió por fin—. A mí no me cabe duda. Hasta lo oí alguna vez en casa. —La emisora se quedó en un silencio insólito durante un instante—. Era lo normal —terminó quebrándolo la Santadoma.

Tras esas declaraciones, el teléfono de Lita empezó a sonar con insistencia. Los Santadoma, enfadados por la publicidad, suspendieron las negociaciones relacionadas con la indemnización de Lita por su despido, aunque siguieron sin adoptar medida alguna para con Concepción.

Y mientras el marqués gritaba desde que entraba en el banco hasta que lo abandonaba, los medios sensacionalistas perseguían a Lita y requerían su presencia. Y si ella se veía superada, más todavía le sucedía a su madre, a la que los periodistas asediaban tan pronto como ponía un pie en la calle, igual que hacían con Lita en cuanto enfilaba el edificio de los Santadoma. Su color la hacía fácilmente reconocible, lamentaba en las ocasiones en las que tenía que sortear cámaras y reporteros. Sabía que ese mismo día aparecería en las redes con declaraciones inventadas. Se vio obligada a sustituir el teléfono de su madre, cuyo número parecía haberse hecho público.

—¿Y si el señor quiere hablar conmigo? —dudó la mujer.

—¡Mamá!

Decidieron que Concepción no debía salir en unos días, hasta que se calmaran las cosas. Los perros harían sus necesidades en la cocina de la casa, como cuando vivía doña Pilar, y Zenón, al que le costaba mantener la discreción que siempre le habían exigido los Santadoma y que defendía la portería del asedio de los periodistas, se comprometió a proveerla de comida. Lita percibió en el hombre un atisbo de envidia y de celos mezclados con el rencor de quien se veía obligado a trabajar más de lo acostumbrado.

Algún medio publicó que habían despedido a Lita del banco. El periodista se inventó su currículo, así como sus capacidades y sus estudios, y hasta los trajes con los que acudía al trabajo. Tanto Marcelo como José, sus abogados, negaron cualquier responsabilidad en aquella filtración. Por otra parte, aprovecharon para comunicarle que las negociaciones sobre su despido seguían atascadas, lo cual los abocaba a acudir a los tribunales.

Otros informaron de que su madre no estaba dada de alta en la seguridad social y no había cotizado durante años. Casi la trataban como a una inmigrante ilegal, sin papeles. ¿Cómo era posible que se hubieran enterado de eso! Sí, sí que lo había comentado con gente, contestó a Pablo. «Contigo, por ejemplo... ¿No habrás sido tú!». Y con Stewart, agregó con rapidez después de que él la traspasase con la mirada, el cejo fruncido, y con Elena y Sara, y hasta con el director de recursos humanos del banco...

—Y, por lo tanto, indirectamente también con su secretaria —la interrumpió él—, que fue quien se ocuparía de efectuar las comprobaciones, no las iba a hacer el jefe en persona. A partir de ahí lo sabrá también la compañera de la secretaria con la que desayuna, y los maridos o compañeros de estas. Se trata de un chismorreo tremendamente sugestivo: los marqueses no pagan la seguridad social de su criada... Perdona por lo de «criada» —rectificó al momento.

Su viaje a Cuba también apareció en webs y periódicos digitales, con fotos incluidas. «Una extraña invitación del banco», anunció tendenciosamente uno de ellos después de lograr hablar con alguien del hotel de La Habana.

—Yo colgué algunas en mis redes —reconoció Sara señalando una de las fotos.

—Y yo —se sumó Elena—. Y tú también —le recordó a Lita.

Un nuevo documento gráfico removió las emociones de Lita. Al día siguiente corrió por la red una fotografía escolar de ella, en el patio, encogida en el extremo de la primera fila, la de las bajitas, de las tres que componían la clase de niñas de doce años que posaban con el uniforme del colegio religioso al que los Santadoma mandaban a sus niñas: falda de cuadros por debajo de la rodilla, calcetines rojos que terminaban de tapar las piernas y niqui del mismo color, abotonado hasta el cuello.

—¿Se la has dado tú, mamá?

Con el manos libres del teléfono activado, justificó su pregunta mientras se fijaba en la fotografía. Resaltaba entre aquellas veinticinco niñas, y no solo por su color, sino también por el hecho de que una de las monjas la agarrara del hombro, solícita, ayudándola a superar la timidez que reflejaban su semblante y hasta su postura.

Se vio triste, solitaria y desamparada en aquel ambiente hostil y cruel para con una niña pobre y humilde: la hija de la criada de los marqueses que vestía de prestado, concluyó Lita, rememorando aquellos días con unas sacudidas que atenazaron sus músculos. No recordaba haber hecho amigas en el colegio, por lo que cualquiera de las niñas cursis que compartían la escena podría haber filtrado esa fotografía. Su madre ni siquiera la recordaba.

—Nosotros no comprábamos esas fotos, cariño —le había contestado.

Con todo, el acoso de webs, blogs y medios sensacionalistas decayó a medida que nuevos sucesos y escándalos se atropellaban en las redacciones, aunque no ocurrió lo mismo con la prensa seria, que parecía haber dejado que se diluyera el interés de la multitud para entrar en liza. Los Santadoma, que hasta entonces habían permanecido pasivos, se vieron obligados a reaccionar cuando una revista de tirada nacional y gran repercusión publicó en un mismo número diversos reportajes sobre la familia: su patrimonio, el banco, sus orígenes, el ingenio La Merced, sus muchos escándalos hasta entonces encubiertos...

«Los Santadoma: los nobles que se llevan a sus esclavos a la tumba». Ese fue el titular de la portada del semanario que, entre motivos egipcios, en referencia a los faraones que eran enterrados junto a sus sirvientes, reproducía a toda página el friso del mausoleo de los marqueses, a modo de un dominó en cuyas piezas aparecía la sucesión de escenas que representaban la actividad de los esclavos del ingenio azucarero que adornaban la construcción mortuoria.

La publicación originó algunas críticas aceradas por parte de destacados políticos de la izquierda radical que, so pretexto de la lucha de Lita y su madre, aprovecharon para atacar al capitalismo, a la nobleza, a la monarquía y a los ricos, poniendo a los Santadoma como ejemplo de la depravación moral y espiritual a la que había llegado la sociedad de consumo.

El éxito de aquella campaña conllevó que muchos de los pares del marqués unieran fuerzas a su favor, aunque siempre hubo quienes se separaron unos pasos de los Santadoma en campos de golf, restaurantes de lujo y clubes selectos. Algunos periódicos financieros empezaron a hacerse eco de la situación y del silencio de los Santadoma, lo que obligó a don Enrique a tomar cartas en el asunto.

Lita comía con su madre, como hacía casi cada día desde que no trabajaba —Pablo no era una opción puesto que se había visto arrastrado a un estado depresivo incontrolable que ella no sabía cómo manejar por más que desease hacerlo—, cuando sonó el timbre. Los perros corrieron ladrando hasta la puerta. Concepción acudió a la llamada y Lita aguzó el oído sin excesivo interés, pensando en los ojos hundidos de ese Pablo al que deseaba ayudar y querer con todas sus fuerzas.

—¿Puedes venir, hija? —oyó entonces.

—¿Qué pasa, mamá?

—El señor Gil está en la puerta. Con Zenón. Dice que viene del banco… a despedirme.

Era de esperar, suspiró la joven.

—¿Qué vamos a hacer, hija? —la interrogaba Concepción de camino a la puerta.

—Vivir, mamá —llegó casi a exclamar Lita.

Ya era hora de que dejase de trabajar para aquella gente, evitó decirle. Los perros iban y venían ladrando. «¡Silencio!», les ordenó Lita. Zenón escondió la mirada en cuanto se plantaron delante, lo que supuso un reconocimiento implícito de que había avisado al banco de la presencia de la hija en el piso. Lo contrario implicaba demasiada coincidencia. Le acompañaba el señor Gil, el hombre de confianza del marqués, el que se ocupaba de sus asuntos privados, desde sus inversiones particulares en bolsa hasta la contratación de una acompañante nocturna, pasando por el control de los gastos privados de todos los Santadoma. Se conocían del banco.

—Buenos días, María Regla —la saludó.

—Gil —contestó ella tras un carraspeo.

—¿Lo hacemos fácil?

Lita lo pensó. Notaba que le temblaban las manos y que en cuatro pasos la garganta se le había resecado y su ímpetu había mudado en angustia. Pelearse no tenía sentido, así que asintió con la cabeza.

—Tu madre está despedida. —Le alcanzó un documento—. Debe firmarlo. Ya sabes que eso no implica conformidad, sino simplemente recepción. Después debe abandonar la casa. Me quedaré para controlar que solo se lleve sus pertenencias.

—¿Y qué haré ahora? —sollozó Concepción—. ¡Lita!

—Mamá…

—¿Y si hablamos con el señor marqués? Seguro que nos escucha.

—¡Mamá!

Lita cogió la carta de despido.

—Si le pedimos perdón, él lo entenderá…

Lita acarició a su madre en el brazo, tranquilizándola, intentando que reaccionara, aunque las lágrimas corrían ya por las mejillas de la mujer. ¿Era posible que no se diera cuenta de la trascendencia de lo que habían hecho? ¿Acaso pretendía continuar trabajando para los Santadoma como si nada hubiera sucedido? Concepción se desplomó emocionalmente y lo reveló con lágrimas y unos suspiros sentidos, profundos, que Lita no recordaba haberle oído jamás y que temió degeneraran en una crisis nerviosa. Podía hundirse el mundo, podía incendiarse Madrid, que mientras su madre dispusiera del refugio en el que había encontrado amparo a lo largo de su vida, nada la afectaba. Lita había tardado en comprenderlo: ella podía especular, arriesgarse, presentar batalla. Era joven y estaba preparada para ello. Su madre, en cambio, vivía de certezas y de los anclajes que la unían a la vida, a la rutina, a las costumbres y al transcurso del tiempo. De todos ellos, el más importante, después del vínculo con su hija, era el del espacio físico, el del entorno seguro, que ahora acababa de romperse. ¿Cómo afectaría esa quiebra a una persona de más de sesenta años sin expectativas?

—Mamá… —le rogó con la culpabilidad en la garganta. Luego se dirigió al señor Gil—: Entre —le indicó, pero el hombre no permitió que Lita cerrara la puerta dejando fuera al conserje.

—Zenón viene conmigo —impuso—. ¿De acuerdo?

Lita se volvió hacia el portero y se encontró con su sonrisa triunfal. Gente mezquina, vulgar, mediocre, que hacía de la desgracia del otro su éxito, la razón de su existencia.

—Como usted quiera —aceptó.

Acompañaron a Gil y a Zenón hasta la cocina. Se sentaron a la mesa. Zenón permaneció de pie, lo más lejos posible de los perros; mantenían una aversión recíproca ya en vida de doña Pilar. Concepción consultó a Lita, que asintió tras leerlo, y firmó el recibí de la carta de despido que les entregó el hombre. Ambas en paro, pensó Lita. Y Pablo hundido moral y profesionalmente en los recibos y albaranes de panaderos y peluqueros. Su causa por despido seguía pendiente, sin acuerdo a la vista, y, salvo la exigua pensión de viudedad de su madre, ninguna de las dos contaba ya con entradas de dinero regulares. ¿Qué más obstáculos encontrarían en aquella guerra que habían emprendido? Los conoció antes de levantarse para ir a la habitación de Concepción a preparar sus cosas. Gil las detuvo, rebuscó en su maletín y extrajo nuevos documentos.

—También te llegarán a ti, a tu domicilio —anunció a Lita extendiendo los papeles por encima de la mesa—. Como te has quedado sin trabajo y ya no cuentas con ingresos fijos, ni tampoco variables —añadió en tono burlón—, tu solvencia ha disminuido, por lo que el banco ha aplicado la cláusula de resolución de los créditos que tenías concedidos y los ha declarado vencidos todos. Aquí tienes los comprobantes. Todo lo que teníais en vuestras cuentas, tanto tú como tu madre en calidad de avalista, ha sido aplicado al pago de tus deudas. Aun así, debéis bastante dinero al banco, una cantidad, más intereses y costas, que hoy mismo ha sido reclamada por vía judicial.

—Hijos de puta —masculló Lita.

Allí estaba el coste de sus estudios, de su máster, de su estancia en Londres y de su inglés, de las necesidades a las que había tenido que hacer frente: el ordenador, algún capricho, los gastos a los que no llegaba... Todo a crédito, todo renovado y vuelto a renovar, sin problemas, casi de forma automática.

—¡Ah! —llamó su atención Gil cuando hicieron ademán de levantarse de nuevo—, también se han cancelado las tarjetas de crédito. Te lo advierto para que no...

Dejó colgando la frase tras un semblante de dicha, de satisfacción morbosa compartida con Zenón, en pie tras él.

—¿Algo más? —inquirió Lita.

No lo había. Lita tuvo que sobreponerse y sostener el mundo que se les venía encima para poder abrazar a su madre, para calmar lo que apuntaba al principio de un ataque de pánico, para consolarla cuando estalló en llanto, las dos sentadas en la cama, esperando que la tristeza remitiese para animarla en ese nuevo reto. Ella estaría a su lado. La ayudó con la maleta en su habitación; poco había que meter en ella. Pero a cada paso su madre volvía a llorar, y Lita peleaba consigo para no caer también en el llanto al que su desesperación la llamaba. La abrazó para convencerla de que no acudiese al marqués, diciéndole que no debía hacerlo, que él y los suyos eran malas personas.

—Pero, hija, siempre me han tratado bien.

No lo comprendía. Podían pisotearla, y su vida seguía siendo aquella casa, la cocina en la que esperaban Gil y Zenón, la bata y el delantal a rayas.

—Aquí siempre te han maltratado, mamá. Deja que te cuide yo ahora. Seremos felices.

—¿Qué harás conmigo? Solo seré un estorbo.

—No serás ningún estorbo, mamá. Eres todo lo que tengo. Te lo debo todo.

Concepción se esforzó por simular un esbozo de sonrisa.

—¿Y los perros? —se le ocurrió preguntar después, cuando la maleta ya estaba en manos de Lita y ella se despedía, con la mirada húmeda, de un lugar donde había hallado protección desde niña—. ¿Se los quedará usted? —Gil se encogió de hombros. El portero se dio por aludido y negó repetidamente—. ¿Quién se ocupará de ellos? —insistió la mujer, preocupada ante la indolencia de ambos.

Gil suspiró. Los abogados del banco que le habían encargado la gestión no le proporcionaron instrucciones acerca de los perros. Consultó su reloj: hora del almuerzo. Pensó unos instantes y telefoneó por el móvil.

No contestaron la llamada. «Puñeteros abogados», refunfuñó. Pensó un poco más, miró a los perros, que entonces estaban tranquilos, en su rincón, resopló como si no tuviera otra opción y volvió a telefonear. Lita supo a quién lo hacía al ver cómo, inconscientemente, se erguía.

—¿Señor marqués? Sí, sí... Disculpe... ¿En el restaurante? Perdone... Lo siento, lo siento mucho, pero necesito saber qué hago con los perros de doña Pilar.

Hasta los animales irguieron las orejas ante los gritos que resonaron a través del móvil. Aquellos perros y el hecho de que Concepción se dedicara a cuidarlos habían sido uno de los mayores motivos de escarnio para don Enrique, originando críticas aceradas en los medios, comentarios mordaces por parte de sus amigos y todo tipo de memes tan ocurrentes y graciosos para los usuarios de internet como humillantes para el noble. Gil se burló de Concepción alejando el teléfono de su oreja para que pudiera escuchar los gritos del marqués: «¡Que se los meta por el culo! ¡Que...!». Luego cortó la comunicación, e inhaló aire antes de dirigirse a Concepción.

—Ya lo ha oído. Haga lo que quiera con los bichos.

—¿Cómo! —saltó Lita.

—Pues eso. Y ahora fuera —las instó Gil—. Tengo que cerrar la casa.

—¿Y se quedarán encerrados? —insistió Concepción—. ¿Quién les dará de comer? ¿Quién los llevará a pasear? ¿Zenón?

El portero volvió a negar con la cabeza, riendo.

—Lleváoslos —les propuso Gil—. Será lo mejor para ellos.

—Pero no son míos —replicó la mujer.

Aquellos animales habían llenado los últimos meses de la vida de Concepción, pensó Lita. Su madre disfrutaba cuidándolos, ¿por qué no?

—De acuerdo —cedió tras alejar con un movimiento de cabeza la posible reacción de sus compañeras de piso cuando se presentase con su madre y dos perros.

—¡Lita! —se quejó esta.

—Si te los regalan…

Gil las contempló alejarse por la calle: la hija con una maleta en la que cabía una vida; la madre tirando de dos yorkshires mal criados que no quería nadie de la familia.

—Y ahora ¿qué haremos? —inquirió Concepción.

—Vamos a casa.

—No tengo adónde ir —repitió la madre como si no la hubiera oído.

—Mi casa es la tuya —afirmó Lita, y volvió a ahuyentar de su mente la respuesta de Sara y Elena. Eran buenas amigas.

—Hemos hecho mal en pelearnos con el marqués. —Lita no quiso entrar en la discusión—. Es una persona muy importante. Y esas personas siempre ganan. La vida es así.

Buscaban la boca del metro, la línea que utilizaba Lita para ir a trabajar al banco. Intentó recordar si había visto viajeros con perros porque no sabía si podrían acceder al vagón con los dos animales. ¡Que las echaran si no estaba permitido! Discurrían por el barrio de Salamanca, el mismo camino que tantas veces había hecho, ya fuera hacia el banco o a casa de su madre… y entonces lo vio: el Bentley azul marino del marqués, imponente, aparcado a la puerta de su restaurante favorito, a modo de anuncio presuntuoso de que su dueño se hallaba en el establecimiento, porque se tardaba más en subir y bajar del vehículo que en llegar a pie desde el banco.

—Siempre ganan, hija —repetía Concepción.

Pasaban por delante de la puerta de acceso al local, con alfombra, toldo colorado y portero disfrazado de lacayo incluido, cuando Lita se sintió flotar. Conocía esa sensación. Dudó, pero el resplandor de aquel coche la hería en los ojos. Por otro lado, se dijo que había tomado ya bastantes decisiones aparentemente equivocadas.

—¿Qué sucede, hija?

El portero se acercaba a ellas, paradas las dos en el inicio de la alfombra con una maleta vieja y los perros.

—Que somos negras, mamá —contestó notando el caracoleo de la diosa en su interior.

—Mulatas, dirás —la corrigió Concepción.

—¡Fuera de aquí! —les ordenó el portero.

—Mulatas, sí, porque a ti te blanqueó un Santadoma.

—Hija...

—¡He dicho que largo! —insistió el del disfraz decimonónico.

—Vamos allá —decidió Lita liberando a la diosa que parecía juguetear en su interior.

—¿Qué vas a hacer? —se asustó Concepción.

—No pueden pasar —se opuso el portero cuando las vio encaminarse hacia la entrada.

—¡Cállate! —ordenó Lita con voz ronca, gutural. El hombre se sintió golpeado, confuso, y ellas continuaron su camino.

Se trataba de un local clásico, bien iluminado: una gran sala diáfana decorada con mesas y sillas fastuosas, llena a rebosar de personajes de la alta sociedad y de ejecutivos de bancos y multinacionales, los únicos que podían permitirse pagar una ensalada de berros al precio de una langosta.

—Espera aquí, mamá —le pidió junto a la puerta, donde dejó la maleta y cogió los perros—. ¡Atentos! —indicó a los yorkshires.

Si la presencia de esos animales ya había despertado curiosidad entre los comensales más cercanos a la entrada, en cuanto empezaron a ladrar, siguiendo las órdenes de Lita, interrumpiendo conversaciones e irritando a la gran mayoría de los presentes, la atención fue completa.

Lita descubrió al marqués sentado a una mesa redonda para

seis, situada en una esquina algo apartada. Todos los asientos estaban ocupados por hombres bien trajeados.

Los camareros y el *maître* la interrogaron: «¿Oiga…?», pero no se atrevieron a interponerse en el camino de una mujer que irradiaba un aura de poder.

«¿Señor marqués?». «¿Señor Santadoma?». «¿Don Enrique?». ¿Cómo dirigirse a él?, pensó Lita mientras llegaba a su altura. En un instante comprendió que todos eran tratamientos respetuosos, sumisos. Se acordó de sus comparecencias ante doña Pilar, cuando entrelazaba las manos por delante de sí en actitud de recato. Entonces no lo había relacionado, pero ahora comprendió que la esclavitud extendía sus efectos hasta ella; lo sintió como si el espíritu de alguna antepasada desconocida la atenazase, y se le erizó el vello de todo el cuerpo.

—¡Santadoma! —bramó.

Lita dominaba el lugar, como si lo hubiera hechizado, y soltó las correas de aquellos dos yorkshires diminutos que continuaron ladrando y correteando entre las piernas de Lita, de los camareros y del propio marqués, que se había levantado de la silla.

—Vengo a devolverte a tus perros —afirmó Lita con una voz que no era la suya—, pero también a advertirte que las almas de miles de negros claman venganza contra ti desde los cañaverales. —Lita extendió su mano, pero fue Yemayá quien lo señaló. El marqués era incapaz de articular palabra, solo sus ojos, enrojecidos, coléricos, parecían vivos—. Yo te lo anuncio, Santadoma: tus muertos no descansan en paz porque están rodeados de los espíritus de esclavos que los apalean, insultan y escupen. Esa eternidad es la que os espera a ti y a tus hijos.

El silencio era estremecedor. Lita contempló durante unos segundos a aquel hombre atrapado por la diosa y comprendió su poder antes de darse la vuelta para cruzar el salón en dirección a la salida. Don Enrique estaba paralizado, y los perros ladraban y tironeaban de las correas que aguantaban los camareros.

Allí, en la puerta del salón, donde la había dejado, su madre contemplaba la escena. Mostraba cara de espanto —los ojos tremendamente abiertos y los rasgos contraídos, los hombros encogidos como si esperase un golpe—, pero a medida que vio acercarse a su hija relajó el rictus y terminó mostrando una sonrisa con la que le declaró su apoyo. En ese momento Lita reconoció en ella a la negra, a la esclava reivindicada.

—Hija... —le dijo Concepción ya en la calle. Lita continuó andando en silencio, la tensión todavía agarrada a sus músculos, las manos temblorosas. Volvió la cabeza e interrogó a su madre con la mirada—. En sesenta años de vida nunca lo había visto —dijo como si pretendiera rememorar todas sus experiencias en ese mismo instante—. ¡Nunca nadie había gritado al señor marqués! —añadió con admiración.

Unos pasos más allá escucharon el corretear de los yorkshires que iban tras ellas, con las correas sueltas arrastrando por el suelo.

Hacía un día espléndido en Madrid.

La presión mediática sobre la familia Santadoma continuó en aumento de la mano de la tertuliana traidora, y se extendió a los hijos y sobrinos del marqués, algunos de ellos presa fácil para periodistas y blogueros a través del seguimiento de sus redes sociales. Jóvenes pijos y adinerados que habían revelado al mundo su vida caprichosa y dejado tras de sí un rastro de escándalos en los que no fue difícil escarbar. Los profesionales buscaron amigos agraviados, o simplemente envidiosos que, pública o discretamente, contaron anécdotas y sucesos libertinos, inmorales o desenfrenados. Excesos insultantes para un público que estaba viviendo las consecuencias de una crisis económica y social que los llevaba a las colas del paro o a los comedores sociales. Algunas historias eran mentira, daba igual; y otras, por atrevidas que parecieran, ni siquiera se acercaban a la verdad de unos hábitos en ocasiones viciosos o disolutos.

Entre aquel acervo mediático, el video en el que los yorkshires ladraban y correteaban por uno de los restaurantes más famosos de Madrid tardó poco en hacerse viral entre los conocidos de los Santadoma, gracias a la celeridad y a la destreza de alguno de los comensales. Quizá fue simple oportunidad: alguien que inmortalizaba cómo le preparaban un tartar o le flambeaban unas crepes con Cointreau y solo tuvo que girar la cámara. En uno u otro supuesto, lo cierto es que el video recogía desde el momento en el que los perros habían empezado a ladrar, con Lita paseando por el interior del local importunada por los camareros, hasta que lo abandonaba junto a su madre. Aquel que probablemente se hubiera limitado a jactarse en sus redes sociales de una comida exquisita y envidiable se divertía ahora colgando la historia de dos perrillos rabiosos que acompañaban las amenazas tétricas de una mulata hacia uno de los hombres más ricos e importantes de Madrid.

—No parece la técnica más idónea para solventar tus problemas con el marqués —se quejó Sara tras visualizar una vez más el video.

Lita no contestó. Buscaba respuestas a sus propias preguntas: ¿a qué venía aquel discurso acerca de los esclavos de los cañaverales? ¡Y de las almas de los muertos! Sabía que esas palabras no habían surgido de ella, sino de la diosa de la ermita de Regla, pero ellas reclamaban la paternidad de Concepción, su herencia, lo que por ley le correspondía. Era muy probable que algún predecesor suyo hubiera sido esclavo, propiedad de los Santadoma, pero aquella no era su guerra. ¿O quizá sí? ¿Qué era lo que pretendía Yemayá? Porque el video podía ser divertido, interesante, pero no transmitía la sensación de poder que había embargado a Lita, ni la comunión con el pasado ni, por último, el hechizo que había detenido al marqués: las manos crispadas, los dedos agarrotados, su ira silenciada. Lita lo percibió, mágico en todos los casos; una fuerza que acabó por poner en su boca a los esclavos y a sus espíritus vengativos. Más tarde, en su cuarto, la experiencia la llevó a buscar respuestas en el collar que guardaba en el cajón de su mesita de noche. En su lugar encontró desasosiego. Las cuentas gritaban, ardían en sus manos, querían hablarle mientras ella las sostenía atónita, indecisa, peleando por mantener el dominio sobre sí. Había tomado el collar a modo de talismán, pero en cuanto este desplegaba su magia, se asustaba.

—Yo tuve miedo.

La voz de su madre se coló en los pensamientos de la joven. Por un momento vaciló: ¿acaso ella también tenía miedo? ¿Sentía temor ante el collar? Las sonrisas de sus amigas, sin embargo, terminaron de trasladarla a la realidad. Ya habían transcurrido un par de días.

—Sí, se la ve en el video, Concepción —comentó Sara—, está usted encogida, asustada.

La mujer limpiaba por encima de unas estanterías.

—Ahí puede encontrar cualquier cosa —había advertido Elena por lo bajo cuando las tres la observaron encaramarse a una silla. Ninguna recordaba haber limpiado nunca tan arriba.

—Ten cuidado, mamá.

—Sí, vigile, Concepción —apuntó Sara—, estoy convencida de que ahí tiene su guarida algún monstruo…

Lita respiró hondo aquel ambiente. Sara y Elena las habían acogido como si se tratase de su familia. Con los perros torcieron un tanto el gesto, pero ella les prometió que no molestarían. Ordenó a los animales que se quedasen en un rincón, y de allí ni se movieron, manteniéndose en silencio. Concepción, por su parte, se volcó en las tareas domésticas.

—¿Qué voy a hacer, si no? —planteó la mujer después de que tanto Sara como Elena le insistieran en que no lo hiciese, que no era necesario, que la acogían sin condiciones, que la querían, que….

Lita se encogió de hombros cuando las otras dos buscaron su intervención. «Dejadla», les indicó con gesto de rendición. Y desde entonces Concepción cocinaba, y las echaba cuando pretendían ayudarla. «Pues mañana hacemos nosotras la comida», la amenazaban. Concepción pretendía limpiar la casa y lavar y tender y planchar… y ocuparse de todo, lo que llevaba a una especie de simpática competición entre aquellas cuatro mujeres por adelantarse las unas a la otra, un juego que acostumbraban a perder las jóvenes, siquiera porque Concepción no tenía inconveniente en madrugar, por más que las hubiera acompañado la noche anterior ante la televisión.

Por lo demás, Lita, su madre y los dos perros compartían habitación; su madre dormía en la cama y Lita lo hacía en otra plegable que les habían prestado los vecinos de rellano, una pareja gay que aprovechó la oportunidad para curiosear acerca de las pretensiones de Lita, para conocer a su madre, la hija del machista que forzó a una criada ingenua, y animarla a perseverar en su batalla contra la injusticia. Luego se ofrecieron a cuidar de aquellos dos perros tan graciosos que parecían no querer soltar de sus brazos. «Cuando queráis os los cuidamos, sin compromiso, nos haréis felices», repitieron demorando su despedida.

La realidad, sin embargo, y con independencia de espectáculos y chismorreos, era que Lita y Concepción no tenían dinero, ni un céntimo. La joven se reprochó su pasividad a la hora de cambiar de banco cuando tuvo ocasión. Lo había intentado y se encontró con que no era tan fácil abrir una cuenta corriente. Papeles, más papeles, una nómina que ya no tenía. Sí, acababan de despedirla, admitió. El administrativo que la atendía torció el gesto ante su confesión y a partir de ese instante se mostró indolente. Aportaría la nómina de su madre, ofreció ella. ¿En qué trabajaba? Lita resopló. Y entre unas cosas y otras, los problemas, los periodistas, los recibos que debía cambiar, las mil gestiones y un Pablo cada vez más distante, los de la Banca Santadoma se adelantaron y les embargaron todos sus dineros.

Ahora ni siquiera su madre tenía nómina, ni jubilación, solo una pensión de poco más de doscientos euros que de momento todavía estaba domiciliada en el banco del marqués. Se confió a sus amigas.

—Ya —ironizó Elena al enterarse de la situación precaria de Lita, intentando quitar hierro a una realidad difícil—, tú lo que quieres es librarte de nosotras y así, cuando seas rica, no tendrás que pensar en tus antiguas amigas.

—¿Crees que vamos a dejar que te vayas? —la interrumpió Sara—. ¡Ahora! Nosotras no nos perdemos este culebrón aunque nos arruinemos manteniéndote a ti, a tu madre y a tus perros.

Lita tuvo que carraspear un par de veces para lograr pronunciar unas palabras de agradecimiento que las otras atajaron con aspavientos, un largo abrazo, susurros de ánimo y alguna que otra lágrima.

Lita casi no había logrado conciliar el sueño, por lo que no estaba excesivamente receptiva cuando sonó su móvil mientras desayunaba.

—¿No lo vas a coger? —la interrogó Sara.

Las tres amigas se apiñaban alrededor de la mesa de la cocina, las tres despeinadas, somnolientas, vestidas con las camisetas viejas con las que dormían. Concepción se había vuelto a adelantar y estaba ya en la calle, de compras. Lita se negó a coger el teléfono golpeando cansinamente el aire con una mano.

—Pone que la llamada es de Suiza —comentó Elena mirando la pantalla—. Debe de ser importante. ¿Diga? —contestó para desesperación de Lita, que, no obstante, permaneció pendiente de los murmullos y expresiones de su amiga—. Dice que es del Alto Comisionado de la ONU, o algo así —terminó anunciando al mismo tiempo que le tendía el aparato con gesto solemne.

—¿Regla Blasco?

Lita agitó la cabeza para despertarse. Carraspeó y contestó:

—Sí. Yo... yo misma.

—Buenos días. Me llamo Noemí Vit y la llamo desde Ginebra, desde la sede de la oficina del Alto Comisionado para los Derechos Humanos, de Naciones Unidas...

A lo largo de una extensa conversación, la señora Vit comentó a Lita que se estaba celebrando el Decenio Internacional para los Afrodescendientes, un programa de las Naciones Unidas que había empezado a desarrollarse en el año 2015 y que, por lo tanto, se extendería hasta 2024, cuyo objetivo era conseguir la igualdad de las víctimas, en especial la de los afrodescendientes de los esclavos de la época colonial como la vivida en Cuba.

Lita nunca había oído hablar de ello.

—Vosotras sois afrodescendientes —anotó Sara cuando la otra ya había colgado.

Ella asintió.

—¿Y qué es lo que hacen los de la ONU?

—Ha comentado que, en términos muy generales, se dedican a defender los derechos de los descendientes de los esclavos, buscar reparaciones morales, económicas, jurídicas y hasta económicas para los afrodescendientes. Me ha recomendado que lo mirase en internet.

Abrieron uno de los portátiles, allí mismo, junto a la cafetera. Entraron en la web de las Naciones Unidas y navegaron hasta la página que trataba del Decenio Internacional, que las llevó hasta el Tratado de Durban y la Conferencia Mundial contra el Racismo, la Discriminación Racial, la Xenofobia y las Formas Conexas de Intolerancia. La documentación era exhaustiva. Las declaraciones de buena voluntad, tan profusas como ampulosas. Los objetivos, tremendamente genéricos. Pero los requerimientos a los países para que cumplieran y ejecutaran el tratado se mantenían constantes.

Leyeron párrafos al albur. Las Naciones Unidas pretendían defender y hasta compensar a los descendientes de aquellos esclavos que vivieron la diáspora africana. Indemnizar a sus países de origen e incluso a ellos personalmente. Buscaban la igualdad y la justicia; combatir el racismo, la discriminación racial, la xenofobia y la intolerancia, y aspiraban a conseguir una verdadera igualdad de oportunidades y de trato para todos los individuos y pueblos.

—¡Escuchad lo que pone aquí! —leyó Lita una de las declaraciones—: «Después de la abolición de la esclavitud, la segregación racial, las políticas de blanqueamiento y otras formas de discriminación institucionalizada contra las personas de ascendencia africana, preservaron las jerarquías raciales creadas por la esclavitud».

—Eso es lo que sucedió en Cuba —dijo Elena.

—Como tu madre y todas sus ascendientes que, sencillamente, pasaron de ser esclavas de los marqueses a ser sus criadas.

—Y las siguieron explotando sexualmente.

—¿A mi madre?

—No hace falta ser mulata y criada para que se aprovechen de una mujer —lamentó Sara.

Por primera vez en su vida, Lita se planteó si su madre había sido objeto de abusos sexuales por parte de los Santadoma. También fue joven, tuvo que recordarse, y atractiva, ciertamente. Lita rememoró aquellas fotos que nunca había observado bajo esa perspectiva. Todos sostenían que su abuela Margarita fue una belleza. Concepción mantuvo parte de ese encanto, que luego le traspasó a ella. En sus buenos momentos, Pablo trataba de resaltar una belleza de la que ella, crítica con el más mínimo defecto que pudiera encontrar en su cuerpo, en ocasiones se cuestionaba. Sara y Elena también lo hacían cuando entraba en esas recurrentes e inexplicables depresiones de un día, una mañana o tan solo unos minutos en las que no se sentía guapa, quizá simplemente porque no había dormido bien y su rostro reflejaba el cansancio, aunque sus amigas no insistían con tanto ahínco como Pablo y a veces olvidaban el objetivo: consolarla acariciando sus oídos, y terminaban con algún tópico de esos que se supone deben venir a saciar una autoestima herida, siquiera momentáneamente.

La venganza era tremenda cuando alguna de ellas caía en un abismo similar, algo que llegaba de manera inexorable: «No te preocupes, la gente se fija en tu sonrisa», arguyó Lita, como si no lo hubiera pensado, un día en que Sara se quejó del tamaño de su culo y sus muslos, rollizos hasta para el observador más indulgente. Ella, por su parte, se mostraba segura de su propio cuerpo, de sus curvas proporcionadas y hasta de lo exótico de su color.

Ahora observaba a su madre, la desnudaba de su delantal y su bata a rayas que se empeñaba en continuar utilizando y que Lita siempre había considerado un estigma de su labor, y volvía a ver en ella los vestigios de esa belleza salvaje, que de forma natural estaban obligadas a lucir las negras en una sociedad blanca.

¿Le habría acarreado problemas en su juventud?

—¿Qué miras?

La queja de Concepción, repentina, cariñosa, impidió que terminara de cerrársele el estómago. Alejó de su mente la incertidumbre de esos posibles abusos y la miró desde el nuevo punto de vista que había descubierto tras la lectura de los documentos de Naciones Unidas. Era cierto. Se lo había revelado la señora Vit: su madre era uno de los más claros ejemplos de las consecuencias del colonialismo. Concepción se había visto privada de educación, de acceso a la cultura, incluso de libertad, en una perversa prolongación de esa esclavitud formalmente abolida. Ahora reclamaba lo que le pertenecía. La señora Vit había tenido conocimiento de ello. La causa de Concepción, le dijo a Lita, traspasaba la frontera de su entorno y entroncaba con las reivindicaciones de una civilización entera y con una lucha histórica a nivel mundial, como lo demostraba la creación del decenio dedicado a los afrodescendientes.

Concepción tenía derecho a una reparación por la violación flagrante de sus derechos, y el Estado español, como firmante del Tratado de Durban, y sobre todo como país colonizador beneficiario de la esclavitud y responsable de los daños causados a los esclavos y a sus descendientes, debía proporcionarle los medios jurídicos y los recursos suficientes para obtener lo que le pertenecía y gozar de igual situación que los blancos que la habían mancillado.

«Las reparaciones son un problema de nuestro pasado y nuestro presente», rezaba uno de los muchos documentos de la ONU. En la Declaración de Durban se afirmaba claramente que la esclavitud transatlántica y el colonialismo seguían siendo dos de las causas profundas del racismo, la discriminación racial, la xenofobia y la intolerancia conexa contra los africanos y los afrodescendientes, las personas de origen asiático y los pueblos indígenas.

—El problema es que España no cumple —había afirmado la señora Vit después de citarle esa conclusión de la cumbre africana—. No ha adoptado ninguna de las medidas establecidas en Durban. Me gustaría utilizar… no, no sería exactamente «utilizar», pero sí aprovechar la demanda de su madre para dar a conocer en España la labor en defensa de los afrodescendientes, y al mismo tiempo presionar a su gobierno para que respete el tratado.

La señora Vit le ofreció la ayuda de su oficina y la de las asociaciones a las que podía convencer, y aunque tampoco fue demasiado concreta, Lita creyó oportuno comentárselo a su madre:

—Mamá. —Concepción dejó lo que estaba haciendo—. Me han llamado de Naciones Unidas para ofrecernos… Dime una cosa —dijo cambiando de tema de repente—: ¿Alguna vez se aprovecharon de ti por ser mulata? ¿Alguna vez te forzaron?

No había conseguido reprimir su inquietud, su ansia por saber. Concepción se volvió, sorprendida por la pregunta; su movimiento fue tan brusco que hasta los perros, que dormitaban en su esquina, alzaron la cabeza.

—¿Por qué? —inquirió la mujer malinterpretando el interés de su hija—. ¿Te ha sucedido algo!

—No —contestó Lita—. No, no. Era solo una pregunta.

—¿Y a qué viene eso? —la interrumpió Concepción. La hija suspiró—. No, Regla —negó la madre—. Nunca se aprovecharon de mí.

¿Le satisfacía la contestación? Le había parecido excesivamente rápida, seca, como defensiva. Pero tal vez estuviera llevando la suspicacia hasta límites insospechados. Su madre no le concedió la oportunidad de continuar pensando:

—¿Qué me estabas contando?

Lita la miró antes de responderle. Sí, su madre había sido una mujer guapa.

—Te decía que me han llamado…

# 19

*Cuba*
*Enero de 1875*
*Departamento de Occidente*

El ingenio La Candelaria cayó la misma noche en que Kaweka lloró los pasos de la anciana que arrastraba el haz de caña. Los gritos de los capataces, los cánticos de los esclavos y el ruido de máquinas, animales y carretas típicos de la época de zafra ocultaron el despliegue previsto por la sargento: unos hombres hacia los barracones; otros hacia el molino y la casa de calderas. Ella, Modesto y los dos mejores tiradores de los que disponía se deslizaron hasta una torre de vigía, en el centro del ingenio, en la que se alojaba la campana que marcaba la rutina diaria de los esclavos, pero que también servía para tocar a rebato y avisar a las plantaciones vecinas en caso de incendio o sublevación. Anulados los dos centinelas, Kaweka, con Modesto a su lado, contempló el ingenio desde lo alto del campanario. En Oriente, al otro lado de la trocha, había guerreado alrededor de ingenios y potreros ya incendiados como consecuencia de la carrera destructiva emprendida en esa zona de la isla. Ahora no. A sus pies se representaba con nitidez gran parte de su vida: los esclavos, los bueyes, los capataces, la caña, el azúcar... Erguida tras la barandilla del campanario, Kaweka se perdió en el devenir del ingenio.

—Nos descubrirán —le llamó la atención Modesto.

Ella no le hizo caso. Ofreció el collar al cielo y gritó:

—¡Viva Cuba libre!

En La Candelaria libertaron a cuarenta y siete esclavos, entre ellos a la anciana que había hecho llorar a Kaweka el día anterior y a la que esta encontró extasiada, contemplando las llamas que devoraban el ingenio. Kaweka permitió que sus hombres se ensañaran con el mayoral y saquearan la finca, tanto las instalaciones como la casa principal. Los amos estaban ausentes, refugiados en grandes ciudades como La Habana, quizá alojados en el lujoso hotel Inglaterra, cerca del teatro Tacón que, pese a la guerra, continuaba con las representaciones.

En realidad, la región de Occidente continuaba con su vida de lujo y riqueza, ajena a una guerra que llevaba a la miseria a miles de hombres. Si las diecisiete joyerías y establecimientos de artículos de lujo de La Habana anunciaban para deleite de sus clientes que seguían recibiendo regularmente mercancías de París, con todo un océano de por medio, en la región de Las Villas, a escasos quinientos kilómetros de la capital, Kaweka tenía problemas serios para alimentar a su gente.

La sargento tuvo que establecer un campamento estable, a diferencia de cómo había venido actuando hasta entonces, siempre amparada en los bosques, la manigua o las ciénagas. La realidad la había obligado a buscar el amparo de un lugar seguro porque los treinta y dos, antes ágiles y eficaces, se habían multiplicado por mucho más de diez según se desprendía del libro que les había entregado el comandante Lino y en el que Modesto inscribía a los libertados.

—¿Cuál es tu nombre? —les preguntaba.

—Justino Peláez.

¿Edad? ¿Marcas? ¿Procedencia? ¿Familia?

—Justino Peláez: eres libre —sentenciaba después de escribir en la hoja.

Podían haber desfilado más de una docena, o dos docenas de hombres y mujeres, o quizá tres, las que fueran, que en cada ocasión en la que Modesto rompía con solemnidad las cadenas que unían a uno de ellos con la esclavitud, Kaweka sentía un escalofrío al que le sucedía la visión de la eternidad: infinita, limpia, acogedora.

Indefectiblemente, la sargento permanecía de pie detrás de la mesa basta a la que se sentaba Modesto con su libro y sus útiles de escritura. Algunos de los hombres que desfilaban frente a ella se veían todavía amedrentados, incapaces de asumir ese nuevo destino; otros lo hacían con altanería, su espíritu ya contagiado por la audacia y el desparpajo que veían en los primeros treinta y dos. Muchos le sonreían y después se le acercaban para mostrarle agradecimiento o sumisión, como si la hubieran sustituido por sus antiguos amos.

—No —se oponía ella.

Y el nuevo recluta la tomaba de la mano, la acariciaba y hasta trataba de arrodillarse para recibir su bendición, pero Kaweka lo obligaba a levantarse con torpeza.

—No, no, no —repetía cuando le ofrecían una pulsera de hueso, una pieza de fruta o tabaco…

Y, abrumada, trataba de rechazar esa inmensa gratitud que le profesaban mediante palabras que nadie le había enseñado a utilizar.

Kaweka les preguntaba por Yesa, a todos. Percibió que deseaban complacerla y las respuestas la confundían. «¿La has visto?». «¡Ah! Pero ¿es una mujer?», se delataba el hombre que afirmaba haber visto a su hija. «Era vieja», afirmaba otra. «Sí, una mulata linda». Pese a ello, insistía, y con independencia de la futilidad de sus informaciones, tras cada conversación, Kaweka comulgaba con su diosa. Había promovido la fuga de esclavos de La Merced, pensó recordando a Mauricio con cariño; luego lo había intentado en el palenque de la sierra del Rosario hasta que se lo prohibieron, ella se plegó y Yemayá tuvo que recordarle cuál era el camino atacando a su hija con la enfermedad. Con la guerra, fue el propio gobierno de la República de Cuba Libre el que determinó la libertad de los esclavos de Oriente y Kaweka se limitaba a recogerlos.

Ahora era ella la que asaltaba los ingenios, peleaba, saqueaba, destrozaba y libertaba a los esclavos en los campamentos que el general Gómez había establecido entre los ríos Jatibonico y la población de Ciego, desde donde dirigía las acciones bélicas hacia

Occidente y adonde acudían las tropas a reponerse tras los enfrentamientos. Allí, Kaweka los inscribía en el libro de Modesto y les concedía la libertad. Ella, con sus hombres, también descansaba antes de regresar a la zona de conflicto con la mira puesta en algún nuevo ingenio. Muchos de los esclavos libertados deseaban unirse a su compañía. Modesto elegía a los fuertes, a los audaces, a los capaces de pelear con un machete; el resto de los hombres quedaban a disposición de los oficiales del ejército regular, y las mujeres, los niños y los ancianos iban configurando una comunidad al modo de los palenques de los cimarrones.

Kaweka regresaba al campamento junto al río Jatibonico al frente de nuevos libertos, cargados de enseres y alimentos, con alguna carreta tirada por bueyes y, por lo general, con algún caballo propiedad de los mayorales y los amos del ingenio atacado.

Los mambises alardeaban de una caballería heroica, temeraria, en ocasiones suicida, aterradora, que cargaba contra el enemigo a galope tendido al grito de «¡Viva Cuba libre!» con los machetes volteando sobre sus cabezas, pero en el grupo de Kaweka nadie era capaz de sostenerse en marcha a un tranco veloz encima de uno de esos animales.

Los del ejército le ordenaron que entregara los caballos. Modesto negoció que les permitiesen disponer del resto del botín a su arbitrio, y lo consiguió. Kaweka era respetada, con lo que el campamento de la sargento negra se convirtió en una especie de enclave independiente dentro de la organización del ejército rebelde.

—¿Brillarán también para nuestros enemigos? —inquirió Kaweka una noche, tumbada junto a Modesto bajo un cielo en el que las estrellas parecían pugnar por hacerse un sitio.

—No —contestó el emancipado tras pensarlo unos instantes.

—¿Por qué no será igual para los españoles?

—Porque nunca verán en las estrellas el dolor y la sangre de un pueblo, de una raza. Ellos las miran con soberbia, con altivez, convencidos de que su dios las ha puesto ahí para complacerlos.

Kaweka se mantuvo en silencio, con los ojos abiertos ante el espectáculo. Acababan de hacer el amor, con delicadeza, recreándose en una ternura que con la llegada del día y de la guerra se desvanecería. Entonces volverían a sufrir el uno por el otro: él, por la osadía de la sargento que encabezaba todos los ataques, exponiéndose en primera línea; ella, por la seguridad del emancipado, que los seguía y que en ocasiones, más de las que deseaba, quedaba desamparado, olvidado por los hombres. Pero ahora se encontraban bajo unas estrellas que Modesto la había convencido de que eran suyas.

Desde que reconciliaran sus cuerpos bajo la tormenta, los tambores en el interior de Kaweka sonaban a modo de latidos sordos y profundos que reverberaban en sus entrañas, unos instantes que se alargaban placenteramente, como si la vorágine que oían de otras parejas cuando descansaban en el campamento hubiera mudado en ellos en armonía, en una relación cuyas urgencias se desvanecían contra la tranquilidad de un cielo estrellado.

La noche en el monte era hermosa. Diariamente, Kaweka pagaba el tributo a los dioses, como le enseñó a hacer Eluma, y rezaba por los suyos. Ahora el monte dormía: las hierbas, las plantas, los árboles, los negros, todos protegidos por los mismos astros que acariciaban África y bajo los que Modesto terminó jurándole su amor.

Kaweka disfrutaba de las atenciones del emancipado y se entregaba a un placer que creía desterrado, pero no se atrevía a soñar. La idea de alcanzar la felicidad junto a Modesto era ahuyentada sin contemplaciones; parecía existir una multitud que reclamaba de ella su entrega absoluta. La diosa, las almas de los esclavos muertos, mamá Ambrosia, Eluma, Yesa... ¿Cómo distraerse en amoríos?

—Todo ha cambiado —comentó. Modesto esperó a que se explicara, aunque bien sabía cuáles iban a ser sus quejas—. Antes íbamos de aquí para allá, peleando. Atacábamos a compañías más numerosas y huíamos, rápido. Buscábamos comida y, si no la encontrábamos, pasábamos hambre, tres, cuatro días. Ahora somos nosotros los que nos hemos convertido en soldados lentos y pesados. Cada vez tenemos que ir más lejos para encontrar un ingenio que no haya sido abandonado o derruido por otras partidas, y después tenemos que escapar tirando de hombres, animales y objetos, expuestos al enemigo, algo que siempre habíamos evitado. Me asusta el amanecer.

Su angustia estaba justificada. El ejército regular rebelde de Máximo Gómez no había encontrado excesiva oposición en una región fronteriza como la de Las Villas, que se hallaba en estado de abandono por parte de las fuerzas españolas. Desde la metrópoli se habían enviado cerca de dieciocho mil soldados de refuerzo para afrontar el conflicto cubano, un contingente humano que, sin embargo, no llegó acompañado de los necesarios recursos militares y financieros. Los hombres no cobraban la soldada desde hacía más de un año; la comida escaseaba, y las enfermedades tropicales se cebaban en una tropa que no podía acudir a los hospitales, ya colapsados, por lo que la mortandad en el ejército español se elevaba al cincuenta por ciento de los heridos y enfermos.

Esas eran las circunstancias en las que se enfrentaban los grandes: generales contra generales, ejércitos contra ejércitos. Las partidas de guerrilleros como la de Kaweka participaban en una contienda diferente, porque los hacendados de la región, desprotegidos desde La Habana, levantaban a su costa compañías de voluntarios compuestas por criollos, delincuentes, presidiarios y mambises traidores, que asumían la guerrilla como táctica bélica, conocían la zona, eran inmunes a las enfermedades que asolaban a los soldados levados en la Península, y hacían gala de una violencia extrema estimulada por los años transcurridos de conflicto.

Fueron los niños, siempre jugando lejos del campamento de Jatibonico, quienes corrieron a anunciar el regreso de la partida de Kaweka. Solo eran tres hombres, exhaustos, uno de ellos herido leve, que ni siquiera fueron capaces de ponerse de acuerdo para explicar qué había sucedido. Coincidían en que se habían encontrado con una compañía de voluntarios a caballo, pero a partir del primer disparo sus versiones se distanciaban, aunque, al igual que en el principio, los tres ajustaban su historia en lo referente al final: un desastre, una masacre.

Los habían atacado a campo abierto cuando escapaban tras incendiar un pequeño ingenio llamado San Lorenzo, en dirección a Santa Clara. Quince esclavos, tres chinos, algunos bueyes y un par de borricos. No pudieron refugiarse.

—¿Y Kaweka?

No sabían.

—¿Y Modesto?

No sabían.

—¿Y los demás?

Tampoco.

Ellos habían conseguido escapar.

«¿Habéis huido?». La acusación, no formulada, flotó sin embargo en el grupo de personas que rodeaba a los recién llegados. No formaban parte de los treinta y dos; se trataba de libertos que se habían unido a Kaweka. Uno tenía mujer, que se adentró en el círculo para apoyarlo.

—¿Lo habéis visto? —los interrogó Eduardo, un anciano en el que Kaweka y Modesto habían descargado la dirección del campamento en su ausencia.

—¿El qué?

—El final, el desastre, la masacre.

Los hombres tardaron en contestar.

—Sí —titubeó uno de ellos.

—Seguro —afirmó otro.

—Eran muchos, y a caballo, y bien armados…

—No lo visteis —los interrumpió el viejo.

—Corríais —surgió del grupo.

—¡Todos lo hacían! —adujo uno tratando de defenderse.

—¿La sargento también? —se oyó preguntar.

A Kaweka la transportaron días más tarde en unas angarillas elaboradas con ramas y hojas de palma, inconsciente, herida de bala en un costado y de un profundo machetazo en el hombro izquierdo. La acompañaban siete hombres, de los suyos, de los que habían corrido con ella por Sierra Maestra.

La compañía de guerrilleros había sido atacada a la salida del ingenio por un batallón de voluntarios. La primera descarga de fusilería de los atacantes los sorprendió, originó desconcierto y algunos caídos. Luego, mientras los jinetes recargaban, Kaweka y los suyos se atrincheraron detrás de la carreta, los bueyes y los borricos. Allí les hicieron frente hasta que lograron replegarse hacia el interior de un bosque que impedía la maniobrabilidad de los caballos. Terminaron peleando a machetazos, algo en lo que los rebeldes destacaban. Pero eran menos, estaban dispersos y carecían de una dirección efectiva.

Kaweka cayó mientras atacaba con furia a un enemigo que se desdibujaba ante sus ojos. Luchaba herida en el costado, sangrando, confusa, hasta que el dolor del machetazo en su hombro, punzante primero, explosivo después, la derrumbó. Tres de sus hombres la vieron, rodearon su cuerpo y se defendieron con mayor empeño si cabía. Consiguieron escabullirse con su sargento a cuestas.

Se escondieron en la espesura. La lucha continuaba. Tanto los gritos como los disparos se alargaron durante toda la jornada. Luego esperaron en la noche a que los voluntarios cejaran en su persecución y trataron de reencontrarse con los suyos. Cuatro más aparecieron. Contaron sus muertos en susurros, en la oscuridad.

—¿Luis? —preguntó uno.

—Reventado —aseguró otro.

—¿El Ferias?

Silencio.

—No lo sé —se oyó al cabo.

—Yo no lo he visto.

—Estaba al otro lado.

Continuaron lanzando al aire nombres de compañeros, de amigos, entre silencios extensos y algún suspiro. De la suerte de algunos estaban seguros; de la de otros no podían afirmarlo. Lo último que sabían de Modesto era que lo habían visto lanzarse para proteger a los esclavos.

Los hombres dejaron atrás el campamento para llevar a Kaweka hasta el hospital de campaña levantado por Máximo Gómez. La nutrida comitiva que se fue sumando, anunció su llegada. Juan

Pérez, ya comandante médico, se volcó en la paciente tan pronto como supo de su ingreso.

La herida de bala no afectaba al vientre, comunicó el médico tras unas horas de intervención. Había tenido suerte, porque los heridos en el vientre se enfrentaban al peor de los pronósticos. En cuanto al hombro, presentaba huesos rotos, músculos sajados, pero aún no sabía si había nervios o tendones afectados. La habían curado e inmovilizado. Había perdido mucha sangre, estaba débil y febril. De momento solo cabía esperar.

«Rezad por ella», animó a los libertos que esperaban en los alrededores del hospital, y estos, aceptando el consejo, se instalaron a la intemperie, día y noche, cantando, bailando y suplicando a los dioses. Se alzaron pequeños altares sobre piedras o cajones de azúcar, con velas, estampas y alguna que otra imagen de santos católicos, entre ellos los de san Cosme y san Damián, los hermanos médicos, pero también con los atributos de las *orishas*, principalmente el de Elegguá, con el palo largo y torcido en su punta. Todos rezaban a todos, y llevaban constantes ofrendas al dios niño con cara de viejo que posee la llave del destino, el que dispone a su antojo de las vidas de la gente. Elegguá sentía pasión por el baile, y también era glotón, tremendamente comilón, capaz de conceder su favor a cambio de un festín. Los libertos renunciaron a su precario sustento y ofrecieron pollos negros al dios, los que más le gustaban, y jutías y palomas, y tabaco, y frutas, y sobre todo aguardiente para mantenerlo contento mientras Kaweka agonizaba entre convulsiones y sudores al ritmo de las letanías cristianas y los tambores yorubas.

«Modesto». Esa fue la primera palabra consciente que logró articular Kaweka al despertar, después de siete días de lucha contra la infección y la muerte. Pérez no había reparado en suministrarle medicamentos que con otros pacientes se veía obligado a dosificar debido a su escasez. El comandante Lino, acompañado del propio general Gómez, acudió al hospital a interesarse por el estado de salud de la sargento tan pronto como esta recuperó un ápice de su ánimo.

En el clásico bohío techado con hoja de palma, el comandante médico había dispuesto para Kaweka un cubículo aislado de los otros convalecientes mediante una cortinilla. En todo lo demás era idéntico al resto: un colchón de espartillo sobre la tarima de madera. Pérez, Lino y Gómez superaron esa barrera liviana mientras el séquito que acompañaba al general se quedaba detrás, entre los otros camastros.

—Me alegro de que hayas superado este trance, Regla —la felicitó el general dominicano, delgado, de bigotes canos, largos y tan tupidos y pesados que desbordaban sus labios para caer con desorden por ambos lados de su boca—. La república te necesita. Has sido determinante en la lucha contra…

—¿Y mis hombres? —lo interrumpió ella. Nadie había querido darle noticia de su suerte. Kaweka se sentía demasiado débil para rebelarse contra sus silencios, discutir sus mentiras o rechazar sus excusas y titubeos.

El general no se escondería.

—Han regresado doce de ellos —le comunicó.

Kaweka cerró los ojos. El llanto se le agarró en forma de hipidos que hicieron que las heridas de su hombro y de su costado se tensasen e irradiasen estallidos de dolor en cada ocasión en que sus pulmones se expandían violentamente en busca de un sorbo de aire.

—Son héroes de nuestra revolución —afirmó Gómez—. Así debemos recordarlos. Soldados que han entregado sus vidas por salvar a la patria de la tiranía de los españoles y llevarla por senderos de gloria…

El comandante Lino se acercó al lecho y tomó la mano de Kaweka, que seguía hipando dolorida.

—¿Y Modesto…? —volvió a interrumpir ella al general.

Habían surgido de la espesura del bosque hacia el que ellos mismos se apresuraban en busca de amparo, tironeando de los animales y azuzando a unos esclavos que no sabían de carreras. El batallón de voluntarios les había tendido una celada, los jinetes los acechaban escondidos entre los árboles hasta que sus aullidos precedieron a una carga de caballería. Kaweka y los hombres intentaron reaccionar. Modesto vio huir a algunos y caer a otros tras los primeros disparos.

—¡Los esclavos! —le gritó Kaweka, señalándolos para que los protegiera.

Modesto corrió hacia el grupo de quince esclavos y tres chinos, pasó los brazos por encima de los hombros de un par de ellos y los obligó a echarse a tierra, entre las patas de los bueyes y los borricos. Los voluntarios atacaban a un galope frenético, las balas silbaban a su alrededor y una joven mulata, en plena crisis histérica, se aferró a él y lo obligó a tumbarse también.

—¡Permaneced quietos! —gritaba más todavía Modesto—. No os quieren hacer daño a vosotros.

La mulata, aterrorizada, no le permitía moverse. Los demás tampoco: seguían abrazados, agarrados unos a otros, buscando su protección mutua, formando una piña. Modesto levantó la cabeza. Una nube de polvo que se elevaba de aquel terreno seco le enturbió la visión y le irritó los ojos. El sol empezaba a caer y el reflejo de las llamas del ingenio y de los cañaverales, a escasa distancia, teñía el cielo de rojo y, con él, la tierra, el polvo, los machetes y los rifles. Los bueyes se movían inquietos por encima de ellos. Escuchó los gritos de Kaweka y los de sus hombres y los de los atacantes fundidos en una algarabía indescifrable. Quiso incorporarse. «Abajo, abajo», le exigió la mulata tirando de su ropa para que no llamase la atención. Modesto pugnó por zafarse de ella, pero no solo no pudo, sino que otro esclavo le recriminó sus intenciones. «Harás que nos maten, hermano», le reprendió impeliéndole a permanecer tumbado.

El estruendo de la lucha fue desplazándose hacia la arboleda. Los disparos y las órdenes se sucedieron más escalonadamente, por lo que empezaron a ser inteligibles, aunque Modesto no reconoció la voz en ninguna de ellas. «¡Capturadlos!». «¡No quiero ni a uno vivo!». «¡Perseguidlos!». Detonaciones lejanas que ya no acallaban los lamentos de los heridos que quedaban postrados a su alrededor. Una voz autoritaria cerca de ellos. El ruido pausado de los cascos de un par de caballos. La mulata lo apretó fuerte contra ella a medida que se escuchaban disparos repentinos, sorpresivos, que acallaban los gemidos de los heridos.

No iban a hacer prisioneros.

—¡Hijos de puta!

Otro disparo.

—Así te vayas al infierno, rebelde de mierda.

Una nueva detonación.

Al final reinó el silencio, solo truncado por los sollozos y el castañetear de los dientes de la mulata.

—¡Levantaos!

Hablaban con ellos. Uno de los jinetes azuzó a su montura para que trotara entre la piña de personas; el caballo bailó por encima, atento a no pisarlas. Se separó el grupo entre las patas del animal y todos se pusieron en pie, esclavos negros y chinos.

—En fila —ordenó uno de los jinetes—. ¿Os fugabais?

Hombres y mujeres se alinearon. Ninguno contestó, todos mantenían la mirada baja. Modesto se confundía con el resto: negro bozal, sucio, harapiento. No llevaba su bolsa. No iba armado, tenía las manos vacías. Ni siquiera portaba alguno de los enseres como los que los demás pretendían llevar consigo y agarraban a modo de tesoros. Pensó rápido: todo se había quemado. No había libros del ingenio; no había registro; no había mayorales ni centinelas, todos estaban muertos. Salvo que alguno de los esclavos lo delatara, los voluntarios no sabrían quién era. Mantuvo la mirada clavada en la tierra. Los caballos los rodeaban: ahora eran tres, cuatro... Desde el bosque seguían oyéndose disparos y gritos amortiguados. El entorno continuaba teñido de rojo y el calor apretaba. Modesto quería mirar a su alrededor, comprobar la identidad de los caídos. Sintió un mareo que le originó debilidad en las rodillas con solo pensar que Kaweka pudiera estar tirada a un par de pasos de él, herida, necesitada de su ayuda, o quizá muerta.

Miró de reojo. A la luz extraña vislumbró cuerpos tendidos, pero no la reconoció entre ellos. Los demás esclavos permanecían quietos, cabizbajos, silenciosos. Decidió no distinguirse de ellos y se fijó en los machetes que continuaban abandonados, ensangrentados, esparcidos a sus pies, allí donde se habían tumbado. Nadie había querido recogerlos; nadie quería reconocer su participación en la matanza de los responsables del ingenio.

Los jinetes discutían entre ellos.

—Valen dinero —escuchó que argumentaba uno de los voluntarios.

—Pero han matado…

—Ellos no. Han sido esos cabrones guerrilleros rebeldes…

—Mirad sus machetes. ¡Están ensangrentados…!

—¿Qué machetes? —ironizó el que parecía el jefe, poniendo fin a la discusión.

Los obligaron a limpiar los machetes. La mulata le entregó el suyo y por primera vez Modesto recordó los ojos verdes que habían llamado su atención en el ingenio. Se lo agradeció con una sonrisa y frotó la hoja con arena fina hasta que desapareció todo rastro de sangre. Luego lo depositó allí donde les habían dicho los voluntarios. La codicia de aquellos hombres los salvó de la muerte, que no de la violación a la que fueron sometidas las cuatro mujeres que componían el grupo tan pronto como oscureció, acamparon junto al sendero y el ron y el aguardiente corrieron entre los soldados.

Por la noche, atados con cuerdas, apartados de los soldados, tenuemente iluminados por la hoguera alrededor de la cual se movían los voluntarios, con el silencio ultrajado por los jadeos, las risotadas y las burlas obscenas de los violadores, Modesto se vio acosado por las miradas de los otros ocho esclavos negros; los chinos, en cambio, se mostraban impasibles hasta en la desesperación. Trató de juzgarlas. Podían recriminarle su intervención en el ingenio, hacerlo responsable de su peligrosa situación. La noche anterior trabajaban y comían; eran esclavos, sí, pero vivían. ¿Qué futuro les esperaba en manos de aquellos delincuentes uniformados? Un grito herido rasgó la noche y Modesto pensó en la muchacha de ojos verdes; al instante percibió el rictus de dolor en la cara de uno de ellos. Aquellas cuatro mujeres pertenecerían a uno o a otro, serían sus esposas, sus compañeras… En los ingenios con una negrada tan exigua, de producción escasa, las relaciones se asemejaban más a las de una familia extensa, autoritaria y hasta violenta, pero, al fin y al cabo, familia. Sin embargo, la noche anterior todos ellos se habían ensañado hasta la muerte con el mayoral y los dos centinelas que los vigilaban. Kaweka les permitió esa venganza y la mayoría de sus hombres jalearon cómo esas mujeres, que ahora gritaban, clavaban el machete en unos cuerpos ya inertes.

Quizá la culpa, o simplemente el miedo a que ellos mismos pudieran ser acusados de esas muertes, fuera lo que salvase a Modesto de una delación que en otras circunstancias le habría parecido muy probable.

El campamento de Kaweka acogía a las mujeres, los niños y los ancianos impedidos para acompañar al ejército del general Gómez. Los hombres se alistaban como soldados de infantería si tenían algún conocimiento militar o lo adquirían a través de la instrucción; si no, los reclutaban como auxiliares. Kaweka fue acogida con cariño. Habían remendado y lavado su uniforme hasta que la sangre desapareció, pero si antes le venía grande, ahora, tras una estancia de cinco semanas en el hospital, caía sobre ella como un manto inmenso que se hubiera echado por los hombros. En cualquier caso, los galones de sargento, ahora brillantes, impusieron su prestigio sobre unos andares lentos y vacilantes, unas maneras muy alejadas de la fortaleza y el dinamismo que hasta entonces habían caracterizado su mando. Le dolía respirar; toser entrañaba un suplicio, y el hombro y el brazo izquierdos los llevaba en cabestrillo, rígidos, como muertos, por debajo de la guerrera.

Llevaba ya más de una semana sin fiebre, hacía días que toleraba la dieta y las heridas cicatrizaban. El hombro tardaría en curarse, aunque ni Pérez ni los demás médicos se atrevían a pronosticar el estado en el que quedaría. Por lo menos no había habido que amputar, celebraban; eran muchos los miembros cercenados después de las curas de urgencia en los hospitales de sangre del frente, cirugías que en muchas ocasiones debían afrontarse sin éter ni cloroformo; solo con alcohol: una botella de ron por una pierna.

—Estarás mejor en el campamento, con los tuyos —le aconsejó el comandante Pérez.

La alojaron en el bohío que ya compartía con Modesto a la vuelta de sus ataques a los ingenios: tres palos torcidos hundidos en la tierra y cuatro hojas de palma por techo. No se sabía nada del emancipado. Antes de que la sentaran en la única silla que había en la estancia, Kaweka deslizó los dedos por encima de la cubierta del libro en el que se registraban sus libertos, sobre la mesa tras la que tan orgulloso se sentaba su hombre, y se preguntó si volvería a verlo.

¿Y ella?, ¿volvería a encabezar el ataque a un ingenio o a un batallón español?

—No te quepa duda —le aseguró el general Gómez el día en que fue a despedirse. Partía hacia Occidente, y Pérez le había hecho partícipe de la inquietud de Kaweka—. La revolución te necesita, sargento —la animó.

—¿Me devolverá a mis hombres? —lo sorprendió Kaweka. Sabía que tras el trágico encuentro con los voluntarios habían sido destinados a otros batallones.

—Tan pronto como estés lista para pelear de nuevo —le prometió el general.

Sin embargo, no le dijo nada acerca de Modesto. Nadie hablaba de él. Las mujeres que la atendían con solicitud en el bohío no sabían nada, y ni Eduardo ni ningún otro de los ancianos lo mencionaban. Durante su convalecencia en el hospital le comentaron que ninguno de los doce que habían superado la emboscada y regresaron al campamento vieron a Modesto, ni muerto ni vivo. Y lo último que Kaweka recordaba era haberlo instado a que protegiera a los esclavos del ingenio San Lorenzo...

Mejoró rodeada y querida por los suyos. Daba paseos ayudada por un par de muchachas que la sostenían y la obligaban a sentarse en cuanto la oían resollar. Había tratado de zafarse de ellas y valerse por sí misma, pero su voluntad sucumbió de forma estrepitosa ante la debilidad. La gente la quería, la atendía, la rodeaba y charlaba con ella. Muchas libertas esperaban que les trajera de nuevo a la diosa, pero Yemayá parecía haberla abandonado. Permaneció en silencio, sin manifestarse ante la emboscada en la que cayeron. Kaweka se lo había echado en cara en el hospital: «Has impedido la libertad de más de una decena de esclavos —le recriminaba en voz baja—. Cuántos eran, ¿doce, trece? Además de la muerte de muchos hombres buenos que no han hecho otra cosa que favorecer tus deseos, confiando siempre en tu bondad y en tu ayuda». Después conjeturaba acerca de si habría hecho algo que pudiera haber ofendido a Yemayá. No podía haberse molestado por Sabina; merecía lo que le había sucedido. Tampoco podía ofenderla su amor por Modesto. Pero la diosa no volvía a ella y Kaweka no hacía más que llamarla y hacerle ofrendas convencida de que, caprichosa y voluble, la atenazaría de nuevo tarde o temprano. Pensaba en los negros del campamento, que permanecían ansiosos por verla bailar otra vez poseída por Yemayá: necesitaban comulgar con sus raíces y renovar en libertad el compromiso con sus dioses y su cultura, sin discreción, de forma pública y ostensible, gritando, cantando y golpeando con furor los tambores.

La ausencia de Yemayá llenó a Kaweka con los olores, los gritos, los llantos, las risas y los colores del campamento. Siempre había vivido ese lugar como un alto obligado en su trashumancia guerrera, igual que cuando corrían por Oriente y dormían escondidos entre la vegetación de la selva, a la espera de que amaneciera para emprender de nuevo la guerra contra los españoles.

Ahora, esos mismos niños que antes parecían temerla y que la miraban desde la distancia, se acercaban a ella cada vez con más descaro, con sus sonrisas por delante, atreviéndose a preguntarle por las hazañas que habían oído a sus madres. Estas la abordaban con la misma confianza, y de repente Kaweka se encontró sentada alrededor de un fuego, con los niños, las mujeres y hasta los ancianos escuchando sus historias, igual que hacía Modesto con los treinta y dos.

—¡Abejas! —se extrañaron a la vez varios de los pequeños, alguna mujer incluso.

Kaweka sonrió para sí. Había sido una argucia mortífera. Recordó el zumbido de miles de insectos como si lo estuviera viviendo ahora y reparó en los rostros expectantes de la chiquillería. Ella nunca contaba historias. Ni siquiera las recordaba; su obsesión era atacar, una vez, otra y otra más. ¿Se estaba volviendo vieja como las ancianas que se refugiaban en sus vivencias? Los niños se movían inquietos y esa expectación le gustó.

—Se trataba de un batallón español numeroso —empezó a narrar— que transportaba víveres y armas, con hombres destacados por delante y por sus flancos para no ser sorprendido por la guerrilla. Era difícil acercarnos sin que la columna principal se diese cuenta: los de fuera avisarían, y antes de que llegásemos, los otros ya se habrían parapetado y armado. —Kaweka calló y se sumó al silencio que los rodeaba; la concurrencia estaba inmóvil, pendiente de su historia. Uno de los niños agitó las manos para animarla a continuar—. Como sabíamos el camino que seguirían, decidimos que el peligro fuera al revés, de dentro afuera, no de fuera a dentro. —Sonrió al recordar la discusión sostenida con Modesto previa a tomar la decisión—. Entonces, mucho antes de que la columna llegara, recolectamos bastantes panales de abejas y los escondimos en tierra, mezclados entre hojas, tapados con arena. Los caballos de los oficiales, las mulas, los bueyes, los carros y la infantería pisotearon los panales y las abejas salieron en enjambres, enfadadas, para defender sus panales. Si los españoles hubieran reculado, no habría sucedido gran cosa, pero en la confusión muchos siguieron adelante: los hombres corrieron, los caballos al galope, y hasta los bueyes, con su piel recia, se molestaron. Y fueron pisando más y más panales. Y unas abejas fueron llamando a otras, y al final fue un ejército de abejas el que desbarató a los enemigos.

Kaweka hizo amago de haber terminado su relato.

—¿Y? —preguntó una niña.

—¡Más!

—¿Qué pasó!

Que mataron a muchos, les contó. Que los machetearon y los evisceraron. Que se quedaron con sus armas y víveres y escaparon a la manigua antes de que se rehiciesen y les presentaran batalla.

—Eso es lo que tenéis que hacer vosotros con cualquier hombre que pretenda esclavizaros —sentenció poniendo fin a la historia.

Como le anunciara, el general Gómez regresó a la región de Oriente para reunirse con los miembros del gobierno de la República de Cuba en Armas y con otros militares, entre ellos el general Vicente García, de Las Tunas, que se había alzado contra el gobierno y proponía la destitución del entonces presidente Cisneros.

Máximo Gómez partió acompañado de cincuenta hombres, mientras el grueso de su ejército, con los españoles todavía mermados en su capacidad de respuesta, continuaba la guerra ganando tierra hacia Occidente, mucho más allá de Sancti Spiritus: en Villa Clara, Remedios y Cienfuegos. Además, el general dejaba atrás ochenta y tres ingenios quemados, más de una docena de ellos obra de Kaweka y los suyos. Los esclavos de esas otras setenta plantaciones habían escapado a los montes, se habían alistado en el ejército rebelde o incluso se habían arrepentido y presentado de nuevo ante los españoles. Las mujeres se mezclaban con la gente de los pueblos y las ciudades de la zona de Las Villas, pero la mayoría de ellas no sabían hacer otra cosa que cortar caña, transportarla al molino y ocuparse de las tareas propias de un ingenio. Eran contadas las que poseían conocimientos y habilidades para desarrollar un oficio, por lo que no tenían cabida en un ámbito urbano, empobrecido tras varios años de guerra. Ni siquiera eran sociables, y despertaban miradas de recelo incluso en los de su propia raza.

Muchas de esas mujeres, tirando de los niños y los viejos del ingenio, buscaron el amparo de aquella sargento de la que ya todo soldado y esclavo había oído hablar, por lo que el campamento del río Jatibonico creció de forma desaforada, y Kaweka no tenía a Modesto para que contara cuánta gente se les sumaba. Por más que tampoco lo entendiera, le gustaba escuchar sus números y preguntarle si eran más o menos.

El problema era que los libertos llegaban hambrientos. El problema era que la tierra estaba yerma, que el ganado había sido sacrificado y los potreros, como los ingenios, arruinados. La región del Camagüey estaba igual de devastada. Los escasos suministros que llegaban eran destinados al ejército, a los hombres en campaña, mientras los niños, las mujeres y los ancianos se tenían que conformar con los boniatos y las calabazas que cultivaban y los plátanos, de los que se comían hasta la piel.

Kaweka acostumbraba a traer algunos bueyes tras cada una de sus incursiones en los ingenios, una carne que nutría a los pequeños y a las embarazadas; ahora eran los soldados los que robaban los pocos víveres del campamento. Y violaban a las mujeres, cuando no eran ellas las que se entregaban a cambio de algo con que alimentar a sus hijos. La situación degeneró. Kaweka habló con Eduardo y tres ancianos más para impedir que el campamento del río Jatibonico se convirtiera en un inmenso burdel.

—Danos comida —le contestó uno de ellos.

Kaweka fue en busca de los oficiales del ejército. Lino no estaba, y un capitán blanco se rio de ella.

—Deja que los hombres se diviertan —le contestó después de negarle los víveres—. Necesitan desfogarse, y qué mejor que con un montón de esclavas negras que no tienen otro cometido. Si lo hacen con ellas, no molestan tanto a las cubanas respetables de los pueblos. Esos hombres pelean por la república. Ten en cuenta que estamos en guerra. No te inmiscuyas.

El comandante Pérez fue más cariñoso, pero igual de contundente.

—Ni siquiera tengo medicamentos, Regla. Y me cuesta alimentar convenientemente a los heridos —adujo mientras le quitaba el vendaje del hombro—. Necesitan recuperarse. Si no comen, no sanan. Mueve el brazo —la instó. Kaweka no pudo. No le obedecieron los músculos, los tendones, los nervios, ¡lo que fuera! Aquel colgajo extremadamente delgado y despellejado no le respondía—. Debes ejercitarlo —añadió el médico movilizando el miembro con cuidado arriba y abajo. La mujer gruñó de dolor—. Sí, te dolerá, pero si quieres volver a utilizar este brazo, deberás esforzarte, ¿entendido?

Kaweka desvió la mirada de Pérez para esconder su rictus de dolor, y la paseó por el hospital, lleno a rebosar.

—¿Y el general? —inquirió.

Kaweka lo oyó respirar a su espalda, limpiando la herida de su hombro.

—Las cosas no han ido bien —terminó reconociendo.

El general rebelde sedicioso, Vicente García, junto a otros militares que lo apoyaban, explicó el médico, había conseguido la destitución de Cisneros, el presidente de la república, y su sustitución por otro miembro de la Cámara de Representantes, antiguo coronel del ejército libertador: Juan Bautista Spotorno.

Cisneros, el destituido, apoyaba los planes de Máximo Gómez con relación a la invasión de la zona occidental de la isla, y en especial la de Las Villas como cabeza de puente, por lo que ordenó al general García que se pusiera a las órdenes de Gómez y acudiese con su ejército a sumarse a la ofensiva.

Él general García se negó. Él era natural de Las Tunas y continuaría peleando allí, afirmó, en Oriente, en su región, defendiendo a los suyos y tratando de recuperar su ciudad natal de manos de los españoles. Spotorno avaló la postura de su mentor y apoyó a García, a quien, en detrimento de Máximo Gómez, terminó nombrando jefe del departamento oriental.

Así las cosas, Máximo Gómez volvió a cruzar la trocha para continuar con la invasión de Occidente, pero en lugar de hacerlo al frente de un ejército de un millar de hombres, como tenía previsto, lo hizo al mando de ciento cincuenta jinetes escasos que logró reclutar.

Kaweka fue incapaz de apreciar las consecuencias de unos movimientos políticos que Pérez le había contado con preocupación. Eso lo hacía Modesto. Era el emancipado quien le explicaba las cosas, lo que sucedería... «¿Dónde estás, negro estúpido?», clamó de camino al campamento. Seguía sin saber de él, ni de Yesa. Yemayá continuaba sin hacer acto de presencia y eso la angustiaba, la hacía dudar acerca del estado de su hija, la hacía pensar que tal vez Yemayá la evitaba por eso mismo...

Todo se tambaleaba a su alrededor, porque hasta el cariño que había percibido entre la gente que la rodeaba se escondía ahora bajo las condiciones sobrevenidas. La promiscuidad de las mujeres, voluntaria o forzada, atrajo a todo tipo de delincuentes y desertores de uno u otro bando que terminaron merodeando por el campamento, durmiendo en las inmediaciones o estableciéndose en él directamente. Los libertos, indefensos, se amedrentaron ante la llegada de aquellos hombres rudos y violentos, y el ambiente de alegría y esperanza en el que se había desarrollado la vida en aquella numerosa comunidad de esclavos liberados mudó al del miedo y el terror, y generó otro tipo de sumisión.

Además, Kaweka ni siquiera era capaz de manejar el machete. En su bohío, cuando creía que no la observaban, aferraba el arma con la mano derecha y practicaba. Cada movimiento le producía un dolor lacerante en el otro costado, y la inmovilidad de su brazo herido la descompensaba y la hacía tropezar e incluso marearse. Todavía la respetaban, pero, inerme, sufría viendo cómo los hombres asaltaban a las mujeres y hasta a los niños y los forzaban sin el menor pudor ni recato, con desvergüenza, en el momento y el lugar que les apetecía.

Muchas mujeres escaparon. Kaweka les deseaba suerte. Otras no tenían dónde esconderse.

—Huid a los montes —las animaba ella—, como los cimarrones.

—Ven con nosotras.

Ella esperaba a Modesto y a Yemayá. Y tenía que continuar buscando a Yesa. No, no podía irse, pero mientras tanto el campamento se desintegraba... igual que sucedía con el ejército de Las Villas al mando del general Máximo Gómez.

La actitud del general García en Oriente, anteponiendo la defensa de los intereses de su región, impactó en la tropa y los mandos de Las Villas, que los imitaron y se opusieron a ser dirigidos por un militar dominicano como Gómez y los oficiales que lo acompañaban desde su campaña en Camagüey. Se sucedieron los motines y las artimañas para desacreditar a los jefes no villareños, una estrategia que culminó, ocho años después de iniciada la guerra, con el nombramiento de Roloff como general en jefe de las fuerzas rebeldes de Occidente y el nombramiento de mandos intermedios oriundos de Las Villas, por poca experiencia militar que tuvieran, y la consiguiente destitución de Gómez y sus seguidores, que cruzaron una vez más la trocha para refugiarse en el Departamento de Oriente, en esta ocasión sin ejército, acompañados por sus familias.

La indisciplina, los regionalismos, los intereses partidistas, las suspicacias y envidias, la falta de autoridad e inteligencia de los dirigentes políticos y la soberbia de los militares consiguieron lo que el ejército español no había logrado pese a superar en hombres, armamento y recursos a los rebeldes.

El espíritu de un pueblo, la voluntad de vencer, el ánimo y el ansia de libertad con los que lograron equilibrar esas tremendas diferencias con sus enemigos, sucumbieron ante las rencillas míseras.

Kaweka vivió la tragedia del hundimiento de esa ilusión colectiva desde su propia desventura personal. Su brazo izquierdo no mejoraba; el dolor la mareaba con solo tratar de movilizarlo, por lo que en muchas ocasiones se quedaba encogida, quieta, llorando, hablando con una Yemayá que no le respondía, y en otras se revelaba contra su torpeza, apretaba los dientes y forzaba aquel miembro inerte apoyándolo contra palos y ramas, queriendo notar el menor indicio de que sus nervios y músculos reaccionaban y su brazo realmente se movía a voluntad.

Se continuaba luchando a las órdenes de Roloff, pero los hombres desertaban, cruzaban la trocha para refugiarse en la espesura de las selvas, ciénagas y sierras orientales, o se entregaban a los españoles. El campamento dejó de ser el amparo de las familias de los libertos y se convirtió en lugar de paso de desertores y delincuentes.

El caos asoló la zona. Los españoles se reponían y atacaban. La mayoría de las mujeres, niños y ancianos que conocía Kaweka habían huido o muerto, pero el trasiego de personas continuaba incesante, como si los bohíos de palma arruinados, las calles de tierra que se abrían entre ellos, los restos de los huertos o de las cochiqueras, las hogueras que encendían la noche, el menor atisbo de civilidad en el campo inmenso, desierto, erial, atrajera a modo de faro a todos aquellos que vagaban escapando de la guerra, de la esclavitud o de la justicia.

Kaweka buscó la compañía de algunos hombres y mujeres como ella, ancianos en su mayoría, entregados a un destino no peor del que preveían cuando eran esclavos. Sin embargo, la docilidad con que aquellos hombres obedecían a cualquier grupo de negros borrachos o impertinentes que les reclamaba la media docena de ñames que habían logrado encontrar arañando los campos incultos, sublevaba a Kaweka. En una ocasión soltó su colecta de tubérculos y empuñó el machete.

Tardó tanto en hacerlo que lo único que consiguió fue que se rieran de ella, y cayó al suelo tratando de atacar a un enemigo que solo tuvo que ponerse de lado para defenderse.

También se rieron de sus galones.

—¿A quién le has robado el uniforme?

Lo desgarraron sin que ella consiguiera ofrecer una oposición mínimamente efectiva.

Nadie la ayudó.

Aun borrachos, aun viciosos y desenfrenados, a pesar de comportarse como verdaderos animales, algunos arrugaron el ceño a la vista del torso de Kaweka, de su pecho deformado por las cicatrices, y escupieron.

Kaweka, desharrapada, con su uniforme rasgado, se encerró en un bohío cuyo techo casi había desaparecido por culpa del viento y de la lluvia. De vez en cuando, alguno de aquellos ancianos a los que había libertado de un ingenio en el que les daban de comer, le dejaba algún ñame o media calabaza a la puerta. Kaweka ignoraba cuál sería su destino. Había dejado escapar la oportunidad de unirse otra vez al comandante Pérez; se lo propuso cuando le ordenaron trasladar su hospital más cerca de la vanguardia, en Cienfuegos, pero fue consciente de que poca ayuda podía proporcionar allí mientras tuviera un brazo inútil. Reconoció la compasión en la mirada del médico. Era un buen hombre. Se lo agradeció. Por otro lado, estaba Modesto. Tenían que encontrarse allí; aquel lugar era su referencia. Creía haber sentido de nuevo a la diosa en su interior. Yemayá respaldó su decisión… o al menos eso le pareció. Dormía sola, en el bohío, atenta a los ruidos del exterior, a las risas, las peleas, los gritos de las pocas mujeres que quedaban.

—Dicen que es un monstruo.

Los negros acostumbraban a pasar por delante de su bohío como si fuera una apestada. En esta ocasión no fue así, y Kaweka vio sus siluetas recortadas contra el refulgir de las hogueras de la calle. Varios de ellos se tambaleaban, apoyándose los unos en los otros o empujándose mientras hablaban a gritos, atropelladamente, y se pasaban un par de botellas de aguardiente de las que bebían a morro.

—No hay mujer lo bastante monstruosa como para no abrirse de piernas…

—Siempre será mejor que un borrico.

Risotadas. Más empujones. Uno de ellos se metió en el bohío.

—Tendrá lengua —iba diciendo.

—Déjame a mí —lo adelantó otro, con una botella en la mano—. A ver dónde está…

—Tened cuidado, la lengua será de culebra, delgada y bífida —se oyó desde fuera.

Kaweka empuñó otra vez su machete, dispuesta a matarlo.

—¡Yo primero!

Se trataba de un hombre fuerte, grande, que apartó de un manotazo al de la botella.

—¡Me vas a comer el nabo! —rugió a la oscuridad de la estancia.

—Te lo cortaré de una dentellada —lo amenazó Kaweka viendo cómo se acercaba.

El hombre se detuvo de súbito. Transcurrió un segundo.

—¿Y luego me clavarás las uñas? —preguntó.

Kaweka aflojó la presión sobre la empuñadura del machete hasta casi dejarlo caer.

—¿P… Porfirio? —titubeó.

# 20

*Madrid, España*
*Mayo de 2018*

Y crees que esta tía de la ONU va a resolver lo de tu madre?

Lita contó hasta diez mentalmente antes de responder a Pablo, que le soltó la pregunta dándole la espalda, como si la estuviera rehuyendo. Ella había acudido a su casa esa noche ilusionada por la conversación con la señora Vit, que le relató con todo detalle, junto con las consiguientes investigaciones que había realizado a través de internet, pero él había permanecido escéptico, indiferente, y ahora le soltaba esa impertinencia. Lita continuaba sentada en el sofá, con el ordenador portátil abierto en la página del convenio de Durban; él trasteaba con algo que debía de haber en la estantería.

—Pues quizá… —Quiso responderle con la misma aspereza con la que él se había manifestado, pero se contuvo al comprender los problemas que también vivía su novio y que habían surgido por su causa, por haberla defendido del marqués.

Se levantó y se acercó a Pablo por detrás. Se arrimó a su espalda, apoyó la cabeza en su hombro y le rodeó el pecho con los brazos. Lo acarició.

—Lo siento —susurró—. Estoy muy afectada por todo esto. —Pablo no contestó. Lita continuó acariciándolo, pero él no respondió a sus muestras de cariño. Ella le besó la espalda e hizo ademán de descender la mano hacia su entrepierna—. Vamos a ver qué hay… —intentó bromear.

Pablo detuvo la mano y se volvió.

—Mejor que no —se opuso.

—¿No tienes ganas? —sugirió ella, provocativa.

—No, Lita. No me apetece, lo siento.

—¿Quieres que hablemos?

—¿De qué? ¿De que tu madre es hermanastra del marqués o de que me han encargado los números de una cadena de ferreterías? —repuso él, de mal humor.

—No. De nada de eso. De nosotros.

—No me reconozco ni yo mismo. Se me han venido abajo todas las ilusiones…

—¿Todas?

—Todas, Lita. En este momento soy incapaz de… no sé… —La voz de Pablo demostraba algo parecido a la desolación—. No pienso con serenidad. No duermo.

—Eres un gran profesional. Podrás encontrar trabajo enseguida —dijo ella, en parte para consolarlo y en parte porque estaba convencida.

—Tú también lo eres —repuso él, cortante de nuevo—. ¿Acaso lo has encontrado?

Se miraron unos instantes.

—¿Prefieres que me vaya? —preguntó por fin.

Él no contestó. Lita apretó los labios con fuerza, aunque no pudo impedir que su barbilla temblara. Cogió sus cosas y acertó a soltar un «adiós» que encubrió su voz quebrada.

Tardó algo más de una hora en llegar andando hasta su casa en el barrio de La Latina. Cruzó el parque del Retiro, que en esa época abría hasta la medianoche, y a punto estuvo de sentarse para llorar con calma las lágrimas que ahora vertía despacio, al ritmo de unos hipidos que no podía controlar. No lo hizo. No deseaba que nadie se interesase por ella y tratara de consolarla. ¿Qué podía decirles? «Mi novio me ha dejado. O no. No lo sé». Así que continuó andando. En cuanto se cruzaba con alguien, bajaba la cabeza y contenía la respiración, pero, aun así, había quien detenía en ella la mirada algo más de lo usual. A medio camino, cerca del museo del Prado, se detuvo, sacó el móvil y remitió un mensaje a Pablo:

«Te quiero». Respiró hondo como si hubiera arreglado el mundo, aunque las lágrimas regresaron un par de calles más allá. El teléfono de Lita no sonó esa noche.

Por la mañana tampoco había ningún mensaje de Pablo. Consiguió dormir con la ayuda de un comprimido de diazepam, lo que no le impidió levantarse a eso de las nueve después de haraganear un rato en la cama. Sara acababa de hacer café y su madre no estaba en casa. Supuso que habría salido a comprar. Se sirvió una taza y se sentó en silencio. Al aroma que inundó la casa apareció Elena, con el mismo aspecto que sus amigas. Se sirvió mientras bostezaba y se unió a ellas.

—¿Mala noche? —le preguntó Elena.

Ella se limitó a asentir con la cabeza, bufando por encima de la taza.

Las otras se mantuvieron calladas.

—¿Pasa algo? —preguntó Lita ante tan inusual falta de curiosidad.

—No.

—Nada.

No era cierto.

—¿Y mi madre?

Suponía que estaría en el mercado, peleando el precio más barato de aquello que hubiera decidido cocinar, pero el silencio con que fue recibida su pregunta la puso en alerta. Oyó ladrar a los perros, pero lejos, como si estuvieran a muchos metros de distancia.

—Al final lo han conseguido —comentó.

—¿El qué? —quiso saber Sara.

—Los vecinos, los perros. Estaban obsesionados con que se los dejásemos. —Lita se detuvo de repente—. Quizá sea una solución —apuntó—. Yo no me voy a quedar con esos dos chuchos, y mi madre tampoco podrá hacerse cargo de ellos eternamente.

—Están con tu madre —la interrumpió Sara.

—Pero están en casa de los gais —replicó Lita sin pensar.

—Sí, con tu madre —aclaró Elena.

Las tres se miraron.

—¿Mi madre está de visita? —interrogó Lita a sus amigas con cierto recelo.

—No.

Transcurrieron unos segundos.

—¿Entonces?

—¡Vale! —exclamó Sara, tomando impulso para su respuesta—: Tu madre está trabajando en casa de los gais. La han contratado para que limpie…

—¡Mierda!

Lita se volvió con rabia hacia la puerta.

—¡No lo hagas! —le advirtió Sara.

—Ha sido Concepción quien se lo ha propuesto a Vicente —aclaró Elena de inmediato—; ella les ha pedido el trabajo. Si te presentas ahí, la pondrás en un compromiso. ¿Qué vas a decirle?, ¿que no lo haga?

—¡Claro!

—¿Te pelearás con ellos?

—Lo hacen de buena fe —apaciguó Sara.

—Y a tu madre… le viene bien ese dinero.

—Toma otra taza de café —la invitó afectuosamente Sara.

—¿Y qué tal con Pablo? —inquirió Elena, interrumpiendo unos pensamientos que acicateaban a Lita a echarse a la calle para encontrar un trabajo igual que había hecho su madre.

Negó con la cabeza.

—Un desastre. Está deprimido, hundido. Que lo hayan degradado en la consultoría es como…, no sé…, como si se hubiera abierto un abismo a sus pies.

—Quizá sea así —apuntó Elena.

—¡No! —terció Sara—. Hay que pelear, uno no puede rendirse a la primera de cambio. Un tío con un par de cojones bien puestos no se dejaría amilanar tan fácilmente.

Discutieron acerca de Pablo. Lita escuchaba, intervenía poco, dudaba. En parte quería acogerse a los argumentos que lo excusaban, necesitaba hacerlo para no dar por perdida esa maravillosa relación. Se decía que debía luchar por mantenerse a su lado, por no perderlo, pero después se veía obligada a compartir algún comentario que mostraba el lado débil del chico. También eran ciertos, reconocía a su pesar, aunque podrían justificarse. Y así estaban, despeinadas, vestidas con las camisetas con las que dormían, y más café sobre la mesa, cuando la aparición de Concepción, con su bata a rayas de siempre, interrumpió la conversación. Los perros permanecían callados a sus pies, como si fueran conscientes de la trascendencia del debate.

—Podéis seguir —las animó ella.

—¿Un café? —le ofreció Sara señalando la silla desocupada.

—Está todo dicho, mamá —contestó Lita al mismo tiempo que miraba a aquella mujer que venía de limpiar la casa de los vecinos mientras ella discutía de un hombre que se quejaba de unas ferreterías. Esa era la verdad de la vida: Concepción parada delante de ellas. Concepción peleando a sus más de sesenta años. Concepción, la mulata bastarda del hijo del marqués, sonriéndoles.

—Tomaré ese café. —Se sentó haciendo caso omiso a las palabras de Lita, a la que sin embargo tomó de la mano por encima de la mesa—. Aunque cada vez lo hacéis peor —añadió con gesto de asco tras un primer sorbo—. ¿Estás segura de que está todo dicho? —interrogó a su hija.

—¡No! —se apresuró a intervenir Elena—. ¿A usted qué le parece?

Y regresaron a Pablo, esta vez con la intervención de Concepción, que repitió café y se dedicó a animar a su hija a ser benevolente con los errores y a procurar la reconciliación.

Esa tarde utilizaron una sala que compartía la asociación de vecinos con diversas entidades cívicas y asistenciales en el edificio municipal, que Elena había conseguido que les cedieran después de que un tal Joseph llamase a Lita diciéndole que lo hacía de parte de la señora de la ONU y que quería reunirse con ella. Un tablero largo, inestable, sostenido por varios caballetes y rodeado de sillas desparejas sobre un suelo laminado. Las paredes plagadas de carteles con todo tipo de reivindicaciones y efemérides. Juegos para niños recogidos en una esquina, tableros de ajedrez en otra. Fluorescentes que colgaban sobre sus cabezas, uno de ellos averiado, de luz intermitente, tremendamente molesto.

Se presentaron cuatro hombres: tres negros, mulato el otro; dos de ellos inmigrantes. Lita no quiso plantearse si tenían papeles o no. El resto eran españoles, como ella, todos miembros y directivos de la Asociación para la Defensa de los Derechos de los Afrodescendientes. Sentados a la mesa, Marcelo y José; también Sara y Elena, a las que no citó nadie pero que se añadieron «en calidad de observadoras» porque no estaban dispuestas a perderse nada.

«Una manifestación», propuso Joseph Bekele, el presidente de la asociación, una vez finalizadas las presentaciones y los comentarios. «En tres días», anunció, delante de la sede principal de la Banca Santadoma. Contaban con Lita, claro, y con Concepción, a quien lamentaron no haber conocido entonces y que había excusado su presencia delegando en Lita. «¿Qué hago yo en una reunión? —le había preguntado a su hija—. Nunca he estado en ninguna. Ya me contarás». Los acompañantes de Bekele prometieron repetir la manifestación tantas veces como fuera necesario. Convocarían a los suyos, y les apoyaba mucha gente, aseguraron cuando Lita, escéptica, preguntó quién acudiría. La historia de Concepción, le contestaron, era la de muchos de ellos: la esclavitud, la miseria, la ignorancia siempre impregnando su vida; el desprecio por aquellas limitaciones como el mayor exponente del racismo que sufrían por parte de los blancos, los mismos que les imponían todas esas barreras. La gente iría, no debía preocuparse por eso. Además, parecía haber cierto interés institucional por aquel asunto.

—¿Sabemos algo más de esa señora de las Naciones Unidas? —inquirió uno de los abogados.

Bekele asintió. Había hablado con ella y tenían interés en ese asunto. La de Concepción era la lucha de todos; de las asociaciones y oenegés que perseguían la justicia de los afrodescendientes; de los inmigrantes, y de otras muchas que se sumarían al llamamiento.

—Incluso podría haber alguna sorpresa —apuntó el presidente de forma enigmática; una afirmación que tuvo que aclarar tras la insistencia de los demás, incluidos los suyos—: Quizá contemos hasta con algún político —confesó.

Todos aplaudieron la posibilidad de aquel apoyo con entusiasmo, y allí estaban, en la fecha señalada, sin cumplir ninguno de los requisitos legales para concentrarse en un espacio público, ocupando la calle del barrio de Salamanca en el tramo al que daba la fachada principal de la Banca Santadoma, una acción que se había completado en escasos minutos desde que llegaran los primeros manifestantes, como si la gente estuviera preparada.

Eran más de quinientas personas, un gran porcentaje de ellos de color, en un día luminoso, cálido. «¡Un éxito!», se jactaron ante Lita los de la asociación. Se repartieron pancartas con consignas contrarias al racismo y a la esclavitud; una gran sábana en la que se reclamaba a los Santadoma que compensaran sus desmanes coloniales, y otras con todo tipo de mensajes injuriosos contra quienes habían levantado un imperio a costa de la explotación de los negros. Tres mujeres africanas agitaban palos en cuyos extremos habían colgado unos peluches semejantes a los yorkshires. Un grupo se había vestido al modo de los esclavos, descalzos, con amplias camisolas parduzcas y sombreros de paja, y alzaban machetes de madera. Se repartieron pitos y silbatos que la gente no dudó en utilizar entre el griterío, los insultos y los bocinazos de los automóviles detenidos: unos atrapados por sorpresa en la misma calle, y muchos más que se vieron bloqueados en el colapso de tráfico en el que se sumió el entramado de calles adyacentes.

«Paga, Santadoma, paga, paga, paga», se voceaba unas veces. «¡Volved a Cuba!». Los de la asociación impartían consignas. «¡Sacad vuestro dinero del banco del negrero!», recitaban a coro.

La policía hizo acto de presencia, pero se limitó a vigilar desde una distancia prudencial.

Lita tardó en sumarse a la vorágine. Encabezando la concentración junto a su madre y sus amigas, se sabía observada y señalada desde detrás de los cristales tintados de los ventanales de la fachada del banco. Allí se hallaban quienes habían sido sus compañeros de trabajo durante años. Y el marqués, seguramente furioso, quizá acompañado por Gil y otros directivos. ¿Estaría Stewart viendo esto? Gloria, la jefa de riesgos, seguro que sí, y Lita imaginó cómo la criticaría, lanzando todo tipo de falacias contra ella. Durante un rato eludió mirar de frente y volcó su atención en su madre, que estaba atónita, o en sus amigas, a las que veía enardecerse a medida que la tensión aumentaba. Las tres habían acudido a bastantes manifestaciones por causas muy diversas: desde las reivindicaciones clásicas feministas, las de repulsa al racismo o de apoyo a los gais y demás opciones sexuales, hasta las que promovían la exhumación del general Franco o más carriles para las bicicletas. El dictador muerto hacía un montón de años les importaba muy poco, y ninguna de ellas montaba en bicicleta, pero Elena era activista en varias asociaciones de vecinos que esperaban de ella que consiguiera apoyos, y terminaba convenciendo también a sus amigas. Fue esta quien la animó a sumarse a los gritos.

—¡Sacad vuestro dinero del banco del negrero!

Aquel se había convertido en el lema preferido de la gente. Su amiga la alentó con ambas manos.

—¡Venga!

«Sacad vuestro dinero…». Lita añadió su voz a la algarabía. Gritos unánimes que la gente acompañaba alzando los puños y golpeando el aire contra el edificio al ritmo de la consigna: «… del banco del negrero». Todos a una. Elena le sonrió. Lita descargó su puño con rabia: contra el marqués, contra Gil. Presentía que la estaban mirando a ella directamente. Golpeó el aire por su madre, que continuaba sobrecogida a su lado, por su abuela, por los negros, por los esclavos. Una cámara de televisión las filmaba a un par de metros escasos. Lita continuó gritando, fuera de sí. El cámara hizo un barrido de los manifestantes, y después, algo alejado de la gente, acudió a grabar la entrevista a un hombre. Joseph se lo indicó con un movimiento de mentón y una sonrisa, y Lita reconoció a uno de los diputados populistas de la nación que no iba a perder la posibilidad de atacar al capitalismo, a los bancos, a los ricos, a los Santadoma y a los imperialistas americanos que pretendían hacerse con el control de una empresa española, cerrando el círculo de un esclavismo que formaba parte de la triste historia de su país.

El diputado finalizó su entrevista y antes de marcharse se dirigió a Concepción, a la que saludó y junto a la que se fotografió, con Joseph al otro lado.

—Continúa luchando —la apoyó frente a varios micrófonos ante los que tuvo que levantar la voz para hacerse oír—. Esta mujer representa la injusticia que los colonialistas, los capitalistas despiadados, sembraron en toda una raza y que hoy, en el siglo veintiuno, aún pervive. Nosotros estamos al lado de todos ellos. ¡Sí se puede! —gritó alzando el puño hacia el banco.

Luego se marchó, y su despedida dio paso a la paulatina intervención de la policía, como si las fuerzas del orden hubieran estado esperando a que el político desapareciera de escena. No eran antidisturbios; se trataba de agentes que confiaban en la disolución pacífica de los manifestantes, o la tenían pactada, como concluyó Lita al oír las palabras de Joseph tras el primer requerimiento de las fuerzas del orden.

—Debemos terminar —anunció este.

La gente estaba exaltada, aunque contenta. Tras muchos gritos, insultos y abucheos, el acto había perdido la gravedad de una protesta para adquirir un tono festivo, y con ese espíritu se respondió cuando se instó a disolver la manifestación.

Los que iban disfrazados de esclavos se arrodillaron con las manos entrelazadas y, en tono histriónico, rogaron a los miembros de la asociación que no los maltrataran. Muchos otros se añadieron a las súplicas. El banco ya no era el objetivo. Los periodistas, que daban el acto por concluido, volvieron a montar sus cámaras y micrófonos. Ahora la gente reía y aplaudía. Uno de los de la asociación quiso levantar a una supuesta esclava tomándola del brazo, con cuidado. La otra se dejó y en cuanto estuvo en pie, besó al joven. Sonaron vítores y aplausos. La pareja no se separaba, chico y chica seguían abrazados, como si bailasen. Así lo interpretó parte de la gente que los rodeaba, que también se puso a danzar a su alrededor. En un instante sonaron palmas y se entrechocaron objetos a manera de claves. Un batiburrillo, una confusión de ritmos, sonidos y hasta cantos que, no obstante, impulsaron a muchos de los presentes a moverse, a bailar, cada cual a su aire, en una mezcolanza de razas y colores, sinfonías y movimientos.

Los policías no podían reprimir una sonrisa. Los reporteros gráficos iban de un lado al otro, filmando y fotografiando. Las pancartas en el suelo, los yorkshires de peluche en sus palos saltando de arriba abajo con frenesí, las reivindicaciones olvidadas. Lita sintió que flotaba en aquel caos de armonías. Las piernas le exigían bailar. Se asustó y miró a sus amigas en el momento en que todo su cuerpo cobraba vida propia y respondía a la llamada. Sara y Elena le devolvieron la mirada, una con los ojos desorbitados, la otra con la boca abierta, las dos recordando sin duda a una Lita poseída en el patio de la ermita de Regla.

Y Lita bailó.

Y aquella danza arrebatada, delirante, en la que Yemayá se mostró ebria de poder, sensual hasta incendiar fantasías, displicente con cuantos hombres osaron acercarse a ella, y despectiva, tremendamente desdeñosa, con las miradas como la del marqués de Santadoma que se escondía detrás de su trinchera áurea, apareció reproducida en programas de televisión junto a las imágenes de una nutrida manifestación de negros que empezaban increpando a los banqueros para terminar reclamando justicia entre bailes y cánticos. El plano de un policía sonriendo transmitía la idea de que su tolerancia legitimaba la reivindicación. El diputado populista y Concepción saludándose. La diatriba del político contra la esclavitud, el sistema capitalista, los privilegiados y la lacra esclavista que había degenerado en unas injusticias sociales que dejaban sentir sus efectos en el siglo XXI.

Al cabo de unos días se repitió la concentración, esta vez sin la presencia de Lita ni de Concepción y sin el apoyo formal de la asociación. Algunos, equivocadamente, sostuvieron que fue espontánea. Pocas personas, jóvenes la mayoría, muchos de ellos enmascarados, reemplazaron los bailes y las fiestas por provocaciones y pintadas en la fachada del banco, piedras contra los cristales y carreras ante la aparición de la policía.

El ataque se repitió en varios lugares a lo largo de la geografía española. En diversas ciudades, sucursales de la Banca Santadoma amanecían con pintadas contra el racismo y la esclavitud, con los cajeros automáticos reventados y las lunas rotas.

—¿Qué es lo que pretendéis? —la pregunta la lanzó en un tono nada amable, agresivo incluso.

Lita observó a Pablo. Ella había decidido insistir: iba a visitarlo a su casa y hasta había conseguido que hicieran el amor, aunque el resultado fue insatisfactorio, rutinario, vulgar, como acostumbraba a ser en los últimos tiempos.

—No entiendo a qué te refieres.

—A todo esto que está sucediendo con la Banca Santadoma. ¿Qué ganas tú con desprestigiar a la institución? Iría incluso contra tus propios intereses si lo que quieres es una parte de la herencia.

Lita ya lo había pensado, ciertamente. «Dinero de sangre». Aquel era el nuevo lema de las gentes que se apostaban a las puertas de las sucursales y trataban de convencer a quienes entraban y salían de ellas para que dejaran de trabajar con esa entidad. «¡Dinero de sangre!», les recriminaban, equiparando el negocio de los Santadoma con el de las gemas extraídas por esclavos en las minas de países africanos en guerra.

En una época en que la conciencia social se hallaba exacerbada, y se barajaban conceptos como ecología, sostenibilidad, reciclaje y prohibición de la mano de obra infantil y esclava en la fabricación de los productos, la posibilidad de juzgar a un banco por el origen de su capital, tal y como se hacía con los diamantes y sus certificados de garantía, cristalizó entre el ideario común como un ejercicio de responsabilidad. Lita sabía —se lo habían comentado los abogados, que vivían aquella guerra como si hubieran regresado a una época de conflictos estudiantiles— que esa campaña después pasaría a los comercios.

Así fue.

Los muchos restaurantes étnicos y tiendas de productos africanos o de países fuente de migración fueron los primeros en añadir en sus cartas y escaparates una pegatina roja rechazando el uso de las tarjetas de crédito emitidas por la Banca Santadoma. «Dinero de sangre», se leía a lo largo de una franja negra que tachaba la tarjeta con el logotipo del banco. A la campaña se fueron añadiendo otros establecimientos comerciales, algunos de forma voluntaria y otros no tanto: muchos se limitaban a no despegar el adhesivo que alguien había colocado en sus escaparates durante la noche.

Los analistas profesionales observaban con preocupación, incluso interés, aquel movimiento popular destinado a horadar el prestigio de los Santadoma, hechos que indefectiblemente aparecían en los medios solventes y especializados donde se especulaba con las consecuencias de todo ello para el valor real del banco. Las acciones en bolsa no podían bajar puesto que la cotización estaba suspendida, pero todas las previsiones económicas en las que se fundamentaban los diferentes contratos, el precio que se habían comprometido a pagar unos y a cobrar otros, se vendría abajo si los clientes desertaban del banco y la confianza del público caía. Toda institución financiera se basaba en su imagen, en su crédito.

—El marqués tendrá que ceder un día u otro —contestó ella a Pablo—. Lo único que puedo hacer es presionar.

—¿Estás segura de que los intereses de todas esas asociaciones de negros e inmigrantes que están detrás de los disturbios contra los Santadoma coinciden con los tuyos?

—Inmigrante lo fue mi madre y negras somos las dos —repuso Lita sin pensar—. ¿Por qué no vamos a compartir afinidades con todos esos que dices?

Fue el día con que peor impresión se marchó del piso de Pablo. El estudio en el que se desarrollaba su tesis doctoral, hasta entonces pulcro y ordenado, se veía ahora revuelto, con hojas de papel esparcidas por el suelo, como si el hombre al que amaba hubiera renunciado a su sueño. Esa noche no hubo llantos mientras cruzaba el parque del Retiro, sino ira y rabia; Pablo había traspasado una frontera que no creía que llegara a superar nunca: la raza. Esa noche había ido decidida a invitarlo a la comida que tenía concertada para el día siguiente con Joseph Bekele. Deseaba hacerle partícipe de su situación, de sus problemas, pretendía escuchar sus consejos y compartir con él un momento tan trascendental en su vida con la idea de que quizá eso volviera a unirlos en torno a una causa común. Pero el desprecio con el que había puesto fin a sus palabras fue lo único de él que la acompañó al encuentro pactado con Bekele. Acudió con Concepción, a la que logró convencer de que su opinión era importante, a un restaurante situado a pocas manzanas de donde vivían ellas, en el mismo barrio de La Latina; era un local étnico, decorado con enseres típicos, cuadros coloridos y cestas de mimbre, fotos de África y figuras talladas en madera.

Por su color de piel la gente daba por supuesto que les gustaba la comida con raíces africanas, y en varias ocasiones Lita se había recreado advirtiendo que ella era mulata, sí, pero tan española como cualquiera, y que le apasionaba el jamón ibérico y la tortilla de patatas. Con Joseph Bekele no se atrevió a mantener esa postura; el hombre transmitió una ilusión desbordante por invitarlas a comer a un restaurante en el que, sostuvo, todavía conservaban algo del alma de la cocina de aquellas tierras, etíopes, puntualizó, aunque él hundiera sus raíces en Nigeria.

Lita dudó que un pollo comprado en el mercado de la plaza de la Cebada de Madrid, a escasa distancia de aquel local, tuviera similitud alguna con otro adquirido en cualquiera de los puestos callejeros de Adís Abeba, aunque el picante y las abundantes especias conseguían que sus almas, con toda seguridad de diferente color, se fundieran en una sola.

Joseph Bekele, un hombre negro que rondaría los cincuenta, fontanero de profesión, logró, sin embargo, que aquella mezcla explosiva de sabores poco usuales pasara desapercibida ante la pasión con la que afrontaba las cuestiones que afectaban a los afrodescendientes.

—No os molestéis —comentó en un momento determinado, tras lamentar las muchas muertes de los africanos que trataban de cruzar a Europa en busca de un mundo mejor— si os digo que muchos de ellos habrían dado un brazo por haber tenido tu vida, Concepción, y sobre todo por que sus hijos hubieran gozado de tus oportunidades y se hubieran convertido en una mujer como tú, Lita.

—Eso es lo que yo le he dicho siempre —intervino Concepción—, los marqueses nos trataron bien.

Lita perdió tiempo con la comida: *doro wot*, pollo estofado, picante hasta quebrar la resistencia al ardor más intenso, como si fuera una prueba, y aderezado con un sinfín de especias, algunos de cuyos nombres no era capaz de repetir. Se sintió observada por Joseph mientras tomaba un pedazo de *injera*, una torta amarga de un cereal característico etíope, y cogía carne con salsa de una fuente compartida. Comían con las manos, y Concepción se desenvolvía con una naturalidad que sorprendió a su hija.

—A veces lo hacía con tu abuela —le dijo, dejándola aún más asombrada, pero Lita permanecía pensativa.

—Lo siento —se adelantó Bekele creyendo que aquella actitud se debía a sus palabras—. No quería ofender...

—No —lo interrumpió Lita. Había intervenido con la boca llena. Se la tapó con la mano y esperó hasta tragar por completo para continuar—. Supongo que es cierto, pero entonces ¿a qué viene ese interés en nosotras? Vuestra asociación debe de tener problemas mucho más importantes, y tampoco creo que os sobren recursos.

—No te engañaré: los tenemos. Y es cierto, nos faltan recursos, muchos. Gente sin vivienda, sin trabajo, sin comida...

—¿La mujer de la ONU nos apoya?

—Sí y no. Efectivamente, el alto comisionado tiene interés en este asunto. España incumple el Tratado de Durban con respecto a los afrodescendientes, y las conclusiones alcanzadas por el grupo de expertos en el examen al que recientemente se ha sometido a este país son en efecto desoladoras. La invisibilidad de los afrodescendientes españoles es una constante en esta sociedad. —Lita escuchaba con atención, mordisqueando distraídamente el pedazo de pan de *teff* que le había sobrado—. Aquí, en España, las autoridades consideran que la discriminación y la exclusión se dirigen mayoritariamente contra los inmigrantes llegados de África, que no existe intolerancia hacia los afrodescendientes nacidos en España.

—¡Joder! —exclamó Lita.

—¡Niña! —la regañó Concepción.

Ella no hizo caso:

—Yo no llevo ningún cartel diciendo que he nacido en España y puedo asegurar que las muestras de racismo y discriminación son diarias. Solo hay que poner un pie en la calle.

—Es así —coincidió él—. Los españoles no tienen conciencia de su racismo contra los afrodescendientes nacidos aquí. Y uno de los grupos que más sufre esa invisibilidad, muy numeroso y que se destaca en el informe de la ONU, es el de las mujeres que se dedican a los trabajos domésticos.

—Como tú —añadió Lita dirigiéndose a su madre.

Joseph asintió, igual que lo hacía Lita, ella pensativa y repentinamente turbada. Sí, su madre había llevado una vida anodina y trivial, metida en una casa sirviendo a unos personajes insoportables y sin que nadie se fijase en ella. Se sintió mareada al pensar que quizá ella había sido la primera en tratarla como si fuera invisible.

—¿Te ocurre algo? —interrumpió sus remordimientos Bekele.

—El picante —se excusó ella.

Joseph se dirigió a Concepción:

—Tú eres una de esas trabajadoras domésticas: jornadas interminables y condiciones abusivas. ¿Me equivoco?

—Había gente que vivía mucho peor que nosotras —sentenció, sin embargo, Concepción—. Ni a mi madre, ni a mí ni a mi hija nos faltó nunca un techo y comida.

—No se está refiriendo a eso, mamá. ¡A los esclavos tampoco les faltaba techo y comida ni...!

—¡No compares, Lita, por Dios! —la interrumpió su madre, lo cual se repetiría más veces.

—Sí. Sí que lo hago. Se trata de dignidad. Se trata de que eres una persona igual que el marqués, que doña Claudia, que cualquiera de ellos...

—Hija...

—No. No quiero escuchar una vez más que ellos son diferentes. ¿Por qué no te mandaron a ti también al colegio...?

—Era otra época, hija...

—¿Los sesenta en España? Las mujeres estudiaban. Había abogadas y médicos, y secretarias y enfermeras, muchas. A ti te pusieron a servir, día y noche.

Bekele las observaba.

—Si no estás convencida, Concepción... —apuntó viendo que madre e hija se mantenían en silencio.

—Como dice mi hija, solo soy una criada...

—Mamá —la interrumpió Lita—, no quería decir eso.

—No, no. Es la verdad. Y no debemos avergonzarnos. Yo no lo hago y espero que tú tampoco, pero reconozcamos que no sé de todas estas cosas de las que habláis. Señor Bekele, haré exactamente lo que diga mi hija.

—Me alegro, Concepción. Lo terminarás entendiendo, seguro. Nos encontramos con un caso concreto de discriminación real contra afrodescendientes de nacionalidad española, pero con la concurrencia de una circunstancia aún más importante... —Joseph dejó transcurrir unos segundos, a la espera de que fuera Lita quien la apuntara—. En esta ocasión tenemos culpables con nombre y apellido —añadió ante el silencio de la hija—: los marqueses de Santa...

—Santadoma.

—Esos. Escuchad: ¿a quién culpamos de la miseria, la ignorancia y la enfermedad de un niño de Nigeria o de Etiopía? ¿A la sociedad occidental? ¿Al capitalismo? ¿A la corrupción de unos líderes apoyados por las multinacionales? No podemos señalar a nadie concreto, a personas determinadas. La gente no quiere sentirse culpable, y tampoco lo son, reconozcámoslo, y ante las desgracias y las catástrofes se limitan a donar unos euros a una oenegé para tranquilizar así su conciencia. Es casi un discurso agotado, ¿no? Cansino. Más y más migrantes hambrientos. Más y más hombres desahuciados que acuden en busca de fortuna. ¿Qué culpa tienen ellos? ¿Quién la tiene? Nadie y todos. —Lita le escuchaba encogida; Concepción, pensativa—. Sin embargo, contigo sí sabemos quién es el responsable último de tu situación...

«Yo misma», estuvo a punto de exclamar Lita. Aquella conversación la estaba resquebrajando. Porque ella había vivido al amparo de su madre: había dormido, comido y estudiado gracias a ella. Concepción se había entregado con generosidad, y a cambio solo había recibido ingratitud, un complejo de inferioridad con el que

Lita cargaba y del que era incapaz de desprenderse. Quizá no se lo hubiera recriminado directamente nunca, pero ahora se sintió despreciable por todas las veces en que pensó que su origen humilde suponía una rémora en sus relaciones profesionales y sociales. ¡Debería haberse enorgullecido por contar con aquella madre! Así las cosas, ¿quién era la auténtica responsable?

—Los Santadoma —afirmó Joseph, retomando el hilo de una intervención que había dejado en el aire—. Esclavistas. Colonialistas. Potentados que fundamentan su posición y su riqueza en la explotación histórica de los afrodescendientes. Gente que, contigo, Concepción, ha prolongado los efectos de la esclavitud. Racismo puro. Intolerancia. —Bekele iba enardeciéndose a medida que hablaba—. Xenofobia. Discriminación racial...

Había levantado la voz en exceso. Los comensales de las otras mesas los miraban.

—Perdón —se excusó con Lita y su madre—. Perdón —se excusó con el resto de los clientes—. Hay que machacar a esa gente —susurró después, aunque con un deje de autoridad en el tono—. Hay muchos otros como ellos en el mundo. Quizá no tengan criadas de color traídas de Cuba como los Santadoma, y perdonad la crudeza —intercaló por la alusión a Concepción en tales términos—, pero sí que disfrutan, hoy, en el siglo veintiuno, de las riquezas que obtuvieron esclavizando a los nuestros. Todos esos deben saber que estamos aquí. Que peleamos. Que los vamos a señalar. Que merecemos reparaciones.

—¿Y eso cómo se hace? —inquirió Lita.

—Mostrándoles cómo la descendiente de una esclava reclama lo que es suyo. Y lo consigue, porque tú lo conseguirás. Tienen que temernos, Lita. Hay que robarles el sueño, el descanso, la tranquilidad; que les inquiete la posibilidad de ser los siguientes. Que se vean reflejados en los Santadoma y sufran el desasosiego de verse social y económicamente perseguidos.

—Pero son cosas que pasaron hace mucho tiempo —apuntó Concepción como si lo pensara para sí.

—Puede que pasaran hace tiempo, sí —arguyó Bekele—, pero son tremendamente actuales. Estamos viviendo el decenio por los derechos de los afrodescendientes, y se alargará hasta 2024. Aunque eso no terminará ahí. Antes no pudimos luchar, éramos débiles, estábamos sometidos; hoy, por más tiempo que haya transcurrido desde que nos esclavizaron, sí que podemos hacerlo, y lo haremos, Concepción, lo haremos.

A partir de esas explicaciones, las dos mujeres se vieron abrumadas por las referencias que Bekele hizo a asociaciones de afrodescendientes, comités de defensa de los derechos humanos y oenegés que, según aseguró, estaban dispuestas a colaborar en la defensa de los derechos de Concepción.

—¿Estás seguro de que se interesarán por este caso?

—Segurísimo, Lita. Es su lucha. Y tú, Concepción, puedes ser su bandera. Ya he hablado con muchas de esas instituciones. Nos conocemos bien. No pueden dar dinero, pero se moverán, trabajarán, se manifestarán con nosotros, presionarán.

El picante del pollo fue sustituido por el dulzor excesivo del «pan con miel» que sirvieron como postre, una especie de bizcocho de leche y miel al que acompañaba una jarra de *tej*, hidromiel típico de Etiopía, también dulce, a base de agua, miel y hierbas.

Picante abrasivo, dulzor empalagoso. Sensaciones gustativas extremas a las que Lita se sometió con discreción por no ofender a su anfitrión. En aquel encuentro, igual que sucedía con la comida que les habían servido, todo parecía excesivo, impactante, como las promesas y el compromiso entusiasta de Bekele que Lita decidió aceptar sin más preguntas, una actitud a la que se entregó tras unos tragos de *tej*, una bebida traicionera cuyo dulzor enmascaraba el alcohol.

—¿Estás de acuerdo, mamá?

—Sí, hija, por supuesto.

Y para asombro de Lita, Concepción dio un buen sorbo de *tej* seguido de un hipido que trató de reprimir sin éxito, lo que provocó las risas de Bekele y de su hija.

—Nada que ver con un buen ron de caña añejo…

—¡Mamá!

Lita jamás la había visto beber.

—A tu abuela le encantaba y de cuando en cuando me ofrecía

un sorbito. Luego falleció y… —Concepción dio otro buen sorbo de *tej*—. Nada que ver, no —reiteró. Entonces se levantó—. Llego tarde —se excusó.

—¿Adónde?

—A casa de los vecinos, cariño. Y tampoco me gustaría llegar piripi.

Bekele se volcó en elogios hacia Concepción una vez esta hubo salido del restaurante, mientras Lita se debatía entre sentimientos encontrados al ver cómo su madre se iba a trabajar mientras ella trataba de arreglar el mundo: la una fregaría el suelo de los vecinos, la otra especularía con indemnizaciones por la esclavitud colonial de hacía un centenar de años. Optó por refugiarse en el pan de miel hasta que el empacho superó cualquier sensación de agobio.

—¡Buf! —resopló entonces.

—Sí —reconoció Bekele—. Quizá sea algo pesado después de una comida, pero a mí, cuanto más envejezco, más me gusta el dulce, aunque entiendo que a los jóvenes os empalague.

—Bueno, con algo de ejercicio… —trató de restarle importancia ella.

—¿Un buen baile? —La sorpresa debió de reflejarse en el rostro de Lita, porque Bekele sonrió y continuó—: Te vi en la manifestación frente al banco. Bueno, te vio medio mundo… ¡Saliste en la televisión!

—Y en internet.

—Sí.

—Fue vergonzoso —dijo ella, apesadumbrada.

—En absoluto.

—No me reconocí. No acostumbro a comportarme de esa manera tan estrafalaria.

—Ya.

—Fue desenfrenado, obsceno —insistió.

—Cierto, pero ya sabemos que a los dioses no se los puede controlar, y mucho menos reprimir. —Y tras unos instantes de silencio, preguntó—: ¿Yemayá?

—Sí —se escuchó decir Lita, sorprendida.

—Estaba claro.

Joseph sabía de *orishas*, de la religión de los negros, la nigeriana. Conocía, participaba y hasta estudiaba todos aquellos aspectos de una cultura que no debían permitir que feneciera debido a la diáspora y la occidentalización de miles de jóvenes que abandonaban África persiguiendo la quimera que les prometía la sociedad blanca. Le ofreció ayuda. Lita bebió un trago largo de *tej*; prefería no hablar de ello. Joseph insistió. No podía negarlo: ¡irradiaba magia mientras bailaba! ¡El espíritu de los dioses la envolvía! Ella bebió más. Él apartó la jarra de su alcance con un mohín cariñoso. Era difícil entenderlo, dijo a modo de consuelo, pero más todavía aceptarlo cuando le afectaba directamente a uno mismo.

—Aunque yo daría cuanto poseo por poder disfrutar de experiencias como la que viviste tú el día de la manifestación —confesó con sinceridad. Lita torció la cabeza, atenta—. Ser poseído por nuestros dioses tiene que ser como alcanzar el éxtasis místico de los santos cristianos —afirmó agitando las manos—. Comulgar con… con nuestros ancestros.

—Pero esos dioses terminan dominándote —se desahogó Lita—. No me gusta perder el control de mí misma.

—Las religiones siempre nos dominan, ¿no crees? —arguyó Bekele—. Así ha sido durante siglos. Influyen en nuestra forma de actuar, la limitan, nos ofrecen principios y valores que nos vemos obligados a seguir. Los hay que incluso matan en nombre de la religión: terroristas fundamentalistas, fanáticos.

—Pues eso es precisamente lo que no quiero que me suceda.

—Ya. Sin embargo, piensa que esos yihadistas no han visto a Alá más que cuando están drogados, si es que llegan a verlo incluso entonces. Matan en la confianza de que efectivamente su dios exista y los premie con el paraíso y las huríes que los harán felices durante mil años. —Joseph cayó en el silencio, como si sopesase la posibilidad de que existiera ese lugar idílico—. Pero tú… —la animó de repente con las manos—, tú sí que ves a los dioses. Tú sabes de ellos. Eso no tiene parangón, para mí es inimaginable.

—Pues a mí me da miedo. Preferiría no ver a ningún dios —sentenció Lita.

—Eres una privilegiada. No temas; no te harán daño. Siéntelos. Disfruta de la magia.

Luego permanecieron en silencio durante un rato. Lita apuró el vaso de *tej*; quedaban solo unas gotas, pero necesitaba hacer algo, por trivial que fuese, para escapar de una tensión que parecía recaer en ella.

—En fin —dijo Joseph—, estoy a tu disposición. Acude a mí si necesitas algo. Creo que podría ayudarte en tu relación con... ellos. En cuanto a lo de tu madre, eso sigue su curso. Lo lograremos, sin duda.

Y entonces Joseph le sirvió un vaso colmado de *tej*, se levantó y se excusó diciendo que él también tenía que trabajar. Lita y su madre estaban invitadas, por supuesto, agregó antes de cogerle la mano y apretársela con gratitud y respeto, como si le debiera un mundo.

Lita regresó a casa ya iniciada la tarde. Lo hizo andando pausadamente, persiguiendo una brisa que la reconciliara con la joven que había entrado a comer en un restaurante étnico del que había salido ebria, en parte por el alcohol que aún pesaba en sus piernas y entorpecía sus pasos, pero también por la verdad en la historia de los negros explotados cuyos efectos perniciosos llegaban a alcanzar incluso a su madre y quizá a ella también; por el compromiso en la lucha, y por los dioses que montaban a las personas y explotaban dentro de ellas en bailes frenéticos.

Abrió la puerta del piso notando todavía la calidez del apretón de manos de Joseph. No parecía haber nadie, pero ni siquiera lo comprobó y se dejó caer en el sofá del salón.

Despertó a media tarde en una casa silenciosa, con el sol de primavera colándose por la ventana para hacer brillar las motas de polvo, casi ingrávidas, en un entorno que le ofrecía la suficiente complicidad para afrontar con lentitud la sequedad de boca y el tremendo dolor de cabeza que la llevó a repudiar el *tej* y todo lo etíope. «Nunca más», se dijo, como siempre que caía en una condición tan deplorable. Esperó quieta. Estaba sola en el salón. Escuchó la casa: ni madre, ni amigas ni perros. Nadie.

Hizo ademán de levantarse, pero se dejó caer de nuevo en el sofá. Repasó los acontecimientos del día y resopló: su madre debía de estar trabajando en la casa de los vecinos, o comprando, o buscándose la vida mientras ella dormía borracha la tarde de un día laborable. ¿Y si no tenían éxito sus reclamaciones? ¿Qué sería de ellas si los Santadoma no cedían? Sara y Elena las habían acogido, pero esa situación no podía alargarse mucho más de lo imprescindible. Mientras se mantuviera esa tensión frenética creada alrededor de ellas, no habría problema, pero luego todo se haría rutinario y la realidad saldría a la luz. Una realidad que indicaba que no cabían en ese piso, que los perros molestaban, y que ellas no pagaban, ni las otras disponían de mucho dinero. ¡Necesitaba encontrar un trabajo! La angustia llevó a Lita a levantarse y pasear por el salón; movió las piernas, consiguiendo que la sangre fluyera hasta su cabeza. Entró en su dormitorio y un impulso la llevó a coger la caja del collar de cuentas. No le había hablado de él a Joseph e ignoraba si llegaría a hacerlo algún día. El hombre creía firmemente en todo aquello. ¿Y si era cierto y existían todos esos dioses negros y por una u otra razón la habían elegido a ella? Se lo colgó al cuello, por primera vez desde que lo había encontrado en el escritorio del marqués en el sótano.

Era una privilegiada, le había dicho Joseph, y al recuerdo de sus palabras se irguió. La torpeza que atenazaba sus músculos y sus sentidos desapareció de repente. El collar quemaba en su pecho. Hasta entonces había rechazado los hechizos, devolvía el collar a su caja, turbada, y buscaba explicaciones racionales. Sin embargo, esa tarde aguantó la conversación que parecía querer entablar con ella aquel objeto misterioso. «Siéntelos. Disfruta de la magia», la había animado Joseph. Lita quiso sentirlos. «No te harán daño», le había asegurado también. Pero en eso se equivocaba, porque en cuanto se entregó al poder que emanaba de aquellas cuentas, se vio transportada a un mundo de dolor y sumisión, de látigos y sangre, de lamentos en forma de canciones monótonas, y sintió explotar en su cabeza el inmenso sufrimiento de la esclavitud y la tristeza de infinitas almas.

Lita cayó sentada en la cama y agarró el collar con una mano, presta a arrancárselo, pero el mismo tormento que oprimía su pecho hasta hacerle difícil la respiración se enredó con una especie de hechizo que la obligaba a dejarse llevar a la sima por la que vagaban los espíritus de los esclavos. De la mano de algún dios desconocido para ella, Lita se mezcló con todos aquellos seres cuya vida se había convertido en trivial, secundaria, accesoria a la de los blancos que se consideraban superiores.

Lita supo del enfado de ese dios que no pudo proteger a los suyos, que presenció cómo sus vidas plenas, iguales a las de cualquier otro ser humano, terminaron confundidas con las de los animales.

El ruido de la puerta al abrirse y el correteo de los perros despertaron a Lita de su viaje con los dioses.

Sudaba. Jadeaba. Lloraba.

# 21

*Puerto Príncipe, Camagüey, Cuba*
*Febrero de 1878*

En el momento en que una comisión de la República de Cuba en Armas firmaba la capitulación de las fuerzas rebeldes en el cuartel español de San Agustín del Zanjón, a escasos cuarenta kilómetros de Puerto Príncipe, Kaweka se hallaba acampada en las cercanías de la ciudad, a no más de diez kilómetros, en un lugar conocido como Guayamaquilla, una zona cercana a aquella donde también había acampado tres años antes, cuando Modesto los guio desde Júcaro para unirse a las fuerzas del general Gómez que se aprestaban a cruzar la trocha con el objetivo de llevar la guerra hasta el occidente de la isla.

Entonces había recorrido aquellas tierras al mando de una compañía mermada por la traición de Sabina y los que se habían quedado con ella en la ciénaga de Júcaro, pero con hombres que la obedecían y la respetaban, igual que lo había hecho el comandante Lino al nombrarla sargento y entregarle el uniforme que, raído y mil veces remendado, todavía vestía. Sin embargo, los galones que antes lograban causar pánico en los ingenios y aunar tras ella a soldados y libertos, ahora tan solo originaban burlas y chanzas ocasionales entre los hombres que se movían en el campamento.

—Negra, ¿dónde has robado esos galones?

—¿Ahora nombran sargento a las mujeres mancas?

Porfirio la había protegido desde que se encontraron en Jatibonico, cuando ella se unió a la compañía en la que se encuadraba el negro, consciente de que no podía seguir esperando a Modesto en un campamento fantasma, que había sido abandonado por las tropas regulares y se había convertido en refugio de ladrones y delincuentes. Porfirio y los suyos se dedicaban más al robo y al saqueo que a la guerra, pero, aparte de dar algún manotazo cansino al aire o emitir un gruñido de desaprobación, él no intervenía ante los insultos de los demás.

—Con suboficiales tullidas como tú es normal que tengamos que rendirnos —le espetó a Kaweka un negro que estuvo a punto de pisarla al pasar a su lado.

Porfirio negó con la cabeza antes de replicar:

—Mejor rendirse que esperar a que acaben con nosotros.

—Dicen que los españoles nos liberarán —intervino un tercero, sentado con ellos en círculo alrededor de un fuego apagado.

Ese era el rumor que corría entre las filas del ejército rebelde, y todos esperaban que se cumpliese tras la firma de un documento que los cubanos calificaban eufemísticamente de pacto o convenio, pero que el general español Martínez Campos llegó a reputar como capitulación sin reservas.

Martínez Campos había desembarcado en La Habana a principios de noviembre de 1876 para ponerse al mando del ejército español, de los hombres ya destinados en la isla y de otros veintiún mil con los que la metrópoli decidió reforzarlo. España acababa de dar por finalizado el tercer y último de los levantamientos carlistas, unas guerras políticas y sucesorias que habían asolado la Península durante gran parte del siglo, sangrando arcas y milicia, por lo que, a diferencia de los contingentes que hasta entonces habían llegado a Cuba, bisoños y cándidos, muchos de los soldados que acompañaron al nuevo general gozaban de experiencia en combate; eran hombres curtidos en la contienda.

Sin embargo, el general español no solo aportó una tropa y unos recursos temibles, también varió sustancialmente la consideración hacia el enemigo y primó la diplomacia y la negociación, tratando con cortesía a los mandos rebeldes en conversaciones que hasta entonces siquiera habían llegado a tener lugar, hasta sustituir las ejecuciones sumarias por el respeto a los prisioneros.

Fuerza y magnanimidad: dos virtudes que vinieron a horadar la moral y las convicciones de un ejército rebelde cuyos mandos, caudillos locales, se encontraban enzarzados en rencillas internas, enfrentados también con los políticos revolucionarios, y sin armas ni ayuda exterior.

Martínez Campos fue implacable en la batalla, inicialmente centrada en la zona de Las Villas, allí donde Kaweka había arrasado los ingenios, y cuya pacificación dio por finalizada a los pocos meses de su llegada a Cuba, saltando entonces al oriente de la isla, cuna de la revolución. Las derrotas de los rebeldes fueron constantes, aunque a costa de importantes bajas entre las filas españolas, y las deserciones, masivas.

La confluencia de todas aquellas estrategias y circunstancias derivaron en que ese día de febrero de 1878 los miembros del gobierno revolucionario estuvieran suscribiendo el llamado «Pacto de Zanjón» por el que, en virtud de la capitulación del ejército revolucionario, España indultaba a los insurrectos y olvidaba los delitos cometidos desde el inicio de la guerra en 1868, y asimismo concedía la libertad a los esclavos y los colonos que peleaban en las filas rebeldes.

Unos y otros, negros y chinos acampados en los alrededores de Puerto Príncipe, estallaron en júbilo a medida que se confirmaba la noticia. Porfirio y los suyos no fueron menos. Aunque los blancos no conseguían la independencia de España por la que los habían arrastrado y sacrificado en aquella guerra cruenta, ellos consolidaban ese estatus de libertad con el que los hacendados de Oriente los habían tentado para formar parte de una revolución ajena a sus intereses, y obtenían su condición de libertos en un entorno de paz, para toda la isla y frente a todos los cubanos.

Nadie sabía de dónde, pero por ensalmo aparecieron botellas de ron y aguardiente, tabaco y hasta comida. La fiesta estalló por los campos, ocupados hasta por mil personas, quizá más. Sonaron tambores, pero también güiros y zambombas, maracas, pitos, sonajas, campanillas y hierros o rejas de arado a los que se golpeaba con un palo metálico. Se elevaron los cánticos y los bailes se multiplicaron.

Kaweka ya no participaba en ellos. Su brazo izquierdo, inválido, no solo le impedía pelear con destreza por más que hubiera entrenado el derecho, sino que dificultaba sus movimientos, la desequilibraba en la vorágine y la hacía trastabillar e incluso caerse. Intentó superarlo, pero sus caídas no solo originaron carcajadas, sino que alejaron de ella a la diosa, como si esta se avergonzara de su torpeza y rechazara su cuerpo para bailar, algo que Kaweka llegó a entender: ya no era digna de acogerla. Falló como sanadora: los dioses tampoco la acompañaban en aquellas tareas y perdió confianza, la propia y la de los demás. Durante el tiempo que llevaba con Porfirio no había tenido contacto con Yemayá, por lo que no sabía nada de su hija. Tampoco había tenido noticia alguna del emancipado, y durante las noches, cada día más negras, más oscuras y siniestras, se angustiaba ante la idea de que ambos hubieran muerto.

Modesto había aparecido y desaparecido de su vida en varias ocasiones, lamentó Kaweka, apartada del alboroto, aunque lo cierto era que tampoco le gustaría que la viera así: lisiada por la guerra, esquelética por el hambre y repudiada incluso por los dioses; un espectro de la mujer que conociera en La Merced. Los hombres ni siquiera la pretendían. Intentó complacer a Porfirio, pero sus maniobras resultaron burdas, ordinarias incluso para alguien que disfrutaba del dolor. El hombre la apartó y la consoló, como si con aquella acción, tan impropia en un esclavo fuerte y violento, compensase en algo el placer frustrado.

En esa noche de celebración, Porfirio se acercó al árbol bajo el que ella se escondía de la alegría generalizada con un pedazo de queque, un bizcocho de harina de plátano verde y boniato, y una botella de aguardiente de la que casi la obligó a beber.

—No entiendo tu tristeza —le dijo cuando ella le devolvió la botella—. Lo has conseguido. ¡Hemos conseguido la libertad! Los blancos han perdido su guerra y nosotros hemos ganado la nuestra. Somos libres.

—¿Pedro José también? —le recriminó ella.

—No sé nada de Pedro José. Quizá lo sea, o lo será, o tal vez muera esclavo, no tengo ni idea. Lo que sé es que Jesús, que sí bajó del barco, murió por él... Por nosotros.

—¿Y los esclavos de los ingenios de Occidente?

—¿Y los esclavos de África? —saltó él—. ¡No puedes arreglar el mundo!

—Los blancos siguen jugando con nosotros, disponiendo de nuestras vidas y de las de los nuestros —rebatió ella.

—No te engañes, Kaweka. Esta guerra no ha finalizado porque los rebeldes la hayan perdido en el campo de batalla. Eso es lo que dicen y de lo que tratan de convencernos. —Kaweka se sorprendió y lo interrogó con la mirada—. Los blancos se han rendido porque la guerra había dejado de ser por la independencia de España para convertirse en un conflicto entre blancos y negros, una simple guerra de razas, y eso no lo admiten los blancos, los nuestros, los de nuestro ejército, los de nuestro gobierno. Son todos iguales, españoles o cubanos: terratenientes, hacendados ricos capaces de pactar en cuanto les asalta el temor de que los negros podamos vencerlos. Todos prefieren una Cuba dependiente de España que una Cuba negra o una Cuba africana. Lo sucedido en Haití, con el triunfo de los negros y un gobierno de negros, es la muestra de lo que nunca permitirán que suceda aquí, en esta isla, aunque para eso tengan que encamarse dos oficiales blancos que el día antes se han disparado cada uno desde su trinchera.

»Esta guerra empezó con todos los mandos del ejército de la república en manos de los hacendados blancos y de sus amigos y recomendados. En diez años han muerto muchos de ellos; otros se han cansado, la mayoría se han arruinado y han olvidado los ideales que los llevaron al levantamiento; pero todos, sin excepción, se sienten agredidos y vejados al ver que muchos de los nuevos oficiales del ejército son negros. ¡Nosotros no cejamos en nuestro empeño! El general Maceo es el mayor representante de ese poder de los nuestros...

—Pero si pactan la paz —insistió ella—, Maceo ya no tendrá nada que hacer.

—No tiene importancia, Kaweka. No pueden borrarnos. Hemos conocido la libertad, hemos luchado por ella. No retrocederemos.

Bebieron aguardiente en silencio hasta que Porfirio volvió a tomar la palabra:

—Se han equivocado, Kaweka. Ellos, los blancos, se han perdonado entre sí. Amnistía y olvido, eso es lo que dicen, y todo sigue igual, los blancos continuarán con sus negocios y sus haciendas. Conceden la libertad a los que hemos luchado en el ejército rebelde, una pequeña parte de todos los esclavos que hay en Cuba, con los que pretenden seguir enriqueciéndose como si nada hubiera sucedido. Pero piensa una cosa: ¿cómo responderán todos esos esclavos? Los que nos hemos rebelado contra España somos libres, mientras que los que han seguido fieles a los españoles continúan siendo esclavos. No tiene sentido. Debería ser al revés: nosotros, los malos, deberíamos ser los esclavos, y ellos, los buenos, recibir el premio de la libertad. No podrán controlarlo. Los negros se rebelarán.

Porfirio insistió en que se alegrara, en que riera y lo acompañara a la fiesta. Kaweka siguió pensativa. Él la empujó con cariño y estuvo bromeando un rato, pero al final desistió y la dejó bajo el árbol con lo que quedaba del aguardiente.

Poco más de dos semanas después de la firma del Pacto de Zanjón, el 28 de febrero de 1878, al amanecer, los suboficiales del ejército rebelde se presentaron en el campamento de Guayamaquilla, donde se hallaban estacionadas las tropas a la espera de ejecutar los acuerdos de la capitulación, entregar las armas y obtener oficialmente la licencia que los liberaba del servicio.

—¡En pie! —gritaron cabos y sargentos sorprendiendo a unos soldados que, tras quince días de indolencia y celebraciones, habían olvidado toda disciplina militar—. ¡Arriba! ¡Rápido!

Las cornetas llamaron a formar mientras los mandos recorrían el campo pateando las cenizas de las hogueras, los cazos, los vasos, las botellas vacías y a los perezosos que persistían en continuar durmiendo en el suelo pese a las órdenes.

—¡Levanta, haragán!

Porfirio tiró de Kaweka cuando uno de los cabos golpeó con la culata de su fusil a un soldado que, tumbado al lado de ellos, gruñó, se dio la vuelta y se tapó la cara con las manos.

Formaron en el descampado: un millar de hombres soñolientos, cansados, resacosos, indisciplinados y más harapientos que nunca, divididos en compañías, alejados de las mujeres y los niños. Los hombres esperaban sin saber muy bien qué iba a pasar mientras el sol anunciaba un día luminoso y apacible.

—¡Silencio en la formación!

—¿Qué les importará a estos imbéciles que hablemos? —oyó Kaweka a su derecha, en la segunda fila, donde permanecía medio escondida junto a Porfirio.

—¡A este imbécil no le sale de los cojones que habléis! ¡Callaos! —gritó el sargento, un mulato barbudo, que recorrió la fila buscando con la mirada al insolente.

No lo encontró, pero se topó con Kaweka.

—Sargento —pareció mofarse con una sonrisa al mismo tiempo que deslizaba uno de sus dedos a lo largo de los galones descoloridos del antebrazo de ella—. Entonces tú debes de ser... ¿Cómo te llamabas? —Kaweka torció el gesto por respuesta—. No importa —añadió el otro—, muchos han oído hablar de ti y de tus hombres. Será bueno que te vean.

La empujó hasta el lugar en el que se encontraban los demás cabos y sargentos, por delante de sus respectivas compañías.

—Tú aquí —le indicó.

Kaweka obedeció impasible, con la vista al frente, mirando a ninguna parte, oyendo cómo los demás suboficiales hablaban entre ellos. Uno acertó con su nombre. Otros comentaron sus correrías a lo largo de los diez años de guerra: algunas ciertas; la mayoría, no. Terminó haciendo caso omiso a las habladurías y volvió a centrarse en la idea que la preocupaba desde hacía días, desde que les llegaron noticias de la cuantificación aproximada de los esclavos que los españoles liberarían tras el Pacto de Zanjón.

—Cerca de doce mil —oyó en el grupo en el que se movían Porfirio y los suyos.

—¿Son muchos?

—Supongo.

Ninguno de ellos sabía contar. Kaweka echó de menos a Modesto.

—¿Cuántos esclavos hay en la isla? —preguntó otro.

—Dicen que doscientos mil.

—¿Son muchos más que doce mil?

—No sé.

—¡Seguro que sí! ¡Todos los de los ingenios de Occidente!

—Y los de La Habana.

—Y Matanzas.

—La mayoría de todos esos no escaparon para hacer la guerra.

Era cierto, pensaba Kaweka. Solo en La Merced podía haber tantos esclavos como hombres en aquella explanada, y se trataba de un solo ingenio de los muchos que había en Occidente. Y en cuanto a los esclavos urbanos de La Habana… Preguntó a Porfirio, que no supo contestarle, y buscaron a uno que sabía de números.

—Estos son los doce mil —les mostró con un montoncito de guijarros en el suelo—. Estos son otros doce mil —continuó con otro montoncito separado del primero—. Y estos otros doce mil…

Allí formada, esperando no sabía muy bien qué, Kaweka volvió a sentir la misma angustia que la asaltó a la vista de la cantidad de montoncitos de guijarros que terminaron extendiéndose a sus pies. Porque luego trataron de explicarle lo que eran cada uno de esos doce mil:

—¿Dónde eras esclava? Pues bien —continuó el hombre tras la respuesta de Kaweka—, La Merced es un ingenio de los grandes, tiene cuatrocientos o quinientos esclavos…

Más guijarros, hasta que se hicieron una idea de los pocos que eran doce mil en comparación con sus hermanos, con esos doscientos mil que continuarían esclavizados por los blancos.

Diez años de guerra, de sufrimientos, de miseria, de hambre y de crueldades para obtener la libertad de tan pocos esclavos. Kaweka se estremecía al recordar los montones de guijarros y los negros que quedaban sometidos en los ingenios, y en esa turbación se mezclaban unas punzadas, sutiles, livianas, ajenas a su cuerpo y a su propio dolor que deseaba agarrar, atar de nuevo a su existencia.

Permanecía quieta, plantada al frente de la compañía, como si temiera que por algún movimiento brusco pudiera espantarse la diosa que hurgaba en su interior, igual que sucede con los animales que se acercan con cautela antes de huir asustados. Por eso solo movió los ojos en el momento en que llegó la comitiva encabezada por el capitán general Arsenio Martínez Campos, al que acompañaban los miembros de su estado mayor, los generales y políticos rebeldes, e infinidad de personas, entre militares y civiles: todos aquellos que disponían de un caballo o que pudieron alquilarlo en Puerto Príncipe, donde los precios por animal habían subido de manera insospechada.

Cabos y sargentos gritaron exigiendo marcialidad a unos soldados indiferentes, hastiados de órdenes y disciplina, y su aspecto indolente y desastrado contrastó con el boato del séquito del general, que vestía de gala: pantalón rojo con media bota, guerrera de dril rayado, sable, estrellas, galones, medallas, bandas y faja y demás entorchados.

Hasta los generales y oficiales cubanos, los mismos que habían rendido sus tropas, vestían ropas nuevas, blancas, unos uniformes que les habían sido entregados por los vencedores ante el deterioro de los suyos propios. Los negros lo vieron, Kaweka también, y la diosa se revolvió ante aquella nueva barrera que se abría tras la capitulación y que auguraba el destino de los de su raza: los blancos, españoles y cubanos, orgullosos, bien vestidos, avenidos en su raza y posición, celebrando el discurso del general victorioso, mientras los negros harapientos aguantaban aquella arenga interrumpida en algunos momentos por ovaciones al rey de España y al caudillo que los había dirigido hasta el triunfo.

El general español revistó las tropas seguido por los suyos y por los generales cubanos. Con el sol ya en lo alto, brillante, y entre los aplausos y vítores del público, oficiales, cabos y sargentos se cuadraban a su paso y le rendían honores con las escasas armas de las que todavía disponían. Kaweka, sin embargo, permaneció inmóvil, en posición de firmes. Martínez Campos se detuvo ante ella, extrañado, lo que originó que varios oficiales se apresurasen a recriminar a la sargento tal desacato.

—¡Quietos! —ordenó el general español, que no había hecho gala de caballerosidad con los rendidos para que ahora se produjera un incidente estúpido frente a los ciudadanos y los periodistas que cubrían ese acontecimiento—. Esta sargento no le ha faltado a nadie. Respetemos el honor y los sentimientos de quienes se rinden.

—Mi general… —llamó su atención un fotógrafo que corrió cargando con el trípode y la cámara hacia donde se encontraba—. Una fotografía de este momento histórico —le pidió.

Martínez Campos hinchó el pecho, asintió y llamó tanto a sus generales como a los del ejército vencido, que se situaron a los lados y por detrás de Kaweka. Todos eran más altos, y ella se quedó en medio, pequeña, apocada, pero sin dejar de notar cómo caracoleaba la diosa en su interior.

El fotógrafo tardó en afianzar y montar su equipo sobre la tierra inestable.

—Hay que convencer a los negros y a todos los oficiales y soldados que quedan repartidos por esta isla —comentó Martínez Campos, erguido al lado de Kaweka durante la espera— de que se sumen a la paz que acabamos de firmar y entreguen sus armas. Y para eso debemos respetar los sentimientos de los vencidos.

—No debemos prolongar más esta contienda fratricida —apuntó otro general de los españoles.

—Sí, son decenas de miles los muertos, y se ha padecido suficiente destrucción para continuar con esta guerra.

Los comentarios y buenos propósitos se sucedieron en las bocas de todos aquellos militares de alta graduación, españoles y cubanos, pero Kaweka solo escuchó una parte de ellos. «Maceo no se rinde». «Ese negro empañará la paz». «Es mulato», corrigió alguien como si así fuera menor el pecado. «Es un negro tozudo». «Mulato», insistió el mismo de antes. «Es el único general negro ¡y está al mando de todo un cuerpo del ejército rebelde en Oriente!». «No cederá, no se rendirá», apostaron varios.

—Lo hará —sentenció Martínez Campos cuando el fotógrafo indicó que había finalizado.

Y reiniciaron la revista de las tropas dejando a Kaweka allí plantada, sin que ninguno de ellos le hubiera dirigido la palabra.

Tras aquel acto, todos se dirigieron a Puerto Príncipe, donde, con la ciudad engalanada y la gente apostada en calles y balcones, feliz, exultante, aplaudiendo el final de la guerra, desfilaron juntas las tropas, las españolas y las rebeldes. Estas últimas continuaron hasta el cuartel de caballería de la Vigía donde entregaron las armas que les quedaban, y donde fueron censadas para concederles la libertad. Por la noche, los soldados se mezclaron y disfrutaron de tabernas y cantinas, de alcohol y mujeres, mientras el capitán general celebraba un banquete en honor a los jefes insurrectos y un baile de gala.

Kaweka no desfiló, ni entró en Puerto Príncipe ni entregó su machete en el cuartel de caballería. Tampoco recibió la carta de libertad. Tan pronto como los oficiales ordenaron la marcha a la ciudad, después de que Martínez Campos diera por concluida la revista, ella se escabulló, se orientó con el sol, cerró los ojos a su resplandor, tembló a un calor que alimentó el renacimiento de Yemayá en sus entrañas, y se encaminó hacia Oriente.

—Martínez Campos lo machacará.

La casi totalidad de la decena de hombres reunida en el salón del Casino Español de La Habana, una asociación patriótica nacida en contestación a las ansias republicanas e independistas de los rebeldes cubanos al inicio de la guerra, con sede en un edificio de la calle Obispo de la ciudad vieja, asintió al unísono. Un mes después del Pacto de Zanjón, el general Maceo se había reunido con el capitán general español en la población de Mangos de Baraguá, en el oriente de la isla, cerca de Santiago, donde le comunicó que no aceptaba la capitulación. Los dos militares convinieron en reiniciar las hostilidades ocho días después, el 23 de marzo.

—Está loco el negro.

—Como todos ellos.

—¡Son imbéciles!

—¿De qué fuerzas dispone Maceo?

—De ninguna. Los oficiales y la tropa desertan y se presentan a nuestros hombres. ¡No tiene ni soldados ni armas!

Se cruzaron preguntas de unos y otros, algunos sentados, otros en pie tras el amplio círculo de sillones ocupados por hombres bien vestidos: levita negra, chaleco y pantalones claros. Indiferentes a la presencia de los esclavos que los atendían, discutían, bebían ron añejo, café, y fumaban puros gruesos que chupaban y giraban en sus labios con deleite.

—Tanta indulgencia con los rendidos, ¿para qué? Tendríamos que haber fusilado a todos los cabecillas, o por lo menos encarcelarlos... ¡Y en su lugar, les dimos uniformes nuevos!

—¡Martínez Campos debió de haberlos dejado desnudos en el campo! —gritó uno de los presentes—. Esas banderas lo exigían —añadió señalando con un dedo tembloroso varias banderas tomadas a los rebeldes que se exponían con orgullo victorioso en las instalaciones del casino.

La mayoría de los presentes guardaron unos momentos de silencio en muestra de respeto por las muertes de los soldados españoles que habían sido necesarias para derrotar y capturar aquellos trofeos, antes de enzarzarse en discusiones y críticas a la actuación de su capitán general. Sin embargo, todos aquellos hacendados y próceres españoles que se reunían en tertulia en el casino mostraron una satisfacción generalizada por el fin de la contienda, y coincidieron en que la nueva rebelión encabezada por el Titán de Bronce carecía de toda viabilidad.

—La rabieta de un mulato ensoberbecido —la calificó uno de ellos.

—No vale la pena preocuparse —apuntó otro.

—Cierto.

La conversación se dividió en grupos más reducidos.

—Por cierto, marqués —dijo un hombre de patillas tupidas que se alargaban hasta casi unirse en el mentón—, ¿ha leído este artículo?

Don Juan José de Santadoma dejó la copa de ron sobre la mesa de centro y cogió el periódico que le ofrecía el otro.

—¿De qué se trata?

—Una esclava que dicen que era suya...

El aristócrata frunció el ceño y se enfrascó en la noticia: la crónica de una sargento rebelde que el periodista había visto en Guayamaquilla, tras el Pacto de Zanjón, y con la que se había topado de nuevo en Mangos de Baraguá, cuando la protesta de Maceo, un par de semanas después. Intrigado por la coincidencia, el reportero que acompañaba a Martínez Campos se había interesado por la historia decidió investigar a aquella mujer. No le costó obtener información. Kaweka, le dijeron que se llamaba, jefa de una implacable partida guerrillera desde el inicio de la guerra que había llevado a cabo numerosísimas acciones contra las tropas españolas y los ingenios de la zona de Las Villas hasta que la hirieron en el brazo izquierdo.

Don Juan José notó que las manos le sudaban. El hacendado respiró hondo y continuó leyendo la crónica. La sargento había sido ascendida a suboficial por méritos de guerra, era temida y respetada, tanto por sus aptitudes bélicas como por su condición de sanadora.

El periódico tembló en manos del marqués mientras leía el relato de algunos de los ataques guerrilleros que el periodista atribuía a Kaweka y sus hombres. Había sido esclava en el ingenio La Merced, propiedad del marqués de Santadoma, continuaba el artículo.

—¿Marqués? —se preocupó su amigo—. Está usted empalideciendo...

La crónica iba acompañada de una foto, de pésima calidad, tomada en Guayamaquilla, en la que aparecía el general Martínez Campos con su estado mayor y los oficiales rendidos rodeando a una mujer pequeña, consumida, perdida en un uniforme inmenso en el que podían caber tres como ella. Los rostros eran difícilmente reconocibles, pero el de la negra estalló en la mente del marqués en forma de mil imágenes que se sucedieron vertiginosamente, confundiéndolo, mareándolo incluso. El lecho en el que agonizaba su hijo Ernesto, los cantos de la negra, su esposa histérica y don Julián, el sacerdote, increpándolo. Sangre. La negra poseída, gritando. El rostro cadavérico de su hijo, sus brazos extendidos suplicándole ayuda. Más sangre, el repicar de objetos, más cantos... Y entonces la muerte.

—¡Marqués!

—¡Juan José!

Tres de sus amigos se acercaron preocupados a él, dos se inclinaron solícitos y el tercero se acuclilló junto al sillón.

—Ha sufrido un vahído.

Uno de ellos se atrevió a palmearle las mejillas. El marqués de Santadoma dio un respingo, se sobrepuso y, con un gesto de agradecimiento, los apartó como si le faltara el aire.

—Ha sido el calor —arguyó al levantarse—. O quizá algo me haya sentado mal... Gracias, señores. ¡Mi coche! —gritó al personal del casino.

Y, aparentemente recuperado, don Juan José se esforzó por mostrar firmeza en su andar hasta la salida, con el periódico bajo el brazo.

Los gritos retumbaban en el palacio de los marqueses de Santadoma de la calzada del Cerro. En aquella zona, la misma en la que, si bien escondido, se ubicaba también el depósito de cimarrones, se acumulaban las quintas y las mansiones habitadas por los nobles y hacendados ricos de La Habana, que habían huido en busca del agua limpia que venía del río Almendares tras una epidemia de cólera que había asolado la ciudad vieja cuarenta años atrás.

La zona, muy extensa a diferencia de la que se abría intramuros, permitía también a los españoles la construcción de grandes mansiones de estilo neoclásico, con líneas corridas de columnas en las fachadas, techos muy altos, y rodeadas de jardines amplios y esplendorosos; un estilo que los isleños no tuvieron inconveniente en caracterizar con grandes patios interiores a los que daban las habitaciones, en los que corría el aire y donde, a la sombra, entre flores y fuentes, se refugiaban del calor insoportable que azotaba la isla.

Ese era el edificio que el marqués recorría de arriba abajo deshaciéndose en gritos e insultos, entre mármoles, maderas nobles, muebles clásicos, cuadros y cortinajes, lujo y ostentación por doquier, a la espera de que por fin arribase Narváez, el mayoral que le confirmó la muerte de la hechicera que había asesinado de forma diabólica a su hijo Ernesto. Porque, ¿quién le aseguraba que Dios, nuestro Señor, no hubiera sido misericordioso y, en última instancia, hubiera obrado el milagro de salvar a su primogénito? ¿Quién le garantizaba que, como una y otra vez le recriminaba su esposa Presentación —al principio mediante la palabra, dura, hiriente, la de una madre desconsolada, y con el tiempo a través de su semblante triste y silencioso—, aquella tragedia no hubiera sido en el fondo una prueba de Dios para comprobar su plena confianza en Jesucristo? Y él había fallado y pecado de soberbia, se había considerado mejor, más listo incluso que Dios, y había renegado de su fe cristiana para entregarse a prácticas demoniacas.

El transcurso de los años mudó percepciones, desdibujó verdades y magnificó agravios. El marqués y su esposa se convencieron de que Ernesto no estaba tan grave, de que podría haber mejorado, de súbito. «¡Jesucristo llegó a resucitar a Lázaro!», le recriminó entre sollozos su esposa cuando todavía le hablaba. «Y curó a leprosos, aunque la lepra siga siendo incurable incluso para los médicos actuales». Y el marqués, diariamente, se arrodillaba en el reclinatorio de la capilla de su palacio y se humillaba ante la cruz, avergonzado, atormentado, arrepentido por haber confiado la vida de su primogénito a una bruja negra cuando el Señor habría acudido en su ayuda, sin duda alguna, puesto que su misericordia era infinita, y lo habría salvado. Con cada día que transcurría, don Juan José de Santadoma se hallaba más y más convencido de la posible curación de Ernesto, al mismo tiempo que el solo recuerdo de la negra colocando el collar de cuentas sobre el pecho de su hijo enfermo, inerme e indefenso, lograba que le doliese el cuerpo entero, provocándole una quemazón insoportable que no era capaz de localizar en miembro alguno ni en ningún órgano, ni en la cabeza o en los pies, pero que lo llevaba a encogerse y agarrarse los costados para expulsar tal sufrimiento de sí.

El violento final de la arpía negra, que con el tiempo había llegado a asumir como una venganza divina ejecutada por su mano, era lo único que le proporcionaba algo parecido al consuelo. ¡Y ahora se enteraba de que aquella bruja seguía viva!

Se abalanzó sobre el mayoral en cuanto lo vio. Lo pilló en mitad de uno de los salones y corrió hacia él. En su carrera derribó un par de sillas y tiró un jarrón con flores antes de alcanzar a Narváez, tan desprevenido como desconocedor de la razón por la que el marqués le había mandado llamar al ingenio.

—¡Hijo de puta! —Don Juan José de Santadoma golpeó a Narváez con el puño, a la altura de la mejilla. Este se llevó la mano al rostro y agitó la cabeza cuando el marqués lo agarró de las solapas de la chaqueta—. ¡Me mentiste! —gritó zarandeándolo.

—¿Qué dice, señor…?

El mayoral dio un paso atrás. El noble siguió tirando de su ropa. Trastabillaron y rodaron por el suelo, pero las alfombras amortiguaron el golpe. Se incorporaron al mismo tiempo, el aristócrata jadeando de rodillas en el suelo.

—Señor marqués…

—¡Hijo de la gran puta!

El de Santadoma hizo ademán de volver a darle un puñetazo, pero Narváez, más ágil y ya repuesto de la sorpresa, se lo impidió y, para no tener que pelearse con él, lo abrazó.

—Señor marqués, ¿qué le sucede? ¡Por Dios…!

Narváez se dispuso a ayudarle a levantarse, pero don Juan José se libró de él con brusquedad. El marqués de Santadoma temblaba de rabia. Se dirigió a su despacho seguido del mayoral, donde se encerraron ambos tras dar un portazo.

—¡Está viva, cabrón! ¡La bruja que mató a mi hijo está viva!

Narváez no tuvo necesidad de mirar el artículo periodístico que su jefe agitaba delante de él; hacía tiempo que no se preocupaba por un suceso casi olvidado, pero sí que había pensado detenidamente en ello tras la huida de la negra.

—Me hechizó —dijo, recuperando una de las excusas que había barajado entonces.

—¡Bobadas!

—Se lo juro, señoría. Entre ella y el emancipado propiedad del doctor Rivaviejo, el que la quiso comprar, me embrujaron. Perdí el sentido… y escaparon…

—Yo vi su tumba. Hasta quité la cruz.

—Un ardid del emancipado.

—¿Y por qué no dijiste nada! —bramó el marqués.

—Tuve miedo —confesó el mayoral, tratando de obtener con tal revelación el perdón del noble—. Su señoría sabe que la bruja también lanzó una maldición contra mí el día en que don Ernesto golpeó a la criollera vieja hasta su… Bueno, ya sabe de qué día le hablo. Yo no sabía qué hacer. ¿De qué hubiera servido decírselo a su señoría? Bastante dolor sufría ya…

—Eso tenía que haberlo decidido yo.

Narváez bajó la cabeza.

—Cierto —reconoció—, pero…

—Pero ¿qué!

El mayoral dudó. Había pensado otras excusas, que decidió mezclar con la ya elegida ante el rostro enrojecido del marqués de Santadoma y la ira que emanaba todo él.

—Me preocupaba el maleficio, morir yo también. Entiéndalo, señoría, y acudí a don Julián en solicitud de ayuda y consuelo espiritual —mintió, comprobando con una satisfacción que pugnó por reprimir que la sola mención del sacerdote modificaba el semblante de don Juan José, que desde aquel aciago día temía al religioso, un sentimiento que había ido incrementándose a medida que el noble se inculpaba por la muerte de su hijo.

Narváez sabía que el marqués ni siquiera hablaba con el confesor de su esposa; y también sabía que el marqués jamás acudiría a don Julián, quien, siempre apoyado por doña Presentación, lo despreciaba sin miramientos. Noble y religioso se cruzaban en la mansión de la calzada del Cerro o en el palacete del ingenio cuando habitaban en él y el sacerdote se erguía, mantenía la mirada al frente y ni siquiera saludaba a su anfitrión. Don Juan José de Santadoma, rico, noble, soberbio y altivo, se acobardaba ante un cura que en un silencio estrepitoso lo acusaba de sacrílego y homicida.

—Luego, con el paso de los días —prosiguió el mayoral—, cuando creí que su señoría ya estaba mejor y me propuse revelarle lo sucedido, don Julián me prohibió que le contara nada. Me dijo que lo único que conseguiría sería turbar su espíritu, ya herido, y originar más muertes... Que Dios, nuestro Señor, no las deseaba y que era Él y solo Él el llamado a decidir el sino de las brujas... Y yo obedecí, señor marqués. ¡Obedecí!

El dueño de La Merced mandó salir a su empleado y se desplomó en el sillón que había detrás de la gran mesa de caoba labrada en la que despachaba sus asuntos. Abrió el cajón central y contempló la caja alargada de hojalata donde guardaba el collar que la esclava había depositado sobre el pecho de su hijo. En ocasiones la abría, aunque nunca se había atrevido a tocarlo después de colocar ahí por primera vez aquel cordel que hilvanaba piezas de madera de colores, entre las que se contaban los dos botones blancos de nácar que aquella maldita hechicera negra arrancó de la camisa de su hijo.

Esta vez no se atrevió ni siquiera a mirar el contenido de la caja. ¡La bruja vivía! Aquella realidad lo detuvo, como si el hecho de abrir el estuche pudiera permitir la fuga de los espíritus malignos encerrados en él. Muchas eran las ocasiones en las que había considerado la posibilidad de deshacerse de la caja y del collar, pero siempre le pareció que con ello asumía definitivamente su derrota, su culpa. Él poseía el collar en el que se ensartaban dos botones de la camisa de su hijo, la última prenda que había rozado su piel viva. Él lo guardaba. Él mantenía encarcelado aquel objeto y así lo dominaba, pero, como si lo retara ante aquellos pensamientos, la hojalata brilló y el resplandor golpeó sus ojos. El marqués cerró de golpe el cajón y, con su antebrazo, barrió cuantos objetos y papeles se acumulaban sobre la mesa: la lámpara y la escribanía de plata, el abrecartas, las plumas y los tinteros... El estruendo se confundió con sus gritos: de dolor al recuerdo de su hijo, de rabia al saber viva a la arpía, y de venganza.

—¡Te mataré! ¡Juro que lo haré! ¡Te encontraré y te descuartizaré con mis propias manos!

En todo el palacio resonaron los aullidos del marqués. Los esclavos y su propia familia, su esposa incluida, que ya estaban acostumbrados a los arrebatos de ira del amo, se espantaron en esta ocasión ante el dolor y la cólera que destilaban aquellas amenazas.

—Narváez, usted encuentre al emancipado —ordenó el marqués, que iba ataviado con el uniforme de coronel del VII Batallón del Cuerpo de Voluntarios de La Habana, con la pistola en la cartuchera, las tres estrellas resaltando en la bocamanga y los dorados brillando.

El mayoral, que aparentemente había recibido el perdón por su falta tras un par de días esperando aquella sentencia, asintió sentado tras el escritorio dominado por el aristócrata desde su sillón.

—Ponga patas arriba La Habana; Cuba entera, si es menester. Usted, teniente Márquez —añadió dirigiéndose al hombre que ocupaba la otra silla enfrente del escritorio, uniformado igual que el marqués—, partirá al mando de sus hombres al oriente de la isla para capturar a la... sargento esa.

El oficial también asintió.

—La guerra ha terminado, teniente, pero siguen existiendo algunos reductos de insurrectos como los que se han unido a Maceo, así como partidas de bandoleros, negros y chinos recién liberados, holgazanes, violentos, hombres sin trabajo ni recursos que devastan campos y villas. La Habana no corre riesgo alguno, por lo que los voluntarios ya no son necesarios aquí para defender la capital. Cuenta usted con el consentimiento del estado mayor para esta acción, y deberá ponerse a las órdenes del mando del ejército en Oriente, pero no pierda de vista el objetivo de su misión. ¡Capturar viva a esa negra! —rugió el marqués.

Esa misma tarde salía de La Habana una compañía de veinticinco jinetes al mando del teniente Márquez, parte del VII Batallón de Voluntarios de La Habana sostenido a expensas del marqués de Santadoma y otros hacendados, con caballos frescos, armamento moderno y munición suficiente.

Al mismo tiempo, Narváez se dirigía al domicilio del doctor Rivaviejo, en el casco antiguo de la ciudad. El médico había fallecido, pero su viuda cooperó con la investigación que había llevado al mayoral hasta allí. «¿Cómo voy a oponerme al interés del marqués de Santadoma?», adujo la mujer con la esperanza de que el otro elogiara su actitud ante el hacendado, y le proporcionó acceso a los otros dos esclavos domésticos que trabajaban para la familia atendiendo a la casa y vendiendo pócimas para los resfriados y la tos en las calles. Ninguno sabía dónde estaba Modesto. Había escapado cuando el doctor decidió venderlo, confesaron a Narváez. La mujer aclaró que a ellos no los vendía porque, tras enviudar, se habían convertido en su único medio de vida. El mayoral de La Merced los interrogó y le contaron de la vida de Modesto, de sus costumbres y aficiones, dónde solía a ir a beber y charlar (la pulpería de la esquina de la calle San Ignacio, junto al mercado de Cristina), la iglesia a la que acudía y hasta las mujeres que frecuentaba. «Rogelia», convinieron los dos; quizá era esa a la que más veía el emancipado, añadieron con una sonrisa desvergonzada. Todavía mantenían algún contacto con ella, pero como desde la muerte de Rivaviejo y la fuga de Modesto ya no le derivaban parturientas, se habían distanciado.

Rogelia intentó aprovecharse de un Narváez que, en este caso, evitó revelar la identidad de su mandatario. «¿Por qué?», «¿Qué quieres saber?», «¿Qué gano yo con ello?», insistía la mujer, que se permitió dar la espalda al mayoral para ocuparse del fogón. Narváez no estaba dispuesto a perder el tiempo discutiendo con una negra gorda y altanera, por lo que, de una patada, abrió la puerta de la casa de la travesía de la calzada del Monte y dejó entrar a los dos esbirros que esperaban en el exterior. Amordazaron a la comadrona, le arrancaron el vestido y la tumbaron en el suelo.

—¿Crees que eres mejor que las negras de los ingenios? Hoy sabrás lo que sienten las que trabajan el azúcar, las que hacen rico este país —le aseguró el mayoral de La Merced.

Uno de los esbirros empuñó el látigo de piel de manatí y lo descargó sobre la espalda inmensa de la comadrona. Una vez, dos… Los gritos quedaban amortiguados por la mordaza. Tres, cuatro… La fuerza con la que la mujer pateaba al aire se atenuó. Cinco… Diez… Rogelia dejó de gritar.

—El emancipado se fugó con los rebeldes porque Rivaviejo quería venderlo —expuso Narváez la mañana siguiente al marqués de Santadoma. Con ellos, en el despacho, estaba el secretario personal del noble, llamado Gracià, de origen catalán, alto y delgado, de pelo en punta y sonrisa falsa, ruin y taimado—, pero si no he conseguido más información acerca de él —continuó el mayoral—, sí que la he obtenido sobre la bruja, la sargento. —El marqués frunció el ceño y se inclinó hacia delante de forma casi imperceptible—. Resulta que la comadrona conoció a la esclava —afirmó con satisfacción—, Modesto la refugió en su casa después de que escapase herida de La Merced.

—¡Esa negrita es mía! —exclamó don Juan José de Santadoma refiriéndose a Yesa tras escuchar con atención la historia que le relató su mayoral—. Nació de una negra que era mi esclava; por lo tanto, me pertenece.

—Lo más probable es que esté muerta —afirmó el otro—. Los rancheadores asaltaron el palenque. Eso es lo que dice la negra que le contó el emancipado cuando volvió de la sierra.

—Tengo el presentimiento de que no está muerta —dijo el marqués—, pero en cualquier caso hay que intentar encontrarla.

—¿Cómo? —La pregunta surgió de boca de Narváez.

Gracià, sin embargo, asentía a las palabras del aristócrata trazando ya en su mente la estrategia que podía llevarles a dar con el paradero de aquella niña, si es que estaba viva, pero no iba a ser él quien objetase esa posibilidad ante los anhelos de su jefe.

—¿Sabemos el día en que la esclava se fugó por primera vez de La Merced? —preguntó.

—Constará anotado en los libros del ingenio —respondió el propio marqués.

—Bien. En esas fechas se refugió en un palenque de la sierra del Rosario —continuó su exposición el secretario, hablando para sí—, donde parió una criolla. Según dice la comadrona, el tal Modesto fue a buscar a la criollita a la sierra del Rosario más o menos cuando se inició la revuelta de Oriente.

El secretario interrogó con la mirada a Narváez para que ratificara cuanto les había contado anteriormente.

—Cierto —confirmó el mayoral—. La negra se acuerda de que comentó con Modesto que probablemente Kaweka hubiera huido para sumarse a los rebeldes.

—En ese caso —concluyó Gracià—, tenemos un intervalo de tiempo bastante preciso durante el cual los rancheadores debieron de atacar el palenque de la sierra del Rosario: entre la primera fuga de la esclava y el inicio de la guerra...

—Pero... —quiso intervenir Narváez, que calló ante un imperativo gesto del marqués ordenando que dejara continuar al secretario.

—Sí, sé que es un periodo bastante amplio, si bien podríamos concretarlo todavía más: los meses de gestación si la negra no se fugó preñada; el año mínimo que debía contar la negrita cuando el palenque fue atacado... En fin, tenemos fechas y lugar: sierra del Rosario. Sabemos lo que buscamos: una criollita de corta edad, un año, dos a lo sumo en aquel entonces. No habrá muchas. Se trata de acudir a todos los rancheadores de la zona, tampoco serán tantos, y comprobar en sus libros las acciones que han llevado a cabo en la sierra del Rosario desde octubre de 1868, la fecha de inicio de la guerra, e ir revisando hacia atrás. Y si la criolla fue capturada con vida, aparecerá, seguro, sabremos adónde la mandaron y podremos seguir su rastro.

—¿Y si no la contabilizaron en los libros y la vendieron bajo mano? —planteó Narváez, enunciando en voz alta el inconveniente que rondaba la mente de los tres.

—¿Cómo ha conseguido usted que hablase la comadrona? —le preguntó el marqués. El mayoral asintió con la espalda sangrante de la negra en su mente—. Pues haga lo mismo con los rancheadores y hasta con los justicias de los pueblos si es necesario. ¡Quiero a esa negra! —Luego el de Santadoma se dirigió a su secretario para aprobar el plan—: Adelante, Gracià. No repare en gastos... ni en métodos para obtener la verdad. Contrate a cuantos escribanos crea oportuno para revisar libros, los de los rancheadores y los de los municipios y juzgados de la zona, así como a la gente precisa para excitar la memoria de los rancheadores —añadió con cinismo—. No se reprima, Gracià, no sea clemente, aunque si hay que pagar para que hablen, hágalo. Solo debe acudir a la zona y hacer correr por las tabernas la noticia de que está dispuesto a pagar una buena recompensa por encontrar a esa criolla, y serán los rancheadores quienes acudan a usted como carroñeros. Pero no se deje engañar —advirtió—. Ayúdele a encontrar a los hombres adecuados para esta misión —ordenó a Narváez—, y, por encima de todo, encuentren a esa negra. —Mayoral y secretario hicieron ademán de levantarse de sus sillas cuando las palabras de don Juan José de Santadoma interrumpieron durante un segundo sus movimientos—: Ella me quitó a mi hijo —masculló el noble—. Ahora yo quiero a la suya. ¡Es mía! ¡Tráiganmela!

Narváez partió con un grupo de hombres a la sierra del Rosario para interrogar a los alcaldes de los pueblos, rancheadores y propietarios de ingenios y cafetales, mientras Gracià contrataba a tres escribanos y acudía con ellos a los archivos de la Real Junta de Fomento de La Habana, el organismo que se ocupaba de los cimarrones y recibía los informes de las actividades de los rancheadores, y de los alcaldes y los justicias de los pueblos de Cuba, y de cuyo órgano directivo formaba parte el marqués de Santadoma. Mensualmente, las diputaciones de la isla mandaban a la Junta la situación de los cimarrones de su territorio; cada sábado, la propia Junta, para conocimiento de los amos, publicaba una lista de los cimarrones capturados, los amos a los que pertenecían, si se conocían, y el lugar en el que habían sido apresados. Allí, entre miles de legajos olvidados, en mesas sucias, se aposentaron el secretario del marqués y sus ayudantes.

—¿Qué buscamos? —preguntó uno de ellos.

Gracià se lo explicó.

—¿Han entendido? —preguntó—. Cualquier actividad que se produjera en la sierra del Rosario y sus cercanías con anterioridad al sesenta y ocho. Tan pronto como encuentren algo, me lo enseñan. ¡Cualquier cosa! Por nimia que sea la referencia.

El polvo que cubría mobiliario y documentos saltó e inundó la biblioteca de un revoltijo de motas que brillaban al sol que entraba por las ventanas en cuanto los escribanos empezaron a desatar los cordeles que cerraban los expedientes y se enfrascaron en busca de una negra que ahora contaría con alrededor de catorce años y que debería haber sido recuperada por los rancheadores en la sierra del Rosario hacía más de diez.

# 22

*Madrid, España*
*Mayo de 2018*

Fue Joseph Bekele quien le consiguió un trabajo, temporal, como todos aquellos a los que podían acceder los jóvenes, en una asociación de ayuda a inmigrantes, ubicada en una antigua nave industrial del humilde barrio de Vallecas, cubriendo la baja por maternidad de una de las administrativas. Recibir ropa, comida y artículos de primera necesidad, darlos de alta informáticamente, y ocuparse y controlar su distribución. Unos escasos cientos de euros que le permitirían contribuir a los gastos de la casa y la comida. En el tema de su despido, el marqués no cedía; no había posibilidad de acuerdo, por lo que el juicio retrasaría cualquier indemnización. Con su madre sucedía lo mismo: a los Santadoma les importaba poco el despido y el hecho de que no se hubiera cotizado a la seguridad social. Un ejército de abogados, obedeciendo órdenes de don Enrique, estaba dispuesto a demorar los asuntos mediante el uso de todo tipo de triquiñuelas y mentiras hasta donde fuera menester con tal de perjudicar a Lita y a su madre. Y en cuanto a la reclamación de la filiación de Concepción, Marcelo y José no lo veían claro con las pruebas de las que disponían. Los Santadoma les habían enfrentado a uno de los mejores despachos civilistas de Madrid, dirigido por un catedrático de prestigio que parecía haberlos intimidado. O cuando menos esa fue la sensación que quedó en Lita después de su última conversación.

—Tendría gracia —llegó a recriminarles con cierta acritud— que hubiera montado todo este lío para que ahora ni siquiera reclamemos que mi madre es nieta del viejo marqués.

En contra de lo que había podido parecer al principio, los abogados laboralistas no se movían bien en aquella especialidad jurídica; Elena no conocía a ningún otro letrado que pudiera hacerse cargo del asunto, y Lita no tenía dinero ni para pagar la primera consulta de un especialista.

—Los hay que trabajan a resultados, sin provisión de fondos —comentó Marcelo, como deseoso de quitarse aquel asunto de encima.

—Sí, los que se anuncian en la radio. Seguro que son unos fuera de serie —se burló Lita.

Lo comentó con Joseph:

—De poco servirán las manifestaciones y todo lo que estamos haciendo si al final no conseguimos que los Santadoma se avengan a reconocer la filiación de mi madre.

—Cierto —asintió el nigeriano.

Esa misma tarde, antes de que Lita pusiera fin a su jornada, se presentó en la nave en la que trabajaba acompañado de un hombre negro, joven, apuesto, que debía de rondar los cuarenta años.

—Alberto Gómez, abogado —lo presentó. Él puede llevar el asunto de tu madre.

Lita lo escrutó de arriba abajo.

—¿Te parezco adecuado? —dijo Alberto con una sonrisa.

—La cáscara, sí. De lo de dentro no puedo hablar.

Lo de dentro se puso en marcha esa misma noche antes de cenar, con Concepción, Lita, Sara y Elena, que le contaron y mostraron cuantas pruebas poseían acerca de la posible paternidad.

—¿A usted nunca le contó nada su madre? —preguntó Alberto a Concepción.

—Nunca —contestó la mujer.

El abogado visionó varias veces el video del tío Antonio, asintiendo en cada una de ellas.

—¿No buscasteis a nadie más que pudiera tener conocimiento de lo que sucedió? —terminó preguntando.

—La verdad es que no —respondió Lita.

—Tampoco tuvimos tiempo —comentó Elena.

—¿Podríamos volver a hablar con este hombre, el tío Antonio? —propuso Alberto.

—Dudo que se levante de su sofá —apuntó Sara.

—Necesitamos gente que nos ayude desde allí, desde Cuba —prosiguió el abogado.

—Quizá... —dejó caer Elena. Los demás la interrogaron con la mirada—. Estaba pensando en Raúl.

—¿Quién es? —inquirió Alberto.

—Un santero cubano —continuó Elena—, un baba... ¿Cómo se llaman?

—Babalao —la ayudó Lita.

Alberto se limitó a hacer una mueca casi imperceptible, pero lo suficientemente expresiva para que Lita comprendiera que estaba al tanto de sus facultades, habilidades o talentos, como quisiera llamárselos.

—¿Y podemos ponernos en contacto con él?

—Tenemos su teléfono y se ofreció para cualquier cosa que quisiéramos.

Llamaron a Raúl. En La Habana era media tarde. El babalao no se sorprendió; sabían de la lucha iniciada por Lita en España, con la que habló durante varios minutos antes de que esta le pasase el teléfono a su madre, a quien el cubano quería saludar personalmente, y después a Alberto.

Debían esperar. Alberto habló con Marcelo y José, que asumieron con naturalidad la entrada del nuevo abogado; ellos seguirían con las reclamaciones laborales. A Lita le hubiera complacido tener más contacto con Alberto, saber algo más de él, sentía... ¡No quería pensarlo!, pero el hombre se había despedido de Lita con la promesa de llamarla tan pronto como tuviera noticias desde La Habana. Mientras, su madre encontró una segunda casa en la que trabajar algunas horas dos días por semana. Lita sonrió, la felicitó y a su vez continuó en la destartalada nave del barrio de Vallecas, donde cambiaba su camiseta por una con el logo de la oenegé Amigos de la África Olvidada y se entregaba a la tarea de ayudar a todo tipo de gente, no solo africanos.

Acarreaba sacos, sudaba, hablaba, discutía. En bastantes ocasiones recibía abrazos y le pedían consejo sobre temas que ella ignoraba y ayuda que no podía proporcionar, siempre entre historias, algunas terribles, tremendamente dolorosas. Y llegaba la hora de cerrar y se daba cuenta de que el tiempo se le había escapado entre los dedos, los mismos con los que había revuelto el cabello rizado de un niño negro que acompañaba a su madre y por el que se había puesto a buscar entre sacos y cajas hasta encontrarle una bolsa de golosinas.

No lograba quitarse a ese niño de la cabeza, ni a su madre, ni a los negros o mulatos que se acercaban a ella como si los fuera a atender con más cariño. Había musulmanes que buscaban a los suyos, y gitanos, y españoles blancos tan necesitados como los demás, pero ella se sentía cada día más atraída, más cómoda y más compungida ante la desgracia de aquellos con los que compartía raza.

Sara y Elena no supieron contestar a sus argumentos.

—Nunca has sido así —dijo una.

—¿Eso no sería como racismo… pero al revés?

Con Pablo no lo habló. Cada vez se veían menos. Lita salía demasiado tarde de Vallecas, no le importaban las horas y se despedía con mil olores pegados a sí, entre ellos el de su propia suciedad. Él, por su parte, continuaba hundido entre sus panaderos y ferreteros, degradado a simple contable de los que vestían manguitos en los brazos, y el abismo entre ellos se iba haciendo más profundo, aunque fuera por una cuestión que Lita jamás hubiera imaginado: ella se sentía más realizada, más mujer, más… ella, mientras que Pablo estaba más y más deprimido por su fracaso. ¿Cómo decirle, cuando hablaban por teléfono, que ella se sentía feliz?

—Colma nuestro espíritu —le reconoció Joseph una de las muchas veces de las que acudía a Vallecas—. Este trabajo…, estas relaciones —se corrigió— nos enseñan cuán insignificantes somos y lo equivocados que hemos estado al buscar la felicidad en otro lugar que no fuera la sonrisa de aquel al que nos entregamos.

—¿Y el hecho de que cada día me sienta más negra?

Él sonrió a modo de respuesta.

—Yo te veo igual —bromeó—, pero ¿tienes algo especial que hacer el sábado por la tarde?

Joseph insistió en que la acompañara Concepción y le aconsejó que no se lo comentase a Sara y a Elena. «Son fiestas nuestras», añadió, y Lita consiguió convencer a su madre: «Los veo como a nuestros hermanos», le dijo. «Lo pasaremos bien tú y yo juntas», añadió arrancándole así la sonrisa definitiva.

Se trataba de un restaurante de las afueras de Madrid, en uno de los polígonos industriales que rodeaban la ciudad, no muy grande, con las ventanas cerradas y el mobiliario habitual apilado contra las paredes, a excepción de dos mesas que aparecían cubiertas por manteles blancos, un crucifijo, velas, estampas, caracolas, varios vasos y una sopera. Joseph las acompañó hasta una esquina desde la que podían contemplar la nave entera. La gente fue acudiendo y reuniéndose alrededor del altar. Debía de haber unas cuarenta o cincuenta personas, calculó Lita, casi todas negras. Rezaron un padrenuestro tras el que dieron inicio a una misa ritual en la que la gente se acercó al altar a hacer ofrendas: una gallina, tabaco, flores, comida y mucho alcohol. Luego el sacerdote empezó a cantar y a llamar a los espíritus, según les explicó Joseph.

Tardó poco en sonar la música. No había tambores, no los había sagrados, pero sí bongós, y *atabaques*, y panderetas y palmas, y muchas ganas de fiesta, que sin embargo tuvieron que esperar a que finalizasen los ruegos a los diversos dioses: un solista entonaba un canto y el resto respondía y danzaba los bailes del dios al que se llamaba. Lita y su madre miraban extasiadas la pasión de todos aquellos hombres y mujeres, que estalló en el momento en que, una vez invocados y saludados los dioses, la música se liberó y la gente bailó incitando a los *orishas* a bajar, a montarlos y a confundirse con ellos.

Concepción bailoteaba sin moverse de su sitio, pues no se atrevía a pisar la pista.

Lita la abrazaba sin dejar de llevar la mirada de aquí para allá.

La tarde fue pasando y la gente seguía bailando y bebiendo. Algunos fueron montados por algún *orisha*, o así lo creyeron o lo simularon. Los demás se apartaban y les permitían recrearse en su frenesí. Lita lo presenciaba todo como una invitada experta. Joseph y otros la miraban de cuando en cuando, a la espera de una reacción, pero ella no sentía nada, aunque era consciente de la razón. Sabía que solo tenía que sonar aquella música especial, la misma que empezó a oír en el momento en que los presentes parecían hacer un receso. Sí, esa era.

—Ahora me toca a mí, mamá.

No sabía cómo decírselo, ni cómo reaccionaría su madre. Concepción no había hecho comentario alguno sobre el baile que había realizado delante del banco de los Santadoma y ella no se había atrevido a tocar el tema.

—Hija, soy cubana —dijo su madre, sorprendiéndola una vez más, como otras tantas desde que vivían juntas—. Tu abuela lo era y también la suya... Y así hasta esas esclavas que llevaron a la isla a los dioses de África.

Mientras madre e hija se confesaban en silencio, Joseph intentaba despejar la improvisada pista de baile. Luego Lita extrajo de su bolso la caja de hojalata y se colgó el collar al cuello; lo hizo con solemnidad, comulgando con el poder de aquel objeto. Se hallaban entre negros. Entre creyentes respetuosos con sus sacerdotes y temerosos de sus dioses, pero siempre fieles a su religión. Muchos ya estaban borrachos, pero, ebrios o no, todos se sintieron enardecidos cuando el collar se incendió en el pecho de Lita y Yemayá creció hasta explotar en su interior y en el espíritu de cuantos se hallaban dentro de aquel restaurante de las afueras de Madrid.

Lita bailó, cantó, gritó, se arañó el rostro, se arrastró y hasta atacó a algunos hombres y mujeres. Yemayá no estaba contenta. Nadie se atrevió a interferir en su baile. Las ofrendas cayeron a sus pies para aplacar a la diosa, pero esta las pateó. ¿Qué quería? ¿Por qué estaba molesta con ellos?

Las donaciones se multiplicaron en la nave de Vallecas. La gente, negra en su mayoría, aportaba cuanto podía: tal vez no fuera lo bastante para luchar contra la miseria, pero sí un verdadero tesoro para quienes se desprendían de ello. Muchos deseaban hablar con Lita, y había quien le pedía que le sanara de alguna enfermedad.

—No sé qué decirles —se quejó a Bekele durante una de sus visitas. De un día para otro, Lita se había convertido en una especie de ídolo para la gente de color que creía y seguía las ceremonias santeras.

—No hagas nada especial. —Esa fue la contestación que le proporcionó Joseph—. Posees unos poderes fuera de lo común que ni siquiera los babalaos que dirigen los centros de santería de Madrid son capaces de imaginar o comprender. Tampoco te fíes de ellos. Muchos (y sobre todo muchas) no son más que charlatanes a quienes lo único que les interesa es vender pócimas y hechizos. Los hay sinceros, los menos, pero están muy lejos. No pueden ayudarte.

—¿Entonces?

—La diosa te dirá. Confía en ella. De momento, los Amigos de la África Olvidada de Vallecas están encantados, has impulsado la solidaridad entre los nuestros.

—Cierto. —Lita sonrió sintiendo una tremenda satisfacción—. Eso lo compruebo a diario.

—Seguro. El marqués, los demás accionistas y los americanos continúan con la venta del banco como si los posibles derechos de tu madre no existieran, pero de lo que no se dan cuenta, y eso también es un logro tuyo, es de que algunas asociaciones americanas antirracistas están manifestándose ya contra ELECorp Bank debido a su interés en adquirir una entidad erigida sobre el esfuerzo y la sangre de los esclavos negros de los ingenios cubanos. Aquí siguen las acciones de presión contra la Banca Santadoma, aunque quizá con menos ímpetu... Ya reavivaremos el fuego cuando toque —puntualizó con una sonrisa—. Pero lo que es cierto es que los americanos están aprendiendo a decir el nombre de tu madre: Concepción. Lo gritan delante de ELECorp. No consentirán que lo que le han hecho todos esos blancos ricos quede impune. Muchos de ellos se ven representados por Concepción, todos han vivido el racismo. Tu madre ha sido invisible toda su vida; te garantizo que a partir de ahora no lo será. En Estados Unidos estas causas no se olvidan; al revés, se retroalimentan. Y lo harán más cuando Alberto inste el juicio. Solo hay que ver el movimiento Black Lives Matter. Lita —añadió, ahora más serio—, deja que Yemayá te guíe.

—Pues si está del mismo humor que en la fiesta...

—Confía en mí —continuó, con la misma circunspección con la que había puesto punto final a su última frase—, esta puede ser una de las pocas ocasiones que consigamos que los explotadores, los descendientes de los esclavistas, indemnicen personalmente a la descendiente de alguno de sus esclavos.

—Eso de la descendencia de algún esclavo lo suponemos —discutió ella—. Bueno, es casi seguro, la verdad...

—Tu madre es de color y en Cuba no había negros. Todos los llevaron los españoles, esclavizados, aherrojados en barcos negreros. No hubo ninguno que fuera en viaje de placer —bromeó—. De una forma u otra tiene que ser descendiente de alguno de ellos.

—No, si ella está segura... Y yo también lo soy —comentó para sí—. Una de mis antecesoras, la tal Alfonsa, fue tratada como un animal, fue una simple cosa propiedad de los Santadoma, quienes la maltrataron, la explotaron e incluso quizá llegaron a forzarla. Era lo normal, según dicen todos.

Un escalofrío que terminó convirtiéndose en un espasmo doloroso atenazó el cuerpo entero de la joven.

—Es nuestra oportunidad, Lita, la vuestra, la de que reparen el daño que les hicieron a tu madre y a sus antecesores, y el que te han hecho a ti también, ¿por qué no? Es el momento de que el mundo entero vea que luchamos, que exigimos las indemnizaciones que nos corresponden, las que prometieron en Durban y después en el Decenio Internacional para los Afrodescendientes, pero que dan por cumplidas con discursos vacuos e hipócritas.

Lita continuó trabajando en la oenegé de Vallecas, orgullosa de ayudar a los de su sangre. Invitó a su madre a visitarla un día en que esta no trabajaba en alguna de las casas que ahora limpiaba. Concepción se presentó con los dos perros, y entre la una y los otros revolucionaron el lugar. Madre e hija se sentían más unidas que nunca.

—Los Santadoma eran muy religiosos, ya lo sabes —contestó Concepción cuando Lita, tras la fiesta en el restaurante del polígono, le preguntó qué sabía de la santería, por qué no se había extrañado de sus bailes montada por la diosa y por qué nunca le había dicho nada—. Mi madre —continuó— nunca quiso importunar a los marqueses y se sometió por completo a su religión. En la época de Franco, sirviendo a los Santadoma, no se podía ser otra cosa. Yo seguí su ejemplo contigo, y aunque no conseguí que comulgaras con los católicos, tampoco nos buscamos problemas con las creencias de nuestros antepasados. Lo había olvidado por completo, aquí en España no tenía ningún sentido, pero tu abuela me hablaba de Cuba y de sus dioses de vez en cuando, y tú me los has recordado.

A Lita la invitaron a comer y a cenar en casas humildes en las que la agasajaban con productos que ella misma les había entregado en la nave, pero cocinados con algunas especias que les habría costado adquirir, a las que, sobre todo, añadían mucho cariño.

Aprendió a escuchar. Y todas aquellas vivencias —los poblados y las familias que habían quedado atrás; los desiertos que tuvieron que atravesar para llegar a ese norte rico y atractivo: una ilusión que se desvanecía ante la realidad; la violencia y las extorsiones de tratantes y mafiosos; las travesías en pateras donde habían fallecido compañeros, hermanos e incluso hijos— conformaban historias de esfuerzo y dolor que fueron agarrándose a sus entrañas para quedarse ahí, fijas, permanentes, punzantes. Lita creía haberse sentido orgullosa de sus orígenes raciales en el seno de una sociedad occidental. Pero comprendió que, tal y como le dijo Joseph un día, pese a lo que pudiera haber pasado de niña e incluso después, en el banco, a causa de las relaciones con los Santadoma, ella había sido una privilegiada. Y, como tal, nunca se había acercado a la realidad de los suyos. Aquellos sentimientos que hasta hacía bien poco podía reprimir ignorando la miseria con un manotazo, reclamando su españolidad para distinguirse de los nuevos, de los recién llegados, de los inmigrantes ilegales, comparando con altiva condescendencia su preparación académica con el analfabetismo de los que arribaban, trabajando, huyendo de todas esas realidades, yéndose de copas o riendo con Sara y Elena, se enredaron ahora con cayucos y muertos, y con la sonrisa desdentada de una mujer de mediana edad que, una noche, las dos sentadas en el suelo, sobre alfombras, en círculo junto a los de su familia, apoyó su mano sobre la de ella mostrándose orgullosa.

Lita se acercaba más y más a la comunidad negra, a la gente de su raza, con cariño y convicción, mientras Pablo se alejaba y su presencia se diluía en el silencio que él mismo parecía haberse impuesto. Pese al racismo y a las dificultades, Lita siempre había llevado con orgullo su color de piel y su nacionalidad española, pero ahora se sumergía personalmente en unas realidades que hasta entonces quizá había querido evitar: la inmigración, la pobreza, la necesidad... Y todo eso estaba afianzando unos sentimientos mucho más profundos que en ocasiones, en la intimidad de sus reflexiones, la llevaban a avergonzarse de actitudes pasadas. Sara y Elena, conscientes de la transformación por la que estaba transitando su amiga, la animaban y aprovechaban cualquier momento para mantener vivo el vínculo que las unía.

Uno de esos días, cuando las tres amigas, Concepción y hasta los perros disfrutaban de una sobremesa somnolienta tras una comida preparada en conjunto, se presentó Alberto Gómez, el abogado, cargado con una maleta.

Les costó reconocer al tío Antonio en un nuevo video. Lo habían afeitado, lavado, peinado y vestido con una guayabera blanca. El hombre repitió su confesión inicial y juró y perjuró la verdad de cuanto decía.

Concepción, Lita y sus amigas se quedaron estupefactas al escuchar nuevos testimonios también grabados, en este caso de un pinche de cocina y de una lavandera que habían trabajado en La Habana para los marqueses de Santadoma. Conocían a Margarita, claro que la conocían.

—Linda la mulatita.

El antiguo pinche de cocina alzó el mentón, entornó los ojos y asintió a su propia afirmación tras consultar sus recuerdos.

—Margarita inventó a las mujeres bellas —afirmó después con nostalgia.

Por su parte, la anciana que lo acompañaba, arrugada, el rostro una red de grietas, agitó en el aire una de sus manos, dulcemente, como si estuviera dirigiendo el tempo lento de una sinfonía, y susurró:

—Era linda, la muchacha, sí. ¡Se movía como si flotara!

—¡Todo el mundo sabía que la pequeña era hija del señorito Eusebio! —exclamó el antiguo pinche de cocina.

—Sí, claro —confirmó ella—. Él nunca lo ocultó. Porque estaba enamorado de Margarita.

—Linda, la muchacha.

—Pero llegó doña Claudia… y se las quitó.

Concepción lloró al escuchar aquellos testimonios acerca de su madre, y de ella misma, y las tres jóvenes la arroparon. Había algún video más de gente que hablaba por lo que había oído de sus familiares y conocidos, y todas las versiones coincidían. Alberto había conseguido que unos abogados cubanos acompañaran a todos aquellos testigos al consulado español en La Habana y elevaran sus declaraciones ante el cónsul, en calidad de notario público español.

Había videos y documentos públicos, pero también aparecieron varias fotos en las que se veía a los declarantes en la finca del marqués, posando orgullosos, y que por lo tanto garantizaban la veracidad de sus afirmaciones: ciertamente habían estado allí, habían presenciado los sucesos que relataban.

En una de ellas, anterior al exilio del viejo marqués a España, se veía a Margarita, una mulata tan joven y linda como decían, tan bella que era imposible no enamorarse de ella. Concepción besó la foto.

—Raúl y sus mil conocidos —añadió el abogado como si se tratara de la sorpresa final— encontraron a varios hijos de José Hermoso, el empleado del marqués que este eligió como marido de Margarita. Es decir, su padre en la teoría —dijo dirigiéndose a

Concepción—. Está claro que lo hizo obligado. —Y pasó a leerles la declaración de uno de los hijos ante el cónsul—: «Tan pronto como el marqués se fue de La Habana, contrajo matrimonio con nuestra mamá, su esposa de verdad». Han aportado la partida de matrimonio, y, aunque obviamente nunca conocieron a Margarita, tenían aún algunas cosas que ella escondía en su habitación y que al parecer no quiso llevarse a España cuando la separaron del señorito, y que por tanto se quedaron en poder de su padre.

Ahí sí que había un par de fotos del hijo del marqués, Eusebio de Santadoma, junto a Margarita y una Concepción recién nacida: como si se tratase de una familia feliz. Los hijos de Hermoso también vendieron a Raúl un camafeo de ágata montado en oro, el mismo que Margarita lucía en las dos fotos, en el que aparecía grabado: «Para mi negrita. Eusebio».

—Por cierto, nos lo cobraron como si fuera la corona de la reina de Inglaterra —se quejó el abogado.

Luego todos se mantuvieron en silencio ante aquella avalancha de pruebas acerca de la filiación de Concepción.

—O sea que sí que sois marquesas —lo rompió entonces Elena con tono irónico, burlón.

Lita no era capaz de articular palabra, igual que Concepción, que, ahora sí, estaba convencida de su origen.

—Los Santadoma no podrán negarse a negociar ante todas estas evidencias —añadió Alberto—. Mañana mismo llamaré a sus abogados. ¿Te parece, Lita?

La reclamación amistosa de Alberto Gómez, previa a un posible juicio donde se reconocerían legalmente la filiación de Concepción y sus derechos como heredera del marqués, revolucionó la Banca Santadoma. Atrás quedaban el despido de Lita, el de su madre y la pensión de jubilación. Se trataba de problemas menores en comparación con un tema trascendental al que los Santadoma no habían concedido la importancia debida. Consiguieron que la tertuliana bohemia dejara de hablar y modificase su versión a cambio de unos cuantos miles de euros. Esperaron a que el escándalo remitiese y pagaron a quien fue necesario para que el asunto se aplacase. Pero las nuevas pruebas aportadas por Gómez lo desbarataban todo. Una preocupación comprensible, pensó Lita, porque el contrato de venta entre los americanos y los Santadoma era muy preciso. Todos los miembros de la familia debían vender sus acciones. El porcentaje que los Santadoma poseían en el banco debía ser íntegramente traspasado a los americanos, una obligación cuyo cumplimiento se había garantizado mediante importantes indemnizaciones. Nadie, ni siquiera el catedrático de Derecho que había llevado el asunto, un tal Contreras, preveía problema alguno en el cumplimiento del contrato, según afirmó a través de un detallado informe al respecto. Firmaron todos los herederos: el marqués, sus hermanas y el resto de los nietos descendientes de las otras dos estirpes. Doña Claudia también vendió su propio paquete de acciones. Por lo tanto, el importe de esas indemnizaciones planteadas no se discutió en su momento porque dicho incumplimiento no era en realidad una opción. Contreras aconsejó que era mejor centrarse en discutir o negociar otros puntos de la operación que aquel que se solventaba con el simple compromiso de todos los implicados.

Firmaron todos los Santadoma.

Firmaron los americanos.

Lita lo sabía. Disponía de toda la documentación escaneada en su ordenador personal, ya que se la había proporcionado Stewart. Sabía que no había vuelta atrás; tanto para los americanos, que ya habían comprado otros paquetes de acciones como el de los Ruz Pariente, como para los Santadoma, que habían vendido las suyas, porque lo que nadie previó ni llegó a imaginar, ni siquiera en un impensable alarde de fantasía, es que en el ínterin se solventaba la herencia del viejo marqués y se cumplían los demás trámites del contrato de venta, apareciera una nueva nieta del aristócrata. Sesenta años contaba Concepción. Sesenta años de silencio, de tranquilidad, de certezas entre los miembros de la familia Santadoma. Sin embargo, tras la promulgación de la Constitución española, la ley era clara: Concepción disponía de toda la vida para reclamar su filiación. ¿Quién podía sospechar que después del transcurso de un periodo tan extenso se descubriera una nieta hasta entonces ignorada?

Concepción, obviamente, no había firmado la venta de las acciones que pudieran corresponderle como heredera del marqués, por lo que si era reconocida como tal y se oponía a la venta, los americanos no obtendrían la totalidad del capital del banco, tal y como pretendían, lo cual supondría que los vendedores incumplirían el contrato firmado, por lo que todas esas cláusulas de indemnización, a las que ni Contreras ni nadie concedió importancia en su momento, entrarían en vigor. En resumen, los Santadoma perderían una fortuna.

La reunión debía desarrollarse en la sala de juntas con las cristaleras abiertas al cielo de la planta treinta y nueve del rascacielos situado al final del paseo de la Castellana, donde Lita había trabajado para los americanos. El cielo era azul, inmenso, infinito, y el ambiente se veía limpio. Un buen presagio, pensó con una sonrisa al recordar el manto de polución que estaba acostumbrada a contemplar desde allí. La mesa de cristal podía acoger a una veintena de personas. De momento solo estaban ocupadas dos sillas, la de ella y la del abogado Alberto Gómez, aunque se percibían constantes idas y venidas tras los estores echados que ocultaban la visión del resto del espacio.

Mientras esperaban, Alberto mostraba a Lita en el portátil imágenes de las manifestaciones que ese mismo día se habían producido en Miami y algunas otras ciudades de Florida, ante las puertas de diversas sucursales del banco ELECorp, con motivo de la compra de la Banca Santadoma. En España también continuaban las movilizaciones.

—Los americanos no deben de estar muy contentos —ironizó el abogado—. Allí las bolsas de valores son muy sensibles a todos estos problemas. Tienen que arreglarlos rápido. Si los clientes desconfían, cunde el pánico y su cotización desciende; corren un gran riesgo de que los fondos empiecen a especular con su capital.

Lita y su abogado estaban allí a instancias de los letrados de los banqueros americanos. Santadoma quedaba fuera de aquel juego después de que Alberto se hubiera presentado en el banco con un notario para instar formalmente al marqués a detener cualquier operación que pusiera en riesgo el patrimonio de su clienta, Concepción Hermoso, cuya demanda de filiación se presentaría en los juzgados, sin más trámite, en breve.

El marqués se había extrañado ante aquel nuevo abogado. ¿Un negro?, se preguntó, aunque constató que se trataba de alguien bien vestido y educado, distinto de aquellos laboralistas a los que había menospreciado.

—Es una falacia sostener que esta señora es hija de don Eusebio de Santadoma —se limitó a contestar el marqués al requerimiento que le hizo el notario—, y me reservo las acciones legales que pueda emprender mi familia ante tal falsedad.

Los letrados de los americanos no habían sido tan desdeñosos y esa misma mañana habían llamado a Gómez para convocarlo a una reunión en la torre de cristal al final de la Castellana, donde esperaban poder sopesar las pruebas con las que contaba Concepción, a quien Lita y Alberto habían tratado de convencer para que acudiera. «Hija —contestó ella—, yo lo paso muy mal con tanta gente, entre abogados y esos americanos que dices... Ya he visto y oído suficiente para estar segura de que efectivamente mi madre tuvo una relación con un Santadoma, y quiero pensar que feliz por lo que se ve en las fotos. De lo demás, juicios, indemnizaciones y todas esas cosas de las que habláis, no entiendo, y siempre estoy pensando en si puedo equivocarme, como en aquella primera entrevista en la que tanto tuviste que advertirme. ¡Imagínate que se presenta el marqués y me habla! ¿Qué le diría? —Alberto asintió con los labios apretados; nunca había que descartar esa posibilidad y don Enrique era imprevisible—. Id vosotros dos —continuó ella, más relajada al ver que su hija cedía—. Confío en lo que hagáis. Ya me contaréis después».

—¿Estamos seguros de lo que vamos a hacer? —cuestionó Lita mientras seguían esperando a los abogados de los americanos en la sala de juntas—. Marcelo y José siempre me habían aconsejado no enseñar ninguna prueba antes del juicio.

—Ya. Esa puede ser una estrategia, pero no nos interesa un pleito que dure un montón de años. Tu madre ya tiene cierta edad, debería poder disfrutar de lo que es suyo, ¿no crees? —Lita asintió—. Si queremos evitar el juicio y llegar a un acuerdo con los Santadoma y estos no se avienen, deberemos empezar por convencer a los americanos. Ellos son los primeros interesados en obtener la totalidad de las acciones del banco, y son también quienes pueden exigir al marqués y a los suyos que alcancen un acuerdo. Para eso les tenemos que acreditar que no vamos de farol. En su lugar yo haría lo mismo.

—Pero si conocen las pruebas, ¿no pueden intentar refutarlas, comprar a esos testigos para que se desdigan?

—Sí, pueden intentarlo. De hecho, ya lo estaban haciendo —reconoció el abogado por primera vez a Lita—, pero se encontraron con un país de personas honradas que han vivido y sufrido tremendamente, muchas de las cuales siguen creyendo en la revolución y odian el capitalismo... Pero sobre todo se toparon con Raúl. La gente sabía de su interés en este tema y en cuanto alguien hizo una pregunta indiscreta de más, corrieron a él con la noticia. Allí la santería continúa siendo una religión respetada y los babalaos son reverenciados. En cualquier caso —continuó Alberto en el momento en que se abría la puerta de la sala de juntas—, ¿cómo iban a cambiar las fotos? —preguntó bajando la voz—. ¿O las cartas del hijo del marqués? ¿O el camafeo? ¿Crees que podrían comprar a tu tío?

Lita estaba pensando, desechando ya esa posibilidad cuando la gente empezó a entrar en la estancia. Dos abogados que se presentaron a Gómez y a ella. Luego Meyerfeld, tan grande y seco como siempre. Y Stewart, que le sonrió mostrándole aquellos dientes blancos que tanto la habían impresionado cuando lo conoció. Mientras los demás tomaban asiento, el americano se dirigió directamente hacia Lita con la mano por delante.

Ella la aceptó, notando que el contacto se prolongaba durante un segundo de más.

—¿Me permite hablar con su cliente? —inquirió en inglés tras saludar también a Alberto—. No, no es nada comprometedor —aclaró ante el gesto de suspicacia del otro.

—Eso ya se lo garantizo yo —dijo el letrado, sonriente.

—¡Menuda has liado, muchacha! —le recriminó entonces a Lita, con la sonrisa más amplia, pero sin un deje de seriedad.

Lita consultó con la mirada a Alberto y este se encogió de hombros.

—Solo pretendo lo que en justicia le corresponde a mi madre —replicó entonces.

—Mírame —contestó a su vez Stewart—, y a tu abogado también, si quieres. Ambos somos negros y a todos nos gustaría alcanzar esa justicia, la que se negó a nuestros ancestros, pero son muchos los que tratan de aprovecharse de su raza. ¡No lo censuro! —añadió con rapidez—. El problema es demostrar ese derecho...

—Para eso estamos aquí —terció Alberto.

—Ciertamente —cedió el americano, que tomó asiento junto a la propia Lita.

Mientras conversaban, la sala casi se había llenado de asesores, seis además de los abogados. Lita no tuvo oportunidad de fijarse en todos, porque tras mirar a dos de ellos tropezó con Pablo, impecablemente vestido, tan atractivo como antes; daba la impresión de que hallarse en la planta treinta y nueve de un edificio de cristal, lejos de panaderos y ferreteros, le había insuflado vida, sangre fresca. Lita desvió la mirada de él.

—¿Por qué está Pablo? —preguntó en susurros al oído de Stewart.

—Es un gran profesional —contestó este, también en voz baja—. Tengo entendido que lo degradaron por defenderte. Si al final resulta que tienes razón, ¿debería ser él el único perjudicado?

Lita reprimió las muestras de sorpresa que aquella respuesta le pedían: cerrar los ojos, negar con la cabeza para ordenar sus pensamientos... El argumento de Stewart podía ser impecable, cierto, ¿por qué iba a ser él el único que pagase por su causa? Pero al mismo tiempo ella presintió que Pablo estaba allí exclusivamente para presionarla. Entonces sí que lo miró y él frunció los labios en una media sonrisa, como si apoyase las palabras que sabía que le había contestado el americano.

Desde la cabecera de la mesa, Alberto empezó a presentar el

primero de los videos de los cubanos que hablaban de Eusebio, Margarita y Concepción.

—¿No podríamos visionar todo esto en el televisor grande? —propuso alguien señalando una inmensa pantalla plana que colgaba de la pared tras Gómez.

—No —se limitó a contestar este, dando por entendido que no quería conectarse al sistema informático del despacho. No estaba conectado a internet, le había comentado a Lita, y sus informáticos habían adoptado todas las medidas de seguridad necesarias para proteger una información que, por ende, tampoco era completa, como Lita comprobó un instante después.

—¿Quién es este hombre? —preguntó uno de los abogados de Stewart.

Alberto había editado los videos y excluido cualquier dato que identificara a sus testigos, eliminando incluso toda referencia hablada que, por ejemplo, pudiera llevar a reconocer a la persona que ahora sostenía con rotundidad que Concepción era hija de don Eusebio, como el tío Antonio, hermano de Margarita.

—Alguien que vivió personalmente los hechos —afirmó Gómez.

Lita conocía las declaraciones, en algunos casos y con relación a determinados momentos incluso podía recordarlas palabra por palabra, por lo que, mientras los demás se centraban en el contenido del video, ella se dedicó a observarlos. Notó la tensión. Las afirmaciones de los diversos testigos resonaban en la sala y percibió cómo la gente de Stewart se miraba a hurtadillas, de reojo, tratando de esconder una creciente preocupación. Un traductor siseaba a Meyerfeld y a Stewart el contenido de las declaraciones en inglés, por lo que en sucesivas ocasiones Alberto tuvo que detener el video e incluso retroceder. Entonces la gente se quedaba quieta, en silencio, a la espera de la traducción a los americanos, y era Lita la que se sentía observada. Se sintió a gusto al ser el centro de atención de todos aquellos buenos profesionales, incluido Pablo, con el que, sin embargo, prefería evitar el contacto visual. Tras los videos vinieron las fotos, camafeo incluido. El portátil corrió por la mesa de mano en mano. Lita observó la cara de Pablo al ver las imágenes. Una vez hubo finalizado la ronda y el ordenador se hallaba de nuevo en manos de Alberto, este se refirió a las transcripciones de los videos.

—Están legalizadas por el consulado español —advirtió—, aunque con los datos y determinados párrafos tachados, y no son más que lo que ya han escuchado ustedes de todas esas personas. Si quieren que las lea…

Le eximieron de hacerlo, por lo que Gómez pasó a leer, esta vez sí, en voz alta y clara, las cartas del hijo del marqués a su padre.

—¿Cómo es que disponen de esta correspondencia? —lo interrumpió uno de los abogados.

—Se la dieron a mi cliente entre la documentación de la negociación.

—Pero es privada, confidencial.

Gómez repitió los mismos argumentos que Marcelo y José ya habían sostenido en su momento:

—Entendemos que no, puesto que tanto el remitente como el destinatario han muerto.

—En cualquier caso, su cliente se ha hecho con esas cartas de forma ilegítima. No se las entregaron para que reclamase…

—Esto de las legitimidades o ilegitimidades —lo interrumpió Alberto con autoridad— corresponderá decidirlo a los jueces. No pretendemos quedárnoslas, porque hay un montón de ellas —añadió con cierto cinismo—; de hecho, no tenemos inconveniente en que se las devuelvan una vez resuelto el juicio. No las queremos.

Las leyó, no enteras, sino centrándose en aquellas expresiones que demostraban el interés en Margarita y Concepción por parte de Eusebio.

Alguien resopló en medio de una de las lecturas. Lita, en vano, intentó localizarlo.

—Bien —puso fin a la lectura el abogado—, hasta aquí parte de las pruebas de las que disponemos. El colegio y los gastos médicos de María Regla Blasco fueron pagados por los Santadoma; eso será fácil acreditarlo. Y debo recordarles que mi clienta, doña Concepción Hermoso, fue traída a España por el marqués de Santadoma cuando no contaba ni un año de edad, junto a su madre, una joven criada mulata. Cabe preguntarse qué necesidad había de ello. ¿Alguno de ustedes lo haría? Sin ánimo de faltar a nadie —continuó, desviando un instante la mirada hacia Lita—, ¿era imprescindible esa criada? ¿No podía haber sido sustituida por otra que no arrastrase a una hija de tan corta edad, una criatura que solo proporcionaría problemas e impedimentos para que la madre cumpliera con su trabajo? No cabe asumir que el señor marqués o su esposa tuvieran una relación especial con esa criada; debían de tener muchas y bien dispuestas a seguirlos a España. Algo más había, y es evidente. Los Santadoma lo saben y se verán obligados a reconocerlo.

—No vamos a discutir con usted el material que nos ha mostrado —replicó uno de los abogados de los americanos—, pero negamos tajantemente eso de que los Santadoma conocieran la situación. Ninguno de ellos…

—Doña Claudia —le interrumpió Gómez, que se adelantó a Lita, a la que había rogado que no interviniese en momento alguno, pero que en esta ocasión estuvo a punto de desobedecer las indicaciones de su abogado—. Doña Claudia —repitió—, la viuda de don Eusebio, el padre de mi clienta, ya estaba al tanto de la filiación de doña Concepción cuando vivían en Cuba. Así lo sostienen todos los testigos.

—Doña Claudia está vieja, senil —alegó el otro letrado.

—Por eso pretendo llamarla a declarar anticipadamente, la semana que viene, no vaya a ser que su senilidad o su salud se agraven, Dios no lo quiera. Creo que su testimonio es imprescindible y que el juez aceptará.

Muchos de los presentes recordaron a doña Claudia gritando en la sala de juntas del banco, negándose a atender los ruegos de su hijo el marqués, insultando a Lita y a su madre, y todos llegaron a la misma conclusión. Lita y Alberto reprimieron una sonrisa; empezando por Stewart, todos los allí reunidos temían lo que pudiera confesar aquella mujer delante de un juez y de Concepción. No habría quien la callase.

—No creo que la mujer esté en condiciones de declarar —trató de excusarla uno de los abogados.

—Lo estará, lo estará. Mire —Gómez endureció la voz, el rostro, la postura—, hemos venido aquí de buena fe. —Cambió de interlocutor y se dirigió directamente a los americanos—. No voy a aceptar treta alguna. Si quieren ustedes negociar, háganlo y pongan sus cartas o su oferta encima de la mesa, nosotros ya lo hemos hecho, pero en estos momentos no perderé el tiempo con artimañas. Guárdelas usted para el juicio —terminó dirigiéndose de nuevo al abogado. Luego extrajo un documento de su portafolios y lo empujó por encima de la mesa logrando que se deslizase hasta el colega con el que discutía, que lo leyó en silencio.

—¿Cree usted que es necesario?

—Imprescindible —contestó Gómez.

Se trataba de un requerimiento similar al efectuado al marqués de Santadoma, mediante el cual el abogado, apoderado de Concepción, ponía en conocimiento de los compradores la reivindicación de su parte de la herencia, advirtiéndoles de las consecuencias de una sentencia a su favor sobre las acciones del banco.

—Estaba usted hablando de buena fe —le recriminó el abogado de los americanos.

—Y es exactamente eso —simuló ofenderse Gómez—. ¿Imagina usted que les escondiésemos la reclamación de doña Concepción? Eso sí que sería mala fe. Les hemos mostrado nuestros argumentos, ¿qué menos que como corolario les comuniquemos qué es lo que pretendemos hacer?

El otro asintió. Meyerfeld y Stewart firmaron la recepción de aquel requerimiento y Alberto volvió a tomar la palabra:

—Supongo que necesitarán ustedes hablar, por lo que creo que será mejor que los dejemos tranquilos. —Lita y el letrado se levantaron de la mesa. El resto hizo ademán de imitarlos por cortesía, pero Alberto los dejó a medio camino—. Por cierto —añadió—, sería bueno que convencieran ustedes al marqués —alargó la «ese» final a modo de sarcasmo— de que arregle la situación laboral de doña Regla. El pleito lo tiene perdido, usted mismo lo dijo —afirmó dirigiéndose a Stewart—. No es bueno tratar de llegar a acuerdos cuando hay otros litigios de por medio; entorpecen la buena disposición..., igual que el hecho de que doña Concepción Hermoso carezca de pensión de jubilación tras toda una vida trabajando sin horarios para esos aristócratas. Sepan ustedes que, en lugar de retirarse a vivir con la pensión que en justicia le corresponde, sigue limpiando casas para poder comer.

En otros momentos de su vida, Lita habría escondido la mirada, avergonzada, tras las palabras de Alberto. En este, sin embargo, se irguió y los retó a todos, incluidos Stewart y Pablo.

—Los Santadoma son unas personas bastante especiales —admitió el segundo de los abogados de los americanos—. Lo intentaremos, pero entiendo que son asuntos menores en función de lo que estamos hablando. Para que quede claro, ¿condiciona usted las negociaciones que puedan llevarse a cabo y que afectan a la posible herencia de su clienta, interfiriendo a su vez en la venta de una institución bancaria, a que Santadoma indemnice a doña Regla y pague una pensión a su madre?

—Sí —respondió Lita adelantándose a Alberto—. A mí me han despedido por ser mulata y por reclamar lo que le corresponde a mi madre, a la que han dejado sin un miserable euro después de toda una vida de trabajo, sufriendo día tras día ese carácter que usted ha calificado de «especial». ¿Quiere que le defina con algunos ejemplos lo que usted ha calificado de especial? —Lita calló para que sus palabras flotaran por encima de la mesa. Nadie contestó—. Lo que ya nos pertenece, a mí y a mi madre —añadió—, no tiene nada que ver con que ella sea hija de Eusebio de Santadoma. Esa es otra lucha.

—Ya lo han oído —confirmó Gómez.

—No sé por qué no me sorprende tu posición de fuerza —concedió Stewart, sonriendo y ofreciendo una vez más la mano a Lita, que en esta ocasión agarró también con la izquierda, envolviéndola por completo—. Me hubiera gustado trabajar contigo. Eres…

—En una de estas la tendrá usted sentada en el consejo de administración como propietaria de un buen paquete de acciones del banco —lo interrumpió Alberto.

Stewart soltó una carcajada y asintió, liberando la mano de Lita, que ladeó la cabeza en gesto de complicidad con su abogado. Luego se despidió de Meyerfeld y se encaminaron a la salida. Pablo se mantuvo sentado a la mesa, quieto, cuando los otros dos pasaron junto a él. Lita lo miró con sentimientos encontrados. ¿Qué quedaba de todas sus ilusiones? No quiso manifestarse, ni siquiera pensarlo en un ambiente y una situación como aquellos, y por tanto evitó despedirse de él.

# 23

*Jiguaní, Cuba*
*Mayo de 1878*

Se había iniciado la estación de las lluvias y Kaweka miró hacia el río que ya empezaba a bajar algo crecido. Se hallaba en los alrededores de Jiguaní, en una zona selvática, cerca de Bayamo y de Yara, de Sierra Maestra y de todos aquellos lugares en los que había luchado y donde se había fraguado la revolución a cuya paz se oponía el Titán de Bronce, el general Maceo, quien, con la protesta de Baraguá, decidió continuar la guerra contra los españoles.

Cuando el general negro supo de la fuga de Kaweka después de la rendición de las tropas al español Martínez Campos y de su llegada a Mangos de Baraguá, la hizo llamar a su presencia.

—Pero estoy impedida —maldijo Kaweka después de que el militar ensalzara sus campañas y le ofreciera el mando de una compañía de diez hombres.

—No tienes que luchar, sargento —replicó él—, eso ya lo harán tus hombres, pero la experiencia que puedes aportar no tiene precio. Ojalá dispusiera de muchos oficiales como tú, pero ya has visto la escasez de tropas, de armas, de recursos y hasta de alimentos. Han sido muchos años de lucha, muchos negros muertos que han quedado atrás, asesinados y masacrados como alimañas, para permitir ahora que los blancos se pongan de acuerdo entre ellos, que sigan enriqueciéndose, explotando a los nuestros, y que pretendan que después de diez años de guerra no ha pasado nada.

La compañía de Kaweka tenía que controlar los alrededores del río Jiguaní e impedir que lo cruzara el enemigo. Tenía a su cargo a un cabo y nueve soldados que desobedecieron sus órdenes tan pronto como aparecieron los españoles.

—¿Qué hacéis? —susurró para que el enemigo no los descubriese, cuando vio que tiraban sus armas al suelo.

—Entregarnos —contestó el cabo.

—¡No lo permitiré! —exclamó ella.

En ese momento le importó poco alzar la voz al mismo tiempo que empuñaba el machete con su mano derecha.

—¿Quieres enfrentarte a nosotros? —preguntó el cabo.

Kaweka notó el peso del machete como una carga intolerable y terminó cediendo. No le ofrecieron que se uniese a ellos, sabían que no los acompañaría. Alzaron los brazos al cielo y, suplicando perdón y misericordia a gritos, se dirigieron hacia los españoles.

—Que tengas suerte, hermana —le deseó el cabo antes de irse.

Ella, por su parte, se escondió en la espesura y un chaparrón repentino disuadió a los enemigos de perseguirla. Lo que no consiguió esa cortina de agua fue que desapareciera el sentimiento de culpabilidad que la asedió al comprobar cómo se arrodillaban sus hombres. No había sido capaz de mantener la disciplina, quizá porque no confiaban en ella, una tullida, para conducirlos a la victoria como había hecho otras tantas veces. Su reputación no era suficiente. El agua caía, pero Yemayá no aparecía para disfrutar de su elemento preferido. Nada sabía de Modesto, ni de Yesa, y sus soldados la abandonaban. Se sintió sola, perdida, fracasada, y se preguntó cómo podía volver ante los oficiales y admitir que todos sus hombres, sin excepción, habían desertado.

Aun así, debía regresar al campamento. Por humillante que eso le resultase, el oficial al mando debía enterarse de que la zona que le habían asignado quedaba totalmente desguarnecida y a merced del enemigo. Cuando llegó, vio a algunos soldados desharrapados que vagaban por las instalaciones.

—¿Dónde está el teniente coronel? —le preguntó a uno de ellos.

El hombre pareció pensarlo. Se rascó la cabeza y le sonrió con cinismo.

—A esta hora debe de estar ya en su casa.

—¿El capitán Martínez?

—Ese no sé si tenía casa.

—Se la estará robando a otro —replicó uno de los compañeros entre risas.

—¿La tropa? —se atrevió a preguntar Kaweka.

Las muecas fueron suficiente contestación.

Todos se rendían. El general Maceo y otros miembros de su estado mayor habían viajado a Jamaica, isla en la que existía un importante contingente de emigrados cubanos que se decía que estaban dispuestos a ayudar a los revolucionarios. Allí, en Kingston, la capital, el Titán de Bronce, el héroe de la guerra por una Cuba libre, mantuvo dos encuentros públicos con cubanos en busca de hombres y dinero con el que financiar la continuación de la guerra. Consiguió cinco chelines y siete soldados dispuestos a alistarse.

La carta que el general negro envió al gobierno provisional insurgente sostenía, entre otras afirmaciones, que no había esperanzas de recursos, y que era necesario que se esforzaran por evitar más sacrificios inútiles. Tras esa comunicación, Maceo tardó en regresar a Cuba, y el 21 de mayo de 1878, don Manuel Calvar, presidente de la República de Cuba Libre capitulaba ante el general Martínez Campos sin conseguir beneficio alguno. A diferencia de lo que había sucedido con los esclavos cuando se firmó el Pacto de Zanjón, los que habían continuado luchando en el ejército rebelde se regirían por la Ley Moret, aquella que declaraba los vientres libres y que liberaba a los negros una vez cumplidos los sesenta años.

De un día para otro, tras una larga guerra, Kaweka, con treinta y tres años de edad convertidos en muchos más por una vida de penurias y privaciones, se encontró en las montañas de Oriente, tullida, ataviada con un uniforme de sargento, su machete, y con el collar de cuentas de una diosa que la había abandonado como todo patrimonio. Seguía siendo esclava en una tierra que ahora, pacificada, se le presentó como un lugar terriblemente hostil, donde podía ser detenida y entregada a las autoridades en cualquier momento.

*Santiago de Cuba*
*Mayo de 1878*

El cuartel de la Reina Mercedes ocupaba un gran espacio en el este de la ciudad de Santiago de Cuba. Se trataba de un edificio sencillo, rectangular, de una sola planta y de ciento ochenta metros de frente por otros ochenta de fondo, situado junto al hospital militar Príncipe Alfonso.

El cuartel había sido inicialmente construido como cárcel, para liberar a los conventos de la ciudad de los presidiarios que eran encerrados en ellos. Tenía una capacidad para unos mil soldados en la planta baja, única construida alrededor de un gran patio de armas al que daban almacenes, cuadras y demás instalaciones militares, y barracones para los soldados que se convertían en viviendas para los oficiales y sus familias. Bajo tierra, en los sótanos, celdas en las que se hacinaban unos doscientos reclusos.

Durante la guerra de los Diez Años, los presos habían sido enviados al cuartel El Provisional, al otro lado de la ciudad, y el Reina Mercedes había quedado como instalación militar, en primera línea de defensa de la ciudad, de apoyo al hospital, pero no había logrado librarse de los prisioneros, que en aquella época se multiplicaban.

Modesto se hallaba en el Reina Mercedes tras un largo periplo que se inició con su detención en las cercanías del ingenio La Candelaria, en el Departamento de Occidente, y que lo llevó a la mayor ciudad al este de la isla.

Sus esperanzas de que los esclavos del ingenio no lo denunciaran a los voluntarios fracasaron en cuanto estos insistieron en saber quién había participado en la ejecución a machetazos del mayoral y de los demás blancos que habían quedado atrás.

Aquella compañía de mercenarios estaba dispuesta a vender subrepticiamente a los esclavos del ingenio y obtener así un buen beneficio, pero decidieron que tampoco estaría de más entregar a la justicia, junto a los cadáveres de los hombres de Kaweka que habían abatido y por los que les pagaban, a algún responsable vivo de la matanza. Eso les proporcionaría notoriedad y prestigio para que otros hacendados los contratasen.

No hicieron falta más de un par de latigazos para que el primer esclavo de La Candelaria que fue interrogado delatara a Modesto. Los demás lo corroboraron espontáneamente, algunos retándolo con la mirada, recriminándole su desgracia; otros, entre ellos la muchacha mulata de ojos verdes, bajando la vista al suelo.

Le desollaron la espalda a latigazos, sin clemencia, aunque todos aquellos cuerazos no consiguieron atenuar el consuelo que había sentido al comprobar que entre los cadáveres no estaba el de Kaweka, una tranquilidad que, no obstante, se tambaleó al oír hablar de ella al jefe de los voluntarios, irritado por el hecho de que la famosa sargento rebelde se les hubiera escapado.

—Tiene que estar malherida —dijo uno de sus hombres—. Yo mismo la alcancé con el machete en el hombro y fue un golpe bien hondo —aseguró mientras enfatizaba sus palabras con un gesto de la mano.

Al día siguiente, con los cadáveres de los guerrilleros de Kaweka apiñados en un carro, trasladaron a Modesto a Santa Clara, que todavía estaba en manos españolas pese a la invasión del Departamento de Occidente emprendida por el general Máximo Gómez. Los cadáveres de los rebeldes fueron expuestos en la plaza junto a la parroquia mayor de la villa y José García, que así dijo llamarse Modesto para que no lo devolviesen a La Habana, con Rivaviejo, fue entregado al justicia del lugar.

—Formaba parte de la partida de rebeldes que atacó el ingenio La Candelaria —lo acusó uno de los voluntarios—. Mató al mayoral y a varios trabajadores blancos.

La declaración se alargó, en presencia del procurador síndico en calidad de protector de los esclavos, y Modesto negó cualquier relación con los rebeldes aduciendo que había formado parte de la negrada del ingenio como esclavo.

—Eso tiene fácil solución —sostuvo el juez.

—Los libros están quemados —alegó uno de los voluntarios.

—¿Y el dueño?

—En La Habana..., se supone.

—Pues que vengan los demás esclavos para tomarles declaración.

«A estas horas ya estarán vendidos», callaron los voluntarios que se habían encargado del traslado de Modesto y los cadáveres.

—Como usted diga, excelencia —aseguró uno de ellos en su lugar—. Los traeremos a su presencia tan pronto como nos sea posible.

Por supuesto, no los llevaron. Y Modesto, denunciado por asesinato, esperó en una mazmorra de la que lo sacaban durante el día para realizar obras públicas, porque nunca reconoció ser enfermero. Trató de hablar con el síndico defensor de los esclavos, pero este ya había dado por cumplida su labor y no atendió ninguna de sus peticiones, a la espera de que trajeran a los testigos. Una espera que se vio interrumpida cuando la ciudad fue atacada sorpresivamente por el general rebelde Manuel Calvar, quien logró controlar la plaza durante poco más de una hora y media, periodo durante el cual incendiaron uno de los dos cuarteles y otras instalaciones oficiales y saquearon almacenes y arsenales, haciéndose con un importante botín antes de abandonar la ciudad de nuevo en manos de los españoles.

Modesto, siempre aherrojado con una cadena por los tobillos, se hallaba trabajando en el interior del cuartel en el que se refugiaron las tropas del otro fortín de la ciudad tras dejar atrás treinta muertos y numerosos heridos. Allí, el prisionero imploró con todas sus fuerzas a la Yemayá de Kaweka que los rebeldes continuaran asediando Santa Clara hasta tomar definitivamente la plaza.

—Tus amigos no te han liberado —se burló uno de los soldados españoles, dándole un fuerte pescozón—. Hemos resistido bien.

—No soy rebelde —contestó él, renegando de la *orisha*.

—Ya, ni yo español —exclamó otro soldado.

Lo que no había resistido al ataque de los rebeldes fue la cárcel ni las dependencias del juzgado, donde, igual que ya había sucedido en el ingenio La Candelaria, volvieron a quemarse libros y expedientes.

Modesto ya no era nadie: no tenía papeles, carecía de identidad. Sus antecedentes, incluso los judiciales, habían desaparecido.

Solo le quedaban unos grilletes que el capitán del regimiento ordenó que no le quitaran, porque era sabido que lo habían acusado de asesinato. Vista la situación, el síndico protector de los esclavos puso a Modesto bajo el cuidado del ejército. Él, como muchos otros, atendía a oficiales, se ocupaba de los servicios y sobre todo trabajaba a destajo en las obras de reconstrucción de las defensas de la ciudad. Las cuestiones del papeleo y los demás trámites se postergaron hasta que llegase el final de la guerra.

Fue en esa tesitura cuando el general Martínez Campos arribó a Cuba con sus refuerzos de soldados curtidos en las guerras carlistas españolas, iniciando el ataque que llevaría a la capitulación de los rebeldes, primero con el Pacto de Zanjón y después con la rendición absoluta tras el fracaso de las gestiones de Maceo en Jamaica. Como otros tantos esclavos al servicio de los españoles, Modesto, con los tobillos ya encallecidos por los grilletes, acompañó al regimiento que, junto a las demás fuerzas del general Martínez Campos, partió de Santa Clara y de otros lugares de la isla para conquistar el Departamento de Oriente. En varias ocasiones intentó fugarse, solo o en compañía, a pesar de las cadenas que lo hacían tropezar y caer una y otra vez. Lo más lejos que llegó, en una de ellas, fue a poco más de un kilómetro de su regimiento. Los mastines solo tuvieron que trotar para darle caza. Los castigos fueron recrudeciéndose para con los esclavos que se fugaban.

—Esto es el ejército y estamos en guerra —gritó un teniente de esos veteranos recién llegados de España, tras haber capturado a tres esclavos que habían desertado—. Si a los soldados traidores se los ejecuta de forma sumaria, no va a ser menos con vosotros, desgraciados. En España no hay esclavos, solo soldados, y como tales moriréis.

Y allí mismo los fusilaron.

Modesto tomó buena nota de aquellas muertes, entre las que podría haber estado la suya, y ese pensamiento lo mareó. Aquellos hombres no eran soldados. No desertaban, ni mucho menos pretendían pasarse a las filas enemigas. La mayoría solo quería ir en busca de su familia, regresar a su potrero o ingenio, y continuar con su vida de esclavitud.

Un día u otro, toda aquella locura debía acabar. Cuba, sus gentes, sus recursos, ya no daba para más. Diez años de guerra sin cuartel, de tierra quemada, de lucha fratricida tenían que llegar a su fin, de manera que Modesto se acomodó a esa nueva vida, la de esclavo, la que tantas y tantas veces había visto cuando acudía con Rivaviejo a los ingenios: obedecer, someterse, pelearse y emborracharse con los demás esclavos tan pronto como uno podía, convertirse en un animal que tenía que agradecer que lo pateasen, y así, con esa conciencia, recaló en Santiago de Cuba, en el cuartel de la Reina Mercedes, donde se dedicó a atender a los presos encarcelados en las celdas que había bajo tierra: les llevaba la comida, cambiaba la paja de cuando en cuando, limpiaba los cubos en los que hacían sus necesidades y realizaba cuantas otras labores fueran necesarias.

A todos aquellos presos que llegaban tras la protesta de Baraguá de Maceo les preguntó por la sargento Kaweka, el único nexo que le quedaba con la vida del hombre que fue, libre o esclavo. Muchos le engañaban para que los beneficiase con la comida, hasta que topó con uno que le proporcionó referencias suficientes para conceder credibilidad a sus palabras. Había estado en el campamento de Jatibonico, en el mismo hospital de sangre en el que ingresaron a la sargento Kaweka. Conocía al médico, el comandante Pérez. El hombre le mostró una cicatriz que cruzaba su muslo derecho para apoyar la veracidad de sus palabras. Todo el mundo hablaba de la sargento, dijo, y le relató lo que él ya sabía: la había sorprendido una compañía de voluntarios después de atacar un ingenio llamado La Candelaria, recordaba el nombre porque su hermana se llamaba así. Contó que la llevaron herida en angarillas hasta el campamento y que, mientras agonizaba, la gente cantaba y rezaba fuera, y que hasta el general Máximo Gómez fue a visitarla una vez se hubo curado. Kaweka vivía, sí, impedida del brazo izquierdo a la altura del hombro, pero decidida a volver a empuñar un machete. Luego, él se reintegró a su unidad y nunca más supo de la mujer.

Habían transcurrido más de tres años desde que había fracasado su asalto al ingenio La Candelaria. Modesto confiaba en que Kaweka viviera, aunque dudaba de ello, extrañado ante la inexistencia de comentarios acerca de incursión alguna por parte de una sargento que antes causaba terror entre los enemigos y admiración entre los amigos. Era como si hubiera dejado de existir, lo que, una y otra vez, traía a su mente las desesperantes palabras del voluntario dando cuenta a su jefe en el ingenio: «Tiene que estar malherida. Fue un golpe bien hondo».

El Pacto de Zanjón le concedió cierto regocijo: quizá Kaweka, como sargento del ejército rebelde, hubiera alcanzado la tan ansiada libertad, y Modesto se alegraba por ella. Pero poco antes del 25 de julio, la festividad de Santiago, patrón de la ciudad, se presentó en el cuartel de la Reina Mercedes una compañía del VII Batallón del Cuerpo de Voluntarios de La Habana.

Eran una veintena de hombres los que cruzaron las puertas del cuartel al galope, en formación, uniformados y armados, los caballos sudorosos, como si ignoraran que la guerra había terminado hacía algo más de dos meses. Los centinelas ni siquiera tuvieron tiempo de salir a su encuentro y en su lugar los vieron desmontar en el patio de armas. El teniente que dirigía la compañía preguntó con urgencia por el oficial al mando y, junto a su ayudante, siguió a un cabo que lo llevó hasta las dependencias del coronel.

El resto de los voluntarios, ya pie a tierra, pidieron de beber mientras se acomodaban uniformes y armas y se sacudían la tierra y el polvo. Los soldados del Reina Mercedes se acercaron para interesarse por la llegada de ese inesperado contingente, al mismo tiempo que ordenaban a los esclavos que se hicieran cargo de los caballos. Modesto fue uno de los que andaban por allí.

—¿Qué hacéis en Santiago? —oyó que preguntaba un soldado a uno de los recién llegados.

—Maceo y su gobierno de mentira ya se han rendido —dijo otro.

—Buscamos a una rebelde —contestó el voluntario—. Tenemos órdenes de nuestro coronel, el marqués de Santadoma, de encontrar a una esclava sargento que le pertenece.

—¡Eh! ¿Qué haces, imbécil?

Uno de los soldados golpeó a Modesto cuando este, sorprendido, soltó el caballo, que a punto estuvo de atropellarlo.

—Lo siento, lo siento, lo siento —se lamentó este mientras recuperaba al animal.

—¿Propiedad de tu coronel? —inquirió otro de los soldados—. A esa, como a todos los demás, la habrán liberado tras Zanjón. Deberíamos haberlos matado a todos. Eran una pandilla de asesinos salvajes.

—A esa no la han liberado —insistió el voluntario—. Sabemos que se unió a Maceo, que no aceptó el Zanjón; las últimas noticias que tenemos de hombres que desertaron la sitúan en Jiguaní, por eso estamos aquí. Esa mujer sigue siendo esclava y no pararemos hasta encontrarla.

—¿Y todo este lío por una esclava? —preguntó otro soldado señalando los más de veinte caballos, los hombres, las armas...

—¡Sí! —afirmó el otro con rotundidad—. Aunque no es solo esa esclava. El marqués está buscando también a su hija. Nuestro coronel está decidido...

«A matarlas», contestó para sí Modesto. Llevó el caballo hasta el pilón, donde se lo entregó sin consideración alguna a un esclavo que ya estaba abrevando otro de los animales de la compañía.

El edificio rectangular del Reina Mercedes, que hasta entonces a Modesto le había parecido incluso como una especie de refugio en el que dejar transcurrir los días a la espera de la muerte, como les sucedía a tantos otros esclavos sin otro objetivo en su vida, se erigió de repente como una de las cárceles más inexpugnables que pudiera haber construido un hombre. Saber de Kaweka, incluso de Yesa... ¡Yesa! Si el marqués iba tras ella, era porque tenía datos suficientes para estar convencido de que la niña vivía: ese hombre no hacía nada sin razón. La conciencia del peligro que corría Kaweka y que seguramente ella ignoraba le quitó el sueño. ¿Cómo estaba al corriente el marqués de todos aquellos datos? Los soldados no lo sabían. Solo conocían las órdenes y lo poco que se le había escapado al teniente alrededor de alguna hoguera, en la noche, durante el camino, sobre la hija de la esclava y algo de una fotografía en un periódico que Modesto no llegó a captar con claridad.

Kaweka vivía y estaba allí, a poca distancia de él. Sonrió como hacía tiempo que no sonreía, mientras un escalofrío recorría su cuerpo entero. Por primera vez en más de tres años sintió golpetear la sangre con fuerza en su interior; hasta creyó poder permitirse alguno de aquellos pasos ligeros, de esos que Kaweka gustaba de mirar diciendo que flotaba en el aire, pero las cadenas que aherrojaban sus tobillos lo hicieron trastabillar. No le importó. Solo era un impedimento más, algo fácil de superar ante la sola imagen del contacto del cuerpo de Kaweka junto al suyo. Lo sintió y tembló, y se le escaparon las lágrimas.

Desde ese momento, no tenía más objetivo que escapar del Reina Mercedes y encontrar a Kaweka antes de que lo hicieran los voluntarios enviados por el marqués. Podía trepar hasta el techo de las estancias de la primera planta, no era difícil, y desde allí saltar a la calle. Había vigilancia, pero seguro que con la llegada de la paz actuarían con mayor negligencia, ya que no temían ningún ataque. Salir del cuartel no era imposible. El problema sería encontrarse en medio de una gran ciudad como Santiago de Cuba vestido con un simple taparrabos, que era lo más que llevaba, y con las cadenas atadas a los pies. No llegaría a dar más de tres pasos sin que lo detuviera algún ciudadano. Santiago de Cuba había sido fiel a España durante los diez años de guerra, pese a hallarse en el Departamento de Oriente, siempre asediada por fuerzas enemigas, siempre convertida en el objetivo primordial de los rebeldes. Había resistido, y llevaba a gala aquel triunfo. Ningún ciudadano lo ayudaría. No podía contar con ello.

Deshacerse de las cadenas en el interior del cuartel implicaría mucho ruido; necesitaría herramientas, martillear... La guerra, la esclavitud en el ejército, dura, violenta, había destruido todo sentimiento de solidaridad entre los esclavos, ni siquiera aquella sutil que podía percibirse en ingenios y cafetales. Quizá los negros del Zanjón habían obtenido la libertad, pero para los que habían terminado en manos de los españoles, el fracaso había sido absoluto. Ya no existían causas comunes, ya no se procuraba por el bien de la comunidad; allí cada cual cuidaba de sus intereses. El primero que se enterase de que pugnaba por quitarse las cadenas lo delataría, porque todo chivato obtenía un premio que podía ser incluso su libertad.

Aun así, lo intentó. No se le ocurría cómo podía escapar con aquellas cadenas y rondó la herrería. Pero en cuanto el esclavo que ayudaba en la forja lo vio merodear por allí un par de veces, salió en su persecución.

—¿Qué coño quieres, negro? ¿Qué pretendes robar?

No iba a ser fácil, pensó Modesto. Había sido mucho el tiempo entregado a la indolencia. No tenía nada que ofrecer a nadie, ni siquiera una triste botella de ron, de aguardiente, o algo de tabaco. Todo lo había consumido, todo lo había apostado en las mesas de juego. Solo contaba con un taparrabos y unas cadenas de hierro. La esperanza se le venía abajo en un ambiente de euforia que hacía años que no se vivía en Santiago de Cuba, y que se extendía hasta los militares del cuartel de la Reina Mercedes.

Faltaban pocos días para los carnavales en honor de Santiago, patrón de la ciudad. Desde principios del siglo XIX, los santiagueros festejaban el día de su patrón con dos celebraciones. En la oficial, las autoridades civiles y militares acompañaban en procesión, con todo boato y formalidad, junto al pendón de Castilla portado por el alférez real, a una estatua ecuestre del santo desde el ayuntamiento hasta la catedral, donde era recibida por el cabildo en pleno y permanecía un día expuesta a los fieles.

A esa celebración se le fue sumando con el tiempo la festividad popular, la de los mamarrachos, ciudadanos y esclavos que se disfrazaban, cantaban y bailaban, por lo que los días anteriores y posteriores al del santo eran un carnaval que llegó a convertirse en uno de los más importantes ya no de la isla de Cuba, sino del Caribe entero.

Durante los diez años que había durado la guerra, no se había dejado de rendir pleitesía al santo y de trasladarlo de un emplazamiento a otro. Algunos años, incluso, también se habían celebrado los mamarrachos, pero otros, por temor a un ataque inesperado o, lo que era más importante, a la mezcla de espías rebeldes entre los negros, las fiestas populares habían sido prohibidas o, cuando menos, tremendamente limitadas y controladas. Ahora ya no había guerra. Todos los mandos del ejército rebelde se habían entregado o exiliado de Cuba. Reinaba la paz y, sobre todo, el deseo de diversión, y eso también sucedía en el cuartel de la Reina Mercedes. El teniente Márquez había aceptado la invitación del coronel a formar parte del cortejo con sus hombres y pensó que, después de diez años, podía permitirse demorar algunos días la búsqueda de esa sargento, que probablemente estaría muerta de hambre en algún potrero destrozado.

Modesto entendió que aquella sería su única oportunidad, porque la rutina tras los carnavales volvería a llevar a las suspicacias y las denuncias de unos a otros, a las peleas y a la sumisión. Gracias a un soldado que a grito pelado se cagó en Dios y en la Virgen cuando supo que le había tocado estar de guardia, se enteró de que la vigilancia del cuartel quedaría en manos de un pequeño retén. Y al oír los juramentos de aquel resentido, se dijo que ese reducido grupo tardaría poco en hallarse en un estado de absoluta embriaguez.

Quedarían también los presos de los sótanos y los heridos, cada vez más escasos, del hospital del Príncipe Alfonso, y poca gente más puesto que hasta los familiares de los jefes y oficiales saldrían de fiesta. Podría hacer estallar el arsenal, pensó: una tea encendida por la ventana y todo volaría por los aires. Él podría escapar, aunque probablemente dejando muchos muertos tras de sí. Podía secuestrar al coronel o a su esposa... ¡Qué estupidez!, se dijo. ¿Cómo iba a hacerlo? Necesitaba ideas viables. Incendiar el cuartel se le antojaba bastante práctico. El pajar y el granero arderían con facilidad, pero ¿alguien se preocuparía de los rebeldes encarcelados bajo tierra?

Se convenció de que tenía que conseguirlo sin herir a los suyos. ¿Qué diría Kaweka si le contara que había dañado a algún esclavo para llegar hasta ella? Un hombre negro, alto, extremadamente delgado ahora, con un taparrabos y unas cadenas en los tobillos, eso era lo que tenía que esconder, transformar...

Se coló en las cuadras, donde los caballos cojos. Nadie pretendería montar en uno de ellos el día del patrón. Cogió unas tijeras y le cortó la cola a uno: torda, de color blanco con alguna tonalidad oscura. Por la noche se dedicó a trenzar aquellas matas de pelo largo. Robó un cubo de cal con la que enlucían las paredes del cuartel, y, la noche anterior al día de Santiago, se deslizó por los jardines de los oficiales en busca de ropa tendida de sus mujeres: enaguas grandes, corsés más ampulosos todavía, un chal, un gorro, algunos almohadones y una cuerda gruesa. Necesitaba sobre todo eso, la cuerda.

El día de Santiago, junto a los hombres destacados por el coronel para acompañar a la comitiva oficial, el pueblo entero se lanzó a la calle disfrazado. Mamarrachos con máscaras. Comparsas. Negros con el cuerpo entero teñido de rojo o la cara de color carne. Hombres vestidos de mujer. Gentes con pelucas amarillas de hojas secas y barbas postizas que se entregaban a la música y el baile, provistos de ron, aguardiente, tabaco… Partió el coronel con sus hombres en estricta formación en dirección al ayuntamiento y el retén se quedó a las puertas del cuartel, con otros esclavos, charlando con los que pasaban por la calle, bebiendo con ellos, bailando y tonteando con las mujeres. Unos entraban, otros salían, y entre estos lo hizo Modesto: pintado de blanco, ataviado con un sombrero del que colgaban un montón de trenzas blancas que le llegaban a la altura de la cintura, un corsé relleno con dos almohadones y tapado con la mantilla; llevaba también una falda que arrastraba por el suelo, y se había puesto más relleno en las nalgas. Había usado la cuerda para atar las cadenas y luego se la había enrollado en la cadera, consiguiendo así ocultarlas debajo de la falda y evitar arrastrarlas por el suelo.

Modesto contempló solo un instante el desorden a la puerta del cuartel: cencerros, sonajas y alcohol, y con dos palos que hizo sonar en sus manos, se entremetió en ellos bailando, meneándose como no lo había hecho en su vida, rogando a la diosa de Kaweka que no se le desprendiese la cadena ni ninguno de los almohadones, y que nadie se fijara en él más de lo que podía hacerlo en una negra zumbona que bailaba con un racimo de plátanos en la cabeza a modo de sombrero y que era capaz de golpear a unos y otros con su culo inmenso. Estaba ridículo, grotesco, pero así eran los carnavales. Nadie se iba a extrañar de su aspecto, de lo caricaturesco, si no era porque lo descubrían como un esclavo que intentaba escapar.

Fueron unos pocos segundos de baile hasta que por la calle apareció una conga con sus tambores. Los bocúes y las congas, colgados en bandolera en los negros de esa nación, que los golpeaban con ambas manos al mismo tiempo que marcaban los pasos de baile seguidos por todos los demás en un alarde de coreografía callejera. Eran tambores occidentalizados, restos de los antiguos tambores sagrados africanos blanqueados por mor de la voluntad y el miedo de los amos al poder negro, pero allí estaban, haciendo retumbar el universo entero, llamando a todos los africanos a seguir su música ancestral. Muchos quisieron sumarse a la conga. Los esclavos del cuartel recibieron la negativa de los centinelas, pero Modesto se añadió al grupo con entera libertad, chocando los palos, y se escondió entre el gran número de miembros que seguían a la comparsa: la «arrolladora», que así se llamaba aquella multitud de gente que se unía a las comparsas y que bailaba, cantaba y reía golpeando sartenes con cucharas o cualquier hierro que sonase. Entre ellos iba Modesto, mirando a izquierda y derecha, riendo a carcajadas, bailando y chillando, permitiendo que las lágrimas corrieran libres por sus mejillas.

Desde el cuartel de la Reina Mercedes se dirigieron a la iglesia de Santa Ana, pero Modesto se escabulló por la primera bocacalle que encontró.

—¿Dónde hay una herrería? —preguntó a un grupo de muchachos negros que cantaban y bailaban; aquella intuición que había guiado sus pasos antes de ser detenido en La Candelaria y que había quedado como larvada pareció ahora renacer. Supo que podía confiar en ellos.

—Hoy no trabaja nadie —contestó uno.

—Pero se me ha caído una herradura —insistió Modesto señalando el bajo de las faldas con la más ancha de sus sonrisas.

Un par de chicos se miraron entre ellos. Modesto permaneció atento a su diálogo silencioso.

—Este sabe —terminó señalando uno—. Trabaja allí. Es de su padre.

—¿Usas bien el martillo?

Los jóvenes no se extrañaron cuando Modesto levantó las faldas y les mostró las argollas. El hijo del herrero golpeó con precisión hasta hacer saltar los grilletes, que dejaron a la vista unos tobillos encallecidos en la piel color ébano del esclavo.

—Ha sido mucho tiempo —comentó él—. ¿Cómo puedo escapar de la ciudad?

Le acompañaron hasta señalarle el camino que daba a Sierra Maestra, por donde varios centinelas charlaban y tonteaban con las negras.

—Por este camino entra y sale la gente que vive en El Cobre. Todos los mineros que vienen a divertirse a Santiago, miles de ellos con sus familias. Solo tienes que esperar a que la crucen de vuelta, será ya anochecido. Súmate a ellos y estarás fuera. Podrías sortear la guardia... pero no es aconsejable. A veces hay por ahí algún soldado despistado.

—¡Viva Cuba libre! —susurró otro de los muchachos, al que le había regalado el sombrero con la cola de caballo trenzada antes de acurrucarse entre unas maderas que hacían de linde entre dos barracas a la espera de que anocheciese.

Los chicos le habían regalado una camisa harapienta, negra del carbón de la fragua, con la que salió de la ciudad entre un grupo numeroso de mineros medio disfrazados, mujeres y niños, muchos borrachos, la mayoría pintarrajeados con el ocre anaranjado del cobre puro.

Así, diez años después, Modesto cruzaba por el mismo lugar por el que lo había hecho Kaweka, junto a Porfirio y Jesús, y se internaba en una Sierra Maestra que ahora estaba pacificada y en manos de las fuerzas españolas. Le invitaron a comer y a beber. No se atrevía a mencionar el nombre de Kaweka. La guerra había terminado; quedaban partidas de bandidos a las que los españoles perseguían, o no, según atentaran contra los intereses económicos de los prohombres blancos cubanos, pero Modesto estaba convencido de que Kaweka no se habría unido a ninguno de esos grupos de malhechores.

Ignoraba dónde podría encontrarla, y, sobre todo, si llegaría a ella antes de que lo hicieran los voluntarios del marqués de Santadoma. El teniente Márquez y sus hombres peinarían a conciencia la zona en busca de Kaweka. Conociendo a don Juan José, no repararían en recursos para dar con ella, y aquel joven oficial no tendría las agallas necesarias para presentarse frente a su coronel sin haber capturado a su presa; su vida y su proyección pública en La Habana se habrían acabado si defraudaba al noble en aquella misión.

Habían hecho un alto en el camino a El Cobre y mucha de la gente a la que se había unido Modesto continuaba de fiesta, aunque otros dormían o charlaban. Nadie parecía preocuparse de él. Permanecían en un claro entre la selva. Si Kaweka decidía esconderse en un lugar como aquel, con la experiencia con la que contaba tras diez años de guerra, por más tullida que Modesto hubiera escuchado que había quedado tras el asalto a La Candelaria, no la encontraría ni todo el ejército de Martínez Campos. Los cimarrones eran detenidos en cuanto pretendían vivir como los blancos, en palenques a modo de pequeñas aldeas, donde encendían fuegos, labraban los campos, criaban animales en sus conucos y terminaban comerciando. Pero si un esclavo solo se escondía en las montañas o en las ciénagas, se alimentaba de raíces y se alejaba del mundo, era casi imposible que lo encontraran.

¿Tomaría esa decisión Kaweka una vez terminada la guerra? «No», se dijo.

Modesto se levantó. «No. No lo hará», fue repitiéndose a medida que se encaminaba de vuelta a Santiago de Cuba, cruzándose con mineros con los que tropezaba. Kaweka volvería a la sierra del Rosario en busca de su hija, regresaría al lugar donde la había dejado. No le cabía la menor duda. Rendidos los rebeldes, pacificada la isla, Kaweka no tenía más objetivo que encontrar y liberar a Yesa, para lo cual sería capaz de arriesgar y entregar su vida. No había podido hacerlo hasta entonces, pero ahora, finalizadas las hostilidades, Yemayá tampoco podía exigirle otra cosa: la lucha había terminado y una mujer sola no podía enfrentarse al mundo.

Y él, ante esa realidad, necesitaba un barco que lo acercase hasta La Habana.

Modesto corrió todos los riesgos que se le presentaron para acercarse hasta un barco con destino a la capital de la isla. El día de Santa Ana el carnaval había finalizado, pero la ciudad todavía se recuperaba de los efectos de la primera gran fiesta celebrada tras las restricciones debidas a la guerra; suciedad, gente borracha, establecimientos cerrados. A Santiago de Cuba le costaba despertar del frenesí del carnaval, y Modesto aprovechó aquel estado de letargo para moverse por ella con osadía. Muchas de las grandes casas donde se habían celebrado bailes y fiestas o en las que simplemente algunos grupos de mamarrachos habían «dado un salto», habían entrado con la aquiescencia de la servidumbre y, una vez dentro, habían bailado y cantado y bebido cuanto encontraban mientras los señores protegían sus pertenencias… o se sumaban a la fiesta, ahora aparecían ante él abiertas de par en par —las puertas, los ventanales, todo— para ventilar los olores almizclados que se habían adherido a muebles y maderas nobles. Modesto entró en una de ellas sin pensarlo. El portero no estaba. En el interior, unos cuantos esclavos se esforzaban en recoger los restos de la fiesta, fregar los suelos y limpiar muebles y objetos. Modesto podría haber gritado en medio de un salón tan inmenso como las tres arañas de cristal que colgaban del techo, que lo más que habría logrado sería que las negras que fregaban los suelos se tapasen los oídos. Todas bostezaban, se movían con mayor lentitud todavía de la habitual, agotada toda su energía en el carnaval, desplazándose por la casa como fantasmas incapaces de reaccionar a estímulo alguno. Los había que dormitaban en sillones o en un rincón, hasta que pasaba otro por su lado y les daba una patada. Una de las esclavas lo miró, con la camisa tiznada de negro.

—Ya es hora de que te cambies y te pongas a trabajar, negro —le recriminó.

Eso pensaba hacer. Subió al piso de arriba y se coló en el dormitorio de los señores. Allí, entre los efluvios del alcohol, se hizo con ropa de calidad. Le iba un poco grande, pero los negros tampoco vestían nunca a la medida. Le dolió calzarse. Los dueños de la casa, una pareja entrada en años, parecían muertos sobre las sábanas de hilo de camas separadas, y aprovechó para robar algo de dinero, un reloj de cadena, unos anteojos que no le servían de nada, un sombrero de jipijapa y un maletín para dar la impresión de que iba de viaje, en el que introdujo un par de libros, una muda y las joyas que la mujer blanca había dejado desordenadas encima del tocador.

El repiqueteo de los zapatos sobre el suelo hizo que todos los esclavos despertaran, bajaran la mirada y simularan trabajar. Se despidió del portero al abandonar la casa, como si fuera un invitado rezagado.

—Buenas noches —le dijo pese al sol espléndido que iluminaba la ciudad.

—Buenas noches, señor —respondió este, servil.

No había excesivo tráfico mercantil entre Santiago y el resto de la isla. La política de tierra quemada seguida durante diez años había desprovisto la tierra de materias propias, razón, sin embargo, por la que sí existía la importación de los productos necesarios para abastecer a la ciudad que había permanecido fiel a los españoles. Los tornaviajes eran escasos, por lo que el capitán de una goleta dispuesta a partir hacia La Habana aceptó sin remilgos ni preguntas incómodas el precio del pasaje que pagó aquel negro bien vestido, con su reloj de oro colgando del chaleco, anteojos y un maletín de cuero.

El teniente Márquez no andaba equivocado al situar a Kaweka en las cercanías de Jiguaní, como confesaron los rebeldes desertores, pero al mismo tiempo que los voluntarios de La Habana se dirigían a Santiago de Cuba para organizar la caza de la sargento, esta tomaba el camino de Mangos de Baraguá, donde continuaba establecida la sede del gobierno provisional de la república. Necesitaba confirmar definitivamente los rumores de rendición incondicional que le llegaban de uno y otro lado.

Y así lo hizo: no quedaba nadie. No había soldados, no había armas, no había gobierno. Se dirigió a una vivienda del pueblo donde su propietario, consejero del gobierno, había acogido reuniones con el presidente Calvar, Maceo y los demás jefes cuando la protesta de Baraguá, antes de que el Titán de Bronce le encomendase el mando de esa compañía que había desertado en masa. Maceo había hablado con ella allí mismo, en el interior de esa casa de la que ahora una vieja negra que abrió la puerta la echó a patadas.

—¡Ve a pedir a la iglesia! —le gritó.

Kaweka recorrió el lugar. El pueblo trabajaba pacíficamente, como si nada hubiera sucedido. Nadie la detuvo, quizá porque pensaban que era una de las libertas del Pacto de Zanjón, pero, recelosa ante alguna que otra mirada un tanto aviesa, empezó a evitar mostrarse en demasía y, tal y como había concluido Modesto, decidió encaminarse hacia la sierra del Rosario.

—¡Son casi mil kilómetros! —le advirtió, sorprendido, un aguador negro que le inspiró confianza y al que solicitó información de cómo llegar hasta allí. Kaweka no sabía lo que eran mil kilómetros y no estaba Modesto para explicárselo. El hombre se percató de ello—. Tienes que cruzar casi toda la isla —le aclaró.

Esa sí que era una referencia para ella. Modesto lo mencionaba con frecuencia: «Hemos cruzado mil veces esta maldita isla», decía cuando paraban a descansar. No podía ser tanto, pues, concluyó negando con la cabeza al recuerdo del emancipado. No sabía de su suerte, pero presentía que volvería a verlo. Aquel hombre que aparecía y desaparecía de su vida no podía defraudarla.

—¿Hacia dónde? —preguntó entonces al hombre.

El otro asintió, como si se rindiese.

—Siempre hacia donde se pone el sol —contestó señalando hacia el oeste, la luz ya en declive—. Serán muchos días. Más de un mes probablemente.

Kaweka apretó los labios. Tenía tiempo; por primera vez en muchos años se sintió libre de responsabilidades. «Ahora me toca encontrar a mi niña», le dijo a Yemayá.

Luego dio las gracias al aguador y se encaminó, decidida, en persecución del sol.

—Mil kilómetros… menos un paso —susurró.

# 24

*Madrid, España*
*Junio de 2018*

Concepción no había querido acompañarlas.

—Id y divertíos —las animó.

Ellas insistieron, pero la madre de Lita continuó negándose:

—La noche es de los jóvenes.

Se trataba de uno de los restaurantes clásicos de Madrid: Casa Lucio, en el mismo barrio de La Latina, en la calle de la Cava Baja, una de las que contaban con más historia de Madrid, ahora plagada de bares, restaurantes y cervecerías que llamaban a la gente a la fiesta y la diversión nocturna. Ninguna de las tres había podido permitirse nunca comer o cenar en aquel restaurante. Allí acudían el rey, el presidente del gobierno, ministros, artistas, deportistas, toreros, turistas ricos y gente de fama y prestigio. Era caro, exquisito, con solera, provisto de muebles antiguos y con unas estancias tan intrincadas que parecían haber crecido sin el menor orden. Un lugar de mesas abigarradas, algo decadente, tremendamente madrileño, integrado en una zona impregnada del espíritu del Madrid de los Austrias.

Lita tenía pocas expectativas de conseguir mesa, había leído en internet que las listas de espera eran eternas, pero como pasaba por delante de la puerta camino de casa aprovechó, entró y pidió al *maître*, que la escrutó de arriba abajo, una mesa para esa misma noche.

—¿Para cuántos comensales? —terminó preguntando el hombre.

—Cuatro... o tres —se corrigió imaginando ya la respuesta de su madre.

—Tiene suerte, señorita, nos acaban de anular una.

Y ahí estaban ellas, codo con codo con un presentador de televisión y su pareja en la mesa de al lado, y otros señores con acento sudamericano, aparentemente muy ricos por todo el oro que ostentaban en las muñecas y las joyas que lucían sus acompañantes, en la del otro lado.

—Como en La Habana —brindó Sara, alzando la copa de cava a la que las habían invitado.

—Volveremos a ir —prometió Lita, respondiendo al brindis de su amiga.

Rozaban los cien mil euros la indemnización que le habían pagado los Santadoma a Lita a los pocos días de la reunión en el edificio de cristal. Esa era la razón de la cena. El banco también se comprometía al pago de una pensión vitalicia de ochocientos euros mensuales a Concepción. «¿No es demasiado?», le había recriminado Elena cuando Lita las invitó a cenar. «Habéis acogido a mi madre, a los perros y a mí, sin pedirnos un euro», estuvo tentada de contestar, pero no hizo falta, ya que Sara puso fin a la posible discusión: «La voluntad de una marquesa no se cuestiona».

Y lo celebraron. Huevos rotos, el plato que había encumbrado al restaurante a nivel mundial, una bandeja bien surtida de jamón ibérico y pimientos del piquillo para compartir de primero. Sara se inclinó por un cochinillo asado de segundo; Elena, por unas costillitas de lechal, y Lita se dejó tentar por unas cocochas de merluza al pilpil, algo que nunca había probado: la parte de abajo de la barbilla del pescado, de textura gelatinosa y paladar exquisito. Todas comieron de los platos de las demás. Bebieron vino, tinto, dos botellas, y luego llegó el completísimo carro de los postres.

—¡Todos! —estalló Sara, abriendo los brazos como si quisiera abarcarlos.

—¿Quieren que les prepare un surtido? —propuso el camarero con la sonrisa en la boca.

—Como se olvide usted de uno solo... —lo amenazó Sara.

—Repetiremos, entonces —adujo el hombre.

Pidieron una botella de vino dulce, malvasía, para acompañar los postres.

—Terminaremos borrachas —dijo Lita.

—Yo ya lo estoy —reconoció Sara.

—Vivimos aquí al lado —les recordó Elena—, y siempre hemos encontrado nuestra casa.

—Y acertado en la cerradura.

—A veces nos ha costado, ¿eh? —ironizó Elena.

—Hoy no será así. Nos hemos arrastrado en peores condiciones que estas. En este restaurante pijo no hay alcohol suficiente que pueda con nosotras.

—Podríamos intentarlo... —Las tres se volvieron hacia una mujer guapa, delgada, impecablemente vestida. A su lado, un hombre ya mayor, ochenta años quizá, pero que conservaba un porte cautivador—. Mi padre: Lucio —lo presentó la mujer.

Durante la cena, las tres amigas habían visto cómo aquel hombre andaba de una mesa a otra, generalmente acompañado de su hija, aunque en otras también por su cuenta. Era el personaje que aparecía en las decenas de fotografías que adornaban el local: con el rey Juan Carlos, con los presidentes de España, con el presidente Clinton, con mil personajes ilustres. Les preguntaba cómo habían cenado, charlaba con los comensales y, en alguna ocasión, incluso se sentaba con ellos para departir unos minutos. Ellas no eran habituales, por lo que no se tomaron a mal que no se acercara a su mesa, hasta ese momento, cuando se percataron de que el restaurante se había quedado casi vacío. Ya no estaban el presentador de televisión y su pareja, ni los sudamericanos ricos, ni los demás clientes que habían ido desapareciendo mientras ellas, ajenas a todo, hablaban, comían, bebían y reían.

—Julián —llamó Lucio a uno de los camareros, erguido, las manos por delante, pendiente de su jefe a unos pasos—, tráete esa botella de whisky que tenemos para los personajes importantes —le pidió acercando una silla y sentándose con ellas—. Vamos a enseñarles a estas señoritas cómo se bebe en los restaurantes pijos.

—María —se presentó la hija, imitando a su padre—, y mi

marido: Rafael. —Señaló a un hombre con gafas, barriga, entradas profundas en las sienes y una sonrisa pícara que, tras sentarse también, pronto soltó un chorro de preguntas dirigidas a las tres, salpicadas con todo tipo de bromas y chistes.

Se añadieron un par de personas más, habituales del local, y al final de la noche, con el restaurante cerrado al público, ellas pagaron la cuenta hasta los postres, ya que Lucio les aseguró que el resto era cortesía de la casa, momento que aprovechó para agarrar la mano de Sara y quedarse con ella. La mesa de Lita y sus amigas se había alargado, invadido el pasillo y convertido en un batiburrillo de conversaciones cruzadas, whiskies y todo tipo de copas. Y volvió el jamón, y el lomo ibérico, y cecina, y pan blanco con aceite de oliva virgen y sal gorda.

—... el marqués de Santadoma... —comentaba Lita a uno de los añadidos dentro de la conversación que mantenían.

Y se hizo el silencio hasta que el propio Lucio lo rompió.

—Por ahí tengo alguna foto con él... y con otros —añadió como para restarle importancia al de Santadoma.

—Entonces ¿tú eres...? —preguntó Rafael dirigiéndose a Lita.

—Sí.

—Destrózalo. Es un hijo de puta.

Estaban las tres muy borrachas para recordar las explicaciones de Rafael, experto en el mundo de las finanzas. Tras unas cuantas argumentaciones les comentó que la Banca Santadoma se estaba hundiendo de forma estrepitosa, que sus acciones, aún fuera del mercado bursátil por la opa de los americanos, bajaban de precio sin cesar porque había una fuga imparable de clientes y de pasivo.

—Lo tienes en tus manos —terminó su explicación—. Lo tuyo se estudiará en las escuelas de negocios.

Debía de tener razón Rafael, porque a la mañana siguiente, sobre las once, cuando los restos del alcohol todavía corrían por la sangre de Lita, sonó su teléfono. Era Alberto Gómez. Lo dejó sonar un rato, agotada, hasta que logró incorporarse en la cama, intentó aclararse la garganta con varios carraspeos infructuosos y contestó con un «hola» ronco que el abogado no llegó a entender.

—¿Estás despierta? —preguntó, mostrando cierta ansiedad.

—No —confesó Lita.

—Pues necesito que lo estés. —Le concedió unos segundos antes de continuar—: Diez millones de euros. Eso es lo que nos ofrecen por zanjar el asunto, por olvidarnos de cualquier reclamación contra los Santadoma. ¡Diez millones de euros! —llegó a gritar.

Lita alejó el teléfono de su oreja. «Lo tienes en tus manos», recordó que le había asegurado aquel hombre del restaurante, Rafael, el tipo simpático de los chistes.

—Pide cien —ordenó a su abogado.

—Pero... ¿estás segura?

—Cien —repitió ella con intención de colgar, propósito que logró rectificar a tiempo—. Gracias, Alberto. Confía en mí.

Y colgó, pero el teléfono volvió a sonar.

—Te digo que confíes en mí... —soltó sin pensar.

—¿Qué dices?

Lita sacudió la cabeza. Era Pablo. Creía que se trataba del abogado, que la había vuelto a llamar nada más colgar. Eran más de las doce, y en realidad había transcurrido casi una hora entre una llamada y otra. Intentó aclararse las ideas. La noche anterior Pablo la había buscado, pero había muy mala cobertura en el restaurante y no le apeteció dejar a sus amigas para salir a la calle a hablar con él. Se dijo que Pablo podía proponerle tanto un buen polvo, ahora que su ego ya se había reparado, como aguarle la fiesta con los problemas de algún panadero o artesano similar. No estaba dispuesta a correr ese riesgo por un revolcón.

—¿Qué quieres? —terminó preguntándole.

—¡Has rechazado diez millones de euros!

¡Y qué le importaba a él! Un subidón de adrenalina la despertó por completo.

—No —replicó con autoridad.

La respuesta pilló desprevenido al otro, que titubeó antes de hablar:

—Eso me han dicho.

—No sé lo que te han dicho, ni quién, pero al que lo haya hecho le puedes decir que no rechazo esos diez millones, que me los traigan ahora mismo si quieren… Solo que faltarán noventa más. Y que se den prisa, porque el único interés que tengo es que todo eso lo disfrute mi madre, que por una vez en su vida se sienta rica, favorecida por la fortuna. ¡Esos son mis cien millones!

En esta ocasión sí que colgó, y se dejó caer de nuevo en la cama. Diez millones eran una fortuna, pensó con cierta desazón mientras clavaba la mirada en el techo.

# 25

*Camino de la sierra del Rosario, Cuba*
*Julio de 1878*

Fueron muchos los pasos que Kaweka dio en dirección al oeste, huyendo o siguiendo el sol, hacia aquel palenque en el que la diosa la había obligado a dejar a su niña. Alguien le daría razón de ella, tenía que ser así. Andaba despreocupada pese a ser una esclava fugitiva, vestir uniforme rebelde, todavía con sus galones descoloridos de sargento, y portar un machete que había afilado a conciencia. Lo había pensado cuando tuvo oportunidad de robar alguna ropa, pero decidió no prescindir de ninguna de aquellas prendas y símbolos de los que se sentía orgullosa: significaban diez años de su vida y la lucha por la libertad de los esclavos, una guerra que, para ella, todavía no había terminado. De camino se encontró con un par de perros vagabundos, diferentes de los mastines españoles que utilizaban los rancheadores y el ejército. Estos estaban escuálidos, uno alto, ambos con una capa de pelo marrón claro, ralo, sucio y enmarañado, y hocicos alargados, tipo zorro. Se acercaron a Kaweka como si llevaran mucho tiempo esperándola tras los matorrales desde los que aparecieron.

Se unieron a ella, sin que tan siquiera los llamara; andaban por delante a paso ligero, siempre como encogidos. Iban y venían, profiriendo aullidos sordos semejantes al llanto de una anciana que le advertían de la presencia de cualquier persona o peligro por lejos que estuviera. Así pudo evitar Kaweka todo contacto: los perros la guiaban. También le señalaron madrigueras y cazaron algunas jutías que compartieron. Encontró miel, y frutas, y bebieron el agua fresca de los arroyos. Durmió a campo raso, sin miedo, con los perros a su lado. Y así continuó Kaweka, descalza, los pies ya encallecidos desde niña, medio día con el sol a la espalda, persiguiendo su sombra, el resto cegada, los ojos convertidos en dos ranuras que seguían la luz menguante, siempre con el machete en la mano derecha, golpeando, levantándolo, haciéndolo girar, modificando su forma de luchar ahora que había asumido definitivamente la inutilidad de la mitad izquierda de su cuerpo.

*La Habana*
*Agosto de 1878*

Tras años de guerra y esclavitud, Modesto quiso colmar su espíritu de las sensaciones de la gran ciudad, y a la salida del puerto, el sol de la mañana ya cómplice de la vida ajetreada en las calles, se quedó parado respirando hondo, mirando y oliendo: las gentes, los colores, los señores y los esclavos, los centenares de soldados, los aristócratas ricos y los vendedores ambulantes, los gritos, los aguadores, las tiendas. Tabaquerías, sastrerías, pulperías... Las negras exuberantes que se le acercaban sin el menor recato en la creencia de que era un liberto rico.

Y lo era, ¿o no? La ciudad se metió dentro de él, en un instante lo absorbió y terminó comprando a una de esas muchachas que paseaban los cestos contra sus caderas un dulce de fruta con miel envuelto en una hoja de plátano. Modesto fue consciente de que alardeó del dinero que llevaba en el momento de pagarle, razón por la que la otra se le insinuó de forma incontenida. Una tentación. Hacía mucho tiempo que no contemplaba a una mujer desnuda, y aquella era joven, de pechos grandes y firmes, pezones que se le marcaban a través de la ropa y caderas que torneaban unas nalgas respingonas.

—Kaweka —murmuró apartando aquellas visiones.

—¿Qué dices, negro? —preguntó ella, melosa, rozando su cuerpo.

—Que no puedo, muchacha —contestó él, liberándose de la joven con unos pocos pesos más.

Y se alejó, aunque lo cierto era que no se le ocurría dónde buscar cobijo, dado que tampoco podía hacerlo en una casa de huéspedes al carecer de unos papeles que todavía debían de estar en posesión de Rivaviejo... si es que el doctor seguía vivo. Ojalá no fuera así, pensó. A su cabeza acudió la figura de Rogelia. Recordó aquel momento en el que trató de seguir a Kaweka y la comadrona, grande cuan era, cubrió la puerta, se le echó encima y se lo impidió; él estaba tan borracho que no pudo siquiera empujarla. Y lo que pasó luego, hasta que escapó a la guerra cuando el médico pretendió venderlo... Modesto se encogió de hombros, diciéndose que tampoco habían ido tan mal las cosas entre ellos. Rogelia no tenía por qué guardarle rencor alguno, incluso había asumido y apoyado que escapase a Oriente cuando acudió a ella porque Rivaviejo pretendía venderlo. En realidad, sonrió para sí, Rogelia siempre había sido una especie de refugio para él. Lo único que tenía que hacer era no hablar de Kaweka.

—¡Hijo de puta! —lo recibió la gorda en la puerta, escupiendo las palabras y borrando la sonrisa con la que Modesto pretendió sorprenderla—. ¿Qué quieres? ¿A qué has vuelto?

—La guerra ha terminado... —trató de excusarse Modesto.

—Eso será para ti, negro de mierda.

Luego se volvió y le mostró la espalda desollada, a medio cicatrizar.

—¿Qué tengo que ver yo con eso?

«El marqués», pensó en cuanto hubo formulado la pregunta. Tardó un solo segundo en comprender el error cometido. Los voluntarios del regimiento que buscaba a Kaweka la habían visitado. Aquella mujer lo había traicionado una vez y volvería a hacerlo ahora, no le cupo duda, toda ella irradiaba esa intención.

—¿Qué tienes que ver? ¡Todo! Los hombres del marqués vinieron aquí en tu busca, querían saber de ti, de la puta a la que protegiste y hasta de su hija...

—¿Qué les contaste! —se horrorizó Modesto ante la posibilidad de que el marqués supiera no solo de Kaweka sino de Yesa.

—¿Crees que estaba en condiciones de decidir qué les contaba y qué no?

«Todo, entonces», se dijo el emancipado.

—Espero que te cures —le deseó dándose la vuelta.

—Ayúdame tú, ya que fue por tu causa —trató de detenerlo Rogelia.

Modesto se zafó de su mano y abandonó el lugar, aparentando tranquilidad hasta el primer grito que surgió de boca de la comadrona.

—¡Deténganlo! ¡Es un esclavo fugado!

Modesto miró a un lado y a otro. Era mediodía, La Habana se hallaba en plena ebullición. La gente se detuvo y lo miró a su vez.

—¡Un rebelde asesino! —insistió la mujer con las dos manos en la boca a modo de bocina.

Eso sí que no iban a consentirlo. La Habana no había vivido la guerra, pero quizá por esa razón la gente odiaba a los rebeldes más todavía que si estos los hubieran sometido a asedio. Varios hombres se lanzaron a la carrera en pos de Modesto, que no consiguió escapar calzado con aquellos zapatos que le comprimían los pies. Mientras trataba de quitarse los zapatos, sin pararse del todo, un joven blanco se abalanzó sobre él y lo derribó al suelo.

La Cárcel Real de La Habana, a la entrada del puerto, casi tocando el mar para recibir su aire y evitar epidemias, sorpresa de muchos visitantes, era un edificio similar al cuartel de la Reina Mercedes del que había escapado Modesto: grande y cuadrangular, solo que este se elevaba en dos plantas destinadas en su totalidad a celdas para presos; dos mil cabían en su interior clasificados por sexo, raza y clase social. También contaba con un cuartel anexo con mil doscientos soldados. Hasta allí lo había llevado el alguacil que se había hecho cargo de él, después de que los probos ciudadanos de La Habana lo golpeasen, lo pateasen y le robasen el maletín, el reloj, el sombrero de jipijapa y cuanta ropa vestía. El alcaide de la cárcel lo interrogó sobre su identidad para anotarlo en los libros.

—¿Nombre?

—Juan José.

—¿Apellido?

—Santadoma.

Escribiente y alcaide torcieron el gesto.

—¿Profesión? —preguntó este último con retintín, más por curiosidad que por oficio.

—Marqués.

—¿Quieres que te despelleje? —amenazó el alcaide.

—El señor marqués se molestará mucho si le priva usted de ese placer. —Los dos funcionarios se miraron—. Y ya sabe cómo las gasta su señoría —añadió Modesto.

El marqués de Santadoma era bien conocido en la ciudad. Modesto les sonrió con cinismo, ya que a esas alturas lo único que podía hacer era burlarse de la vida. Recuperó a Kaweka. Escapó de la matanza del ingenio La Candelaria confundiéndose con los esclavos. Lo delataron. Lo apresaron. Vivió como un animal y logró huir de nuevo ante las noticias de su amada, y ahora, Rogelia, una estúpida negra gorda, había vuelto a torcer su destino. No podía quedarse en esa cárcel como un esclavo fugado al que destinaran a las obras del ferrocarril hasta que muriese. Kaweka llegaría a la sierra del Rosario y de allí, de una forma u otra, a La Merced. Ese era el lugar que los unía, allí se habían amado, y si el marqués sabía de la existencia de Yesa, la buscaría y ejercería su venganza también sobre ella. Tenía que llegar al ingenio, decidió, lo más cerca del lugar al que se dirigiría Kaweka una vez se diera cuenta de que el noble se le había adelantado en su búsqueda de Yesa, y allí estaría esperándola, aunque para ello tuviera que entregarse al de Santadoma.

En el palacete del Cerro coincidieron Rogelia y el alcaide de la cárcel, ambos con el mismo mensaje. Los atendió Gracià, el secretario catalán de pelo en punta del marqués, que premió con unas monedas sus informaciones y que, con la comadrona ya en la calle, aumentó la recompensa para que el carcelero mantuviera a

Modesto aislado, sin anotarlo en libro alguno hasta recibir instrucciones del marqués.

Esa misma noche, acompañado por otros dos hombres, Gracià esperó fuera de la cárcel a que el alcaide le trajera al preso, casi desnudo, esposado y amordazado, al que sus hombres arrojaron al interior de un carro cubierto, al mismo tiempo que una bolsa con sus buenos dineros cambiaba de manos.

*Sierra del Rosario*
*Agosto de 1878*

—Quizá llegues tarde.

La noticia se la proporcionó el dueño de uno de aquellos cafetales casi familiares que se elevaban en las terrazas que, como grandes escalones, trepaban por las laderas de los valles escondidos de la sierra, mientras un riachuelo brillante serpenteaba por debajo.

El hombre, un tal Celio, recordaba a Kaweka con cariño y agradecimiento: en uno de sus recorridos por la zona había curado a su hija pequeña ya desahuciada por todos los cirujanos blancos que la habían tratado.

—¿A qué te refieres? —inquirió Kaweka con el estómago encogido.

—Hace poco estuvo por aquí un hombre llamado Narváez. Dijo que era el mayoral del ingenio…

—La Merced —terminó Kaweka.

—Exacto. Buscaban a una niña de entre trece y catorce años que podía haber sido capturada en el asalto a vuestro palenque. Lo siento, no podía imaginar que se trataba de tu hija —lamentó—. No —negó rápido, adelantándose a la segura pregunta de Kaweka—, no le dije nada. No sabía nada de esa niña. Tuve conocimiento de que el palenque fue descubierto y de que los rancheadores detuvieron a varios cimarrones, pero de esa pequeña nadie me habló nunca.

Estaban sentados a una mesa al aire, en una terraza que dominaba el cafetal y el valle entero, un espectáculo que en otras circunstancias habría sido sublime. Habían servido comida a Kaweka, carne, batata y frutas, en gran cantidad.

—Come —la instó Celio. Kaweka no lo hizo—. Lo necesitarás —insistió el otro—. Ese hombre, Narváez, recorrió toda la zona, habló con los rancheadores, y, que yo sepa, se ha presentado en todos los ingenios, potreros y cafetales cercanos. Aquí comprobó los libros, pidió ver a los cuatro esclavos que tenemos y los interrogó. Y lo mismo está haciendo hasta en los pueblos en cuanto se entera de que alguien tiene una esclava de esa edad. Nadie sabe si ha encontrado a tu hija. Me dijeron que también buscan en La Habana, en los registros. Ese de La Merced tiene mucho interés en tu niña, Kaweka. Ya sé que no es de mi incumbencia…

—Quiere vengarse en ella —aclaró la mujer.

Nunca había llegado a imaginar que se enfrentaría al marqués por su hija. Sintió el miedo agarrado a sus entrañas y por un momento le faltó la respiración. ¿Cómo lo había sabido aquel cabrón?

—Pues si a esa edad tan temprana la niña no murió en el ataque de los rancheadores —continuó Celio, devolviéndola a la realidad—, y con la cantidad de gente que tiene buscándola, no sé cómo vas a encontrarla tú antes.

Por primera vez desde que se había sentado, Kaweka se llevó a la boca un trozo de carne y se obligó a comer, a fortalecerse mientras el miedo se convertía en ira.

—Esto es como en la guerrilla —comentó con la boca llena—. Nunca hay que enfrentarse al más fuerte, solo esperarlo y sorprenderlo.

Al día siguiente, ella y los perros tomaron el camino que llevaba al ingenio La Merced.

# 26

*Madrid, España*
*Junio de 2018*

Ese es su problema, señor Santadoma. —La afirmación, tajante, vino de uno de los abogados de Stewart y Meyerfeld. La sala de juntas de la Banca Santadoma volvía a estar llena: compradores, vendedores, abogados, asesores...

—¿Qué quiere decir con eso? —replicó el catedrático Contreras de forma parsimoniosa, a modo de lección magistral—. Me parece una afirmación tremendamente inadecuada, si se me permite la expresión.

La tensión entre el grupo de americanos y el de los españoles se podía cortar. Tras la reunión de los primeros con Lita y su abogado para comprobar las pruebas acerca de la paternidad de Concepción, y sobre todo tras la petición por parte de Alberto Gómez de la cantidad de cien millones de euros para cerrar el asunto y que la mujer no reclamase su parte de la herencia, las estrategias habían variado radicalmente y la unión entre ambos grupos, que hasta ese momento se había mantenido firme, se resquebrajaba.

Alguien había propuesto respetar los posibles —y siempre hipotéticos, por supuesto, se había apresurado a matizar— derechos de Concepción, y llevar a cabo la operación a la espera de lo que resolviesen los tribunales una vez que efectivamente ella presentara el litigio. Aquella posibilidad tenía varios impedimentos jurídicos desde el punto de vista de la herencia yacente, quizá superables, pero chocó con uno personal, este sí que insalvable, el que doña Claudia alegó ante su hijo el marqués cuando se lo propuso: «¡Por encima de mi cadáver!». La mujer jamás reconocería ni daría el más mínimo pábulo a que nadie pudiera pensar o especular que su esposo había tenido una hija con una negrita.

—¡Claro que las montaban! Como todos los señores, pero de ahí a admitir que llevan su sangre... ¡Eso nunca! A todos esos criollos se les buscaron padres, que aceptaron, y se les pagó y trató con consideración. Para colmo, se aprovechaban de ello, y estaban por encima de los demás empleados. La madre de Concepción no fue ninguna excepción: lo aceptó y se benefició de todo eso. Pero solo era una mulata, y su hija, una bastarda.

—Entonces siempre lo has sabido, mamá.

—Claro. Y reza para que no salga algún otro bastardo por ahí. ¡Tu padre era muy hombre!

—Ya, pero quizá esos otros no puedan demostrarlo —replicó el marqués, tan consciente de que la firma y el paquete de acciones de su madre eran imprescindibles para el buen fin de la operación como de la consistencia de las pruebas que Lita había mostrado a los americanos. Por eso insistió—: Por el contrario, con Concepción existen algunas cartas y fotografías, y muchos otros indicios. Hasta se podría pedir una prueba de ADN sobre el cadáver de papá, y llegaríamos a juicio.

—Para entonces ya me habré muerto, hijo —le restó importancia ella—, sobre todo con estos disgustos que me dais. —Y ahí iba a morir también la conversación, ya que la anciana fingió agonizar hasta que, de repente, resucitó—: Pero, aunque yo me haya muerto —añadió con voz firme—, ¿quieres decirme que por un simple negocio vas a reconocer ser el hermano de una negra? ¿Que tus hijos son sobrinos de la descendiente de una esclava que trabajó en el ingenio de tus ancestros? ¿De verdad que por cuatro míseras pesetas vas a arrastrar por el lodo el apellido Santadoma? —Don Enrique se encogió en el sillón desde el que había pretendido enfrentarse a su madre—. ¿Me estás diciendo que vas a vender el honor de tu padre y el de tu abuelo? ¿Que vas a mancillar mi honra, la de aquella que te ha parido, y presentarme al mundo como una vulgar cornuda?

—Pero si has dicho que era lo normal en esa época.

—Sí, tan normal como obligado que nadie hablase de ello, y menos aún que reconociese paternidad de ningún tipo. ¡Nunca!

Y doña Claudia, viuda de Eusebio de Santadoma, designó un abogado propio para que la representase en las negociaciones con los americanos: Néstor Armas, un amigo también descendiente de una familia de exiliados cubanos que no solo ejercía el derecho con éxito, sino la nobleza de todos aquellos aristócratas que habían vivido la época de esplendor a la que Fidel Castro puso fin cuando atacó el cuartel Moncada en Santiago de Cuba, originalmente llamado cuartel de la Reina Mercedes.

Doña Claudia y un repentino despertar del espíritu de clase y la defensa de su linaje por parte del marqués constituyeron los motivos que llevaron a que las relaciones entre españoles y americanos se resintiesen. Lo había hablado con Contreras, y a partir de ahí trazaron la estrategia que llevó a ese primer intercambio de acusaciones entre abogados.

La cuestión, como expuso el catedrático, era clara: los Santadoma no tenían culpa alguna de que hubiera aparecido una nueva heredera, si es que realmente lo era, hecho que continuaban negando, y por lo tanto no podían hacerse responsables de las consecuencias y las indemnizaciones de algo que ignoraban. No había existido ninguna mala fe en su actuación, por lo que el contrato debía ejecutarse en los términos previstos y que, en todo caso, Concepción terminase obteniendo una sentencia favorable a sus intereses en un litigio que, según sus cálculos, podía durar alrededor de diez años.

—¿Y qué sucede con las acciones del banco que pertenecen o podrían pertenecer a la señora Concepción Hermoso? —inquirió uno de los letrados de los americanos.

—Que decida el juez —continuó Contreras—. Puede fallar que queden fuera de la operación a la espera de sentencia firme, o que presentemos un aval por daños y perjuicios. Todo sigue igual. En último término, se nombraría un administrador de esas acciones.

—Lo veo difícil —opinó el otro abogado de Stewart, que seguía la conversación con semblante extremadamente serio, esta vez sin traductor, puesto que se desarrollaba en inglés.

—No. No tiene nada de difícil. —En esta ocasión intervino Néstor Armas, al que el marqués observó con recelo; su presencia daba a conocer la reciente desconfianza de su madre respecto a él—. Lo que no es de recibo es que las descabelladas pretensiones de una criada mulata, e insisto: pretensiones, desvaríos, imaginaciones —repitió haciendo girar una mano como si estuviera hablando de una loca—, echen por tierra o pongan en riesgo una operación mercantil como la que estamos tratando, con infinidad de personas afectadas, con la existencia de una opa y la intervención de las autoridades financieras. No hay juez que sea capaz de detener esta operación.

—Como nos toque uno de tendencia progresista... —terció uno de los asesores.

—Da igual.

—Es un asunto que puede incluso tener ramificaciones políticas.

Abogados y asesores se enzarzaron en una discusión que parecía no tener fin hasta que Stewart alzó la voz, aunque la devolvió a su tono habitual en cuanto el resto de los presentes le prestaron atención:

—Pero ¿de qué acciones hablan ustedes? La Banca Santadoma está en quiebra. El valor real de la entidad ha caído más de un sesenta por ciento desde que se supo de esta posible reclamación con toda la publicidad y los disturbios que ya conocemos. ELECorp Bank ha perdido mucho dinero a causa de una declaración falsa como la emitida por ustedes en el contrato, sosteniendo que habían firmado todos los herederos...

—Pero no se sabía... —intentó excusarse Contreras.

—¡No me interrumpa! —le recriminó Stewart—. Es posible que aquí, en España, un juicio pueda tardar diez años; en Florida, a cuyas leyes y jurisdicción les recuerdo que se sometió voluntariamente este contrato, las cosas van mucho más rápidas y se diriman con más sencillez que en este continente viejo y decadente.

Ustedes mintieron acerca de la existencia de otra posible heredera, de la que todos estaban al tanto.

—¡No es cierto! —gritó el marqués.

—Su madre, la primera —replicó Stewart.

—Nunca lo reconocerá.

—De eso estoy seguro. Ese ha sido el gran problema de muchos criollos y negros americanos, pero no se preocupe por eso. No puedo hablar por sus jueces, pero los nuestros ya lo tienen perfectamente asumido. En cualquier caso, hay pruebas más que suficientes de que ustedes no podían desconocer que Concepción era de la familia, empezando por su abuelo, el que hizo el testamento que nos ha llevado a todo este lío. ¡Él sí sabía de la paternidad de su hijo y que, por tanto, Concepción era su nieta! En América somos bastante más prácticos y ágiles, y allí las excusas y las discusiones intrascendentes como estas en las que se enzarzan ustedes sirven de poco. Ustedes han incumplido y punto: eso es lo único que verán los jueces. Por lo tanto —añadió levantándose de la mesa junto a Meyerfeld—, desde este mismo momento damos por cancelada la compraventa de la Banca Santadoma por parte de ELECorp Bank. Nuestros abogados organizarán el papeleo. Buenos días...

Se despidió antes de que Contreras interviniese, ciertamente nervioso. Dentro de su nueva estrategia no habían contemplado la posibilidad de que los americanos renunciasen, considerándolos cautivos del importante capital que ya llevaban invertido en la operación.

—Pueden ustedes perder mucho dinero —casi le amenazó—. Todo lo que han comprado hasta este momento...

—No vale la pena poner dinero bueno sobre dinero malo —replicó Stewart, sonriente, al viejo catedrático.

Y, como excepción a su usual hieratismo, Meyerfeld se permitió mostrar una emoción que acompañó con un discurso corto pero contundente:

—Ya recuperaremos ese dinero. Nos lo deben los Santadoma, pero no se preocupe. Dentro de... —consultó su reloj—, tres horas, presten ustedes atención al Nasdaq y a la cotización de ELECorp.

El americano no había terminado de hablar cuando uno de sus abogados ya había abandonado la sala de juntas y cursaba comunicados a todas las autoridades financieras, tanto españolas como estadounidenses, acerca de la ruptura de las negociaciones de compra de la Banca Santadoma. El departamento de prensa de ELECorp Bank, junto a compañías especializadas de internet urgentemente contratadas para el caso, vendieron la noticia y efectuaron comunicados que los medios americanos reconvirtieron en grandes titulares:

«ELECorp reniega de la compra de un banco esclavista español».

«ELECorp Bank apuesta por la banca ética y socialmente comprometida propia del siglo XXI».

«La sociedad americana aplaude la decisión de ELECorp».

Los medios y las redes sociales recogieron las declaraciones de los directivos de ELECorp, entre ellos Stewart, que aseguraban que las inversiones hechas hasta ese momento les servirían para impedir que un banco sustentado en el esclavismo siguiera operando, en España o donde fuera. Se mencionó la Declaración de Durban, el colonialismo español en Cuba, la circunstancia de que hubiera sido el último país occidental en abolir la esclavitud. El movimiento Black Lives Matter y diversas asociaciones vieron con buenos ojos aquel cambio de rumbo por parte de la entidad americana. Se detuvieron las manifestaciones en contra del banco y, como había anunciado Meyerfeld, en cuanto abrió la bolsa de Nueva York, las acciones de ELECorp y de las empresas de su grupo tiraron fuerte y se revalorizaron lo suficiente como para recuperar su cotización anterior y compensar las pérdidas a las que les habían conducido los Santadoma en España.

Hubo quien especuló con que todo había sido un montaje por parte de los directivos de ELECorp, que sabían dónde se metían y que con su estrategia se convertían en un banco modelo. ¿Acaso no poseían ya un buen paquete de acciones de aquella entidad española? Tenían que conocer su historia. Stewart lo negó y lo hizo con sinceridad: compraron ya en el siglo XXI cuando todo parecía correcto. En su momento no hubo ninguna Concepción

Hermoso capaz de destapar el origen de la fortuna de los Santadoma, pero, por si alguien lo dudaba, pedían disculpas por ello. En último caso, nadie pudo demostrar que estuvieran enterados de esa circunstancia con anterioridad, y lo cierto fue que no necesitaron un tedioso y siempre complejo periodo de transición porque la realidad los obligó a responder con rapidez. Tampoco requirieron la inversión de grandes cantidades de dinero para transformar una estructura algo anquilosada en un banco ejemplar a ojos del gran público; la publicidad y las comunicaciones las hizo el propio mercado de forma gratuita.

Las instrucciones internas a los empleados relativas a comportamiento, contratación, reglas de conducta, objetivos y hasta vestimenta se materializaron en unos pocos días en los que ELECorp afrontó un drástico cambio de imagen.

Stewart tenía una casa en Key Biscayne, Miami, provista de un embarcadero particular. El frontal de cristaleras inmensas se abría a un césped bien cuidado que descendía hasta el barco de cincuenta pies con el que salía a pescar o a navegar con su familia. Eso y el golf lo mantenían ocupado cuando no estaba en el banco, pero ese día, con un whisky en la mano, la mirada perdida más allá del césped y del barco, pensaba en aquella joven mulata que reclamaba en España la filiación de su madre por parte de un Santadoma.

La última vez que la vio fue en la reunión con su nuevo abogado, cuando les presentaron las pruebas contundentes. Todo eso se les trasladó a los abogados del marqués, a Contreras, el catedrático, tan viejo como soberbio, indicándoles que no se podía hacer caso omiso de tantas pruebas. Supo que habían indemnizado a Regla y que se habían comprometido a pagar una miserable pensión a la madre y se dijo que eran un puñado de gente ruin, incapaz de entender que incluso los grandes asuntos podían fallar por estupideces como esa: una pensión ofensiva para quien, resultando ser nieta del marqués, había trabajado como criada para el resto de la familia. Y todo acompañado de una oferta de diez millones. Era mucho dinero, sí, pero nada comparado con lo que le correspondía a Concepción como una heredera más de los Santadoma. ¿Qué valor tenía uno solo de los edificios de los que eran propietarios en el centro de Madrid? Todos esos bienes que Stewart había dado orden a sus abogados para que persiguiesen judicialmente como pago de la indemnización por la operación fallida.

No le extrañó, pues, que Regla se descolgase con una petición de cien millones, pero a fuer de ser sincero, pensó, tomando un buen trago de whisky como si brindase con el entorno, tampoco le sorprendió que los Santadoma rechazasen pagar tal cantidad a su criada mulata. No era una cuestión de dinero, quizá incluso hubieran llegado a discutirlo con alguno de esos grupos de accionistas amigos de la familia, pero pagar tal cantidad a Concepción les revolvía las tripas, se convertía en algo visceral que impedía cualquier planteamiento lógico desde un punto de vista mercantil. ¡Hasta la madre había contratado un abogado reaccionario para que controlase los favores que su hijo pudiera hacer a Concepción!

Madrid y los Santadoma quedaban atrás. Los abogados se ocuparían de todo, el departamento de prensa obtendría buena publicidad, y el marqués y su familia saldrían mejor o peor parados. En todas las operaciones Stewart trataba de ser aséptico: unas fallaban, otras tenían éxito; pero en esta se sentía implicado. Aquellos no eran un grupo de emprendedores que habían creado una app revolucionaria, o que buscaban financiación para una empresa de tractores, sino de esclavistas que habían levantado su imperio sobre las espaldas y el sufrimiento de los negros. Lo primero que había hecho, desde Madrid mismo, por mail, fue despedir a todo el equipo de asesores que habían omitido esa circunstancia en el expediente de aquella operación. No quiso atender a sus excusas.

Lo cierto era que, tras el fracaso, Stewart ya afrontaba nuevos retos y estaba asumiendo la dirección de otros negocios, pero, al contrario de lo que solía pasarle con los muchos que quedaban atrás, siempre relegados al olvido, ahora no lograba quitarse a Regla de la cabeza.

—Vaya manteniéndome informado de lo que sucede con esos españoles —ordenó a su secretaria, que asintió con media sonrisa en la boca.

# 27

*Matanzas, Cuba*
*Agosto de 1878*
*Ingenio La Merced*

Acercarse a ese pedazo de tierra había originado en Kaweka una sensación de angustia, de desazón parecida a la primera vez que lo hizo, cuando el marqués se la apropió del ingenio de Ribas días después de haber desembarcado al amparo de la luna en una playa de Jibacoa. De aquello hacía ya veintidós años. Por un momento pensó en Awala, la niña que había protegido en gran medida sustituyendo a su hermana Daye, muerta en la travesía, y se preguntó qué habría sido de ella. Era muy niña, como todas, pero también más frágil, más débil que la mayoría. Por ella, por Awala, había luchado Kaweka durante esos veintidós años que habían fracasado con la libertad de esos escasos montoncitos de guijarros que le habían mostrado en el campamento de Guayamaquilla para hacerla entender la diferencia entre doce mil y doscientos mil. Porque, efectivamente, los esclavos seguían todos allí, en La Merced, cantando igual que hacían antes, en un ingenio que hasta había crecido desde que se fugó de él por última vez con la ayuda de Modesto. Las instalaciones eran incluso mayores. El azúcar continuaba siendo uno de los negocios más lucrativos para la sacarocracia cubana.

No era época de zafra y los negros iban de aquí para allá arreglando instalaciones o transportando inútilmente camas de un barracón a otro. Desde un bosquecillo en alto, Kaweka contempló la planicie donde se ubicaba el ingenio: la casa principal, abierta fuera de temporada, con constante movimiento, y los cañaverales deslindados a base de líneas de palmeras que cualquier amanecer aparecían con uno o más negros colgando del cuello, como muñecos fantasmagóricos que insultaban al sol, al mundo entero. Entonces cayó de rodillas. Los espíritus guerreros de quienes habían decidido quitarse la vida antes que continuar aherrojados flotaban en el ambiente. Kaweka sintió cómo la rodeaban y la acariciaban, fríos, vengativos. No era la diosa, que parecía haberle dado la espalda, eran los propios esclavos que habían dejado su vida allí. Y entre lágrimas vio a mamá Ambrosia, y no fue capaz de decidir si sonreía o lloraba, pero sentir su presencia la alegró, y respiró hondo, como si quisiera llenarse de ella.

Los perros le anunciaron la llegada de gente. Kaweka se levantó rápido y se escondió entre la espesura. Se trataba de tres ancianos andrajosos.

—¿Quién eres? —lanzó la pregunta al aire uno de ellos, parado allí donde Kaweka había estado arrodillada, como si las lágrimas que había vertido le señalaran el lugar.

Ella los observó durante unos instantes: famélicos, enfermos, a la espera de la muerte. Los había visto a lo largo de su viaje cruzando la isla, incluso había hablado con algunos: se trataba de los efectos de la Ley Moret, que concedía la libertad a los esclavos mayores de sesenta años. Nadie quería a aquellos hombres, inútiles, físicamente destrozados por años de trabajo en zafras interminables. Todos los que habían vivido en ingenios y potreros no sabían hacer otra cosa que cortar caña o cuidar animales, y ahora no tenían adónde ir. La ley concedía a los libertos viejos el derecho a permanecer con sus antiguos amos, que en ese caso se convertían en patronos y que podían pagarles o no, a su voluntad, y, en consonancia con ello, encargarles tareas no muy fatigosas, con lo que asumían la obligación de vestirlos, cuidarlos y alimentarlos. Si el liberto abandonaba a su antiguo amo, perdía todo derecho. Salvo los tenaces que se agarraban a la vida y terminaban extrañados en chamizos alrededor del ingenio a modo de vigilantes, la mayoría de aquellos esclavos no llegaban a cumplir los setenta. Kaweka lo sabía bien, a muchos los había acompañado en su traspaso cuando estaba en la enfermería.

Ahora no trabajaban, pero el amo reconvertido en patrono los tenía que mantener. Sin embargo, ¿qué les iba a dar si a los jóvenes y fuertes que le rentaban los maltrataba con crueldad? Aquellos tres negros no eran más que cadáveres vivientes que cargaban con exiguos haces de hierbas para los animales.

Los tres miraban hacia la espesura con ojos vidriosos, por lo que Kaweka pudo descubrir en ellos a hombres que había conocido en el pasado, fuertes y enérgicos, por más que diez años de trabajo en el ingenio les hubieran robado cualquier atisbo de vitalidad.

—Soy yo —anunció, desalojando su escondite—, Regla, la que trabajaba con Ambrosia en el criollero.

La de las pócimas para abortar, la que ayudaba al suicidio o a los que querían convertirse en cimarrones, la que clamó a los dioses exigiendo la muerte del hijo del marqués y la que luego fue enterrada...

—Vives —dijo uno de ellos, que parecía haber perdido hasta la capacidad para sorprenderse.

—Aquí estoy.

—Muchos te echamos de menos.

—¿Para qué has vuelto? —preguntó otro.

—Llevas uniforme rebelde... Debes de ser libre.

Ella no contestó.

—¿Vienes a liberar al emancipado? —preguntó el que había hablado primero.

Kaweka volteó con fuerza la cabeza hacia el anciano.

—¿Qué emancipado? ¿Qué quieres decir?

—Sí, el enfermero, el que venía con aquel médico. El que quiso comprarte antes de que te fugases a la sierra.

—¡Modesto! —exclamó Kaweka, ella sí, sorprendida en todo su ser—. ¡Modesto está en La Merced!

—En el cepo. Sí. Lleva algunos días allí.

¿Qué hacía allí? ¿Cómo era posible? Mil preguntas acudieron

a la mente de Kaweka, interrogantes que fueron difuminándose en sentimientos, emociones, pasión. La alegría al saber que vivía se empañaba ante la treta del marqués encepándolo, como un vulgar señuelo para que ella cayese en la trampa.

—¿A quién más tiene el marqués? —inquirió.

—¿A qué te refieres?

—¿Alguna esclava nueva, de unos catorce años? —Kaweka se atropellaba en sus palabras—. La casa principal está abierta fuera de zafra. El amo debería estar en La Habana. ¿Por qué está abierta? ¿Quién vive en ella? ¿Está el marqués? ¿Han traído alguna esclava joven?

Los vio negar a los tres.

—Tampoco lo sabemos. Lo que sí es cierto es que hay muchos más centinelas y vigilantes, algunos de ellos soldados, algo que no tiene sentido fuera de zafra. Entre unos y otros hay un ejército entero en La Merced. Ahora no hay ningún problema, pero Narváez actúa como si fuera a haber un levantamiento.

—¿Y en la casa?

—Nosotros solo sabemos del enfermero, el tal Modesto, porque pasamos por el patio para llevar el verde hasta el potrero. Siempre hay centinelas vigilándolo, día y noche, como si con una pierna encepada pudiera escapar e ir a algún lugar. A la casa no podemos acercarnos.

—Pero podéis preguntar. Allí habrá esclavos que conozcáis.

—Sí… —afirmó dudando uno de ellos.

—Bien conoces la diferencia entre los esclavos de confianza de los señores y los que trabajábamos en las labores del ingenio —apuntó otro de los viejos.

—Tenéis que decirle a Modesto que estoy aquí, y enteraros de si hay alguna esclava nueva en la casa…

—¿Por qué?

—No queremos problemas.

—Los problemas los tendréis si no lo hacéis. Moriréis como perros —los amenazó Kaweka—, sufriréis más de lo que lo habéis hecho en vuestra vida miserable, y vuestras almas se quedarán atrapadas entre las zarzas.

Los tres ancianos recordaban bien los poderes que se atribuían a Kaweka.

—¿Qué mal te hemos hecho, mujer, para que nos amenaces con tantas desgracias? ¿Qué tenemos que ver nosotros con tus intereses?

—Ese hombre que está en el cepo luchó durante años por vuestra libertad. ¿Os parece poco?

—¿Y la esclava joven por la que preguntas?

—¿Qué interés tienes en ella?

Kaweka no estaba dispuesta a reconocer que era su hija.

—Es la nueva elegida por la diosa. Mirad cómo estoy… —Extendió el brazo derecho para mostrarse, tullida del costado izquierdo, tan harapienta y famélica como ellos—. El marqués no puede esclavizarla; no puede caer en manos de los blancos.

—Quizá alguien de la casa sepa decirnos algo. Sí… Podríamos preguntar —afirmaron consultándose con la mirada entre ellos—. A tu amigo es imposible acercarse. Los guardias no se lo permiten absolutamente a nadie. Lo quieren matar de hambre y de sed. Le mojan los labios de cuando en cuando, para que aguante, pero no le dan ni una galleta. Parece…

«Como si me esperasen», pensó Kaweka terminando la frase.

—No es necesario que os arriesguéis —los tranquilizó—. Llevaos a uno de los perros, como si os hubiera seguido desde el monte.

—¡Se lo comerán los mastines!

—Ni se acercarán a él —les aseguró Kaweka.

Entonces se acuclilló frente al más pequeño de los canes, le agarró el hocico por ambos lados con las manos y lo traspasó con la mirada: «Díselo, dile que estoy aquí, que he venido a salvarlo». Luego se dirigió de nuevo a los tres ancianos:

—Pero de lo de la joven en la casa sí que os tenéis que ocupar. ¿Lo habéis entendido bien? Quiero saber lo que sucede ahí dentro.

—¿Y cómo te encontraremos? ¿Aquí?

—No —se opuso Kaweka. No iba a arriesgarse a que la traicionaran—. Él me encontrará —añadió señalando al otro perro—. Vosotros seguidlo y os llevará hasta mí.

El perrillo se coló entre mastines, esclavos, soldados, centinelas y quien fuera que estuviese en el ingenio hasta llegar a Modesto, al que lamió el rostro hasta despertarlo del letargo en el que le hundía la debilidad. Como era usual, el esclavo solo estaba encepado de un pie, lo que le permitía sentarse y tener cierta movilidad. Modesto, sin embargo, no quiso llamar la atención y permaneció tumbado.

—¿Ha llegado Kaweka? —preguntó al perrillo tras unos segundos pensando que esa tenía que ser la única razón por la que aquel animal se había acercado a él y le había lamido el rostro.

El perrillo volvió a hacerlo.

—¿Y qué ha hecho el negro? —preguntó el marqués después de que uno de sus hombres corriera a narrarle el suceso extraño de un perro que se había tumbado junto a Modesto.

—Ha... ha sonreído, le ha hablado y lo ha acariciado.

—¿Y el perro sigue con él?

—Tumbado a su lado como si fuera su amo. No se mueve un palmo.

—¡Ha llegado la bruja! —El marqués lo afirmó arrastrando las palabras, tras unos instantes de reflexión. ¿De dónde podía salir ese animal si no era de ella? El negro había venido casi desnudo desde la cárcel de La Habana—. Está aquí, en los cañaverales, en los bosques... O bajo tierra, cerca del infierno. ¡Salid a por ella! ¡Contrata más hombres, Narváez! ¡Traédmela! Y matad a ese puto perro.

Kaweka los vio desplegarse desde el ingenio: partidas de soldados, centinelas, hombres blancos, tal vez incluso rancheadores, divididos en grupos pequeños, con perros, buscando en todas direcciones. Quizá la habían delatado los ancianos, aunque le costaba creerlo. «El perrillo», concluyó. Había menospreciado a don Juan José, pero cuando menos Modesto ya sabría que ella estaba allí, a unos pasos de distancia.

El perro no regresó, pero le quedaba el más grande, que la arrastró de un lugar a otro para evitar a los hombres del marqués, en ocasiones apremiándola con gemidos casi incontrolados, en otras con tranquilidad.

—No quiero alejarme —le ordenó Kaweka, obligándolo a volver por el mismo camino por donde ya habían pasado soldados o rancheadores, a modo de un pillapilla macabro.

Los mastines ladraban, pero se confundían y seguían pistas que no llevaban a lugar alguno.

Transcurrieron un par de días. El marqués terminó sumándose a la persecución. A caballo, junto a Narváez, recorrió los alrededores del ingenio sin parar de maldecir. Kaweka lo encontró envejecido, un hombre evidentemente torturado que cabalgó tan cerca de ella que podría haberlo derribado como hacía cuando guerreaba contra los españoles. Solo tenía que desjarretar al caballo con un machetazo certero y fuerte en su corvejón, por detrás, sin que la vieran, eso sí podía hacerlo con su mano derecha, con la que había recuperado cierta destreza con el tiempo; el jinete se sorprendería ante la repentina y violenta caída de su montura, y entonces solo había que volver a golpear al hombre antes de que tocara el suelo. Luego podría enfrentarse a Narváez, incluso tullida, y machetearlo también, para luego extraer las vísceras de aquellos dos blancos. Acarició el filo de su machete, pero descartó su propósito. Su objetivo era recuperar a Modesto y a Yesa, si la tenían, y la muerte del marqués quizá solo sirviese para complicarle las cosas. No debía exponerse.

El día en que volvieron a encontrarse en el bosque, los ancianos le aseguraron que no habían podido averiguar nada. Habían interrogado a unos y a otros: a los que trabajaban en la casa y a los familiares y amigos. Nadie les decía nada. El miedo se veía en sus caras. «El amo no duerme ni descansa. Insulta, grita y usa la fusta a la menor ocasión. No podemos darte noticia alguna», concluyeron.

Kaweka presentía que Yesa estaba viva. Confundida entre los muertos y caracoleando entre los árboles y las zarzas, Yemayá había regresado con ella. Evitó regañar a la diosa por su indiferencia, no fuera a enfadarse y a abandonarla otra vez, y le agradeció su presencia. Ella fue la que le habló de Yesa. Buscó una ceiba, el árbol sagrado, y recordó paso a paso los rituales que hizo con Eluma cuando la asentó en la regla de Ocha, en el palenque de la sierra del Rosario. Esta vez no había negros, ni siquiera los pocos que la acompañaron entonces, ni tambores, pero entregó su ofrenda y cantó y bailó, y la diosa se mostró satisfecha al mismo tiempo que la envolvían centenares de espíritus, miles de almas de esclavos muertos en esas tierras que quisieron agradecerle su lucha. Kaweka, exultante, les preguntó por su hija. «Vive —le contestaron—, y está a salvo del marqués».

La persecución infructuosa se alargó unos días más en los que Kaweka llegó a burlarse de los hombres que la buscaban. Dejaba que se acercasen y mandaba al perro para que excitase a los mastines. Soldados y rancheadores se volvían locos, se llamaban entre ellos y se procuraban ayuda, pero Kaweka terminaba desapareciendo ante las narices de unos blancos que se fiaban de unos perros que los engañaban. En alguna ocasión, incluso el propio marqués se dejó embaucar.

Tan hastiados estaban que llegó un día en que ya no la siguieron más. Unos cuantos recorrieron las cercanías a caballo, deteniéndose aquí y allá.

—¡El negro Modesto morirá en tres días! —voceaban—. ¡Y tú lo habrás matado!

El perro, sentado a sus pies, levantaba la cabeza hacia ella, como si quisiera preguntarle. Y la amenaza que resonaba en el aire horadaba su ánimo. La repitieron por las noches, en una oscuridad rota por las linternas que portaban. Ella se encogía en el refugio escogido y tiritaba. El perro lanzaba sus aullidos.

Su vida con Modesto pasó ante ella en una sucesión de imágenes, la mayoría dolorosas porque habían sido felices. Aquel negro que parecía deslizarse mientras andaba, que lograba que su cuerpo entero reventase al ritmo de los tambores mientras la penetraba. Las mismas estrellas que los deslumbraban, los dos tumbados juntos en el campamento de Jatibonico, le parecieron ahora opacas pese al cielo límpido. ¿Qué habría sido de él desde que los atacaron a la salida del ingenio La Candelaria? Todo se había torcido desde entonces. La llegada de una mal llamada paz que solo había conseguido la reconciliación de los blancos y la libertad de unos miles de esclavos; la herida que le impedía pelear y le había dejado inútil medio torso; la rendición de Maceo. Y ahora Modesto capturado por el marqués. Intentó imaginar la trayectoria del emancipado para haber terminado en manos del aristócrata y la alejó de su mente: sin duda esclavitud, látigo, tristeza, la misma desgracia en la que ella había caído desde el momento en el que dejó de tenerlo a su lado, de contar con él, de amarlo… Modesto ni siquiera sabía que era el padre de Yesa, aunque su presencia en La Merced debía tener algún significado que a Kaweka se le escapaba.

Uno de los dos tenía que seguir luchando por la niña. Uno de los dos no podía cejar en su búsqueda para encontrarla antes de que lo hiciera el marqués, protegerla de él y restituirle la libertad con la que había nacido en el palenque.

—¡Me lo debes! —gritó en la noche dirigiéndose a Yemayá—. ¡Me lo debéis todos! —continuó chillando a los miles de espíritus de esclavos que sabía que la rodeaban.

—¿Quién anda? —preguntaron desde unos pasos más allá. Una linterna iluminaba por encima de los matorrales, el perro gruñía.

¿E iba a ser ella, una tullida vestida con el uniforme de sargento rebelde, analfabeta y perseguida por uno de los hombres más poderosos de la isla, que jamás cejaría en su empeño por vengar la muerte de su hijo, que pagaría fortunas, que compraría voluntades, que contrataría espías y a todos los rancheadores de Cuba si era necesario, la que se moviera por ese territorio en busca de una niña? Si Modesto ignoraba que él era su padre, nadie más lo sabía. Quizá alguien pudiera suponerlo, pero en realidad había estado dos años en el palenque, tiempo suficiente para engendrar un hijo de alguno de los cimarrones. ¿Por qué razón alguien podría sospechar que se fugó y llegó al palenque embarazada? Kaweka no sabía si Modesto era libre o esclavo, estaba encepado, cierto, aunque poco le importaba al marqués su condición si con ese castigo alcanzaba sus propósitos. Libre o esclavo, lo que sí comprendió Kaweka con seguridad era que Modesto estaba más capacitado que ella para encontrar a la niña. No estaba tullido, no despertaría sospechas, podría moverse con libertad, o cuando menos con sigilo, preguntar con discreción, leer documentos… Modesto era inteligente y lo conseguiría.

—¡Soy yo, Kaweka! —gritó entonces, levantándose en dirección a la luz—. ¡La elegida por los dioses de los negros! —Esperó respuesta unos instantes, pero no se produjo. La linterna permanecía inmóvil. El perro había dejado de gruñir aunque se mantenía atento al menor movimiento—. Dile a tu amo que estoy dispuesta a cambiar mi vida por la del negro Modesto.

# 28

*Madrid, España*
*Junio de 2018*

La ruptura de las negociaciones entre ELECorp Bank y la Banca Santadoma se convirtió en la noticia financiera más importante a nivel nacional. Los americanos ya habían movilizado a un ejército de abogados que preparaban demandas judiciales en Florida. El catedrático Contreras se hallaba paralizado, desconcertado por el giro que habían tomado los acontecimientos, y los Santadoma, que tenían gran parte de su patrimonio comprometido en el buen fin de aquella operación, veían la ruina como algo posible. Los bienes particulares quedarían libres, aunque no podían estar seguros de ello, así como los capitales escondidos en paraísos fiscales, pero podían llegar a perder las acciones del banco que ELECorp se negaba ahora a comprarles, las sociedades participadas, las compañías inmobiliarias con las que habían avalado la compra siguiendo los consejos de Contreras, al que ahora todos criticaban por su displicencia y su soberbia.

Acudieron fondos buitre y especuladores internacionales que hacían ofertas a la baja, muy por debajo incluso del valor ya depreciado del banco, para aprovechar el miedo de una familia que empezó a dividirse. La confianza casi ciega que hasta ese momento todos los herederos, los hermanos y los primos del marqués, habían depositado en este, confianza que, curiosamente, nunca albergó su propia madre, desapareció. Se formaron alianzas, y cada grupo contrató nuevos abogados que exigieron cuantiosas provisiones de fondos y reuniones de urgencia para tratar de aquella crisis.

Speth & Markus, de cuyos servicios habían prescindido los americanos, continuaban sin embargo trabajando para los Santadoma. El marqués justificó esa decisión alegando que conocían bien la forma de actuar de sus enemigos y que eso los beneficiaría, aunque lo cierto era que recordaba a aquel auditor que había saltado en defensa de Regla, porque algo debía de tener con ella, y ese era un hilo que no quería romper.

Hasta el propio Pablo asintió cuando en una de esas reuniones de urgencia, con nuevos abogados procedentes de los mejores despachos de Madrid estudiando el proceso, uno de ellos manifestó lo que todos presumían:

—ELECorp se ha retirado de la operación para mantener su propio mercado. En Estados Unidos la gente está muy concienciada de la historia de los negros. Allí hubieran perdido mucho dinero. Lo de aquí es una broma comparado con las pérdidas que habrían sufrido allí, en todo el mundo, si hubieran comprado un banco fundado con dinero proveniente de la explotación de esclavos negros.

—¡Oiga! —quiso quejarse el marqués—. No le permito ese discurso.

—¡Estamos en el siglo veintiuno! —le espetó otro de los letrados sin la menor contemplación—. Sí, esclavos negros que morían trabajando para sus antecesores. ¿O acaso no es así? ¿Quiere usted convencernos ahora del rollo de la evangelización y la cultura y todo eso? ¡Morían, señor Santadoma! ¡Murieron millones! —El hombre respiró profundamente, como si lo necesitase para continuar, y los demás respetaron esa breve pausa—. ¡Coño! —soltó con todo el odio del que fue capaz.

—Yo no hice nada de eso —alegó el marqués.

—Y nadie se lo imputa, pero se ha aprovechado de ello.

El silencio tornó unos instantes, hasta que una abogada, Carmen Rodés, ya entrada en los cincuenta, bien conocida por su efectividad en los tribunales, tomó la palabra:

—Reconduzcamos el asunto, señor Santadoma. —Allí, salvo

Contreras y los suyos, nadie parecía dispuesto a tratarlo de marqués—. No nos engañemos. Es absurdo esconder la realidad. Es así, el banco se fundó sobre la esclavitud. Y parece ser que la que fue su criada durante toda la vida en realidad es hermanastra de usted.

—¡Eso es falso! —saltó Néstor Armas, vestido al modo colonial que tanto parecía añorar, con un traje color beis y camisa en tonos pastel.

—¡Cállese! —le soltó alguien.

Hasta el propio marqués le hizo un gesto con la mano para que se serenara.

—Represento a doña Claudia, viuda de Santadoma —reivindicó el otro.

—Pues ya ha dicho lo que tenía que decir. —En este caso fue don Enrique mismo quien intervino—. Puede quedarse y guardar silencio o puede irse. Todos hemos tomado nota de su oposición a la paternidad de Concepción.

—Es su madre, señor marqués —agregó Armas en un intento de apelar a su conciencia.

—Por eso pretendo defender sus derechos —bramó el otro—. ¿O le dará usted de comer si todo esto se va a la mierda? ¿Pagará usted su chófer y el servicio, y las casas y todo lo demás? ¡Todo por un puto polvo mal echado por mi padre!

—Volviendo al tema que nos ocupa —los interrumpió Carmen Rodés—, poco les importaba a los americanos el asunto de la criada en el que excusan la resolución del contrato. Creemos, y eso es algo que ya hemos tratado entre nosotros, los nuevos —añadió excluyendo a Contreras—, que todo esto se podría haber arreglado sin mayor problema.

—Cien miserables millones —soltó uno de ellos.

—Pero ustedes se negaron.

Contreras trató de defenderse:

—Eso fue lo que pidieron. Tampoco sabemos si al final lo habrían aceptado. No trabajábamos sobre certezas.

—¿Y en qué negociación se trabaja sobre certezas? —se burló del viejo catedrático uno de los abogados que se había mantenido en silencio hasta ese momento.

—Muerto el perro, se acabó la rabia —sentenció la abogada Rodés. Todos sabían a qué se refería, pero la dejaron hablar—: Los americanos se quejan de que hay una heredera sobrevenida que impide la operación, que no la acepta. Sería discutible, pero a ninguno nos interesa entrar en ese lío. Lleguemos a un acuerdo con esta señora, el que sea, démosle los cien millones o los que pida, y los americanos no podrán decir que hemos incumplido, tendrán la totalidad de las acciones de la Banca Santadoma...

—¿Qué opina usted? —planteó el marqués dirigiéndose directamente a Pablo—. ¿Cree que Regla llegará a un acuerdo o que acudirá a un pleito para reclamarlo todo?

—Todos sabemos que la parte de la herencia que pudiera corresponderle a Concepción sería muy superior a esos cien millones, pero para eso tendrían que pleitear, lo que, por más claro que esté el asunto, siempre entraña un riesgo. —Pablo buscó la aprobación de los muchos abogados reunidos, que se la concedieron asintiendo—. Creo sinceramente que si puede evitar el pleito, lo hará —aseguró el joven—. Ella lo que desea, por encima de todo, es que su madre, ahora, hoy, a sus sesenta años, pueda disponer de ese dinero. Que pueda disfrutarlo durante lo que le queda de vida.

Se oyeron murmullos y varios letrados volvieron a asentir.

—Habrá que negociar con ellos, entonces —sentenció Rodés.

—La teoría es buena —expuso el que se había burlado de Contreras, un joven impecablemente vestido, afeitado y peinado, con un Patek Philippe con pinta de ser heredado en la muñeca—, pero ¿y si alegan que todo este lío ha originado una importante pérdida de valor de las acciones? No debemos olvidarlo. Así ha sido. Compraron por cien lo que ahora vale diez.

Parecía que aquella excepción echaba abajo la estrategia, hasta que Carmen Rodés negó con la cabeza, como si regañase a un niño malo:

—Entonces esos señores tendrán que explicar por qué, cuando ya sabían de la existencia de estos problemas, cuando la viuda de Santadoma insultó a la hija de la criada en una reunión pública, su respuesta fue invitarla a un viaje de lujo a Cuba con un par de amigas y con los gastos pagados. He escuchado la grabación de esa reunión en la que la chica, Regla se llama, ¿no?, ya acusó a su madre y a usted mismo, señor Santadoma, de que en esa mesa se estaba vendiendo un banco levantado a expensas de sus propios antepasados esclavos. Entonces ya lo supieron los de ELECorp. Pero hay más: cuando esta muchacha regresó de Cuba, ya sabía que su madre era hija de un Santadoma. Se lo había dicho su tío abuelo, fue el primer video y lo trajo de ese viaje. ¿Y qué hicieron los americanos? Darle trabajo en sus oficinas y proporcionarle una correspondencia que se les había entregado bajo estricta confidencialidad y que podía afectar a esas relaciones personales. ¿No es así?

Contreras asintió. Él mismo había incluido esa cláusula, dura y estricta en cualquier operación en la que una de las partes tenía acceso a la documentación de la contraria.

—Lo cierto es que nadie ha visto esas cartas en el expediente, y todos trabajaban con la misma documentación —puntualizó el marqués.

—Una nueva incógnita, pues. La estudiaremos. Pero, en cualquier caso, estos americanos ¿de verdad querían comprar, o todo ha sido un torpedo para cargarse la Banca Santadoma? ¿Hay alguna posibilidad de conflicto de intereses? —preguntó directamente a don Enrique.

Este no lo dudó.

—En Miami tenemos bastantes intereses conjuntos. Los ha habido históricamente, siempre se han mantenido relaciones, por eso nos querían comprar. Sí —añadió—, sin duda podrían salir beneficiados, y bastante, con la quiebra de nuestro banco.

—Pues a ello, señores. —Carmen Rodés se levantó dando ella misma por finalizada la reunión—. Lleguemos a un pacto con la criada, y empecemos a fabricar una conspiración por parte de los americanos contra la Banca Santadoma. Tenemos que reunir cuantos datos podamos, y disponemos de poco tiempo.

—Será difícil acreditar una conspiración —apuntó alguien.

—Seguro, pero esta gente tiene muy en cuenta la publicidad negativa, las respuestas del mercado. Ya lo hemos visto. Juguemos esa baza, por lo tanto.

Por primera vez en bastantes días, el marqués de Santadoma se levantó de la mesa de la sala de juntas con una sonrisa en la boca. Ninguno de los muchos abogados que había allí, incluidos Néstor Armas y Contreras, quiso sacar a relucir la cuestión que se plantearía si Lita y Concepción aceptaban el dinero. ¿Reconocerían entonces los Santadoma la filiación de esta última? ¿La exigiría ella? Tampoco parecía descartable que, una vez satisfechas sus pretensiones económicas con tan descomunal cantidad de dinero, ni madre ni hija quisieran verse vinculadas a la familia Santadoma. De forma tácita, pues, todos decidieron evitar ese tema hasta saber primero si habría acuerdo económico.

—Los Santadoma aceptan el pago de los cien millones reclamados.

Las instalaciones del despacho de Alberto Gómez nada tenían que ver con las del banco o las de la planta de los americanos que rozaba el cielo. Allí los muebles eran funcionales, viejos; el personal se movía con prisa y pegando gritos, y en la sala de espera, una estancia con sillas sencillas arrimadas a las paredes, uno podía encontrar todo tipo de clientela. Pablo, cuya presencia sorprendió tremendamente a Lita, y Carmen Rodés fueron los designados por el grupo de los Santadoma para negociar. Frente a ellos, en la mesa, tan solo Alberto y Lita, ya que Concepción había vuelto a excusar su asistencia.

—Nos satisface... —empezó a decir el abogado.

—Los americanos se echan atrás —lo interrumpió Lita—, rompen las negociaciones después de que ustedes se negaran a pagar esa cantidad, y ahora aparecen por sorpresa y lo aceptan. ¿Tanto nos necesitan? ¿Y si pidiéramos doscientos?

—¡Lita!

—Aquí llámame Regla, Pablo. No sé por qué estás en esta reunión, pero...

—Porque se conocen ustedes —terció la letrada—. Todo esto está como... contaminado. Se están mezclando temas personales muy delicados. No voy a mentirle si le reconozco que la historia de su familia, y especialmente la de su madre, me ha causado un profundo impacto.

—Pero usted defiende los intereses del marqués.

—Y lo haré lo mejor que pueda. —La abogada fijó la mirada en Lita, como si con ello pretendiera que sus palabras gozaran de mayor credibilidad—. Pero eso no me hace insensible a las injusticias, lo crea usted o no. Todos soportamos nuestras cargas y hemos sufrido. Seguro que no tanto como su madre y sus antepasados —se apresuró a interrumpir la réplica de Lita pidiéndole que esperara con la mano abierta en el aire—, pero es así. Pablo —añadió señalándolo— está aquí porque ha trabajado en este asunto desde el principio. Todavía mantiene buenas relaciones con los americanos y puede acercarse a ellos, y, por supuesto, entendemos que también con usted. Está muy preparado profesionalmente y nos ha parecido la persona idónea para tratar de limar todos esos conflictos personales. En cuanto a los doscientos millones, sí, cierto, puede usted pensar que nos tiene pillados, que su colaboración nos es imprescindible. Pero eso nunca termina de ser así, su abogado seguro que se lo confirmará: siempre hay otras opciones. Sinceramente, yo le diría que no estire usted tanto de la cuerda, no vaya a ser que se rompa, pero eso también tendrá que tratarlo con él.

—¿Hasta dónde están ustedes dispuestos a llegar? —inquirió Alberto—. El importe de la herencia a la que podría optar doña Concepción superaría con mucho esa cantidad.

—Es posible —accedió su compañera de profesión—, pero para eso tendría que pleitear y ganar… Sí, sí, sí —interrumpió el intento de intervenir de Lita y su abogado—, es probable que tengan pruebas que ustedes consideren inapelables, pero como advertía la maldición gitana: «Pleitos tengas y los ganes». Y podría ser que dentro de diez años, cuando ganasen, los Santadoma ya no tuvieran nada, que esa herencia hubiera desaparecido.

—La parte de doña Concepción no podría desaparecer, no garantiza nada a los americanos ni a nadie. Ella no ha firmado nada. No se ha obligado a nada.

—No se lo discuto —concedió la abogada—, pero a saber qué

quedará tras un pleito. En cualquier caso, doscientos millones me parecen inviables —añadió como disculpándose con Lita—. No queremos presionarlos, pero lo mejor para todos sería cerrar este asunto cuanto antes.

Esa noche Lita concertó un encuentro con Pablo.

—En un restaurante —exigió ella ante la propuesta de él de verse en su piso—. Se trata de negociar, no de follar.

Sara meneó ostensiblemente la cabeza al oír ese comentario mordaz, aunque Lita no fue capaz de descifrar si apoyaba su decisión o bien opinaba lo contrario: que también se trataba de follar. No quiso averiguarlo. Esa reunión con Pablo iba a ser trascendental: había hablado con Joseph Bekele. «Mucho dinero», se limitó a reconocerle ella por no concretar la escandalosa cantidad de la que hablaban. «Todo eso lo está negociando Alberto». El presidente de la asociación la felicitó por ello, pero le señaló una condición que recalcó como imprescindible:

—Lita, por encima de todo, tiene que ser público. No os podéis limitar a cobrar y que eso quede en secreto o como un simple negocio. Los tuyos, tus hermanos, los negros, todos los que han sufrido la esclavitud y el maltrato, ellos mismos o sus ascendientes, tienen que comprobar públicamente que es posible vencer. Eso es lo que siempre hemos hablado. Tú y tu madre sois el ejemplo.

Era cierto, y Lita lo sabía. Pero también intuía que el marqués querría evitar el escarnio público. Su madre tenía la oportunidad de cobrar una fortuna... Aunque, para sorpresa de Lita, no parecía quererla. «Yo solo pretendo seguir trabajando, hija. Quizá algún rinconcito para cuando no pueda hacerlo, para no ser una carga para ti», había añadido. «Para poder pagar una residencia». ¿Y ella? ¿Deseaba disfrutar de un dinero que encontraba su causa en el abuso de un blanco sobre una linda mulata, esa que, según decían en Cuba los que la conocieron, había inventado a las mujeres bellas?

Podían hacer mucho bien con aquella cantidad ingente de dinero. Lo hablaron madre e hija y decidieron reservar una parte para ellas, para comprar un piso y asegurarse de que Concepción no tuviera que limpiar más casas, y meter otra en el banco —uno, dos, cinco o diez millones— para no tener que preocuparse del futuro. Aun así, les sobraba un mundo para destinar a los suyos, a esos negros que peregrinaban hasta la nave en la que trabajaba Lita, o hasta las muchas que había como aquella, en busca de un paquete de arroz.

Y se sintieron plenas, felices, hasta que Concepción añadió una condición:

—Pero no es necesario que el señor marqués se... ¿Cómo lo decís? ¿Que comparezca...? Bueno, que salga en la televisión diciendo que es mi hermano.

—Mamá, ese es el objetivo de las asociaciones que nos han ayudado. Hay que visibilizar esa victoria.

—Tendremos nuestra victoria, hija; podremos ayudar mucho a los nuestros. No entiendo de todas estas cosas que me cuentas, del acuerdo ese de Durban y de Bekele, que seguro que es un buen hombre. Pero no me canso de repetírtelo: los Santadoma siempre se portaron bien con nosotras, y lo que pasara hace más de sesenta años allá en Cuba... Lo que pasó en la isla quedó en la isla, hija; mi madre nunca me habló mal de don Eusebio.

Lita reclamó la ayuda de sus amigas, que sin embargo ladearon la cabeza y fruncieron la boca como dándole a entender que debía respetar la voluntad de su madre. Luego lo hablaron entre ellas y la conclusión fue la misma. El éxito estaba en la indemnización, los sentimientos eran los de su madre, le dijeron ambas: «Los de ella, no los tuyos, ni los de Bekele, ni los de la ONU ni los de los afrodescendientes del mundo entero».

Pero era ella quien se había comprometido con Bekele, con la ONU y con esos afrodescendientes, y ese seguía siendo un objetivo principal, y eso fue lo que le exigió a Pablo después de que se encontraran en un restaurante de los que estaban de moda de Madrid —uno de esos locales caros e incómodos, llenos de gente guapa y rica, o que al menos lo pretendía—, se dieran un par de besos, se sentasen a la mesa, comentaran tonterías, pidieran de cenar y continuaran con las trivialidades.

Todos esos formalismos, esa conversación vacua, concedieron a Lita la oportunidad de fijarse en Pablo. Emanaba ese atractivo que la había prendado, y hasta podría dejarse mecer otra vez en sus virtudes. Sí, le gustaba, se había recuperado, pero ya no estaba segura de si continuaba amándolo. Miró a su alrededor y comprendió de súbito que aquel ya no era su mundo, quizá ni siquiera su ciudad. Pablo parecía encadenado a aquella metrópoli, mientras ella ahora desayunaba y comía en restaurantes de polígonos industriales de los alrededores de Madrid, sudorosa como la mayoría de los que la rodeaban: trabajadores blancos, españoles, pero también negros y musulmanes, o chinos, unos con papeles y otros ilegales. Las conversaciones eran muy diferentes, las risas tampoco sonaban igual. El aire que se respiraba le llegaba a la boca y a los pulmones cargado de problemas, denso por los esfuerzos y la pasión por vivir; una simple bocanada de las quejas de cualquier joven negro se le atragantaba en la conciencia.

—¿Te sucede algo? —Pablo la trajo de nuevo a la realidad—. Pareces ausente.

—La mezcla de tanto perfume me ha mareado un instante.

Pablo se sorprendió e incluso olfateó el ambiente.

—Si quieres, les pido que nos cambien de mesa.

—Lo soportaré —dijo Lita con una ironía que Pablo no llegó a captar.

Cuando llegó el entrante, dos raviolis inmensos rellenos de espinacas y queso que casi desbordaban el plato, iniciaron la conversación:

—Sé que Carmen y tu abogado están negociando una cantidad, pero como bien ha dicho ella, tampoco puede superar en exceso esos cien millones.

—Ya, ya. Ya se aclararán ellos con eso. El problema es cómo lo haremos.

—¿Cómo haremos el qué? Pues se pagarán y ya está.

—Eso está claro, a lo que me refiero es dónde y cómo. Y si con ese pago mi madre estará renunciando a reclamar su filiación, quedándose con su apellido de siempre, o si se hará como parte de su herencia, y por lo tanto será reconocida como una Santadoma.

Bekele había vuelto a insistir en ello, opinión a la que se unía, aunque por otras razones, la de Alberto Gómez, que sostuvo que no era lo mismo desde el punto de vista fiscal el pago de una indemnización que el reconocimiento de la cualidad de heredera a través de un juzgado. En el primer caso, el coste en impuestos podía ser escandaloso; en el segundo, en cambio, había que contar con las importantes ventajas impositivas de las que gozaban las herencias en la Comunidad de Madrid.

—Quiero que el marqués y doña Claudia reconozcan públicamente que mi madre es hija de Eusebio de Santadoma —exigió Lita.

Pablo tonteó con su segundo plato, unos medallones de solomillo con salsa de todo, que llevó de un lado al otro y que casi no probó. Lita, por su parte, degustó un rape a la vasca mientras en su interior sentía cierto remordimiento por el placer que le proporcionaba el sabor exquisito del pescado y de la situación. Solo esperaba las palabras de Pablo, que indefectiblemente llegaron:

—Sabes que el marqués se negará en redondo a lo que pides. Es imposible.

—Pues no habrá trato —repuso ella, a sabiendas de que iba de farol, de que no podía renunciar a aquella fortuna por el mero hecho de que el marqués se negara a concederle esa satisfacción moral. Los Santadoma podían acudir a los juzgados con Concepción y allanarse a su filiación sin necesidad de comparecer públicamente.

—Lita, estamos hablando de mucho dinero, que probablemente aumente tras las negociaciones entre los abogados. No puedes arriesgarlo por algo así.

—No has entendido nada.

—Sí, sí que lo entiendo, no te equivoques. Es evidente que cuanto decías es verdad, y no quiero imaginarme la vida de tu madre y la de tus antepasados, la tuya incluso. Pero estás consiguiendo, diría que ya lo has hecho, una gran reparación económica. ¿También quieres la humillación del marqués?

—Por supuesto.

—Ya se humilla pagando, tú lo sabes. Tú lo conoces más que

yo, aunque debo recordarte que don Enrique no le hizo nada a tu abuela. Fue el viejo marqués quien le dio trabajo y la ayudó. Y a ti también. Fue el padre de don Enrique quien tuvo esa relación con tu abuela, y eso ocurrió hace muchos años. Dudo hasta de que el marqués lo supiera.

—Pablo —Lita esperó unos instantes hasta que las miradas de ambos quedaron entrelazadas con fuerza—, ¿por qué consideras que es humillante que el marqués reconozca que mi madre es su hermanastra?

—Mira, yo no considero nada, pero sé que es así —respondió el otro con cierta crudeza—. Nos gustará o no. Respeto a tu madre, te respeto a ti, pero si condicionas el acuerdo a esa declaración, te juegas que fracase.

Eso no podía permitírselo Lita. En última instancia, ya lo arreglaría Alberto. Lo cierto era que si llegaban a un acuerdo, evidentemente tendrían que renunciar a cualquier derecho económico o hereditario. Si pleiteaban y ganaban, podrían decidir lo que quisieran, pero en este momento los Santadoma las necesitaban. Ella tenía que insistir, y lo hizo.

—Eso se llama racismo —lo acusó—. En otras circunstancias, si mi madre fuera blanquita, quizá no le importase tanto.

—Lita, aquí estamos hablando de la venta de un banco, no de la lucha contra el racismo... No podemos arreglar el mundo.

—Estás muy equivocado —replicó ella, y se puso en pie dejando intacto el postre, una tarta tatin de aspecto apetitoso—. Esa es nuestra... mi condición.

Y ciertamente era así, era la condición de Lita, puesto que su madre no exigía que don Enrique reconociera nada, pero ella se había comprometido con Bekele y con un proyecto común, universal, que superaba sus deseos. Su madre lo sabía, no podía enrocarse en ese respeto reverencial por el marqués. Lita estaba segura de que, a su debido tiempo, lograría convencerla.

Pablo se levantó también, cortés, dejando la servilleta sobre la mesa.

—Quizá pudiéramos seguir discutiendo esto en otro lugar... En mi casa, si te apetece.

—No, gracias. Dale al marqués y a todos los Santadoma una copia de la Declaración de Durban y de la resolución de la ONU acerca del Decenio Internacional para los Afrodescendientes. Seguro que ni saben que existe. Yo soy una de ellas, Pablo. Soy una afrodescendiente que todavía vive los efectos del colonialismo y la esclavitud de los Santadoma: ese racismo que humillaría al marqués si me reconociera como su sobrina. ¿Qué humillación es esa! ¡Dímelo! Sí, sí que nos toca arreglar el mundo, y que ese mundo, el mundo entero, lo vea. Por cierto, y dicho sea de paso, me decepciona tu postura.

—Disculpa. —Pablo trató de congeniarse con ella, cogiéndola del brazo con ternura. Lita no hizo nada por evitar el contacto—. Permíteme explicarme, o cuando menos discutámoslo a fondo. No te vayas. Podríamos hablarlo con calma.

Lita negó con la cabeza. Esperaba una propuesta similar, pero en ese momento no sentía deseo alguno por Pablo y la conversación no parecía tener mayor recorrido. Ella ya había expuesto sus condiciones y no tenía nada más que decir.

Le dio un beso en la mejilla a sabiendas de que sería el último, de que sus caminos se separaban. Le costó acercar los labios hasta su rostro. Y luego se fue.

# 29

*Matanzas, Cuba*
*Agosto de 1878*
*Ingenio La Merced*

Durante la guerra fueron varias las ocasiones en las que Kaweka intercambió algún prisionero con el enemigo. Pese a la gente que controlaba la operación de un bando u otro, llevarlo a cabo siempre era complejo; ahora era incapaz de imaginarse cómo conseguiría, ella sola, canjearse por Modesto. En cuanto el marqués la viera, la apresaría, y no tendría la menor garantía de que después liberase al emancipado. Lo que daba por sentado era que nunca lo haría antes de tenerla en su poder.

Los gritos de los soldados y los centinelas que corrían tras ella cambiaron: «¡El señor marqués acepta el intercambio!».

Necesitaba un rehén, pero no un soldado o un centinela, ni siquiera Narváez; poco le importaría la vida de alguno de ellos al marqués. La Merced se había convertido en una fortaleza aparentemente inexpugnable, pero no así los ingenios cercanos.

—La mataré como alguien se acerque a mí. ¡Es la hija pequeña del San Luis! ¡Bajad las armas!

Un día de ida y otro de vuelta era lo que habían tardado Kaweka y el perro en presentarse en La Merced con el machete apretando el cuello de una muchacha blanca como la leche, de unos quince años, que poco a poco se había apartado de la casa principal y de la estricta vigilancia de su ama ante la incitación al juego que le propuso el perro de Kaweka. Era la hija del propietario del ingenio vecino, el San Luis. El hombre no es que fuera amigo íntimo de don Juan José, pero como todos los blancos ricos, se respetaban entre sí.

Desde que había pasado por delante de la taberna que estaba en el camino, a la entrada del ingenio La Merced, la seguían un montón de personas ociosas en época fuera de zafra: trabajadores blancos, libertos, esclavos, chinos.

—¿No irás a hacerle daño a la chiquilla? —le recriminó alguien a gritos.

Esa pregunta solo podía habérsela formulado un blanco libre porque los esclavos bien sabían el destino de sus hijas, tanto que ni siquiera querían parirlas, pensó Kaweka chascando la lengua. Alejó de su mente las dudas sobre lo que llegaría a hacer o no, porque lo importante era lo que temieran el marqués y los suyos. La única cuestión era si el marqués estaría dispuesto a arriesgar su prestigio y su honor entre la comunidad blanca permitiendo que una muchacha de su clase muriera a causa de una venganza personal. Había demasiada gente en La Merced para que Santadoma pudiera evitar que alguien contara en Matanzas o en La Habana lo que había sucedido allí.

—¡Bajad las armas! —tuvo que repetir Kaweka.

Podían dispararle por la espalda, pero se arriesgaban a traspasar el pellejo en el que se había convertido la negra y matar a la chica, que gemía y moqueaba tras haber llorado todo lo que tenía que llorar a lo largo del camino entre los ingenios, donde intentó escapar en varias ocasiones. El perro no se lo permitió, mordiéndole la pantorrilla en una de ellas.

Apareció Narváez y ordenó a la gente que obedeciera a Kaweka, y luego envió a un par de hombres a la casa grande para avisar al marqués.

—La maldición todavía te espera, Narváez —le soltó ella sin dejar de apoyar el machete sobre el cuello de la muchacha. La inutilidad de su brazo izquierdo la escondía agarrando el vestido de la chica a la altura de su cintura. Nadie podía imaginar que su hombro estaba paralizado.

—Pues sigo vivo —contestó el mayoral.

Kaweka se dirigía al patio entre los barracones, allí donde siempre había estado el cepo.

—No te equivoques, blanco. La maldición empezará tras tu muerte, cuando los demonios te persigan y no permitan el descanso de tu alma sucia, y continuará con la de toda tu familia. Diles a esos hombres que se retiren —le ordenó refiriéndose a los que vigilaban a Modesto, a pocos pasos de ella. Allí mismo había muerto mamá Ambrosia. «Ayúdame, criollera», le rogó en silencio.

Modesto, que había despertado de su letargo ante el escándalo de la llegada de Kaweka, la recibió con ojos desorbitados, aunque sin poder esconder una tierna sonrisa.

—Sabía que tenía que volver a verte antes de morir —le dijo cuando ella se le acercó.

—¿Quién ha dicho que vayas a morir? —rebatió ella acomodándose contra el cepo, evitando el agujero libre, encogiéndose para no ofrecer un blanco a los tiradores del marqués y cubriéndose con la niña.

—Desde que te ofreciste a canjearte por mí, las apuestas están en mi contra —comentó él con cierto sarcasmo—. Aunque tú tampoco sales muy bien parada.

Modesto se incorporó del suelo, donde llevaba muchos días tumbado, y el cambio de posición lo mareó. Esperó unos instantes y luego se arrimó a Kaweka para taparla todavía más con su cuerpo.

—¿No pretenderás hacer el amor ahora? —se burló ella con un siseo.

Más de dos centenares de personas se habían congregado en el patio, aunque Narváez y sus hombres los mantenían a distancia.

—Si hay algo que me ha mantenido con vida estos años, incluido el suplicio de este cepo, es el recuerdo del placer de acariciarte. Creo que el éxtasis que alcancé contigo es lo que todavía hace correr mi sangre, porque si dependiera de mi corazón o de mi cerebro, ya me habría rendido a la muerte.

Los murmullos de trabajadores y esclavos cesaron. Ni Kaweka ni Modesto tuvieron que dejar de mirarse para saber la razón. El marqués se había plantado en el centro del patio, con su uniforme blanco del Cuerpo de Voluntarios de La Habana, las tres estrellas de coronel, grandes, brillando en su bocamanga, sable y revólver al cinto, y un sombrero blanco de paja en la cabeza.

—¿Y ahora qué piensas hacer? —inquirió Modesto.

A Kaweka le hubiera gustado contestarle que nada, que pedir tiempo para estar junto a él, oliéndolo, oyéndolo respirar, notando el contacto de su cuerpo; tiempo para hablar, para acariciarlo y besarlo, para declararle su amor eterno. En su lugar, apretó el machete sobre el cuello de la hija del San Luis cuya presión había relajado, a lo que la joven respondió con un chillido ahogado.

—¡No es necesario que te ensañes con la chiquilla! —le gritó el marqués.

Kaweka apretó todavía más. Un hilo de sangre corrió por el cuello de la muchacha.

—Ese hijo de puta tiene razón —intervino entonces Modesto hablándole al oído—. No hace falta que le hagas daño. No pienso dejarte sola. Moriré contigo. Sin ti estaré muerto.

—Acércate —le pidió Kaweka. Modesto apretó su oreja contra los labios de ella para que ni siquiera la niña llegase a oírlo—: No puedes morir —le susurró—. Debes encontrar a nuestra hija antes de que lo consiga ese monstruo.

Modesto fue incapaz de moverse. Kaweka besó el interior de su oreja, varias veces, mientras las lágrimas corrían por las mejillas del emancipado.

—¿Por qué...? ¿Por qué no me dijiste nunca que era mi hija? Podríamos haber acudido antes en su busca...

—No lo sé —lo interrumpió ella—. Quizá porque no viniste al palenque.

—Ya te expliqué las razones. Lo habría hecho, pero Ambrosia me lo prohibió. En cualquier caso, luego tuviste oportunidad de corregirte.

—Lo sé, pero tú mismo lo has dicho. ¿Cómo habría podido impedir que partieras en su busca? La diosa no me hubiera permitido acompañarte. Modesto —añadió tras un instante de silencio, como si en esos segundos hubiera repasado su vida y sus decisiones, aquellas que la habían llevado de vuelta a La Merced para entregarse a la persona que más odiaba en el universo—. Yo no puedo buscar a nuestra hija —quiso cerrar la discusión—. Estoy tullida. El brazo izquierdo no me responde, soy una esclava sin papeles, nunca llegaría a encontrarla.

El marqués, el mayoral, todos los que estaban allí los miraban sin intervenir: Kaweka continuaba apretando su machete y el hilillo de sangre manchaba ya el vestido de la muchacha.

—¿Y tu diosa? —preguntó Modesto—. ¿No puede ayudarnos ahora?

—Yemayá es la que me ha traído hasta aquí. Esto es lo que quieren los dioses.

—¿Que mueras?

—Tienes que encontrar a Yesa —dijo ella evitando contestar a esa pregunta—. Él no la tiene, por más gente y dinero que utilice. Estoy segura. Estoy convencida de que no la ha encontrado.

Continuaban hablando en susurros.

—¿Y lo haré yo?

—¡Marqués! —gritó entonces Kaweka—. ¡Cumple tu palabra!

—Suelta a la niña —exigió don Juan José.

—¡Imbécil! —exclamó Kaweka alzando la voz cuanto pudo.

La tensión en todos los músculos del cuerpo del noble fue evidente para cuantos lo miraron: le temblaba de rabia hasta el mentón, pero no se atrevió a decir nada.

—Te diré lo que haremos, marqués. Dejarás que Modesto se vaya libre, ya. Cuando yo sepa que está seguro, liberaré a la niña y me tendrás para lo que quieras.

—¿Cómo sabrás que estoy seguro? —preguntó Modesto—. Puede matarme en cuanto pase por la taberna y tú no te enterarías. ¿O ahora sí que interviene la diosa?

—No, mi negro querido. Los dioses son caprichosos. Yemayá puede estar enfadada o divirtiéndose en otro lugar. ¿Te acuerdas de Ambrosia? —Modesto asintió—. Murió aquí mismo, donde estás tú ahora, y en su día me dijo algo que ningún babalao me ha repetido nunca: si yo pudiera mandar sobre la diosa, la diosa sería yo. No, no espero la intervención de ningún dios. ¿Ves a este perro, el que ha venido conmigo? Él te acompañará, y cuando le digas que vuelva, sabré que has escapado.

—El marqués te matará.

—Hace tiempo que estoy muerta, Modesto. Desde que no puedo pelear; desde que diez años de guerra no han servido para abolir la esclavitud; desde que esos generales blancos se rindieron a los españoles, y después lo hicieron los nuestros, hasta los negros.

—En eso te equivocas. Míralos. Todos te envidian, te respetan. Todos saben ya que pueden alcanzar la libertad.

—Pelea la libertad de la única persona que nos interesa y huye con ella al palenque. Háblale de mí y pídele que me perdone por haberla abandonado. ¡Marqués! —volvió a gritar entonces sin dar oportunidad de réplica a Modesto—. ¿A qué esperas para liberarlo?

Don Juan José de Santadoma tardó unos instantes, pero al final hizo un gesto a Narváez, que se acercó al cepo y lo abrió.

—Adiós, mi amor —se despidió de él Kaweka—. Llévate esto —le pidió entregándole el collar de Yemayá—, aquí lo mancillarán, dáselo a nuestra hija.

A Modesto le costó unos minutos aguantar el equilibrio una vez se hubo puesto de pie. Luego se inclinó sobre ella y la besó en la boca, un beso salado, lleno de lágrimas. Agua. La diosa se entremezclaba en su amor, supo entonces Kaweka, igual que había hecho cuando se reconciliaron.

—Huye —le ordenó—. Tienes mucho que hacer.

Nadie se opuso al caminar titubeante de Modesto. El perro lo seguía a unos pasos de distancia, entre otros del ingenio, por lo que nadie los relacionó. Narváez interrogó al marqués, que primero miró a Kaweka con el machete sobre el cuello de la hija de su vecino para luego negar con la cabeza. La negra era una bruja, y como tal podía adivinar si faltaban a su palabra. Lo cierto era que aquel esclavo le importaba poco; no era suyo y ya había cumplido su cometido: atraer a Kaweka.

—Dejadlo ir —dispuso.

Narváez obedeció y, con gestos, ordenó a su vez a sus hombres que no molestaran a Modesto. Los esclavos que rodeaban el patio y contemplaban la escena se apercibieron de ello. Conocían bien cada seña que se comunicaban los blancos, porque de ellas dependían los castigos, los cambios, los trabajos... En este caso reconocieron la señal de no intervenir. Acicateados por tal actitud, alguien animó a Modesto:

—¡Corre, negro!

—¡Huye! —se sumó otro.

«Corre». «Escapa». «Vete»... La partida del emancipado se convirtió en un festival para los esclavos negros de La Merced, que lo vitorearon hasta bien superada la taberna.

—¡Todos a trabajar! —gritó Narváez en el momento en que pudo hacerse oír—. No quiero ver a nadie en el patio.

—¿Y ahora? —preguntó el marqués a Kaweka, que todavía sonreía tras la partida de Modesto.

—Pues ahora esperaremos.

—¿A qué?

—A que mi hombre esté a salvo —contestó ella—. Entonces liberaré a la niña.

—¿Y cómo sabrás que está a salvo?

—Igual que sé que morirás como un perro.

El marqués echó mano de su revólver. Kaweka apretó el machete. La niña lloró y en ese mismo instante entraron en La Merced varios jinetes a galope tendido. Se trataba de don Marcelino Sainz, el dueño del ingenio San Luis, acompañado de su hijo, el mayoral y varios empleados.

El padre de la rehén tardó un minuto largo en hacerse una idea de la situación.

—¿Cómo estás, hija? —preguntó todavía desde el caballo. Kaweka relajó la presión del machete para que la muchacha pudiera farfullar algo que tranquilizase a su padre—. Juro que te mataré si le haces daño a mi hija —gritó este a Kaweka, que acogió la amenaza con una sonrisa cáustica.

—¿No se da cuenta de que ya estoy muerta?

El hombre lo pensó, desmontó y se dirigió al marqués, con el que mantuvo una larga conversación. Podrían intentar dispararle si tenían un blanco claro, propuso al fin el de Santadoma.

—¿Y si fallan? ¿Y si la bala no la mata al instante y esa negra simplemente hunde el machete en el cuello de…? —Se le quebró la voz—. Esperaremos, Juan José. Si hasta ahora no la ha matado, ¿qué razón podría tener para hacerlo si nadie molesta al negro?

—Pero ¿cómo sabrá esa esclava que él está a salvo? —preguntó el marqués en voz alta; llevaba dándole vueltas todo el día a ese detalle.

—Me importa muy poco cómo lo sepa. Nadie va a arriesgar la vida de mi hija.

Cuando anochecía, encendieron hogueras para iluminar el patio. Kaweka permaneció hierática hora tras hora: con el brazo izquierdo totalmente dormido, insensible, movía el derecho para evitar que le sucediera algo similar, ahora amenazando el cuello de la niña con el filo del machete, ahora con la punta, bajo la barbilla. El marqués y los demás deambulaban inquietos de aquí para allá, fumando, tomando café y controlando que nadie bebiera alcohol para prevenir imprudencias.

No había llegado la medianoche cuando el perro se coló entre todos ellos, llegó hasta Kaweka y le lamió la mejilla.

—Vete —empujó entonces a la niña, dejándose caer rendida en el mismo cepo.

—¡Quitadle ese uniforme traicionero y quemadlo! —ordenó el marqués acercándose a Kaweka cuando ya sus esbirros la habían despojado del machete—. Encepadla y mañana reunid a todos los hombres en el patio.

—Deberías entregármela a mí —le exigió don Marcelino—, ha sido a mi hija a quien ha ofendido.

—Esta bruja ha ofendido al universo entero, y seré yo quien la castigue. Ven mañana, si lo deseas. Ahora descansemos.

La mañana trajo consigo una tormenta incesante. «Yemayá», pensó Kaweka mientras la liberaban del cepo para azotarla. No había casi hombre o mujer de La Merced, de los alrededores, del San Luis, incluso de algún otro ingenio cercano, que no hubiera acudido a presenciar el castigo de Kaweka. Las noticias acerca de la guerra mientras esta se desarrollaba habían sido permanente y constantemente censuradas en los ingenios para impedir levantamientos de los esclavos, pero ahora eran muchos los blancos, e incluso libertos de esos doce mil que habían formado parte del ejército revolucionario de la República de Cuba, que se mezclaban con los demás en los ingenios de la rica zona de Matanzas en busca de un trabajo con el que subsistir.

El nombre de la sargento Kaweka había corrido de boca en boca. Sus hazañas, ciertas o fruto de la imaginación más exagerada, se multiplicaban en la misma medida en que se relataban de unos a otros. Era la elegida de los dioses, aseguraban a su vez quienes la conocieron como esclava en La Merced, achacándole muertes deseadas, fugas heroicas y hasta curaciones mágicas.

Ahora, totalmente desnuda, aquel ídolo no parecía más que un desecho humano: esquelética, descarnada, escuálida, con el lado izquierdo de su torso inutilizado, una cicatriz tremenda que nacía en su hombro izquierdo y bajaba por el tórax hasta convertirse en una maraña de carne y con mil heridas cosidas a la altura de donde antes había lucido su pecho.

Los hombres la arrastraban, ya que ella era incapaz de seguir sus pasos, para atarla, en este caso no sobre la puerta tumbada en el suelo, sino, por orden del marqués, a un poste donde la azotarían.

—Esa mujer no aguantará tres latigazos antes de morir —le advirtió Marcelino Sainz al marqués de Santadoma.

—Esa bruja puede aguantar mil azotes —contestó y, acto seguido, ordenó a Narváez que iniciara el castigo.

El agua acalló el silbar del látigo de manatí, no así el golpe sobre la espalda de Kaweka.

El dueño del ingenio San Luis no prestó atención al espectáculo macabro; en su lugar, paseó la mirada por la gente apretujada en el patio. No tardó en percibir un rencor y una animosidad pocas veces patentes en el ambiente de un ingenio de Occidente.

—Los esclavos se rebelarán —advirtió al marqués.

—Mis hombres están preparados para eso.

Don Marcelino buscó en tejados y lugares estratégicos. Sí, allí estaban todos esos soldados y rancheadores que había contratado el marqués para dar con una esclava que al final había terminado entregándose.

—Será una matanza —advirtió el del San Luis.

—No, si no se rebelan —contestó el otro, antes de volverse hacia su igual—: Esa mujer —le recordó— secuestró a tu hija, le sajó el cuello y estuvo a punto de matarla, ¿acaso pides clemencia para ella?

Marcelino Sainz calló mientras Narváez continuaba flagelando una espalda ya sangrante.

—Quizá a mí me persigan los espíritus —gritó el mayoral a la esclava—, pero el tuyo llegará deshecho al más allá.

Kaweka había superado ya el umbral del dolor; solo sentía el correr del agua por el rostro que trataba de alzar al cielo, rogando a Yemayá que pusiera fin a su vida.

De repente sonó un disparo, y un esclavo negro que se había adelantado del grupo cayó muerto sobre un charco que pronto se tiñó de rojo. Los demás retrocedieron unos pasos. Un par de disparos más hirieron a otros tantos negros. Los soldados se dejaron ver, armados, preparados para actuar, y la gente se apretujó.

—Espera —ordenó el marqués a Narváez.

—Una decisión oportuna —le felicitó don Marcelino.

—No creas —contestó el de Santadoma—. Ahora empieza de verdad el sufrimiento de esta bruja.

—¿Qué más piensas hacerle?

—Mira.

Durante el castigo, sin que nadie prestara atención, habían traído de la casa principal a cuatro niñas esclavas, todas vestidas igual, con la camisa parda que les llegaba hasta las rodillas. Las alinearon frente a una Kaweka a la que tenían que sostener en pie.

—¡Una de estas niñas —le gritó el marqués— es Yesa, tu hija! Son todas las que se encontraron en los alrededores de la sierra del Rosario en la época en que los rancheadores destrozaron el palenque. ¿Creías que iba a ser libre? —El marqués soltó una carcajada que erizó el vello de muchos de los presentes—. Los negros siempre seréis esclavos. Sois unos vagos y unos inútiles incapaces de vivir sin nuestra ayuda. ¡Pura escoria! Tú eres mía y morirás perteneciéndome —afirmó señalándola—. ¡Te juro por Dios y por lo más sagrado que tu descendencia será esclava de los Santadoma hasta que la última gota de tu sangre negra y miserable se extinga de la tierra!

Kaweka abrió los ojos como si estuviera totalmente sana y capacitada y, en nombre de Yemayá, los fijó en aquellas cuatro muchachas. ¿Acaso la habían engañado los dioses cuando bailaba alrededor de la ceiba? Le aseguraron que Yesa vivía y estaba a salvo del marqués, eso le dijeron también las almas de los miles de muertos que vagaban por el monte. Había enviado a Modesto a buscar a una niña que ahora estaba allí, esclava del marqués. ¿Por qué eran tan crueles los dioses?

Con Kaweka examinando a las niñas, don Juan José ordenó a Narváez que continuara con el castigo. El látigo volvió a caer sobre la espalda de la esclava, pillándola por sorpresa, distraída por la aparición de aquellas crías.

—¿No es posible saber cuál de ellas es la hija? —inquirió mientras tanto don Marcelino con curiosidad.

—No —respondió el marqués—. Todas vivían en las montañas. Todas fueron capturadas y vendidas en esa época. Conservan imágenes de la selva, de los palenques, retazos de su infancia en un momento muy temprano, pero ninguna de ellas es capaz de recordar su nombre africano después de años de haber sido bautizadas con los nombres cristianos que ahora utilizan. Y si los recuerdan, no quieren decirlos, pero seguro que una de ellas es su hija. De eso no me cabe duda alguna.

Como no le cupo a Kaweka cuando se fijó en la primera de las niñas: bajita, del color del chocolate oscuro, y con unos ojos pardos clavados en ella. Yemayá se lo dijo, y consiguió incluso que la sangre brotara con más fuerza por su espalda al ritmo de unos latigazos que no cesaban. Madre e hija se unieron en una comunión espiritual que solo la sangre compartida podía ofrecer.

Era ella: Yesa. Vivía... Era esclava, pero vivía. Se fugaría como había hecho ella, seguro, y pelearía por su libertad. Modesto se enteraría de su paradero...

Kaweka, moribunda, esbozó una sonrisa al recordar a su hombre, pero cuando iba a entregarse a ese castigo último, la diosa la obligó a mirar a la segunda de las niñas y, sorprendida, sintió el mismo escalofrío e idéntica unión íntima que con la primera.

Dudó y levantó la vista al cielo, a la lluvia.

—¿Reconoces a tu hija? —se burló el marqués esperando alguna señal, algún signo por parte de Kaweka que se lo indicase.

«Sí», se dijo ella asintiendo. Porque cuando se enfrentó a la tercera y a la cuarta, la asaltaron iguales sensaciones que la sacudieron con la misma fuerza devastadora de esa alma que Narváez había pretendido destrozar y que se había vuelto a unir en un color, el negro, en la sangre, en un país lejano, en la desgracia y en la esclavitud. ¡Todas eran sus hijas! ¡Todas eran Yesa! De repente su vida cobró sentido. «Es irónico —se dijo—. Ahora que la voy a perder». Se volvió hacia los negros que estaban en el patio, les sonrió y ellos le devolvieron el saludo.

—Luchad —susurró.

Algunos alzaron un brazo al cielo. Hubo quien gritó ánimos, en lucumí.

Sonó un nuevo disparo: otro muerto.

Y uno más.

Los vigilantes blancos, manifiestamente nerviosos, amenazaron e insultaron a los negros, apuntándolos con sus armas, ordenándoles que retrocedieran.

—Juan José... —quiso advertirle Marcelino Sainz.

Pero el marqués, cuyas facciones estaban contraídas por la ira, no dio orden alguna a Narváez, que ya azotaba una masa sanguinolenta por la que se deslizaba el agua, la diosa que acudía a Kaweka: ¡Yemayá!

—¡Dime cuál de ellas es tu hija! —gritó el marqués acercándose al poste, la mano crispada sobre la culata de su revólver.

Kaweka, sorprendida por el griterío, dejó de mirar a las niñas y se fijó en algunos esclavos que se abalanzaban sobre ellos, aullando, clamando venganza contra el marqués.

La revuelta le devolvió algo de las fuerzas que creía perdidas. Apretó los dientes a la vista de la vacilación de soldados y centinelas, que no se atrevían a disparar en su dirección por no herir al noble, y en su lugar amenazaban al resto de los esclavos para que no se sumasen a los sediciosos.

—¡Luchad! —los incitó, en esta ocasión con más fuerza.

Algunos esclavos más se añadieron a la revuelta. Varios cayeron bajo el fuego de los guardias, que consiguieron amedrentar a la mayoría. Narváez dejó de azotar a Kaweka para situarse junto a su jefe, amenazando con su revólver a los que se acercaban.

—¡Libertad! —gritó ella.

Los sublevados se cernían ya sobre el marqués, las niñas, Kaweka y Narváez. Se reiniciaron los disparos a sus espaldas, la masa compacta de treinta o quizá cuarenta hombres, tapando al de Santadoma, quien, a su vez, extrajo su pistola y colocó el cañón contra la sien de Kaweka.

Los esclavos se detuvieron.

—¿Una diosa! —El marqués de Santadoma, airado, el ceño fruncido, los ojos entornados hacia los esclavos que lo rodeaban, disparó. La bala atravesó la cabeza de la mujer y salió a la lluvia acompañada por restos de sangre y de masa cerebral—. ¡Aquí tenéis a vuestra diosa! —rugió, y luego apuntó en dirección a los negros y disparó de nuevo.

Narváez se sumó a la represalia con su arma. Cayeron hombres, por delante del grupo y por detrás. En un instante, algunos esclavos se arrodillaron con las manos sobre la cabeza y pocos segundos transcurrieron hasta que todos ellos se sometieron a su amo, hincando las rodillas en tierra, suplicando clemencia.

El marqués cruzó entre el grupo, soberbio, como si nada hubiera sucedido, e invitó a Marcelino Sainz a acompañarlo a la casa principal.

—Allí nos darán de beber —le ofreció.

Incluso bajo la lluvia, los látigos empezaron a restallar en el aire junto a las órdenes de los mayorales. Los esclavos se pusieron en movimiento, solos los que podían hacerlo, y ayudados los heridos. En el patio quedaron varios cadáveres.

Narváez observó la escena y luego a Kaweka, que colgaba inerte de la cuerda que ataba sus manos al poste. Un escalofrío recorrió su cuerpo y una arcada le encogió el estómago. Los espíritus de aquellos hombres tendidos a sus pies lo rodeaban. Notó el frío de su presencia y, entre el ruido de la lluvia incesante, creyó oír la risa de Kaweka, una esclava que había sido capaz de despertar y movilizar a los suyos, de lograr que muchos entregaran sus vidas... Y comprendió que, con mujeres como ella, nada ni nadie detendría a los negros en su camino hacia la libertad.

# 30

*Madrid, España*
*Junio de 2018*

Era el mismo lugar en el que había experimentado vivencias tan intensas, la sala de juntas de la Banca Santadoma, pero esta vez con una disposición absolutamente diferente. El marqués había ordenado desmontar la mesa e instalar parte de ella en una tarima junto a una de las paredes, desde la que se iba a dar la rueda de prensa, donde ya estaban sentados don Enrique de Santadoma, presidiéndola en el centro, el catedrático Contreras y un par de altos ejecutivos del banco hacia un lado; hacia el otro, Alberto Gómez, Lita y Concepción, todos con un micrófono negro y pequeño de sobremesa delante, que la mujer había separado de sí lo máximo que pudo, como si temiera que la atacara.

Lita sonrió con ternura al ver cómo lo empujaba con una uña pintada de rojo. Había tenido que insistir para que accediese a que le hicieran la manicura.

—Nunca me la han hecho —alegó la madre.

—Hoy sucederán cosas que nunca habríamos imaginado que pasasen —contestó la hija.

Luego le arreglaron el pelo y fueron a comprar un traje, al centro de Madrid, a aquellas tiendas que Lita siempre había mirado con una mezcla de ilusión y temor. Colorido y con muchas flores. Ese había sido el deseo de Concepción, aunque luego se alarmó al ver el precio que marcaba la etiqueta.

—¡Esto es carísimo! —exclamó atónita.

—De estos se podrá usted comprar diez cada día a partir de hoy —le dijo Sara.

Y es que los Santadoma habían cedido: reconocerían la filiación de Concepción, su cualidad de heredera como hija de Eusebio de Santadoma, y la indemnizarían con ciento veinte millones de euros contra su renuncia a las acciones de la Banca Santadoma y al resto de la herencia. La noche anterior lo habían celebrado, pese a la prudencia que rogaba Alberto Gómez. Este alegaba que era mejor dejar las fiestas para cuando el acuerdo estuviera firmado y trataba de calmar unos ánimos que, sin embargo, iban estallando a medida que se corría la voz entre todos aquellos que las habían apoyado, y que se iban presentando en el piso de Lita. El propio abogado, un Bekele exultante junto a su esposa, un par de miembros más de la asociación y otros de la nave de Vallecas, la pareja gay del piso de enfrente, y gente a la que Lita reconoció de las manifestaciones. Concepción iba de uno a otro; Sara y Elena trataban de atender a todos ellos tras bajar a un «veinticuatro horas» a comprar cerveza y alcohol.

Bekele telefoneó a la señora Vit, que felicitó primero a Concepción y después a Lita. El presidente no cabía en sí de gozo. «Lo tiene que ver el mundo entero —sostenía—. ¡Tienen que saber que es posible! ¡Que podemos ganar!». Concepción y Lita le prometieron ayuda, donaciones para la asociación, para la de Bekele y para las demás que gestionaban otros conocidos que se les iban acercando aquella noche. Iban a ser ricas, muy ricas, y en parte se lo debían a ellos.

La noche se alargó con esa fiesta en la que Lita y sus amigas se permitieron fantasear con lo que se podía hacer con tanto dinero, y a la mañana siguiente compraron la ropa con la que vestiría Concepción en un acto público como el que se avecinaba: una falda roja, como las uñas, y una camisola amplia, de seda, con mil flores en colores luminosos que escondían la timidez de una mujer que, cuando se encontró en la Banca Santadoma, casi se sentía agredida por las miradas de cuantos tenía delante. Las sillas estaban dispuestas a modo de auditorio, con bastantes periodistas sentados;

había algunas cámaras, la mayoría de medios españoles, pero también norteamericanos, y muchas personas en pie al final de la sala, entre ellas Bekele, Sara y Elena, a las que Lita había invitado al acto.

Doña Claudia no estaba presente. Su hijo no lo había consentido y el acuerdo se había cerrado en esos términos. Con su firma, los americanos se quedaban sin argumentos para resolver el contrato de compra y el acto público que iba a llevarse a cabo calmaría al mercado, devolvería la confianza a depositantes e inversores, amén de convertir al marqués de Santadoma en una persona honesta y comprensiva, como en esos momentos trataba de sostener el catedrático Contreras en una alocución dirigida a cámaras y periodistas:

—... entiendan ustedes que reclamaciones como la de doña Concepción Hermoso —Lita sintió una tremenda satisfacción íntima al escuchar cómo aquel abogado soberbio se dirigía a su madre con respeto— deben ser abordadas con todas las cautelas posibles. A lo largo de mi carrera profesional he llevado bastantes casos de reclamaciones de paternidad hacia personas de notoriedad, como puede ser el señor marqués de Santadoma, y se ha descubierto que en su mayor parte se trataba de simples invenciones, incluso de burdos intentos de chantaje.

»En este caso, sin embargo, tras el estudio pormenorizado de las pruebas presentadas, hemos llegado a la conclusión de que esa filiación es cierta, de que doña Concepción Hermoso es en realidad hija extramatrimonial de don Eusebio de Santadoma y, por lo tanto, heredera del marqués de Santadoma con iguales derechos que los que sostienen sus demás nietos, razón por la que, en este acto, contra la firma de los contratos, se le hará pago de los ciento veinte millones de euros con los que las partes pondrán fin a cualquier reclamación al respecto. Evidentemente, el estado civil no es una cuestión de derecho privado del que puedan disponer las personas, por lo que deberemos acudir a un juzgado en el que, no obstante, no existirá oposición por parte de la familia Santadoma. Como ya se ha dicho, las pruebas son consistentes y los miembros de la familia Santadoma han suscrito el correspondiente documento reconociendo la filiación de doña Concepción Hermoso y...

—¿Incluyendo a doña Claudia? —intervino una de las periodistas.

—Le ruego que no me interrumpa —replicó Contreras—. Luego se permitirán algunas preguntas, pero en cualquier caso debo señalarle que doña Claudia, viuda de Santadoma, no es familia de sangre sino política, y por lo tanto poco puede aceptar o dejar de aceptar. Con este acuerdo —prosiguió—, la familia Santadoma representada por don Enrique, aquí presente, marqués de Santadoma, considera reparada una situación injusta de la que ninguno de ellos tenía el menor conocimiento, entendiendo que la indemnización por importe de ciento veinte millones de euros es lo suficientemente generosa para satisfacer cualquier expectativa de doña Concepción y su familia. Me gustaría insistir. —Hizo una pausa antes de proseguir—: Son ciento veinte millones de euros.

La repetición de aquella cifra colosal sobrevoló la sala de juntas. Lita miró a Bekele y observó una satisfacción desbordante en su rostro; eso era lo que el hombre deseaba: reconocimiento público, reparación, demostrar que podía particularizar en personas concretas los derechos de los afrodescendientes, y que el mundo entero lo viera. Luego se fijó en Sara y Elena. Una le sonrió y la otra hasta se permitió hacer un gesto de victoria con la mano. Lita continuó mirando más allá de cámaras y periodistas: vio a compañeros suyos del banco y percibió quién se alegraba y quién se reconcomía por su fortuna, como Gloria, la jefa de riesgos. «Ahora puedes quedarte con Pablo si todavía te interesa», quiso decirle con la mirada y una sonrisa maliciosa. Eso había decidido: su mundo era otro.

El efecto que Contreras había querido propiciar con aquel acto teatral fue aprovechado por los periodistas para iniciar el turno de preguntas, que se sucedieron de manera desordenada, sin conceder oportunidad de respuesta:

—Aunque doña Claudia no sea familiar de sangre, nos consta que siempre estuvo al tanto de que su esposo había tenido una hija ilegítima que trabajaba como criada para el marqués. ¿Qué tiene que decir al respecto el señor Santadoma?

—¿En el contrato se incluye alguna disculpa expresa?

—Aquí se reconocen los derechos hereditarios de doña Concepción, pero ¿qué hay de los esclavos que murieron en el ingenio de los Santadoma y sobre los que se basa su fortuna actual?

—¿Piensan los Santadoma reparar de alguna forma…?

La pregunta no terminó de formularse. Contreras se veía desbordado, por lo que fue el marqués de Santadoma quien tomó la palabra:

—La esclavitud fue una lacra a través de la que no solo se levantaron fortunas, sino países enteros —sentenció en un razonamiento que parecía tener preparado—. Yo no participé en ella y la repudio con todas mis fuerzas. No me siento responsable, ni creo que nadie pueda reclamármelo, de algo que sucedió hace centenares de años…

—Poco más de cien, señor Santadoma —le corrigió alguien desde el público apostado tras las sillas, quizá Bekele.

Entonces fue Contreras quien salió en defensa de su cliente:

—Miren, aquí estamos reparando una situación concreta, la de doña Concepción Hermoso. Insisto en la generosidad de la familia Santadoma. Podríamos haber optado por ir a juicio y retrasar los procedimientos. Incluso podríamos haber ganado el pleito. En su lugar, hemos pactado. No creo que este sea el lugar ni el momento para iniciar una causa general contra la esclavitud responsabilizando a la familia Santadoma de unas prácticas que se abolieron hace muchos años. Miren ustedes hacia el propio Estado español, el americano, el inglés, el portugués, el francés, que fueron los que más se lucraron con los impuestos de la trata de esclavos y su posterior explotación. Eso es lo que están reclamando muchos países iberoamericanos a España —terminó, en un intento de desviar la atención de la prensa hacia la familia Santadoma.

—Pero…

—No —cortó Contreras a la periodista que parecía querer insistir—. Aquí estamos hablando de resolver la situación de doña Concepción. Y en esos términos finalizaremos este acto.

El catedrático pasó un portafirmas al marqués. Este lo abrió, hojeó el contenido del contrato que guardaba y lo suscribió.

A continuación, se llevó la mano al bolsillo interior de su americana, extrajo un sobre y depositó sobre la mesa un cheque bancario por importe de ciento veinte millones de euros.

El portafirmas pasó al abogado Alberto Gómez y de este a Lita para que, a su vez, lo trasladase a su madre. Las cámaras y los fotógrafos se habían acercado a la mesa.

Lita se detuvo unos instantes mirando aquel documento y el cheque que lo acompañaba. Emocionada, pensó que lo había conseguido. Recordó las mil promesas: a Bekele, a la oenegé Amigos de la África Olvidada, y a otras tantas asociaciones que se ocupaban de los inmigrantes, incluso el compromiso que había adquirido con Elena de darle algún dinero para, entre otras cosas, renovar los fluorescentes que titilaban en el local vecinal.

—Toma, mamá —le ofreció deslizando el portafirmas por encima de la mesa—. ¿Tienes bolígrafo? —preguntó haciendo ademán de buscar el suyo.

—Tengo, hija —contestó Concepción revolviendo en su bolso. Lita miró a los periodistas que las asediaban, por lo que no llegó a darse cuenta de lo que extraía su madre: una caja vieja y alargada de hojalata que puso entre el contrato y el cheque—. ¿Estás segura de lo que quieres, cariño? —le preguntó abriendo la caja y dejando a la vista aquel collar con dos botones blancos de nácar que, pese a su antigüedad, destellaron ante los focos y los flashes de las cámaras.

—Mamá… —acertó a decir Lita con la voz tomada.

Concepción cogió aquella baratija y la colgó del cuello de su hija. Nadie se atrevió a preguntar, solo Sara y Elena se miraron, atónitas.

Lita sintió arder su pecho.

—Podrán haber transcurrido cien o doscientos años, pero ni mi madre ni yo vamos a participar del menor beneficio de un negocio que proceda del colonialismo y de la explotación de hombres negros como animales —sentenció con voz firme—. En el siglo veintiuno no puede existir un banco que hunda sus raíces en la esclavitud. La Banca Santadoma debe desaparecer, sin dejar más huella que la de un cáncer extirpado quirúrgicamente —proclamó con voz estentórea—. ¡Lucharemos por restituir…!

El ruido de la silla del marqués, que cayó después de que este se levantara bruscamente, mascullando improperios, acalló el discurso enardecido de Lita al mismo tiempo que lograba que cámaras y periodistas se abalanzaran sobre él. La desbandada de aquellos profesionales, que hasta entonces asediaba a Concepción y a Lita, permitió a esta última observar a sus amigas. Las vio llorar. Notó la mano de su madre sobre su rodilla, por debajo de la mesa, apretándosela, incitándola a continuar. Alguien del banco se acercó por detrás de ellas y recuperó contrato y cheque.

—¡Todo vestigio de la esclavitud que perviva a día de hoy debe ser rechazado por la sociedad! —añadió Lita a gritos para hacerse oír en el barullo, haciendo que regresaran los periodistas, con el marqués y los suyos ya fuera de la sala—. Toda persona, sociedad, entidad o país que se haya lucrado o aprovechado de la sangre negra debe disculparse y reparar el daño causado en la medida de sus posibilidades…, que son muchas. No hay excusa. No puede haber descanso en la lucha de los negros por conseguir ese objetivo. Continuamos siendo un pueblo desamparado, un continente explotado, una raza maltratada y humillada.

A medida que Lita hablaba, el aire en el interior de la sala se volvía más y más denso.

—Mi madre y yo pelearemos…

Entonces los vio. Espíritus negros que revoloteaban por la estancia, enredándose con los allí presentes, rozándolos como corrientes de aire, turbando las imágenes de las cámaras.

—Los Santadoma caerán. Mi madre y yo lo prometemos —declaró—. No es lícito aprovecharse del dolor y la sangre de los esclavos para después sostener que no se siente responsabilidad alguna por esas muertes.

Algo se acercó a ella. Ya no era un fantasma, sino una presencia tangible, la parte izquierda de su torso destrozada por una cicatriz que la cruzaba hasta desfigurar su pecho. Sonreía y acercó la mano al collar que colgaba del cuello de Lita para acariciar los dos botones de nácar.

La presencia de Kaweka se diluyó entre la de los demás espíritus a medida que Lita absorbía su poder, Yemayá se había pronunciado, anunciándole sacrificios. Luego observó cómo de la mano de la diosa se abría, por delante de ella, un camino nuevo e ingrato que le exigiría entregar su vida igual que había hecho esa Kaweka ahora liberada.

# 31

*Cuba, 1898*

Rompió de pronto el sol sobre un claro del bosque, y allí, al centelleo de la luz súbita, vi por sobre la hierba amarillenta erguirse, en torno al tronco negro de los pinos caídos, los racimos gozosos de los pinos nuevos: ¡Eso somos nosotros: pinos nuevos!

José Martí, 1891

Modesto, como muchos otros cubanos, celebró con fiestas, tabaco, comida, ron y bailes la rendición de las tropas españolas al ejército americano. La guerra en busca de la independencia se inició en 1895 con el apoyo explícito de Estados Unidos, hasta que tres años después, en febrero de 1898, la explosión en el puerto de La Habana del acorazado Maine, con más de doscientos cincuenta marineros americanos muertos, estrago que fue achacado a una bomba española, obligó al gobierno de esa nación a tomar partido, no solo financiero, sino bélico, contra España.

El ejército español, sobre todo su flota al mando del almirante Cervera, luchó con el honor que caracterizaba a los españoles, pero no tuvo ninguna posibilidad frente al poderío americano, que hundió sus barcos en una batalla de solo cuatro horas frente a la bahía de Santiago de Cuba.

Allí, en los alrededores de la ciudad que siempre se mantuvo fiel y que tardó tres semanas en rendirse tras un feroz sitio de los mambises, estuvo Modesto, a sus más de sesenta años, como enfermero del ejército revolucionario que, de la mano de José Martí, muerto el primer día que entró en combate, había iniciado aquella nueva guerra. La «Guerra Necesaria», la llamó el poeta, quien sin embargo no llegó a ver cómo sus versos y sus arengas llevaban a la anhelada independencia de España, aunque no se tratase de la independencia que había soñado el intelectual, puesto que Cuba se convirtió, ahora, en una república tutelada por Estados Unidos.

Modesto, en su calidad de sanitario, pudo recorrer con nostalgia y bastante dolor el hospital del Príncipe Alfonso y el cuartel de la Reina Mercedes. De allí había escapado para acudir en ayuda de Regla. Poco tiempo después supo de su muerte cruel; no le fue difícil dar con un negro que había estado en La Merced que le contó lo sucedido y le habló de las cuatro niñas que le mostró el marqués.

—Pero ¿reconoció a alguna como su hija? —le preguntó expectante.

—No, a ninguna. Murió después de mirar a las cuatro… y de sonreír e incitar a los que estábamos allí a luchar. Agonizaba, y aun así…

—Continuaba peleando —terminó la frase Modesto, la garganta agarrotada.

Aquel testigo le relató después la muerte de Kaweka a manos del marqués. Lo hizo emocionado, como si hablase de alguien de su familia.

—¿Y no le ha sucedido nada a ese hijo de puta? —preguntó Modesto.

—No. ¿Cómo lo iban a castigar? Las autoridades han hecho como que investigaban porque murieron varios esclavos, pero han llegado a la conclusión de que fue un levantamiento y que solo la muerte de Kaweka, que era quien lo había incitado, pudo detenerlo y evitar males mayores.

Modesto negó repetidamente y se esforzó por tomar el aire que le faltaba. De poco iba a servir que él huyese si resultaba que

Yesa estaba en manos del marqués. Kaweka no había reconocido a su hija en ninguna de aquellas niñas. Hubiera preferido morir con Regla, compartir un dolor que empezó a sentir en el mismo momento en el que ordenó al perrillo que volviera al ingenio. El marqués iba a matarla, lo sabía, y él la había dejado allí, aunque fuera por una buena razón: buscar a Yesa, luz permanente en la vida de la mujer, convertida ahora en la hija común. Pero esa esperanza, ese propósito, no bastaba para que el emancipado se sintiera libre de culpa por dejarla allá en el cepo, y lo que era peor, no mitigaba el dolor por la pérdida de su amada.

Tras escapar de La Merced, se escondió en la sierra del Rosario. No era libre, no tenía documentos y cualquiera podía detenerlo. Allí, en la selva, vivió como un cimarrón. Resultaba irónico: nunca llegó a seguir a Regla hasta el palenque el día que escapó con Eluma, y ahora andaba senderos por los que imaginaba que ella había transitado años antes. Entre la vegetación lloró a Regla y, con discreción, continuó preguntando por Yesa.

—¿La hija de Kaweka? —replicó un día el dueño de un pequeño cafetal al que había acudido como enfermero.

Celio lo contrató y lo escondió.

En 1880, dos años después de que falleciese Kaweka, España abolió la esclavitud en la isla de Cuba, si bien estableció un periodo de patronato de ocho años para los negros recién libertados durante los cuales debían continuar trabajando para sus antiguos amos en condiciones similares a las de la esclavitud, dado que se permitieron los castigos físicos, el cepo y el grillete, así como las mismas jornadas extenuantes en la zafra.

Con la abolición, Celio arregló los papeles de Modesto, que pasó a sustituir a un esclavo muerto en esa época, de similar edad y características, y del que Modesto adoptó el nombre, Juan, al que unió el apellido Miró, el de Celio, el de aquel que le concedió la libertad oficialmente.

Durante aquellos dos años, y por más que investigó de ingenio en ingenio, de cafetal en cafetal, donde siempre era bien recibido por ser un experto enfermero, Modesto no supo de ninguna niña más que se hubiera encontrado en la sierra del Rosario después de que el palenque fuera atacado por los rancheadores, por lo que, salvo que Yesa hubiera muerto en ese momento, terminó sospechando que tenía que ser una de aquellas cuatro que el marqués había encontrado.

El transcurso del tiempo lo fue convenciendo: Regla nunca hubiera reconocido públicamente a su hija en alguna de aquellas cuatro niñas. Nunca la habría puesto en manos del marqués. ¿Para qué darle el gusto a ese canalla? Regla se hubiera dejado arrancar la piel a tiras antes que delatar a Yesa.

Por eso, ya libre, Modesto se acercó a La Merced. Tenía que verlas. Él no disfrutaba del favor de la caprichosa Yemayá, pero estaba seguro de que si Yesa era alguna de esas cuatro, reconocería a la hija de Regla; tenía que brillar como lo hacía su madre. Además, también era su hija. ¿Cómo no iba a percibir esos lazos si era sangre de su sangre?

Celio le cedió unos sacos de café y le prestó una mula con la que, la barba larga y poblada, la cabeza rapada, el paso lento y el cuerpo encorvado, Modesto se presentó en el ingenio. Celio le había insistido en ese último detalle: «Sobre todo, el paso lento, como si fueras un viejo harto de la vida».

«¿Acaso crees que los blancos os fijáis lo suficiente en algún negro como para recordarlo?», evocó Modesto la réplica que le dio a quien ya consideraba un amigo, mientras se esforzaba por obedecerlo y moverse con lentitud y encorvado tras presentarse a uno de los guardias que lo dirigió a la casa del administrador, que se levantaba junto a los barracones. «Yo soy blanco», había contestado Celio, desarmándolo.

En su camino se cruzó con Narváez. El mayoral discurrió a su lado como si no existiera. El administrador, viejo y resentido, como todo lo que rodeaba al marqués, pensó Modesto, quiso engañarlo; ya tenían provisiones de café, se excusó como si quisiera echarlo. Modesto contaba con ello.

—Pruébelo, señoría —le ofreció con la mirada baja, tal como se comportaban los esclavos—. Es de muy buena calidad. Es de la sierra del…

—¿De dónde lo has robado?

Algo así esperaba Modesto. Sabía que lo acusarían de ladrón.

—No lo he robado. ¡Se lo juro! Puede usted comprobarlo con el dueño del cafetal. Ahí pone su nombre —arguyó señalando los sacos, como si no supiera leer.

—Bueno —concedió el otro—, lo comprobaré —mintió—. De momento, deja los sacos ahí —le señaló como haciéndole un favor.

Modesto también esperaba esa reacción, conocía bien a aquellos personajes. Lo engañarían, jugarían con él, lo cansarían o hasta lo denunciarían para quedarse con el café sin pagar, o pagando lo mínimo. Les perdía la ambición, los cegaba la soberbia.

—Ve a que te den de comer con los demás mientras decido —le ordenó el viejo.

Estaban fuera de zafra. La gente era poca, limitada a los esclavos del de Santadoma, ahora convertidos en patrocinados, y que haraganeaban cuanto podían. Modesto llevaba en la mula un par de botellas de ron, con las que no le costó rememorar el día en que mataron a Regla con otro par de negros, ávidos de ese alcohol que les ofrecía aquel recién llegado y que bebieron hasta que se les empezó a trabar la lengua.

—¿Y las niñas? —terminó preguntando después de escuchar, en lo que los dos negros pretendían que fueran susurros, del enfado y desesperación del marqués ante el silencio de Regla, relato que, pese al tiempo transcurrido, volvió a sumirlo en la tristeza.

—Por ahí están —contestó uno de ellos.

Modesto examinó el patio de barracones donde, sentados en el suelo, se acumulaban los negros que comían. Buscaba jóvenes de dieciséis años.

—¿Quiénes? —insistió él, alejando la botella de su alcance.

—Allí, en ese grupo, está Piedad —le señaló uno—. Y esa es Leticia.

—Aquella se llama Alfonsa —terció el otro, indicando a varias mujeres sentadas en círculo—. Nos falta...

—Octavia. Allá.

Modesto les regaló la botella después de que le precisaran quién era cada una de ellas. «Demasiado fácil», se dijo paseando la mirada de una joven a otra. Quiso sentir a Regla en aquel patio, ella le ayudaría. Y tan fácil había sido dar con ellas como le resultó descartar a Piedad y a Octavia con solo acercarse: se habían blanqueado. Alguno de sus antecesores había sido blanco o mulato. El marqués y sus hombres no podían saberlo puesto que ignoraban que el padre era él, un negro bozal traído de África como lo había sido Regla. La niña, por fuerza, debería tener la piel del color del chocolate de su madre o del negro más parecido al ébano de Modesto.

Restaban dos: Alfonsa y la que le habían señalado como Leticia, una negra fornida, baja como Kaweka. Podía ser ella, nada lo impedía. Se le acercó. La muchacha estaba sentada en el suelo, comiendo de su escudilla, junto a otros negros que se limitaron a echar una rápida ojeada a Modesto.

—¿Qué quieres? —lo sorprendió esta levantándose y acudiendo a su encuentro.

La joven se comportaba y le había preguntado con un desparpajo algo impropio para su edad, a su juicio. Le recordó a Regla, a su firmeza. Quizá…

—No —le cortó ella cuando el hombre quiso intervenir.

—¿Qué…? ¿Qué quieres decir? No, ¿qué?

—Que no soy yo —volvió a asombrarlo. Modesto frunció el ceño. Leticia se dirigió a él en voz baja pese a que se había separado un par de pasos de los demás—: Te he visto hablando con aquellos dos borrachos y cómo les dabas una botella. He visto cómo me señalaban a mí y a Alfonsa y a Piedad y a Octavia, y cómo te has acercado a ellas y las has examinado. Tu interés solo puede ser uno: las cuatro niñas. —Él dudó si tomar la palabra y decidió no hacerlo; esperó a que la joven continuara hablando—: Son muchos los que preguntan por nosotras desde que sucedió lo de aquella esclava llamada Regla. Somos muy conocidas.

—¿Eres tú su hija? —inquirió Modesto directamente ante el silencio con el que Leticia puso fin a su discurso.

—¿Qué gano yo?

Le quedaba una de las botellas de ron y algunos pesos. Le entregó todo.

—¿Eres tú? —reiteró.

—No.

—¿Cómo lo sabes?

—Tengo los recuerdos muy claros. Yo nunca estuve en ese palenque y esa mujer no era mi madre. Recuerdo, aunque vagamente, a mis padres. Vivíamos en el valle, no en la sierra.

—Pero el marqués pensaba que podías serlo —adujo Modesto.

—Me robaron. Me separaron de los míos. Me forzaron con doce años. Me volvieron a vender y así continuaron, hasta que un día me encontraron los hombres del marqués. Una aprende a callar y a no contar nada, sobre todo si son blancos los que preguntan. Si quieren que sea la hija de alguien, lo soy. Si tengo que esperar a que me reconozcan, lo hago. ¿No has sido esclavo?

Modesto asintió con los dientes apretados.

—Entonces ¿por qué me lo cuentas a mí?

Ella primero le enseñó la botella de ron, no los pesos, ya escondidos, y después habló:

—Tú estás engañando a los blancos. Lo sé. Se te nota. —Modesto miró en derredor, inquieto, a los diversos guardias que se movían por allí—. No te preocupes —trató de tranquilizarlo la joven—; no —repitió como con cansancio—, esos son idiotas, todo lo que no hagan con el látigo…

—Si no eres tú —la interrumpió Modesto con prisa por terminar la conversación por más que Leticia menospreciase la sagacidad de los centinelas—, ¿quién es?

—Desde que el marqués mató a Regla hemos hablado de esto mil veces entre nosotras, además de todas las que nos han preguntado unos u otros; hasta el marqués insistió varias veces. No sé. Octavia no. Seguro. También recuerda algo, o eso dice. Piedad podría serlo. —Modesto ya la había descartado por su mezcla mestiza, pero no hizo comentario alguno—. También Alfonsa. No recuerda nada, aunque ya casi no habla con nosotras… —Leticia finalizó aquella frase con un gesto de repugnancia que extrañó a Modesto, quien quiso poner fin a la conversación asintiendo. Luego le agradeció la ayuda y se levantó—. Si pretendes hablar con ella —le advirtió entonces—, ten en cuenta que su hombre es uno de los guardias. Alfonsa ha cambiado mucho.

Modesto se quedó paralizado. Reaccionó y miró hacia donde se hallaba la joven, que se levantaba en ese mismo momento. Su vientre delató que estaba embarazada, de pocos meses, pero los suficientes para que ya se notase. Alfonsa y Modesto cruzaron sus miradas. ¿La hija de Regla preñada de un centinela blanco? «Su hombre es uno de los guardias», acababa de afirmar Leticia. No se trataba pues de que el negrero la hubiese violado, sino de otra cosa. El recelo tuvo que reflejarse en su rostro porque la tal Alfonsa torció el gesto.

Debía saberlo, decidió Modesto; pese a todo, debía saberlo. Lo contrario significaría dar por muerta definitivamente a Yesa. Mientras se acercaba buscó en aquellas facciones a la mujer que había amado tanto. Quizá sí. Algo tenía... ¿Y de él? No supo decirlo, pero, de todos modos, se le acercó.

—¿Alfonsa?

—Sí. ¿Quién eres?

—Un vendedor de café.

—¿Y qué quieres? —La joven ladró la pregunta; se mostraba hostil.

Modesto dudó: si su amante era uno de aquellos blancos, tal vez no debiera exponerse y contárselo. Ella podía optar por denunciarlo y entonces el marqués, o el propio Narváez, lo descuartizaría, sin duda. De repente se dio cuenta de que se había movido con agilidad y de que mantenía la cabeza erguida, aunque no parecía que, salvo Alfonsa, nadie le prestara mayor atención. Pese a ello, volvió a encorvarse y bajó la mirada.

—¿Te pasa algo? —se sorprendió la muchacha ante el cambio, de nuevo en voz demasiado alta.

Él negó con la cabeza.

Modesto escrutó a la joven y presintió que aquella actitud huraña respondía más al miedo, a la desconfianza, que a la personalidad de la chica. ¿Quién era él para juzgarla? Una joven guapa, sola, sin familia, señalada con el estigma de poder ser la hija de la acérrima enemiga del marqués, el amo de todo aquello. ¿Qué recursos tenía frente a un blanco que la forzase? Y si aquel guardia le exigía que estuviese con él, ¿cómo oponerse a sus deseos? Los recuerdos de Modesto viajaron a las mil humillaciones sufridas por los esclavos, a sus cuerpos amaneciendo colgados de las palmeras como el mayor exponente de la desesperación, a Regla... Igual que había sucedido cuando miró a la joven con desconfianza y ella respondió con antipatía, las dudas que ahora asaltaban a Modesto parecieron ablandar la postura de Alfonsa, como si comprendiese lo que estaba pasando por la cabeza del otro.

—¿Alguna vez te han poseído los dioses? —preguntó de repente Modesto.

Alfonsa no tuvo oportunidad de contestar.

—¡Eh! ¿Qué pasa ahí?

Uno de los centinelas gritaba hacia ellos.

—Vete —le ordenó Alfonsa en un susurro, casi sin mover los labios.

Habían llamado la atención. Modesto volvió la mirada hacia el patio: algunos de los negros lo observaban; los dos borrachos hasta lo señalaban e hicieron ademán de dirigirse hacia donde se encontraba. Si Narváez intervenía, si se acercaba a él, no tardaría en reconocerlo. Pensó en Regla y la llamó. ¿Cuántas veces lo había hecho en la sierra? Nunca regresaba, tenía que conformarse con su recuerdo, con las vivencias compartidas en el pasado, con su olor y unas facciones que trataba de retener en el tiempo. Él no contaba con los poderes de los que se valía Regla, y eso se demostraba ahora una vez más. Sin embargo, Alfonsa no había manifestado sorpresa alguna con su pregunta acerca de los dioses. Se volvió hacia ella, pero la joven ya le había dado la espalda y se encaminaba a reunirse con el centinela que había gritado. ¿Era Yesa? A Modesto le fascinaron sus andares: aun estando embarazada, parecía como si flotase sobre el suelo. Solo fueron unos pasos, porque el encanto se desvaneció al verla hablar sumisa con el blanco.

Tornó a la realidad del patio al percibir cómo los dos borrachos se acercaban, ayudándose el uno al otro, alzando su voz pastosa, tropezando, exigiéndole la otra botella de ron. Estaba llamando la atención: el guardia con el que hablaba Alfonsa desviaba una y otra vez la mirada hacia él. Los borrachos estaban casi a su altura; muchos de los negros se interesaban por lo que sucedía, y aquella joven… No había sentido nada especial junto a ella que le permitiera afirmar que se trataba realmente de Yesa. Percibió a los borrachos ya junto a él.

—¡Queremos…! —gritó uno de ellos.

—¡La otra botella de ron! —terminó el otro.

Algunos negros se levantaron al oír esas palabras.

La hija de Regla no podía ser la querida de un blanco y esperar un hijo de él. ¡Hasta Yemayá lo hubiera impedido!, se dijo cuando era ya el centro de atención del patio, el mismo lugar en el que había estado con Regla, allí donde ella había muerto a manos del marqués. Notó que uno de los borrachos tironeaba de su camisa. No, no podía ser Yesa. Además, él debería haber sentido algo, siquiera una punzada de emoción.

—¿Dónde tienes la botella?

La vaharada de hálito apestoso del negro llegó a golpearlo, trayéndolo repentinamente a la realidad. Se preguntó cómo iba a escapar de allí.

—¡Aquí está el ron!

Leticia alzaba la botella y sonrió a Modesto, que no pudo responder puesto que la joven desapareció de su vista rodeada de hombres y mujeres. Se lo agradeció en silencio. No lo pensó más y huyó confundiéndose con todos aquellos negros que se movían por el lugar. Olvidó el café. Cogió la mula y se apresuró a regresar a la sierra del Rosario.

Ahora, veinte años después de la guerra de los Diez Años, Modesto se alegraba de que se hubieran ido cumpliendo las previsiones que se esperaban tras la libertad concedida mediante el Pacto de Zanjón a los esclavos del ejército mambí.

En 1895 ya no existían esclavos ni patrocinados, y Modesto acompañó a un ejército compuesto mayoritariamente por negros libres, que en esa fecha luchaban por sus derechos y por su futuro, ya no como simple carne de cañón. Un solo ejército, blancos y negros que peleaban juntos bajo las órdenes de generales también de ambas razas.

Y mujeres, muchas de ellas acompañando a sus hombres, ayudando a los sanitarios a cuidar de los heridos, dándoles de comer y animándolos; algunas armadas, luchando codo a codo con los soldados. En esas mujeres buscaba Modesto un rastro de Regla, de su fuerza, de su ímpetu, de su osadía y su entrega..., y lo encontraba. A lo largo de los años, pese a la impresión con la que había abandonado La Merced, nunca olvidó a aquella joven, Alfonsa, en la que quiso descubrir rasgos de su amada. Se interesaba por ella cuando tenía conocimiento de que el marqués se había instalado en su palacio del Cerro, en La Habana, ciudad en la que también se había establecido Modesto con cierto éxito como enfermero. Le contaron que Alfonsa perdió el hijo de aquel guardia blanco, que la terminó abandonando, como era de esperar. Supo también que después se casó con un mulato al servicio del marqués, con el que fue una mujer fecunda durante muchos años. Sus deseos por descubrir a Yesa menguaron al tiempo que intuía las dificultades a las que tendría que enfrentarse aquella mujer y su familia si algún día se desvelaba ese origen ahora todavía incierto. No sabía si era su hija. No sentía el menor sentimiento de paternidad hacia ella, pero, por otra parte, el marqués, aun viejo, era mal enemigo y lo suficientemente rencoroso para mantener el odio hacia Kaweka hasta su último aliento.

Modesto se obligó a olvidarla, no quería dañarla, fuera o no Yesa, y en su lugar reconoció a su hija en todas esas guerreras que luchaban por la libertad de Cuba. «La he encontrado», le decía a Regla por las noches, con la voz tomada y el rostro cansado y viejo surcado de lágrimas. Hombres y mujeres conocían a la sargento Kaweka; el propio general Maceo la había ensalzado delante de las tropas, y muchas pretendían emularla ahora en su lucha por la libertad de Cuba, su tierra, una tierra anegada con la sangre de sus hermanos.

Todas eran Yesa, su hija, la que había concebido con la mujer a la que había amado más que a nada en el mundo, se enorgullecía entonces por las noches aquel emancipado viejo, sobrecogido bajo esas estrellas que nunca brillaban para los enemigos de Cuba.

# 32

*Madrid*

Lita y su madre tuvieron que mantener su postura y reclamar la filiación de Concepción. Sin perjuicio de las pruebas de las que disponían, las palabras del marqués durante la rueda de prensa frustrada fueron, con todo, la mayor carta de presentación ante los juzgados españoles.

Sin embargo, no había llegado a dirimirse ni siquiera la primera parte del juicio cuando la Banca Santadoma entraba en quiebra y era directamente intervenida por el Estado. El discurso de Lita, retransmitido por los medios, tanto nacionales como internacionales, fue demoledor; ya no hicieron falta más manifestaciones ni otras medidas de presión en las calles. Los clientes y los depositantes que todavía permanecían fieles al banco le dieron la espalda. El mercado interbancario y los demás inversores tampoco acudieron en ayuda de los Santadoma y les negaron todo crédito. Hasta los fondos buitre se contuvieron ante el componente racista que rodeaba todo lo concerniente a aquella familia esclavista.

Los juzgados de Florida, a cuya jurisdicción se habían sometido voluntariamente americanos y españoles en un contrato internacional, fueron rápidos y estrictos a la hora de adoptar las medidas cautelares para que los Santadoma no pudieran ocultar su patrimonio y respondieran de las pérdidas sufridas por ELECorp Bank y las fuertes indemnizaciones pactadas. Algunos accionistas del banco americano, aquellos que habían mantenido relaciones comerciales con el marqués y sus antepasados, fueron presionados por Stewart y los demás miembros del consejo para que informaran de las circunstancias de las sociedades radicadas en paraísos fiscales donde los Santadoma escondían el dinero, en algunas de las cuales incluso eran socios.

Don Enrique de Santadoma intentó mover sus capitales, pero su estructura era lenta; sus fiduciarios ya habían sido presionados por los americanos y poco después por los juzgados, que tampoco tuvieron problema en seguir el rastro del dinero, que efectivamente consiguió distraer, y recuperarlo.

Las propiedades que la familia poseía en España, derivadas directamente de la herencia del viejo marqués, se constituyeron en herencia yacente a la espera de la decisión acerca del derecho de Concepción, sometidas a administración judicial y también a las responsabilidades reclamadas por ELECorp Bank en Florida.

Por supuesto, Contreras, Carmen Rodés y algún otro abogado de la familia formularon una demanda por una posible conspiración. Las pérdidas económicas objetivas, demostrables, contablemente acreditadas, sufridas por ELECorp ascendían a una cifra tan elevada que los jueces cogieron con pinzas aquella demanda, sobre todo desde que Lita se retractó acerca del origen de las cartas cruzadas entre Eusebio Santadoma y su padre el marqués, una prueba que estaba en el punto de mira de los abogados de la familia puesto que ningún otro trabajador había tenido acceso a esa documentación que, según el testimonio de Lita, le había sido entregada por los americanos en el marco de las negociaciones de la operación de compraventa.

—Las saqué del interior de un escritorio que está guardado en el sótano del edificio donde vivía y trabajaba mi madre —explicó.

Los abogados se desconcertaron. El juez escondió una sonrisa.

—Entonces ¡robó las llaves de ese almacén! —la acusaron tras ese primer momento de indecisión.

—No. Mi madre disponía de ellas; las tenía. Les recuerdo que bajaba a limpiar allí.

—¡Forzó el escritorio!

—Estaba abierto.

—Atentó contra la intimidad…

—No, aunque reconozco mi pecado: la curiosidad —confesó ella.

—Por lo tanto, ¡esas cartas pertenecían a los Santadoma! —prosiguió Contreras.

—Deje que se explique —exigió el juez al catedrático.

—Gracias, señoría —dijo Lita—. Cuando comprendí la trascendencia de su contenido, entendí que si a alguien pertenecían esas cartas no era a dos muertos que ya nada tienen que decir, ni a sus descendientes, que fueron lo bastante crueles y mentirosos como para esconderlas e impedir que vieran la luz. Porque resulta obvio que, igual que las leí yo, ellos también debieron hacerlo, sin duda. A la única persona a la que pertenecen esas cartas, señor abogado, es a mi madre, porque en ellas don Eusebio de Santadoma reconoce su paternidad.

Todo se les vino abajo a los Santadoma. Aquellos que al principio del escándalo todavía les habían apoyado se sumaron a los que ya entonces se apartaron de una familia que había sustentado su riqueza en la esclavitud. El marqués podía señalar fortunas en Madrid, en Barcelona o en el País Vasco acumuladas igual que la suya, pero no tenía tiempo para ello. El banco estaba cerrado, sus empresas intervenidas, su dinero retenido; sus bienes de valor —cuadros, coches, hasta la cubertería de plata— habían sido inventariados por el juez, que había pecado de la misma curiosidad que Lita y se había presentado en el sótano del inmueble del barrio de Salamanca para supervisar el trabajo de los peritos.

Lo mismo les sucedía a los otros miembros de la familia, que acusaban a don Enrique de haberlos llevado a la ruina. Uno de sus sobrinos se encaró con él, y lo que tenía visos de terminar en una paliza se quedó en un empujón antes de que el resto de los familiares impidieran la pelea. No obstante, los gritos y los insultos hicieron temblar los imponentes ventanales y hasta el agua de la piscina a la que se abrían, en la lujosa vivienda unifamiliar del marqués a las afueras de Madrid, ahora embargada, donde se reunían los Santadoma, que terminaron pleiteando entre ellos mismos. El marqués y su madre los habían arrastrado consigo al desastre porque sabían que había otra heredera, Concepción, hija de Eusebio.

—Pide dinero prestado —le sugirió doña Claudia a Enrique—. Tenemos muchos amigos.

Él se humilló. Lo hizo después que su esposa italiana resoplase y abriese las manos en gesto de contrariedad tras escuchar con paciencia las mil excusas que impedían a su esposo rebajarse a acudir a alguno de esos conocidos ricos.

—Enrique —le dijo—, hoy no he podido pagar al pescadero que ha traído la compra semanal.

Acudió a los Ruz Pariente. Buenos amigos. De toda la vida. Los Ruz Pariente habían vendido su paquete de acciones antes de que estallase el escándalo y habían obtenido, por lo tanto, unas considerables plusvalías.

Lo recibió Manuel Ruz en el despacho de dirección de una constructora de su propiedad y empezó a escuchar el relato de su amigo.

—No continúes —le instó en el momento en que consideró suficiente el drama: su situación financiera, su esposa y el pescadero; la familia; el sobrino que estuvo a punto de pegarle, los pleitos...—. Mira, Enrique, si me pidieras dinero para algún negocio, algo productivo, aun cuando la situación no es la idónea para nadie, se lo plantearía a la familia... Y te apoyaría, te lo juro. Pero ahora mismo el dinero que pueda prestarte va a ir destinado a gastos corrientes, a mantener..., permíteme, no te molestes, te lo ruego —añadió juntando las manos extendidas por delante de él como un chiquillo que rezase al Niño Jesús antes de acostarse—, los caprichos y la vida regalada de los tuyos. ¿Cuánto te durará? ¿Tres meses? ¿Cuatro? ¿Qué harás después? ¿Y cómo nos lo reintegrarás? No, no puedo plantear este préstamo a los míos. Lo siento de veras.

El marqués de Santadoma llamó a varios amigos más. Alguno se puso al teléfono. «No puedo, Enrique, las cosas no van bien». En otros casos no pasó la barrera de sus secretarias, porque los móviles parecían haberse desconectado todos.

Mientras tanto, los malos augurios de Manuel Ruz se cumplieron y los gastos corrientes de los Santadoma, los suyos propios y los de aquel clan que hasta entonces había dirigido, se los comieron sin que pudieran hacerles frente. Recibos devueltos: de colegios, de suministros, gas, electricidad, agua. Gerentes de clubes sociales que llamaban con cierta insistencia para concertar una reunión, incidiendo en que sería una falta de delicadeza hacerlo por escrito. Restaurantes o tiendas que rechazaban las tarjetas de crédito. «Sin duda se trata de un error». «El terminal...». Empleados de servicio, chóferes, caballos, coches... Los Santadoma tenían problemas hasta para llenar el depósito de gasolina.

Los abogados, que tampoco cobraban, pidieron al juez que liberara fondos para que la extensa familia pudiera vivir. Y lo hizo con una condición: todos ellos deberían vivir como cualquier persona con un sueldo medio.

Doña Claudia falleció. Antes de que ello acaeciera, su hijo hizo lo posible para que no declarara en el juicio y sus abogados presentaron informes médicos en los que se desaconsejaba su presencia en los juzgados debido a su edad, sus achaques, su leve senilidad... Hubo uno que apuntó a un principio de alzhéimer. El juez desconfió y se presentó en el domicilio de la anciana acompañado de un médico forense que, sin negar la evidencia de su edad avanzada, certificó su capacidad, cuando menos dejando al criterio del magistrado la credibilidad de sus manifestaciones. Fue una declaración en la que doña Claudia prescindió de cuantas precauciones le habían advertido hasta la saciedad unos y otros, y se mostró sin pudor alguno como aquella señora blanca cubana superior a los negros, a quienes odiaba, principalmente a Concepción y a su madre, Margarita.

—¿Por alguna razón especial, además de la de su raza? —inquirió el juez cuando la interrogó al respecto.

—¡Claro! Porque sedujo con malas artes a mi Eusebio hasta que consiguió que la dejara preñada de esa criada mulata...

—¿Concepción Hermoso?

—¿Quién si no?

Lita estaba dando una conferencia en Barcelona sobre racismo y xenofobia cuando los Santadoma, en el momento de inhumar a doña Claudia, se encontraron el friso de su mausoleo destrozado, los esclavos que cortaban y transportaban caña totalmente irreconocibles. En su lugar lucía una pintada en rojo: «Aquí yacen negreros y esclavistas. Que los diablos jamás los dejen descansar en paz».

Concepción ganó el juicio. Los Santadoma no recurrieron: no tenía el menor sentido tras la declaración de doña Claudia y el resto de las pruebas, y lo cierto era que tampoco tenían dinero para hacer frente a los elevados honorarios de Contreras y los demás letrados.

—Enrique —le dijo el catedrático sabiendo que con aquellas palabras ponía fin a una relación profesional de la que se había lucrado con avaricia—, ¿cómo quieres que defienda un juicio en el que tu propia madre reconoció que Concepción era hija de su esposo?

—¡Mi madre estaba loca! —exclamó el marqués.

—Un forense certificó que no. ¿Quién la desmiente ahora?

En este caso, mientras aquella conversación tenía lugar, Lita estaba viajando hacia Londres. Varias asociaciones la habían invitado a dar una conferencia acerca del Decenio Internacional para los Afrodescendientes. La esperaba un auditorio ávido por conocer a quien había vengado a sus ancestros. Su agenda se iba llenando de encuentros, conferencias y mesas redondas a lo largo del mundo. Encabezaba manifestaciones y hasta le habían ofrecido escribir un libro sobre su madre. «Quizá algún día», contestó ella sintiéndose orgullosa por la idea. Conoció a la señora Vit, de la ONU, que la animó a volcarse en la defensa de los afrodescendientes y en la lucha contra el racismo y la xenofobia.

—No te faltará nada —le aseguró la funcionaria.

—Tampoco me importa.

Y ciertamente no necesitaba más que cubrir lo básico. Yemayá la alimentaba, la llenaba de vida. Vivía con la diosa: su imagen cautivaba, sus palabras embelesaban a cualquier auditorio. Los puntos programáticos de la Declaración de Durban y los derechos de los afrodescendientes constituían el esqueleto de sus discursos.

—Declaramos —sostenía siempre en algún momento de su intervención, recitando lo que ya sabía de memoria— que todos los seres humanos nacen libres e iguales en dignidad y derechos y están dotados de la posibilidad de contribuir constructivamente al desarrollo y al bienestar de sus sociedades. Toda doctrina de superioridad racial es científicamente falsa, moralmente condenable, socialmente injusta y peligrosa y debe rechazarse, junto con las teorías que tratan de determinar la existencia de razas humanas separadas.

Luego acostumbraba a rendir homenaje a Yemayá y a los demás dioses africanos a los que también se habían referido en Durban, y a medida que hablaba, el recuerdo de Bekele, del fontanero volcado en esa causa, la acompañaba:

—La religión, la espiritualidad y las creencias desempeñan un papel central en la vida de millones de mujeres y hombres, en el modo en que viven y en el modo en que tratan a otras personas. La religión, la espiritualidad y las creencias pueden contribuir a la promoción de la dignidad y el valor inherentes a la persona, y a la erradicación del racismo, la discriminación racial, la xenofobia y las formas conexas de intolerancia. ¡Comulgad con los dioses negros, los nuestros, los que nadie nos impuso! —gritaba alzando el puño al cielo.

La llamaban a ceremonias en lugares que ni siquiera hubiera imaginado que existieran: en el África profunda donde Yemayá enloquecía, pero siempre que podía regresaba a aquellos restaurantes de los polígonos industriales de Madrid, con las mesas arrimadas a las paredes y a los que había terminado invitando a Sara y a Elena, ahora vecinas de rellano de Concepción, para quien Lita, con los ingresos de sus conferencias y de los artículos que publicaba, había adquirido el piso de la pareja gay de enfrente. Era raro el día en el que la mujer no aparecía en casa de las amigas de su hija con una bandeja o una cazuela de comida, los yorkshires por delante, correteando entre las piernas de las jóvenes.

—Nunca os lo dije, pero no tenéis ni idea de cocinar —les recriminó la primera vez.

—Nada nuevo, pero usted se queda con nosotras a comer —replicó una de ellas agarrándola del brazo.

Y durante esos casi dos años que llevaba viajando y enarbolando la bandera contra el racismo, Lita vivía con Concepción cuando recalaba en la ciudad, aunque algunas noches, tras un guiño pícaro al que su madre respondía con sonrisas o falsas recriminaciones según el humor del que estuviese, se escapaba a casa de Alberto Gómez, en quien había encontrado el cariño de un compañero sereno. Ninguno de los dos exigía nada del otro, sobre todo después de que Lita confesara, casi inconscientemente, como si alguien hubiera puesto aquellas palabras en su boca:

—¿Cómo distraerme en amoríos?

Inmediatamente trató de rectificar, de excusarse. Él la besó.

—Sé que me será difícil oponerme a tu destino, parece que eres propiedad de la comunidad negra —le dijo después.

Lita lo pensó. ¿Lo era?

—Quizá —reconoció—, pero solo me entrego a ti. En cualquier caso, no dejes de intentarlo —añadió melosa.

Tras ganar el juicio, el abogado citó a madre e hija en su despacho.

—Usted nunca firmó ninguna garantía ni avaló nada frente a los americanos —le explicó una vez más a Concepción—. Su parte de la herencia de los Santadoma, salvo el banco, por supuesto, que ha desaparecido, resta totalmente libre para usted. ¿Qué quiere hacer con todos esos bienes?

—No entiendo —alegó de nuevo Concepción.

—Los Santadoma —reiteró pacientemente el letrado— garantizaron la fracasada operación del banco con todo su patrimonio, que es lo que se están quedando los americanos. Pero usted no lo hizo. Su parte, la que le corresponde de la herencia, no fue puesta en garantía de nada. Es suya. Si hay un inmueble, por ejemplo el del barrio de Salamanca, este pertenece en su mayor parte a los americanos, pero otra parte sigue siendo suya. ¿Qué hacemos con todo eso? —preguntó dirigiéndose ahora a Lita.

—¿Yo? —quiso eximirse ella de tal responsabilidad—. No es mío. ¿Qué dices tú, mamá?

Concepción abrió las manos en un gesto de desconcierto.

—Yo ya estoy bien como estoy, hija, ya habíamos hablado de cederlo…

—Pueden ser muchos millones —la interrumpió Alberto.

—Que no son nuestros —rechazó Concepción.

—Una fundación —intervino Lita, y su madre asintió—. Ese capital debe revertir a los descendientes de aquellos que originaron y crearon toda esa riqueza a costa de su libertad, su sufrimiento y su vida.

# Nota del autor

Entiendo que lo primero que debe plantearse un autor en el momento de afrontar la escritura de cualquier obra es el lenguaje en el que esta se desarrollará, sobre todo cuando existe variedad lingüística entre sus personajes. No parece haber problema cuando se trata de lenguas extranjeras. Aunque algún personaje hable en otro idioma, el autor suele traducir sus frases al mismo en el que está escrita la novela, para que sus lectores puedan entenderlo.

La dificultad surge cuando nos encontramos con un personaje que se expresa en un habla o dialecto que en teoría el lector podría entender, con lo que no haría falta traducirlo. Lo hemos visto así con cierta frecuencia en textos donde uno o varios interlocutores son esclavos —hago referencia a obras en español—, en los que las expresiones de estos últimos se manifiestan a través de una deformación y degradación, pintoresca, en todo caso inteligible, del idioma español.

Sin ánimo de profundizar en tan interesante cuestión, las lenguas que hablaban los esclavos en la Cuba del siglo XIX, el siglo de la africanización, podríamos decir, definitiva de la isla, una época en la que arribaron a esta más del doble de todos aquellos hombres y mujeres arrancados de su tierra en siglos anteriores, eran las propias de sus naciones: yoruba, abakuá, congo..., que podían utilizar en sus relaciones intraétnicas y sobre todo en sus manifestaciones religiosas.

Junto a esas lenguas nació en Cuba el «habla bozal», la utilizada por los esclavos para sus relaciones interétnicas o con los españoles.

Abandonada ya la percepción del habla bozal como un español mal hablado, deformado, los científicos se mueven entre considerarla una lengua criolla o un *pidgin* elemental, una lengua de urgencia. No entraré en ello; no estoy capacitado. En lo que sí existe cierta avenencia es en el hecho de que esa habla bozal era totalmente heterogénea, improvisada, carente de sintaxis propia, variable, y que podía parecerse o no al español.

Los ejemplos que se nos ofrecen son numerosísimos. En algunos casos, en el habla bozal se puede percibir, efectivamente, un español mal hablado, vulgar, basto, pero que permite entender el significado; en otros, sin embargo, es de todo punto incomprensible, siendo imposible relacionar esas expresiones con el idioma del que pretendidamente se derivan.

Ante esa realidad, al autor que se enfrenta a la interacción de esclavos con españoles se le plantea el dilema de hasta qué punto cabe introducir en su obra el habla bozal. Esa «lengua» no podría ser utilizada en su forma pura porque el texto sería ininteligible, por lo que quedaría a su voluntad el delimitar el nivel en el que fijar la posibilidad de su uso.

Partiendo de la base de la existencia de un habla bozal alejada del idioma originario, creo que el utilizarla exclusivamente en su vertiente de deformación vulgar, popular, del español conlleva una suerte de caricaturización de aquellas personas que, además de perder la libertad, se vieron obligadas a buscar un urgente medio de comunicación con sus explotadores; sería algo así como una especie de regreso al teatro bufo tan de moda en la época que, entre otras, explotó la figura del «negrito» y su jerigonza. En consecuencia, he decidido evitarla y emplear el español clásico en todas sus conversaciones tratándola como si fuera una lengua extranjera y diferenciada.

España fue la última potencia occidental en abolir la esclavitud en sus colonias, y siempre me ha impresionado pensar que la generación de mis abuelos fue coetánea a unas situaciones execrables que generalmente pretendemos alejar más en el tiempo, como si quisiéramos librarnos de ellas. Y no fue así. Están cercanas, tanto que se puede trazar una línea vital entre aquellos esclavos y los personajes de hoy en día, como planteo en la novela. La profundización en las condiciones de vida de los esclavos es una labor ingrata que no hace más que plantear al estudioso dilemas morales difíciles de asumir. Los suicidios, los abortos, la sexualidad forzada, los castigos, la esclavitud en sí misma, son decisiones y situaciones vitales ante las que no cabe excusa. Todos los datos que se relatan en la novela encuentran un soporte documental, aunque quisiera resaltar uno de ellos que me ha sorprendido por cuanto derrumba el estereotipo del esclavo perezoso y displicente, como si aquella actitud fuera consustancial a su raza tal y como se sostenía entonces. Hoy sabemos que sencillamente padecían de cansancio crónico, que eran personas físicamente incapaces de reaccionar, que las habían vaciado, agotado de por vida.

He procurado respetar los hechos históricos que se narran en la novela, principalmente esa guerra de los Diez Años en la que participó nuestra protagonista y en la que los esclavos que se alistaron en las filas del ejército rebelde, voluntaria o forzadamente, fueron carne de cañón. Son muchos los autores que coinciden en que la firma del Pacto de Zanjón, que puso fin a la contienda, no solo se sustentó en los éxitos bélicos del general Martínez Campos y sus tropas expertas, sino también en el auge y la promoción de negros y mulatos a empleos de mayor grado en el ejército rebelde —Maceo como máximo exponente—, con la autoridad que eso les confería sobre blancos libres, en clara muestra del racismo que imperó en una tropa que no consiguió superar esa discriminación pese a pelear en el mismo bando durante diez años.

La «guerra larga» —igual que sucedería con la iniciada en 1895— supuso un verdadero descalabro para las tropas españolas a causa de las enfermedades. Hay una tremenda disparidad en las cifras de bajas que ofrecen los diversos autores: desde 60.000 hasta 145.000, pasando por 96.000 y otras varias posibilidades. En cualquier caso, en lo que sí están de acuerdo todos ellos es en el altísimo porcentaje de fallecidos debido a las enfermedades tropicales. Las muertes en combate suponen tan solo entre un 7 y un 10 por ciento del total de bajas del ejército español. Si tomamos la cifra intermedia, la de 96.000 muertos, más de 86.000 de ellos habría sido por enfermedades. ¡Ochenta y seis mil muertos por fiebres! Una verdadera sangría, inútil, injusta, casi gratuita para esa humilde juventud española obligada a defender una colonia lejana y esclavista.

No se puede entender la vida de los esclavos en Cuba al margen de sus creencias religiosas. Los blancos no consiguieron esclavizar a los dioses africanos, que supieron confundirse, sincretizarse con los católicos, esconderse tras ellos y de esta forma pervivir para los suyos. Parece indiscutible que uno de los mayores elementos de resistencia cultural de los negros, cuando no el más importante o quizá el único, contra la presión etnocéntrica de la sociedad dominante fue el refugio en sus creencias religiosas.

La yoruba es una religión compleja, con multiplicidad de deidades —hasta 1.700 se dice que había en Nigeria, aunque se reducen considerablemente en Cuba a la hora de sincretizarse en la santería—, y tampoco una novela es el lugar adecuado para su estudio y desarrollo. Con todo, asombra la relación de esos dioses con sus fieles, algo que no sucede en el seno de las religiones monoteístas clásicas, estrictas, regladas.

Hablamos de dioses con emociones y sentimientos similares a los de los hombres. En sus relaciones con ellos pueden ser caprichosos, glotones, vengativos, injustos, crueles, antipáticos, misericordiosos, alegres, generosos, exuberantes... Los ejemplos son innumerables. Teniendo esto en cuenta, ¿cómo presentarse ante un dios al que hay que halagar para que te proteja? ¿Qué pensar de un dios que puede mostrarse antipático sin más razón que el antojo? El favor divino no depende por lo tanto de la bondad o maldad del creyente, del cumplimiento de unos determinados códigos de conducta. Se plantean tremendamente complejos esos vínculos con la divinidad, y así trato de reflejarlo en la novela, con el mayor de los respetos hacia las creencias de terceros y reiterando que no se trata de un estudio acerca de la religión yoruba.

Según la ONU, más de dos millones de esclavos africanos llegaron a la América española entre los años 1520 y 1867, convirtiéndola en el segundo «importador» de esclavos después de Brasil.

La Conferencia Mundial contra el Racismo, la Discriminación

Racial, la Xenofobia y las Formas Conexas de Intolerancia, celebrada en Durban en 2001, cuyas declaraciones fueron apoyadas por numerosos países, instituciones, organizaciones nacionales e internacionales y oenegés, así como la resolución de la ONU acerca del Decenio Internacional para los Afrodescendientes, que comenzó el 1 de enero de 2015 y terminará el 31 de diciembre de 2024 con el tema «Afrodescendientes: reconocimiento, justicia y desarrollo», son instrumentos válidos para dar visibilidad, procurar reparaciones y luchar contra el racismo.

Sin embargo, veinte años después, en 2021, el propio secretario general de la ONU sostenía que el racismo sigue «impregnando las instituciones, las estructuras sociales y la vida cotidiana en todas las sociedades»; que «los afrodescendientes, las comunidades minoritarias, los pueblos indígenas, los migrantes, los refugiados, los desplazados, y tantos otros, siguen enfrentándose al odio, a la estigmatización, a la búsqueda de chivos expiatorios, a la discriminación y a la violencia», y que la «xenofobia, la misoginia, las conspiraciones de odio, la supremacía blanca y las ideologías neonazis se están extendiendo, amplificadas en las cámaras de eco del odio».

Kaweka y miles de esclavos como ella, desamparados, indefensos, lucharon por la libertad, lo que en aquellos momentos pudo parecerles un objetivo inalcanzable. Todos aportaron su esfuerzo; muchos, sus propias vidas; y, finalmente, lo consiguieron. Confiemos en que la sociedad actual, sobre todo la rica, la que disfruta de recursos y posibilidades, sea capaz de empeñar el mismo esfuerzo en perseguir la erradicación del racismo y la xenofobia.

Para terminar, agradecer una vez más a mi editora, Ana Liarás, su ayuda y consejo en esta obra, así como a cuantas personas han colaborado y hecho posible su publicación. Mi reconocimiento y gratitud, como siempre, a Carmen, mi esposa, primera lectora y crítica. También a mis hijos y demás seres queridos, especialmente a todos aquellos que se han quedado en el camino debido a esta lacra de la covid que ha asolado nuestras vidas durante estos últimos años.

*Barcelona, mayo de 2022*